JN209557

ナポレオン

Napoléon Bonaparte

台頭篇 1

佐藤賢一

Kenichi Sato

集英社

目次

ボロディノ
モスクワ
ティルジット
ストゥディアンカ
ワルシャワ
アウステルリッツ
ワグラム
ウィーン
カンポ・フォルミオ
ヴェネツィア
アルコレ
マントヴァ
黒 海
地 中 海
アッコン
ヤッファ
アブキール湾
アレクサンドリア
カイロ

ナポレオン戦争関連地図
北海
大西洋
ロンドン
ベルリン
ブリュッセル
ワーテルロー
ドレスデン
アミアン
フリートラント
ライプツィヒ
ヴェルサイユ
パリ
フォンテーヌブロー
ウルム
フランス
大サン・ベルナール峠
リヨン
ミラノ
リヴォリ
ボルドー
マレンゴ
ジェノヴァ
ソモシエラ峠
マルセイユ
ロディ
マドリッド
トゥーロン
コルシカ島
ローマ
エルバ島
サルデーニャ島
ジブラルタル海峡
N

【登場人物】

ナポレオン・ボナパルト（ナブリオーネ・ボナパルテ／ナポレオーネ・ブオナパルテ）コルシカ生まれの軍人。初代フランス皇帝。

カルロ・マリア・ボナパルテ（シャルル・マリー・ディ・ブオナパルテ） ナポレオンの父。

レティツィア ナポレオンの母。

ジョゼフ（ジュゼッペ） ナポレオンの兄。長男。

リュシアン（ルチアーノ） ナポレオンの弟。三男。

エリザ（マリア・アンナ／マリー・アンヌ） ナポレオンの妹。長女。

ルイ（ルイジ） ナポレオンの弟。四男。

ポーリーヌ（マリア・パオレッタ） ナポレオンの妹。次女。

カロリーヌ（マリア・ヌンツィアータ） ナポレオンの妹。三女。

ジェローム（ジローラモ） ナポレオンの弟。五男。

ジョゼフィーヌ ナポレオンの妻。フランス皇妃。

ウジェーヌ ジョゼフィーヌと前夫との息子。ナポレオンの義理の息子。

オルタンス ジョゼフィーヌと前夫との娘。ナポレオンの義理の娘。

パスクワーレ・パオリ コルシカの英雄。

ブーリエンヌ 陸軍幼年学校時代からのナポレオンの友人。

マルモン トゥーロン包囲戦からのナポレオンの部下。貴族出身の士官。

ジュノ トゥーロン包囲戦からのナポレオンの部下。「ブチ切れジュノ」の異名を持つ。

マクシミリヤン・ロベスピエール 国民公会議員、公安委員。ジャコバン派の中心人物。

オーギュスタン・ロベスピエール 国民公会議員、派遣委員。マクシミリヤンの弟。

バラス 国民公会議員、派遣委員。

サリセッティ コルシカ出身の国民公会議員、派遣委員。

カルトー トゥーロン包囲戦の司令官。

ミュラ 猟騎兵。ヴァンデミエールの蜂起でナポレオンの部下に。

ベルティエ 参謀長。イタリア方面軍でナポレオンの部下に。

マッセナ 有能だが金と女に汚い。イタリア方面軍でナポレオンの部下に。

オージュロー 剣客。イタリア方面軍でナポレオンの部下に。

セリュリエ 伯爵の肩書をもつ軍人。イタリア方面軍でナポレオンの部下に。

ラ・アルプ スイス人の軍人。トゥーロン包囲戦からナポレオンと懇意な部下。

ルクレール トゥーロン包囲戦からのナポレオンの気に入りの部下。ナポレオンの妹ポーリーヌと結婚。

ナポレオン　1　台頭篇

プロローグ

その日のパリは朝の六時に砲声が轟《とどろ》いた。シテ島のドーフィーヌ広場に集合するよう、国民衛兵隊が布告を出されていた時刻も、やはり朝の六時である。

まだ空も暗いというのに、騒々しい。それでも眠いところを起こされたと、文句をいう者はいないだろう。その日を喜ばない者などいないだろう。それどころか皆が歌い、踊り、騒ぐほどだろう。

「大砲がドンと鳴ったよ。もう後には引けないよ。ナポレオンを戴冠させるのさ。この美《うま》し帝国の皇帝にさ。未来を約束してくれるから。幸せにしてくれるから。楽しみだってくれるから」

はやり歌もパリには流れた。共和暦十三年霜月《フリメール》十一日（一八〇四年十二月二日）、それはフランス皇帝ナポレオンの戴冠式が行われる日付だった。

式場はノートルダム大聖堂――ただでさえ壮麗といわれた灰青色の大伽藍《だいがらん》にも、数日前から赤と金の差し色が映えていた。双子の鐘楼を備える正面の下階には、全幅にわたり張り出しの回廊が設けられた。ゴシック様式でアーチが連なり、その上部に嵌《は》められた大板には、金色の鷲《わし》の像に守られながら、赤地に金字で「N」の頭文字が並んでいたのだ。

角柱にも四面に同じ「N」が入る。貼りつけの板に高く掲げられているのも、金枠にアーミン模様を下地にしているとはいえ、やはり金の鷲の浮き彫りである。

――鷲は皇帝の印。Nはナポレオンの頭文字。

回廊の柱の上に挙げられたのは、三十六の帝国都市を象徴する像だった。中央の主柱二本の上に置かれたのは、クローヴィスとシャルルマーニュの像だ。前者は五世紀メロヴィング朝の王、後者は八世紀カロリング朝の皇帝だが、ともにフランスの地において、新たな君主政を打ち立てたことで歴史に残る。

――その偉大な歴史が、この現代に蘇《よみがえ》るか。

次の十時の号砲で、ナポレオンはテュイルリ宮を出発する。総勢八千人、全長一キロ。小雨がパラつき、それがときおり雪にも変わる冬空の下、そこだけ光が弾《はじ》けているような華やかな行進だ。カルーゼル広場からサン・ニケーズ通りに入り、サン・トノレ通り、ル・ロール通りと抜けて、ポン・ヌフを渡ることでシテ島に進んでいく。サン・ルイ通り、マルシュ・ヌフ通り、パルヴィ・ノートルダム通りと進み、大聖堂の正面で左折すると、これまた特設で、シテ橋からまっすぐの位置に天幕が建てられていた。

十六本の柱が円形をなすように設《しつら》えられ、その周囲にゴブラン織りのタピスリが巡らされ、賑《にぎ》やかな模様でサーカス小屋を思わせる。行進が呑《の》みこまれていったのが、その幕の切れ目であり、先に通じていたのがパリ大司教宮殿である。

到着から四十五分後、もう正午をすぎるという頃に、また動き出す。大司教宮殿からノートルダム大聖堂までは、やはりゴブラン織りが巡らされた回廊で、雨露に濡れることなく直《じか》に向かえる。

歩いても、また大仰な行列だった。

帝室執達吏、帝室式部官、それに小姓の一団を先に立たせ、儀典助手エーニャン、ダルガナラス、儀典長サルマトリ、クラマエル、大儀典長セギュールと続くのが第一団である。

十歩の距離を置いて追いかける第二団は、皇妃ジョゼフィーヌのための道具を運ぶ。それぞれ左右に帝室役人を伴わせながら、セリュリエ元帥は指輪を受け取る小座布団を、モンセイ元帥はマントを受け取る籠を、ミュラ元帥は小座布団の上に据えられた皇妃の冠を運んだのだ。

第三団が、それらをまとうべき皇妃ジョゼフィーヌの一行である。一歩ごと裾の金房飾りが秋の穂波のように揺れるローブは、長袖の総身が銀の錦で、そこに金刺繡《きんししゅう》の蜜蜂が無数に鏤《ちりば》められていた。絶えず光を弾くような首飾りに合わせて、身ごろと膨らんだ肩にはダイヤモンドがあしらわれる。左肩で留められていたのが、やはり金の蜜蜂が鏤められたうえに、銀糸で月桂樹、オリーヴ、柏の模様が刺繡された深紅のマントだ。

その皇帝と揃《そろ》いのマントは四皇女、すなわちエリザ、ポーリーヌ、カロリーヌというナポレオンの妹たちと、弟ルイと結婚した義理の娘オルタンスの四人が、その裾を持ち運んだ。少し後ろをナポレオンの兄ジョゼフの奥方ジュリー・クラリィが歩いた。皇女たち自身もマントをまとっていたが、その裾も宮廷の女官たちに持たれていた。女官長ラ・ロシュフーコー夫人、着付け係ラヴァレット夫人はじめ、あとにも花のような女官たちが列をなしていく。

第四団は皇帝の道具を運んだ。やはりそれぞれ左右に帝室役人を従えて、ケレルマン元帥は「シャルルマーニュの帝冠」を、ペリニョン元帥は「シャルルマーニュの笏 杖《しゃくじょう》」を、ルフェーブル元帥は「シャルルマーニュの剣」を、ベルナドット元帥は首飾りを、ボーアルネ近衛《このえ》司令は指輪を、ベルティエ元帥は帝国地球儀を、それぞれに運んでいく。左に副官ローリストン将軍、右に帝室筆頭侍従レミュザと従えたなら、さて、私も行くとするか。

——皇帝のマントを受け取る籠を運んで……。

外務大臣兼大侍従のタレイランも、その要職から儀式を外れるわけにはいかなかった。足が悪いので難儀するが、列から遅れるわけにもいかない。

第五団が、いよいよ皇帝である。主馬頭《しゆめのかみ》コーランクール将軍、スールト元帥、ベシエール元帥、宮廷厩舎長《きゆうしや》デュロック将軍の四人に前を守らせながら、ナポレオンは眩《まばゆ》いばかりに白く輝いていた。

白絹の下穿《したば》きをつけた脚を、金刺繍が施された白羅紗《しろらしや》のパンタロンに通し、そこに絹の靴下を重ね、ダイヤモンドの釦《ボタン》、ダイヤモンドの靴下留めで固定する。やはり縫い目に金刺繍がある白羅紗の長靴《ちようか》は、編み上げの紐《ひも》まで金糸をよったものである。

腰上も白羅紗に金刺繍という柄から、ダイヤモンドの釦まで腰下に合わせられ、首には最高級のモスリン布で仕立てられたクラヴァットを巻いた。重ねる羽織となると、今度は羅紗も深紅が用いられる。袖の折り返しは白羅紗、縫い目は金刺繍で他と合わせられるため、統一感は保たれながら、くすんだ赤の光沢がぐっと映える。その左肩から胸にかかり、ダイヤモンドの留め具ふたつで右肩に留められるのが半マントだが、こちらは同じ深紅の羅紗も白繻子《しろじゆす》で裏打ちされている。

頭には金の月桂冠をかぶっていた。右手には先に金鷲《きんわし》の像を載せた笏杖、左手には金棒の先に象牙細工の手がついた「正義の手」を持ちながら、ゆっくりゆっくり、それでいて力に満ちた歩きぶりで、ナポレオンは進んでいく。

背に長々と垂れるのは大マントだ。金の蜜蜂が鏤められた深紅の羅紗布が、白とアーミン模様の繻子で裏打ちされ、それに金の総飾りがふんだんに垂らされてと、他の衣装と合わせられた意匠は特筆には値しない。その豪華さをいうならば、廊下に敷けば二十二・六メートルになる長さであり、用いられた布地が五十八平方メートルに及ぶ大きさのほうだ。

重さも、四十キログラムを数える。当然ながら、持ち手がいる。大マントを運ぶのは兄で大選帝侯のジョゼフ・ボナパルト、弟で最高大元帥のルイ・ボナパルト、大尚書官カンバセレス、大蔵官ルブランという、世にいう「四大貴顕」だ。

その後ろをダヴー元帥とモルティエ元帥が守る。内務大臣シャンパニ、警察大臣フーシェといった政府の閣僚たち、オージュロー、マッセナ、ジュールダン、ランヌ、ネイの名誉帝国元帥たち、ユサール騎兵隊司令ジュノ将軍ら軍の高官たちが殿軍《しんがり》である。

行進がノートルダム大聖堂の正面玄関に着くと、聖水が運ばれてきた。パリ大司教が皇帝に、カンバセレス枢《すう》機卿《ききょう》が皇妃に振りかけると同時に、ノートルダム大聖堂には七色の音が満ちた。

――奏でられるは「勝利の大行進曲」。

音楽の手配も完璧だ。音楽家が四百六十人、オーケストラにして二団である。独唱部分のために、人気の歌手も呼びつけられている。ソプラノがオペラ座の歌姫マダム・ブランシュだ。バリトンがフランソワ・ライで、かつてはフランス王妃マリー・アントワネットの歌唱教師を務めた男である。革命時代にはロベスピエールのために歌い、その失脚の煽《あお》りで牢獄生活も経験したが、それが今日のところはナポレオンのために歌うというのだ。

教会だけに宗教曲もこなさなければならない。動員された聖歌隊は四隊で、音楽総監督レズールは普段ノートルダム大聖堂音楽監督を務める男だ。

音は弓なりの穹窿《きゅうりゅう》に木霊《こだま》するほど、その神秘を深くして、居合わせる人々を恍惚《こうこつ》へと誘《いざな》っていく。そも教会は天井を高くして、過剰なまでに音が響く造りである。キリスト教の信者に霊感を与えてきた大伽藍が、今やナポレオンのために十全の働きをしているのだ。

普段は薄暗いばかりの堂内が、十四も吊《つ》るされたシャンデリアの光に照らされて、もはや赤々燃えていた。彩色された厚紙が貼り付けられ、あるいは大布が上から垂らされ、そこでは金色までが眩く弾けていた。赤の壁には金色の蜜蜂が鏤められ、赤の柱には金色の「N」が刻まれ、ゆるやかに波打つ幕には金の鷲が舞い飛びと、やはり皇帝ナポレオンの神殿なのだ。

堂内の周歩廊は、左右とも特設の桟敷席になっていた。高い天井をよいことに、下階、上階、最上階と、三段の桟敷席だ。帝室関係者や外国使節、陸海軍ならびに国民衛兵隊代表、イタリア代表などにあてがわれる席だが、その全てが参列者でびっしり埋め尽くされていた。

据えられたきり、逸《そ》らされもしない視線を浴びて、皇帝の行進は堂内を縦に貫く身廊を進んでいった。その身廊に設けられた席にも、参列者は着座していた。こちらは議会、政府、軍の関係者だ。

最奥中央、二十四段の階段を上るところに据えられたのが皇帝の玉座だが、その最も近いところ、階段左右の段々席を与えられたのが元老院議員八十四名である。座席が鮮やかな青色で染められたようだというのも、金刺繍が施された青羅紗の上下と白い羽根飾りの黒フェルト帽が、面々の定められた制服だったからだ。

絨毯《じゅうたん》の床に置かれた席につくのは、同じ白い羽根飾りのついた黒のフェルト帽の一団で、くすんだ青羅紗の上下に銀刺繍が枢密院顧問官四十二人、青の毛織の上下に金刺繍が立法院議員三百二人、銀刺繍が護民院議員五十一人である。さらに文武の高官たちが座を占める。

行進に加わっていた人々も、決められた位置まで進むと、仕掛け時計の人形のように列から左右に分かれて、それぞれの席へと向かった。全員の着席が完了すれば、ようやく戴冠式の始まりだ。

皇帝と皇妃はといえば、玉座ではなく祭壇に進んでいた。据えられていた聖座から、よいしょという感じで立ち上がった痩せ男が、ローマ教皇ピウス七世だった。

すでに時刻は十二時半になる。教皇がテュイルリ宮を出発したのが九時、やはり大司教宮殿に立ち寄り、ノートルダム大聖堂に入堂したのが十時半だ。司教、大司教を引き連れながら、祭壇側に三人の枢機卿を助手に伴い、そうして聖座についてから、もう二時間近くたつのだ。

ピウス七世は瞑想の体《てい》を続けた。そこは聖職者の徳か、待ちぼうけにも表情を変えるではない。

「ウェニ・クレアトール（来たれませ、創造主）」

ラテン語が響いた。教会の言語を教皇が先唱して、フランス皇帝ナポレオンの戴冠式は始まった。

合図で始められたのは讃美歌だった。聖歌隊が歌い終えて、なお歌のような祈りの言葉が響く。教皇と高位聖職者たちは、文言に節をつけて、掛け合いのように祈禱《きとう》を続ける。

「エミッテ・スピリトゥム・テュウム・エト・クレアブントゥル（主よ、汝の魂を賜れよ。さすれば我らの心は新たな命を与えられん）」

「エト・レノウァビス・ファキエム・テラエ（また大地の表も新たにならん）」

「デウス・クイ・コルダ・フィデリウム・サンクティ・スピリトゥス・イリュストラティオーネ・ドクイスティ（神よ、信じる者の心を聖霊の光で導きたまえ）」

その間にナポレオンに近づく者がいた。祭壇に礼をすると、大尚書官カンバセレスは皇帝から「正義の手」を受け取った。大蔵官ルブランが受け取ったのは、もうひとつの笏杖だった。大選帝侯ジョゼフ・ボナパルトは金の月桂冠を脱がせた。

──次がマントだ。

大侍従タレイランは歩みをよせた。足が悪いので身体を上下に揺らしながら、それでも主馬頭コーランクールと一緒に例の大物を取り外す。手先は器用なので、その大きさ長さにもかかわらず上手に畳んで、持参の金籠に収めてしまう。剣はナポレオン自ら外し、最高大元帥ルイ・ボナパルトに手渡していた。

ジョゼフィーヌのほうでも影が動いて、同じように外すものを外していく。時を同じくして、運ばれてくるものもある。恭《うやうや》しく捧《ささ》げ持たれてきたのは、冠、剣、笏杖、指輪、首飾り、帝国地球儀といった道具だ。ローマ教皇は執式用の小椅子に腰を下ろしていた。

「プロフィテリス・ネ、カリッシーメ・イン・クリスト・フィリ、エト・プロミッティス・コーラム・デオ・エト・アンゲリス・エユス（キリストの名において告解しなさい、親愛なる息子よ。そして神と天使の御前《みまえ》において約束しなさい）」

宮廷大司祭フェシュ枢機卿が聖書を差し出していた。その上に手を置くと、ナポレオンは答えた。

「プロフィテオル（告解いたします）」

教皇は祈りの言葉を唱えた。節がつけられ、今度も歌のように響く。オムニポテンス・センピテルネ・デウス、クレアートトール・オムニウム、インペラートトール・アンゲロールム、レックス・レグヌム、エト・ドミヌス・ドミナンティウム（全能にして永遠なる神、万物の創造主にして、天使の皇帝、王のなかの王、そして主のなかの主）。祈りの文言は再び讃美歌になり、あるいは聖職者たちを交えた連禱になり、うわん、うわんと堂内に反響するほど意味が判然としなくなる。これが、いい。神秘の度も増していく。夢見心地にさえ引き込まれる。いや、それでもハッとさせられる。

教皇は小椅子を立った。ナポレオンとジョゼフィーヌは床に跪《ひざまず》いた。行われるのが聖別、あるいは塗油の儀式だった。天使が地上に遣わした聖なる油があって、それを身体《からだ》に塗られた者は神通力を備える。もう別人になっているから、聖別という。その力を利すればこそ、国を治めることができる。

壺《つぼ》を片手にした教皇は、跪くナポレオンに近づいた。油をすくった指先で触れたのは、まず頭だった。右、左と両の腕に油を塗って、これで定めの三度の塗油は終わりだ。ジョゼフィーヌも頭、右腕、左腕と滞りなく塗油を受けた。聖別を終えた皇帝と皇妃は、祭壇の小玉座についた。

「アレルヤ」

ローマ教皇の聖餐式《ミサ》が始まった。普通はローマに行かなければ、いや、ローマに行ったとしても、なかなか与《あずか》れない式だ。ありがたい、ありがたい。

その霊験あらたかなる力を分けられようと並ぶのは、今度は皇帝と皇妃の身を飾る様々な道具だった。教皇は剣、さらに笏杖、地球儀、マント、首飾りを祝福し、二つの指輪、二つの冠を順に祝福していった。それが終わると、助手の枢機卿に合図が送られ、ナポレオンとジョゼフィーヌは再び祭壇に進んだ。

聖別された皇帝と皇妃は、その身に聖なるものと化した道具を帯びる。再び動き出す者たちがいて、ナポレオンに、ジョゼフィーヌに群がりながら、みるみる飾り立てていく。

ローマ教皇の言葉も続いた。指輪を受けよ。剣を受けよ。笏杖を受けよ。地球儀を受けよ。マントを受けよ。首飾りを受けよ。その掉尾《ちょうび》を飾るのは戴冠である。文字通り、頭に冠を載せられる。しかもローマ教皇が手ずから載せるというから、ありがたい。本当ならローマに出向かなければならないところ、このパリで労を執ってくださるというのだから、ありがたい。

――しかし、これは……。

そのときが来ると、ナポレオンは立ち上がった。不遜《ふそん》にも祭壇の奥に向かい、助手の枢機卿さえ退かせて、教皇の脇まで進むと、聖餐台《せいさんだい》に置かれた帝冠に自ら手を伸ばしたのだ。

帝冠を右手につかむと、ナポレオンは祭壇に背を向けた。参列の皆に正面を向けると、やや胸を張りながら左の掌《てのひら》は剣の柄頭に置き、そうして右手を頭上高くに差し上げたのだ。

――そのまま自分の頭に載せた。

ナポレオンは自らの手で戴冠した。当たり前のように聖餐台に戻ると、もうひとつの冠に手を伸ばし、それを今度はジョゼフィーヌの頭に載せた。両の膝で床に跪き、ぴたりと左右の掌を合わせ、何かを畏れるような皇妃の頭に被せていた。

「コロネート・ウォス・デウス（神はそなたに戴冠した）」

教皇が声を上げた。戴冠はなったのだと、皆は得心した。皇帝と皇妃は祭壇の肘《ひじ》掛《か》け椅子についたが、それも束の間で、まずジョゼフィーヌが立ち上がり、お付きの女官たちを引き連れた。大マントを持たせる四大貴顕はじめ、同じように多くの廷臣たちを引き連れ、ナポレオンも後に続いた。

二人ながら向かうのは、いよいよの玉座だった。身廊を進み、二十四段の階段を上ると、ギリシャ風といおうか、エジプト風といおうか、白亜の柱が八本ほど立ち並ぶ。それが支える凱旋門《がいせんもん》の下、金色のきらめきが鏤められた赤布が垂れる場所に、玉座は据えられていた。

皇帝の玉座は中央最奥の最も高い段である。一段下の右側に置かれるのが、皇妃の玉座だ。さらに一段下の左側には四大貴顕が、右側には皇女たちが椅子を与えられていた。

それぞれが着座すると、最後に階段を上がったのが教皇だった。一歩ごと、ゆっくりゆっくり、疲れた身体を励まし励ましという体だったが、それでも二十四段を上りきった。

ナポレオンとジョゼフィーヌの面前まで進むと、ピウス七世はそれぞれの頬に接吻《せっぷん》した。

「ウィウィアート・インペラートール・イン・アエテルヌム（永遠に皇帝ばんざい）」

教皇は大きく宣言した。参列者はフランス語で応えた。ヴィーヴ・ランプルール（皇帝ばんざい）。ヴィーヴ・ランペラトリース（皇妃ばんざい）。拍手喝采で堂内は割れんばかりの音の渦だ。

楽団が「ウィウィアート」の曲を奏で、それが「テ・デウム」の讃美歌に変わり、聖餐式が再開した。先刻まで忙しく立ち働いた高位高官の面々は、皇帝の玉座の後ろに並んでいた。

祭壇が遠いせいか、一仕事終えた安堵《あんど》の空気も流れた。それがタレイランの周囲に小声ながらの私語を招いた。右隣が皇帝の義息、つまりは皇妃ジョゼフィーヌの連れ子であるウジェーヌ・ドゥ・ボーアルネ子爵、左隣が陸軍大臣ベルティエ元帥だった。いや、一時はどうなることかと思いました。

「あんな戴冠になるなんて知らなかった。まったく心臓に悪い」

「ベルティエ元帥があんな戴冠と仰《おっしゃ》るのは、陛下が自分の手で被ったということですか。確かに伝え聞く諸国の王や、はたまた皇帝の戴冠とは、ちょっと違ってしまいましたね」

「ちょっとなんて、タレイラン殿、あれは明らかに暴挙でしょう。教皇聖下をないがしろにしたわけですから」

「フランスの人民をないがしろにしなければよいと、それが義父の考えだと思いますよ」

ボーアルネ子爵が答えた。ええ、終身執政ナポレオン・ボナパルトがフランス皇帝ナポレオンになるのは、国民投票で決められた話です。お就きになるのは、あくまで共和国の皇帝なのです。そこは月桂冠を被られていた通りで、つまり皇帝は皇帝でも、古代ローマ皇帝に準《なぞら》えたわけです。わけても初代皇帝アウグストゥスでしょう。初代ですから当然ですが、生まれながらの皇帝じゃありません。ただの執政官が人々の声に押されて玉座に上りました。このアウグストゥス帝の再来を任じたと。

「御自分の手で載せられたのは、この冠は神でもなく教会でもなく、人間から、つまりは人民から与えられたものなのだと、そういう意を陛下は籠《こ》めたかったんじゃないでしょうか」

「しかし、子爵、ナポレオン陛下が頭に載せられたのは、シャルルマーニュの帝冠ですぞ」

と、ベルティエ元帥も負けない。ええ、随分こだわっていらっしゃいました。道具からシャルルマーニュの帝冠、シャルルマーニュの笏杖、シャルルマーニュの剣と揃えて、真贋《しんがん》は知れないながら、そう伝えられている骨董品《こっとうひん》を、わざわざ探して集めさせたほどです。傾倒ぶりはといえば二か月ほど前、あのお忙しい御身にしてエクス・ラ・シャペルに足を運び、その墓を詣でたほどですからな。

「シャルルマーニュはフランク皇帝です。戴冠する前はフランク族の王なんです。それが、ときのローマ教皇レオ三世から帝冠を授けられたんです。再来というならシャルルマーニュの再来を任じて、だからローマから教皇聖下を、わざわざパリに招聘《しょうへい》したのだと……」

「それは元帥の仰る通りだ。こんな風に聖下を無視なされるなら、なるほど意味がありませんねえ」

二人で窮したところに、タレイランが入った。意味がないわけではありますまい。

「思うにナポレオン陛下は、ローマ教皇さえ従えた、あるいは神とても飾り物にすぎないと、そういうことをいいたかったのじゃないでしょうか。自分は何者にも仕えない、結局カトリックに奉仕することになったシャルルマーニュを超えたのだと、そのように」

「仕えるのは、やはりフランス人民だけということですね」

「子爵、それもどうですかな。それなら冠を議会の議長にでも授けてもらえばいい。ナポレオン陛下は御自分で被られたのです。全て自分の手で、つまりは自分の力で手に入れたものなのだと、そういう意味じゃありませんか。陛下が仕えるものがあるとすれば、ひとつ己の野心のみということで」

「しかし、野心ということになると、これは、なんともはや、やはり大変そうですな」

最後はベルティエ元帥が零《こぼ》した。なにしろ陛下の野心は果てしない。実際のところ、来年はミラノでイタリア王として戴冠するといっておられますからな。やっぱりシャルルマーニュが被った「ロンバルディアの鉄の冠」を探せと、無茶なご命令を賜っておりますからな。

「おっと、お喋《しゃべ》りに興じるのも、そろそろ終わりですね」

タレイランが切り上げたとき、皇帝、皇妃と動き出していた。マント持ちを筆頭に、またぞろ大勢が従っていく。それぞれ手に大蠟燭《だいろうそく》、銀のパン、金のパンと渡されれば、それを奉献するために祭壇まで、ぞろぞろ、ぞろぞろ、再び長蛇の列をなさなければならない。外務大臣タレイランも、陸軍大臣ベルティエも、ナポレオンの義息ボーアルネ子爵にせよ、きちんと並ばなければならない。

これだけの人を動かし、これだけの物を費やし、これだけの世界を好きに振り回す。なお飽き足らないナポレオンは、輝かしいばかりの振る舞いを、まだまだ続けるようだった。

第1章　成長

フランス地図
イギリス
パリ
ヴェルサイユ
ブリエンヌ
オーソンヌ
オータン
フランス
大西洋
リヨン
ボルドー
ヴァランス
エクス・アン・プロヴァンス
ニース
トゥーロン
マルセイユ
N
地中海
コルシカ島

1　石合戦

波音が聞こえた。アヤーチュはコルシカ島の南西岸、パラタ岬の奥に隠れる港町だった。

この一七七八年で人口は四千ほど、あるいは大きな村の規模というべきかもしれないが、全体が港を守る防備の延長で、ぐるりと城壁《チッタデッラ》に囲まれていた。都市《チッタ》とされている所以《ゆえん》で、その内側で暮らしている人々も普段から「チッタディーニ」と呼ばれていた。

農村地帯の住民は「ボルジジアーニ」だ。北郊外に「ボルゴ」という荘園があり、コルシカ最古と謳《うた》われる旧家ポッツォ家が伝える土地であるため、こちらも名前に求心力があったのだ。

――だから、ボルジジアーニの奴らにだけは負けられない。

レッコ師の学校は、アヤーチュ市内のイエズス会の僧院跡で二年前に始められたものである。近郷近在、他に読み書きを覚えさせる場所はない。チッタディーニの子供もボルジジアーニの子供も通う。これが、なにかと対立して仲が悪かった。

その夕も一悶着《ひともんちゃく》ありそうだった。学校が終われば畑仕事の手伝いだと、ボルジジアーニの少年たちは脇目も振らずに家路につく。ひらひら首にスカーフを巻いているチッタディーニの少年たちが、それを先回りして、密《ひそ》かに待ち伏せしていたのである。

授業中に紙片を回した者がいた。ナブリオ・ボナパルテはまだ九歳だが、大半が年上という仲間を引き連れている、チッタディーニの大将だった。

「だから、いいな、俺の合図で一斉に飛び出すんだ」

背を伸ばし、胸を張り、木で拵《こしら》えた本人によるところの軍刀まで振り回して、大した張り切りようだ。あとの連中はといえば、ほとんどが情けない中腰だった。九歳の背丈なら隠れられる物陰でも、年長の背の高さでは頭が出る。わけてもコルシカ伝統のトンガリ帽子が、いくら口の折り返しを大きくしても、ひょこひょこ先を覗《のぞ》かせる。それで腰を折るのでは、かえって帯の赤を目立たせるばかりなようだが、そこは誰も意見しない。小さなナブリオは続けた。

「突撃部隊は俺と、あとはマリオ、ジョバンニ、フランチェスコ、ルチアーノの五人だ。石投げ部隊のほうは、ジュゼッペが指揮官だ」

指名されたジュゼッペ・ボナパルテは、面長な顔を萎《しぼ》ませ、今にも泣き出しそうだった。

「なんだよ、不満なのかよ。俺の兄貴だから、特別に指揮官にしてやったんだぞ」

「そこじゃなくて、石を投げるって、本気か、ナブリオ。大きな喧嘩《けんか》になって、レッコ師に叱られたら、また母さんを困らせることになるぞ。うちの次男は先生に『リブリオーネ』と呼ばれてるだなんて、この前だって随分お嘆きだったんだ」

リブリオーネというのは乱暴者、問題児くらいの意味だ。大人も子供も「ナブリオ」と呼ぶが、教会の洗礼簿に載せられた正式な名前は「ナブリオーネ」で、レッコ師はそれをもじった綽名《あだな》をつけたのだ。はん、意地悪教師の真似《まね》なんかして、兄貴もさ、弟を苛《いじ》めている場合じゃないだろ。

「苛めって……」

「しっ、もうボルジジアーニの奴らが来た」

ジュゼッペが黙りこめば、あとはナブリオの小声だけだ。突撃部隊は残れ。他は位置につけ。物陰に隠れる中腰のまま、結局は皆が残らず動き出した。ジュゼッペも渋々ながら十人ほどを従えた。同じ場所に留まるナブリオは、近づいてくるボルジジアーニを片目だけで窺《うかが》った。

アヤーチュ市街からの一本道は、製塩所のところで大きく左に曲がる。それまで右手に続いていた岩礁や砂浜や、見上げる高さの椰子《やし》の並び、人の背丈ほどもあるアロエの群生というような海岸の風景に別れを告げながら、徐々に勾配もきつくしていく。みるみる山道の険しさを帯びると、その歩みを呑みこんでしまうのが「マキ」だった。

海岸線を除けば山ばかりの、「地中海に浮かぶ山」とも形容されるコルシカ島で、その大地を覆い尽くしているのが土地の言葉にいう「マキ」、つまりは低木の樹海なのだ。

緑鬱《うつそう》蒼たる森は昼なお暗く、肌寒い。海岸の明るさに比べて気味悪くもあるのだが、このコルシカで農園といえば、このマキを切り拓《ひら》いたものになる。暗がりを多少なりとも抜けないことには、ボルジジアーニは家に帰ることができない。

山道の足音が大きくなった。もうズボンの縦縞《たてじま》の水色まで、はっきり見分けることができる。やはりボルジジアーニの奴らだ。白シャツの襟元を大きくはだけて、もとよりスカーフは巻いていない。楽しそうに前後左右と話しこみ、笑い声まで響かせながら、あれよという間に大きく曲がる先の山道に歩を進めた。その背中もマキに呑まれて、すぐにみえなくなった。ナブリオは叫んだ。

「突撃！」

チッタディーニの少年たちは物陰から飛び出した。いうまでもなく先駆けを務めるのは、木の棒を振りかざしたナブリオである。わああと大きな喚声が後に続く。が、相手も馬鹿ではない。喧嘩は日常茶飯事で、油断もない。一斉に振り返ったボルジジアーニは、来たなとすぐに拳《こぶし》を固めた。

ナブリオたちの足は止まった。マキに踏みこむ少し手前で立ち尽くした。一瞬後には迷わず踵《きびす》を返してしまい、五人は今駆けてきた道を逆戻りになった。ボルジジアーニの列に声が上がる。逃がすな。生意気なナブリオを捕まえろ。今日こそは「リブリオーネ」を懲《こ》らしめるぞ。

「追え、追え、追いかけろ」

が、ぴったり重なったのが喇叭《ラッパ》の一吹きである。ナブリオが腰に挿してきた玩具《おもちゃ》の喇叭だ。音が割れて、なんだか頼りない響きだったが、それでもはっきり耳に届いたはずだ。

風切り音が起きた。ビュン、ビュ、ビュンと五秒ほど続き、連なるほどに音の厚みが増していった。勇ましい怒号は絶える。ボルジジアーニの少年たちは森の暗がりに倒れ、うずくまり、あるいは滅茶苦茶な四肢の動きでもがいていた。痛い、ああ、痛いよ。

道の左右からガサガサと木々の葉が鳴り、ジュゼッペが率いる石投げ部隊が現れた。悶絶のボルジジアーニを見下ろしながら、こちらも皆が唖然《あぜん》とした表情だった。少し離れたところから、ナブリオは胸を張った。たった五秒で圧勝だ。ああ、戦いは得意なんだ。

——どんなもんだ。

道を迂回《うかい》して、森のなかに隠れろ。あらかじめ石を集めた沿道に潜みながら、喇叭の合図で攻撃を開始しろ。それがナブリオの命令だった。

生意気なリブリオーネを捕まえろ、逃がすな、追いかけろと叫びながら、そのときボルジジアーニの意識は完全に森の外に向かっていた。坂道を下る勢いで、もう背後など気にしなかった。その刹那《せつな》に森のなかから、雨あられと石を投げつけられたのだ。虚を衝《つ》かれるとは、このことだ。

「思い知ったか、ボルジジアーニども」

逃げた、というより敵の注意を惹《ひ》きつけるため逃げる真似をしたナブリオも、森の入口までやってきた。相手が地面に這《は》いつくばるなら、九歳の小ささでも勝者として上から見下ろすことができる。

「はん、どうだ、これでチッタディーニのほうが強いって、わかったろう。なんだ、おまえら。コテンパンにやられて、もう声も出ないのか。まあ、いいや、今日はこのへんで勘弁してやる」

高笑いでナブリオは踵を返した。勝った、勝った、今日も大勝利だと打《ぶ》ち上げながら、仲間を引き連れ、アヤーチュの街に戻ろうとしたときだった。濁る言葉が背中に投げつけられた。

「おまえなんか、島から出ていけ」

振り返ると、血だらけの額を押さえるボルジジアーニのひとりだった。五歳上の十四歳で、名前はカルロ・アンドレア・ポッツォ・ディ・ボルゴ、例の旧家の地主の息子だ。

ナブリオは睨《にら》みつけた。脅しだけで謝らせるつもりだったが、さすが向こうの大将格で、なお口を閉じようとはしなかった。ああ、よくコルシカにいられるもんだって、みんな、いってんだ。

「おまえなんか、余所者《よそもの》と同じジェノヴァ人じゃない」

「はん、俺たちはジェノヴァ人じゃないっていうんだよ」

と、ナブリオは答えた。アヤーチュでは、チッタディーニはジェノヴァ人の末裔《まつえい》だといわれていた。先祖、フランチェスコという男にせよ、アヤーチュ勤務を命じられたジェノヴァ兵で、そのまま島に城塞を築いたのが、イタリア本土から渡来したジェノヴァ人だからだ。十六世紀に遡《さかのぼ》るナブリオの居ついた男だ。今さらという話で、カルロ・アンドレアにしても違うと首を振った。

「違う、ジェノヴァ人てことじゃない。おまえなんか、やっぱりボナパルテだっていうんだよ」

その昔の中世イタリアを政治的に二分したのが、教皇派《ゲルフ》と皇帝派《ギベリン》で、ボナパルテ家の先祖は教皇派だったらしい。そのとき自らを「良い側《ボナ・パルテ》」と呼び、皇帝派を「悪い側《マラ・パルテ》」と呼んだ。それが家名の由来だというのは、九歳の子供でも一度や二度は聞かされていた。ああ、ボナパルテだ。ナブリオーネ・

ボナパルテ、俺の名前の何が悪い。

「いつも有利な側《ボナ・パルテ》につくのは、卑怯者《ひきようもの》のやることだ。おまえなんか、フランスの犬だっていってんだよ」

アヤーチュまでの道々は妙に静かだった。勝ったチッタディーニだったが、喜び勇んで帰る感じにはならない。大将のナブリオの口が重かったからだ。それが、ふと始めた。

「いや、ジュゼッペ兄、さっきのこと気にしてんのか」

「気にしているのは、ナブリオ、おまえだろう」

「それじゃあ、兄貴は、まったく気にしてないってのかよ」

「そりゃあ、気にするよ。なんせフランスの犬だからな」

面罵の意味は子供でもわかる。フランス人はコルシカでは嫌われていた。憎まれてさえいた。それなのに誰もフランス人を無視できない。フランス人はコルシカの支配者だからだ。

西地中海でサルデーニャ島の北に位置するコルシカ島では、その地勢から太古より外来の征服者が絶えなかった。古代にはギリシャ人、フェニキア人、ローマ人、中世にはイタリア人で、まずトスカナのピサ人、次にリグリアのジェノヴァ人が来た。一五六二年からはジェノヴァ共和国に統治されて、それが長く続いていた。変化は一七二九年、悠久の歴史からすれば、ごくごく最近の話だ。

後に「四十年戦争」と呼ばれる戦いが始まった。水面下で長く胎動してきた感情が一気に表に現れたというべきか、それはジェノヴァ共和国の支配に抗する、コルシカの独立運動だった。

一七三五年にはコルシカ独立宣言が打ち上げられた。闘争から生まれ出た指導者が、パスクワーレ・パオリだった。一七五五年に「国民の将軍」に就任、一七五六年に決定的な勝利を収めると、パオリは独立政府を樹立した。先進的な国民主権を唱えるコルシカ憲法を制定、コルチに首都を定め、独自の軍隊、独自の裁判、独自の財政、独自の貨幣まで整えていった。ジェノヴァ共和国も引かず、二重支配の状態だったが、それも徐々にパオリの独立政府のほうが力を増していくようになった。

かかる流れを変えた、もしくは引き戻したのは、一七六八年五月十五日のヴェルサイユ条約だった。ジェノヴァ共和国とフランス王国の間で結ばれた条約で、前者は後者に二百万リーヴルでコルシカ島を売り渡した。パオリ一党の攻勢に辟易《へきえき》し、こんなに手を焼かされるなら、もうコルシカ島などいらない、換金してしまえという理屈だ。

ブルボン朝のフランスは、いうまでもなく欧州最大の勢力である。それがヴェルサイユ条約を機に自らの新しい領土を確保するとして、コルシカに大々的に派兵したのだ。

パオリも抗戦に乗り出した。一七六八年十月八日に行われたボルゴの戦いこそ勝ちを収めたが、そのことでフランスの外務大臣ショワズール公爵は本気になった。さらに三万を派兵して、翌一七六九年五月八日に迎えたのが、「ポンテ・ヌオヴォの戦い」だった。コルシカでは「ポンテ・ノーウの戦い」と呼ばれるが、いずれにせよ、これが独立運動の墓碑銘となった。

フランス軍は大勝した。六月のうちにパオリはコルシカ島を脱出、いったんイタリア本土に渡ってから、イギリスに亡命した。今から十年ほど前の話である。

潮の匂いが鼻に届いた。海辺の道は思いがけないくらいに暗い。アヤーチュへの帰りは西側が山になるからだ。日暮れが深くなるほどに、峰々の影も、重く、長く、暗くのしかかる。ボナパルテ兄弟も、他の少年たちも、また口数少なくなった。黙々と歩き続けて、あっという間にアヤーチュの城門がみえるところまで来たが、その手前に幅広な三角の木が立っていた。

見事な太枝を横に大きく、それこそ左右に腕を広げているかにみえる古木だが、その事件自体は四年前の話で、まだはっきりと覚えている。異様な光景として、子供心にも忘れられない。

ひどく暗い影が、そのときは枝々に揺れていた。遠目には細長い形をした奇妙なくらいに大きな果実が、鈴なりになっているようにみえた。が、近くまで寄れば、二本の手と二本の足を生やして、人間が吊るし首にされていた。ダラリと脱力した死体が、無残に曝《さら》されていたのだ。

コルシカ独立の火は消えたわけではなかった。全島に繁るマキに隠れながら、抵抗運動は続いた。いつか必ずパオリは戻る、とも信じられていた。一七七四年には、そのときが来たとも叫ばれた。その年の五月十日にフランス王ルイ十五世が崩御し、ルイ十六世が新たに即位したが、まだ十九歳の若者であれば体制の揺らぎは避けられない。その隙を突くと、多くの者が疑わなかったのだ。

各地で蜂起が相次いだ。が、パオリは戻らなかった。フランス軍は変わらず圧倒的であり、蜂起はことごとく鎮圧された。のみならず、マキを焼き払いながらの残党狩りまで行われた。コルシカ中の木という木で繰り返された絞首刑が、捕らえられた叛徒《はんと》の末路というわけだった。

「けど、もう行こう」

と、ナブリオは呼びかけた。アヤーチュの城門を潜《くぐ》れば、あとは大通りを急ぐのみだ。馬車一台の幅を置いて、石造りの家々が左右に迫り、市街地こそ昼間から薄暗かったが、かわりに窓々の明かりがある。もとより狭い城塞の内であり、さほどの距離が残っているわけではない。

チッタディーニの少年たちは、それぞれの戸口で別れた。数分とかからずボナパルテ兄弟だけになってしまう。四階建ての家があるマレルバ通りはアヤーチュの南側、つまりは城門の反対側だ。嫌な気分は家に帰る前に振り払いたい。兄と二人になると、ナブリオは唐突ながら声を上げた。

「俺たちはフランスの犬なんかじゃない。それどころか、父さんはフランス人と戦ったんだぞ」

一七六八年に始まる戦争の話である。兄弟の父親は名前をカルロ・マリア・ボナパルテといったが、これがパオリと一緒に戦った独立運動の闘士、もっといえばパオリの側近のひとりだった。仲間の兵士を率いて、ネッビオ、バティゴ、モンテ・ボルゴと転戦した。ああ、ジュゼッペ兄は覚えてるだろ。

「覚えてないよ。まだ二歳にもなっていなかったんだ」

「嘘《うそ》だ。忘れられるはずがない。俺が聞いた分には、ものすごい冒険だ」

それは一七六九年五月八日の大敗の後だった。カルロ・マリアはコルチまで来ていた妻と息子を連れて、背後のロトンド山に逃れた。三人で山を越え、下山にかかってはリアモネ河の急流に流されそうになりながら、ようやく五月二十五日にアヤーチュに落ち延びたのだ。

二歳にもならないジュゼッペは小さな手を引かれ、ナブリオはといえば、そのとき母親のお腹にいた。妻レティツィアが身重だったために、カルロ・マリアは仕えてきた指導者と一緒に船に乗って、イギリスに亡命するわけにはいかなかったのだ。

「父さんは最後までフランスと戦った。コルシカのために戦った。それは嘘だなんていわせない」

「それはそうだけど、しかし、その父さんが今じゃあ……」

いいかけて、ジュゼッペは言葉を呑んだ。マレルバ通りに到着していた。やはり建物が屹立《きつりつ》する沿道に一本の道が通じ、彼方《かなた》の小さな空に大きな海の気配がある。マレルバ通りに間違いないが、いつもと違うのは、そこに思わず息を呑むほど大きな影が立つことだった。

すらりとした長身で、まだ影ながら見栄えがした。それなのに今にも動き出しそうな軽やかさがある。陽気な笑みが透けてみえる。朗らかな声まで聞こえてきそうだ。いや、実際に聞こえてきた。

「ジュゼッペ、ナブリオ、帰ってきたね」

ボナパルテ兄弟は二人ながら驚いた顔になった。マレルバ通りで子供たちの帰宅を迎えたのは、件《くだん》の父親カルロ・マリア・ボナパルテだった。

2　父

普段のボナパルテ家は女の家だった。母レティツィア、祖母サヴェリア、叔母ジェルトルーダ、妹マリア・アンナ、それに乳母のカミッラ・イラーリとその孫娘、老下女と続いて、男はドン・ルチアーノこと、聖職に進んでアヤーチュ副司教になっている大叔父と、あとはジュゼッペ、ナブリオ、下の弟ルチアーノ、九月に生まれたばかりのルイジ、それに乳母の息子だけだったからだ。

隣家には母方の祖母アンジェラ・マリアまで住んでいた。最初の夫を亡くすと、フランソワ・フェシュというスイス人と再婚して、ジュゼッペというレティツィアの異父弟をなしているので、こちらには男がいるにはいるのだが、マレルバ通りに固まっているのは、やはり女系の縁である。

男の影は依然として薄い。なにより、家長の影が薄い。カルロ・マリア・ボナパルテは滅多《めった》に家にいない父だった。

若い頃から居つかない質《たち》ではあった。一七四六年の生まれで、十七歳の一七六三年に家長になり、十八歳の一七六四年に十四歳のレティツィア・ラモリーノと結婚した。それで落ち着くどころか、いよいよカルロ・マリアはコルシカ島を離れた。法律を勉強するといって、ローマに渡った。

コルシカに戻ったのが一七六五年の秋だが、このとき北部の港町バシュチーヤで船を下りた。そこから陸路でアヤーチュに向かえば、山道の中間点がコルチだ。再会したのが叔父のナブリオーネ・ボナパルテで、そこでパスクワーレ・パオリに仕えていた。叔父の紹介で指導者に引き合わせられ、カルロ・マリアは自分も独立運動の闘士になると決めたのだ。

いったんアヤーチュに戻るも、一七六六年の一月には、もうコルチで暮らし始めた。家族はアヤーチュに置いたままだったが、妻のレティツィアは同行させた。一七六八年、二度の死産が続いたあとにようやく夫婦が授かった長男ジュゼッペも、そのためコルチ生まれになった。が、その一七六八年にヴェルサイユ条約が結ばれ、ほどなくして戦争になったのだ。

カルロ・マリアは家族とアヤーチュに戻った。その一七六九年八月十五日に生まれたのが、次男のナブリオだった。時刻は正午頃、ちょうど聖母マリアの被昇天祭で、母レティツィアが祭日の聖餐式のため教会に向かったところ、その途中で産気づいた。大急ぎでマレルバ通りに戻るも、寝台まではもたず、仕方なしに二階広間の長椅子《カナペ》で産み落としたという、なんとも忙《せわ》しない誕生になったのだが、父親のカルロ・マリアはこのときも留守だった。

何をしていたかといえば、イタリア本土のピサ大学に学位論文を提出していた。十一月三十日に法学博士の免状が出て帰島、その年の内にアヤーチュ裁判所の代訴人に、一七七一年には陪席判事に任命された。それは「王立」の裁判所だ。カルロ・マリアはフランス王家の司法官になったのだ。

コルシカは難しい。ジェノヴァから引き継いで、それはフランス王家も承知していた。独立運動、抵抗運動を徹底弾圧する一方で、力を入れたのが有力家門の懐柔政策だった。全島で七十七家をフランス貴族と認定し、官僚に取り立てる、国有地を払い下げる、漁業権、養樹園、狩猟権を授与するといった、数々の優遇策を進めたのだ。これに飛びついたのが、カルロ・マリア・ボナパルテだった。

いかにも市街地の建物という横長の直方体でしかないながら、アヤーチュ市内に四階建ての邸宅を持ち、また市外でもいくつか荘園を営んでいたボナパルテ家は、「旦那《メッセル》」とか、「殿《ノビレ》」とか、ときには「顔役《マニフィコ》」とか呼ばれる身分だった。その旧家の地位をもって訴えかけるなら、フランス王家も認めてくれないではないように思われたが、ただ待っていては駄目だ。

カルロ・マリアはコルシカ島に赴任してくるフランスの高官たちに取り入った。わけてもコルシカ州総督シャルル・ルイ・ドゥ・マルブーフ伯爵をパトロンと頼んで、積極的な猟官運動を行ったのだ。

「あいつはパオリの腹心だったんじゃないのか」

居つかない、落ち着かない、では済まない見方をされる所以だ。

カルロ・マリア・ボナパルテは議員にもなった。これもフランス王家の懐柔政策のひとつだが、コルシカ島には地方三部会を開く特権が与えられた。聖職者を第一身分、貴族を第二身分、平民を第三身分として、それぞれの代表議員が集うという、フランス伝統の議会のことだが、その選挙が一七七一年九月に行われると、カルロ・マリアはアヤーチュ管区貴族代表議員に立候補したのだ。

結果は落選だった。人々の悪口が絶えないのだから当然だが、かわりに当選したフォッツァーニはといえば、これとコルシカ人に見込まれただけ、フランス人からは目ざわりと疎まれた。総督マルブーフ伯爵は手を回して辞職させ、その欠員をカルロ・マリア・ボナパルテに埋めさせたのだ。

一七七二年五月に議会が開会されると、「十二貴族院」の一角さえ占めた。議員から十二人が選ばれて、コルシカ地方三部会の総意をまとめ、それをフランス王家に伝える機関だ。カルロ・マリアは議会の有力者でさえあった。

そのコルシカ地方三部会だが、開催地は北部のバシュチーヤである。もとから家に居つかない父は、近年はバシュチーヤに行きっ放しで、アヤーチュにはたまの休暇に帰るだけになっていた。

「でも、父さん、今回は早かったね」

と、ナブリオは始めた。カルロ・マリアは夏にも一度帰っていた。コルシカの海岸はマラリアの危険があるため、避けて山の別荘ですごすのは毎夏の恒例にすぎなかったが、父親が一緒というのは珍しい記憶だ。一番に思い出された理由だが、今が十月だから、まだ二か月たらずしかたっていない。

「また休暇が取れたんだね」

ナブリオは続けたが、横目にみたジュゼッペはといえば、怯《おび》えたような顔で声も出ない様子だった。

――なにかおかしいってことか、やっぱり。

あるいは兄を不安にさせたのは、父が誇らしげに押し出しているかのような派手な召し物だったか。下から見上げていっても、飾り金具がついた靴に、みるからに手ざわり滑らかな絹の長靴下、キラキラする銀糸の刺繍があしらわれた黄緑色の羅紗生地で上下を仕立てたあげくが、今にも粉が落ちてきそうな白い鬘《かつら》なのだ。コルシカでは滅多にみない。アヤーチュをざらに歩いている格好ではない。

人好きのする、ときに胡散臭《うさんくさ》いほどの笑顔を作ると、カルロ・マリアは二人の息子の背中を押した。とりあえず、家に入ろう。

扉を押し開けると、そこは空気がひんやりしていた。土間の造りで、馬がつながれ、馬具が下げられ、薪《まき》が積まれ、井戸が掘られ、さらに挽《ひ》き臼《うす》、パン焼き竈《かまど》、葡萄《ぶどう》の絞り器が据えられて、熟成中の生ハムが二つ三つと吊り下げられているような場所だ。それを奥まで進むと、階段で住居に上がれる。二階こそ家族が集う広間である。

「さあさあ、ボナパルテ家の王子たちが御帰宅なされたぞ」

陽気な冗談口にすぎないが、子供のナブリオでも思う。いくらか洒落《しゃれ》にならないな。このコルシカで聞く人が聞けば、眉を顰《ひそ》めずにはいないだろうな。

家では誰も窘《たしな》めなかった。コルシカでは家長の権は絶対だったし、それにカルロ・マリアほど風采《ふうさい》の立派な美男子には、ちょっと圧倒される気分もないではなかったろう。

実際、女たちは笑顔で出迎えた。兄弟も母親のレティツィアに顔の汚れを拭《ぬぐ》われ、叔母のジェルトルーダに服の埃《ほこり》を叩《たた》いて落とされた。いつも通りの迎えられ方だったが、父親が居合わせるせいなのか、なんだか儀式めいて、いつにない堅苦しさが感じられた。

それがナブリオまで緊張させた。いや、俺はそんな弱虫じゃない。認めまいという気持ちが、自《おの》ずと口を動かさせた。父さん、しばらくいられるの。よく休みが取れたね。三部会は忙しくないの。

「忙しいさ。ははは、ナブリオ、本当に目が回るほどだ。これは休みというわけじゃないんだ」

カルロ・マリアは長椅子に腰を下ろし、また息子たちにも並んで座るよう促した。

大家族の大卓には、すでに皿が並んでいた。盛りつけられていたのは、いつもながらのサラミに生ハム、それもコルシカらしい猪肉《いのししにく》だ。飼育した豚も食べるし、高原で育てる山羊《やぎ》や羊の肉もしばしば出されるが、牛肉は食べない。山ばかりなので、あんなに大きな動物を何頭も放牧する土地はない。

育てる土地がないといえば、コルシカでは小麦もあまり食べなかった。かわりの主食が山の栗で、それを粉に挽いたものでパンを焼き、粥《かゆ》も作る。その日も「カニストレーリ」と呼ばれる甘い栗粉の焼き菓子は出されていたが、同じく山と重ねられるパンはといえば、珍しくも白パンだった。

――小麦は値が張るっていってたのに……。

大奮発だ。これは特別な夕食だ。けれど、驚かない。父が帰ってきたのだから、驚くまでもない。

「ああ、驚くなよ。父さんな、今度フランスに行くことになったんだ」

カルロ・マリアの言葉が切れると、その語尾が木霊を引くほどの静けさが広間に流れた。家長を畏れ敬う気分は持ちつつも、いつもなら口を挟まずにおかない女たち、そこは母親として遠慮のない祖母までが口を噤《つぐ》んだままだった。

「ヴェルサイユ宮殿に参内《さんだい》するのさ。ルイ十六世という王さまにお会いするんだ」

もうジュゼッペは表情もない。自分だけは黙るまいと思いながら、ナブリオも声が出なかった。ただボルジジアーニの罵倒が耳に蘇る。おまえなんか、フランスの犬だっていってんだよ。

カルロ・マリアの声だけが大きく、しかも楽しげだった。こうしてアヤーチュに帰ってきたのも、フランスに行く準備をしなければならないからさ。

「す、すごいな」

なんとか声に出して、ナブリオは苦し紛れに続けた。外国に行くなんて、父さん、本当にすごいよ。

「ははは、フランスは外国じゃないぞ。いや、私の言い方が悪かったね。コルシカ、というか、フランス語では『コルス』だけれど、とにかく、この島もフランスなんだよ。だからフランスに行くというより、フランス本土に渡るというのが正しいね」

「それでも、ずいぶん遠くですね」

ようやくジュゼッペも口を開いた。その緊張の色が濃い顔に、カルロ・マリアは微笑で頷《うなず》く。

「確かに遠いな。旅程にもよるけれど、ヴェルサイユまでだと、十日から二週間もかかる」

「やはり大変な長旅ですね」

レティツィアが水を持ってきた。走り回り、いつも喉をカラカラにして帰る息子たちには、井戸から汲《く》み立ての冷たい水を出してくれる決まりだった。が、そうして碗を差し出した母親の顔も、いつもより明らかに青ざめていた。ナブリオは水を飲んだ。喉を鳴らして一気に飲み干したが、それで広間の空気が変わるわけではなかった。やっぱり、おかしい。やっぱり、静かすぎる。

赤子のルイジの泣き声が聞こえた。女たちまで泣くわけではなかったが、朗らかに笑っている者となると、依然カルロ・マリアひとりである。ははは、なに他人事《ひとごと》みたいにいってるんだ。

「いえ、父さんのことですから、我が事のように喜んでいます」

「そうじゃない、ジュゼッペ。それにナブリオも驚くんじゃないよ。実はね、おまえたちもフランスに行くことになったんだ」

一七七一年九月十三日、カルロ・マリア・ボナパルテはコルシカ最高法院の決定を引き出した。

「当法廷はボナパルテ家が二百年以上にわたる貴族の家柄であることを証明する」

わざわざ文書を求めたのは、フランスでは四代にわたる貴族の子弟は国王給費生になることができたからだ。国王の支払いで学校に、それも選ばれた貴族子弟が通う学校に行ける。この制度を息子や娘のために使いたいと、カルロ・マリアは自分の子供たちについても野心を抱いたのだ。

その念願が認められ、こたび三人の子供の給費が決定していた。三人というのは息子が二人、娘が一人で、息子二人については、ひとりが聖職者となるべく神学校に、ひとりが軍人となるべく兵学校に進むべしと条件がつけられた。

娘のマリア・アンナは未《いま》だ就学年齢でなく、まず兄弟が進学することになった。長男が兵学校、次男が神学校というのが普通だが、ボナパルテ家の場合は明らかな性格の違いがあり、大人しい兄のジュゼッペを神学校に、活発な弟のナブリオを兵学校にやると、そこまでは簡単に決まった。

「問題は、どの神学校にやるか、どの兵学校にやるか、というより、やれるかなんだよ。国王給費生になって、学費の心配がなくなっても、有利な学校には有利なコネがないと入れないんだ」

と、カルロ・マリアは明るく続けた。いやあ、苦労したぞ。コルシカ州総督マルブーフ伯爵様の甥《おい》御《ご》に、イヴ・アレクサンドル・ドゥ・マルブーフという方がおられてね、オータン司教を務めてらっしゃる。この伝《つて》でジュゼッペはオータンの神学校に進めることになったぞ。オータンだぞ。ブールゴーニュの由緒ある司教座都市だぞ。

「難しいのはナブリオの兵学校だ。なかなか空きがみつからなくてね。フランスじゃあ、全国に十二の王立幼年兵学校があるんだが、どこも人気が高くってね。けど、心配はいらないよ。マルブーフ伯爵は陸軍大臣モンバレイ大公に融通を依頼してくだすったんだ。そのモンバレイ殿下から、ようやく返事が届いたそうだ。九歳の弟についてはティロンの幼年兵学校に入れられそうだとね」

正式な通知はまだ来ていなかったが、どのみち二人は最初オータンに行く。私費になるが、二人ともフランス語すらできないからには、はじめにコレージュでフランスでの就学準備をしなければならない。ジュゼッペはそのまま神学校に行く。ナブリオはティロンに移るが、その間に正式な通知が届くだろうというのが、カルロ・マリアならではの楽観だった。

「どうだ、大したものだろう。喜べ、ジュゼッペ。喜べ、ナブリオ。ああ、喜んでいいんだぞ。そう、ジュゼッペ・フェシュはレティツィアの弟だから、まだ十五歳だが、お前たちの叔父さんということになるんだな、あれも一緒に行くぞ。エクス・アン・プロヴァンスという街で、神学校に進むんだ。あと、私の古い友人でオーレル・ヴァレゼという男がいるんだが、これも一緒だ」

はははは、みんなでフランスに行くのさ。行けるなら行かない手はないというものさ。そう父親に派手派手しく打ち上げられても、十歳と九歳の兄弟は声も出なかった。本当に突然、あまりに藪《やぶ》から棒の話で、ジュゼッペは無論のこと、ナブリオまで何といっていいのかわからない。大奮発の晩餐だったというのに、そのあと何を食べて、どんな味がしたのか、それすら覚えていないほどだった。

3　入学

フランスは広くて、大きい。少なくとも、広くて、大きく感じられる。どこまでも平らだからだ。地の果てまでも見渡せるかのように、目にかかるものがない。わけてもブールゴーニュからシャンパーニュに至る沿道は、どこまでも平野が続くような土地だった。

春のこの季節は一斉に植物が萌え立つが、それも淡い薄緑が景色を染め尽くすだけで、これといった変化を生み出すわけではない。ときおり木々が群生し、あるいは牛や馬が柵の内に放たれているが、それとても長閑《のどか》な雰囲気に拍車をかけるばかりである。

「さっきから外の景色ばかりみているが、やはり年寄りしかいないのでは退屈かな」

と、オーベリーヴ師は始めた。馬車の旅になっていた。その老神父は何かといえば揺れがひどい、揺れがひどいと繰り返したが、横並びに同乗するナブリオには、船で海の上を滑るのと変わらなく感じられた。ああ、こんなに整えられた道で、なんの文句があるっていうんだ。

「僕が景色をミルのは、アナタとは関係ありマセン」

車内を振り返り、ナブリオは答えた。また目を外に戻そうとしたが、それを引き止めるかのようにオーベリーヴ師は間髪を容《い》れなかった。

「しかし、ナポレオーネ・ディ・ブオナパルテ君、このあたりは海があるでも、山があるでもないよ」

そう呼ばれるようになったのも、フランスに来てからだった。「ナポレオーネ・ディ・ブオナパルテ」はナブリオーネ・ボナパルテをフランス語でなく、イタリア語というかトスカナ語に直して貴族身分の称号をつけたものだ。そう呼んでほしいと自ら求めたのは、父カルロ・マリアの指示だった。

どう頑張っても生粋《きっすい》のフランス貴族にはなれない、フランスでは古いトスカナ貴族の末裔ということで周囲を恐れ入らせてやれ、たまたま先祖がコルシカに渡り、その島がたまたまフランスに併合されて、たまたまフランス人になったから、この国で就学することになったものの、元はフランス貴族より古いくらいのトスカナ貴族なんだぞと胸を張るんだ、そのためにイタリア本土の発音らしく聞こえる二重母音を強調しながら、ブオナパルテ、ブオナパルテ、ナポレオーネ・ディ・ブオナパルテと名乗ることだ。そうやってコルシカ島からの長旅の間、くどいくらいに説かれたのだ。

「面白くもないだろう、こんな何もないような風景は」

オーベリーヴ師は続けた。放っておいてくれていいのに。退屈なのは、そっちじゃないか。腹では思いながら、ナポレオーネは上辺は無表情に答えた。いいえ、トテモ面白いデス。

「海も山もナイところが面白い。僕の故郷コルシカ、いえ、コルス州は、海と山シカありマセン」

「そうなのかね」

ナポレオーネが頷きを返すと、オーベリーヴ師はショボショボした目を見開いて、本当に驚いた表情だった。いや、そうなのかもしれないね。コルスというのは、地中海に浮かぶ島なんだったね。

「そうか、海に囲まれて、しかも陸地は山がちと、ああ、そういうことなんだろうね」

自分を納得させるような言葉を続けるうちに、オーベリーヴ師の表情が微妙に変わった。悪意というほどの感情ではないながら、優越感の程度ははっきりと覗きみえた。理屈は九歳のナポレオーネにもわかる。平らな土地は耕地になる。それが広いフランスは、つまりは豊かな土地だ。反対に海や山しかないなんて、コルスは貧しいという証拠だ。君はフランスに来られてよかったねと、優しげな笑みでまとめそうな風さえあるが、そうは口に出さないところがフランス人の嫌らしさか。

「それでナポレオーネ君はフランスの景色を面白いというんだね」

「気味が悪いとも思いマス」

ナポレオーネが答えると、オーベリーヴ師は不服げな顔だった。気味が悪いと？

「広すぎて、ナンダカ落ち着きマセン」

コルス人ナポレオーネの偽らざる実感だった。それは最初から変わらない。何度みても変わらない。そして、みるたびに思うのだ。自分はフランスに来たのだと。もう来てしまったのだと。

父にフランス行きを告げられて二か月、一七七八年十二月十二日にはアヤーチュ、いや、アジャクシオ出発となった。コルスの山々を縫うような隘路《あいろ》を、それも人間の頭ほど大きい石がゴロゴロ転がる道を踏み越えながら、最初に北部の港町バシュチーヤ、いや、バスティアに行き、そこで乗船したのがトスカナ行きの船だった。父カルロ・マリアによれば、「ブオナパルテ家」の発祥はトスカナ北部のサルザナという土地で、そこで古い系図を手に入れられそうだというのだ。

つまりはトスカナ貴族として箔《はく》をつける一環だ。真贋の程はさておき、一巻の羊皮紙なりを手に入れると、そこからフランス行きの船に乗った。十二月二十五日にマルセイユに上陸となり、ヴァランス、リヨン、ヴィルフランシュと北上して、十二月三十日にはオータンに到着した。

このときからフランスは気味悪いほど平らだった。真冬で雪が積もっていたこともあり、途切れない白さにベタ塗りされたような風景は、真実この世の物とも思われなかった。

「心細いヨウナ気もしマス」

と、ナポレオーネは続けた。今度のオーベリーヴ師は上機嫌で食いついた。

「兄さんと別れたからな」

年が明けた一七七九年一月一日、オータンでイエズス会が経営するコレージュに入学したときは、確かにジュゼッペ、こちらはフランス風に「ジョゼフ」と名乗り始めた兄が一緒だった。が、兄弟でフランス語を勉強したのは三か月と二十日だけで、四月二十一日にナポレオーネはひとりで出発となった。ええ、兄はオータンで聖職に進みマス。僕は軍人になりマス。ハジメから、その予定デシタ。

「それにしても、淋《さび》しいだろう。オータンを発《た》つときは泣いたじゃないか」

「兄はナキましタ」

「君だって」

「いいえ、ナキませんデシタ」

そうかと淡白に受けて、オーベリーヴ師はこだわらなかった。ナポレオーネが車窓の向こうに目を戻そうとすると、今度も逃すまいとするかのように言葉を継いだ。

「ときにお父上は君のことがよほど可愛いとみえるね」

さすがのナポレオーネも怪訝《けげん》な顔で振り返らずにはいられなかった。フランス語の聞き違えかとも思ったが、オーベリーヴ師は続けた。こんなにも献身的な親御さんは、なかなかいるものじゃないよ。

カルロ・マリア・ボナパルテ、こちらも「シャルル・マリー・ディ・ブオナパルテ」と名乗る父は、オータンで二人の息子の入学手続きを済ませると、フランスを北上する旅に戻った。三月十日にフランス王ルイ十六世への謁見が予定されていたからだが、あっさりオータンを離れられ、子供の身にしてみれば、ひどく薄情なように感じられた。それでもオーベリーヴ師は止《や》めないのだ。

「お父上、ヴェルサイユでは相当頑張られたのだろう。でなければ、ナポレオーネ君、とてもブリエンヌ陸軍幼年学校には行けなかったよ」

陸軍大臣モンバレイ大公の署名がある三月二十八日付の手紙を、ナポレオーネもみせられた。

「貴殿の子息ナポレオーネ・ディ・ブオナパルテを陸軍幼年学校に入学させると、国王陛下が承認なされた旨、すでにコルス州総督を介して、お聞き及びのことと存じます。こたび陛下は子息をブリエンヌ陸軍幼年学校に入学させると決定なされましたので、子息が同校において勉学に専念できるように、貴殿は直ちに子息を学校まで連れていくか、余人に連れていかせなければなりません。また、あらかじめ伝達しておきます。入学者は同封の書類にある支度品を持参しなければなりません。入学者は障害があったり、不治の病にかかっていてもいけません。校長は入学者の到着後すぐに身体検査を受けさせます。障害があったり、健康を損ねていたりすれば、入学が取り消されることもあります。また入学者はフランス語の読み書きができなければなりません。入学者は入学当日に試験を受けることになっていますが、読み書きの能力を欠いている場合は入学が翌年に延期されます」

予定のティロンから、確かに変更になっていた。が、それが、どうして父の頑張りになるのか。

「いやはや、ブリエンヌだよ、ブリエンヌ。御父上の話はモンバレイ大公を越えて、トゥールーズ大司教猊下《げいか》ロメニ・ドゥ・ブリエンヌ様まで、通じたということだからね」

言葉の響きはナポレオーネの耳にもひっかかった。ブリエンヌ……。ロメニ・ドゥ・ブリエンヌ。ブリエンヌ陸軍幼年学校。ああ、ブリエンヌ様は宮廷の有力者だよ。次期宰相とも噂《うわさ》される方だよ。

「その御実家近く建てられたブリエンヌ陸軍幼年学校入学というのは、今や子弟の進路として最も望まれる先なんだよ。だから、お父上に感謝しなさい。感謝しないといけないよ、ナポレオーネ君」

ハア、としか答えられない。老神父のフランス語は理解したつもりだが、なお愛情深い父だなどと感謝する気にはなれない。というのも、馬車に同乗しているのはオーベリーヴ師ではないか。

ブリエンヌはシャンパーニュ州にあり、ブールゴーニュ州のオータンからは北に五十リュー（約二百キロ）も離れていた。もちろん子供ひとりで行ける距離ではない。が、シャルル・マリー・ディ・ブオナパルテはヴェルサイユにいったまま、今度も迎えに来ないというのだ。

オータン司教マルブーフ猊下の手配で、ブリエンヌまで送るよう頼まれたのが、オータン副司教オーベリーヴ師という、いかにも管区での実務が長そうな老神父だった。おかげでナポレオーネは五十リューもの長旅の間、まだ馴《な》れないフランス語を使いながら、ずっと老神父の話し相手だ。

「いや、ナポレオーネ君は知らないかもしれないが、ブリエンヌなんてフランスじゃあ、何処《どこ》にでもある地名なんだよ。だから他と区別するときは『ブリエンヌ・ル・シャトー』というらしいな」

そう呼ばれる村は、シャンパーニュ州の南の外れにあった。藁葺《わらぶ》き屋根に灰色の壁という農家が、何か所かに十数軒ずつ身を寄せ合うだけの、人口にして四百人たらずという本当の小村だ。

それを「トゥールーズ通り」と呼ばれる田舎道《いなかみち》が、東西に貫いていた。これが「王立兵学校通り」と交わる四辻《よつつじ》の北西を占めるのが、ブリエンヌ陸軍幼年学校だった。

最初に見上げることになるのが、アーチに形作られた茶褐色の石門である。これを抜けると、屋根を瓦で葺いた白茶けた石の建物が行く手に聳《そび》える。小さな聖堂を横目に菩提樹《ぼだいじゅ》の並木道を進むと、突き当たりに現れるのが、白に塗られた鎧戸《よろいど》付きの玄関だった。

屋内は昼でも闇に近い。が、さらに奥のほうには、明るい気配が感じられた。白線に区切られた緑が覗いているからには、回廊が巡らされた中庭になっているらしい。

「修道院のようデスが」

なかへと誘われながら、ナポレオーネは聞いた。オーベリーヴ師は振り返りもせずに答えた。

「造りからすると、元は救貧院とか、施療院とか、そんなような建物だね。ううむ、だいぶ古いな。石段の磨《す》り減り具合からすると、建立は中世に遡るんじゃないかな。まあ、修道院で間違いではないよ。この百年ほどはサン・ブノワ派ミニム会の修道院だ。三十年ほど前からは修道士たちが子供たちに、読み書きを教えるようになっていたそうだ」

「ソレがどうして……」

「王立ブリエンヌ陸軍幼年学校になったといっても、王の勅令ひとつの話でしかないからね」

一七七六年二月一日の勅令である。定められて、ソレーズ、ポンルヴォワ、ルベ、ティロン、オーセール、ボーモン、トゥールノン、エフィア、ヴァンドーム、ラ・フレーシュ、ポン・タ・ムーゾンと並び、ブリエンヌも十二幼年学校のひとつになった。とはいうものの、みたところは修道院そのままなのであり、やはり急拵《きゅうごしら》えの感は否めなかった。

「ははは、お香臭いはずさ。君のことで手紙のやりとりをしたが、教師だって大半は今もミニム会の神父や修道士だね。兵学校といいながら、修道会のコレージュから大きく変わるわけじゃないよ。授業も、フランス語、ラテン語、ギリシャ語、歴史、地理、それに音楽、舞踏なんかの一般科目に、数学、物理学、製図、築城、剣術、あとは乗馬かな、そんなような若干の軍事科目が加えられた程度にすぎないさ」

そう言葉を加えてから、オーベリーヴ師はまとめた。もっとも、余所の幼年学校も似たようなものだ。経営するのがベネディクト会やオラトリオ会だったりするだけでね。

ブリエンヌ到着は五月十五日で、十六日には入学試験が行われた。予告されていたように身体検査と、あとはフランス語の読み書きだったが、そのいずれもナポレオーネは問題なかった。

陸軍省が定めた校則により、生徒は十三歳までは丸坊主とされていた。すっかり髪を落とされてから、ナポレオーネは赤い裏地の青い上着、黒のキュロットに白の長靴下という、ブリエンヌ幼年学校の制服を身に着けた。

入学が本決まりになると、オーベリーヴ師はオータンに引き揚げた。特に懇意でも、懇意になるほど長くオータンにいたわけでもないので、名残惜しいというような感情は湧かなかった。が、もし試験に落ちていたら、自分はどういうことになったのだろうと考えると、いくらか寒いものを感じた。

オーベリーヴ師に代わって付き添ったのが、ブリエンヌ幼年学校の校長レリュ師だった。ナポレオーネは早速校内を案内された。寝台用の敷布、頭文字を入れた食器一式、ナプキンなどの私物を両手に抱えさせられ、最初に導かれた先が居室だった。

「ここが君の部屋になる。我がブリエンヌ幼年学校では、全ての生徒に個室が与えられるのだ」

なんだか自慢げで、感謝しろといわんばかりの口調だったが、それならとナポレオーネがなかに進んで見回すと、ほんの六ピエ（約二メートル）四方の広さしかなかった。寝台の他には小さな机と椅子だけで、扉に小さく開いた四角の他は窓もない。修道院の反省房でないならば、監獄の独房だ。

「夜には扉に鍵がかけられる。小用とか、急病とか、夜間に部屋から出たいときは、なかから鐘を鳴らすように。その音を聞くために夜勤の下僕が雇われているから、なにも心配はいらないよ」

部屋に私物を置いたあとは、教会に連れていかれた。

「いうまでもないが、聖餐式《ミサ》は毎日挙げられる。日曜、それから祭日は歌唱式で、晩課にも出てもらう。生徒には月に一度の告解と、三か月に一度の聖体拝領も、義務づけられているからね」

最後が教室だった。授業は朝の六時から夜の八時までになっている。九歳の子供には厳しいかもしれないけれど、それは他の生徒も同じだからね。そこまで廊下で説明されてから、背中を押された。硝子《ガラス》の窓が大きく取られ、おかげで明るい教室だった。ほとんど眩《まぶ》しいくらいで、刹那ナポレオーネの目には真っ白にみえた。いや、君も黙っていないで、自己紹介を行いたまえ。

「ナポレオーネ・ディ・ブオナパルテ、コルス州の出身デス」

小さな笑いが起きた。緊張していたナポレオーネだが、いくつか笑い崩れた顔を見逃さなかった。それはオータンのコレージュでも同じだった。いや、恐らくはコルスでも変わらない。レッコ師の学校に新入りが来たときには、自分も聞こえよがしの笑いを洩《も》らしたものだ。

学期途中の入学なのだから、仕方がない。もとより大した意味もない。クラスに新入りがあれば、とにかく最初に笑うのだ。そうすることで古株たちは、少しでも優位に立とうとするのだ。

とりあえず席につき、ナポレオーネは初めての授業を聞いた。フランス語のそれは全ては理解できなかったが、教師から指名されたわけでなく、まずは無難に時間を終えることができた。

——問題は……。

昼休みに中庭に出てからも、笑いが収まらないことだった。

無視されるのは、構わない。ひとりでいることは、苦にならない。オータンでも、しばしばひとりだった。兄のジョゼフは気の弱さの裏返しで、うまく他人と協調できる。あるいは父に似て社交的な性格なのかもしれないが、すぐコレージュの級友たちと打ち解けた。正反対なのが我を張る性格のナポレオーネで、兄と別れたが最後、もう誰も話す相手がいなくなったのだ。

それでも構わない。フランス語も自信がないし、かえって幸いなくらいだ。が、しつこく笑われ続けるとなった日には、いくらか話が別だった。からかい口まで聞こえてくれば、容易に流すことができない。我慢するしかないかとあきらめられるほど、気持ちが弱いわけでもない。

「あいつ、なんて名前なんだっけ」

「なんとかオーネだ」

「鼻に《オー・ネ》だと。鼻になにを突っこもうってんだ」

「そうそう、思い出した。ラパイオーネが名前だ」

「鼻に藁《ラ・パイユ・オー・ネ》か」

鼻に藁だ、鼻に藁だと指さすことまでしながら、数人がゲラゲラ笑いを際限なく続けた。顔に覚えがあるからには級友だ。さっきの自己紹介を聞いたのだ。ナポレオーネは気にしないでいられなかった。フランス語の言葉遊びは今ひとつ理解できなかったが、それでも馬鹿にされたことは直感した。

同じ悪口ながら、コルスでつけられた「リブリオーネ」とは質から違う。畏怖心や警戒心でなく、むしろ滑稽味が色濃く籠められているだろうことも、なんとなくだが感じ取ることができた。

ナポレオーネは一団を睨みつけた。いっそ思い知らせてやろうかと、こちらは思いつめているのに、ブリエンヌの連中は止めようとしないのだ。ラパイオーネの奴、なんだか黒い顔をしてるな。オリーヴの食いすぎだろう。コルス人だからな。コルスって、フランス軍に占領された？　ああ、王が征服した島だ。というか、ジェノヴァが売りに出したんだろ。

「いずれにせよ、今はフランスの飼い犬だよ」

また笑いが大きく沸いた。自分だけでなく、コルスまでが馬鹿にされたようだった。気がつくと、ナポレオーネは突進していた。

フランスに来てからというもの、溜《た》めに溜めた鬱憤《うつぷん》があった。面白くない。来てよかった、などと思えた例《ためし》がない。いや、俺なら平気だ、まだフランス語が苦手なだけだ。そうやって宥《なだ》め続けてきた感情が、コルスの話を持ち出された瞬間に暴れ出したのだ。

「コルス人はツヨイ。一対四でも、フランス人にカテル」

「じゃあ、なんで戦争に負けたんだよ」

「一対十ダッタ。いくらコルス人がツヨクても、フランス人にカツのはムズカシイ……」

「なにいってんだ、こいつ」

「フランス語、下手すぎだ」

「鼻に藁《ラパイオーネ》だから、息の抜けが悪くて、モゴモゴしてんじゃねえか」

そうやって級友たちは、再びの爆笑だった。ナポレオーネのなかで、パリンと割れたものがあった。

――フランス人め。

拳骨《げんこつ》が躍り、怒号が上がり、騒ぎの輪が大きくなった。聞きつけた神父たちが、けたたましく鳴らした手鈴で、群がる生徒たちを残さず蹴散らしてしまったが、あとから罰せられたのは皆ではなかった。鞭打《むちう》たれたのは、新入生ナポレオーネ・ディ・ブオナパルテひとりだった。

4　学園生活

ブリエンヌ幼年学校は広い。まっ平らなシャンパーニュにあって、まさに余るほどだ。そこで考えついた者がいたようで、全ての生徒は校舎裏の使っていない敷地から洩れなく一区画を与えられた。もちろん百十人にも分けられれば、ひとり分は六ピエ（約二メートル）四方という、ほんの小さな土地にしかならない。好きにしていいと許されても、なにができるわけではない。

実際、ほとんどの生徒は手もつけない。それを幸いとかけあったのが、ナポレオーネ・ディ・ブオナパルテだった。両隣、そのまた両隣と話をつけて、自分の持ち分を広げたのだ。何のためといって、その周囲に木の柵を巡らせ、小石を敷いて小道を作り、煉瓦《れんが》を並べて花壇を作り、土を耕し、種を蒔《ま》き、沢山の花を咲かせたのだ。

他の生徒からは「エルミタージュ（離宮）」とも揶揄《やゆ》されたが、どこ吹く風と、そこで休み時間の大半をすごす。少なくとも晴れの日には、そうである。これまた丹念に整えた芝生のうえに腰を下ろし、また何をするのかといえば、ひとり本を読むのである。

「まさに勉強の虫だね、ナポレオーネ」

そう声をかけられて、ナポレオーネはチラとだけ目を上げた。一瞬で相手の制服を確かめ、教師でも先輩でもなく級友のひとりにすぎないと見極めると、もう興味なげに元の本に目を戻した。

「俺に近づくな」

いわれなくても、相手は柵の外で立ち止まっていた。緊張顔で固まるまま、なかに進む素ぶりはない。実際、なにかの間違いにもなかに入れば、たちまち怒鳴りつけられる。柵でも倒してしまおうものなら、いきなり殴りつけられかねない。ああ、わかってくれているようだな。

——ここは俺の国だ。

それはコルスからやってきた少年が、ようやく見出《みいだ》した安住の聖域だった。

級友とぶつかり、教師に叱られ、放校の危機に追いこまれては、宮廷筋のパトロンに取りなされ、その繰り返しで三年がすぎていた。あげくブリエンヌ幼年学校で掛けられた看板が、偏屈な変わり者、揉《も》め事が絶えない問題児、不愛想な一匹狼というものである。

それをナポレオーネは自ら利用した。ああ、俺には近づくな。大人しく自分の国にいるのだから、厄介事に好んで首を突っこむな。おまえたちと仲良くするつもりはない。おまえたちも俺のことは嫌いだ。それで問題ないじゃないか。お互い離れているのが利口じゃないか。了解はすでにできているはずなのに、なお歩を進めてくる輩《やから》はいるのだ。

「ブーリエンヌ、前にもいったが、俺には近づかないほうが身のためだ」

ナポレオーネは目もくれずに声だけで続けた。それでも、いなくならない。ルイ・アントワーヌ・フォーヴレ・ドゥ・ブーリエンヌ。ナポレオーネが名前を呼んだ臆病顔の級友は、小庭園に進み入るでもないかわりに、踵を返していなくなるでもない。

「いや、だから身のためとか、そういうの、僕には関係ないんだよ、ナポレオーネ」

変わらず柵の外側から、ブーリエンヌは気が弱そうな笑みで始めた。相好《そうごう》を崩すと、少し猿に似た顔になる。が、その愛嬌《あいきょう》にもナポレオーネは変わらず目も上げなかった。

「おまえが損をするといってるんだ。俺はこの学校の嫌われ者だ。黒い顔をしたコルス人だぞ」

「でも、ナポレオーネ、日焼けなら大分さめたよ。うん、むしろ色白なほうじゃないかな、君は」

「そういう問題じゃない。フランスではコルス人は好かれない。そのコルス人と仲がいいなんて思われたら、ブーリエンヌ、おまえまで苛められるといってるんだ」

「はは、はは、そこさ、関係ないっていうのは」

「そこって、どこだよ」

「とうに苛められているんだよ。君と近づこうが離れようが、この僕は、この学校のみんなに、ね」

ナポレオーネは読んでいた本から目を上げた。わからんな。おまえはフランス人だろう。

「それこそ、そういう問題じゃないよ」

「しかし、おまえは結構な貴族で、相当な金持ちだ。身の回りの世話をする通いの下男が、きちんとつけられているほどだ」

「それも問題じゃない。僕は軍人志望じゃないんだ」

ナポレオーネは問いたげな顔で先を促した。なぜだか笑顔を大きくして、ブーリエンヌは嬉《うれ》しそうだ。ああ、そうなんだ。父上の命令で陸軍幼年学校には入ったけど、やっぱり肌に合わないというか。むしろ作家志望なんだけど、そのことが理解されないというか。

「そのせいで、みんなに馬鹿にされてしまうというか」

「要するに弱虫なんだな」

「はっきりいうなあ、ナポレオーネ」

「じゃあ、強いのか、ブーリエンヌ。作家志望でも、強ければ苛められたりするまい」

「強くはないけど、強くなりたいとは思う。うん、君みたいに強くなりたい」

「俺みたいに?」

「ああ、ナポレオーネ、君みたいにだ。だって、優等生なら苛められないじゃないか」

それがブリエンヌに来て三年で手に入れた、もうひとつの顔だった。変わり者で、短気者で、つきあいも悪いけれど、できる奴。憎いけれど、認めざるをえない奴。

現にナポレオーネは注目される。遠巻きながら、それでも皆が気にしている。昼休みの手持ち無沙汰にブラブラしていた級友たちとて、あちらに三人で固まり、こちらに五人で額を寄せとやりながら、ボソボソと俄《にわか》に囁《ささや》き始めている。ラパイオーネの奴が同級生と話してるぜ。全体どういう風の吹き回しだ。それもそうだが、こともあろうに相手はブーリエンヌだぜ。

そんな囁きを聞いてのことか、ブーリエンヌは段々と興奮顔になってきた。

「そうやって君が本ばかり読んでいるのも、勉強で一番を取ろうとするのも、強くなるためなんだろう。強くなれば、誰にも馬鹿にされないと思うからなんだろう」

実際のところ、問題児の顔と優等生の顔は、貨幣の裏表のようなものだった。苛められるから、なにくそと反発する。爪弾《つまはじ》きを幸いとして、ひとり勉強に打ちこむ。普通にしている分には下にみられるしかないから、人一倍の努力で無理にも上に行こうとする。

「だったら、どうだというんだ」

「僕も君みたいになりたい」

「簡単にいうな」

「簡単じゃないから、頼みたいんだ。ナポレオーネ、僕に数学を教えてくれよ」

「なに」

「数学の宿題がわからないんだ。クラスで当てられたとき笑われたくなくて。君は数学が得意だろ」

ナポレオーネは少し考えた。数学を教えろ、か。もちろんフランス人なんかには、なにひとつ教えたくない。しかし、このブーリエンヌは軍人志望じゃないという。作家志望なら数学くらい教えたところで、著しく不都合というわけじゃない。苛められる辛《つら》さは、俺もわからないではない。目を上げれば、あんなに嬉しそうだった級友は、裁きでも待つかの緊張顔だった。

「わかった。入ってよし」

と、ナポレオーネは声に出した。ブーリエンヌは救われたような笑顔で歩を進めてきた。おまえ、少しは繕《つくろ》えよと苦笑したほど、なんとも他愛《たわい》ない笑顔だ。

わからないと訴えられた宿題とて、ナポレオーネには子供だましの問題でしかなかった。

「だから、二乗の関数のyはxに比例しないんだ。関数ではあるけれど、比例ではない。xの絶対値が大きくなるほど、yの値も大きくなるけど、正比例の直線にはならない。曲線になるけれど、反比例のそれとも違う」

「なるほど。へええ、ナポレオーネ、すごいなあ」

口ではいうが、もう数学など二の次である。丁寧に整えられた芝生に腰を下ろしていること自体で、もうブーリエンヌは得意の絶頂らしかった。ナポレオーネが僕の味方だ。おまえら、やれるものならやってみろ。そんな声まで聞こえてくる気がしたほどだ。はん、こいつ、本当に弱虫なんだな。

「でも、数学は簡単だぞ、ブーリエンヌ」

「簡単なもんか」

「好きになれば、簡単さ。俺は数学が好きなんだ。ああ、数学は最高だよ」

「数学のどこがそんなにいいっていうのさ」

「言葉が関係ないのが、いい」

「言葉？」

「コルス語だろうが、フランス語だろうが、y＝3xはy＝3xだ。フランス語のy＝3xが褒められて、コルス語のy＝3xが貶《けな》されるわけじゃない。数学は万国共通なのさ」

「なるほど、言葉が関係ない教科ね。なるほど、ナポレオーネ、君は製図も得意だもんな」

「製図も言葉は関係ない。築城学も、地理学も、そうだ」

「はは、戦場で役に立つ教科ばっかりだ。はは、ナポレオーネ、やっぱり君には軍隊が合うんだね」

「自分でも、そう思う」

「やっぱり僕には合わないな。僕は英語とか、ドイツ語とか、語学のほうが得意だもの。はは、兵学校で語学ができても、仕方ないよね」

「そんなことはない」

「うん、ナポレオーネ、君はラテン語も読むんだね。それ、ティトゥス・リウィウスだろう」

ブーリエンヌが指さしたのは、ナポレオーネが読んでいた本だった。読みかけの頁《ページ》に栞《しおり》を挟み、今は閉じて置かれていたが、それで題字が読みやすくなっていた。フランスの本は背表紙の題名が下から上に書かれるので、本が立てられる読書中は判読しにくいのだ。

「ほら、『ローマ建国以来の歴史』だ。学校の図書館にある奴だ。僕も二十巻まで読んだよ」

「二十一巻からが面白い。ポエニ戦争も盛り上がって、いよいよハンニバルの登場だぞ」

「すごいな、ナポレオーネ。ラテン語を読むのが、本当に苦にならないんだな」

ティトゥス・リウィウスは古代ローマ、アウグストゥス帝の時代の歴史家だ。『ローマ建国以来の歴史』は、いうまでもなくラテン語で書かれている。フランス語訳はついているが、ラテン語だ。

「別に得意というわけじゃない。ラテン語だって、コルス語だのフランス語だのは関係ないから、他よりマシというだけさ。俺がティトゥス・リウィウスを読むのは、歴史を学びたいからさ」

「絵に描いたような軍人志望の君が、歴史の何にそんなに興味があるんだい」

「英雄さ」

「ああ、ナポレオーネ、君自身も英雄になろうってわけだね」

「そうはいわないが……」

「いや、わかるよ。僕が作家に憧れるのと同じだ。うん、うん、軍職に進むからには武勲を立てたいよね。学校のパトロン、オルレアン公から幾何学の賞をもらうより、本物の勲章がいいよね」

「フランス王に叙勲されたいわけでもない」

「じゃあ、誰に叙勲されたいというんだい」

問いながら、ブーリエンヌは肩を竦《すく》めた。惚《とぼ》けた答えが返されて、二人ながらの大笑いで決着すると考えたようだった。が、こちらのナポレオーネは冗談の色もない真顔だった。

「なんだよ、ナポレオーネ。急にどうしたっていうんだい。なにか気に障ることでもいったかい」

気づいたときは狼狽顔《ろうばいがお》のブーリエンヌだったが、それが直後には晴れた。あっ、それか。そういうことか。指さしたナポレオーネの手元には、リウィウスの他にもう一冊、また別な本があった。

「ルソーだね」

ブーリエンヌは声を潜めた。悪戯《いたずら》めいた顔で片目をつぶってみせたりもした。僕もルソーは読んでるよ。うん、その『社会契約論』も読んだ。刺激的というか、すごく面白いよね。それでも、まあ、確かに軍人志望なら読まないよね。というより、読んじゃいけないというか。

「将来フランス王に仕えるべき陸軍幼年学校の生徒は、特にね」

社会契約を唱えるジャン・ジャック・ルソーは、いうまでもなく民主主義、共和主義を称揚する。が、このフランスを統べているのは、王政のなかの王政なのである。

「しかし、知らなかったなあ。ナポレオーネ、君って意外に文学青年なんだね。フランス文学だって、実は嫌いじゃないんじゃないか」

「フランス文学じゃない。ルソーはスイス人だ」

「でも、フランスに住んでたし、百科全書派とつながりがある。ディドロとか、ダランベールとか」

「コルスとも、つながりがある」

「そうなのかい」

「コルス憲法は人民主権の進歩的な憲法なんだ。パスカル・パオリの依頼で、その起草に協力してくれた思想家がルソーだ」

「へええ、そうなんだね。知らなかったけど、いわれてみれば、確かにルソーはコルス贔屓《びいき》だね。その『社会契約論』じゃなかったかなあ。どこかにコルスのことが書いてあったと……」

「第二編第十章だ」

と、ナポレオーネは諳《そら》んじてみせた。ヨーロッパには立法が行われうる国が、まだひとつある。それはコルス島である。その勇敢なる人民をして自らの自由を取り戻させ、かつまたそれを守らしめた能力と不屈さは、賢者をしてそれを保持する術《すべ》を学ばせるに値するだろう。私はいつかこの小さな島がヨーロッパを驚かすような気がしてならない。

「そうそう、そこだよ。ああ、そうなんだね、ナポレオーネ。ルソーは君の故郷と関係が深いんだね。けど、そのコルス憲法というのは、いつ発布されるんだい」

「もう発布された」

「まさか。まだフランスには、どこにも憲法なんてないよ」

「いや、一七五五年に発布された。コルス人民政府の憲法として発布された。フランスに併合されて、今はないことにされているだけだ」

「ないことにって……。ナポレオーネ、まさか君は……」

「そうだ。いつの日かコルスを独立させること、それが夢だ。俺はコルス独立の英雄になるんだ」

フランスに暮らしていればこそ、はっきりと形になった。フランスの支配は不当だ。コルスは独立しなければならない。フランス人が偉いわけではないからだ。コルス人が劣るわけではないからだ。仮に劣るのだとしても、必死に学んで、みるみるうちに挽回《ばんかい》して、この俺が遠からず……。

「だから、ブーリエンヌ、やっぱり俺には近づかないほうがいい」

5　雪合戦

机を覗きこみながら、話しかけてくるのは、やっぱりブーリエンヌだった。

「また数学かい、ナポレオーネ」

「いや、これは築城の教科書だ」

活字に落としていた目を上げて、ナポレオーネのほうも答えた。特段に笑顔があるではなかったが、仏頂面で突き放すわけでもない。ブーリエンヌは続けた。午前の講義でやった奴だね。

「ああ、先生の説明が耳に残っているうちに、堡障《ほうしょう》の理屈を呑みこんでおきたくてね」

「角堡とか、王冠堡とか、確かに面白い形だよね。模様として、綺麗《きれい》だし」

「綺麗とか、そういう問題か、ブーリエンヌ」

やりとりも自然に続く。一七八三年も暮れに近づく冬の一日、その昼休みだった。暖かい季節であれば、周囲に柵を巡らせた自分の庭に、でんと胡坐《あぐら》をかいていたろうか。いや、もしかすると今と同じに教室にいたかもしれないと、ナポレオーネ自身が思う。

俺には近づかないほうがいい。そう庭園で断られても、ブーリエンヌは寄ってきた。夏も、秋も、冬になっても、ナポレオーネに話しかけた。簡単にはあきらめない。いや、あきらめられない。ちょっと話をしただけなのに、効果覿面《てきめん》に苛められなくなったからだ。ラパイオーネの奴に噛《か》みつかれるのも面倒だと舌打ちしたきり、高慢顔の連中は遠巻きにするまま、もう絡んでこなくなったのだ。

それでブーリエンヌは、しつこく寄ってくる。とはいえ、容れたナポレオーネにしても渋々ながらとか、根負けしたとかいう風ではなかった。

「いや、仮に綺麗だとすれば、それは機能的だからだ。つまりは機能美という奴だな」

「役に立つということだね。うんうん、確かに、こういう形の釦《ボタン》も、ありそうだもんな」

「釦だって。ブーリエンヌ、なんだ、それは」

「いや、だって釦は役に立つだろう。なかったら、制服の合わせもはだけちゃうよ」

「そういう意味じゃないな、やっぱり」

笑い声まで交えながら、ああだ、こうだと続けていると、ナポレオーネの机の周りに、さらに何人か集まってきた。ナポレオーネが機能美だなんだといったのは、全ての形に意味があるってことだよ、ブーリエンヌ。はは、僕は軍人志望じゃないから、その面白さがわからないんだ。

「俺は軍人志望だけど、堡障《コントル・ガルド》の理屈はいまひとつわからないな」

「単独じゃわからないよ。稜堡《りょうほ》と向き合わせ《コントル》にして理解しなければ」

「というのは、ナポレオーネ」

「堡障は、それのみでは機能できない。角堡とか、王冠堡とか、どれだけ複雑な形をしていても、独立できない理屈は同じことなんだ」

午前の講義を噛み砕いてやりながら、やはりナポレオーネは拒まなかった。ただ拒まないでいると、ひとり、またひとりと集まってくる。不思議な磁力でも働いているかのように集まってくる。

いや、ナポレオーネは今も嫌われていた。ブリエンヌ幼年学校は全生徒を「二中隊」に分けているが、教師たちはその中隊長のひとりにナポレオーネを指名した。最上級生になったこの秋の話で、優等生の顔をみこんだわけだが、その実は問題児なのだとして、これに一部の生徒が反対した。「ディ・ブオナパルテ君の中隊長不適格決議」を突きつけて、その「同意書」を提出してくれと本人にまで要求してきた。

「わかった」

ナポレオーネは抗《あらが》わなかった。フランス人に慕われる必要はないと頓着もしなかった。教師たちにも辞退を告げて、中隊長の話は御破算になった。それほど一部の生徒には嫌われ続けているのだが、また別な一部ではディ・ブオナパルテ人気が一気に上昇したのだ。

「見苦しく怒るでもなく、嫌らしく媚《こ》びるでもなく、あのときの君は実に男らしかったよ」

「ああ、君の潔さには感心させられた」

「中隊長の適任者は今も君だと思っている」

耳打ちで告げてきたのは、クラスに居場所がないような、どこか自信を持てないような生徒たち、あるいは自分は報われていないとか、本当なら力があるんだとか、密かな自負を隠しているような生徒たちである。ナポレオーネを嫌うのがクラスの主流派だとすれば、反主流派ともいえようか。

問題児でも知られる優等生は、クラスで威張っている連中にも、普段から一目置かれている。一緒にいれば、自分たちの地位も上がる。主流派にとってかわることもできる。そう気づいた、というより序列社会に生きる男性の本能で感づいた面々が、ブリエンヌでは徐々に増えつつあったのだ。

「それにしても、降るなあ」

窓に頭を巡らせながら、ブーリエンヌが別な話を振った。硝子板の向こうでは、確かに白い斑模様《まだら》が途切れず斜めに流れていた。

――本当に来る日も来る日も……。

ナポレオーネこそ、目を見張る思いだった。これだけ大量の白いものが、よくぞ大気に紛れていたものだと、思わず感心してしまうほど降り積もる。一七八三年の冬は記録的な大雪だった。

ほとんど雪が降らないコルスから来た身には、今ひとつピンとこない話だったが、フランスは年を追うごとに雪が多くなるようだと、教師の修道士たちは恨み節を隠さなかった。秋から寒くて農作物の収穫に響いたとか、この分では例年通りの税金は集まらないとか、税収が不足すれば幼年学校の予算も減らされてしまうとか、だんだん世知がらい愚痴に発展するのだが、そこは大人の事情でしかない。

子供たちには関係ない。幼ければ幼いほど関係なくなり、現に窓の向こうの中庭では、下のクラスの少年たちが、二手に分かれた遊戯に興じていた。

「雪合戦か」

「あいつら、よくやるなあ」

「寒くないのかな」

「寒くはないさ、あれだけ騒げば。僕が感心するのは、雪合戦なんて子供の遊びを、よくやる気になるものだと、そこのところだね」

ナポレオーネも窓の外に目を向けた。なおも級友たちは斜に構えたような言葉を続けていた。ああ、下らない遊びさ。なるほど他愛ないね。僕らは本物の戦争を勉強しているんだからね。

「早ければ来年には入隊だ。雪合戦なんか、やっていられない……」

「そうかな」

と、ナポレオーネは言葉を入れた。いや、悪くないんじゃないか、雪合戦。

「おいおい、冗談だろ、ディ・ブオナパルテ」

「いや、本気だ。雪合戦、ひとつ俺たちもやってみないか」

「子供の遊びだぞ」

「それも、やりようだ」

「やりよう？」

「これだ」

ナポレオーネは卓上を指さした。載っていたのは、変わらず築城の教科書だった。

翌日には、ブリエンヌ幼年学校の中庭が一変した。それも見事な変わりようというべきで、噂を聞いたブリエンヌの村人たちが、わざわざ覗きにきたほどだった。

「ただの雪合戦も陸軍幼年学校の生徒がやると、こうなるのかい」

というより、こうならしめた。その立役者が、ナポレオーネ・ディ・ブオナパルテだった。

事実、ちょっとした見物《みもの》だった。幼年学校の中庭に、突如として白い要塞が出現したのだ。高《たか》が雪合戦の陣地というが、ナポレオーネは勉強した築城術を参考に、最初に縄張りを決めた。その図面に則して標杭《ひょうぐい》を打ったのが、ブーリエンヌら普段からナポレオーネを囲んでいる面々だった。指定の箇所に手押し車で大量の雪を運んでいると、なんだなんだと興味津々で他の生徒もよってきた。

俺にも図面をみせろ、僕にも作らせてと騒ぎながら、あとは皆して山と盛られた白い塊を成形していく。ナポレオーネの指図に従い、鋤《すき》、スコップ、鶴嘴《つるはし》と動かしながら、本格的な要塞の体《てい》まで仕上げていく。

雪の防壁が完璧な四角をなしただけではない。まさに胸壁と呼ばれるべき厚みが設けられただけでもない。斜めに角度をつけられた土塁で、斜堤という言葉を納得させただけでもない。四隅には三角の張り出しが作られて、いわゆる稜堡の理論が盛りこまれ、さらに先には半月堡まで築かれたのだ。

ただの雪合戦も白熱する。実弾のかわりに雪玉を用いるという、それだけの違いで、空砲で誤魔化すような下手な演習の何倍も白熱する。

冬の晴れ間で雪は止んでいたというのに、空には白い玉が無数に流れた。始まりの合図が送られると、両軍ともに攻撃を開始した。両軍というのは、普段の二中隊とは別に生徒たちだけで分けなおした、名づけてローマ組とカルタゴ組の両軍だった。

「砲台、まずは敵の援護を無力化するぞ」

こちらのローマ組で指揮する声は、もちろんナポレオーネだった。半月堡のひとつにいて、背後の要塞に振り返り、呼びかけた先が稜堡だった。

稜堡には確かに砲台が設けられ、そこに大砲も据えられていた。大砲というのは最上級生のなかでも特に身体が大きな四人である。ぶんと長い腕を振れば、雪玉は敵カルタゴ組の陣地まで飛んでいく。つまりは射程距離が長い。奥に控える援護の兵まで砲撃できる。

「マルク・アントワーヌ戦死、シャルル・ベルトランも戦死」

審判役の生徒の声が耳に聞こえてくるまでもなく、砲撃が奏功したことがわかる。敵陣から飛んでくる雪玉の数が、目にみえて減り始めている。

「いいぞ、カルタゴ組の後衛に、仲間の突撃を助けさせるな」

雪の中庭に青い軍服が動いていた。カルタゴ組は始めの合図と同時に突撃部隊も出していた。十人ほどで両腕に雪玉を抱えながら、こちらの陣地に乗りこんでこようとしたのだ。これまでは味方の援護の雪玉が、ローマ組の半月堡に落ちていたため、前進しても狙い撃たれずに済んできた。それが俄に途絶えれば、余裕をなくした突撃部隊は、もう早駆けするしかない。

「まだだ、まだだ、半月堡は無駄玉を撃つんじゃない」

ナポレオーネは鋭い声で味方を制した。半月堡の数人が腰を浮かせ、大きく腕まで振り上げて、今こそと反撃に逸《はや》っていた。右も、左も、背後の稜堡までが、目にものみせてやるという興奮顔だ。しかし、待て。敵が間近に来るまで待つんだ。力任せに投げても、狙いが外れるだけなんだ。

「そうじゃなくて、合図と同時の一斉射撃で、一挙に突撃隊を殲滅《せんめつ》するんだ」

カルタゴ組の突撃部隊は、横一列で走りこんでくる。雪原だけに足音は大きくないが、その静けさが不気味でもある。目が血走った形相が、どんどん大きくなって迫る。雪玉を投げながらの突進は、それなりに迫力がある。いや、怖くない、怖くない。焦るな、焦るな。ナポレオーネは制止の声をやめなかった。雪玉は次から次と投げられたが、実際、ひとつとして当たらなかった。

半月堡の中にいれば、立っていても当たらない。高い玉は素通りするし、低い玉は斜堤を滑ることになる。こちらの胸に命中するはずの弾道が、斜め上に逸らされて、頭より高くに跳ね上がる。だから、ひとりとして撃たれない。だから、敵を引きつけられる。ぎりぎりまで引きつけられる。

「今だ」

ローマ組の兵士は一斉に雪玉を投げた。弓なりに並んだ位置から、それぞれ投げつけただけなのだが、パーン、パーンと雪玉が破裂する音が、面白いように連続した。全て命中したということだ。

「バンジャマン戦死、オリヴィエ戦死、それからルイ・ジュリアンと、ルイ・アントワーヌと、シャルル・アレクサンドル……、みんな戦死だ」

カルタゴ組の突撃兵は全員が雪まみれだった。半月堡が横に並んでいたからだ。奥の稜堡とも連携していたからだ。奥まで駆けこみ、陣地に乗りこもうとするならば、その狭間を進んでいくしかないが、半円や三角の連携が作り出す防衛線に、一歩でも足を踏み入れたが最後だった。

射撃の死角がなくなっている。斜め右から、斜め左から、同時に撃たれてしまうのでは、どの方向にも逃げられない。

「やった、やった、成功したぞ」

「これだよ、これが教科書に書いてあった奴だよ」

「ああ、十字砲火だ」

仲間の歓声を受けて、ナポレオーネの声は、いよいよ溌剌《はつらつ》として響く。

「さあ、今度は俺たちが突撃する番だ。大砲は援護を頼むぞ」

結局のところ、拍手が響いた。見物していたブリエンヌの村人たちが、勝者を讃《たた》えて贈ったものだ。ローマ組の突撃は敵陣まで到達して、見事に旗を取ったのだ。ああ、ローマ組の勝利だ。また勝った。これでナポレオーネは二連勝だ。おう、俺たち、ローマ組は無敵なんだ。

「いや、もう一戦だ」

遮《さえぎ》りながら、カルタゴ組の指揮官は二角帽を雪の地面に叩きつけた。ニコラ・ドゥ・モンタルビィ・ドゥ・ダンピエールは、秋に「ディ・ブオナパルテ君の中隊長不適格決議」を出したとき、その先頭で旗を振っていた生徒である。

「作戦を立て直す。ラパイオーネ、次こそは倒してやる」

「よかろう、ニコラ。十五分後に開戦だ」

ナポレオーネも受けて立つと、両軍ともに陣地に戻った。彼方のカルタゴ軍からは、早くも大声が響いてきた。モンタルビィ・ドゥ・ダンピエールが仲間に指示を出しているのだ。与えられた十五分を作戦会議に費やして、なるほど奴も成績は悪くない。性格が悪いとしても、軍事を理解できないわけではない。

全ての勝利に理由があった。一戦目の勝利は陣地の差だった。雪合戦に築城の教科書を持ちこむなどと、敵は考えつかなかったのだ。カルタゴ軍は横一線に壁を築いたきりであり、稜堡、半月堡、胸壁、斜堤と拵えたローマ軍に、かなうはずもなかった。

二戦目はカルタゴ軍も教科書通りに陣地を築いた。が、それに合わせた戦術は考えていなかった。せっかくの要塞が少しも活かされない間に、ローマ軍の十字砲火にやられてしまった。

が、さすがに三戦目である。カルタゴ軍も戦術を覚えた。ローマ軍と同じように戦おうとするはずだ。こちらの指揮官ナポレオーネは、それでも慌てたりしないのだ。

最初に数語だけ指示すると、あとは話もしなかった。かわりに皆で、黙々と作業にかかる。なんの作業かというと、陣地で雪玉を作るのである。

「何事も仕込みが大切さ」

「とはいうけど、ナポレオーネ、よく思いつくよなあ」

ブーリエンヌは猿に似た表情で嘆息した。手にしていたのは、小さな移植ベラだった。はははは、こんな風に雪に土を混ぜるなんて、ちょっと考えつかないぞ。

「雪だけの玉は、すぐに壊れてしまうからな。そこいくと、ブリエンヌの土は粘土質だろう」

「調べたのかい」

「俺は花壇を作っていたから、調べるまでもない。粘度が高いから、雪に混ぜれば固い玉が作れる。壊れなければ、何度でも拾って使える。簡単な理屈さ」

「かもしれないけど、やっぱり凄《すご》いや」

周囲では頷く者が続出していた。作業を続けながら、ナポレオーネは照れ隠しのような苦笑を浮かべた。いや、なに、故郷のコルスでも、よくやったからな。

「雪合戦を？　向こうも雪が降るのかい」

「降るが、積もるほどじゃない。だから、雪合戦じゃない。やったのは石合戦さ」

「石合戦？　だいぶ勝手が違うんじゃないか」

「そんなには違わない。ああ、コルスだって、フランスだって、いうほど変わるものじゃないさ」

雪合戦が再開した。一七八三年から八四年にかけての大雪の冬、ブリエンヌ幼年学校では三月の末に雪が解けるまで、あるいは雪玉に石を詰める者が出て、とうとう教師が禁止するまで、何度となく繰り返された。この雪合戦でナポレオーネはといえば、春まで無敗を貫いた。

6　進学

「一七六九年八月十五日生まれ、身長四ピエと十プース（約百五十七センチ）、ディ・ブオナパルテ君は第四学年を修了せり。体格、健康、ともに優れたり。従順かつ物静か、また誠実で感謝の気持ちを忘れない性格を有する。行動にも波がなく、また数学に熱心なこと他に抜きん出ている。歴史および地理の知識は並、芸事は並以下。なお優秀な海兵たる素質ありとみこむ。よって、パリ陸軍士官学校に進学するに能《あた》うと認む」

全国十二の幼年学校を回る巡察次官レイノー・デ・モントが、一七八四年九月二十三日付で陸軍省に提出した書類である。

ブリエンヌ幼年学校から進学を認められたのはナポレオーネ・ディ・ブオナパルテを含む五人である。巡察次官の試問に答えて、そのお眼鏡にかなったのは、一学年に百十人もいるなかから、たった五人だけなのである。

――やった。

悶着ばかりの問題児が、今や学校が誇る秀才のひとりだった。フランスでも、できた。コルス人でも負けん気で努力すれば通用するのだ。それはナポレオーネ、十五歳の快挙だった。

十月十七日にはブリエンヌを出発した。パリまで五十リュー（約二百キロ）の遠路であり、ジャン・バティスト・ベルトン副校長が合格した五人を引率した。六人が乗りこんだ四頭立ての郵便馬車は、級友たちの歓声で送り出された。

途中でセーヌ河を下る船に乗り換え、パリ到着が二十一日だった。それはフランス最大の都市、ということはヨーロッパ最大、いや、世界最大の都市である。その噂は自然と耳に入ってくる。わかっているつもりでいたが、いざ連れてこられたナポレオーネは、まさしく声も出なかった。

人、人、人。とにかく人が多かった。こんなに沢山の人間が、こんな狭いところにひしめいてよいのだろうかと、不意に訝《いぶか》しく思えたくらいだ。

物、物、物。これまた誰が平らげるのだろうかと心配になるような大量の食べ物が、覚えられないほどの種類で露店に並び、また色とりどりの古着はひらひらと旗のように軒に吊るされ、何かの祭りの最中なのかと勘違いを招くくらいだ。

石、石、石。アジャクシオに生まれて、城壁に囲まれて長じたナポレオーネながら、これほど大量の石が、これほど無数の建物となりながら、いたるところに積み重ねられている様となると、大袈裟《おおげさ》でなく目を疑いたくなった。

しばし圧倒されたものの、初めてフランスに連れてこられたときや、父にオータンに置いていかれたとき、兄と別れてブリエンヌに向かったときと比べれば、何も心細いことはなかった。むしろパリには安堵を覚える。北のモンマルトル、南のモンパルナスと、山に囲まれているからだ。尽きることのない街並みとて、まるで灰青色の樹海だ。ああ、なんだかコルスに似ているな。

パリ陸軍士官学校はセーヌ左岸の練兵場、シャン・ドゥ・マルスに隣接していた。黄土色の石が積まれた校舎は、縦に千ピエ（約三百二十五メートル）、横に千五百ピエ（約四百九十メートル）の敷地いっぱいに、くまなく棟を連ねるような建物である。

これだけ大きな建物を、真実ナポレオーネは知らなかった。アジャクシオでも、バスティアでも、オータンでも、ブリエンヌでも、こんな巨大建築はみたことがない。いや、ここに入る特権を俺は与えられたのだと思い返し、いざ進まんとするのだが、その足が正面玄関で竦んでしまう。

並んでいたのは全部で八本を数える、コリント様式の古風な飾り柱だった。その正面から伸びて、えんえんと続いていたのが、芝生の緑も鮮やかな練兵場である。いうところのシャン・ドゥ・マルスで、幅八百ピエ（約二百六十メートル）、左右の縁に並木を途切れず従えながら、奥行きはセーヌ河の河岸まで、実に三千三百ピエ（約一千七十メートル）を数える。

――宮殿かよ。

一七五一年一月の勅令でフランス王ルイ十五世が設立した陸軍士官学校は、パリ南西のグルネル平原を整備したものである。事実上の設立者は、才媛の誉れも高かった寵姫《ちょうき》ポンパドール侯爵夫人だったといい、なるほど宮殿と見紛うばかりの壮麗さは、夫人の趣味なのかもしれなかった。

長らく五百人の定員で貴族子弟を育ててきたが、一七七六年二月の勅令で全国十二の幼年学校が開設されると、いったんは廃止となった。とはいえ、ほどない一七七七年七月の勅令で復活、今度は上級教育の場として位置づけられた。地方の幼年学校から優秀な生徒が都に集められ、さらなる高みを目指しながら、ともに切磋琢磨《せっさたくま》するという、今日のパリ士官学校の仕組みができたわけだ。定員は全部で二百十五人に減らされ、そこは以前に比べても狭き門になっている。

フランス王ルイ十六世が発した書状の日付で、ナポレオーネ・ディ・ブオナパルテが学籍を与えられたのは、一七八四年十月二十二日だった。同期入学は十二の幼年学校から選抜された給費生が百三十二人、おおよそは名門貴族の御曹司だという私費生が八十三人、これら全部で二百十五人を数えた。

ブリエンヌ幼年学校が誇る秀才といえども、そのうちのひとりにすぎないことになる。

新しい学校では、制服も新しくしなければならない。ナポレオーネも、襟には型崩れしないように革板が仕込まれ、肩章と袖章が銀糸で飾られた青い軍服に、胴着は赤、ともに裏地は白でつけられ、下着と半ズボンはミノルカ織り、黒羅紗の二角帽も銀糸で縁が飾られて、さらに山羊の毛が靡《なび》くという制服を颯爽《さっそう》と身にまとった。

鏡で確かめたときは、どうだと自尊心も膨らんだが、それは登校してみれば、他の生徒も全く同じことだった。それどころか、誰も彼もが頭が良さそうにみえた。自分など通用しないような気もしてくる。田舎の秀才もパリでは凡人にすぎない。なんとか落第しないよう、しがみつくのが関の山だ。どうにか卒業できたなら、もう上出来というべきなのだ。

——いや、俺はパリでも負けるものか。

学校は学校で、さほど変わるものではなかった。二十人から二十五人のクラスごと、四人の将校と四人の軍曹がつけられて、いちいち軍隊式の大声で指導するので、雰囲気そのものは修道士が教える幼年学校とは別物である。が、数学、地理、歴史、フランス文法、ドイツ文法、築城、製図、剣術、舞踏、専攻に応じてはラテン語やギリシャ語、法律なども教える講義自体は大きくは変わらないのだ。

一日に四講義、二時間ずつの計八時間で、一時限が七時から九時、二時限が十時から十二時、三時限が二時から四時、四時限が五時から七時と、これもついていけないものではない。

軍事教練はといえば、これが休みに行われるものだった。木曜日、日曜日、祭日という休日も、ほとんどは演習に費やされる。日々の休み時間も例外ではなく、わけても昼休みには欠かさず操銃訓練が行われた。これが講義より辛いというのは、休み時間なだけに教師は教えないからだった。

「はい、また間違えた」

素《す》っ頓狂《とんきょう》な声が上がった。ひへへ、ひへへ。妙に甲高い笑いを後に続けたのは、ル・ピカール・フェリポーという生徒だった。五ピエ（約百六十二センチ）に足りないくらいの短軀《たんく》だが、殊勝に縮こまるわけではない。大きな団子鼻を突き出し、むしろ態度は横柄で横暴だ。

「はい、罰として腕立て十回ね」

命じられたのは、まだ制服も新しい新入生、ジャン・ジョゼフ・ドゥ・コマンジュだった。地面に膝立ちになって手をつき、膝を浮かせて、いよいよ両腕に負荷をかけようとしたときだ。その背中をいきなり蹴りつけ、ひはは、へはは、とフェリポーは再び大笑いなのである。

「はい、地面に腹をつけた。追加の罰で、さらに腕立て十回ね」

コマンジュは逆らわなかった。従わないわけにはいかない。対等の立場ではないからだ。軍隊において上下の別は絶対なのだ。休み時間に行われる軍事教練は、先輩《アンシャン》が後輩《ヌーボー》に指南するものとされていた。ひとりがひとりを担当する決まりで、その指南役に逆らうことなどできない。ところが、あくまでも先輩であり、教師ではないのだ。公正でなく、公平でなく、それを心がけようという職業的倫理もなければ、それを心がけなければならない職業的義務もない。

——あんな先輩に当たるなんて、コマンジュも運が悪いな。

それはブリエンヌの同窓だった。仲がよかったわけでなく、それどころか「ラパイオーネ」と罵《ののし》られた。最後まで険悪な関係だったが、パリにくれば多少の仲間意識が湧かないわけではない。

「なに、ボケッとしてるんだ」

ナポレオーネは怒鳴りつけられた。直後に指先に痛みが駆けた。目を戻すと、みえたのは鉄《くろがね》の銃身だった。その先っぽで突かれたということだ。余所見をしていて、操銃訓練の手元は留守だった。それは確かに俺が悪い。それでも、だ。

指南役の先輩は、名前をピエール・クレマン・ドゥ・シャンポーといった。

「痛いじゃないか」

ナポレオーネは怒鳴り返した。のみか、手にする銃をいきなり投げつけた。弾が入っていないとはいえ、ずっしり重い鉄と木の塊だ。ぶつけられれば、痛い。当たり所によっては怪我《けが》をする。

「なにをする。貴様、危ないぞ」

怒鳴り返したものの、シャンポーのほうは顔面蒼白だった。まさか反抗されるとは、想像もしていなかったのだろう。ましてや物を投げられるなど、信じがたい暴挙と思うのだろう。

ナポレオーネのほうは、たじろがなかった。かえって一歩前に出ると、なるだけ近くから睨みをくれた。危ないのは、あなたのほうだ。僕の指がつぶれたら、どうしてくれるんです。銃が撃てなくなったら、それで軍人の道が閉ざされてしまったら、全体どうしてくれるというんです。

ナポレオーネの剣幕に、なんだ、なんだ、と人が集まってきた。ニヤニヤ笑いのフェリポーまでが、自分の苛めを放り出して覗きにきた。上級生の面子《メンツ》から、シャンポーは引けなくなった。

「余所見していたのは、おまえだ、ディ・ブオナパルテ。悪いのは、おまえだろう」

「それでも、将来が台無しにされるほど悪くはない」

「将来が台無しだと。はん、笑わせるな。貴様のようなコルス人に将来などあるか」

「あるように砲兵科に来ています」

それがナポレオーネの選択だった。得意の数学を活かせるからだが、でなくとも貧しい小貴族の倅《せがれ》たちには、砲兵科に行くのが常道だった。

軍職の世界も他と変わらない。実力だけで通用するほど簡単ではない。軍隊では将官は大貴族、佐官は中貴族、尉官は小貴族と、おおよそ相場が決まっていた。要するに、生まれ以上には出世できない。少なくとも騎兵科や歩兵科では出世できない。

比べれば、いくらかマシな未来をみこめるのが砲兵科だった。専門知識が物をいうからで、とんとん拍子とは行かないまでも、ひとつ、またひとつという風には階級を上げていける。

「シャンポー先輩だって騎兵科じゃないんだから、わかるでしょう」

貧乏な小貴族の倅なのだと、自覚はあるに違いない。が、その弱みを後輩に突かれたくはない。目を吊り上げるシャンポーは、いよいよ危うい感じになった。まさに暴発寸前だ。実際、きっかけひとつで殴りつけてくるだろう。それで構わないと、ナポレオーネに迷いはなかった。ああ、パリだってブリエンヌと変わらない。なめられないよう、最初にガツンとやっておいたほうがいい。

「お望みなら、先輩にコルス人の強さをみせてさしあげましょう」

ナポレオーネは拳を固めた。やることは同じだ。ただ俺も少し学んだ。手は相手から先に出させる。

「調子にのるな、コルス野郎」

ぶんと風切り音が鳴った。あたりは騒然となったが、シャンポーが振るった一撃は外れた。来るとわかっているものをよけるのは、簡単だ。力みすぎた大振りなら、なおのことだ。これで手を出す理由が与えられたのだから、ナポレオーネにはありがたいばかりなのだ。ああ、もう遠慮はいらない。

「まて、まて、まってくれ」

間に身体を入れた者がいた。それも、やけに大きな身体だ。壁のような背中に阻まれてしまっては、さすがのナポレオーネも拳の届けようがない。どいてください。なにをするんです。

「まあ、まあ、ディ・ブオナパルテも、落ち着いて」

名前を覚えてくれていたのは、やはり砲兵科の先輩だった。名前をアレクサンドル・デ・マジという。続けて暴れることもできたが、ナポレオーネは仲裁を容れてやることにした。デ・マジは悪い先輩ではなかった。寄宿舎では同室で、根の性格が世話焼きなのか、なにかと親切にしてくれる。

「シャンポーも、落ち着けよ」

「これが落ち着いていられるか」

「そこを、なんとか堪《こら》えてさ」

ちっと舌打ちしながらも、シャンポーは一歩下がった。ナポレオーネは小声で吐き捨てた。はん、引き下がる理由を探してたくせに。

「なんだと。今なんていった、ディ・ブオナパルテ」

「まあ、まあ、シャンポー、このへんで収めようや」

またデ・マジが間に入ったが、上級生の面子もあって、ナポレオーネの指南役は止めなかった。

「俺は収めてやってもいい。そのかわり、奴には謝ってもらいたい」

「謝るものか」

「謝らなければ、ディ・ブオナパルテ、今後おまえの指導はできない」

「その指導のことなんだが、シャンポー、俺と担当を替わってくれないか」

壁のような背中が間に立って、その向こうでデ・マジは続けた。俺の担当はロージエ・ドゥ・ベルクール、ロレーヌ州ナンシー出身ということで指南役を引き受けたんだが、同じドイツ国境近くでも俺はアルザス州ストラスブールの出なのでね。なんというか、微妙に馬が合わないのさ。

「お互い合わない後輩だったということで、どうだ」

それで悶着は終わりだった。ナポレオーネは思う。好意を寄せてくる相手もいる。それを努めて拒むことはない。ブリエンヌもパリも同じなのだ。やはり迷う必要はないようだった。

7　図書館

パリ陸軍士官学校の図書館は、フランスでも屈指の蔵書量を誇る。

軍人が文弱になってはと危惧する声もありながら、そこはポンパドール侯爵夫人の肝いりで建てられた施設だった。啓蒙《けいもう》主義思想の友、百科全書派の保護者で知られた才媛は、未来のフランスを背負って立つ士官候補が知ろうとして知れないものなどないように、わけても力を注いだのだ。

——ありがたいばかりだ。

勉強が好きだからだ。というより、負けるのが嫌いだからだ。ブリエンヌもパリも変わらないと思うだけ、ナポレオーネはここでも一番になってやるつもりなのだ。

一七八五年も夏を迎え、だんだんとパリも気温を上げてきた。その暑さから逃れるのに、ひんやり涼しい図書館は、ありがたい隠れ家でもある。バウワー講師が病欠で、大嫌いなドイツ文法の講義が自習になったのを幸いと、その日もナポレオーネは図書館に詰めていた。

閲覧用の長机の両側に、ずらりと椅子が並んでいた。ひとつを占めると、熱心に帳面を取りながら、ナポレオーネが取り組んでいたのは微分の問題だった。

得意の数学は砲兵科では最も大事な教科である。こればかりに励んでも咎《とが》められない。まさに脇目も振らない集中だったが、それでも隣の椅子に座ろうとする影には気づいた。ガタンと大きな音を立て、乱暴な奴だなあとも思ったが、まさか机の下でいきなり脛《すね》を蹴られるとは思わなかった。

「痛っ」

呻《うめ》くと同時に、ナポレオーネは怒りに濁る目を向けた。それを迎え撃つかのように、向こうも大きな団子鼻を突き出していた。これだけの厚顔となると、そうそういるものではない。後輩いびりが一番の楽しみという、あのル・ピカール・フェリポーは、分厚い唇まで妙な形に尖《とが》らせていた。

「おまえみたいなチビが図書館に来るんじゃねえ」

確かに大柄なほうではない。身長は五ピエと一プース（約百六十五センチ）で、フランスでは小柄な部類に入るのかもしれない。が、まだ十六歳だ。これからだって伸びるのだ。

「あなたのほうがチビだ」

ナポレオーネは返した。フェリポーの身長はといえば、四ピエと十プース（約百五十七センチ）ほどしかない。上級生で、しかも二つ上の十八歳なのだから、これからグンと伸びるとも考えにくい。

「おまえ、馬鹿か、ナポレオーネ。図書館に身長は関係ないだろ。それとも、なにか。背丈が伸びれば、成績も伸びるのか」

「そんなことは……。いや、先にチビといったのは、あなたのほうじゃないですか」

「だから、そういう意味じゃない。下級生は図書館に来るなといったんだよ」

それも禁止されてはいないと思いますが。いいながら、ナポレオーネは相手の脛を蹴り返した。言葉で退けられないなら、あとは実力行使しかない。もちろん、フェリポーも黙っていない。

「まるで狂犬だな、おまえ。上級生といえば、上官と同じだ。上官に逆らったら懲罰だ、ぞ」

「ありがたいことに、ここは士官学校、です」

「士官学校も同じだ。暴力を振るう奴は営倉行きだ。軽くても飯抜きだ、ぞ」

「暴力など振るっていません。正義の実力行使です。僕が報いるのは、下級生に暴力を振るうような、不当な輩にかぎった話なの、です」

「そんな不埒《ふらち》な生徒は、ここにはいない、ぞ」

「でしたら、僕が報いるべき生徒もいないことになります、ね」

いうまでもないことながら、二人とも一言ごとに相手の脛を蹴っている。いくら机の下とはいえ、ガタンガタンと物音になったからには、図書館にいる他の生徒たちも、何事かと目を注ぎ出す。

「ここ、いいかい」

さりげない言葉だったが、有無をいわせない強引さで入ってきた。問題の二人の間に無理にも椅子を入れたのは、ピコ・デ・ペカデュクという上級生だった。

上背があり、肩幅も広い、その押し出しの立派さだけではない。全生徒の総代を務める本物の優等生で、学校から箱入りの『数学大全』を授与された、きっての秀才でもある。一目置かざるをえない。

実のところ、ナポレオーネとフェリポーの不仲は、パリ士官学校では知らぬ者もないほどになっていた。かたや先輩に盾突いて下がらない短気者、かたや執拗《しつよう》な後輩いびりで知られる嫌われ者、この二人がぶつからないわけがなかった。

喧嘩沙汰は日常茶飯事だ。ピコ・デ・ペカデュクが仲裁するのも、いつもの話だった。が、それくらいで喧嘩が終わりにならないのも、いつもの話なのだ。

「コルス人が生意気だ、ぞ」

「図書館とは関係ありま、せん」

「コルス人が、なんでパリにいるのか聞いてるんだ、よ」

「あなたと同じに、士官学校の試験に合格したから、です」

再びいうまでもなく、二人とも言葉のたびに相手の脛を蹴ろうとしたが、今は間にピコ・デ・ペカデュクがいる。その膝をよけるように足を伸ばし、フェリポーはナポレオーネを、ナポレオーネはフェリポーを蹴ろうとするのだが、その伸ばした足が二人とも世辞にも長いほうではない。

仇敵《きゆうてき》には届かず、届かないほど興奮して、よけるもよけないもなくなる。結局のところ、ピコ・デ・ペカデュクが痛みに耐えることになった。左右から、それも左右の脛とも蹴りつけられたのだ。

「いい加減にしろ」

「ナポレオーネ、少し離れようか」

いつの間に近づいたのか、背後にはデ・マジもいた。巨漢というほど身体が大きな先輩は、同室の後輩の袖を引き引き、二席ほど遠ざけたが、その間もピコ・デ・ペカデュクの奥から顔だけ覗かせるようにして、フェリポーはやめなかった。おお、離れろ、そのまま図書館から出てっちまえ。

「お断りです。僕は勉強したいんです」

「下級生は遠慮してるぞ。俺たち上級生の邪魔をするなっていうんだよ」

フェリポー然《しか》り、ピコ・デ・ペカデュク然り、デ・マジ然りで、図書館に来ているのは確かに上の学年ばかりだった。下級生はといえば、石で舗装された中庭か、芝生が敷き詰められた練兵場か。ハンドテニス《ポーム》を競ったり、鉄球投げ《ブール》に興じたりで、いずれにせよ外で遊んでいる。

なるほど、気持ちよい晴天だ。パリというのは夏でなければ、全体いつ外で遊ぶのだという街なのだ。ところが、だ。

「俺たちは遊んでいられない。俺たちは忙しいんだ。九月の試験を受けるからだ」

フェリポーは続けた。事実、パリ士官学校は通常二年の課程であり、二年目の秋に試験を受ける。卒業試験であったり、進学試験であったり、任官試験であったりするが、とにかく皆が合格を目指す。そのための勉強を邪魔できないとは、いうまでもない道理だったが、ナポレオーネは平然と答えた。

「僕も試験を受けるんです。一年で卒業します」

ないことではなかった。飛び級での受験も認められていたし、卒業すること自体はそれほど難しいわけではなかった。だから、フェリポーはブウウと鼻を鳴らして、笑い飛ばした。

「はん、ただ卒業しても、意味がねえ。あとは路頭に迷うだけじゃねえか。それとも、なにか、ナポレオーネ。おまえはラヴァル・モンモランシー家の坊ちゃんか。それともローアン・ゲメネ大公家の御曹司か。フルリィ公爵家の跡取り息子だとでもいうつもりか」

ただ卒業すればよいのは、そうした名家の息子だけだった。権勢家の親が中隊長の辞令だの、連隊長の辞令だのを、きちんと用意してくれているからだ。土台が私費で入学して、それは士官学校出という箔をつけるためだけの修学なのだ。

「どうなんだ、ナポレオーネ。てめえも貧乏貴族の倅だろう。だから国王給費生でいるんだろう。だったら、在学しているしかねえじゃねえか」

「フェリポー先輩みたいに、三年も、四年もですか」

「三年だよ。四年じゃねえ」

そう返したものの、フェリポーの落第は嘘ではなかった。所定の二年を終えても、まだ在学している。背は低いが、実はピコ・デ・ペカデュクよりも、デ・マジよりも年上だ。ひねくれ方にも拍車がかかる所以だが、といって、パリ士官学校では落第留年も珍しいわけではない。

「卒業しようと思えば、卒業できるんだ。他の学校に行く気なら、とっくに出ていけるんだよ」

と、フェリポーは続けた。試験に合格すれば、ひとつには士官候補生として他の専門学校に上がる道が開ける。砲兵科でいえば、ラ・フェール、メッス、ストラスブール、グルノーブル、ペルピニャンという五砲兵専門学校だ。それぞれの砲兵連隊に付属していて、士官候補生としての進学になる。

ところが、これを平凡として望まない者もいた。士官学校には、もっと上の出方があるのだ。

「俺は成績上位での合格を狙ってるんだ。成績上位者は、いきなり任官できるからな」

フェリポーは、どうだといわんばかりの顔である。それでもナポレオーネは、高く顎《あご》を上げ続けた。

「ですから、僕も成績上位者としての合格を狙っています」

「たった一年で？　成績上位で合格？　十六歳で任官？」

「はい、砲兵少尉になります」

「ナポレオーネ、おまえ、本当に頭悪いな。どっか、おかしいんじゃねえか。いっぺん医務室のマクマオン医師に診てもらったほうが、いいんじゃねえか。だって、一年で合格なんて、できっこねえ」

「できますよ」

「できねえよ。そこの利口顔だって、去年は上位じゃ受からなかったんだ」

フェリポーが顎を振った先にいたのは、決まり悪いような顔をしたピコ・デ・ペカデュクだった。さすがの秀才は昨秋の一年次に試験を受けて、見事に合格もしたのだが、惜しいことに成績上位者にはなれなかった。専門学校進学を見送り、今秋少尉任官に再挑戦するというわけだ。

「はん、ましてナポレオーネ、おまえなんか……」

「できます。一年で、できます。僕は普通の人の二倍は勉強していますから」

「法螺《ほら》を吹くな。どうやって二倍もやれるんだ」

「夜も寝ないで勉強すれば、二倍くらい造作もありません」

「はったりも休み休みいえ、ナポレオーネ。夜も寝ないでいられるわけないだろ」

「いや、本当に寝ないでいられるんだ」

と、アレクサンドル・デ・マジが割りこんだ。ああ、ナポレオーネは本当に寝ない。一晩中、蠟燭が消えないんだ。ずっと本を読んでる。同室の俺がいうんだから間違いない。

さすがのフェリポーも、あんぐり大口を開けた。ピコ・デ・ペカデュクまで目を丸くしていた。デ・マジは怪談でも語るかのような神妙顔で、とても嘘をついているようにはみえなかったからだ。

事実、それはナポレオーネの特技だった。勉強しなければならない。蠟燭が使えるなら、夜も本を読み続けたい。ブリエンヌではできなかったが、パリではそれが許された。ああ、夜は使える。飛び級で合格するためには、これしかない。かくて夜更かしを続けるうちに発見したのだ。徹夜しても俺は平気だ。二日、三日と続けても、苦しくならない。

――俺は寝なくてもいい。

正確を期すならば寝ないのではない。いつでも、どこでも、好きに眠れる。どんな短時間でも熟睡できるため、それで疲れが取れてしまい、だからナポレオーネは夜中起きていても平気なのだ。

「特異体質らしいんだよ」

と、デ・マジはまとめた。なお信じられないという顔で、数秒の沈黙が続いたあとだった。

「だとしても、馬鹿だ。ああ、寝ないで勉強して、それで一年で卒業するなんて馬鹿だ」

「どうして、馬鹿なんです、フェリポー先輩」

「そら、馬鹿だろう。黙っていても、二年は国王給費生でいられる。二年は大威張りで在学できるんだぜ。いいかえれば、二年はパリで遊んでいられるんだ」

「遊びたくなんかありません」

「嘘つけ。任官なんかしたら、つまらないぜ。必ず田舎に飛ばされちまうからな」

「パリにいたいとも思いません。お金がかかるだけですから」

「おいおい、飯から不味《まず》いんだぜ。とてもパリとは比べられねえ。田舎じゃあ、町一番の食堂なんていったって、この士官学校の食堂にも及ばないんだ」

「構いませんよ。というか、この学校の食事は少し贅沢《ぜいたく》です。ええ、アントレは二皿もいらない。フランス人の贅沢を僕は軽蔑しているんです」

「おいおい、なんだか違う話になってねえか」

「とにかく、僕は早く一人前になりたいんです」

「だから、なんで急ぐんだよ」

「父が亡くなったからです」

シャルル・マリー・ディ・ブオナパルテが死んだ。二月二十四日のことだった。

具合が良くないことは知っていた。昨年六月に弟のルチアーノ、今はフランス風に改めたリュシアンを連れて、ブリエンヌ幼年学校に入学させに来たからだ。そのとき父は胴着の釦を二つも外して、隙間から中に左手を入れていた。ときおり摩《さす》る動きもするので、どうかしたのかと尋ねると、シャルル・マリーは臓腑《ぞうふ》が痛むと告白した。

このときは妹の、マリア・アンナ改めマリー・アンヌも連れていた。サン・シール女学院に入学させるのだと、シャルル・マリーは続けてパリに出たようだった。相変わらず落ち着かないと思いきや、もう七月にはコルスに帰ったというから、よほど体調が優れなかったのだろう。

帰路はブリエンヌに寄らなかった。ただオータンにいた長男、聖職には進みたくない、軍人になりたいといい始めていたジョゼフだけコレージュから引き揚げさせて、一緒にコルスに連れていった。

シャルル・マリー・ディ・ブオナパルテが再びフランスに来たのは、今年の一月になってからだ。コルスで静養すると、たちまち体調も回復したといって、また宮廷に頼みごとにいこうとしたのだ。

しかし、上陸して、すぐだった。サン・トロペで船を下り、向かったエクス・アン・プロヴァンスで具合が悪くなった。エクス大学医学部の教授に診てもらい、この病気ならと紹介された名医はモンペリエにいた。三人に診てもらったが、いずれも見立ては胃の「ピロル」ということだった。

「つまりは胃癌《いがん》でした。もう手遅れになっていて、そのままモンペリエで死んだんです。葬式もモンペリエで挙げてもらいました。なんの因果か、父の遺体はモンペリエの、コルドリエ教会といったかなあ、その地下埋葬室に納められていますー」

「けど、胃癌なんて、おまえの父上はそんな歳であられたのかよ」

「まだ三十八歳でしたが、フェリポー先輩、そういうこともあるんですよ」

「あるんですよって、おまえ……」

さすがのフェリポーも続ける言葉がなくなった。ピコ・デ・ペカデュク、同室で事情を知っているデ・マジにしても、しんみり伏目がちになった。なるほど、ひどい話だ。三十八歳の若さで、まだ子供の誰ひとり一人前になっていない。あとには未亡人と五男三女が、そっくり残されている。

――だから、俺は泣いてなんかいられない。

実際のところ、涙は涸《か》れた。厳しい現実を前に、メソメソしている余裕なんてなかった。

「家長がいなくなったんです。兄は学業を放り出して、何の職にもついていないし、すぐ下の弟だって幼年学校を追い出されてしまうかもしれない。僕が頑張るしかないんです。僕が大黒柱として稼ぐしかないんです。ええ、国王給費の学生として、ただ自分が食べていけるだけじゃ済まない。少尉として、一日も早く俸給を手にしないといけないんです。だから、先輩方、もういいですね」

そう切り捨てると、ナポレオーネは勉強に戻った。お喋りも大概にして、そろそろ勉強しなければならない。それは残りの三人とて同じはずなのだ。砲兵科の試験まで、もう一月《ひとつき》を切っていた。

8　少尉

ローヌ河が流れるヴァランスは、古《いにしえ》のヴァランティノワ伯領の都である。

フランソワ一世の建立というから、十六世紀に築かれた城壁が巡らされ、全部で十四の塔が周囲を睥睨《へいげい》していたが、そのしかつめらしい威容も、もはや虚仮威《こけおど》しでしかなかった。

要塞の実をなしているのは、前世紀に活躍した天才築城家ヴォーバンが施した改造のほうで、兵学校で習うような稜堡施設が、ルネサンス時代の遺物の外側を固めていた。

ちぐはぐな外観を含め、ヴァランスは当今のフランスにみる典型的な古都だった。背の高い建物が混み合い、狭い街路が入り組むような街並みも然りで、ほんの五千人ほどの人口には不釣り合いなほど、教会、僧院、礼拝堂の類《たぐい》も多い。ドーフィネ州にいくつかある、司教座都市のひとつでもある。

このヴァランスで、ナポレオーネがラ・フェール砲兵連隊に着任を果たしたのは、一七八五年十一月三日のことだった。

砲兵科の試験は九月六日から十二日にかけて行われた。形式は口頭試問で、試験官は一七八三年から、ピエール・シモン・ラプラスが務めていた。フランス学士院会員で、「ラプラス変換」「ラプラス方程式」で知られる天才数学者のラプラスだ。

一七八五年の砲兵科試験には、全国から全部で二百二人が受験した。パリ士官学校からの受験は二十五人だった。合格発表は内示が九月二十三日、公示が九月二十八日で、合格は百三十六人、いきなり少尉に任官できる上位合格が認められたのは、そのうち五十八位までだった。

ナポレオーネ・ディ・ブオナパルテは四十二位だった。

——目標の上位合格だ。

書類上の任官は九月一日付に遡るので、十六歳と十七日の少尉誕生である。パリ士官学校在学十一か月にして、またしてもの快挙だった。

ちなみにパリ士官学校からの少尉任官は四人、ナポレオーネの他は三十九位のピコ・デ・ペカデュク、四十一位のル・ピカール・フェリポー、そして五十六位のアレクサンドル・デ・マジだった。配属もラ・フェール砲兵連隊に決まった。その名の通り最初の基地は北フランスのラ・フェールだったが、その北西のバポームに移り、さらに二年前からはヴァランスに駐屯することになっていた。ナポレオーネが遥々《はるばる》やってきた所以だが、実兄が大尉で勤める事情から希望を出して、デ・マジも一緒に赴任することになった。

両名で兵営事務室に出頭すると、まず最初にヴァランス市役所発給の軍人宿票を渡された。兵舎が不足気味で、わけても将校向けの官舎が整えられていないため、ヴァランスでは市役所の斡旋《あっせん》で、民間の下宿を紹介される決まりだった。

デ・マジが指定されたのは、兄ガブリエル・デ・マジと同じ下宿屋だった。ナポレオーネはラ・グランド通りとル・クロワサン通りの角にある、「カフェ・セルクル」を紹介された。経営するのがクロディーヌ・マリー・ブー嬢で、未婚なので「嬢《マドモワゼル》」とはいうが、もう五十に近かった。

もっとも二十代の若さだったら、かえって困惑したかもしれない。しっかり者で世話焼きのブー嬢は、ありがたい大家だった。部屋も広く、寝台も大きく、独房さながらだったブリエンヌ幼年学校でも、二人部屋に文句もいえなかったパリ士官学校でも、ついぞ覚えがないほど居心地よかった。

「だからって、ナポレオーネ、なにも部屋に閉じこもることはないじゃないか」

そうやってデ・マジは、変わらない人が好《よ》さそうな顔で笑いかけた。下宿も離れ、所属の中隊も別になっていたが、それからも友達付き合いは変わりなかった。

「みんな、今夜も『三羽の鳩亭』だぜ」

と、デ・マジは続けた。下宿を訪ねてきたのは夜の九時で、なるほど酒杯を傾けがてらの歓談か、あるいはトランプ遊びというような時刻である。話に出た「三羽の鳩亭」も、ラ・フェール連隊の将校仲間が溜まり場のひとつにしている料理屋だ。いや、だから、今夜だけは顔を出して損はないよ。

「鶉《うずら》のいいのが入って、料理長のジェニが腕を振るったんだ。いや、実にうまいパテだったよ」

邪険に扱うつもりはない。デ・マジは馬が合う相手だし、学生時代からの付き合いという意味でも特別だ。それでも誤魔化し加減で肩を竦めて、ナポレオーネは取り合わなかった。

「部屋に閉じこもっているわけじゃないさ。ただ今夜は読みたい本があってね」

「本を読む？　こんな、カコンカコンうるさい部屋でか」

デ・マジは大袈裟な顰《しか》め面を拵えた。ナポレオーネも苦笑せざるをえなかった。「カフェ・セルル」にしてみたところで、今の時間は飲めや歌えやの酒宴で騒がしくなっている。玉突き場まで備えているので、それがカコンカコンと喧《やかま》しいのも事実だ。

「人によっては脳天まで響く音だと嫌がるが、まあ、これも馴れれば大して気にならないよ」

「かもしれないけれど、わからないなあ、ナポレオーネ。もう任官したんだ。もう試験は終わったんだ。もう勉強なんかしなくていいだろ」

「勉強は試験のためだけにするものじゃない」

「君は研修だって、たった二か月でパスしてしまったじゃないか」

少尉任官というが、学校を出ただけの新兵である。着任して最初の三か月は、兵卒の課程、下士官の課程と、一通りの研修を受けなければならなかった。修了してから部隊に配属となるが、ナポレオーネは例の頑張り精神で、それを規定より短い日数で終えていた。というが、正しくは二か月と十日さ。一月十日、第五大隊迫撃砲中隊に配属された書類上の日付までで数えても、二か月と七日になる。

「おいおい、嫌味かい、ナポレオーネ。たっぷり四か月かかったんだぞ、俺は」

「大して変わらないよ。デ・マジ。君だって、もう立派な将校だ」

「じき夏が来るからね。まあ、俺だって、そろそろ皆と同じ列に並ばなくちゃね」

一七八六年も六月になっていた。河辺の立地で湿気と蒸し暑さには辟易させられるものの、それを除けばヴァランスでの軍人生活は快適そのものだった。ああ、下宿で朝食を済ませてから出勤、午前は砲撃演習に勤《いそ》しむ。昼は「クーリオ菓子店」でパテを摘まみ、午後はコルドリエ僧院跡に設けられた専門学校で知見を深める。そして夜は「三羽の鳩亭」で夕食という将校暮らしに、ようやっと仲間入りさ。それなのにナポレオーネ、今度は君が列から抜けるっていうのか。

「今夜は『三羽の鳩亭』にランス連隊長が来てたんだ。ほろ酔い加減の冗談から皆の点呼を始めて、それが君の中隊の番になって、マッソン・ドートゥム大尉、ドゥ・クールシィ中尉、ディ・ブオナパルテ少尉、グロスボワ准尉と続けたんだけれど……」

「俺だけ返事がなかったと」

「そこでデ・マジ少尉、貴様は士官学校の同窓だ、ひとつ様子をみてこいという話になって……」

「俺の部屋を訪ねてきたと。デ・マジ、それは迷惑をかけてしまったね」

「迷惑というわけじゃないが……。実際のところ、どうしたんだ、ナポレオーネ」

そう話を改めたとき、デ・マジの顔つきが変わった。真面目《まじめ》に心配する顔だった。心情はナポレオーネも察せないわけではない。付き合いが悪いという自覚もないではない。

「しかし、本当に本が読みたいんだ。俺は元々こういう人間なんだ。パリでは専《もっぱ》ら試験勉強だったけど、その前のブリエンヌでは何はなくとも本を読んだ。その本の虫が最近また我慢できなくなっているのさ。なにしろ下宿の正面が、メゾン・デ・テットだからね」

「石の外壁に人の頭《テット》が彫刻してある？」

「ああ、三百年の由緒を誇る建物らしいが、さておき、そこが『オーレル書店』さ。勤務の帰りに覗いてみたら、結構な本が並んでいたんだ。つまりはルソーの『ジュリー、あるいは新エロイーズ』とか、レーナルの『両インドにおけるヨーロッパ人の植民と商業についての哲学的・政治的歴史』とか」

デ・マジは悪戯めいた上目遣いで、ニヤリとした。ははあ、そういうわけか、ナポレオーネ。

「聞いてるぞ、君はバゾーに出入りしてるんだってな」

バゾーはヴァランスから三リュー（約十二キロ）ほどの郊外の地名だ。ナポレオーネは答えた。

「デュ・コロンビエ夫人のサロンのことかい。確かに出入りを許されている。俺の昔からのパトロンがオータン司教マルブーフ猊下で、紹介されたのがタルディヴォン師で、この修道会管区長に紹介されたのがデュ・コロンビエ夫人なんだ。ああ、あそこでルソーやレーナルの議論はするよ」

「本当にルソーやレーナルか。デュ・コロンビエ夫人の娘、カロリーヌ・デュ・コロンビエ嬢が目的じゃないのか。啓蒙主義ならざる、古典的な男女の愛を語ってるんじゃないのかい」

「そんなんじゃない」

打ち消したが、ナポレオーネにも自分の赤面は自覚された。男女の愛と呼べるような関係ではない。抱いていたのは、ただ二人でサクランボを食べられるだけで満足するような、十六歳にしてもほんの未熟な好意でしかなかったが、それだけに純な感情ではあった。それを茶化され、怒ることだってできたが、赤面の上に怒鳴り声では、カロリーヌに寄せる淡い想いを自ら白状したも同然になる。

ナポレオーネは心の余裕を取り戻すため、わざとらしいくらい肩を竦めた。カロリーヌは関係ない。

少なくとも「三羽の鳩亭」には関係ない。それで皆と付き合いが悪くなったわけじゃない。

「いった通りで、やっぱり本を読みたいんだよ。それで、できれば自分でも書きたいんだよ」

「作家志望だったのか、ナポレオーネ。それで、なにを書きたい」

「コルスの歴史さ。作家志望というのとも少し違って、書きたいのは専ら故郷の歴史なのさ」

嘘でない証拠にと、ナポレオーネはデ・マジに紙片を差し出した。ほら、書きかけの断片だ。受け取ると、それをデ・マジは声に出して読んだ。どれどれ、ええと、社会契約の本質に基づいてさえいれば、これという理由がなくとも、国民集団は君主を廃してよいと立証されるなら、あらゆる自然法に反しても、犯罪や残忍な手段に訴えても、政府組織に逆らう個人はどうだろう。

「この理屈こそ別してコルス人の救済に当てはめられよう。というのも、ジェノヴァ人の宗主権、否《いな》むしろ領主権は、単なる因襲にすぎなかった。ためにコルス人は正義の諸法に則《のっと》って、ジェノヴァ人の軛《くびき》を振りほどくことができた。同じようにフランス人の支配を振りほどいて……」

デ・マジは読み上げを止めた。そういうことか。それでルソーやレーナルだったわけか。

「君は分離主義者だったんだな」

「独立主義者だ」

と、ナポレオーネは正した。志は今も変わっていなかった。デ・マジは悲しい顔で受けた。

「それで付き合いが悪いのか。フランス軍の将校なんかと、懇意にしてはいられないと」

「そんな風に肩肘はるつもりはない」

フランスで認められるにつれ、ナポレオーネもフランス人は敵だ、フランス人の友などいらないと、意固地に背を向けるではなくなっていた。自分はフランス軍の将校なのだと、自覚もあれば、自負さえある。それでも心はコルス人のままなのだ。勉強し、自信を手に入れるほど、いつの日か自分の力でフランスから分離させ、コルス島を独立させたいと、思いは強くなるばかりなのだ。

とはいえ、この世界の仕組みに理解が及ぶようにもなっている。現実を認められないわけではない。

「だから、デ・マジ、そんな顔をするな。フランス軍の実力はわかっている。ああ、コルスが戦える相手じゃない。徒《いたずら》に角《つの》を突き立てたところで始まらない。だから、俺は本を書きたいのさ。コルスの歴史を書いて、それをコルスの人たちに読んでもらうことから始めたいのさ」

「そうか、わかった。けど、それなら、たまの息抜きも悪くないぞ、ナポレオーネ」

「わかっている。わかっているが、遊興に使う金なんかない」

「金がない？　俸給なら君も貰《もら》っているはずじゃないか」

「貰っているが、デ・マジ、知っての通り少尉なんて、年間で給与が八百リーヴル、住宅手当が百二十リーヴル、年金が二百リーヴル、合わせて千百二十リーヴル、これで全部さ」

「確かに高給とはいえないけど……」

「一月の正式配属、あのとき軍服を買わされたのも痛かった。五十エキュ、つまり二百五十リーヴルが飛んだんだ。いくら青の軍服が颯爽と美々しくても、俸給の二か月分以上が一気になくなった」

「それでも飲み食いできなくなるほどじゃないだろう。誰とも付き合えなくなるほどじゃないよ」

「いや、付き合いは金がかかる。日々の飲み食いだけじゃない。連隊主催の舞踏会があったり、市役所主催の夜会があったりで、いちいち招かれていたら、いくらあったって足りない。砲撃演習で命中が出れば、その褒賞《ほうしょう》も皆で出しあわなきゃいけないし」

「それは仕方ないよ」

「まあ、褒賞はな。それでも付き合いは御免だ。俺は本も買いたいほうだから、本当に金がない」

続けるほどにデ・マジは、いよいよ捨てられた犬のような顔になった。友人として信用されていないと、悲しかったのだろう。なお嘘をいっているのが、わかったのだろう。いや、ナポレオーネにしても嘘をいっているわけではなかったが、腹の底の本音かと詰め寄られれば歯切れが悪くなる。

「わかった、わかった、正直にいう。金がないわけじゃない。付き合いが嫌いというわけでもない。ああ、俺だって楽しいさ。皆で『三羽の鳩亭』で飲んで騒いで、そりゃあ楽しいに決まっている。少尉殿、少尉殿なんて、さかんに囃《はや》されるしな。まだ十六なのに、三十五歳の伍長でも、四十歳の軍曹でも、顎で使えるしな。ディ・ブオナパルテ少尉を名乗れば、サロンにも迎えられる。カロリーヌみたいな綺麗な娘にさえ無視されない。しかし、それで調子に乗って、楽しんでしまっている自分を、俺は許すことができないんだ。コルスのことを思うと、我ながら最低の人間に思えてくるんだ」

「しかし、ナポレオーネ、君が楽しみを控えてもコルスの独立が早まるわけじゃあ……」

「独立の話じゃない。いや、それもあるけど……」

「御実家のことか」

そうデ・マジに確かめられて、ナポレオーネは頷いた。父が死んだ。これからは母を助けなくてはならない。少なくとも迷惑はかけられない。早く一人前にならなければならない。そう念じて飛び級の試験に挑戦し、見事に少尉任官を果たしたが、それで何かが劇的に変わるわけではなかった。

「千リーヴルほどの年収を節約しても、高が知れてる。家族を養えるわけじゃなし、まったく無意味だ。それでもコルスの実家のことを思うと、いてもたってもいられない気分になるんだ。家族はどんな毎日を送っているんだろうと思うと、ひとり恵まれている自分が、どうでも許せないような気持ちになるんだ。せめてコルスに帰りたいと思うが、それも容易に果たせない。バスティア駐屯の中隊があると聞いて、ラ・フェール連隊に希望を出したんだが、配属の中隊はヴァランスの駐屯だったし」

デ・マジはといえば、呆気《あっけ》に取られた表情になっていた。ナポレオーネは俯《うつむ》き加減で言葉を続けた。

貧乏の辛さなんて、君には理解できないだろうね。君だってフランスの貴族なんだからな。

「いや、僕も国王給費生だった。貴族でも裕福じゃない。けれど、それならナポレオーネ……」

「なにもできない。ああ、できることなんかない。わかってるんだ、デ・マジ」

「いや、それなら休暇を取ればいいんじゃないか」

と、デ・マジは勧めた。とっさには理解が及ばず、ナポレオーネは呆《ほう》けた顔を上げた。休暇だって？

「ああ、休暇を取ってコルスに戻れば、その間は家のことを手伝えるし、それに駐屯地で無駄金を使わなくて済む」

「しかし、コルスは遠い。一月《ひとつき》やそこらの休暇じゃあ、行って帰って、それで終わりさ」

「一月なんて短い休暇を取る必要はないよ。休暇といえば普通は半期から取るものだろう」

「半期？」

「つまりは六か月さ」

ナポレオーネは声も出ないというのに、デ・マジは当たり前だと続けた。ああ、有事でもないなら、フランス軍では六か月の休暇が当たり前だ。少なくとも将校は、そうだ。ほとんどが貴族だから、一年の半分は領地ですごす。でなかったら、ヴェルサイユ宮殿に参内する。いずれにせよ、駐屯地にはいないよ。軍規に抵触する一杯まで休暇を取るよ。現に俺の兄貴もヴァランスにいないだろう。

「ナポレオーネ、まだ君に紹介もできていないのは、休暇中だからなのさ」

9　帰島

ときとして青、ときとして緑の海は、底の岩が覗けるほどに澄んでいた。燦々《さんさん》と注ぐ陽光が不断に波間に弾けていなければ、群れ泳ぐ魚たちの細かな尾ひれの動きまで観察できそうだった。

とはいえ、海で下ばかり向いていては、たちまち船酔いしてしまう。小さな船ほど油断ならない。ナポレオーネは顔を上げた。

無骨な石垣の上に灰色の円柱塔を聳えさせているのは、その昔にジェノヴァ人が築いた城塞だった。三角の波を砕いて遮るその裾を掠《かす》めながら、上陸用の小船はいよいよ桟橋に近づいていく。

――アジャクシオなのか。

最初の言葉は問いかけになった。すぐには信じられない。容易に本当のことだとは思われない。なにしろ実に七年九か月ぶりの故郷なのだ。

ナポレオーネのコルス帰島は一七八六年九月十五日のことだった。試みに休暇願を出してみると、十月十五日から一七八七年の四月十五日までの半期休暇が、すんなり認められた。故郷に帰ると話すと、上官のドートゥム大尉が便宜を図ってくれて、もう九月には離隊できることになったのだ。

いたるところに白い光が満ち溢《あふ》れて、目を細めずにはいられないくらいの昼下がりだった。それでも桟橋に並んだ人影は見分けられる。

「母さん」

「ああ、ナブリオ」

名前を叫んで、上陸一番に抱きしめてくれたのは母親のレティツィアだった。見間違えることはなかったが、また小さくなったように感じられた。父が生きていた頃に一度フランスに来ているので、母とは四年ぶりの再会だ。それでも四年ぶりなのだ。ああ、立派になったね、ナブリオ。

「でも、なんだか痩せたんじゃないかい」

「縦に長くなったんですよ。この前は十三歳でしたが、今は十七歳ですからね」

変わったといえば、とナポレオーネも少し戸惑った。母の隣にいたのは、ずいぶん背が高い男だった。それこそ亡くなった父のように高かったが、あのシャルル・マリー一流の快活さというものはない。ああ、そうか。おっとり穏やかな微笑は、やはり余人とは考えられない。

「ジョゼフ兄さん、かい」

「ここじゃあ、誰もジョゼフなんて呼ばないよ」

そう答えた兄とは、まさに七年ぶりになる。思えばオータンのコレージュで別れて以来なのだ。記憶に残る最後のジョゼフは十一歳の少年で、それが今では十八歳を数えるというのだ。

「俺よりフランス語がうまかったはずなのに、すっかりコルシカ語じゃないか、ジュゼッペ」

自らもコルシカ語で受けながら、やはり兄とも抱擁を交わした。

「それで、こっちは」

また問いかけになった。四人の子供が並んでいたが、本当に誰が誰かわからなかった。兄のジョゼフが一人ずつ紹介してくれた。

「これがルイジ、八歳になる」

「赤ん坊のルイジか」

「そうです、ナブリオ兄さん」

答えた弟の頭を撫《な》でていると、兄は続けた。それから、ナブリオ、おまえがフランスに渡ってから生まれたマリア・パオレッタがもうすぐ六歳、マリア・ヌンツィアータが四歳、末の弟のジローラモは一歳だ。

「へええ、こんなにいたんだな。ああ、そう、マリー・アンヌというか、マリア・アンナは、今もサン・シール女学院だ。パリにいるとき訪ねたが、元気そうだったよ。リュシアンというか、ルチアーノは、俺といれかわりにブリエンヌ幼年学校に入ったんだが……」

「ブリエンヌ幼年学校は辞めたよ。国王の給費が打ち切られてね。軍隊も合わなかったらしい。今はエクス・アン・プロヴァンスにいる。新しく給費をもらえそうなんで、神学校に行く準備中だ」

そう教えられている間も、ナポレオーネは感じていた。弟たち、妹たち、いや、兄や母までが、一心に自分に目を注いでいる。

なるほど、一月に新調したばかりの砲兵隊の軍服は、「王の青」と呼ばれる鮮やかな色の上着に、胴着も青羅紗、半ズボンも青のメリヤス織りという精悍《せいかん》な装いである。折り襟は赤、ポッシュの縁取りも赤、長靴下は黒だが、釦は金色、菱形の肩章も金色で、金房までが揺れているという美々しさだ。あんぐりと口を開けて見惚《みと》れる気持ちもわからなくない。

あるいは軍服が珍しいということか。いや、アジャクシオにもフランス軍は駐留している。バスティアにしかいない砲兵隊の青軍服が珍しいのか。それをコルス人が着ていることに驚いたのか。そのコルス人が自分の家族であることが、どこか誇らしくもあるということなのか。

「ジェルトルーダ叔母さん、それにサヴェリアおばあちゃん、アンジェラ・マリアおばあちゃん、ああ、カミッラまで来てくれたのか」

ナポレオーネは見落とさなかった。が、名前を呼ばれた女たちのほうは、小さかった頃の面影を探すように凝らした目を、やはり眩げに細めなければならなかった。

「実際のところ、変わりすぎだ」

と、ナポレオーネは吐き出した。帰省から一週間がすぎていた。マレルバ通りの家で二日だけ寛《くつろ》いだが、その後すぐに取りかかったのが野歩きだった。ブオナパルテ家、もちろん島ではボナパルテ家と呼ばれているが、とにかく、この実家が有している地所の営まれ方を確かめるためだった。

「いやはや、驚いたよ。だってミレーリは歴《れつき》とした農園だったはずだろう」

それもブオナパルテ家の地所のひとつだった。アジャクシオの背後に切り立つ山に入り、古代ローマ時代の水道橋を横目に、マキの山道を馬で三時間も進んだ奥にある。オリーヴの林に取り囲まれた涼しさから、しばしば夏の別宅としても使われたが、そこには畑地も付属していたはずだった。

「父さんが亡くなってからは、あんなさ」

答えたのは、ジョゼフだった。穏やかな喋り方が呑気《のんき》にも感じられ、それが苛々《いらいら》の種を刺激した。気弱な兄だと侮る子供の頃の呼吸を取り戻したこともあって、ナポレオーネはすぐ短気を爆発させた。

あんなさ、じゃないだろ、兄貴。繰り返すが、ミレーリは農園だったんだぞ。

「コルシカじゃあ、貴重な農地だ。山が切り拓かれたということだ。平らに整えられたということだ。種蒔きだってできたんだ。それを山羊なんかに草を食《は》ませて」

「山羊飼いに頼まれたのさ」

「そりゃあ頼むだろうよ。山羊を太らせたいと思えば、本当ならもっと奥、ずっと上まで連れていかなきゃならないんだ。それがミレーリで放せれば、山羊飼いども、ずいぶん楽ができるからな」

「そのようだね」

「じゃないよ、兄貴。コルシカには畑が少ないって意味が、本当にわかっているか。畑でなるものは高く売れるんだよ。それが山羊なんて、兄貴は人がいいから、山羊飼いどもに丸めこまれたんだろ」

「私じゃない。山羊飼いに頼まれたのは、ドン・ルチアーノだよ」

それは大叔父のことだった。祖父の末の弟は聖職に進んで、アジャクシオの副司教だ。今もマレルバ通りの屋敷にいて、ただひとりの大人の男であれば、父が死んでからは家長がわりだった。

「みた通りさ。大叔父さんはリューマチがひどくなって、ほとんど寝たきりなのさ。畑なんか、みられない。ナブリオ、おまえが帰ってきても、港に迎えに行けなかったほどじゃないか」

「寝たきりは関係ない。出かける必要もない。ドン・ルチアーノは七十近いんだぞ。あんな老人が、もとから自分で耕すわけじゃない。俺が聞きたいのは、どうして人を雇わないかってことなんだ」

「金がかかるといって、ドン・ルチアーノは渋るんだよ。大叔父さんの吝《しわ》さは、おまえも知ってるだろ」

「だったら、ジュゼッペ兄がやればいいじゃないか」

「私が？　自分で耕すのか？　そんな無茶な。畑仕事なんかやったこともないのに」

「無茶じゃない。やってやれないことはないだろ。というか、父さんが死んでしまって、もう兄貴が家長なんだぞ。もっとしっかりしてもらわないと困るよ」

「そんなことといわれたって、急には……」

「ああ、もう、なんてことだ。俺の帰島が歓迎されたはずだよ。皆が期待の目を向けるはずだよ。いや、まったくジュゼッペ兄ときたら、本当に頼りにならないんだから」

　実家の窮乏は考えていた以上だった。ナポレオーネはコルスに戻って、自分の悩み方が観念的にすぎたこと、甘えた感傷にすぎなかったことを思い知らされた。なにしろ、ろくろく食べ物が出ない。自分の帰島が喜ばれたことは疑いないが、それなのに食卓は質素だった。小麦のパンがあるとは考えていなかったが、栗粉の菓子《カニストレーリ》さえ数に乏しく、コルスらしい豚肉料理さえ申し訳程度なのだ。

　懐具合が潤沢であるわけがない。父シャルル・マリー・ディ・ブオナパルテが亡くなって、コルス州三部会の議員報酬も、アジャクシオ王立裁判所陪席判事の給金も、綺麗に途絶えた。あとは「四代にわたる貴族」として、地所の上がりに頼るしかないが、この経営が杜撰《ずさん》きわまりない。父の給金が途絶えた今にして慌てても、容易に取り返しのつかないところまで荒れていた。

「とにかく、ミレーリを放牧場にしておく理由はない。俺がドン・ルチアーノに話してみるよ」

「そうだね。ミレーリは畑にするのが本当だね。母さんが嫁いできた時分なんか、小麦まで育てていたくらいだからね」

と、レティツィアも話に入った。まだ何も好転していないが、ただ手を拱《こまね》いているというのでもなくなって、気持ちだけは明るくなったようだった。暗い顔のままなのはジョゼフである。

「ミレーリはなんとかなるとして、なおサリーナは難題だな」

「桑の苗木場だね」

そう受けると、レティツィアの顔も先ほどまでの曇り方に逆戻りだった。ナポレオーネも頭を抱えた。確かに難題だ。というより、死活問題だ。大袈裟じゃなく、ブオナパルテ家の命取りになりかねない。

桑の苗木場というのは、父が始めた事業だった。一種の殖産事業として、フランス政府はコルス島に養蚕を起こそうとした。蚕の餌となるのが桑の葉だが、桑の木は島に自生する植物ではない。やはり殖産事業として補助金を出しながら、政府は育苗の推奨に乗り出した。これに飛びついたのが、今は亡きシャルル・マリー・ディ・ブオナパルテだったのだ。

一七八二年六月十九日の契約でサリーナ、あるいはフランス語で「サリーヌ」と呼ばれる湿地に、桑の苗木場が開かれることになった。植樹した桑の苗木が三万本、政府の補助金七千リーヴルに、政府保証による融資五千五百リーヴルを合わせて始めた、ブオナパルテ家の身の丈にしてみれば、文字通りの大事業だったが、まだしもシャルル・マリーが生きているうちはよかった。が、この事業主が急死すると、もう勝手がわかる者がいなくなったのだ。

苗木場は、あれよという間に荒れた。管理杜撰を理由に契約を破棄したのは、一七八五年におけるコルス州三部会の決議だった。

　もちろん、ブオナパルテ家は異議を唱えた。以前からのパトロン、コルス州総督マルブーフ伯爵に働きかけて、なんとか契約有効に差し戻そうとした。

「コルス州総監の裁定でも、契約破棄が認められてしまったからな」

　と、ナポレオーネは続けた。州総監というのは、総督の執務を監察するべく政府から送られてくる高級官僚だ。今年一七八六年五月七日に出たばかりの裁定だが、ブオナパルテ家の息子が少尉になって島に帰ってきたからといって、容易に覆るようには思われない。

「あきらめずに請願を出すしかないな。母さんの名前でバスティアの総監に書状を出して。調査官のコロンナ・ポッツィは、ろくろく視察にも来なかったと、そこのところを突いて、なんとか」

「この秋には大雨の水害もあったから、それも御考慮願いたいといおうかね」

「しかし、母さん、うまく行くでしょうか。私はやはり難しいと思うんですが」

「難しいと思うとかなんとか、他人事みたいに寸評してどうなる。元は兄貴がしっかりしていなかったからだろう。父さんの事業をちゃんと継いでいれば、契約破棄なんてことにはならなかったんだ」

「そんなこと……。本当に急なことだったんだから、私だって準備なんか……」

「ジュゼッペが難しいというのは、違うんだよ。マルブーフ閣下が亡くなられたってことなんだよ」

　レティツィアが長男の弁護にかかった。ますます歯がゆくなって、意地になって反論しかけたが、そこはナポレオーネも認めるしかなかった。長年のパトロンが生きていれば、再度の異議申し立てにも期待できた。が、マルブーフ伯爵は死んだのだ。七十三歳は早すぎる死ともいえなかった。それにしても何たる運命の悪戯かと思わせるのは、その臨終がナポレオーネがコルス帰島を果たした僅《わず》か五日後、九月二十日だったからだ。ああ、どうして俺は、もっと早くに……。

母が続けた。新しい総督閣下が親切な方だといいんだけどね。

「無理ですね、おばさん」

突き放すような言葉は、カルロ・アンドレア・ポッツォ・ディ・ボルゴだった。親戚筋で、弁護士をしているというので、話し合いに加わってもらっていた。幼馴染《おさななじ》みでもあるが、同時に「ボルジジアーニ」なので、五歳も上ながら喧嘩友達でもあった。ナポレオーネは食ってかかった。

「どうして無理なんだ、カルロ・アンドレア」

「新しい総督は海軍筋だと聞いた。フランス海軍の強化を進めるルイ十六世には、このコルシカを地中海艦隊の基地にする腹があるようなんだ」

いわれて、ジョゼフは重く呻いた。海軍筋か。確かにマルブーフ伯爵の人脈ではないな。

「人脈があるところを頼ればいいだけだ。ああ、伯爵の甥御のマルブーフ猊下に話してみる」

「オータン司教の？」

「そうだ、兄貴も知る猊下だ。パリにおられるか、ヴェルサイユにおられるか、とにかく手紙を書いて、それで駄目なら本土に渡る。直に話して、便宜をはかってもらえるよう頼んでくる」

「なんだか情けない話だな」

そう評したのは、カルロ・アンドレアだった。言葉と一緒に鼻から息を抜いて、小馬鹿にするかのようであったからには、ナポレオーネは黙っていられない。どういう意味だ、情けないとは。

「だって、ナブリオ、おまえときたら、なんでもフランス、フランスじゃないか」

「本土でなければ埒《らち》が明かないんだから仕方あるまい」

「その本土ってのも気に入らないな。コルシカで本土といえば、イタリアのほうが本土だろう」

「おまえ、ジェノヴァ人の回し者かよ」

「ジェノヴァは措《お》くとして、コルシカは古来トスカナと縁が深い土地だ」

「今度はピサ大出の言い分か」

「確かに俺はピサ大学で法律を勉強した。しかし、おまえの親父さんだって、ピサ大じゃないか。いや、ジュゼッペだって、来春からはピサ大に入るんだぜ」

事実だった。打ち明けられて、啞然とした。ジョゼフときたら家族の窮状を知りながら、なんと呑気な振る舞いだろうか。いうまでもなくナポレオーネは気に入らない。嫌味のひとつもいわないではいられない。オータンのコレージュは途中で辞めてしまったくせにな。聖職は向かなかったとして、軍職に進むんじゃなかったのかよ。メッスの砲兵学校に行くんじゃなかったのかよ。

「それが今になって、私は法曹を目指します、かよ」

「およし、ナブリオ。ジュゼッペだって随分悩んだんだから」

母親に仲裁されれば、それ以上は続けられない。兄弟が黙れば、カルロ・アンドレアしかいない。

「フランスの学校を出るほうが変わってるよ」

「それは俺のことをいってるのか。パリの士官学校を出た俺のことを」

そう問い質《ただ》すまでは、まだ冷静だった。が、もう直後にはカッと頭に血が上っていた。ほとんど八年ぶりだが、罵りの言葉は今も耳に蘇る。おまえなんか、フランスの犬だっていってんだよ。

ガタンと大きな音で椅子を後ろに蹴ると、ナポレオーネは立ち上がった。

「いっておくが、俺だってコルスが、いや、コルシカがこのままでいいなんて思っていない。ああ、コルシカは独立するべきだ。貧しいのはジェノヴァに虐げられてきたからだし、フランスに搾り取られているからだ。コルシカが独立していれば、俺の家だってこんなに苦しまないで済んだんだ」

「それはナブリオ、いくらか飛躍があるんじゃないか」

「飛躍じゃない。それとも、なにか、カルロ・アンドレア。おまえは独立論者じゃないのか。フランスは駄目だが、イタリアならいいのか。ジェノヴァは気に入らないが、トスカナは受け入れるのか」

「い、いや、そうじゃない。イタリアがいいというつもりはない。できることなら、ああ、コルシカを独立国にしたい。それは俺も全く同じだ。ただピサとか、リヴォルノとか、フィレンツェとか、トスカナには昔のパオリ派も逃れていて……。そういう闘士たちと話す機会もあって……」

いや、あの方々は今もあきらめていないんだ。弁解めいた言葉まで並べて、カルロ・アンドレアは気圧《けお》された様子だった。ナポレオーネは一気に押し込む。

「コルシカの独立を願うなら、どうしてパオリ派を招き入れないんだ。いや、パスクワーレ・パオリ本人を、イギリスから連れ戻すべきだろう。なあ、カルロ・アンドレア、行動しろよ。こんなところで俺を『フランスの犬』と罵っても、この島からフランス軍がいなくなるわけじゃないぞ」

「そ、それは、わかるが……。無茶いうなよ、ナブリオ」

「ああ、無茶さ」

と、ナポレオーネは引き受けた。俺も同じさ。こんなところで独立すべきだと打ち上げたって、コルシカは変わらない。無茶なんだよ。できないんだよ。フランスにかなうわけがないんだよ。

「おまえみたいにコルシカの他はピサしか知らない人間でもわかる道理だ。まして、フランス軍の将校である俺が、他愛なく夢をみられるはずがないだろう。今は仕方ないんだよ。フランスに刃向かえないなら、フランスを利用するしかないんだよ」

そう声を張り上げて、ナポレオーネは目に涙を溜めていた。悔しくて、情けなくて、なにがなんだかわからなくなっていた。

10　オーソンヌ

大砲の轟音《ごうおん》は空さえも震撼《しんかん》させた。刹那は頬の肉までプルプルと震えたが、その振動も段々と小さくなって、ほどなく声が通るくらいの静けさが取り戻された。

「確認」

いいながら、ナポレオーネは望遠鏡を目に当てた。真夏にしては涼しい日が続いていて、蜃気楼《しんきろう》が立つこともない。よくみえる先の土盛りの堤では、石灰で記した標的の×印が、まだ半分ほど確かめられた。それも上半分だ。下半分にしか命中しなかったということだ。

「十二ポンド野戦砲、球形弾、計算飛距離二千七百五十ピエ（約九百メートル）、実飛距離は僅かに足らず、下半分のみ命中」

手元の帳面に書き加えると、ナポレオーネは発射を終えたばかりの大砲と、それを担当する八人の青軍服に短い命令の言葉を与えた。

「洗浄」

滓《かす》が残ると、次の砲撃に差し障る。海綿棒、螺旋棒《らせん》と砲口に差しこんで、砲腔は常に綺麗にしておく。それは砲兵の基本であり、くどくど説明するまでもない。

一言きりで進んだ隣の大砲は、同じ野戦砲でも一回り小さかった。ナポレオーネが「八ポンド野戦砲、球形弾、計算飛距離二千五百二十ピエ（約八百二十メートル）」と帳面の記載を確かめている間も、青軍服のひとりは四分儀を構えながら照準を合わせていた。準備万端整っているということだ。

「装填《そうてん》」

号令すると、待機の砲兵が動いて、薬筒を砲身の先から詰めた。綺麗に燃えて滓が少ないフランネル布で、火薬と砲弾をひとつに包んだものだが、これを次には別な砲兵が、籠め矢で奥までしっかり押しこまなければならなかった。十分とみたナポレオーネは、背後に目で合図した。

砲尾の青軍服は革サックの親指を、火門と呼ばれる穴に差し入れていた。万が一の引火事故を防ぐためだが、それが指を抜くと同時に、サッと横に動いて場所を空けた。かわりに進んだ砲兵は、火門に長針を刺し入れた。砲身のなかでは薬筒に穴が開いたはずだ。長針が抜かれたあとに差しこまれたのが導火線で、金棒の先に取りつけられた燃焼時間が長いマッチで、そこに火がつけられる。

ナポレオーネは耳を塞いだ。ドオン、ドオンとまた空気が乱暴に上下して、刹那に細めた目を再び大きくする頃には、また彼方に濛々《もうもう》と土煙が上がっていた。

一七八八年八月十九日、ラ・フェール砲兵連隊は演習を行っていた。それ自体は珍しくなかったが、場所はドーフィネ州のヴァランスでなく、ブールゴーニュ州のオーソンヌだった。ディジョンとドルのほぼ中間に位置するオーソンヌはソーヌ河辺の小都市だが、ここに一七八七年十二月、ラ・フェール砲兵連隊は駐屯地を移動させていた。

コルスのほうは、なんとかなった。ナポレオーネが休暇から復帰するのも、ここになった。

ル砲兵連隊は駐屯地を移動させていた。ナポレオーネが休暇から復帰するのも、ここになった。

コルスのほうは、なんとかなった。一七八七年八月に島を離れ、九月にはパリに到着、ヴェルサイユにまで足を運んで方々に請願したが、結局のところ埒が明かなかった。またコルスに戻るしかなくなったが、その一七八八年一月にはバスティアで活動した。

コルス州総監ギョームの官邸を訪ね、あるいは次官たちの家を回る直談判を繰り返し、あげくはバスティア駐屯のラ・フェール連隊所属中隊にも働きかけて、その筋からも運動してもらった。そうした努力が実って、桑の苗木四千百十本の代金だけは払ってもらえることになったのだ。

五月末には兄のジョゼフもピサ遊学から帰ってきた。その学歴をもって、コルス最高諮問会議の弁護士として就職することになったのだ。いれかわりに島を離れて、ナポレオーネはフランスに戻ってきた。

半期休暇は、とうに終わっていた。一七八七年四月の届け出で、体調不良を口実にさらに半期の休暇を延長し、それが尽きると、パリとヴェルサイユに請願するために用いたフランス滞在を、部隊復帰の扱いにしてもらった。パトロンのひとり、ブリエンヌ伯爵が陸軍大臣になっていたから辛うじて通ったような無理だが、その伯爵も直後には更迭された。新しい陸軍大臣グリボーヴァルに宛てて、改めて十二月一日から六か月の休暇を願い出たが、それすら今にも尽きようとしていたのだ。

——これ以上は許されない。

さらに駐屯地を留守にすれば、少尉の位を取り消されかねない。いや、兵籍さえ抹消されかねない。

一七八八年六月十五日、かくてナポレオーネはラ・フェール連隊に戻った。元の駐屯地生活だが、それも再開すれば悪いものではなかった。

オーソンヌには連隊と一緒に砲兵専門学校もあり、その講義も悪くなかった。わけても数学のロンバール教授は面白かった。陸軍に奉職して四十年という碩学《せきがく》は、純粋な数学というよりも戦場での実践を前提にした講義だったのだ。

オーソンヌには砲兵専門学校の校長として、ジャン・ピエール・デュ・テイユ男爵も赴任していた。ポミエに立派な領地があるドーフィネ出身の貴族で、軍歴五十五年という六十六歳の将軍だ。

実弟が『新砲兵隊用兵』の著者テイユ士爵だが、その論には兄の実践から得られた知見が、多く盛りこまれているとされる。なるほど、テイユ男爵は演習に力を入れる質で、五月から十月にかけては週に三度を数えて励行した。オーソンヌの砲兵専門学校では、市から半リュー（約二キロ）ほど郊外に多角形の演習場が備えられていたが、そこに向かう道半ばにして臭いが鼻につくくらい、大量の火薬が常に煙と化していたのだ。

　これにナポレオーネも参加した。演習を繰り返すほど興味も湧いて、ロンバール教授に教わる他にも、サン・レミの『砲術覚書』、ブールセの『山岳戦原論』、ギベールの『戦術総論』、ヴァリエール男爵の『長砲の利点に関する覚書』、ブキエールの『戦争覚書』等々と、兵書も手当たり次第に読んだ。

　励んでいるうちに、ロンバール教授に目をかけられ、その推薦をテイユ男爵も容れてくれた。八月八日の通達で、ナポレオーネが名前を連ねることになったのが、「あらゆる大きさの臼砲《きゆうほう》と大砲を用いて、あらゆる口径で爆発物の発射を研究する委員会」だった。

　委員に選任されたのは、ロンバール教授、カンタン少佐、デュ・アメル大尉、マニブュ大尉、ガッサンディ大尉、エンヌ・デュ・ヴィニュー中尉、ルイエール中尉、デシャン・デュ・ヴェゾー中尉という面々で、少尉はナポレオーネだけだった。十九歳という若さは、もちろん最年少だ。

　ナポレオーネは張りきった。委員会が主催の実験演習は八月十二日、十三日、そして十八日、十九日の四日だった。そのための準備に十日以上を費やす羽目になりながら、昼夜を問わず励み続けた。なにしろ栄えある委員のひとりだ。担当の実験では二百人からの砲兵に命令を出せる。兵卒は無論のこと、下士官であれ、将校であれ、それこそ上位の中尉や大尉を含めて、誰も逆らえない。

「よし、次は臼砲だ」

　ぞろぞろ砲兵を引き連れながら、ナポレオーネは次の実験に向かった。

　今のフランス軍における砲兵隊用兵を決めたのは、先般まで陸軍大臣を務めていたジャン・バティスト・ヴァケット・ドゥ・グリボーヴァル中将である。優れた技術者、研究者、行政家でもあった中将は「グリボーヴァル・システム」と呼ばれる砲兵隊の綱領を作ったが、これが考え抜かれている反面で、融通が利かない憾《うら》みがあった。

例えば、砲弾の重量一ポンド（約〇・四五キロ）につき、大砲の重量は百五十ポンド（約六十八キロ）が必要と定め、この規定に合わないものは使わない。また例えば大砲の口径に合わない砲弾は全て排除し、最小許容誤差に入るか否かを確かめる計測器を配る。

実際の戦争では、常に補給が万全というわけではない。規定に合わないからと大砲を撃たなければ、その時点で降伏を余儀なくされる。砲兵には口径が違っていても、撃たなくてはならないときがある。

——だから変えてみる。

それがテイユ男爵の演習だった。グリボーヴァル・システムからの脱却を模索するからこそ、テイユ士爵の著書も『新砲兵隊用兵』なのだ。

「で、どうかね、ブオナパルテ少尉」

声をかけてきた白髭《しらひげ》の老将が、テイユ男爵だった。帳面から顔を上げると、ナポレオーネは嬉々たる声で答えを返した。はい、臼砲の適用範囲は、考えていた以上に広いことがわかりました。

「例えば六インチ砲で散弾を発射した場合でも、飛距離は千五百ピエ（約四百九十メートル）以上、あらかじめ設定していた標的を大きく越えて飛びました」

「報告にまとめられるかね。少し大変だと思うが」

「はい、やってみます。いえ、大変というより、むしろ楽しみであります」

ええ、是非にもやらせてください。請け合うと、ナポレオーネは歩き出した。砲架なしで臼砲を発射する実験が残っていた。特別な設置が必要なので、演習場も外れまで行かなくてはならない。胸を張り、意気揚々といえるほどの足どりだったが、その青年少尉もよろけないではいられなかった。

青軍服と肩がぶつかっていた。金房が揺れる肩章から将校、それも中尉であるとわかった。これだけの人数が出ているのだから、これだけ混雑しているのだから、肩がぶつかることはある。相手が兵卒であれば、気をつけろの一喝くらいはしたかもしれないが、それも位が上では仕方がない。もとより、目くじら立てるまでもない。そう考えて、また進みかけたときだった。

その中尉は横顔だけで振り返った。口角を歪《ゆが》ませて、白い歯を覗かせた。いくらか顎をしゃくりながら、目つきも人を見下すようだった。ナポレオーネは声まで聞いた。

「コルス人のチビが、調子に乗るなよ」

カッと頭に血が上った。拳骨を固めるや、バッと動いて追いかける、かとも思ったが、ナポレオーネはやめた。下らない輩だ。いや、嫌がらせをしないではいられないほど妬まれるなら、むしろ光栄な話なのだ。なにしろ俺は教授や将軍に目をかけられている、期待の有望株なのだ。

——それでもコルス人と罵られてしまうのか。

フランス軍の将校であることに誇りを感じ、フランスのために勉強し、どれだけ演習に励んでも、おまえなどコルス人の小倅なのだと、いついつまでも貶《おとし》められてしまうのか。

が、やっていられるかと短気を起こして、コルスに帰ってみたところで、待っているのは汲《きゅう》々《きゅう》たる生活だけだった。オーソンヌで繰り返している演習ほども興奮しない。コルスの独立運動とか、そのための戦争というような夢にまでみた話は、どこにもみつかりやしない。

「いや、それが、これからは違うというんだよ」

呻いたのは、アレクサンドル・デ・マジだった。ナポレオーネも素直に認めた。

「ああ、確かに、これからは違うといわれているな。それも恐ろしいほど大きな声で叫ばれてる」

一七八九年八月十六日になった。その夜、パリ士官学校以来の旧友二人は、ラ・フェール連隊が収容される兵舎の一角、ナポレオーネが暮らす将校用の個室にいた。

金がかからないので本人は不満がないが、大半の将校が余所に下宿を求めるのも頷ける。窓ひとつで、小さく、狭く、天井も低いのだ。そこにデ・マジの巨体が居合わせると、身を縮こめて隠れているかの風が漂う。

実際のところ、隠れる気分がないではなかった。物々しい騒々しさは今も耳に届いていた。

「黒ミサ、黒ミサ」

束となって太さを増して、脅すような大声が、さかんに繰り返されていた。黒ミサ、黒ミサ。ときおりドッと笑い声を大きくしながら、まだまだ小さくなる気配はない。黒ミサ、黒ミサ。情けない顔のデ・マジは、じき泣き出しそうにみえるくらいだ。ああ、我慢ならない。早く収まってくれないかな。

「あの反乱のことか」

「ナポレオーネ、あれは反乱なのか」

「蜂起でも、暴動でも、騒擾《そうじょう》でも、言葉はなんでも構わないが、いずれにせよ、収めようなんかないだろう。だって、この春から、ずっと続いているんだ。どこかしらで必ず騒ぎが起きているんだ」

ナポレオーネが関与したかぎりでいっても、一七八九年三月には始まった。オーソンヌから八リュー（約三十一キロ）、スールは同じブールゴーニュ州の小都市だが、そこで三月十八日に暴動が発生した。それを鎮圧せよと命じられて、各百人から成る三中隊で出かけた。

市役所はじめ、いくつかの建物まで占拠されていたが、暴徒が最初に襲ったのは二人の小麦商人だった。どちらも買い占めを行って、値段を釣り上げていたといい、そのためスールではパンを手に入れられない輩が続出したのだ。

――つまりは、ひもじい。

一七八八年から八九年にかけての冬ときたら、まさに最悪だった。コルスに比べれば、どの冬も寒いと片づけてきた身にして、はっきり普通でないとわかった極寒で、暖炉から六ピエ（約二メートル）も離れれば、もう全てが凍りついた。

大袈裟な法螺でなく、フランスでは河が止まった。海まで流れ下る大量の水がソーヌ河でもローヌ河でも、いや、セーヌ河やロワール河まで残らず凍りついてしまい、水運を完全に停止させたほどだ。

思えば夏から寒かった。そのときは打ちのめされるより驚いたが、八月に雹《ひょう》が降り、九月からは雪が降った。秋には大地に霜が下りて、当然ながら農作物の収穫は激減した。

「不作というより凶作だった。本当に食べ物がない。すでにしてフランスは飢饉《ききん》なんだよ」

気の毒とは思いながら、四月一日には暴動を鎮圧した。情勢が落ち着くまでと、そのままスールに二か月の滞在となり、オーソンヌに戻ると六月になっていた。それでも静かにはならない。

「黒ミサ、黒ミサ」

猛《たけ》るばかりの声に目を泳がせながら、デ・マジは受けた。ああ、収まりっこないな。

「だって、誰が鎮圧するっていうんだ。暴れているのは、暴動を鎮圧するはずの兵士なんだぞ」

事実だった。オーソンヌでは他ならぬ、ラ・フェール砲兵連隊の兵卒たちが騒ぎ始めた。武器を担ぎ、隊列を組みながら、皆で連隊長官舎に押しかけると、営倉で「黒ミサ」をやらせろと要求したのだ。なにゆえ「黒ミサ」なのかは判然としないながら、それが叛意《はんい》の表現であることは疑いなかった。なにやら儀式めいたことをすると、そのまま物は壊すわ、補給品は持ち出すわ、飲めや歌えやの大宴会を始めるわ、兵卒たちは駐屯地で勝手放題を始めたのだ。

「ひもじいのは同じだからな」

と、ナポレオーネは答えた。軍隊の給金も滞りがちだ。補給品も常に数が足りていない。凶作で国家の税収も減少するばかりだったからだ。削れるところは削られる。遅れてよいところは遅れる。

「なにせ国王陛下が破産なされたんだからな」

「それが問題なんだよ。ルイ十六世は高等法院に新税導入と強制借入を認めさせた。そのかわりに全国三部会の招集を約束することになったんだ。その全国三部会が全ての元凶になっている」

一七八八年八月八日、ナポレオーネが「あらゆる大きさの臼砲と大砲を用いて、あらゆる口径で爆発物の発射を研究する委員会」に抜擢《ばってき》された頃の話だ。開催地はヴェルサイユ。開催日程は一七八九年四月二十七日から五月十一日。実際の開会は五月五日にずれこんだが、それが今も開かれている。

「六月十七日には国民議会と、さらに七月九日には憲法制定国民議会と名前を変えたがな」

「いずれにせよ、パリの暴徒たちを焚《た》きつけたのは、その議員どもなんだろう」

「焚きつけたかは知らないが、パリの蜂起は事実だ。七月十二日、パレ・ロワイヤルに決起して、テュイルリ、アンヴァリッドと戦って、七月十四日、とうとうバスティーユ要塞を陥落させたんだ」

「それからさ。フランスが狂ったようになったのは。にしても、このオーソンヌまで……」

バスティーユ陥落の報がオーソンヌに届いたのは、七月十九日だった。それからが大変で、警鐘が打ち鳴らされるわ、貧民層が暴徒化するわ、税関や徴税事務所に乱入して書類を燃やすわ、富裕層の屋敷を略奪するわ。全国各地で散見され、昨今「大恐怖《グラン・プール》」と呼ばれている現象だ。

オーソンヌではテイユ将軍の命令でラ・フェール連隊が出動し、ブルジョワ有志の民兵隊と合同で鎮圧に乗り出した。平静を取り戻したのが七月二十二日で、なんとか鎮静化したと安堵するも、それは束の間にすぎなかった。デ・マジは続けた。

「あろうことか、ラ・フェール連隊の兵士まで……」

もう誰にも止められない。連隊長のランス大佐は休暇で、かわりにブーベール大尉、ロクフェール中尉、ブーヴィエ・カシャール中尉らが騒擾の解散を命じたが、まるで効果がない。逆に将校たちは千人を超える反乱兵士に取り囲まれた。夜の十時を回ろうという今このときも、「黒ミサ」につきあわされている。こんな無体な話があるか、とデ・マジは今度は怒声になった。

「どうしてって、こっちは将校なんだぞ。上官なんだぞ。その命令には絶対服従というのが、軍隊の不文律じゃないか。逆に兵卒がいうことを聞かせているなんて、まるでアベコベじゃないか」

「その通りさ。起きているのは、革命《レヴォリユシオン》なんだ。もともとの意味は大回転さ」

そうした言葉もオーソンヌに届いていた。ただの暴動ではない。単なる政変にも留まらない。これはフランス革命なのだという意味も、だんだんとみえてきていた。

「八月四日の宣言のことか。封建制を廃止したという……」

「これからのフランスには領主も領民もない。貴族も平民もなくなる。それは軍隊にも無関係じゃない。将校になれるのは貴族だけではなくなったんだ。ただ貴族に生まれただけで、さんざ威張り散らしやがってと、兵卒たちは平素からの鬱憤をぶつけるだろうさ」

「それはおかしい。貴族が貴族でなくなったとしても、上官は上官だ。これからは平民も昇進できるかもしれないが、今はまだ兵卒だ。せいぜい下士官だ。それが、こんな無礼千万だなんて……」

デ・マジは怒りを取り戻した。そこはナポレオーネも頷いた。なるほど、理不尽な話だ。

「実際、連中の鼻息が荒いのも今だけだろう。そこは君のいう通りで、自分が上官になったときに敬われたいと思えば、自分も上官を敬わないわけにはいかなくなるさ」

「そうだよ。ああ、そうだよな、ナポレオーネ。いくら革命だからって、なにもかもが逆さまになるなんて、そんな出鱈目《でたらめ》が許されるはずがないよな」

「ああ、革命が起きて、封建制が廃止されても、王までいなくなるわけじゃない。憲法に縛られることになるかもしれんが、これからも王は居続ける。王の軍隊も多分なくならない。将校は将校で居続けるし、はは、そうでなかったら、俺は困るよ」

「俺も困る。ああ、本当に困るよ。嫌だなあ。革命なんて、早く終わりにならないかなあ」

デ・マジは頭を抱えた。そうした仕種《しぐさ》の流れで髪の毛も掻《か》き毟《むし》ったが、丁寧に巻きが仕立てられた白毛《しらげ》の鬘が、ただ台無しになってしまっただけだった。ナポレオーネのほうは、鬘をつける習慣がない。死んだ父は愛用したが、自身は好きになれなかった。

「だが、デ・マジ、俺は君とは少し違うな。革命は嫌じゃない。逆に面白くなってきたと思う」

「面白いだって？　正気か、ナポレオーネ。なにが面白くなるっていうんだ」

「コルスさ」

と、ナポレオーネは答えた。フランスが揺れている。それが否定できなくなるにつれ、ひょっとしたら、ひょっとするかもしれないという、漠たる期待が生まれていた。フランス王家は民衆に押されている。強力無比で恐ろしいはずの軍隊も役に立たない。どんな戦いを挑んでも、微動だにしないと思われたフランスが、ぐらぐら大揺れなのである。

「革命のドサクサを利用して、コルスを独立させるというのか」

デ・マジに一気に進められて、ナポレオーネは苦笑した。そうはいわない。いきなり独立とはいわない。まあ、独立できるなら悪くはないが、単なる理想や夢物語ばかりじゃあ、仕方がない。フランス王じゃなくて国民議会だとしても、フランスの領土を手放したがるわけがないからな。さしあたりの狙いはコルスの自治とか、コルス憲法の制定、いや、復活か、とにかくそんなところだ。

「いずれにせよ、貴族と平民が対等になったなら、フランス人とコルス人だって対等になるかもしれないじゃないか。こいつは面白くなってきたと、打ち上げたくもなるじゃないか」

黒ミサ、黒ミサ。ナポレオーネも自分の部屋で声を上げた。黒ミサ、黒ミサ。怯えるデ・マジを気の毒とは思いながら、簡単に止めてやるつもりはなかった。

第2章　コルシカ

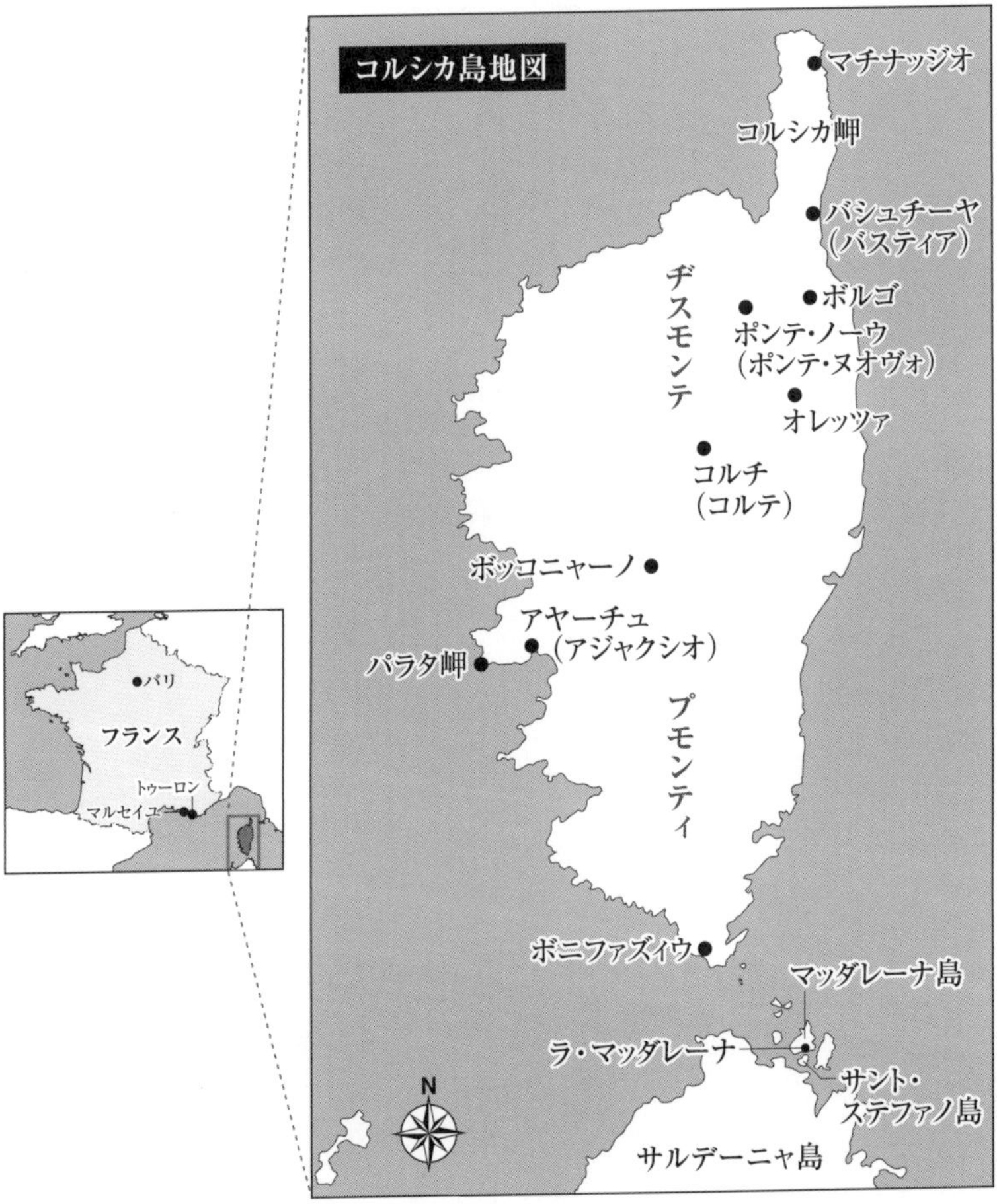
コルシカ島地図
マチナッジオ
コルシカ岬
バシュチーヤ
（バスティア）
ボルゴ
チスモンテ
ポンテ・ノーウ
（ポンテ・ヌオヴォ）
オレッツァ
コルチ
（コルテ）
ボッコニャーノ
アヤーチュ
（アジャクシオ）
パラタ岬
プモンティ
ボニファズイウ
マッダレーナ島
ラ・マッダレーナ
サント・
ステファノ島
サルデーニャ島
N
パリ
フランス
トゥーロン
マルセイユ

1　活動開始

「実際、コルシカも荒れているよ」

ジョゼフ、いや、ジュゼッペは、そう言葉にした。ナブリオのコルス帰島は一七八九年九月末だったが、それまでの様子を教えてくれたのだ。ああ、四月二十二日だったかな、全国三部会の議員選挙が告示されたんだが、バシュチーヤのほうじゃ翌週には騒擾だよ。市役所が投票を不正に操作したとか噂が流れて、激怒した人々が騒ぎ出してね、最後にはリゴ市長が追放された。

「これが始まりで、コルシカも荒れ出したんだよ」

「フランスと同じだな」

「同じなはずさ。ヴェルサイユで全国三部会が開幕したとか、特権身分と第三身分が対立したとか、国民議会の設立が宣言されたとか、パリでは人民がバスティーユを陥落させたとか、フランスから報《しら》せが届くたび、コルシカも大興奮になる。バシュチーヤでも、アヤーチュでも、ボニファズィウでも、サルテーでも、カルディエーゼでも、一揆《いっき》、暴動、蜂起と騒擾の類を続発させてね」

「これは、どういうことなんだろうね」

いいながら、レティツィアは食卓に栗粉の菓子《カニストレーリ》を出した。マレルバ通りの我が家は変わらない。ひとつ摘まむと、ナブリオは息子が母親に向ける優しげな苦笑で答えた。

「ですから、母さん、フランスでは革命が起きたんですよ」

「革命というのは、司教さまに失礼をすることかい」

「司教さまに失礼？」

ナブリオの怪訝顔に、ジュゼッペが言葉を足した。アヤーチュの騒ぎは八月十五日の話さ。ナブリオ、おまえの誕生日だが、その前に聖母被昇天祭の日さ。

「最初は昔ながらの礼拝行進だったんだが、ひょんな弾みで声が上がると、それが大聖堂をなおせ、大聖堂をなおせの大合唱に発展してね。司教の行進が進退窮まるくらいの大騒ぎになったんだ」

「なんてことだろうね。皆で司教さまを取り囲んだっていうんだからね」

母が続けると、後を受けたのが弟のルチアーノだった。司教が悪いんですよ。修復する約束で布施を集めておきながら、いつまでもそのままにしておいたんですから。

「お金の問題だけでもないんです。まだ修復工事が終わっていないからなんていって、大聖堂は立ち入り禁止にされたままになっていたんです。当然ながら、聖餐式も挙げられません。建物は修繕しないわ、聖務にも励まないわで、あのドリア司教という御仁は、懲らしめられて当然だったんです」

あどけない幼顔でブリエンヌ幼年学校に来た三男も、もう十四歳である。遊学していたフランスから戻されていたが、なかなかいうものだった。

「やっぱり罰当たりですよ、ルチアーノ。まったく生意気ばかりいうようになって。ジュゼッペ、それに帰ってきたんだからナブリオも、少しは弟に注意してくれなくちゃ困りますよ。ああ、本当に世のなかどうなっちゃうんだろう。これが革命なんだとしたら、一日も早く終わってもらわないとね」

「はは、母さん、それは困ります。革命は一日でも長く続いてもらわないと。それに司教のことは、

「革命とは関係ありませんしね」

そう口には出したものの、直後にはナブリオも首を傾《かし》げた。いや、これも革命なのかな。一揆に、暴動に、蜂起に、やることはフランスでも変わりないしな。ブツブツと続けられれば、なおのこと家族は怪訝な顔になる。

四男のルイジはなかなか給費が認められず、逆に島を出られずにいた。五男のジローラモ、そしてパオレッタ、ヌンツィアータという二人の妹たちは、いわずもがなである。サン・シール女学院にいるマリア・アンナを除けば、ボナパルテ家は勢揃いだ。その皆の疑問を長男のジュゼッペが代表した。

「それじゃあ、フランス本土で革命というのは？」

ナブリオは軍服のポッシュに手を入れた。さあ、みんなにお土産だ。取り出して、バラバラと机に散らばったのは、ほんの指先大の金属片だった。フランスで革命というのは、これだ。

「帽章だ。フランスじゃあ大流行で、そこかしこで作っている。それでも店先に並ぶや、あっという間に売り切れになる。手に入れるのは、なかなかどうして、大変なんだぞ」

ナブリオの口ぶりが自慢めくほど、遠巻きにしていた弟たち、妹たちも寄ってくる。赤白青が並んでる。とっても綺麗だね。でも、こんな紋章、みたことないよ。

「家紋というわけじゃない。それでもフランスじゃあ、王さまだってつけてるんだ」

「王さまって……。ナブリオ、まさか、それが……」

「ええ、そうです、母さん、これが革命の印なんです」

バスティーユ陥落からほどない七月十七日、フランス王ルイ十六世は人民との和解のためにパリを訪れた。そのときパリ市長バイイに渡されたのが、この三色の帽章だった。またジュゼッペが教えた。

「ああ、聞いてる。バシュチーヤじゃ、そっくり同じ帽章をコルシカ州総督バランに押しつけたらしい」

「いいね、いいね。それ自体は単なるパリの物真似だろうが、やはり意味深い」

「意味って、どういう？」

「ああ、ルチアーノ、赤と青は元々パリ市の色なのさ。もうひとつの白はフランス王の色だ」

「それが一緒になって、パリと王家の和解を意味しているというのは、わかるよ」

「さらに三色が横並びになってるってところが、重要なんだ。これまでは王が上で、パリは下だった。それが今では横並びさ。支配者と人民は対等になったのさ」

「なんだか、こじつけがましいな」

「ジュゼッペ兄、そう思うのは、ルソーを読んでいないからだよ」

弟に返されて、さすがのジュゼッペも不服顔だった。こちらも無学者ではない。ピサ大学の法学部を卒業して、現職の弁護士だ。いや、ルソーくらい、わかるよ。つまりは封建制の否定だろ。

「それはコルシカにも聞こえてきた。そのときもアヤーチュでは暴動が起きたしね。山のほうの連中が押しかけてきて、土地台帳をよこせなんて暴れたのさ。騒ぎを鎮める役割が必要になって、できたのがアヤーチュ三十六人委員会というわけさ」

「ジュゼッペ兄はそのひとりなんだ。フェシュ叔父さんも委員のひとりさ」

ルチアーノに明かされると、少し得意げな顔になって、ジュゼッペは続けた。まあ、三十六人委員会で山の連中にも説明したことだけど、元々コルシカには本土のような封建制はないんだ。

「貴族はいるし、地主もいるけど、フランスの領主というのとは違うんだ」

「教会にしたって、ここはフランスみたいに阿漕《あこぎ》じゃないって聞くよ」

兄と母に続けられたが、ナブリオは余裕の腕組みを崩さなかった。

「だったら聞くが、ジュゼッペ兄、その土地台帳っていうのは、どこにあるんだ」

「ジェノヴァだよ。ジェノヴァ統治の時代に作られた書類だからね」

「それで、アヤーチュ司教は」

「ドリア様は、ああ、やっぱりジェノヴァ人であられるね」

「そして、そのジェノヴァはコルシカにとって……」

「支配者だ。パリにとっての王と同じだ」

飛びこむ勢いで、ルチアーノが答えた。ちょっと顔を顰めながら、ジュゼッペが続く。

「コルシカでも支配者は王だよ。フランス王が送りこんできた役人、つまりはフランス人たちというほうが正しいかな。コルシカ人は下働きで、決して高官にはなれない。まったく腹が立つ話だよ。バシュチーヤの連中だって、三色の帽章くらい、バラン総督に押しつけたくなるってものだよ」

「あっ、そういうこと……」

ルチアーノが目を見開いていた。ナブリオは頷いてみせた。ああ、俺たちはフランス人と横並びなんだよ。それだけじゃない。だからルソーを読めというんだが、皆が横並びで手をつなぐ社会であれば、支配と被支配の関係も社会契約でしかなくなるんだ。ということは、だ。

「気に入らなければ、破棄したって構わないのさ」

「フランス人を追い出せるってことですか」

「そう単純な話じゃないが、まあ、気に入らなければ追い出す、気に入れば置いておく、自分たちのいいようにする、つまりは自治くらいは求めていいだろうな」

「なるほど、ナブリオ、おまえなら自治というだろうな。理屈がフランス産だからな。ああ、おまえは良くも悪くもフランス帰りなのさ」

弟に高論を打たれて面白くなかったのか、ジュゼッペは少し棘《とげ》のある言い方だった。私はピサ帰りだからね。おまえみたいには考えないな。おまえは単純な話じゃないというけど、これは単純な話さ。

「フランス人を追い出して、コルシカは独立する。結局はそれなのさ」

「理想は、な。けど、兄貴も現実をみろよ」

「なにが現実だ。これはクレメンテ・パオリの言葉だぞ」

ピサ大学出の自慢は、それだった。トスカナにはパオリ派が多く亡命している。そこに遊学したコルシカの若者は、かつての闘士たちと会いたがる。その言葉をありがたがって持ち帰る。

「パオリ派を否定する気はない。それどころか、クレメンテ・パオリ、そしてパスクワーレ・パオリ、この兄弟こそ手本だと思っている。ああ、ボナパルテ兄弟も第二のパオリ兄弟になりたいものだよ。しかし、そう思えばこそ認めなければならない現実があるんだ」

そこでナブリオは声を低めた。これは懇意のテイユ将軍が特別に教えてくれた話なんだが、外務大臣モンモリオン伯爵は、こんなに問題ばかり起こすなら、もうコルシカなどいらない、買ったものなら余所に売りはらえばいいって、そういう考え方らしい。

「またジェノヴァに戻されるのか」

「ジェノヴァなら幸いさ。噂では売り先はスペイン王とか、サルデーニャ王とか、イギリス王とか。いずれにせよ王侯だ。それもフランスと違って人民と横並びなんて考えもしない、古い国の王侯だ」

「だから、フランスに留まるほうがいいと。ここで自治を獲得したほうがいいと。しかし、フランス王は本当に、その、なんだ、人民との横並びを承知したのか」

「王はわからない。憲法制定国民議会は、そういう立場だ」

「だったら、どうして鎮圧の軍隊が送られてくる。騒擾鎮圧のためだなんていって、八月にはガッフォリ伯爵が、コルシカに新しく大軍を上陸させたんだぞ」

「そりゃあ、そうだ。俺もフランスじゃあ鎮圧作戦に駆り出された」

「ほら、みろ。やっぱり駄目じゃないか。バシュチーヤやアヤーチュには駐留部隊もいる。フランス人がいるかぎり、自治だって所詮は夢物語なんだよ」

「それは、やり方次第だろう。だから俺が帰ってきたんだ」

コルシカで頻発している騒擾は問題だ。このままでは無政府状態に陥りかねない。そうやって八月末、コルシカ州総監ギョームと、コルシカ州選出の四人の議員、聖職代表のアレリア副司教のカルロ・アントニオ・ペレッティ・デッラ・ロッカ、貴族代表のフランス軍幕僚長マテオ・ディ・ブッタフォコ伯爵、平民代表の弁護士アントニオ・クリストファロ・サリチェッティ、ならびにコルシカ州連隊大尉ピエトロ・パウロ・コロンナ・チェザーリ・デッラ・ロッカがパリで話し合いを持った。善処のために出された結論が「国民委員会《コミテ・ナシオナル》」の設立だった。

バスティア、アジャクシオ、カルヴィ、アムプニャーニは各三人、カップ・コルス、コルテは各二人、ネッビオ、アレリア、ヴィコ、サルテーナ、ボニファチオ、ポルト・ヴェッキオは各一人の定数で委員を選出し、その二十二人で憲法制定国民議会が定めた法令実施を監視するというものだ。

バシュチーヤに常設される国民委員会は、コルシカ州総督、コルシカ州総監、コルシカ州三部会等と並ぶ、コルシカの最高意思決定機関となる。それが空文に終わらないための強制力として、民兵の召集も構想された。パリをはじめフランス各地で組織され始めた国民衛兵、あるいは連盟である。

構想がコルシカに伝えられると、難色を示したのがコルシカ州総督バラン子爵だった。コルシカ州三部会の十二貴族院も反対の意向を表明し、こちらは十月十七日付で国民議会に抗議の意見を上げた。

「ですから、私たちも手を拱いている場合じゃありません」

と、ナブリオは打ち上げた。うわんうわんと声が反響していたのは、アヤーチュ市内サン・フランチェスコ教会の堂内、それも説教壇の上からだったからだ。ええ、こんな勝手を十二貴族院に許すわけにはいきません。というのも、十二貴族院はコルシカ人民を代表するわけではないからです。

「コルシカのことなら全て裁定できる権限があるでもない。亡父も属していたから私は知っていますが、十二貴族院には課税を議論する役割しかないんです」

ないんです、です、です、と言葉の尻尾が木霊した。それくらい静まりかえっていたが、サン・フランチェスコ教会自体は満席だった。「アヤーチュの愛国者は集まれ」と布告され、それならと奮い立ってやってきた男たちは、皆が真剣な顔で聞いていた。

十月三十一日になっていた。コルシカの騒がしさは鎮まる気配もなかった。革命とやらが起きた。何か変わろうとしている。そのことは確信していて、期待感も大きくなるばかりだったが、革命が何なのかわからない。何をしてよいのかも見当がつかない。フランスで印刷された新聞が船便で到着したり、あるいは四議員から各々の支持者に宛てて、ヴェルサイユの議事の様子を知らせる手紙が届いたりするたび、大騒ぎになるだけだ。大事件なり、大激論なりを伝えられても、その意味するところさえ理解できない。ただ鬱憤を爆発させても、軍隊に摘発されてしまうのが関の山だ。

──求められるのが、革命の指導者というわけだ。

出来事の意味をきちんと理屈で説明して、またコルシカの運動をも正しく導いてくれる指導者。単なる事情通の程度でも、今のコルシカでは重宝されるだろう。まだ二十歳と若いながら、フランス帰りで、しかも軍の将校だという者がいれば、注目されないわけがない。

「ナブリオに聞いてみよう」

ナブリオならわかるだろう。ナブリオのところに行こう。ボナパルテ家は元々旧家だ。親父も州の議員だったから、政治に詳しいんだ。兄貴のジュゼッペも、叔父のフェシュもアヤーチュ三十六人委員会にいるんだから、いい加減なことはいわないだろう。そうやってマレルバ通りに、人が詰めかけるようになった。いちいち丁重に迎えているだけで、あっという間に権威なのだ。

ナブリオは説教壇から続けた。今日集まってもらったのは、他でもありません。十二貴族院がヴェルサイユに送ったという、意見書の写しが手に入りました。十二貴族院によれば、国民委員会など、意味がないのだそうです。個々の集会も小さな問題を大きく煽り、悪意の流言を発するだけで、害悪にしかならないといっています。要するに、こういうことです。

「コルシカ人民よ、おまえたちは黙っていろ。大人しく上のいうことを聞いていれば、それでいい」

静かだった教会に、憤懣《ふんまん》の声が上がった。ちょっと、ひどいんじゃないか。いや、大分ひどいぞ。いや、いや、だから、愛国者たるもの、こういう横暴を許しておいちゃいけないんだ。

「なるほど許しておけません。これは革命だからです。それは人間が本来の位を取り戻すという意味です。書かれざる自然な権利を堂々と行使するときが来たのです。それなのに十二貴族院は、まだ我らに奴隷の静けさを押しつけようとしている。集会が騒がしいのは当たり前です。その自然な営為がコルシカでは認められないのでしょうか。フランス王が送りこんだ総督だの、総監だのに睨まれながら、ジッとして支配されていなければいけないのでしょうか」

よく通る声で、ナブリオは続ける。そこはスキピオだの、カエサルだの、歴史を学んできた成果か、演説も下手ではない。力強い身ぶり手ぶりで、声には情感豊かに抑揚までつけながら、淀みなく流れる言葉は聴衆の心をつかんでいく。現に堂内は割れんばかりの拍手喝采である。

「十二貴族院は、国民委員会を設立する理由もないとしています。コルシカは根本的には静かだからというのですが、それなら、どうして軍隊が送りこまれるのでしょうか。フランスでも騒ぎが続いて、今は軍隊が足りないくらいです。静かなところに、わざわざ回す兵力などあるはずがないのです」

ナブリオはフランス軍の将校だ。ナブリオがいうことなら間違いねえ。そうだ、そうだ。本当に静かだというなら、まずフランス王の軍隊を引き揚げさせろ。声を頷きで受けてから、ナブリオは右手を上げた。合図で皆を静かにさせる指揮ぶりは、伊達に青年将校をやってきたわけじゃない。

「コルシカの人民は立ち上がりました。ええ、静かになどしていられるわけがない。フランス王の役人どもがコルシカの人民に向けるのは、軽蔑か、さもなくば憎しみでしかないからです。それなのにコルシカは、これからも長く、ずっとずっと、静かに軛《くびき》につながれていろというのですか」

ふざけるな。静かにしてもらいたいなら、もっと俺たちを尊重しろ。いや、俺たちを尊重してくれる人間にならなら、俺たちも静かになってやる。もうフランス人なんかには従えねえ。ただフランス軍が怖いだけだ。だから、民兵なんだよ。そう参加者が続けることで、焦点が明らかになった。

「自分たちの軍隊を組織して、自分たちで自衛して、自分たちの土地を自警すればいいんだ」

これまでの支配者たちと並ぶにも、気に入らないフランス人を追い出すにも、自治を行う権利を手に入れるにも、武力がなければ始まらない。ならば、自分たちで武装する。自分たちで剣を佩《は》き、自分たちで銃を担ぐ。国民衛兵隊の創設こそが鍵を握る。ナブリオは次にかかった。

「十二貴族院はいっています。民兵を雇うには百万リーヴルからの金が必要だ、そんなには払えないから、民兵は組織できないと」

「いや、俺は払うぞ。フランスの兵隊のために税金を払うより、どれだけ気分よく払えることか」

「十二貴族院はいっています。王の軍隊は、そのうちフランスに呼び戻されるが、コルシカの民兵は永遠に居続ける。だから、いつまでも金がかかると責めて……」

「いつまでだって払ってやらあ。だって、民兵は全員コルシカ人なんだろう。要するに身内を養うってことじゃねえか。余所者を食わせろってんなら、一時でも首を傾げるが、身内なら死ぬまで面倒みるのが、当たり前じゃねえか」

立ち上がる者が相次いだ。堂内の興奮が高まってきた。その興奮を冷ますような言葉を、ナブリオはあえて選んだ。しかし、そこは十二貴族院も正しい。

「民兵ばかりで王の軍隊がいなくなれば、コルシカに貨幣が出回らなくなる、という主張です」

「確かに兵隊しか金を持ってねえ」

それがコルシカの現実で、ほぼ貨幣経済がない。この島では金貨や銀貨が使われるのは、兵隊が物を買うときだけだった。兵隊がいなくなれば、あっという間に金がなくなる。いや、どうして貨幣がないのかといえば、金貨も銀貨も税金として、役人どもがすっかり取り上げてしまうからじゃないか。ああ、貨幣は全部フランスに吸い上げられる。しかも余計にだ。フランスの役人はズルで私腹を肥やしてるんだ。あいつらは法外な賄賂《わいろ》も取る。ちょっと書類を作るにも、心づけを要求してくるぜ。あいつら任期の間にどれだけ隠し金を作れるか、それを競争してやがるんだ。

堂内の興奮は、やっぱり収まる気配もない。それどころか、どんどん高じる。見守りながら、そうして激する様子にこそ、ナブリオは満足だった。ああ、悔しいよ、悔しいよ。まったく、どうしようもねえってんだからな。国民衛兵隊を作れば、すぐさまフランス軍が来るってんだからな。悪い野郎はわかっているのに、それを罰する手立てがねえ。

「いや、ないわけじゃありません。私たちもヴェルサイユの憲法制定国民議会に請願すればいいのです。少なくとも話は聞いてくれます。国民議会は王じゃないからです。人民の代表だからです。ええ、わかりました。アヤーチュの愛国者の資格において、この私が請願文を考えましょう」

ナブリオがまとめると、案の定、取り囲むのは拍手喝采の渦だった。

2　会議

アヤーチュの請願はパリに行くまでもなかった。十一月五日、全く同じように国民衛兵隊の設立を要求して、バシュチーヤが蜂起した。武装市民がコルシカ州総督バランを取り囲み、それを認めさせたのだ。

報が伝わるや、コルシカ各地で同じような民兵の組織が始まった。

コルシカは今こそ誇りと尊厳を取り戻す。その思いは別な形でもパリに届けられた。バシュチーヤにおける国民衛兵隊の三大尉、ガレアッツィーニ、ムラッティ、グアスコは、連名の手紙をサリチェッティ議員に宛てた。それを議員は議会に提出、ヴォルミィ議員の読み上げで公表されると、たちまちにして議場は熱狂に包まれたという。

「コルスはフランス王政に欠くべからざる一部であり、それをフランス領国の一部ともなす」

十一月三十日の決議によって、コルシカはジェノヴァから金で買った単なる物でも、好きに処分できる植民地でもなく、フランスの尊厳ある一部であると認められた。続いて演壇に進んだのは、「革命のライオン」と呼ばれる政界の重鎮、かのオノレ・ドゥ・ミラボー伯爵だった。

「私の青春時代のはじめは、コルス征服に参加したことによって汚されている」

フランス軍の将校として参戦した、若かりし日の戦争体験を告白しながら、ミラボーが求めたのがパオリ派の恩赦だった。あっさりと認められ、亡命していた闘士たちも、これでコルシカ帰島を許された。

「なかんずく、パスカル・パオリの帰島は許されなければならない」

声はほどなくコルシカにも轟いた。十二月十二日、パリの議会の決定がバシュチーヤに伝えられると、教会という教会で讃美歌「テ・デウム」が歌われた。十二月二十七日にはアヤーチュにも届き、やはり歓呼の歌声が響くなか、オルモ広場は灯火で飾り立てられた。

「国民ばんざい《ヴィーヴ・ナシオン》、パオリばんざい《ヴィーヴ・パオリ》、ミラボーばんざい《ヴィーヴ・ミラボー》」

マレルバ通りには横断幕が渡された。あえて用いたフランス語は、ボナパルテ家にはフランス帰りの息子がいるという宣伝だ。激動の一七八九年も一七九〇年に改まり、パリの出来事を説明できるジユゼッペとナブリオは、界隈《かいわい》で「グラックス兄弟」と綽名されるようになっていた。古代ローマの民主政治家兄弟から取られたもので、つまりはいっそうの政治熱に浮かされていた。

「だから、さあ、行くぞ」

ナブリオは声を張り上げた。ずんずんとマレルバ通りを北に進めば、三色の帽章も鮮烈な愛国者たちが、軍隊の行進さながらに列をなす。全部で三十人ほどの面々は、地中海の気候ですっかり乾いた道々に、うっすら茶色の埃を舞い上がらせながら、皆が不当な仕打ちに怒るような形相である。

「国民ばんざい《エッヴィーヴァ・ナツィオーネ》、パオリばんざい《エッヴィーヴァ・パオリ》、ミラボーばんざい《エッヴィーヴァ・ミラボー》」

フランス語がコルシカ語になっていたが、横断幕の文言も繰り返された。国民ばんざい、パオリばんざい、ミラボーばんざい。国民ばんざい、パオリばんざい、ミラボーばんざい。ザッ、ザッ、ザッと足音を刻みながら、その足音で威嚇《いかく》するかの勢いで、向かうはサン・フランチェスコ教会だった。

四月三日、御堂《みどう》では、第二回アヤーチュ全教区《ピアーヴェ》会議が行われていた。各教区の代表を一所に集めた会議なわけだが、それが昨日四月二日から激しい論争になっていた。あるいは三月三十日の第一回会議の議題が、まだ決着していないというべきか。

――オレッツァ会議に行くか、行かないか。

コルシカにおける革命は、前年十一月五日の蜂起の成功でバシュチーヤが一歩先んじた格好になった。一七九〇年二月二十二日から三月一日にかけ、バシュチーヤ国民衛兵隊の大佐ペトリコーニが市内コンセプシオン教会で主宰したのが、コルシカ島北会議だった。

会議は十二貴族院の廃止と、全島選出の六十六人による上級委員会の設立を決めた。フランスで憲法が制定された暁《あかつき》には、そのコルシカにおける施行を監督する機関であり、事実上の最高意思決定機関でもある。

この上級委員会が三月十六日に招集したのが、オレッツァ会議だった。オレッツァはコルシカ中央の山岳地帯にある小都市だが、そこで「我らがコルシカ、我らが共なる祖国のため」により大規模な会議を開く、つまりは島南の自治体も参加されたいというのだ。

が、アヤーチュはオレッツァ会議に代表を送ることを拒絶した。第一回全教区会議でも、昨日四月二日に持たれた第二回会議の初日でも、やはり拒絶が決議された。

「しかし、オレッツァに問題があるわけじゃないだろう」

と、ジュゼッペ・ボナパルテは声を高めた。拍手も続けば、野次も飛ぶ。サン・フランチェスコ教会にはマレルバ通りの一党だけでなく、他の党派も詰めていた。土台が大聖堂とはいかないために、もはや立錐《りっすい》の余地もないほどだった。

薄暗い堂内に焼き硝子が七色の光を落とすところ、内陣前の二列ほどが全教区会議の正式な参加者に与えられる議席だった。その中央、あるいは祭壇の正面で、ジュゼッペは身ぶり手ぶりも大きく、まさに熱弁の体《てい》だった。背が高いので見栄えがする。ボナパルテ家で政治熱といえば先代の故カルロ・マリアだが、あの人目を惹いてやまなかった父親に本当によく似てきた。

「オレッツァはバシュチーヤじゃない。バシュチーヤの影響下にあるわけでもない」

声の張りには自信も滲《にじ》む。ジュゼッペは市役所の官吏になっていた。アヤーチュ市政が刷新され、三月七日に市長に当選したのがジョバンニ・ジローラモ・レヴィだった。ボナパルテ家の親戚筋で、その集票には「グラックス兄弟」も力を尽くした。その見返りとしての奉職だった。

「オレッツァに代表を派遣しても、アヤーチュがバシュチーヤに従属したことにはなりませんよ」

「甘い。ボナパルテ君、甘すぎる」

高いところから、声が降り落ちてきた。議長席に座る大男はマリウス・ペラルディといった。近郷の地主であり、港の船主であり、潤沢な資金力を背景にした活動で、政治的にもボナパルテ家やポッツォ・ディ・ボルゴ家と並ぶ、アヤーチュ屈指の権門である。国民衛兵隊が組織されれば、首尾よく大佐の大役を手に入れる。アヤーチュ全教区会議が開催されれば、当たり前のように議長を務める。

ペラルディは続けた。それこそバシュチーヤの連中の企《たくら》みなんだと、なあ、ボナパルテ君、何度いったらわかってくれるかね。オレッツァなんて中立の場所を設けて、つまり、どっちが上、どっちが下でもないような装いを整えて、我々アヤーチュの代表を誘《おび》き出そうというんじゃないか。

「誘き出すって何ですか、ペラルディさん。仮に誘き出されたとして、何の不都合があるんですか」

「屈辱を味わわされる不都合に決まっている」

ペラルディに小男のクリスティナッチェ、そして肥満のギテラと続いた。

「アヤーチュはバシュチーヤの子分なんだと、奴らに吹聴されてしまう屈辱だ。決めつけられたが最後で、コルシカの舵取《かじと》り役は未来永劫《えいごう》バシュチーヤのものになるぞ」

「我らは『山の彼方』の誇りにかけて、『山の此方《こなた》』の後塵《こうじん》を拝するわけにはいかないのだ」

勢いこんだ二人は、二人ともペラルディ派に連なる輩で、やはりアヤーチュ市役所の官吏だ。

それまた古来コルシカが抱えてきた問題だった。コルシカは山国で、北西から南東にかけて山嶺《さんれい》が島の中央を斜めに走る。これが「山の此方《ウ・ヂスモンテ》」と呼ばれる島北と、「山の彼方《ウ・プモンティ》」と呼ばれる島南を地理的に分断し、文化的のみならず政治的な分裂までもたらしてきた。

その「山の此方」で最大の都市がバシュチーヤ、「山の彼方」で最大の都市がアヤーチュだが、この南北は当然ながら互いに張り合う。しばしば協力が困難になる。団結できないどころか、ときにコルシカの敵とも結びつく。外国の支配を許してきた一因こそ、この南北の分裂、そして対立なのだ。

「下らない」

ジュゼッペは唾棄《だき》した。ああ、本当に下らない。コルシカの未来が大きく開けようというときに、そんな古ぼけた考えに固執しているなんて、まったくもって下らない。

「オレッツァに行かなければ、アヤーチュだけ置いてけぼりを食わされるんじゃないかね」

着座のままで発言したのは、おっとり顔の紳士だった。このあたりでは珍しく、頭に白毛の鬘を載せるのは、市長ジョバンニ・ジローラモ・レヴィだった。ボナパルテ家の親戚かと睨みつけると、ペラルディは髪を掻き毟る大袈裟な嘆き方だった。ああ、ああ、アヤーチュの市長ともあろう方が、そんなことといって、どうするんです。そんな弱気だから、バシュチーヤを調子づかせる。

「調子づくというが、むしろ謙虚になったくらいじゃないかね。以前はコルシカ州総督府も、コルシカ州総監府も、コルシカ州三部会も、十二貴族院まで、全部バシュチーヤにあったんだよ」

「これまでは、いいんです。大方がフランス人が威張りちらしているだけの役所だったんだ。コルシカ人がいたとしても、フランス人に媚《こび》を売るような輩ばかりでしたからね」

いいながら、ペラルディは横目を飛ばした。気がついて、ジュゼッペは顔を真っ赤にした。州議員となり、十二貴族院に属した亡き父、カルロ・マリア・ボナパルテに対する当てこすりだ。バシュチーヤに行きっぱなしで、ろくろく家に居つかなかったと、近郷近在では知らぬ者もなかったのだ。

「はん、こっちから、お断りだ。アヤーチュにはいてほしくない。要するに全部バシュチーヤに押しつけていたんです。しかし、これからは違う。バシュチーヤに全て取られるわけにはいかない。認めるつもりはないんだってことを、アヤーチュは態度で示してやらなければならないんですよ」

「はん、子供だな、まるで」

と、ジュゼッペは吐き出した。「なんだと」とペラルディに凄《すご》まれたが、ほんの僅かも退《ひ》かなかった。いつも気弱なボナパルテ家の長男が珍しいようにもみえるが、これまたコルシカ人だった。

島北と島南も対立するが、同じ島北あるいは島南のなか、同じバシュチーヤあるいはアヤーチュのなかでも対立する。家と家との対立がそれで、ほんの一昔前までは「血の報復《ヴェンデッタ》」さえ、広く横行していたほどだ。亡父を侮辱されたからには、もう家と家の戦いだ。ボナパルテの名にかけて、ペラルディには負けられない。ジュゼッペはかかる激憤の虜《とりこ》なのだ。

「だって、そうじゃないですか。大人の態度というなら、言論で訴えましょう。バシュチーヤが全て独占するのは不当だと、きちんと非を鳴らしましょう。そのためにもオレッツァ会議に代表を送らなければならないんです。きちんと異議を申し立てて、集う全島の代表に聞いてもらうべきなんです」

「いや、異議ならオレッツァ会議じゃない。請願として、パリの憲法制定国民議会に上げればいい」

「コルシカの総意として上げないでは、取り上げられませんよ」

「その総意という奴ができてみると、決まってバシュチーヤ臭くなっているというんだ」

論争は続いた。激しさを増すばかりの応酬を、ナブリオは後列から聞いていた。あてがわれる椅子もない立ち見で、つまりは発言権のない外野の傍聴席である。

発言したくないわけではない。実際のところ、議論が激するたび、つられて身体が前後に動く。口すら何度もパクパクする。それでも声までは出せない。

立場は弁《わきま》えていた。発言できるのは、教区代表のジュゼッペだ。いや、それは会議の決まり以前の問題で、家が幅を利かせるからには、家長制も絶対である。どれだけ頼りない兄でも、やはり兄なのである。最初の予定通り聖職者にでもなっていれば別なのだが、さもなくば弟のナブリオには出番がない。無理に出ていったとしても、それをコルシカの常識が許さない。

「いや、ナブリオ、君だって発言くらいはしていいんじゃないか」

と、フィリッポ・マッセリアが脇から囁いた。もう四十歳という割に若い感じで、しかも細面の相貌が切れ者を思わせる。バシュチーヤから来た上級委員会の使者である。いうまでもなくオレッツァ会議の参加を促すために来ていて、ボナパルテ兄弟とは共闘する格好になっていた。

「決議のやりなおしを言い出したのは、君じゃないか」

と、マッセリアは続けた。事実、オレッツァ会議不参加を決議され、昨日のジュゼッペたちは負け犬の顔で帰ってきた。それをナブリオが叱咤《しった》した。がっくり落ちた肩という肩を前後に揺すりながら、会議に決議のやりなおしを申し入れるようけしかけた。

――のみか、アヤーチュ中を駆けまわった。

家に招き、馳走《ちそう》を振る舞い、場合によっては食卓の陰で現金まで手渡しながら、各教区の代表を抱きこみにかかった。支持者を増やさなければならない。議長のペラルディ、書記クリスティナッチェ以下、あちらの一派は無理として、もうひとりの書記がカルロ・アンドレア・ポッツォ・ディ・ボルゴだった。この旧友を口説き落として、勝負ありだった。通じて、さらに支持者が増えた。ナブリオは数の圧力で会議を動かし、なんとか再審議に持ちこむことに成功したのだ。

その熱心な働きぶりをマッセリアは知っている。ナブリオに発言を促した所以である。しかし、僕が発言しても野次にしかなりません。それに僕だって兄以上のことはいえません。

「ですから、マッセリアさん、お願いします」

逆に発言を促されて、マッセリアは少し考えた。侃々諤々《かんかんがくがく》の激論は続いていた。双方とも一歩も譲らず、ということは今日とて逆転には届かない。このままでは、昨日と同じ投票結果しか出ない。

「わかった、私が発言しよう」

その返事にナブリオが前に出た。立ち見の背中を掻き分けながら、参加者席の手前まで進むと、そこから兄に手ぶりを送った。察したジュゼッペは、ひとつ頷き、それから議長に求めた。

「発言を求めます。いえ、私でなく、上級委員会の使者マッセリア氏が発言を望んでおられます」

ペラルディはあからさまに顔を顰めた。失礼といえるほどだった。

「そいつはバシュチーヤの犬じゃないか」

「私はアヤーチュの生まれです」

マッセリアは声を発した。やはり立ち見を掻き分けながら、教会の身廊を前へ前へと進んでいった。

ええ、私の父はアヤーチュで弁護士をしていました。というより、この街からコルシカ独立運動に一身を投じたというほうが、思い出していただけますか。

「港の城塞をジェノヴァ人から奪い取ろうと決起して失敗、一七六三年に獄死しています」

ざわと御堂の空気が波立った。詰める人々の狭間からは、ボソボソと言葉も湧いた。マッセリアって、あの闘士マッセリアかよ。その息子が、どうしてバシュチーヤから来たんだ。どうして上級委員会のために働いてんだ。だいたい、あのマッセリアに息子なんていたのかよ。

マッセリアは祭壇の前まで進み、それから続けた。また私も独立運動に身を投じました。

「それゆえに二十年というもの、このアヤーチュから、というよりコルシカから、遠く離れていなければならなかったのです」

また左、右とボソボソ言葉が交わされた。アヤーチュじゃみなかったはずだ。フランス軍から追われた手合いだ。つまりは亡命者だ。イタリア本土にいたんだ。トスカナにいたんだ。ピサにいたんだ。

「私はロンドンから来ました」

聞くなり、ペラルディは慌て気味に確かめた。そ、それはイギリスのロンドンということですな。

「他にロンドンはないでしょう。コルシカ人がロンドンに暮らした理由とて、他にはありえませんね。ええ、私はパスクワーレ・パオリと一緒でした」

ざわめく堂内は、その波を高くするばかりだった。それは英雄の名前である。コルシカでは知らぬ者もない名前である。フランス人の支配が強まり、フランス人に逆らう術などないと思い知らされるほど、忘れようがなくなった名前なのである。

——とはいえ、パオリが亡命して二十年。

神話の名前か何かに感じられ始めていたことも、また他面の事実だった。パリの憲法制定国民議会がパオリの恩赦を決めたと聞き、快挙だと快哉《かいさい》も叫んだが、それまたどこか遠い話だった。

——しかし、二十年でしかないのだ。

パスクワーレ・パオリは生きている。復権されたのは墓碑でなく、生身の人間なのである。インドだの、アフリカだの、帰れないほど地の果てに送られたわけでもない。ほんの近くのイタリアで、亡命者たちも生きていた。憲法制定国民議会の恩赦を受けて、そのパオリ派の帰島も始まっていた。

「ロンドンにいた私でさえ、一月《ひとつき》もあれば戻ってこられた。トスカナにいた者なら、それこそ三日で戻れるでしょう。リヴォルノにいたクレメンテ・パオリなど、もう二月二十一日にはバシュチーヤに上陸して、コルシカ帰島を果たしています」

クレメンテ・パオリはパスクワーレ・パオリの実兄である。いうまでもなく、コルシカ独立運動の重鎮だ。七十歳になる今も、パオリ派の中心人物のひとりだ。

「しかし、どうしてパオリ派が、こともあろうにバシュチーヤから……」

「単にイタリアに近いからですが、仮にアヤーチュのほうが近くても、バシュチーヤから上陸したはずです。その二月二十一日というのは、バシュチーヤで島北会議が開かれた前日なのです」

「どういうことです、マッセリアさん」

「ペラルディさんも国民衛兵隊の大佐でしたね。ご存じのようにバシュチーヤの大佐がペトリコーニで、島北会議の主宰者になっています。確かにバシュチーヤの生まれですが、それ以前にあの男もパオリ派です。大佐はドン・クレメンテの指示で、島北会議を開いたのです。ドン・クレメンテは設立された上級委員会にも名前を連ねておられます」

「パオリ派がどうして上級委員会に入るのです。どうしてバシュチーヤに肩入れするのです」

「肩入れではありません。むしろ逆だ。パオリ派は主導的な立場をバシュチーヤから奪うために、島北会議を開き、上級委員会を設立したのです」

「奪うというのは、どういうことです。与えたようにしかみえませんが」

「県庁所在地にバシュチーヤが選ばれました」

一七八九年十二月二十二日、憲法制定国民議会は地方行政の刷新を発表し、これまでの州を廃して、県を置くことに決めた。一七九〇年一月十五日にはフランス全土に八十三県が設置され、そのひとつとしてコルシカ県も成立したが、その県庁所在地がバシュチーヤとされたのだ。

「不満が沸き上がるのは自明です。のみならず、この程度でもコルシカはバラバラになってしまいます。御高齢を押して、ドン・クレメンテが急ぎ帰島なされたのは、それを未然に鎮めるためだったのです。全島会議を強行せんとするバシュチーヤを制して、オレッツァに場所を移すためだったのです」

「しかし、それだったら、バシュチーヤから県庁所在地を移すのが本当だろう」

「ペラルディさん、あなたも政治がわからない人だ。これはパリの議会が決めたことなんだ」

ジュゼッペが再び前に出た。難しいときです。パリの議会の意向だって、簡単には無視できない。フランス本土で起きた革命と歩調を合わせること、コルシカにとって今はそれが大切なんです。

「県庁所在地じゃないオレッツァで会議を開くことからして、すでに一種の冒険といえます。ことによると、パリの議会に反抗と取られかねないわけですからね」

カルロ・アンドレア・ポッツォ・ディ・ボルゴまで続いた。最後にまとめたのが、フィリッポ・マッセリアだった。パリを動かすためにも、コルシカは団結していなければならないのです。

「コルシカの分裂はパスクワーレ・パオリが最も憎むところなのです。山の此方も彼方もなく、全島が足並みを揃えるためには、全てがパオリの権威の下に行われなければならない。こたび私がロンドンから急行したのも、その意をドン・クレメンテにお伝えするためでした」

マリウス・ペラルディとこの議長に従う一党が、互いの顔を見交わしていた。発するべき言葉は決まっているはずなのに、それがなかなか声にならない。煮え切らない沈黙が、これからも続くかに思われたときだった。ナブリオは叫んだ。

「パオリに逆らうつもりなのか」

野次にしかならないとわかりながら、もう我慢ならなかった。

戸惑い顔の議員たちはといえば、もちろんパオリに逆らうとはいえない。神話の名前が熱い血肉を伴ったとき、そこに立ち現れたのは絶対の存在だったのだ。パオリの前では「山の此方《ウ・ヂスモンテ》」も、「山の彼方《ウ・プモンティ》」もない。バシュチーヤも、アヤーチュもない。ボナパルテ家も、ペラルディ家もなく、全てがコルシカのために団結しなければならない。

四月三日、アヤーチュ全教区会議は夕刻までには前日の決議を翻《ひるがえ》した。オレッツァ会議への代表派遣が決まると、開会が四月十二日と差し迫ることもあり、その人選が直ちに行われた。

選ばれたひとり、ジュゼッペ・ボナパルテは新たな提案をなした。

「パオリを迎えに行こう」

ロンドンからパリに渡り、フランスを縦断してコルシカ行きの船に乗るだろう英雄を、途中まで迎えに行こうと持ちかけて、満場一致で容れられた。

――コルシカの革命は、やはり立ち止まらない。

裏方を演じるしかないナブリオはといえば、なんとか表に出ようとするより、まずは手紙を書くことだった。フランス軍を退役したわけでなく、コルシカには例の休暇制度で帰った。ラ・フェール連隊のランス大佐に宛てて、さらなる休暇を願い出たのが四月十六日、六月一日付で一時帰隊の扱いにしてもらい、六月十五日から四か月の延長を認められたのが、五月二十九日のことだった。

3 対面

表情が硬い。そのときナブリオは蒼白にさえなっていた。寒いわけではない。一七九〇年も八月四日だ。コルシカの夏は、ただジッとしていても、顎から汗が滴《したた》るような暑さなのだ。

「だから、そんなに緊張することはないよ」

ジュゼッペが弟を励ました。肩を並べて歩きながら、ボナパルテ兄弟はバシュチーヤに来ていた。港に面したサン・ジャン・バティスタ教会をみつけると、その東側の路地に進んで、目指したのは奥のバシュチーヤ市役所だった。ジュゼッペは続けた。ああ、私も最初は緊張したさ。

「ボナパルテと名乗っても、忘れられているんじゃないかとか、いや、忘れられているだけならまだしも、カルロ・マリアの息子だと明かせば、フランス王に抱きこまれた裏切り者だなんて、かえって睨まれるんじゃないかとか、いろいろ不安だったものさ。けど、全然そんなことなかったよ」

「はは、気にするわけがない。だって、バッブだよ。我らがコルシカの英雄が、そんな小さな話にこだわるだなんてありえない」

フィリッポ・マッセリアも請け合った。ナブリオは了解の印に頷いたが、なお表情は硬いままだ。バッブ、つまりは親父さん、そうコルシカで呼ばれる英雄は、パスクワーレ・パオリだけである。

——本当にコルシカに帰ってきた。

ロンドン発が三月二十九日、パリ着が四月三日で、そのままパオリは憲法制定国民議会に迎えられ、ミラボー、ラ・ファイエットら有力議員にもてなされた。ジャコバン・クラブという政治団体に招待されたかと思えば、フランス王ルイ十六世とも面会を果たし、フランスでも要人扱いだった。

パリを離れたのが六月二十二日、マルセイユでコルシカからの使節に迎えられたのが七月十一日である。地中海に漕《こ》ぎ出す船に乗り、上陸したのがコルシカ岬の先端マチナッジオだった。

「おお、我が祖国よ。わしはおまえを奴隷にしていなくなったが、おまえは再び自由になってくれたのだな」

パオリはそう言葉にしたと伝えられる。それから陸路を進み、バシュチーヤに到着したのが七月十七日で、二十日にはコルシカ全島で読まれるべき廻状《かいじょう》が発布された。

「尊厳ある議会は我々が最大の幸福を得られることを考えている。我々が分かちがたく結び合い、またひとつになれるよう、大きすぎる君主制を作り直す仕事を不休で続けている。のみならず、議会は私に告げた。我々の土地については、とりわけ有利な措置を講じる用意があると」

革命支持が表明された。従前の騒擾にも、バッブのお墨付きが得られた。コルシカはパオリ一色になった。

その英雄にナブリオも、とうとう会えることになった。ロンドンで亡命生活を共にしたマッセリアは無論のこと、使節の一員としてマルセイユまで迎えにいったジュゼッペも、すでにバッブと対面を果たしていた。そこで紹介の労を執ろうと、二人は手筈《てはず》を整えてくれたのだ。

「けど、駄目だ。やっぱり会えない」

ナブリオは引き返そうとした。が、ジュゼッペとマッセリアが左右から捕まえて逃さない。今さらなんだよ、ナブリオ。バッブにはお忙しいところ、特別に時間を作ってもらったんだぞ。

「ええ、マッセリアさん、それはわかっていますが、とても堪えられそうになくて」

「変な奴だな。全体なにが堪えられないってんだ」

「うるさい。ジュゼッペ兄にはわかりっこない話さ」

パスクワーレ・パオリはコルシカの英雄である。ナブリオには心の英雄でもある。幼くしてフランスの学校に送られ、「コルス人」と馬鹿にされ、苛められ、また殴られ、それでもフランス人を睨み返す。常に支えられたのが、コルシカにはパオリがいる、パオリならフランス人にも恐れられる、いつか自分もパオリのようになるのだという、やや乱暴であるだけに、とことん一途な思いだったのだ。憧憬《しょうけい》というには生ぬるい。心酔とも違う。異郷での苦境が過酷であればあるほど、思いは信仰にも近くなった。パスクワーレ・パオリという男は、まさしく絶対の存在、すでにしてナブリオには神なのだ。その面前に進み出るということは、ほとんど天の審判を仰ぐに等しかったのだ。

「ああ、逃げてばっかりだった兄貴には、俺の気持ちなんかわかるはずがない」

「なんだよ、なんの話だよ。それに逃げようとしているのは、ナブリオ、おまえのほうじゃないか。だって、バッブとは会えないんだろう。せっかくの機会なのに、面会から逃げるんだろう」

「馬鹿な。俺が逃げるもんか」

「だって、ナブリオ、おまえ、さっき……」

「兄貴の聞き間違いだよ。でなけりゃ、兄貴は耳が悪いんだ」

パオリがいる部屋は、すぐにわかった。そこだけ扉の両側に、門番然と銃を手にした男たちが並んでいた。パオリ派の面々に止められては入室がかなわないというわけだが、ジュゼッペはともかく、少なくともマッセリアは顔馴染みであり、すぐに道を空けてくれた。

「バッブ、これにナブリオ・ボナパルテが来ています」

戸口で上げられた声に、部屋中が振り返った。室内にも十指では数えられない男たちが詰めていた。無愛想がコルシカ人の常だといえば、それまでの話なのだが、ほとんど睥睨するような表情だった。

その狭間を縫うようにして、マッセリアは部屋の奥へと進んでいく。あとをナブリオが追い、弟にやっつけられた不服が顔に出ているジュゼッペが、まるで退路を阻むように最後に続いた。

「ナブリオ・ボナパルテだと」

確かめたのは、部屋奥からの声だった。男たちの肩越しに、その姿もじき覗いた。

恰幅のよい初老の男だった。白い襟飾りを襞《ひだ》にして巻き、白い鬘をきちんと後ろに撫でつけていたが、不思議と優雅な感じはしなかった。粗野とか、下品というのではなく、房になって目にかかるほど太い眉毛や、活き活きとした光を宿す猛禽《もうきん》のような大きな瞳や、しっかりと横に張り出したえらや、先のほうで弛《たる》む二重顎の加減までが、ことごとく精力的な印象だったのだ。

六十五歳と聞かされていて、そういわれれば六十五歳にみえなくもないのだが、ただの六十五歳とは思われない。ということは、この人がやはりと、すでにナブリオは息詰まる思いだった。

「ええ、バッブ、カルロ・マリア・ボナパルテの次男です」

マッセリアが言葉を足していた。ジュゼッペも続いた。はい、私の弟ということです。パオリと思《おぼ》しき男は顎を上げて、長身の兄のほうを見上げた。確か名前はジュゼッペだったな。

「カルロ・マリアの父、つまりは君の祖父の名前もジュゼッペだろう」

「はい。バッブ、よくご存じですね」

「カルロ・マリアの叔父がナブリオだったからだ。君たち兄弟は祖父兄弟の名前をもらったのだな」

「ああ、なるほど。もうひとりの大叔父がルチアーノで、私の下の弟もルチアーノといいますから、祖父兄弟というより、祖父三兄弟の名前をもらったのでしょうが、ええ、たぶん間違いない……」

「あなたに仕えた最初のボナパルテが、ナブリオ・ボナパルテだったのですね」

ナブリオは飛びこんだ。遮られたジュゼッペは、また不服げな顔になったが、そんなもの、もう気にしていられない。ええ、このナブリオ・ボナパルテも、あなたに仕えます。

「ええ、ええ、バッブ、あなたに仕えるために、こうして参上いたしました」

早口で続けた若者を、パオリは無言で数秒ほど凝視した。それから静かに口を開いた。ああ、確かにナブリオが最初だった。何年か後に甥だといって、カルロ・マリアをつれてきたのだ。

「ナブリオは勇敢な男だった。カルロ・マリアも良いところが沢山あったが、勇気の点ではナブリオが上だった。君はどうかね、新しいナブリオ」

「僕は軍人ですから、常に勇敢でありたいと思っています」

「軍人というのは？」

「フランスの兵学校に行き、フランス軍に奉職しました。ラ・フェール連隊所属の砲兵少尉です」

「ああ、そういうことか」

やや素っ頓狂な声だった。しかもパオリは手まで叩いた。パンパンと音が鳴るほど何度か続けた。

「私に手紙をくれた歴史家の青年将校というのは、君のことだな」

「はい、そうです」

答えたものの、刹那にナブリオは赤面した。革命の直前に、確かにフランスで書いていた。ヴェルサイユで全国三部会が招集されて、まだパリのバスティーユは陥落していなかったが、世が動くかもしれないという漠然とした予感があった。その興奮に背を押されて認《したた》めて、とにかく送ってみたものだ。

「将軍。私は祖国が滅んだ年に生まれた者です。三万人ものフランス人が我らの島に雪崩《なだ》れこみ、自由の玉座を血の波間に溺れさせたその年にです。私の目に初めて映った光景というのが、そのおぞましい惨劇だったのです。死にゆく者の叫び、圧政に打ちひしがれる者の嘆き、そして絶望する者の涙が、生まれたときから私の揺り籠を取り巻いておりました。

あなたは我らの島を離れ、それとともに幸福の希望も失せました。我らの降伏が支払わされた代償が、隷属状態というわけです。兵士と、法律家と、収税吏という三重の鎖に縛られながら、我らの同国人は侮られながら生きることになったのです。ええ、その手に支配の術を備えた者たちに侮られる。それこそ感情ある人間には、最も残忍な責め苦ではないでしょうか」

思い出せば、なんとも大仰な言葉遣いだった。

「私はあなたの統治と今の統治を比べたいと思います。公の利益を裏切った者たちを、罵詈雑言《ばりぞうごん》の筆で罰してやりたいのです。公論の法廷に統治者を呼び出して、働いた侮辱を事細かに明らかにし、静かなる陰謀を暴き出し、もしできれば国家を統べる有徳の大臣をして、我らをかくも残忍に苦しめてきた悲惨な運命に、目を開かせたいとも欲しています。もし私に財産があり、都に住むことができていたなら、我らの嘆きに気づかせるにも、他の手段をとったに違いありません。しかし任務を離れられない私には、出版という方法しか残されていませんでした」

そうやって、コルシカの歴史を書いているなどとも告げた。今にして思い返せば、本当に読まれるとも考えていなかった。それが今、目の前に座る男に、確かに読んだと明かされたのだ。

とんちんかんな若造もいたものだ。そんな風に笑われたに違いない。ナブリオが羞恥《しゅうち》に震える所以だったが、パオリはといえば、それを茶化そうとするでもなかった。

「なるほど、あの戦争が始まったとき、レティツィアは大きな腹をしていたな」

「レティツィア、ええ、私の母は、ええ、そういうことになりますか」

答える間も自分の手紙の、また別な箇所が思い出される。

「最後に将軍、あなたに私の家族からのオマージュを捧げることをお許しください。同国人についていわせてもらえば、人々は皆が自由を望んでいたあの時代の思い出に、ただただ溜め息をついています。わけても私の母マダム・レティツィアは、コルチにすごした数年の思い出を今も大事にしていること、付け加えさせてください。――一七八九年六月十二日、オーソンヌにて、ラ・フェール連隊付将校、ナポレオーネ・ブオナパルテ」

過去の交誼《こうぎ》を無理にも押しつけるような文言で、ナブリオは手紙を結んでしまったのだ。

「そうか、『私は祖国が滅んだ年に生まれた者です』という書き出しは、そうか、あのとき宿っていた赤ん坊というのが、君なんだな。あのあと生まれて、ナブリオの名前をつけられたんだな」

続けながらパオリは椅子から立ち上がった。なんとも優しげに目を細める表情だった。

「はい、ナブリオと、ええ、そうだと思います。きっと、そうです」

ナブリオが答えたとき、すでにパオリは面前にいた。やはり大きな男だった。やけに長く感じられる腕を伸ばして、英雄が試みたのは歓迎の抱擁だった。

「よく来てくれた、ナブリオ・ボナパルテ」

腕をとくと、パオリは椅子を勧めた。腰を下ろし、ふうと一息ついてから、ナブリオは気がついた。見守るようなマッセリアとジュゼッペが、二人ながら微笑だった。対面は悪くなかったということだ。

――パオリに会った。

本当に会った。簡単には信じられない。会いたいと熱望はしていたが、かたわら現実になるはずがないとも決めつけていた。それが確かに、かなったのだ。まだ身体の各所には、パオリの感触が残っている。パオリも生身の人間だった。きちんと肉に覆われて、鉄でも大理石でもない。なにか特別な後光を発しているわけでなく、あえていうなら思っていたより普通だった。

「ときにナブリオ、今はなにをしているんだね」

「はい、バッブ、アヤーチュで革命を進めています。城塞の司令官がラ・フェランディィエールというフランス人なのですが、そこに国民衛兵隊を進駐させろと交渉して……」

「そうじゃない。活動じゃなくて、君の仕事だよ。フランス軍の将校だといっていたが、それは？」

「休暇を取っております。今はなるだけコルシカのために働きたいと思いまして」

「コルシカでの肩書は」

「これといって、なにも」

「なるほど、コルシカだものな」

チラとジュゼッペの顔をみて、それからパオリは破顔した。わしも次男の生まれだから、わかるよ。

「肩書を手に入れるのは長男だ。恵まれたのはクレメンテのほうばかりだったよ」

もうひとり白い髪が同室していた。クレメンテ・パオリは皺《しわ》がちに痩せた老人だった。肩を竦めてみせる仕種まで緩慢で、こちらは七十歳と聞くよりも枯れた印象だった。

「しかし、次男も悪いことばかりじゃない。父ジャチント・パオリがコルシカにいられなくなると、わしも一緒にナポリに逃れた。ナポリ大学に学んだり、ナポリ軍に入隊したり、そういえば、わしもナポリ軍の少尉だった。とにかく、そんなこんなしているうちに、ジェノヴァに抗して『五人政府』をなしていたクレメンテに、いきなり呼び戻されたのだ。コルシカに帰ったものの、なんの肩書もなかったものでね。それで『国民の将軍』なんて位を作ることにしたのさ」

今や伝説の称号だ。コルシカで「将軍」といえば、ただ「バッブ」というに同じく、パスクワーレ・パオリのことなのだ。それを冗談にする豪気が愉快に転じる。ドッという感じの笑いが部屋に満ちていく。

「まあ、次男のよいところは、そのときが来るまで自由でいられることだ。ナブリオ、君も今は自由ということで、いいのかな」

「はい。軍の休暇中は、何に縛られるわけでもありません」

「その休暇は、いつまで続く」

「十月までです」

「次のオレッツァ会議まではいられるのか」

四月十二日のオレッツァ会議は無事に終了した。が、なんにせよパオリが帰島しなければ始まらないと、改めて九月に会議が持たれることになった。場所は同じでよかろうという話にもなり、かくて今はコルシカ中が、パオリのいう「次のオレッツァ会議」に向けて動き出していた。

もちろんナブリオも臨席せずにはいられない気持ちである。答えに迷いなどなかった。

「はい、いられます」

「ならば、ひとつ相談だ。ナブリオ、わしのそばでオレッツァ会議の準備を手伝ってくれないか」

おお、と男たちの呻きが部屋に満ちた。ナブリオは意味がわからなかった。が、それは思う以上に光栄な話であるようだった。受けろ、ナブリオ。バッブがいきなり取り立てるなんて、これは普通じゃないんだぞ。ジュゼッペ、そしてマッセリアは二人とも小声ながら慌てた早口だった。

二人を除いた周囲はといえば、皆が呆気に取られていた。いくつかは羨ましげな顔も覗いた。やはり望まれる地位なのだ。厳しく睨みつける者までいないではなかったが、それらをナブリオは持ち前の勝気から睨み返した。思いがけない幸福だからといって、誰かに譲り渡す気はなかった。

「はい、喜んでお手伝いさせていただきます」

ナブリオの答えに、やはり迷いなどなかった。

4　ポンテ・ノーウ

雲ひとつない蒼天の下、緑鬱蒼たる山々に通じるのは、馬車一台を通すのも覚束《おぼつか》ない隘路だった。馬でも三頭、ところによっては二頭が横に並んだだけで、もう道幅が尽きる。五百騎の隊列は、えんえん千五百ピエ（約五百メートル）も続くことになる。

カラカラに乾いて白茶けた路面を、すっかり黒で塗りつぶすような様は、山の高低に張りついて、丘を上がり、または谷を下りを繰り返すほど、神話に出てくる大蛇の這いずりをみるようだった。

あるいはそれは眼光鋭く言葉少なに馬を駆る男たちが、凶暴な獣を思わせる一種の凄みに満ちていたせいか。軍服を揃えるわけでなく、皆がコルシカ伝統の折り帽子に、それぞれ暗色のチョッキを合わせたきりである。美々しく鬘を整えてくるどころか、むくつけき山の民はかくやと思わせる無精髭に顔を埋《うず》め、背に担いだ銃身ばかりを鈍く光らせているのである。

五百騎はパスクワーレ・パオリの親衛隊だった。正式な組織があるのではない。我こそ将軍を守る盾にならんと志願した若者が、自然と集まっているだけである。軍服もなければ、軍規もなく、行く先々で人々が提供してくれるので、飲み食いだけは困らないが、給与が支払われるわけでもない。それでもコルシカの若党は、そこに加われることが名誉と、誰も立ち去ろうとはしないのだ。

――この俺も然りだ。

兵学校仕込みの技で巧みに手綱《たづな》を操るナブリオも、そのひとりになっていた。パオリ直々に声をかけられ、普段はオレッツァ会議の準備、つまりは手紙を開けたり、新聞を確かめたりと、秘書のような仕事が専らだったが、将軍が外出するとなれば、やはり銃を担いで、馬鞍《うまくら》に上がる。それもバルバッギやチェザーリというようなパオリの甥たちと並んで、将軍を囲むような位置で駒を進める。

――まだ一月《ひとつき》とたっていないが……。

すでに主だった若党のひとりだと、ナブリオは誇らしくも鼻息が荒い日々だった。

バシュチーヤを出発したのは八月三十日だった。カザモッツァまで南下して、西の山岳地帯に踏みこんでいく。パオリの生まれ故郷モロザーリヤに立ち寄り、そこからオレッツァに向かう旅である。

第二回オレッツァ会議は、九月九日に開会の予定だ。参加できるのは「選挙人」だけで、その「選挙人」を決める選挙に出馬するため、ジュゼッペも、マッセリアも、いったんアヤーチュに戻った。どの管区、どの候補者も事情は同じで、今はコルシカ中が「選挙人」の当落に一喜一憂しているのだ。

が、パオリの周囲は関係ない。パオリが会議に出られなくなるわけではない。というより、パオリが現れないでは、それこそオレッツァ会議は幕も上がらない。だからというわけではないが、急ぎの旅ではなかった。ふとした刹那にパオリが手綱を引いたのも、そのせいだったかもしれない。

さしかかっていたのは、古ぼけた石橋の中程だった。いくつかのアーチで支えられた石組みが、中央に近づくほど山をなし、左右からのしかかる石材の重さを、その角度で相殺する造りである。

もとより大した広さはなく、居心地がよいわけではない。それでもパオリが馬を止めたとなれば、周囲の数騎もそれに倣わざるをえない。いや、順々に皆が応じようとしたが、全部で五百騎を数えるうえに、長すぎるくらいの隊列である。

前のほうは行きすぎて、慌てて戻ろうとしたし、後ろのほうでは道がつかえて、少し混乱が起きた。もちろん文句をいう者はいない。パオリのすることに異を唱える者など、はじめから来ていない。

不可解は不可解だった。パオリの甥のピエトロ・パウロ・コロンナ・チェザーリが聞いた。

「バップ、どうされました」

すぐには答えず、パオリは両目を細めながら、あたりを見回していた。

「下を流れているのはゴウ河だな」

「はい、ゴウ河で間違いありません」

もうひとりの甥、ジュゼッペ・バルバッギが答えた。頷きで受け止めてから、パオリは教えた。

「ここがポンテ・ノーウだ」

コルシカ語で「新橋」という意味である。この石橋が新しかった時代につけられた名前だろうが、その音の響きはコルシカでは特別な意味を持つ。

「ポンテ・ノーウの戦いのポンテ・ノーウですか」

ナブリオが確かめると、パオリが再び示した頷きは、いやが上にも重々しかった。ああ、この橋だ。あの日はコルチから進軍して、コルシカ軍は向こう岸の、なんといったか、今も城がみえているが。

「カステッロ・ディ・ロスティーノです」

「ああ、そうだ、バルバッギ、確かにロスティーノ村といった。向こう岸から近づいてきて、あの村に本営を置いて、戦いになったのは間違いなく……」

河水が流れる音だけが聞こえた。言葉は絶え、パオリは遠い目になっていた。一七六九年五月八日に行われたそれは、コルシカの運命を決した戦いだった。

一七六八年五月十五日、ジェノヴァ共和国からコルシカを買い入れたフランス王ルイ十五世は、すぐ軍隊を動かして、パオリ一派の独立運動を粉砕しようとした。が、十月八日のボルゴの戦いでは逆にコルシカ軍に敗走を強いられた。意気消沈するどころか、これでフランス軍は本気になったのだ。

「ヴォー伯爵は山岳戦の専門家だったそうだ」

思い出したように、パオリは始めた。はじめは緩やかな口調だったが、ハッとしたように後ろを振り返ると、あとが早口に変わっていた。配下の将兵をバシュチーヤに上陸させると、そう、わしらが今日来た山道を、あえて選んで南下してきた。やはり山には自信があったのかもしれんな。五月五日にはムラートとサン・ニコラオを取られた。左翼を率いたのがマルブーフだったが、あの男もボルゴを落とした。六日にはクステラまで抜かれた。

「コルシカ軍が築いたネービュの防衛線は、あっという間に崩壊した」

「恐れながらバッブ、そんな昔の話をしても……」

チェザーリは諫めたが、それをパオリは無言の人差指で押し返した。

「七日にはレントを制圧して、そこにフランス軍の本営を置いた」

パオリは背後に向けていた目を、橋の向こうのロスティーノ村に戻した。

「コルシカ軍にも優れた指揮官が多くいた。そう、アントニウ・ジェンティリ。アントニウはいるか」

「もうオレッツァに入っています。ドン・アントニウには会議の書記を務めていただく予定ですから」

「そうか。ああ、できる男だ。そのアントニウ・ジェンティリが二千の部隊を率いて、あそこ、橋の袂《たもと》にいた。抜かれれば、首都コルチまでの道が開かれる。文字通り死守の構えだったが、わしらはそれだけではなかった。ピエトロ・コッレ、それにカルロ・サリチェッティ、今の議員の親父のサリチェッティだ。あとはグリマルディ。そういう勇敢な男たちがいたから、わしは先制攻撃をしかけることにした。フランス軍の本営を襲わせて、レントを奪還せんとしたのだ」

「奇襲攻撃ですね。それは功を奏したんじゃないですか」

ナブリオが飛びこんだ。話の脈絡は踏まえていたが、勢いこんだ声の調子はといえば、いくらか違和感を覚えさせないではなかった。それでも、パオリの話しぶりは変わらずである。

「三方から攻めよせたから、それは最初のうちはな。しかし、フランス軍は大軍だ。徐々に劣勢を挽回して、ついには逆転してしまった。レントからコルシカ軍を追いはらい、カナヴァッジアでも右翼のアルカンバルが、グリマルディを無力化してしまった」

「大軍というと、どれくらいだったのですか」

「二万二千と聞かされた覚えがある」

「コルシカ軍は」

「二万だったよ、ナブリオ」

「ほぼ互角ですね。一方的にやられる差じゃない。ううん、どういうことだったんでしょう」

「コルシカ軍はレントから退却してきた。まさに、ここ、この橋を渡って、ロスティーノ村に下がろうとした。そこで事故が起きたのだ。橋を死守するアントニウ・ジェンティリだが、率いていたのはプロイセンの傭兵だった。どういうわけだったか今もってわからない。恐らくは言葉が通じないことで、命令を取り違えたのだろうが、これがレントから退却してくる味方に銃を撃ちかけたのだ」

「前からはプロイセン傭兵、後ろからはフランス軍、挟み撃ちにされる格好で……」

「全滅だ。助かりたいと思えば、河に落ちるしかなかった。雪解け水で増水した河に」

と、パオリは結んだ。バルバッギやチェザーリはじめ、バッブの話を聞くことができた範囲は皆がしんみりとして俯き、なかには洟《はな》を啜《すす》る輩もいた。しかし、ナブリオは腕組みのまま、眉間には皺まで寄せて、なお難しい顔をしていた。バルバッギが質した。

「なんなんだ、ナブリオ・ボナパルテ」

「いいえ、少し腑に落ちなくて」

おや、という顔でパオリが受けた。どこが、だね。

「混乱が起きるのは、わかります。しかし、少なくとも橋の周りは視界が開けている。一発や二発の誤射はあっても、いつまでも敵味方の区別がつかずにいるなんて、ちょっと考えにくいのが、ひとつ」

「まだ、あるのか」

「ええ、チェザーリさん、もうひとつだけです。そのとき砲兵隊は、どこにいたのでしょう」

「コルシカ軍に砲兵隊といえるものはなかった。大砲を何門か引いていただけだ」

「なるほど。それで、バッブ、フランス軍のほうの砲兵隊は」

「ああ、それは、あそこだった」

いいながら、パオリは指をさした。その示す先をナブリオは一瞬みつけられなかった。フランス軍なのだからと、後方に目を飛ばしたからだ。示されたのは、あにはからんや、前方の、それも橋の彼方だった。ああ、今は繁みになっている、あの高台だ。

「フランス軍に先回りされていたんですか」

「ほんの千人ほどだ」

いったん沈黙に引いてから、ナブリオはパチンと手を打った。ああ、それで、わかりました。

「プロイセン兵が銃撃したのは、たぶん先に銃撃されたからでしょう。誰にといって、退却してきたコルシカ兵にです。味方と思っていた兵士に撃ちかけられて、慌てて応戦したのでしょうが、その実、コルシカ兵はプロイセン兵を狙ったのではありません。高台のフランス軍ですよ。大砲を撃たれたくない一心で、無駄でも銃を撃ったんですよ。それが味方の誤解を招くことになって……」

「ということも、ありえたかな」

「ありえたと思います。しかし、バッブ、それもフランス軍に、わけても砲兵隊に先回りされたからでしょう。それだったら、どのみちコルシカ軍に勝ち目はありませんでしたね。なるほど、コルシカ軍は負けるしかなかったはずです」

一場を襲ったのは、静寂だった。前後に迫る山肌にぶつかって、ナブリオの声が木霊するのではないかと思われたほどの、咳払《せきばら》いひとつない静けさだった。空気が固まっていた。それを壊すためには、怒りをもってしなければならなかった。バルバッギ、チェザーリの二人は声を張り上げた。

「ナブリオ、貴様、少しは口を慎め」

「バッブに向かって、なんて口の利き方だ」

「将軍に対する無礼は言語道断として、おまえ、パオリ派まで馬鹿にしようというのか」

「そ、そんなつもりはありません」

とっさに返して、ナブリオは目を丸くした。本当に、そんなつもりはなかった。無礼を働いたとか、馬鹿にしたとか、そんな風に責められたことに、かえって驚きを禁じえないほどだった。鞍上《あんじょう》の姿勢まで、いくらか仰《の》け反《ぞ》り加減になった。それをよいことに、バルバッギとチェザーリは嵩《かさ》にかかった。コルシカの運命が決した戦いだぞ。それを負けるしかなかったなんて。不謹慎だ。ここで戦い、多くが命を落としている。その方たちを捕まえて、おまえは失策を犯したと責めるのか。コルシカのために一身を捧げた勇者たちを、悪しざまに侮辱しようというのか。

すっかり怒鳴り声だった。非難の中身より、耳に不愉快なその響き方が癪《しゃく》に障った。

――どうして怒鳴られなければならない。

胸に自問が湧くや、直後にはナブリオの勝気が前面に出た。なにが不謹慎です。なにが侮辱です。

「敗因をきちんと分析しておかなければ、次の戦いには勝てません。バルバッギさん、チェザーリさん、ただ徒に感傷に浸るなんて、それこそ先人たちの死を無駄にすることでしょう」

「そ、それはそうかもしれないが、言い方というものがあるだろう」

「言い方を変えれば、負けた事実が変わりますか。戦争で勝てるようになりますか。言い方を工夫する暇があるなら、大砲の射程距離の計算法でも覚えたほうが、どれだけ有意義な時間の使い方か」

「貴様、いうに事欠いて……」

「だったら、あなたは勝てるのですか。再びポンテ・ノーウの戦いが起きたとき、今度は負けない戦いを指揮できるのですか。できるなら、教えてください。さあ、どう戦います。バルバッギさん、あなたならポンテ・ノーウを、どう戦いましたか。どのように兵を配置して、どのように動かしましたか。さあ、ここで教えてください」

「………」

「僕はできますよ。作戦を立てることができます。砲兵隊さえあれば、勝つことだってできます。砲兵隊がなければ難しいけれど、その場合でも全ての兵士を無事に撤退させるくらいの自信はあります」

「フランスの兵学校を出たくらいで、調子に乗るんじゃない」

「フランスの戦争がわかるってこと自体が、裏切り者の証拠じゃないか」

バルバッギも、チェザーリも、前に増した暴発だった。このときとばかりに吐き出されて、つまりは平素から喉の奥に留めおかれていたということだろう。

「ああ、こいつの親父はフランス王にとりいった売国奴だ」

「ナブリオ、貴様だってフランス野郎だ」

「やめろ」

と、パオリが制した。大きな目をカッと見開き、刹那は言葉を知らない馬まで怯える迫力だった。

「し、しかし、バッブ……」

「いいから、やめろ。ナブリオは何も間違ったことはいっておらん」

「だとしても、許せません。コルシカ軍は負けるべくして負けたなんて物言いは……」

「たのもしいじゃないか」

そこでパオリは笑顔をみせた。やはり豪気なばかりの大きな笑顔だった。何も怒るような話ではない。逆に喜ばないとならん。なにしろナブリオがいれば、コルシカ軍は勝てるというんだからな。

打ち上げると、パオリは馬の脇腹を蹴った。蹄《ひづめ》の音を鳴らしながら、さっさと石橋を進んで、対岸のロスティーノ村に渡ってしまった。ああ、ナブリオ、本当に頼んだぞ。いいおくように若者にかけた言葉は、まだ笑顔と一緒だった。

5　中尉、少佐、中佐

第二回オレッツァ会議は一七九〇年九月九日から二十七日にかけて行われた。千人超の国民衛兵隊が守るサン・フランチェスコ教会に、コルシカ県の九郡から四百人の「選挙人」が参集した。

会議でパスクワーレ・パオリは、コルシカ県議会議長とコルシカ国民衛兵隊総司令官に選任された。自らに文武の大権を与えられ、県議会副議長、県執政部、郡執政部、国民衛兵隊の幕僚部等の要職も側近や息のかかる者で固め、名実ともにパオリの政権が樹立した。

続く十月一日には上級委員会が廃止され、最初のコルシカ県議会がバシュチーヤで開催された。ボナパルテ兄弟はといえば、その日にアヤーチュに帰った。ジュゼッペは選挙人の資格でオレッツァ会議に参加したが、期待したような抜擢は受けられなかった。急ぎアヤーチュに戻ってきたのは、それならばと郡議会議員になるためだった。

十月八日、ジュゼッペはアヤーチュ郡議会議員に、それも議長になった。議会書記がカルロ・アンドレアの弟、ジョバンニ・バティスタ・ポッツォ・ディ・ボルゴで、郡執政部の総代がボナパルテ家の親類ルイ・コティだった。アヤーチュでは、まずまずの成功を収めたといえる。

十月十六日、アヤーチュ郡が正式に発足した日、ナブリオはといえばフランス行きの船に乗った。会議中はパオリの郎党としてオレッツァにいて、散会後も引き続き「バッブ」に仕えたいところだったが、そこで軍隊の休暇が切れたのだ。

オーソンヌの原隊に復帰したとき、ナブリオは弟ルイジと一緒だった。教育を受けさせたいと考えても、革命で貴族子弟の給費などなくなった。が、フランス語なりとも覚えられるなら、コルシカで鬱々《うつうつ》としているよりマシだとなって、一緒に連れていくことにしたのだ。

もうひとりの弟ルチアーノはといえば、いつの間にやらフィリッポ・マッセリアべったりになっていた。パオリの側近で、土地の選挙人でもあるこの男は、アヤーチュに「グロボ・パトリオッティコ愛国者の会」という政治団体を立ち上げようとしていた。それを熱心に手伝い、かいあってボナパルテ兄弟の三番目は、副書記の肩書を与えられることになったのだ。

十五歳の若さ、いや、幼さであれば、そのことが得意で得意で仕方がない。ルチアーノはルイジのフランス行きに嫉妬するでもなく、またアヤーチュを離れたいともいわなかった。

――なるほど、かえって羨ましい。

フランスとて、一七八九年のままではなかった。一七九一年二月十一日、オーソンヌ到着の時点でこそ何も変わらなかったが、ほどない四月一日に行われた陸軍の改組で、ラ・フェール砲兵連隊は「砲兵第一連隊」と名前を変えられた。同じ改組でグルノーブル砲兵連隊は「砲兵第四連隊」になったが、その第二大隊第一中隊にナブリオは中尉の位での転属を命じられた。

六月には着任したが、なんとも居心地が悪かった。ただ休暇を取り、それを延長し、復帰の期限にも遅れたあげくが、少尉から中尉への昇進なのだ。

なんでも戦争が近いということだった。それなのに革命で貴族の亡命が相次いだ。その多くが軍人であり、軍隊は将校不足になっていたのだ。士官学校卒となれば、もう引っぱり凧《だこ》だ。中尉のみか、すぐ大尉に、一年も勤めていれば少佐も夢ではないといわれるほどである。しかし、だ。

やはり戦争が近いということで、八月十二日の法令で義勇兵大隊も編成されることになった。砲兵第四連隊の同僚、ヴォーボワ大尉、グーヴィオン大尉、ボルトン大尉などは、ドローム県の大隊で中佐の任に就いた。出向の形だったが、中尉の自分もコルシカの大隊で少佐くらいになれるかと興奮するも、ナブリオの場合は休暇を取りすぎていたため、その出向が許されなかった。

ナブリオはジャン・ピエール・デュ・テイユ男爵に泣きついた。オーソンヌで薫陶《くんとう》を受けた砲兵専門学校の校長であり、また愛顧された懇意の将軍である。四月一日の改組で第六砲兵管区の砲兵総監になっていて、砲兵第四連隊も管轄だった。一七九一年八月二十六日、将軍の自城であるポミエ城まで足を運んで、必死に口説いて融通してもらったのが、新たな三か月の休暇だった。

ナブリオはコルシカに飛んで戻った。なんだかんだで、ほぼ一年ぶりとなる帰島だった。

帰るや、ふたつ悪いことが続いた。ひとつには兄のジュゼッペが選挙に落ちた。コルシカ県の県庁所在地はバシュチーヤから、かつての「コルシカ共和国」の首都コルチに移されていた。この山間の政庁都市に九月十三日から三十日にかけて、全島の選挙人が集められた。行われたのが立法議会議員の選挙で、これに立候補したものの、ジュゼッペ・ボナパルテはあえなく落選してしまったのだ。

コルシカで六人きりの国政議員である。簡単には手が届かないとあきらめられたら楽だったが、国民衛兵隊大佐マリウス・ペラルディ、そして幼馴染みのカルロ・アンドレア・ポッツォ・ディ・ボルゴと、アヤーチュから旧知の二人が当選していた。悔しいジュゼッペは、ナブリオ、おまえがフランスに行ったからだ、選挙運動を助けてくれなかったからだと、珍しくも弟を責めたほどだ。

もうひとつには十月十五日、ドン・ルチアーノが死んだ。祖父の弟は数年というもの寝たきりだったが、それが七十三歳を数えて、とうとう天に召されたのだ。

――大叔父の臨終は悲しむべきではあるが……。

葬式もそこそこに、ナブリオは活動を開始した。涙にくれている暇などない。コルシカで義勇兵の志願登録が始まっていた。予定されている四大隊のひとつ、アヤーチュ大隊の手続きも十月十四日に始まった。

作業を監督するため、十月三十日にはアントニウ・フランチェスコ・デ・ロッシ少将も来た。コルシカ駐屯フランス軍の次席司令官で、首席司令官のビロン公爵が赴任拒否を続けているため、実質的には島の最高司令官である。土台がコルシカ人で、アヤーチュの出身、のみならずボナパルテ家の親戚だ。かけあわない手はなかった。ナブリオは申し出た。

「私には義勇兵大隊で少佐の任に着く準備があります」

一七九一年八月十二日の法令によれば、義勇兵大隊の指揮官は、将校も下士官も全て選挙で決められる。新時代の民主主義が取り入れられたわけだが、他面で軍隊では実効性も求められる。義勇兵、つまりは素人《しろうと》兵ばかりの部隊で選挙が行われるのだから、指揮官まで戦略を知らず、戦術を理解せず、武器の扱いにも習熟していない、となりかねない。この問題に対処するため、パリの議会は将校のなかでは少佐、下士官のなかでは曹長だけは、その大隊を統括する将軍が任命してよいと定めた。さらに前者は正規軍の将校から、後者は同じく下士官から選ばれるのが望ましいとも補足した。

話をコルシカに戻すなら、ロッシ将軍ひとりを口説き落とせれば、もうナブリオは少佐になれる。

「砲兵連隊の中尉を義勇兵大隊の少佐に採用できるか、陸軍省に照会してみる」

そう約束されて、十月三十日は別れた。

この間の政局をいうならば、オーストリア皇帝とプロイセン王が八月二十七日にピルニッツ宣言を出していた。武力を背景にフランスを恫喝《どうかつ》するかの態度を示したことで、緊張は高まるばかりになった。パリの立法議会では優位を占めるジロンド派が、内閣でも十一月末に陸軍大臣に就任したナルボンヌ・ララ伯爵が、開戦を強く主張した。

もう宣戦布告を残すのみといった状況で十二月十一日、パリの議会はフランス軍の総閲兵を定めた。一七九一年十二月二十五日から九二年一月十日の間に部隊に出頭しない将校は、兵籍を抹消される。

そう脅すことで、なお続く貴族の亡命に歯止めをかけようとしたわけだが、それが休暇中の不在であっても、同じく容赦されたりしない。砲兵第四連隊のブオナパルテ中尉だけが例外になるでもない。もとより休暇は三か月のみ、年末年始はそれが切れる時期でもある。が、ナブリオはフランスに戻らなかった。ロッシ将軍の返事を待つ身だからと、手紙で部隊の閲兵官に事情を知らせるだけで済ませた。ああ、今は戻れない。フランスで仮に全てを失おうとも、コルシカにいなければならない。

——今が伸《の》るか反るかの勝負のときなのだ。

一七九二年一月にコルシカ県議会議員選挙が行われた。ジュゼッペは今度は見事に当選した。従前の郡議会議員から、ひとつ昇格だ。ナブリオは次は自分の番だと考えたのだ。

二月二十三日、陸軍省から待望の返事が届いた。二月二十八日、ロッシ将軍から教えられた。

「問題なしとの返答だ。君さえよければ、少佐に推薦することはできるが……」

歯切れが悪かったのは、二月三日、議会は新たな法令を出していたからである。

「義勇兵大隊に加わった正規軍の将校は、兵種の如何《いかん》にかかわらず、全員が四月一日まで原隊に復帰しなければならない。ただし中佐に選ばれていた場合は、その限りではない」

さらに脅しが高じていた。亡命による将校不足は、そこまで深刻なのだ。正規軍さえ使い物にならなくなりかけている。要《かなめ》の将校を義勇兵大隊に出向させる余裕などないのである。

「となると、正規軍の中尉の位は捨てられまい。ナブリオ、いったん砲兵連隊に戻るしかないな」

「いえ、フランスには戻りません。それなら、私は中佐になります」

ナブリオは即答した。二人ずつの配属ながら、中佐は義勇兵大隊の最高指揮官である。正規軍の将校に出向されても、中佐なら仕方がないと、法令には但し書きがつけられている。

「しかし、わしにその権限はない。義勇兵大隊の中佐は選挙で選ばれるのだ」

「存じております。私はその選挙に出ようというのです。ええ、私は中佐になるべきです。思えば中佐になるよう、最初から導かれていたのです。今こそ運命を感じます。あるいは天の配剤というべきか。選挙は望むところなのです。兄も県議会議員になりましたし。大叔父も亡くなりましたし」

「兄上のことはわかるが、ドン・ルチアーノが死んで、どうして……」

「吝《しわ》い大叔父は、たんまり貯めこんでいました。それを選挙資金に使えます。ええ、ドン・ルチアーノは私を中佐にするために、天に召されてくれたに違いないのです」

ナブリオが立候補したのは、より詳しくはコルシカ義勇兵第二大隊、あるいは「アヤーチュとタッラノ大隊」における中佐の位だった。

選挙は熾烈《しれつ》な戦いになりそうだった。当選するのは首席中佐と次席中佐の二人になるが、その座を巡って第二大隊では、ジョバンニ・バティスタ・クエンツァ、ウゴ・ペレッティ・ディ・レヴィ、マテウ・ポッツォ・ディ・ボルゴ、ジョバンニ・ペラルディ、ピエトリーノ・クネオ、ルドヴィコ・オルナノと、ナブリオを入れて全部で七人が名乗りを上げたのだ。

「そのうちクネオとオルナノは降りてくれることになった」

と、ナブリオは内緒話のように始めた。声も潜めていたが、そこまでしなくても部屋がにぎやかなので、顔を寄せ合う者同士しか聞き取れない。

選挙人となるのは国民衛兵で、法律用語にいう「能動市民」だった。その実際をいえばアヤーチュの町人たちだ。義勇兵大隊に自ら登録した者も少なくないが、いずれにせよ、来てくれ、来てくれとボナパルテ家に招かれては、飲まされ、食わされ、大騒ぎの宴会に興じる毎日なのだ。

それが選挙戦だった。が、それだけでもない。ナブリオは続けた。ああ、少佐の位を約束した。

「少佐だって？　クネオとオルナノの二人だぞ。どうやって二人も少佐にするんだ」

「ロッシ将軍に頼むさ。なに、親戚だし、本当は俺を少佐にしてくれるはずだったんだ」

「その伝《つて》で憲兵隊の大尉ポストなんか、回してもらえないものだろうか。ウゴ・ペレッティ・ディ・レヴィ、俺の義理の弟なんだが……」

「レヴィ家はボナパルテ家にとっても親戚だ」

「そうだったな。ああ、ウゴも身内とは争いたくない、話によっては選挙を降りるといってるんだ」

「そうか。ううん、憲兵隊の大尉ならなんとかなるか。県議のジュゼッペ兄にも動いてもらうし」

「だったら、ウゴには立候補は取り消させる。それで俺たちのことだが……」

「俺は次席中佐でいい。首席中佐は君に譲るよ、クエンツァ」

と、ナブリオは名前を出した。親しく話していた相手はジョバンニ・バティスタ・クエンツァ、つまりは中佐選挙の対立候補のひとりだった。

選挙運動は怠りない。ドン・ルチアーノの遺産を食いつぶす勢いで、どんどん金を使っている。が、他の候補者たちと比べて潤沢なわけではない。大盤ぶるまいも、むしろ旗色が悪い。この一本調子では勝ち目が薄い。他の手も打たなければならない。ナブリオが考えついたのが共同作戦だった。

当選する中佐は二人である。ならば選挙運動の段階から、二人で協力すればよい。二人の力を合わせれば、人、物、金、全てにおいて一人で戦う残りの候補者を上回れる。あとは誰と組むかだ。

まずジョバンニ・ペラルディは駄目だった。国民衛兵隊大佐で、昨秋には立法議会の議員となり、それ以前にアヤーチュ政界において、常にボナパルテ派の敵であるマリウス・ペラルディ、あの憎らしい男の弟だからだ。自身もコルシカ猟騎兵《りょうきへい》隊の中尉、歩兵第八十三連隊の大尉と、形ばかりに留まらない軍歴を持つ。フランス軍は退役していたが、今もコルシカで憲兵隊の大尉を務める。軍人としての経験でも、肩を並べられてしまう。一緒に当選しても、義勇兵大隊の主導権は握れない。

軍歴がなく、その点で一緒にやっていきやすいと思われたのが、クエンツァとマテウ・ポッツォ・ディ・ボルゴの二人だった。そのうちマテウは、カルロ・アンドレア・ポッツォ・ディ・ボルゴの末弟だ。この幼馴染みの親戚も今や立法議会の議員としてパリにいる。比べれは、ボナパルテ家の兄ジュゼッペは県議会議員でしかない。マテウと二人で中佐に並んでみたところで、今度は一族の政治力で負けて、ナブリオは大隊を好きにはできない。してみると、クエンツァは適当だったのだ。

クエンツァにはやはりピエトロ・パウロという兄がいて、コルシカ県の執政官だった。県庁所在地コルチに暮らし、こちらの兄の県議ジュゼッペ・ボナパルテとも親しい。たとえ不仲でも、一族の政治力は同格だ。クエンツァと並べば、軍歴の差でナブリオが主導権を握れる。首席中佐の座を譲ったとしても、だ。

クエンツァは続けた。本当にいいのか、俺が首席で。ナブリオは迷う様子もなく答える。いい。

「君のほうが年上だ。そのほうが収まりがいい」

「しかし、ナブリオ、君は士官学校出じゃないか」

「義勇兵大隊の選挙だぞ。競われるべきは軍歴の有無より、愛国心の強弱のほうだ」

「かもしれないが、それでボナパルテ派の者たちは納得するか」

「納得させる。というか、俺の支持者には君に投票させる。君は君の支持者を俺に投票させてくれ」

「なるほど、それで共同作戦が成立すると」

クエンツァは手を差し出した。ナブリオも握手に応じて、これで共闘の約束ができた。

知ってか知らずか、居間の向こう側で、どやっと大きく声が沸いた。笑い声が後に続いて、ボナパルテ家の盛り上がりは変わらずだ。卓に出された皿に手を出し、栗粉の菓子をつまんでから、ナブリオは続けた。いや、クエンツァ、これで我々は勝ったも同然だよ。

「そうか。うん、俺たち二人が組んで、ぐんと勝算が高くなったと思うが……」

「おいおい、なんだか弱気だな。クエンツァ、全体なにが心配だっていうんだ」

「そりゃ、心配さ。敵はジョバンニ・ペラルディとマテウ・ポッツォ・ディ・ボルゴなんだぞ」

「どちらも確かに強敵だ。二人とも立法議会議員の弟だしな」

「それをいうなら、二人ともパリだ。国政に忙しくて、コルシカにまでは手が回るまい。県の仕事でコルチにいる俺たちの兄貴たちのほうが、かえって強力だろう」

「だったら、金持ちだということか。まあ、特にペラルディ家はな、底なしの資金力を誇っている。ジョバンニの奴、一人なのに俺たち二人が掻き集める金額よりばらまいているんじゃないか」

「それも怖いが、それならなんとかなるとも思う」

「おいおい、クエンツァ、だったら、なにが怖いというんだ」

「ジョバンニ・ペラルディとマテウ・ポッツォ・ディ・ボルゴが組むことだよ。俺たちと同じように、共同作戦を考えないとはかぎらないだろ。ああ、あの二家だって親戚だ。立候補した二人が仲が悪いわけでもない。結びつかないとは限らないよ。俺たちが一緒にやっている様子をみれば、自分たちもと始めるんじゃないか。そうしたら俺たちでも、さすがに勝ち目がなくなるんじゃないか」

もっともな懸念だった。どちらが首席中佐になり、どちらが次席中佐になるかで揉める可能性はあるが、それさえ調整がつけられれば、二人の敵も共同作戦にとりかかれる。がっちり手を組まれてしまえば、こちらは人、物、金の全てにおいて太刀打ちできない。

ナブリオはまた栗粉の菓子をつまんだ。ボリボリと咀嚼《そしやく》する音を聞かせ、それをアヤーチュ名産の赤葡萄酒《スキアカレツロ》と一緒に胃に流しこんでから、頬に浮かべたのは不敵なばかりの笑みだった。

クエンツァの肩をポンポン叩き、それから話を再開したが、なんだか脈絡が飛んでいた。ああ、ジヨバンニ・ペラルディという男は返す返すも許せないよ。

「金がある。それにものをいわせて、印刷所で大量のビラまで刷るんだ。それが自分の宣伝だというんなら、健筆を折るばかりさ。ところが、あいつのビラは違う。対立候補の扱《こ》き下ろしさ。悪意の誹《ひ》謗《ぼう》中傷さ。これが、ひどい。ああ、本当に。クエンツァ、ひとつ読んでみてくれよ」

いいながら、ナブリオは上着の懐の隠しから、数枚の紙片を取り出した。乱暴に折りたたまれ、一枚などは滅茶苦茶に丸められていたが、それでも開けば文字は追える。クエンツァは読み上げた。

「ナブリオ・ボナパルテはチビだ。身長五ピエ（約百六十二センチ）に足らず、本当ならフランス軍の身体検査にも通らない。こんな貧弱な男にコルシカの義勇兵大隊を任せてよいのだろうか」

「ナブリオ・ボナパルテは貧乏だ。荘園があるでなく、船を持つわけでなく、ひとつきりの屋敷も抵当に入っている。その実は能動市民にも値しない。中佐になりたいなどと、身の程知らずだ」

「ナブリオ・ボナパルテは野心家だ。フランス革命も、コルシカの改革も、自分の野心を満たすための踏み台としか考えていない」

読み終えると、クエンツァは顔を上げた。眉を顰める表情だった。まったく、ひどいな。

「そうなんだ。本当に頭に来る」

いう割にナブリオは淡々として、激している風もない。なるほど、選挙の敵を悪くいうくらい当たり前だ。それに、いった側が必ず有利になるわけでもない。かえって選挙人の反感を買うこともある。相手候補のほうに同情が集まる危険もある。それにしても、ひどい。

「ひどすぎる。こういう真似はしちゃいけないよ。コルシカ人というのは土台頭に血が上りやすい質なんだから、こういう真似だけは本当に……」

ナブリオが続けたところにやってきたのが、弟のルチアーノだった。

「ナブリオ兄さん、そろそろ時間です」

ボナパルテ家の三男は、アヤーチュ界隈では「グロボ愛国者の会」の副書記として、名前を上げてきている。クエンツァも聞いていて、そこから察しをつけたのだろう。

「なにか集会でもあるのかい、ナブリオ」

「いや」

「けど、そろそろ時間と……」

言葉が尻つぼみになった。クエンツァは目を奪われていた。何にといって、ルチアーノは革張りの箱を差し出していた。パチン、パチンと金具を外す音を響かせてから、兄の眼前にその蓋を開けてみせる。二丁並んで専用の型に収まりながら、床尾《しょうび》の木目が磨かれた艶を、組みこまれた鉄部品が鈍い輝きを放っていた。二十二口径の八プース拳銃だった。

言葉をなくしたクエンツァに、ナブリオは説明を加えてやった。最新式の二連発拳銃さ。

「こういうこともあろうかと、ヴァランスのサン・ティエンヌ銃砲店に特注しておいたのさ」

「こういうことって……。ナブリオ、なにをするつもりだ」

「決まっている。決闘だよ」

決闘用だから二丁あるのさ。一丁は撃ち損じたときの予備というわけだ。まあ、俺はそんなヘマはしないがね。箱から銃を取り出すと、狙いをつける真似をしながら、ナブリオは続けた。

「ああ、決闘を申しこんだ。午後の一時にグレック教会の裏ということで、約束も取りつけてある」

「相手は？」

「それも決まってるじゃないか。俺を侮辱した奴だよ。ジョバンニ・ペラルディだよ」

絶句した相手に、さらにナブリオは続けた。ああ、クエンツァ、さっきの話だが、ペラルディとポッツォ・ディ・ボルゴの共闘はないよ。ジョバンニは今から俺が撃ち殺す。決闘の噂を聞けば、マテウだって一緒に憎まれたいとは思わないさ。

6 選挙

三月十五日の午後一時、ジョバンニ・ペラルディはグレック教会の裏手に来なかった。本人は行くと頑張ったが、周囲に止められ、あきらめたということらしい。

「大切な選挙の前だ。うちの坊ちゃんは、こんな馬鹿な決闘にはつきあいませんよ」

ペラルディ家の使用人はわざわざ断りに来たが、ナブリオは夕方までグレック教会の裏手に居続けた。往来の人々に呼びかけて、えんえん夕方まで演説を打ったのだ。ええ、ジョバンニ・ペラルディは臆病者です。こうして私がグレック教会に来ているのは、あの男と決闘の約束をしたからです。本当です。ほら、きちんと拳銃も持参しています。この二連発銃に怖気《おじけ》づいて、ジョバンニ・ペラルディは来なかったのです。男と男の果たし合いから、逃げ出してしまったのです。

「普通の人なら、それも許されるのかもしれません。誰しも命は惜しいですから。怪我だってしたくない。しかし、コルシカ義勇兵大隊の中佐に立候補している男の振る舞いとみるならば、どうでしょうか。決闘から逃げ出すような臆病者に、多くの義勇兵を率いることなどできるでしょうか」

ジョバンニ・ペラルディは評判を落とした。ナブリオたちの選挙戦は優位に進んだ。

四月一日の投票日が近づくと、朗報さえ飛びこんだ。当日はコルシカ県からアヤーチュに、三人の選挙管理委員が派遣される。ひとりがピエトロ・パウロ・クエンツァ、つまりは中佐立候補者の兄である。ひとりがフランチェスコ・グリマルディ、ボナパルテ家と懇意の男だ。ひとりがカルロ・フランチェスコ・ムーラティ、生粋のパオリ派で、一昨年の夏バッブに仕えたナブリオとも顔馴染みだ。

選挙管理委員は三人とも縁のある者だった。偶然であるわけがなく、県執政部に勤めるクエンツァの兄、そして県議会議員のジュゼッペ・ボナパルテが、裏から働きかけたものだ。

――これで選挙は決定的に有利になる。

選挙管理委員は公正な選挙を司る役割だが、それは表向きにすぎない。なにより地縁血縁が物をいうコルシカでは、そう理解されていた。すなわち、選挙管理委員が好意を示す候補こそ有力だ。あるいは有力候補に押し上げるために、選挙管理委員は来る。自分も勝ち馬に乗りたいと思う者は、選挙管理委員の態度を注視せざるをえない。

三人の選挙管理委員がアヤーチュに到着したのは、三月三十日だった。市内には宿という宿もなく、あったとしてもコルシカ人の流儀として、他人行儀なところに泊まらせるわけにはいかない。

ピエトロ・パウロ・クエンツァは、ラモリーノ家に投宿した。クエンツァ家やボナパルテ家の世話になるわけにはいかない。そうまで露骨な臆面のなさは、さすがにコルシカでも許容されない。使われるのが親戚で、ラモリーノ家というのはナブリオの母、レティツィアの実家だった。

フランチェスコ・グリマルディは、ジュゼッペ・フェシュの屋敷に投宿した。こちらはナブリオの叔父で、ドン・ルチアーノの後釜に収まる格好で、アヤーチュの副司教をしている。

「しかし、カルロ・フランチェスコ・ムーラティは……」

そう名前を挙げながら、ナブリオの耳に囁いた男がいた。投票日直前とあって、ボナパルテ家はいつにも増して人で溢れていた。クエンツァと二人で居間に並びながら、もう祝杯くらい挙げていいのじゃないかと軽口まで向けられていたが、そこに張り詰めた顔をした郎党が飛びこんできたのだ。

「ええ、ムーラティはペラルディ家で旅の荷物を解きました」

「ジョバンニの奴、自宅に連れこんだか。もはや、なりふりかまわず、だな」

そう吐き捨て、鼻で笑いもしたが、ナブリオも直後には唇を噛みしめた。やられた。

当然ながら、こちらも招待の声をかけていた。クエンツァ家にとってもボナパルテ家にとっても親戚のレヴィ家に迎えて、下にもおかない歓待をするつもりだった。アヤーチュの市門まで迎えにも出たが、ペラルディ家のほうはすでにコルチで、ムーラティの身体を押さえてしまったのだ。

目には目をと実力行使に訴えようにも、選挙管理委員を乗せた四頭立ての馬車は、ペラルディ家の郎党に守られていた。これが軍隊さながらの人数で、とても手出しならなかったという。

――ジョバンニ・ペラルディめ、苦戦を挽回しようと……。

なりふりかまわないはずで、ムーラティこそ三人の選挙管理委員のなかでも一番の有力者だった。パオリ派だからだ。パスクワーレ・パオリの側近なのだ。そのムーラティを手中にすれば、ペラルディはパオリの公認を喧伝《けんでん》できるのだ。

「わかった。ご苦労だった」

報告をした郎党を労うや、ナブリオは立ち上がった。出かけてくるから、あとを頼む。そうクエンツァに断ると、もう馬に乗ってしまった。

ナブリオがマレルバ通りに再び姿を現したのは選挙前日の三月三十一日、それも夕方になってからだった。そのときには三人の男を連れていた。コルシカ伝統のトンガリ帽子を目深にかぶり、茶褐色のマントで膝まで隠しながら、三人とも髭面を旅の埃に汚していた。

「さて、仕事だ」

馬だけ替えると、ナブリオと三人の男たちはすぐまた出かけた。

夜も更けて、窓明かりの気配が家の全てを物語る時刻だった。絶えず人影が動いている。カチャカチャ食器が鳴る音も絶えない。ヴァイオリンだの、ヴィオラだのも奏でられ、かなり陽気な様子でもある。選挙本番を明日に控えた今夜こそ贅を尽くして、もてなしの宴《うたげ》は最高潮というところか。

——金に糸目をつけないペラルディさんは……。

それだけにアヤーチュでは富豪で知られる。大きな屋敷には別棟まで設けてある。

「客を迎えた晩餐会は、その別棟です」

報告した連れは、トンガリ帽子に三角布で覆面までして、目だけ覗かせていた。ひとつ頷いて引き取ると、ナブリオは聞いた。それで別棟には何人いた。

「給仕を別にして、食卓には六人でした。向かいの家の屋根から覗けたかぎりですが……」

「増えても、あと一人か二人だろう。まあ、お誂《あつら》え向きだな」

口にかかった布で声をくぐもらせ、ナブリオも顔を周到に隠していた。少し離れた隣家の陰から様子を窺っていた三人も、同じような覆面なのだ。じゃあ、行くぞ。小声で号令をかけると、報告のひとりを置いて、ナブリオを含めた三人が歩き出した。

長いマントの裾を風に遊ばせながら、三人は足取りに迷いもない。別棟の玄関に直進すると、そのまま一蹴りで扉を飛ばした。歩く速さを弛《ゆる》めることなく、ずんずん中に入っていった。

土間には誰もいない。気配があるのは上階だった。物音に気づかれたかもしれなかったが、三人は構わず階段を上った。再び行く手を阻む扉を蹴破ると、今度は華奢《きゃしゃ》な飾り扉だったので、薄い木枠が粉々になり、硝子板の欠片《かけら》が甲高い音と一緒に四方に飛び散った。

食堂では、やはり六人が席についていた。燭台《しょくだい》の灯《あか》りが照らすところには、茹《ゆ》で卵、山羊のチーズ《ブロッチュ》、塩サラミのバター添え、猪肉の煮込みと数々の皿が並んで、何気なく置かれたような籠には小麦のパンまで転がっていた。

並んでいる葡萄酒も、瓶に張られた紙にはフランス語で銘柄がある。張りこんだ晩餐だ。はん、なにがフランス嫌いだ。そう呑気な感想を抱いている間もなく、女の悲鳴に襲われた。きんきん甲高い声を張り上げ、容易に収まる様子もない。うるさいと顔を顰めながら、当たり前かとも思う。こちらの三人は三人とも、銃を構えていたからだ。長いマントに隠して、それも銃身が長い得物《えもの》だ。

「行け」

ナブリオが命じた。銃口を右から左に動かすことで意を伝えた先にいたのは、ペラルディ家の女たちだった。二人いたので、恐らくはマリウス、そしてジョバンニの奥方たちということだろう。

「ああ、行け。女たちは逃げていい」

ようやく悲鳴を収めると、二人は銃口に追い立てられるようにして部屋を出た。あとの食卓には男たちが四人である。そのうち二人はわからなかったが、ひとりはジョバンニ・ペラルディ、もうひとりはカルロ・フランチェスコ・ムーラティで間違いなかった。

覆面の三人は銃を構えたままだ。ナブリオはジョバンニ・ペラルディに銃口を突きつけて、降参の形に手を上げさせた。もちろん席を立つことなど許さない。もうひとりはムーラティを脅しながら、こちらでは銃口の上下の動きで静かに席を立つように命じた。

選挙管理委員は蒼白になっていた。パオリ派として島を離れていたとはいえ、根からのコルシカ人であれば、信じられないとか、ありえないとか、なにかの冗談なのかとは考えない。コルシカ人は、やる。血の報復《ヴェンデッタ》の島では、こういうことも珍しくない。それは覚悟を決めたゆえの顔面蒼白だった。

覆面のなかで最も背が高い、巨漢といってよいほどの男が動いた。ムーラティの背後に回り、ハンケチを口に噛ませ、項《うなじ》のところで端を結んだ。そうして声を出せなくしてから、次には左右の手首、それから足首を合わせて縛り上げる。すっかり動きを奪ったあげくに、大男は選挙管理委員の身体を、まるで穀物の麻袋でも担ぐように肩に乗せた。

「よし、長居は無用だ。お暇《いとま》しよう」

覆面の三人は駆け足で玄関に戻った。表に飛び出すと、残っていた覆面が四頭の馬を引いてきた。ナブリオともうひとりは、すぐに馬鞍に上がった。大男はムーラティの身体を一頭の鞍に投げ上げ、それから自分も最後の一頭の背を跨《また》いだ。ほぼ同時に土煙が上がり、蹄の音が夜陰に響いた。

ペラルディ家のほうは、騒がしくなっていた。怒鳴り声が飛び交って、どかどか足音が鳴り響く。通りに残った四人目の覆面はといえば、仲間の馬がすっかり闇に消えてしまうのを見届けてから、こちらは自分の足で走り出した。他の三人とは別な方向だが、うまくやってくれるだろう。

ナブリオたちはマレルバ通りに戻った。ボナパルテ家の上階にも明かりがついていた。がやがやと気配があって、一派の人々は今も詰めているようだった。まだ選挙戦の有利を信じているということだ。少なくとも勝ち目がないとは思っていない。それでも不穏な風体《ふうてい》の男たちに、いきなり居間に乗りこまれては、やはり悲鳴を上げずにいられないところだったに違いない。

「もう覆面を外そう」

三人は素顔で上階に上がった。ナブリオだとわかったので、誰が声を張り上げるではなかったが、それでも問いたげな顔だけは向けられた。さしあたりは無視して、ナブリオは手ぶりを送った。

「ああ、こっちに運んでくれ」

大男はムーラティを指図した椅子に座らせた。やはり荷物のように担いで部屋に入ったが、居間に落ち着かせてからは扱いも丁寧で、猿轡《さるぐつわ》と手首足首の縄を外す手つきも丁重だった。選挙管理委員のほうも、特段騒ぎはしなかった。目隠しされたわけでなく、今や全ては明るみに出ている。

「ええ、私です。ナブリオ・ボナパルテです」

ムーラティはまだ無言だった。ああ、この男たちですか。ご心配なく、怪しいものじゃありません。

「私の親戚のボネリ家の者たちです。普段は山のほう、ボッコニャーノに暮らしていますが、ちょっと手伝いに来てもらったんです」

「ボネリというと、あの『ザンパリーノ』の名で知られる……」

「それは昔の話でしょう。今は羊飼いですよ。ええ、『ザンパリーノ』と呼ばれたのは、この者たちの父親のほうです」

と、ナブリオは答えた。「ザンパリーノ」の名で知られた、というより恐れられた山賊がいたことは確かである。羊飼いとはいいながら、山の民の副業というか、神出鬼没にマキを駆ける山賊は、ほとんどコルシカ名物のようなものだが、それも老ボネリの場合は本業として励んだ時代があったのだ。昔の話といいながら、今もボネリ家の連中は多少手荒な仕事を頼んでも厭《いと》わない。

――いや、厭わないのは俺も同じか。

勝つためにならば、なんでもやる。やると決めれば、やるための算段も瞬時に立てるし、必要な人間も探す。行動するナブリオに、一切の躊躇《ちゅうちょ》はないのだ。

「実際、ペラルディ家が相手ですから、手段を選んではいられませんでした。とにかく無事でなによりでした、ムーラティさん」

「無事、とは」

「ペラルディ家に誘拐されたと聞きました。不当な監禁から救い出し、あなたの自由を取り戻すための、やむをえざる強硬手段だったのです。どうか、お許しください。ええ、どうかご安心ください」

このまま我が家にお泊まりいただいて結構です。御自宅にいるようなつもりで、どうか気を楽におすごしください。ナブリオに続けられて、さすがに数秒の沈黙は置かれた。が、そこはムーラティも果断なコルシカ人であり、幾多の困難を越えてきたパオリ派である。そう長くは迷わなかった。

「わかりました。それではお宅に御厄介になることにいたしましょう」

歓声が上がった。ボナパルテ家の居間は拍手喝采の渦になる。さあ、酒だ、料理だとナブリオが号令を発すれば、後は夜を徹しての大騒ぎになるだけと思いきや、そうなって収拾がつかなくなる前にと割りこんだのが、弟のルチアーノ・ボナパルテだった。

「兄さん、ナブリオ兄さん、大変だ。ペラルディが来た。ジョバンニ・ペラルディが郎党を引き連れて……。すっかり通りを占領して……。選挙管理委員を返さないと、うちに火をつける……」

パンと破裂したかの印象で、窓硝子が割れた。その隙間から音が大きく聞こえてくる。物が壊れる音が連続し、怒鳴り声まで上がって、なるほど外が騒がしい。

ナブリオは硝子が割れた窓に向かった。明るい。どちらが内でどちらが外かわからないくらいなのは、通りが無数の松明《たいまつ》で埋められていたからだった。武装した男たちが百人、いや、二百人もいたろうか。軍隊さながらと称せられる、ペラルディ家の郎党に違いなかった。

「ナブリオ兄さん、そんなところにいたら危ないよ」

「いや、大丈夫さ、ルチアーノ。すでに手は打っている。ほら、フランチェスコ・ボネリが到着した」

ボネリ兄弟の末の弟は、ペラルディ家の玄関前で別れた一人である。まっすぐマレルバ通りに急いだ三人と離れたが、それが遅れて到着したというのである。ルチアーノが続けた。

「あれ、一緒に来たのは……」

「ジローラモ・ポッツォ・ディ・ボルゴ、俺たちボナパルテ兄弟の叔父でもあるが、あいつらペラルディ兄弟の叔父でもある。仲裁してもらうには、またとない御仁だ」

「それって、ナブリオ兄さんが……」

「もちろん頼んださ。フランチェスコを遣わしてな」

さらりと受けたナブリオだったが、呼ばれたジローラモ翁はといえば文字通りに必死の形相だった。

「やめよ、やめよ。こんなことを続けておっては、明日の選挙が無効になる。いや、無効になるだけじゃない、アヤーチュでは義勇兵大隊が作れなくなるぞ。不名誉なことだ。末代までの恥だ」

事なきを得た翌四月一日、予定通りに投票が行われた。共同立候補を公言していたジョバンニ・バティスタ・クエンツァとナブリオ・ボナパルテは、選挙管理委員ムーラティを伴い、マレルバ通りの家を出た。投票所のサン・フランチェスコ教会に向かう道々では、選挙管理委員ピエトロ・パウロ・クエンツァ、同じくフランチェスコ・グリマルディが合流した。

ジョバンニ・ペラルディとマテウ・ポッツォ・ディ・ボルゴはといえば、その三選挙管理委員に手厳しく注意された。投票所に短剣や拳銃を隠し持つ郎党を潜入させ、ペラルディに入れろ、ポッツォ・ディ・ボルゴに入れろと、小声で有権者を脅したことが発覚したからだ。

「けど、そんなの、ボナパルテとクエンツァもやってるじゃないか。投票所でうちの郎党とぶつかったから、明るみに出ただけじゃないか。それなのに、どうして俺たちばかり……」

投票は成立した、と三人の選挙管理委員は宣言した。首席中佐当選ジョバンニ・バティスタ・クエンツァ、次席中佐当選ナブリオ・ボナパルテというのが、その日の選挙結果だった。

7　アヤーチュ事件

四月八日、復活祭の日曜日の夕刻だった。アヤーチュ大聖堂の面前、オルモ広場で義勇兵が撃たれた。そう告げられ、次席中佐のナブリオは兵舎になっている神学校跡に急行した。幸い誤報で、誰も撃たれていなかったが、義勇兵が襲われたことは事実だった。しかも銃まで奪われていた。

――どういうことだ。

神学校跡はオルモ広場の東、大聖堂の反対側である。目と鼻の先だからと、ナブリオは小隊を率いて現場に向かった。祭日の人出を掻き分け、調査にかかろうとした矢先だった。

「軍帽を狙え《アドッソ・ア・ラ・バレット》、田舎の奴らを狙え《アドッソ・アッレ・パエザーニ》、肩章を狙え《アドッソ・アッレ・スパレッテ》」

オルモ広場に声が満ちた。義勇兵を指すことは明らかだった。同じ軍服でも、義勇兵には農村から募られた兵士が多かったからだ。が、意味がわからない。どうして義勇兵が狙われるのか。

首を傾げているうちに、大聖堂の扉が開いた。中から銃を構えた男たちが飛び出してきた。いきなりの銃撃で、ナブリオたちは逃げることしかできなかった。

「いや、無事に逃げられたわけではありません。ピエトロ・ペレッティ少佐は何者かに殴られました。弟のジャコモ・ペレッティ大尉は肩を撃たれています。ロッカ・セッラ少尉にいたっては……」

「大聖堂に安置されていた少尉の遺体は、私も検分してきました」

そう受けたのは、アヤーチュ市の治安判事ドラゴだった。狭い肩幅で子供のような小男だったが、忙しなく眼鏡を上げ上げ、いちいち手元の帳面に書きつける仕種が、いかにも法曹めいていた。神学校跡を訪ねてきたのが夜の十時で、事件の事情聴取ということだった。ええと、フランチェスコ・ロッカ・セッラ少尉、まだ二十二歳ですか。続けられたが、それ以前にナブリオはひっかかった。

「判事殿は今、大聖堂といいましたか。ロッカ・セッラの遺体は大聖堂にあるんですか」

「ええ。現場近くですからね。キリスト教徒としての隣人愛から、誰かが運びこんだのでしょう」

「いや、銃を抱えた男たちも、大聖堂から出てきました。犯人は大聖堂を根城にする輩なんですか」

「根城と仰いますが、ボナパルテ中佐、尋常なキリスト教徒なら、普通に大聖堂に集うでしょう」

「判事殿、あなたが尋常なキリスト教徒というのは、もしや宣誓拒否派のことですか」

「それが立憲派でないという意味でしたら、ええ、そうです」

答えたとき、ドラゴ判事はまっすぐ双眼を向けてきた。挑戦的な、あるいは威嚇的な目だった。知らない問題ではなかった。聖職者民事基本法に対する不満が高まっていた。一七八九年十一月二日、オータン司教タレイランが教会財産国有化を提案したことに始まる一連の教会改革が、一七九〇年七月十二日に法制化に進んだもので、カトリック教会の無駄をなくす、聖職者を肥え太らせるだけの教会財産は売却する、不用な聖職禄《ろく》を廃止する、無益な僧院を閉鎖する、教区を整理統合する、聖職者には国家が給与を支払う、それも国民が選挙で選ぶ、等々の改革が盛りこまれている。

この聖職者民事基本法は、フランス革命が手がけた数々の改革のなかでも、最たる激変をもたらすといわれていた。なかんずく嫌われたのは、全ての聖職者は憲法に宣誓しなければならないとする一項だった。一七九一年、つまりは昨年の一月に強制される運びになると、これを拒否する聖職者が続出した。それが昨今「宣誓拒否派」と呼ばれる者たちだった。

支持する信徒も少なくないので、「宣誓拒否派」は数々の騒擾を招くことになっていた。コルシカも例外でなく、一七九一年六月一日にはバシュチーヤが蜂起した。立憲派のイニャーツィオ・フランチェスコ・グアスコが司教に選ばれると、それに多くが反発したのだ。コルシカ県は徹底的に弾圧され、県庁所在地がバシュチーヤからコルチに移されたのも、この事件を受けた措置だった。

宣誓拒否派は厳しく咎められる。わかっているはずなのに、宣誓拒否派は改まらないのだ。

「そりゃあ、アヤーチュにもおりますよ。神の御前で誓いを立てられないわけではありませんからね。逆に憲法に誓いを立てて、自由だの人権だのを語るのに、ことさら神父である必要があるんですか」

ドラゴは続けた。昨今は立憲派の聖職者こそ偽物だ、神をないがしろにして憲法に媚を売る変節漢だ、本物は宣誓拒否派のほうだという声さえ聞こえてくる。が、そんなことは関係ない。

「問題は宣誓拒否派が殺人を犯したということです。なにゆえか義勇兵を目の敵にしてね」

「宣誓拒否派の犯行と特定されたわけではありませんよ。ただ、まあ、確かに評判はよくないですね」

「なんの評判です。義勇兵の評判ですか。我々の何が悪いというのですか」

「いつまでも解散しないのが悪いと。つまり、四月一日に中佐選挙が行われて、二日に市内のオルモ広場で総員五百余名の初閲兵となりましたな。初閲兵が済めば義勇兵大隊は解散してよいはずだ、つまりアヤーチュ分の四中隊と擲弾兵《てきだんへい》中隊は、この神学校跡の兵舎に残らざるをえないとしても、タッラノ分の四中隊は余所に移るのが本当だというんですな」

事実は事実だった。「アヤーチュとタッラノ大隊」は、大隊のままアヤーチュに留まっていた。神学校跡はアヤーチュ分で一杯なので、タッラノ分の四中隊のうち一中隊は市内の別な民家に、残る三中隊は城外ボルゴの民家に、それぞれ駐留を続けている。しかし、それはコルシカ方面軍の次席司令官ロッシ将軍の命令です。アヤーチュ城塞の総督マイヤール大佐にも了承されている。

「各中隊ごと会計委員と規律委員を立てる手続きのため、四月十一日までいてよしとなったのです」

「軍隊の理屈は理屈として、アヤーチュでは評判が悪くてねえ。長居するのはキリスト教徒の弾圧を企んでいるからじゃないか。つまり、四月八日の復活祭の今日、立憲派でない聖職者たちがサン・フランチェスコ教会で聖餐式を挙げましたね。聖体行列まで繰り出しましたが、それもこれも二週間前には布告されていましたから、義勇兵は妨害するつもりでいるんじゃないかと」

「そ、それは邪推だ」

「しかし、中佐殿の叔父御、ジュゼッペ・フェシュ殿は、アヤーチュ副司教であられるのでは。それは憲法に宣誓を捧げられた、立憲派としての地位なのではないですか」

「何の関係があります。叔父の差し金で、私が宣誓拒否派を弾圧するとでも。いや、まったく心外だ。実際のところ、私も、私の義勇兵大隊も、サン・フランチェスコ教会には手出ししていませんぞ」

「賢明と拝察いたします。立憲派でない聖職者たちは、明日四月九日にも公に『教会分裂《シスマ》』を宣言すると布告しております。これが無事済みました暁には、もう義勇兵も無罪放免となりますな」

明日も手出しするなという、要するに脅しだった。ああ、そういうことか。このドラゴという小男も、宣誓拒否派の一味なのだ。治安判事が帰ったあとの神学校跡で、ナブリオは吐き出した。

「何が無罪放免だ。人殺しは貴様らのほうじゃないか。俺たちは撃たれたんだぞ。ロッカ・セッラは死んだんだぞ」

その夜は寝なかった。腹が立って、腹が立って、とても眠れそうになかったし、時間を惜しんで立てるべき算段もあった。ああ、四月九日の朝一番には、兵舎の義勇兵たちを叩き起こす。手早く指示を与えて、配置につかせる。ああ、もう始まっている。俺たちも行動開始だ。

翌朝、皆に号令をかける次席中佐に、起き抜けの寝ぼけ眼《まなこ》で首席中佐は尋ねたものだった。

「なんなんだい、ナブリオ。何が始まっているって。俺たちは何をするって」

「六時から大聖堂で聖餐式が始まった。だから、クエンツァ、俺たちは行かなければならないんだ」

「行くって、どこに？」

「サン・ジョルジオ塔だ」

神学校跡には建物の北東の角に、「サン・ジョルジオ塔」と呼ばれる塔が立っていた。市街をぐるりと囲んでいるアヤーチュ城壁に連結する、つまりは本格的な軍事施設だ。この高みから見下ろせば、大聖堂前からオルモ広場までを監視することができる。銃列を整えておけば、制圧も容易《たやす》い。そのまま往来を遮断して、都市生活を麻痺《まひ》させることもできる。

ナブリオが到着すると、すでに塔では二十人ほどの義勇兵が待機していた。もちろん皆が、装塡済みのマスケット銃を抱えている。大いに慌てたのが、追いかけてきたクエンツァだった。

「なんなんだ、ナブリオ。これは全体どういう……」

「しっ、もうじき大聖堂から出てくる」

ナブリオは鋭く制止した。クエンツァは声を小さく潜めて続けた。兵たちに聞いたけど、宣誓拒否派が聖餐式をやってるんだってな。出てくるというのは、そいつらのことかい。

「ナブリオ、まさか撃つ気じゃないだろうな」

「威嚇射撃はする。あいつらに調子づかれて、『教会分裂』なんか宣言させるわけにはいかない」

「しかし……」

「しっ、出てきた」

塔から見下ろす広場では、大聖堂の正面扉が開かれていた。思い通りの聖餐式を挙げられたということか、晴れ晴れした顔の男女が談笑しながら続々と表に出てくる。宣誓拒否派を支持する市民はアヤーチュにも、こんなにいたのか。聖餐式に出るくらいの確信犯が、こんなにも……。

驚くやら呆《あき》れるやらしているうちに、ナブリオは心ならずも声に出した。ダブダブの袖を泳がせるようにして、人々を表に誘導している僧服に、目を留めたときだった。

「あいつ、サント・ペラルディ……」

同時にカッと頭に血が上った。その若者は立法議会議員マリウス・ペラルディの甥だった。みての通りの聖職者で、今は宣誓拒否派ということだ。が、それ以前にボナパルテ派の敵だ。それも不倶戴《ふぐたい》天《てん》の仇だ。義勇兵大隊中佐候補だったジョバンニ・ペラルディの甥でもあれば、なるほど俺たちを目の敵にもするはずだ。ああ、全ておまえの仕業だったのか、サント・ペラルディ。

全部で百人ほどの信徒を出してしまうと、その者たちが捧げる拍手を縫うようにして、サント・ペラルディはオルモ広場の中央に進んでいった。手を打つ音が止むときを捉えて、大きく左右の腕を上げたところをみると、いよいよ宣言しようというのだろう。しかし、コルシカはフランス革命と歩みを一にする。聖職者民事基本法を順守する。反旗を翻すようなシスマなど叫ばせない。

「撃て」

銃声に悲鳴が続いた。

四月九日の朝七時半に起きた銃撃は、前日に続く事件に発展した。アヤーチュ中の教会で警鐘が打ち鳴らされ、それを合図に手に手に得物を抱えた人々が、通りに飛び出してきたからだ。

もはや全市を挙げた蜂起だった。いや、義勇兵大隊との戦争だった。市政庁がアヤーチュ城塞のフランス軍、第四十二歩兵連隊に出動を要請すれば、義勇兵大隊はアヤーチュ郡総代でボナパルテ家の親戚でもあるルイ・コティを巻きこんで、抗争の規模は拡大の一途を辿《たど》った。

銃声は四月十日、そして十一日と鳴りやまず、十二日になってコルシカ県の特使が、コルチからアヤーチュに到着した。その仲裁で四日間に及んだ抗争が、ようやく鎮静化に向かうことになった。

四月十六日、コルシカ県の特使裁定により、アヤーチュ事件の処分が発表された。蜂起の首謀者と特定されて、宣誓拒否派を中心とする三十四人のアヤーチュ市民が逮捕された。が、もう一方とて無傷で済むはずがなく、まずルイ・コティがアヤーチュ郡総代職を解かれた。アヤーチュ市民を殺傷した「アヤーチュとタッラノ大隊」も、駐屯を解かれて、コルチに移動させられることになった。

四月十八日、ナブリオがコルチに来たのも、中佐として大隊の移動を引率するためだった。

「だから、ナブリオ、おまえ、やりすぎだ」

叱責したのはパオリだった。コルチはコルシカ県の県庁所在地である。当然ながら、パオリがいる。アヤーチュ事件のことを聞かないでいるはずもない。

鳥の囀《さえず》りが聞こえた。うるさいくらいに、よく聞こえた。人間の話し声のほうが遠いくらい、コルチは静かなところだった。コルシカの都とはいえ、山間の小さな街だ。四本の河に囲まれて、あるいは裾を削り取られて、ずんと岩山が屹立している。頂上に古《いにしえ》からの城を置き、そこから段々の斜面に家が連なっているような、ほとんど隠れ里の佇《たたず》まいなのだ。

平らな土地が少ないコルシカでも、なかんずく少ないのがコルチであり、この島一番の権力者パオリといえども、さほど大きな屋敷に暮らすわけではなかった。質素な暮らしぶりは、あるいはパオリの志向なのかもしれなかったが、いずれにせよ座していた安楽椅子など、アヤーチュの神学校跡にある旧校長室の調度のほうが、どれほど立派だろうかと嘆息させるほどだった。

が、そこから目を向けられると、ナブリオはどこに立たされるときよりも小さくなる。答える声も、教師に叱られた生徒さながらに小さかった。でも、やらなければ、我々がやられていました。

「ナブリオよ、アヤーチュの者たちが正しかったとはいっていない」

「正しくないどころじゃありません。悪いのは連中です。だって、義勇兵を撃ったんですよ。祖国のために立ち上がった兵士たちを、憲法に宣誓できず、それどころか革命に弓引くような連中が」

若者の訴えかけるような調子に、さすがのパオリも重たい溜め息だった。むうと吐《つ》いて、あとが容易に言葉にならない。沈黙に耐えかねて、ナブリオは確かめた。

「聖職者民事基本法は、バッブも支持なされているのでしょう」

「それは、その通りだ。教会の改革は必要だとも考えている。しかし、このコルシカではカトリックの信仰が根強いのだ。フランスのようなわけにはいかないのだ」

「フランスでも手を焼いています。それでも革命の大義は引っこめられないでしょう」

「ナブリオよ、そのフランスの革命は、少し難しいところに来ているようだな」

そうパオリに返されて、今度はナブリオが言葉に詰まる番だった。フランスの革命は難しいところに来ている？　国外逃亡に失敗したというフランス王、ルイ十六世の地位が難しいところに来ているというなら、わからないではない。しかし、革命そのものが……。

パオリは続けた。今回の事件にはペラルディ家との確執もあるようだな。

「そういう部分があることは否定しませんが、やはり最初に手を出したのは奴らのほうです。いくら憎いからといって、私のほうから道理を曲げたわけではありません」

「確かに道理は通さねばならん。ナブリオ、おまえ、中佐選挙のときも相当やったようではないか」

いきなり話を変えられて、ナブリオは言葉も出なかった。そこにパオリは言葉を重ねた。ああ、やりすぎだ。対立候補に決闘は申し込むわ、選挙管理委員の身柄を強奪するわで、中佐選挙もやりすぎだったし、今回の騒動もやりすぎだ。義勇兵大隊は先に手を出された。しかも出したのは宣誓拒否派で、つまりは悪しき反革命の徒だ。そういうかもしれんが、さすがに、あれはないぞ、ナブリオ。

「バッブ、恐れながら、あれ、というのは」

「おまえの戦いぶりだ。いくらなんでも、ほとんど全市を制圧するような真似はない」

事実、ナブリオは怒れるアヤーチュの群衆を完全に抑えこんだ。武器を手に手に神学校跡に殺到されると、それを完璧に計算された十字砲火で迎えた。建物の各所に巧みに配置された義勇兵たちは、各々の射撃を合わせて死角を残さなかったのだ。

大聖堂前の銃撃とほぼ同時刻には、別働隊も動いていた。大隊のうちタッラノ分の中隊のひとつ、市内に別に兵舎を構えていたバステリカ中尉の一隊は、カプチーノ会の僧院跡を占拠した。宗教施設とはいえ、城塞さながらの石の建物であり、付属するジェノヴァ塔なども銃撃の拠点になる。

一方的な戦いになっていった。義勇兵大隊は神学校跡の周囲の家々まで占拠、さらに旧イエズス教会の通りにまで進出して、どんどん根城を大きくした。拠点からの銃撃で人々の動きを牽制《けんせい》しながら、城門を出て、海岸線にいたる城外区まで制圧した。これでアヤーチュ市内は、外部との連絡まで絶たれた。アヤーチュ城塞の正規軍が出動しても、手も足も出せない状況は変わらなかった。

「たった五百人で、いや、実質的にはナブリオ、おまえひとりで、アヤーチュ全部を屈服させたようなものだ。作戦を立てたのも、兵の配置を決めたのも、全部おまえなんだろう」

ナブリオは下を向くしかなかった。自分は次席中佐にすぎません、首席中佐はクエンツァです、などと申し開いて、信じてもらえる話ではない。義勇兵大隊の話であれば、将校、下士官を含めて、ほとんど軍事の知識など持たない。唯《ただ》ひとりの士官学校出として、言い逃れはできない。

ナブリオは処罰を、それも厳罰を覚悟した。いっそう下へ下へと顔を伏せるしかなかったが、そうして向けた髪の分け目あたりをめがけて、パオリは笑い声をぶつけてきた。ははは、ははは、と楽しげに続けると、最後は椅子の上で腹まで抱えた。

「はは、はは、ポンテ・ノーウの戦いにも自分がいたら勝てた、か。あのときは、小僧め、勝手を吹きおってと思ったが、はは、はは、ナブリオ、おまえなら本当にやりかねないな」

「あ、いや、そうですか」

弱々しいながら、ナブリオも笑みを浮かべた。いや、私の軍事的才能については、フランスの将軍たちも認めてくれています。ええ、このコルシカでも大いに役立てたいものだと、常々考えて……。

「調子に乗るな」

窘《たしな》めたときには、パオリは笑いを切り上げていた。ナブリオは総身を硬直させた。

「いずれにせよ、やりすぎだ。せっかくの軍事的才能も、今回はコルシカのためになったとはいいがたい。やはり、ただでは済まない。それは、わかるな、ナブリオ」

再び顔を伏せかけたナブリオが、それを途中で止めたのは意外な言葉が続けられたからだった。

「パリに行け」

と、パオリはいった。一緒に投げてよこした革袋の中身は、受け取った手触りが重く固く、どうやら貨幣のようだった。とすると、これはパリまでの路銀ということなのか。

「ああ、パリだ。レオネッティへの届け物を頼まれてほしい」

フェリクス・アントニウ・レオネッティはパオリの甥のひとりである。今は確かにパリにいて、立法議会の議員をしている。届けてほしいのは、この書類だ。義勇兵に関することだ。

「二千人分の準備が追いつかない。この貧しい土地で、装備を与え、宿舎を整えてやるために、信用貸しの手続きを整えてほしい。そう頼んであるから、ナブリオ、おまえの口からも島の義勇兵の窮状について、よくよくレオネッティに説明してほしい」

「そ、それは承りますが、しかし処罰というのは……」

「だから、パリに行ってこい。ほとぼりが冷めるまでは、アヤーチュにはいられまい。それに、ここだけの話だが……」

パオリは前屈《まえかが》みになった。ナブリオも歩みを寄せると、潜めた声で明かしてくれた。

「マイヤール大佐が陸軍省に手紙を書いた」

それはアヤーチュ城塞の正規軍を率いる、フランス人の将校の名前だった。ああ、不服従の軍規違反で、おまえを告発する手紙だ。おまえのことを「血みどろの虎」だのと呼びながら、アヤーチュ市も抗議の手紙を届けた。だから、先んじてパリに行け。陸軍省に足を運んで、弁明を試みるのだ。コルシカにいて、このまま手を拱いて、あげくに兵籍抹消の措置など取られたくあるまい。

「しかし、バッブ……」

「いいから、ナブリオ、パリに行け」

「ありがとうございます」

そういって一礼すると、ナブリオは膝から崩れた。心に誓うのは、この人に仕えよう、生涯このパスクワーレ・パオリに仕えようという、一途な思いでしかありえなかった。アヤーチュに戻ることなく、コルチから直接バシュチーヤに向かい、そこからフランス行きの船に乗ったのは、まだ涙も乾かない五月はじめのことだった。

8 予感

ナブリオにとってパリは物珍しいわけではない。お上りさんが一度は必ず訪れるパレ・ロワイヤル、つまりは覚えのない楽しさに喜ぶにせよ、吸い上げられた大枚を嘆くにせよ、二度と忘れることができないという繁華街に身を置いても、つまらなそうに平らな顔のままである。

そこに俄に明るさが射した。子供のような笑みさえ浮かんだ。

「おお、ブーリエンヌ、ここだ、ここだ」

手を振る先にいたのは、笑みを返してみせるほど、どこかしら猿を思わせる顔だった。それは幼顔の面影でもあり、思い出せば気分もあの頃に戻る。小走りに近づく男はシャンパーニュのブリエンヌ陸軍幼年学校で一緒だった、あのルイ・アントワーヌ・フォーヴレ・ドゥ・ブーリエンヌなのだ。

――偶然の再会なんて、あるものなんだな。

ナブリオは五月二十八日にパリに到着した。サン・ロック通りの「オランダ愛国者館」に投宿したのは、そこにコルシカ県選出の立法議会議員が三人まで滞在していたからだ。託された書類をレオネッティ議員に渡し、ひとつ仕事を果たしたが、いうまでもなく本題は他にある。

敵ともいうべきマリウス・ペラルディ議員は幸い留守で、会えたのが旧友カルロ・アンドレア・ポッツォ・ディ・ボルゴだった。立法議会の外交委員会に所属して、その関係で陸軍大臣とも懇意だと聞きつけるや、ナブリオは仲介を頼んだ。すぐ向かったのが陸軍省、つまりはグランジュ・バトリエール通りの旧ショワズール館で、「オランダ愛国者館」からは徒歩数分の距離だった。

いきなり大臣と面会できるわけでなく、とりあえず窓口に用件を伝え、立法議会議員カルロ・アンドレア・ポッツォ・ディ・ボルゴの署名が入った紹介状を置くと、その日は引き揚げだった。

続く五月二十九日も陸軍省に足を運んだが、大臣にはきちんと伝えてあると請け合われて、それで終わった。仕方ないのでテュイルリ宮付属調馬場大広間に出かけ、立法議会の審議を傍聴した。その迷走ぶりには、いっそう暗い気持ちにさせられたが、肩を落として出てきたところでみつけたのだ。

――なんとも懐かしいばかりの幼顔の面影を……。

ブーリエンヌも陸軍幼年学校を卒業していた。が、軍には進まず、しばらくドイツに留学して、法律を勉強したという。フランス革命が起きたときもライプツィヒにいたが、それから帰国して、今はパリにいる兄と一緒に家具店をやっているということだった。

「で、ナポレオーネ、君は、どうなったんだ」

ブーリエンヌは聞いてきた。それから、ちょくちょく会うようになっていた。この六月二十日も食事をしようと約束して、その待ち合わせ場所がパレ・ロワイヤルの正門だった。

「オランダ愛国者館」は一泊十八リーヴルと馬鹿高く、議員の身でもなければ長逗留《ながとうりゅう》などできない。ナブリオは二日で引き払い、同じ界隈ながらパレ・ロワイヤルの裏手になるマイユ通りの「メッス館」に移ったが、そこもブーリエンヌの紹介で格安にしてもらった宿だった。

すでに事情も打ち明けていた。どうなったと聞かれれば、ナブリオのほうには実際動きがあった。

「明日の六月二十一日だ。陸軍省で砲兵委員会が開かれる。出頭して、いうべきことをいってくるよ」

「見通しは？」

「五分五分だな。パオリが陸軍省に弁護の手紙を書いてくれたらしい」

「君が尊敬するコルス島の英雄だな。今や第二十三歩兵師団を率いる、フランス陸軍の中将閣下でもあられるという」

「ああ、そのパオリが弁護してくれた。ロッシ将軍も俺に好意的な所見を提出してくれたようだ。コルスの人脈に加えて、フランス軍のほうでも、テイユ男爵とか、グリボーヴァル卿とか、砲兵畑の有力者が力を貸してくれることになった。しかし、マイヤール大佐の報告も届いているそうだ」

「アジャクシオの城塞総督だね。君を告発したも同然の手紙を書いたという」

「そうだ。それからマリウス・ペラルディも動いている。ナポレオーネ・ブオナパルテを軍法会議にかけろと、陸軍大臣に圧力を加えたらしい。さもなくば、内務省か法務省に手を回す、とにかく奴を法廷に引き立てると脅しながらね。甥の仇として、決闘を申しこむとも息巻いていたらしいが、はん、俺のみるところ、そこまでの度胸はないいな」

「しかし、そのペラルディは立法議会の議員なんだろ。睨まれたら拙《まず》いだろ」

「だから、まさに議員なのさ。ペラルディの奴、派遣委員とやらに選ばれて、近く戦場に行くらしい」

戦争が始まっていた。フランスを、というよりフランス革命を敵視する諸国との戦いだ。宣戦布告が一七九二年四月二十日で、オーストリアと向き合う北部戦線では戦闘が始まっているが、フランス軍は連戦連敗である。将軍が悪い、貴族出は力を抜いているんじゃないか、わざと負けているんじゃないかと、パリでは非難の声も上がる。ナブリオは続けた。ああ、マリウス親爺《おやじ》も大変さ。

「なんでもラ・ファイエット将軍を査問しなければならないとかでな」

「最近怪しいからな、あの御仁も。オーストリアに亡命するんじゃないかって」

派遣委員とは、議会の名代として派遣先で国権を代行する役割だ。なんらかの不正が行われている、反政府活動があると疑われる場合に、それを調べ、正すことを目的とするものなのだ。

いったん話が途切れた。ナブリオが手ぶりを送って、歩き出すことになった。予約しているレストランは、サン・トノレ通りのもう少し西のほうだ。

「妹さんは、どうなった」

愛嬌のある顔を真面目に曇らせ、ブーリエンヌがまた始めた。

「マリー・アンヌか。ああ、会ってきたよ。十六日かな。ヴェルサイユまで行って」

妹は亡き父が取りつけた国王給費で、もう八年もフランスに遊学していた。そのサン・シール女学院も、一七九三年三月に閉鎖される。貴族のお嬢様学校がよく今まで続いていたと、むしろ驚くべきなのかもしれないが、さておき、そのことをナブリオはパリについてから、母レティツィアがよこした手紙で知らされた。閉校後は娘を引き取るしかないのか。卒業すれば結婚のための持参金と支度金がつくと聞かされたが、どうなるのか。諸々《もろもろ》確かめてこいというのだ。

「やはり引き取るしかなさそうだな。しかも、なんの手当てもなし……」

そこでナブリオは言葉を切った。ブーリエンヌも後ろを振り返っていた。

それは目を向けずにはいられない光景だった。というか、通りの向こう側がみえない。

サン・トノレ通りいっぱいに、黒い壁がはだかっていた。それが細かく蠢《うごめ》きながら、前に押し出されてくる。ぐんぐんと迫ってくるので、沿道にいた人という人は思わず身を仰け反らせる。

レ・アル市場の方角からやってきたのは、行進するパリ市民たちだった。銃だの、槍だの、剣だの、果ては釘抜きや火搔き棒というような、武器になりそうな物なら何でも頭上に振りかざし、その通過に呆気に取られてしまう時間も、一分や二分の話ではない。

えんえん二十分は続いただろうか、それは数千人はいたと思われる群衆だった。

「ああ、みんな、このサンテールについてこい」

「シャルル・ルイ・アレクサンドルも、ここにいるぞ」

軍隊ではないながら、太鼓を鳴らして士気も高く、というより、なんだか殺気立っている。

「なんなんだ、あれは」

「サンテールも、ルイ・アレクサンドルも名を知られた革命家だよ。もしかして、蜂起かな」

「蜂起？　これが蜂起？」

ナブリオは、ひゅうと口笛を鳴らした。アヤーチュでも、バシュチーヤでも、蜂起はみている。が、たとえ全市民が立ち上がろうと、向こうでは数千の規模にはならない。同じ蜂起でも、まさに桁が違う感じだ。これだから、パリではバスティーユが陥落したんだな。ブーリエンヌも頷いた。ああ、そうだね。バスティーユの七月十四日はまだだけど、今日だって革命の記念日だからね。

「六月二十日は一七八九年の『球戯場の誓い』の日、つまりは栄光の記念日なんだけど、それと同時に去年のヴァレンヌ事件の日、屈辱の記念日でもあるというわけさ」

パリを脱出して、国外に逃れようとするも、東部国境近くの街ヴァレンヌで捕らえられるという事件を起こしたフランス王ルイ十六世はといえば、今も王として健在である。その地位は憲法で保障されたものだと拒否権を連発したり、王妃マリー・アントワネットの周りには「オーストリア委員会」なるものがあって、大切な情報を敵国に流していると噂されたりで、民衆の間ではとかく不興を買ってもいる。

「何か起こるんじゃないかと、実はパリでは様々に噂されていたんだ」

「しかし、もうバスティーユはないぞ。パリの蜂起といって、どこに……」

二人は顔を見合わせた。声に出したのも、ほぼ同時だった。テュイルリか。

ルイ十六世は、そこにいる。ヴェルサイユから連れてこられてからは、ほぼテュイルリ宮殿である。行ってみると、やはり群衆はテュイルリ宮を襲撃していた。時計塔の大扉が外れて、もはや斜めに傾いて、群衆はなかに踏みこみ放題である。国民衛兵の軍服はちらほらみえるが、特に阻もうとするではない。宮殿は無防備に等しかった。

「ケ・コリヨーネ（なんてトンマだ）」

と、ナブリオは吐き出した。ブーリエンヌは目を何度か瞬《しばたた》かせた。

「な、なに、なんていったんだ、ナポレオーネ」

「コルス語さ。『ルイ十六世てな馬鹿だな』っていったのさ。こんなの、大砲ひとつで蹴散らせるぞ。あんなに固まってるんだから、一発で五百人、六百人と吹き飛ばせる。砲弾十発あれば片がつく。いや、十発もいらないな。仲間がやられるところをみせられれば、もう我先にと逃げ出すに違いない」

それをしないためか、パリは荒れた。いや、荒れ続けたというべきか。

六月二十日の蜂起は失敗だった。「トンマ」なはずのルイ十六世に、うまくあしらわれてしまった。

七月十四日も静かにすぎたが、八月十日にパリは再び蜂起した。

今度は民衆の勝利だった。ルイ十六世の身柄が拘束され、王権が停止され、立法議会も解散されることになった。国民公会が新たに招集された暁には、フランスは共和政を取るとも噂された。

その八月十日の蜂起も、ナブリオは見物した。その窓辺からだとテュイルリ宮がよくみえたのだ。フォーヴレ商会、つまりはブーリエンヌの兄の家具店が、カルーゼル広場に店を構えていた。

無関心ではなかったし、それなりに衝撃も受けた。が、割と淡々とすごせたことも事実だった。ナブリオ個人にすれば、それほど大きな意味はなかった。アンシャン・レジームに逆戻りするというなら別だが、革命が続く分には構わなかった。もとより、目下の大事は他にあった。

「これだ」

打ち明けながら、ナブリオは筒にしていた紙を開いた。ブーリエンヌは感嘆の声である。正式な辞令が下りたんだね。一七九二年二月六日付だから、そのときの陸軍大臣セルヴァン、それから『神の恩寵《おんちよう》と国家の憲法によりフランス王たるルイ』の署名もある。

「凄いや、ナポレオーネ。君は本当に大尉になったんだね」

六月二十一日の査問を受け、砲兵委員会が勧告、それを陸軍省が受理したのが、七月十日のことだった。その結論がナポレオーネ・ブオナパルテを砲兵第四連隊に復帰させる、しかも二月六日付まで遡って、大尉に昇進させるというものだった。

「中尉の位が維持されるかどうかって話だったのに、それが逆に大尉だなんて」

「伊達に士官学校を出ちゃいないよ」

この春の開戦で、かねてからの貴族の亡命と、それに伴う将校不足に拍車がかかっていた。士官学校出というが、ナブリオの同期五十八人をみても、もう六人しか残っていない有様である。あのデ・

マジも、あのフェリポーも、あのペカデュクも、もうフランスを離れてしまったというのである。

「それとして、だ。ブーリエンヌ、紹介させてくれ。妹のマリー・アンヌだ」

と、ナブリオは続けた。九月六日になっていた。ブーリエンヌには色々相談に乗ってもらっていた。

その日は諸々の報告がてらで、カルーゼル広場のフォーヴレ商会を妹と二人で訪ねた。

ブーリエンヌは腰を屈めて、妹の手の甲に接吻を捧げた。躊躇《ためら》いもなく手を差し出して、ボナパルテ家の長女もフランス風が板についたものだった。

「ナポレオーネ、やっぱり引き取ることにしたんだね」

仕方ないよと肩を竦めてみせたものの、ナブリオは妙に明るい顔だった。逆にブーリエンヌのほうが戸惑い加減で、旧友の真意を確かめないではいられなくなる。しかし、大変だろう。

「大尉だから俸給も上がるんだろうけど、それでも妹さんと一緒に暮らすとなるとね」

「だから僕の妻に欲しい、か」

「な、なにをいうんだ、ナポレオーネ」

ブーリエンヌは赤くなった。マリー・アンヌはキョトンとするばかりだったが、引き取る前には友人同士で、実際そういう話をしていた。冗談半分といいたいところだが、そのときのナブリオは真顔に近かった。八月の末くらいまでは、どんより顔で頭を抱え、とんだ面倒を背負わされた、嫁入りでも決まらなければ、本当に窮したことになると、嘆きの言葉を際限なく発していたほどだ。

だからブーリエンヌは、友人の一転した明るさに戸惑う。ナブリオも察して説明する。

「問題は解決したんだ。いや、ブーリエンヌ、君が俺の妹を気に入って、やっぱり妻に望むというなら、考えないわけじゃないよ。けれど、いったんは家族のところに帰さないと」

「コルスに、かい。母上様も待っておられるだろうから、うん、いいことには違いないけれど、ううん、それまた大変な話だね。なんてったって、遠いからね」

「だから、ヴェルサイユ郡役所に掛け合ってきた。学校を出るときは、行き先までの旅費が支給されるのが普通だ。自分も支給された。ブリエンヌ幼年学校を出るときも、パリ士官学校を出るときも、きちんと旅費が支給された。サン・シール女学院を出るときだって、支給されないのはおかしいと捻《ね》じこんだんだ。それで三百五十二リーヴルが支給された」

やったね、ナポレオーネ。そう喜んではみせたものの、ブーリエンヌの顔はまだ晴れない。うん、旅費の都合がついたのはよかったけれど、ううん、大丈夫かなあ。コルスまでは長旅だろう。

「マリー・アンヌさんみたいな若いご婦人が、ひとりで……」

「おいおい、一人旅なんてできるわけがない。若いご婦人というが、この妹ときたら八年間も寄宿学校にいたきりだったんだぞ。本当の箱入り、世間知らずの見本だ。コルスには俺が連れて行くよ」

「君が？　しかし、ナポレオーネ、君は……」

「いうほど薄情な兄貴じゃないぜ」

「そういうことじゃなくて、大尉として砲兵第四連隊に戻るんじゃないのかい」

復帰と昇進が決まった当座は、そういう話も確かにしていた。しかし、だ。

「連隊には戻らない。というか、戻れない。妹にコルスまでの一人旅なんかさせられないから、休暇扱いにしてほしいって、もう連隊に手紙も書いた」

「そ、それが許されたのかい」

「許されるだろう。この有様なんだぞ」

ナブリオは窓の外を指さした。大騒ぎがカルーゼル広場を横切ったところだった。とうに承知して、マリー・アンヌは目を伏せた。長い髪の毛が、硝子の向こうに躍っていた。上階の高さに届くのは、生首ばかりが槍の穂先に刺されているからだった。

ここ数日というもの、この種の血腥《ちなまぐさ》さが続いていた。フランス軍の連敗は止まらず、国境の要衝ヴェルダンまで陥落した。もう敵軍はパリに来る。その前に内なる敵を排除する。反革命の輩を殺しておく。そうやって民衆が暴走を始めた、いわゆる「九月虐殺」だった。

「こんなときに妹に一人旅をさせるだなんて、そんな無茶は命令してくるまい」

「ま、まあ、そうかもしれないけど……」

引き取りながら、なおブーリエンヌは心配顔だった。ナブリオは先取りして答えた。

「大丈夫、俺はクビになんかならない。今は戦争中なんだ。なにより将校が必要とされているんだ」

「なおさら連隊に戻らないといけないんじゃないのかい」

「いや、コルスでも戦争が始まる。サルデーニャ遠征が本決まりになったらしい。間違いない。カルロ・アンドレアに聞いた話だ」

「立法議会の外交委員だという、君の友人のことだね」

フランス軍は敗戦続きなのに、戦線は拡大するばかりだった。誰の領地、どこの領土も関係なく、フランス系の住民が住んでいる土地はフランスだとして、サヴォワやニースというようなサルデーニャ王の領土も併合することになったからだ。

王家の本拠は北イタリアだが、王号の由来は地中海の島である。そのサルデーニャ島を攻撃するとなれば、すぐ北に浮かぶコルシカ島が動員されないわけがない。そういう話をカルロ・アンドレアのところで耳にして、ナブリオの目つきが変わったのだ。

「ああ、ブーリエンヌ、俺には予感があるよ。サルデーニャ遠征で、きっと軍功を挙げるなって。実際のところ、コルスでは中佐なんだ。実質的には俺が指揮官さ。大尉としてフランスで戦うより、ずっと大きな手柄を挙げられる。仮にマリー・アンヌのことがなくても、やっぱりコルスには帰らなきゃ」

「というか、はじめからコルスに帰りたかったんだろう」

「おいおい、コルスに帰る口実が欲しくて、わざわざ妹を引き取ってきたなんていうなよ」

「どうだか。君は幼年学校にいたときから、コルス、コルス、パオリ、パオリだったからね」

「うん、これは名誉挽回の好機だ。どんなときも俺を信じてくれたパオリに、今こそ働きで報いないと」

「しかし、本当に大丈夫かなあ」

「連隊に休暇願を出したことか。それともサルデーニャ遠征のことか。まあ、うまくいかなかったときは、ブーリエンヌ、君のところのフォーヴレ商会で働かせてくれよ」

そうやってナブリオは高笑いの声を聞かせた。九月九日にパリを出発、妹とはいえご婦人連れの旅とは思われない強行軍で、十月十五日にはもうコルシカのアヤーチュだった。

9　サルデーニャ遠征

砲弾は空に茶褐色の一線を引いたと思うや、轟音を鳴り響かせる。およそ三千ピエ（約一キロ）の海峡を越えてマッダレーナ島に落ちると、その大地に濛々たる煙を舞わせる。悲鳴が聞こえた気もしたが、折からの強風に全て流され、それははっきりとはわからない。

こちらのサント・ステファノ島では歓声が上がった。よし、また命中だ。義勇兵たちは小躍りしながら、囃し立てた。ボナパルテ中佐、さすがです。この風なのに、偏向差は計算通りだ。火薬の量も過不足ありません。中佐の仰る通りにすれば、当たらない砲弾もないほどです。

「やはり士官学校出は違うなあ」

首席中佐のクエンツァまで感嘆の声を洩らせば、ナブリオの頰も弛みがちになる。

「いやあ、この戦争は俺にとっても初陣なんだが」

実際のところ、実戦は初めてである。演習は数限りなくこなしたし、蜂起を鎮圧するために発砲した経験もある。が、本当の戦争となると、ナブリオにもこれが初めてなのである。いや、とても信じられません。数多《あまた》の戦場を渡り歩いてきた名将のようにしか思われません。天才であられるという他に、説明のしようもありませんよ、中佐殿。言葉を続けられるほどに、やはり頰を引き締められない。おだてられて、その気になるつもりはないが、気分がよいことは確かだった。

——まさに、とんとん拍子だからな。

強引にコルシカに帰島しても、その時点では戦闘に参加できる保証はなかった。ナブリオが間に合う間に合わないの以前に、義勇兵大隊が召集されるかどうかも知らなかった。実際のところ、最初はサルデーニャ遠征の動員表から外れていた。そこで思いがけない幸運に恵まれたのだ。

十月末、トリュゲ提督のフランス艦隊がアヤーチュに寄港した。コンスタンチノープル大使スモンヴィルを送っていく途中だったが、この一行とボナパルテ家は親交を取り結んだ。フランス語が話せる人間はコルシカでは貴重だったし、ならばと自宅に招待すれば、サン・シール帰りのマリー・アンヌ、島では再び「マリア・アンナ」と呼ばれた長女も、海軍将校たちの間で人気になった。

当座は、だから、どうということもない。現に艦隊はほどなくアヤーチュを出港した。それが海域を縦横に行き来するイギリス艦隊に妨害され、トルコに到着できずに引き返してきたのだ。

トリュゲ提督が戻ってきたコルシカでは、サルデーニャ遠征の計画が詰められているところだった。

海を越える戦争で、船がいる。寄港中の艦隊があれば使いたい。参戦を要請されるにあたって、トリュゲ提督が思い出したのが、義勇兵大隊中佐ナブリオ・ボナパルテだったのだ。

提督の推薦で、「アヤーチュとタッラノ大隊」からも六中隊が召集されることになった。コルシカ義勇兵が全部で七百五十人、フランス正規軍の第四十二歩兵連隊から百五十人、さらに憲兵二十人で計画されたのが、サルデーニャ本島の北に浮かんでいるマッダレーナ島への上陸作戦だった。指揮を執るのがチェザーリ大佐で、これをクエンツァ中佐とボナパルテ中佐が補佐するという陣容だ。

一七九三年二月十八日、出撃の兵団はコルシカ島の南端、ボニファズィウに集結した。海が荒れて、決行は二月二十二日になった。夕の四時、最初に上陸したのがマッダレーナ島の三千ピエ（約一キロ）南に浮かぶ小島、サント・ステファノ島だった。二十三日から南北縦断の行軍にかかり、島の北端のヴィラマリナ岬に達しては、三十人のスイス傭兵が守る塔を占領した。

そこでナブリオが選んだのが、正面にマッダレーナ島の首邑《しゆゆう》、ラ・マッダレーナを見据える小高い丘陵だった。薔薇色《ばらいろ》の屋根瓦に白壁の建物が並び、ぐんと抜け出る鐘楼の背の高さで、教会も見分けられた。港内に忙しない小舟も、桟橋に人が動いているのもわかる。望遠鏡を使っても顔までは判然としなかったが、男女の区別くらいなら十分につけられる。まずは申し分ない。

夜の十一時に砲台の設営を開始、朝までに臼砲一門、四ポンド砲二門が稼働できるように万端整えた。それが二十四日から、派手に轟き始めたのだ。

砲撃は二十五日にも続いた。望遠鏡の向こうは、もはや廃墟《はいきよ》だけだった。コルシカのフランス軍は、ラ・マッダレーナの民家八十戸を全て焼き、その徹底した破壊で伏兵が潜む余地もなくしていた。

海峡のキエーザ島が、もとより無人に近いからには、マッダレーナ島の南側は、もう完全に安全だ。望遠鏡に目を当て続けて、念入りに確かめてから、ナブリオは部下に命じた。

「チェザーリ大佐を呼べ」

大佐はパオリの甥である。その威光で指揮を執っているものの、軍事に明るいわけではない。後方の幕舎《ばくしゃ》からやってきた上官に、ナブリオは自信たっぷりだった。

「マッダレーナ島に上陸できます。小舟の接岸を阻止できるような敵砲台は、とうに無力化してありますし、もはや兵士が隠れていられる物陰もありません」

「それなんだが、ボナパルテ中佐、実は作戦が中止になった」

「えっ、しかし、昨夜の会議では、翌朝準備砲撃が済み次第と……」

「昨夜は、な。しかし、あれから事情が変わったんだ。ラ・フォーヴェット号に告げると、水兵たちが反対だといってきたんだ。上陸作戦を敢行するには兵数が足りないから、とな」

話の「ラ・フォーヴェット号」というのは、トリュゲ艦隊から分けられて、サント・ステファノ島まで兵員を運んできたフリゲート艦である。援護はしてもらうかもしれないが、上陸そのものを頼んでいるわけではない。もとより水兵も士気が低くなく、コンスタンチノープルまで行けなかった鬱憤から、血気に逸る風さえあった。なんだか、おかしい。ナブリオは納得できない。

「トリュゲ提督の水兵たちが、上陸作戦に反対するとは思われません」

「それが反対したのだから仕方あるまい。中止だよ、ボナパルテ。急ぎ砲台の撤去だ」

というと、チェザーリは幕舎に下がろうとした。が、その翻ろうとする軍服の肩章に手をかけて、ナブリオは許さなかった。もう勝利は目前です。兵数が足りないなんてこともない。

「砲台は撤去します。しかし、それはマッダレーナ島に移設するためだ。砲兵隊が常に援護すれば、千人で制圧できます。ポルト・マッシモとか、カーゼ・デッラッバトッジャとか、島の北側が心配ですか。それなら、それこそラ・フォーヴェット号に回ってもらいましょう。艦砲射撃で牽制してもらいましょう。いずれにせよ、撤退なんて愚の骨頂だ」

「しかし、水兵たちがどういうか……」

「指揮官はチェザーリ大佐、あなただ。パオリの甥が臆病者の誹《そし》りを免れませんよ」

ムッとした顔になって、チェザーリは今度こそ踵を返した。砲台のそばで腕組みしながら、ナブリオも負けず憤然たる表情だった。臆した顔で近づくのは、クエンツァである。

「怒らせたぞ。拙いんじゃないか、ナブリオ」

「下らない話をするからだ。せっかくの初陣を台無しにされるわけにはいかない」

「一緒に行ってやるから、謝りにいこう」

「謝る、だと。あんな拗《す》ね子《ご》みたいな男に頭を下げろというのか」

「それでも上官だ。上官には逆らえない。それが軍隊ってものだろう」

道理である。さすがのナブリオも返す言葉に窮したが、だからといって態度を改める時間もなかった。部下の義勇兵たちが騒ぎ始めた。あれはチェザーリ大佐じゃないか。沖に向かう小舟のことか。てえか、ラ・フォーヴェット号に乗りこんだじゃねえか。おかしい。ラ・フォーヴェット号もおかしい。本当だ。あんな大きく帆を張って、あれ、あれ、錨《いかり》まで上げ出したぞ。

「出航するのか。サント・ステファノ島を離れるのか」

「ありえない。だって、俺たちを置き去りにして……」

空気が強張《こわば》った。義勇兵たちは先刻の喧嘩もみている。チェザーリが、受けた侮辱の意趣を晴らした。あまりといえば、あまりに子供じみていたが、ありえない話ではない。ナブリオとクエンツァも互いの顔を見合わせた。その直後から次々と悲鳴のような声が上がった。

「待ってくれ、待ってくれ」

「置いていかないでくれ、こんなところに俺たちだけ……」

続いたのは、海水が飛沫《しぶき》を上げる音だった。桟橋に残されていた小舟に、争うように飛び乗ろうとする兵士あり。もう場所がないとみるや、半身だけでもと船縁《ふなべり》にしがみつく兵士あり。銃を捨て、軍刀を捨て、晴れの軍服まで捨てながら、波間に飛びこむ兵士あり。

――もう滅茶苦茶だ。

サント・ステファノ島からの引き揚げは散々だった。結局はラ・フォーヴェット号も待ったし、小舟も何度となく往復し、またほとんどがコルシカ島の人間であれば、泳げない者もいなかった。ぜえぜえ息を荒らげながらも、なんとか全員帰還したが、砲台を撤去する余裕はなかった。なにはさておき乗船しなければならなかったのであり、臼砲一門と四ポンド砲二門は置いてこざるをえなかった。

砲兵科出身の将校として砲撃を差配した身にすれば、屈辱以外の何物でもない。のみならず、これで作戦のやりなおしも難しくなった。ナブリオの初陣は、悔やんでも悔やみきれない敗北に終わってしまった。だから、怒髪天を衝く。どういうことか、きちんと説明してもらう。

ボニファズィウに再び上陸したが、ナブリオは少しも収まらなかった。宿舎を与えられても、そこに大人しくしていられず、ふとした瞬間に何かに弾かれたような動き方で飛び出していく。それを諌めようとするクエンツァ、反対に一緒に嚙みつこうという兵士たちにも追いかけられて、ぞろぞろ列をなしながら、いうまでもなく目指すはチェザーリ大佐の宿舎である。

歩を速くするほどに、腹が立つ。引き揚げの混乱で、ナブリオは足に怪我まで負わされた。ただの打ち身ではあったが、それが疼《うず》く。その苛立ちごとぶつけてやる。ああ、いくらパオリの甥だろうと、今度という今度は許さない。前々から、よくは思われていなかった。士官学校を出ているくらいで、調子に乗るなとも陰口していたことだろう。フランスの犬の息子じゃないかとも、悪態をついていたに違いない。知っている。知っているが、それはそれ、これはこれだ。

「いいか、チェザーリ、戦争は遊びじゃないんだぞ」

怒声もろともに飛びこんだが、相手の大佐は少しも慌てた様子がなかった。怒鳴りこまれるだろうと予想していたのかもしれないが、それにしても椅子で足を組んだまま、こちらを見下すような目つきは横柄を通り越して、ほとんど不可解でさえある。

「ボナパルテ、貴様に戦争を教えてもらうつもりはない」

「なんだと。はっきりいうが、チェザーリ、おまえなんかパオリの甥というだけで……」

「それでも大佐だ。おまえのような民間人に指図される謂《いわ》れはない」

「民間人？　なんの話だ」

「まだフランスでは軍人か。しかし、コルシカじゃあ民間人だ。コルシカ義勇兵大隊は廃止された」

「チェザーリ、口から出まかせにも程があるぞ」

「嘘じゃない。二月五日の国民公会で決定された。この貧しい島で四大隊も養うのは苦しいと訴えて、それが認められたのさ。かわりに軽歩兵を出せばいいことになった。おいおい、なに驚いた顔してるんだよ。ボナパルテ、おまえがパリに持っていって、レオネッティに伝えた話じゃないか」

「あれは信用貸しを手配してほしいという話で」

「それが手配できなかったのさ」

おまえはもう中佐じゃない。コルシカではもう出番がない。そう撥《は》ねつけられて、ナブリオは去るしかなかった。

気持ちは収まらない。クエンツァはじめ、義勇兵大隊の皆にしても、こんな唐突な廃止を納得できるわけがない。どういうことだ。俺たちは、どうなるんだ。取り急ぎ「アヤーチュとタッラノ大隊」

は解散、兵士各人は速やかに郷里に戻れと命令されても、従えるはずがない。

「どうする、ナブリオ」

クエンツァに聞かれて、ナブリオは答えた。あれからは騒ぎもせずに、ひとり言葉少なで通し、ずっと考えたあげくの答えだった。

「コルチに行く」

帰島一番に向かい、その県庁所在地で頼みにしたのは、フィリッポ・マッセリアだった。パオリに会いたい。会って聞きたいことがある。そう伝えると、かねて英雄の腹心を務める男は取り次いではくれたものの、なんだか気が進まない、できれば会わせたくないというような態度だった。

「最近はバッブも体調が優れなくてね。昨夏なんかレオネッティ家の妹さんを頼って、ずっとモンテイチェッロに籠もっていたほどなんだ」

だから遠慮しろといわんばかりだったが、ナブリオは意に介さなかった。

「パオリは会うといったんでしょう。それなら会わせてもらいます」

「しかし、ナブリオ、短めに頼むよ。体調もそうだが、機嫌がよいともいいがたくてね。ほら、去年九月の国民公会議員の選挙だよ。六議席のうち、パオリ派は二議席しか得られなかった。バッブの影響力が低下している、なんて吹聴する向きもあって、さすがに気にならないでもないらしく……」

「でも、選挙は仕方ありません。有権者が決めることです。うちの兄も落選しました。それに十二月の県議会選挙のほうは、パオリ派の圧勝だったんでしょう。バッブがコルチに復帰して、一気に巻き返したんでしょう。ジュゼッペ兄は県議も落選しましたけど」

「誤解してもらいたくないからいうんだが、ナブリオ、私は君のためを思って……」

「わかっています。せいぜいバッブを怒らせないようにしますよ」

ナブリオは入室した。扉を開けると、一番に聞こえたのが細かく刻むような咳の音だった。まだ弱い春の陽射《ひざ》しが満ちる窓を背負いながら、影絵として客を迎えた椅子のパオリは、前より小さいようにみえた。マッセリアのいう体調の悪さのせいか、それとも、そろそろ老いに毒され始めたのか。

「サルデーニャ遠征は失敗です」

と、ナブリオは報告から始めた。我らはマッダレーナ島を占領できませんでした。正規軍が試みたカリアリ攻撃も、やはり敗退に終わったそうです。

「聞いている。ナブリオ、そんなことを、おまえに報告してもらわんでもいい」

「もう中佐じゃないからですか」

「その件で、わしを責めるつもりか。義勇兵の廃止は議会が決めたことだ」

「誤魔化さないでください。もう私は必要ないということですか」

パオリは少し黙った。コルシカ義勇兵四大隊は廃止された。かわりに四軽歩兵大隊が新設されるが、将校から下士官から兵士までが、そのまま名前を変えるという話でもなかった。少なくとも将校については、すでに人選が済んでいた。ナブリオも一覧をみたが、そこに自分の名前はなかった。

「答えてください、バッブ。どうして私は必要でなくなったのです」

「どうしてコルシカに戻ってきた」

パオリは問いに問いで応じた。ナブリオは、すぐには意味が取れなかった。

「ナブリオ、おまえは、あのままフランスにいればよかったのだ」

そう続けられて、ナブリオはようやく理解した。アヤーチュ事件の直後の話だ。パリに行けと命じられたが、あれは俺を追いはらったということなのか。義勇兵大隊の窮状をパリに伝えてほしいとか、陸軍省に話をしろというのは口実で、あのときからコルシカでの居場所を奪うつもりだったのか。

「私は邪魔なのですか。どうして……」

「おまえがいては、戦争に勝ちかねないからだ」

と、パオリは答えた。やはり解《げ》せない。というより、不可解すぎて、頭のなかが白くなる。バッブは今、なにをいった。戦争に勝っては悪いといったのか。それでも、ひとつだけは腑に落ちた。

「サルデーニャ遠征は、わざと失敗させたのですね」

「そうだ。わしがチェザーリに命じた。サルデーニャはコルシカの隣人だからだ。ジェノヴァと戦ったときも、フランスと戦ったときも、コルシカに味方してくれた。弾薬も、食糧も融通してくれた。フランスの都合なんかで、迷惑をかけるわけにはいかない」

「フランスの都合なんかと仰いますが、そのフランスと不可分なのです、コルシカは。フランスは隣人に留まらない、まさに自分自身なのです」

「いや、違う。コルシカはフランスを捨てる」

と、パオリは明かした。あの革命にはついていけん。ああ、いかれておる。はん、なにが聖職者民事基本法だ。政治と宗教の区別もつけられないで、なにが人民主権だ。

「図に乗りおって、とうとう王まで殺しおった」

一七九三年一月二十一日の話である。フランスは王国でなく、一七九二年九月から共和国になっていた。身柄を拘束されたルイ十六世は裁判にかけられ、そのまま国民公会の投票で死刑に決まった。執行猶予がつくという話もあったが、結局断頭台が稼働した。ナブリオはやっと答えることができた。

「それは私もやりすぎだったと思います。しかし、コルシカには関係ないでしょう。土台がコルシカは王の領地ではない。ないといって、三十年前にあなたは戦争を起こしている。違いますか」

「ならば、フランスに地獄の道連れにされたくないといおう。ああ、戦争の話だ。王を殺した国を、他の王国が許しておくわけがない。フランスが戦うべきは、オーストリアとプロイセン、それにサルデーニャだけではなくなったのだ。さらにロシア、そしてトルコ、いや、挑戦状を叩きつけられるのを待たずして、フランスはイギリスにまで自ら宣戦布告しおったわい」

二月一日の話だ。同時にオランダにも宣戦布告した。敵は対フランス大同盟さえ成立させている。

「今やヨーロッパ中が敵だ。フランスが勝てるわけがない」

「だから、フランスを捨てると？　コルシカまで道連れにされては堪《たま》らないと？　しかし、それは……。そうすると、コルシカは分離独立するのですか」

「そう打ち上げれば、フランスはルイ十五世の頃と同じに、実力行使に乗り出すに決まっている。でなくとも、恫喝する。またジェノヴァに売り払ってやる、くらいの台詞《せりふ》でな」

「そうかもしれませんが……」

「分離独立など甘いというか。不可能な夢というか。えっ、ナブリオ、そうなのか」

ナブリオは少し戸惑った。そんなことまで考えてはいない。分離独立の是非を論じるつもりもなければ、不可能だと責めるつもりもない。驚きのあまり、ただ確かめただけだ。それなのにパオリは理屈を先取りして、あげくに声を張り上げるのだ。

「ならば、コルシカはイギリスと組む。これで、どうだ」

イギリスはフランスの宿敵である。それゆえ、ルイ十五世に追われたパオリの亡命先ともなった。その恩義を感じているのだろう。親近感もあるだろう。しかし、イギリスには王がいます。

「アンシャン・レジームの国です。人民主権を唱えるコルシカが組むべき相手でしょうか」

「利いた風な口を叩くな、小僧が。フランスと一緒に破滅するよりはマシだ」

「そうでしょうか。コルシカは隷属状態に戻るんですよ。二十数年前と同じだ。今度はイギリス人が主人になるだけだ」

10　逮捕命令

アヤーチュに戻ると、兄のジュゼッペは留守だった。サリチェッティに呼ばれて、バシュチーヤに行ったという話だった。前のコルシカ県総代で、そのとき県議だったジュゼッペと親しくなったが、そのサリチェッティも今や国民公会議員である。普段はパリにいる。

――コルシカには、やってきたのだ。

四月五日、デルシェール議員、ラ・コンブ・サン・ミシェル議員と一緒に来島したのは、派遣委員の資格においてのことだった。

国民公会もパオリに疑いの目を向け始めた。コルシカで集めた税金を国庫に納めない、コルシカの国民衛兵を戦場に送り出さない等々、不正もしくは反政府活動と責められて仕方ない態度もあった。

――まずいな。

ナブリオが呻いているうち、国民公会の議決が新たに届けられた。

「パスカル・パオリを法の保護の外に置く」

コルシカに届いたのは四月十八日だったが、パリで決議されたのは四月二日だった。税金も国庫に入れず、国民衛兵も島外に出さないのは、フランスに対する裏切りを計画しているからだ。イギリスと結ぶことで、コルシカを分離させるつもりでいるのだ。そうやって、パスクワーレ・パオリを告発する演説を打ったのは、ヴァール県選出議員のエスキュディエだった。

パオリの本音が暴かれていた。どこから洩れたか定かでないが、かくて即日の処分が決められたようだった。これを受けて、すでにバシュチーヤにいる派遣委員も動いた。コルチ市当局にパオリと、一緒に告発された新しい県総代カルロ・アンドレア・ポッツォ・ディ・ボルゴの逮捕を命令した。が、コルチが動くはずがない。パオリを逮捕するわけがない。それどころか、パオリ派として立ち上がる。共和派に戦いをしかける。コルシカは内乱になる。フランス軍も乗りこんでくる。

――だから、いわないことじゃない。

ナブリオは行動を急いだ。パオリと話さなければならない。こうなった以上は、もう一度話さなければならない。先々においてコルシカの選択がどうあるべきであれ、ここで内乱にしてはならない。フランス軍に攻めこませてはならない。この島を戦火に巻きこんではならない。

だから、コルチに行く。パオリを説いて、そのままバシュチーヤに向かう。滞在中の兄を通じて、渡りをつける。パリから来た派遣委員の面前に出頭して、一緒に潔白を証言する。

同道を頼んだのが従兄弟《いとこ》のサント・ボネリ、つまりは荒仕事も辞さないボネリ兄弟のひとりだった。アヤーチュ出発が五月三日の明け方だったが、四日になって捜していたと、コルチに通じる道を追いかけてきたのが、また別な従兄弟アッリーギだった。ああ、ナブリオ、コルチに行くのは止めろ。

「アヤーチュに引き返せ。いや、今すぐ島を出たほうがいい。てえのも、あんたの弟のルチアーノだ」

ルチアーノも留守で、こちらはフランスのトゥーロンにいた。十八歳になる弟は、アヤーチュで「グロボ愛国者の会」の書記まで昇進、提携するパリのジャコバン・クラブの受け売りのような演説を際限なくしていたが、その雄弁を高く買う人物がいた。トリュゲ提督と一緒に引き返してきたコンスタンチノープル大使、ユゲ・ドゥ・スモンヴィルがそれで、秘書の資格で帰国の途に同道したのだ。

「だから、これだよ」

アッリーギは紙片を渡した。「書き手の卑劣な罪を永劫忘れないため、原本は保存してある」と前置きしながら活字で印刷されていたのは、手紙の写しのようだった。

「この僕がクラブの委員会で提案起草したトゥーロン市の訴えで、国民公会はパオリとポッツォ・ディ・ボルゴの逮捕を決めました。僕は敵に決定的な一撃を加えたわけです。新聞各紙の報道でご存じかもしれませんが、マルセイユも同じ訴えを国民公会に届けることになりました。パオリとポッツォ・ディ・ボルゴがどうなるか見物です。マルセイユにて、四月十二日、ルチアーノ・ボナパルテ」

紙片の末尾には「ボナパルテ家はフランス人の総督マルブーフの金で養われ、大きくなった。今は人民に対する陰謀を逞《たくま》しくしている諸悪の根源である」と、ご丁寧に但し書きまで付されている。

「こんな手紙、本当にルチアーノが書いたのか」

問うたものの、ナブリオも認めざるをえない。辻褄《つじつま》は合う。ルチアーノはトゥーロンにいた。そこで地元の団体に働きかけた。その訴えでエスキュディエ議員は国民公会で告発した。議員の選挙区はトゥーロンやマルセイユを含むヴァール県なのだ。

――つまるところ、ルチアーノが暴露した。

頷ける部分はある。ルチアーノならやりかねない。兄二人に比べて恵まれていない。国王給費ももらえず、イタリアの大学にも行けず、学業が半端になった。そのまま戻されたコルシカで鬱憤を溜めていたところ、フランス革命が起きたのだ。フランスに数年いたので、この弟もフランス語は流暢《りゅうちょう》だ。フランスの政治の波には乗れる。これは立身の鍵になると、目の色を変えていた。甲斐《かい》あってスモンヴィル大使の目に留まり、トゥーロンで演説の機会など与えられれば、ここぞと張り切ること請け合いだ。自称ジャコバン派なのだから、フランスを裏切るパオリも敵ということになる。

――しかし、パオリの腹の内など、ルチアーノはどうやって……。

知りえない。ルチアーノはパオリと一面識もないからだ。しかも二月の末にはスモンヴィルと一緒に島を離れた。トリュゲ艦隊の船で離れて、つまりはサルデーニャ遠征の直後だ。パオリの腹を知りえた時期はナブリオとほぼ同じか、あるいはナブリオより早いことになる。だから、ありえない。

アッリーギは答えていた。ああ、確かにルチアーノだ。いや、もう誰だって関係ねえ。ルチアーノの手紙だってことで、もう島中にばらまかれちまってるんだ。

「それも宛先は、あんただ、ナブリオ。あんたに宛てた手紙を、県の執政部が検閲したのさ。だからナブリオ、あんただって、もうお尋ね者だ。コルチなんかに、のこのこ訪ねていった日には、パオリと話ができるどころか、まず間違いなく逮捕される」

アッリーギのいうことは道理だった。ナブリオは馬首を返した。

その日はアルカ・デ・ヴィヴァリア村の神父、やはり身内のマルコ・アッリーギ師の司祭館に泊まった。五月五日にはヴィッツァヴォーナ峠を抜け、夕にはボッコニャーノ到着となった。山里は地元といえるほど親戚が多い。ナブリオはポッジオーロ村の親戚、テュゾーリ家に宿を頼んだ。サント・ボネリはマラスキ村の自分の家で休み、翌朝にコルサッチ村で待ち合わせることにした。

五月六日、ナブリオは約束通りコルサッチ村に向かった。待ち合わせの旅籠《はたご》を訪ねると、まだサント・ボネリは来ていなかった。

天気はよかった。鳥の囀りが聞こえ続ける山里は、長閑な風を崩すような気配もなかった。慌てふためくことはないと、飲み物など飲んでいるうち、旅籠の亭主が教えてくれた。昨夜コルチから県執政部の遣いという数人がボッコニャーノに来た。一休みしてアヤーチュに向かったが、その短い間に村の顔役モレッツリ家の者を呼びつけて命令したという。

「ナブリオ・ボナパルテをみつけたら、『祖国の裏切り者』として逮捕しろ、ということでしたな」

頓着なく明かした亭主は、初対面であれば当然ながら、ナブリオの顔を知らなかったらしい。幸いしたと胸を撫で下ろしながら、素知らぬ顔で聞いてみた。ちなみに県執政部の遣いというのは。

「偉い方ですよ。前の議員のマリウス・ペラルディという人です」

敵だ、危なかったと心に続けて、ナブリオはさらに確かめた。それで、モレッリ家の者というのは。

「俺たちだ」

背中にバッと光が広がった。とっさに振り返ると、表の扉が大きく開かれ、そこに何かを振りかざしている影がみえた。襲われると思いながら、ナブリオは目を逸らした。前のほうにも人が動く気配が感じられたからだった。旅籠の奥だ。挟み撃ちだ。直後には左の側頭部がひどい重さに襲われた。

「…………」

ズキンと痛みが駆けて、ナブリオは目が覚めた。やはり左の側頭部、眉尻に沿う眼窩《がんか》の際を殴られていた。拳なのか、棍棒《こんぼう》なのか、とにかく瘤《こぶ》になって腫れていたのだ。

それが庇《ひさし》の働きをして、なんだか視界が暗い。痛いといえば、顎も痛い。後頭部も痛い。身体を捩《よじ》ると、脇腹のあたりにも痛みが走る。肋骨かと思いながら、確かめることができない。気絶から覚めてみると、ナブリオは椅子に座らされたまま、後ろに両手を縛られていた。

貴様ら、好きに殴りつけてくれたな。そう恨めしく眺めるのは、目の前に並んでいるニヤニヤ笑いの髭面の列だった。ボッコニャーノのモレッリ家の者たちというのは、こいつらのことだろう。

「おっ、ボナパルテ家の二番目が、目を覚ましやがったぜ」

向こうは、こちらの顔を知っているようだった。ナブリオは相手の顔に覚えがないが、選挙運動やら、蜂起の鎮圧やら、さんざ目立つことをしたからには、一方的に知られていて不思議でなかった。

まんなかにいた固太りの男が続けた。おい、ナブリオ、よく聞けよ。今アヤーチュに人をやってる。

「もうすぐペラルディさんが来るからな。へへ、本当は今すぐブスッといきてえところだが、ドン・マリウスの楽しみを奪っちゃいけねえってことで、俺たちは我慢してやってんだ」

いいながら、もうひとりは抜き身の短刀を弄《いじ》っていた。それでも、この生意気な尖り鼻くらいは、落としたって構わねえんだろうけどな。いいながら、白刃《はくじん》を鼻の下に当ててくる。

チクと小さな痛みが駆けて、ナブリオは心に呻いた。洒落にならない。この連中なら鼻を削《そ》ぐくらい、冗談でなくやるだろう。この連中が我慢しても、マリウス・ペラルディは許さない。コルシカが血の報復《ヴェンデッタ》の島であれば、甥の仇と嬲《なぶ》り殺しにするに違いない。あるいは殺すなと上の命令があったとしても、コルチには連行されてしまう。まったく、しくじった。

「いるかい」

部屋に明るみが射した。扉を開けたのは、痩せて背の高い男だった。

「勝手に入ってくるな」

「おいおい、オノラーテ・モレッツリ、俺だよ、そんなに怒鳴るなよ」

「リボッロ・ヴィツァヴォーナか。なにか用か」

「ああ、いたな。ああ、ああ、ナブリオ、随分とやられちまったな」

やはりボッコニャーノは地元同然である。ヴィツァヴォーナ家もボナパルテ家の親戚だった。ことにリボッロは同い年で、子供の頃に一緒に遊んだ記憶がある。というわけで、オノラーテ。

「知っての通り、ナブリオは俺の身内だ。一時間ばかし家に連れていっちゃ悪いかね」

「こいつは、お尋ね者なんだぞ」

「だからだよ。最後の馳走くらい、食わせてやりたいじゃないか」

またリボッロも希望のない口ぶりだった。いうに事欠いて、最後の馳走とは……。その悲愴《ひそう》な言葉が、モレッリ家の者の心にも届いたようだった。ううん、そんな風にいわれちまうとな。

「後生だぜ、オノラーテ。血のつながりはねえが、おまえだって小さいときはナブリオと遊んだろう」

やはり覚えていないが、そうだったのかと思えば、ナブリオにも納得だった。なるほど、ひどく殴りつけはしたが、ブスッとまではいかなかったはずだ。そりゃあ、な。俺だってコルシカ人だ。

「だろ。なあ、オノラーテ、一時間だけだ」

「見張りはつけるぞ。それも十人だ。鉄砲も担がせる。ああ、この俺が率いていく」

「そりゃあ、当然だ。何人でもいい。ああ、大砲を引いてきてもらってもいい」

ナブリオは思いがけずも、旅籠を出ることができた。馬に乗せられ、連れられていく先は、確かにヴィツァヴォーナ家だった。戸口には旧知の顔が並んでいた。ああ、ナブリオ、まったく、なんてこった。可哀想にナブリオ、こんなに顔を腫らしちゃって。ナブリオ、まだ唇から血が出てるじゃないか。おじさん、おばさん、リボッロの姉さんと、口々に嘆かれたが、なかには口を噤んだままの男もいた。目が合うと、小さく頷きも返した。

「おっ、ボネリ家のサントじゃねえか。どうしたんだ」

「オノラーテ・モレッリ、俺とナブリオも従兄弟なんだ。最後に抱擁くらいさせてくれや」

ひとつの嘘もないだけに、怪しまれもしない。が、そう答えたサント・ボネリは旅の道づれだった。遅れながらも、コルサッチ村に来たのだろう。旅籠の様子を窺って、急ぎ算段を立てたのだろう。ということは、これは最後の馳走ではないな。顔色ひとつ変えないが、ナブリオは心を構えた。

馬から下ろされると、手首の縄も外された。ナブリオ、まずは寛いでくれ。ナブリオ、川魚は嫌いじゃないね。ナブリオ、傷薬を出したげるわ。順々に抱擁を交わし、サント・ボネリの番になった。

裏口だ、とナブリオは小声で教えられた。表の扉が閉められれば、もう迷うだけ時間の無駄だ。

「行くぞ」

ナブリオは駆け出した。もちろんサントも遅れなかった。リボッロ・ヴィッァヴォーナは先に奥まで進んでいた。その扉にかけた手が解放した明るさに飛びこむと、小さな裏庭の先は木板の柵になっていた。攀《よ》じ登りながら、ナブリオは礼をいった。リボッロ、恩に着る。

馬まで用意されていたので、ナブリオは夜にはアヤーチュに戻れた。途中でサント・ボネリと別れてひとりだったが、すぐ市内には入らなかった。郊外の農家に隠れて、密かに親戚のジョバンニ・ジローラモ・レヴィに連絡を入れ、ようやく翌七日に匿《かくま》われた。

――なんとか命拾いした。

改めて吐露するほど、背筋が寒いばかりだった。冗談でなく、死にかけた。脅しでなく、あいつらは本当に殺す気だった。いや、殺しにかかったのはパオリだ。この島のバッブは俺の命を奪いに来た。俺がフランス革命を支持したからだ。イギリスと組んでも、コルシカは変わらないといったからだ。

――しかし……。

ナブリオには釈然としない思いもあった。俺なんか殺して、どうなる。俺なんかと意見が対立したから、どうなる。俺なんかが、そんなにも邪魔なのか。

――ああ、邪魔だったんだろうな。

そう思わざるをえないのは、さもなくばルチアーノの謎が解けないからだ。

弟の耳にパオリの腹中を囁いたのは、「グロボ愛国者の会」で親しんだフィリッポ・マッセリアあたりだろう。功名心に逸る若者のこと、すぐ告発に走ると踏んでのことだろうが、通じてボナパルテの名前がコルシカで恨まれるようになれば、パオリには好都合なのだ。俺を排除できるからな。自分が冷遇するのでも、一派で追放するのでもなく、コルシカの敵として永遠に排除することができるからな。

いつからなのか、なにが始まりだったのか、それは知れない。ポンテ・ノーウも俺なら勝てたと豪語したからか。口先だけでなく、本当に軍才を発揮したからか。あるいは躊躇のない行動力で、どんどん伸《の》していったせいか。比べるほどに出来の悪い甥ばかりで、パオリ派の先が不安になったのか。いずれにせよ、このナブリオ・ボナパルテが邪魔だった。コルシカから出て行かないなら、いっそ殺してしまえと思うほど邪魔だった。パオリともあろう大物が……。

――意外に小さな男だったんだな。

パスクワーレ・パオリは心の英雄だった。コルシカを思うたびに期待した、希望の明星だった。挫《くじ》けそうになるたび何度も支えられて、ほとんど救いの神だった。なおナブリオには信じられない、信じたくない気持ちもあったが、真実を看破してしまったからには、グズグズしてはいられなかった。

五月八日、夜陰に乗じて砂浜まで出ると、ナブリオはゴンドラに乗った。木の葉のように波に遊ばれ、海上で二晩をすごし、十日に上陸したのが、コルシカ岬の小港マチナッジオだった。そこから陸路でバシュチーヤに入り、兄のジュゼッペをみつけ、また国民公会の派遣委員たちと話してわかった。

コルシカはすでに内乱状態だった。四月十八日、国民公会の議決が届けられたその日のうちに、県執政部はコルチから全島九郡に特使を派した。その者たちを通じて、国民公会に与《くみ》する者を逮捕せよ、その家を破壊し、その財に火をつけ、一族郎党を人質にしても構わないと触れたのだ。ああ、やはり小さい男だ。男として男と向き合おうとするかわりに、一番に家族に手を出そうとするなんてな。

いまやパオリ派が全島を掌握して、内乱ともいえない状態だった。国民公会とパリから来た派遣委員に従うのは、もはやカルヴィ、サン・フィウレンツ、バシュチーヤの、それも城塞だけだった。

「アヤーチュにも城塞があります。アヤーチュの城塞を取り戻しましょう。北のカルヴィ、サン・フィウレンツ、バシュチーヤ、そして南のアヤーチュさえ保持できれば、国民公会は巻き返せます。でなくても、このままじゃあ派遣委員の議員さんたちも、パリには帰れないんじゃないんですか」

ナブリオに説かれて、三人の派遣委員は了解した。五月二十三日、四百人の兵士を載せたコルヴェット艦ラ・ベレット号、ブリック艦アザール号は、サン・フィウレンツを出発した。七日の航海でアヤーチュ沖に投錨《とうびょう》するや、二十九日からはアヤーチュ城塞に艦砲射撃が試みられた。三十日、三十一日と砲弾を投じたが、アヤーチュの反撃も激しかった。パオリの甥コロンナ・レカを総督に担いで、有志二千人が徹底抗戦の構えだった。

埒が明きそうもないので、交渉に切り替えられた。フランス艦隊が引き揚げるかわり、アヤーチュ市内に囚《とら》われている共和派市民を引き渡されたいと申し入れて、パオリ派に了解された。それこそアヤーチュ遠征を説得したナブリオの、最初からの狙いだった。

約束は六月三日の夕、カンポ・デッローロの砂浜だった。アヤーチュ湾の東側に広がっていて、海辺まで山が迫らない、コルシカには珍しい地形である。それでも鬱蒼たる林は続く。潮の匂いが強くなるにつれて、ようやく砂浜に変わる。カピテッロ河が海に注ぐところに立っている、砂色をした円柱塔が「カピテッロ塔」であり、それが待ち合わせの目印だった。

カピテッロ塔の沖合いに碇泊《ていはく》していると、砂浜に人影が確かめられた。注意して探さなければ、見落としてしまいそうな塊にすぎない。アヤーチュから退去する共和派市民は、ほんの六十余名だった。それでも見捨てるわけにはいかない。ナブリオは上陸用の小舟に自ら乗りこんだ。足がつく浅瀬まで近づくや下船して、長靴でジャブジャブと水を漕いだ。

「ああ、母さん、よくぞ御無事で」

必死の思いで抱き寄せないではいられない。ナブリオは家族をアヤーチュに残していた。マリア・アンナ、マリア・パオレッタ、ああ、ルイジも来ているな。ああ、フェシュ叔父さんも無事か。

「マリア・ヌンツィアータとジローラモは」

「末の二人は私の母と一緒に先にカルヴィに逃げたよ」

六十余名のほとんどがボナパルテ家の者か、その血縁、でなくともボナパルテ派だった。容赦されるわけがない。ナブリオがコルシカにいられないなら、一緒に島から離れるしか道がない。

実際のところ、マレルバ通りのボナパルテ家は襲われていた。五月二十三日、パオリ派に押し入られ、あちらこちら叩き壊され、終《しま》いには家財まるごと焼き払われたということだった。

在宅していれば、家族もただでは済まなかったが、直前に家を出て、ミレーリの山の別荘に逃れていた。すでに五月七日、ナブリオはジョバンニ・ジローラモ・レヴィを通じて指示していたのだ。小さな男のことだから、きっと家族に手を出すに違いないと、先読みしての手配だったが、それが見事に当たるのだから嫌になる。

ミレーリだって安全ではない。フランスの船を回して、一刻も早く引き取らなければならない。ナブリオの手配は、やはり正解だったようだ。だから、誰も怪我はないな。みんな、息災だな。

「ナブリオ、おまえからもヌンツィオに礼をいっておくれ」

と、母のレティツィアは返した。ヌンツィオ・コスタ・デ・バステリカは、ナブリオの義勇兵大隊で中尉を務めていた男で、ボナパルテ家の親戚だ。ええ、ミレーリまで送ってくれただけじゃない。

「結局ミレーリも襲われたんだけど、そこからヌンツィオは私たちを連れ出してくれたのさ。山を越え、森を抜け、河を渡って逃げたんだけど、その間ずっと私たちを守ってくれたんだよ」

ありがとう、ヌンツィオ。千回も礼をいわせてもらう。いいながら、ナブリオはその男を抱擁した。

コルシカは血縁の島だ。何があろうと、縁者は縁者を助けてくれる。それは絶対の絆《きずな》だ。決して消えてなくならない宝だ。それなのに、これを最後に俺はコルシカに別れを告げなければならない。

「さあ、ヌンツィオ、おまえも舟に乗ろう」

「いえ、俺はコルシカに残ります。家族もいますし、この島を出て生きられるとも思わない」

「そうか。わかった、ヌンツィオ。しかし、これだけは覚えていてくれ。おまえが俺の家族のためにしてくれた力添えを、この俺は絶対に忘れない。この恩には、いつか必ず報いる」

ナブリオが遺言でヌンツィオ・コスタ・デ・バステリカに十万フランを贈るのは、これから二十八年後のことである。

目の粗い砂を乱して、数ピエばかり筋を作ると、また舟は海面に浮かんだ。漕ぎ出した舟は三艘《さんそう》で、沖まで二往復もすれば、全員がフランス艦に乗船できる。惜しむ間もなく、決別のときはやってくる。

夏季なので、まだまだ明るい。アヤーチュ市は対岸になる湾の西側で、ここからだと山裾にへばりついているかのような街並みがよくみえた。石の黄土色を今にも呑みこむばかりの勢いで、萌え立つ森の緑色も陸の奥に続いている。重なり合う稜線《りようせん》の形、蓋のように被さる雲、切れ間から射しこむ夕陽にいたるまで、それはフランスにいる頃には、夢にまでみたコルシカだった。フランスから戻ってからは、他が目に入らないほど夢中にもなった。

それが戦艦に乗り移り、あれよという間に出航となれば、みるみる小さくなっていく。どんな小さな島であれ、そこに生まれた者には心の地平いっぱいの母なる故郷に違いないのに……。

――それを俺は奪われた。

ナブリオは今、はっきりわかった。懐かしむべきコルシカ。愛すべきコルシカ。殉じるべきコルシカ。俺には全てだったコルシカ。そのはずなのに永遠に奪われた。敬うべきパオリ。従うべきパオリ。

殉じるべきパオリ。それが大した男ではなかったからだ。

　とうに答えは出ている。ただ故郷を奪われたあと、自分に全体何が残っているだろうと自問すれば、まだしばらくは途方に暮れるしかなさそうだった。

第3章　革命

トゥーロン包囲戦
ファロン山
オリウール
ラ・ヴァレット
トゥーロン
マルブスケ砦
モントーバン山
グロス塔砦
ラ・セイヌ村
エギエット砦
ケール山
(小ジブラルタル)
バラギエ塔砦
ミュルグラーヴ砦
N

1　出直し

暑い。ただ馬の背に運ばれるだけだったが、それでも玉の汗が頰を伝い落ちる。二角帽を脱ぎがてら、軍服の袖で額を拭い、それからナポレオーネは恨めしげに天を仰いだ。マルセイユの太陽も、さるものだ。もう秋といっておかしくない季節だが、日中の勢いは夏から少しも衰えない。

眩しい。顔を顰めかけたところで、ナポレオーネは心に吐いた。

――負けるものか。

地中海のただなか、コルスの太陽と比べれば、なにほどのものか。それが耐えがたいものだとしても、他に行き場などないのだ。コルスで大きく失敗して、もう「ナブリオ」の名前には戻れない。ひたすらに「ナポレオーネ」として、これからはフランスで頑張っていくしかない。

しっかり前を見据えると、ナポレオーネは馬の手綱を操った。石灰色の界隈も四辻を緩やかな下り坂に折れると、道の尽きる先に紺碧《こんぺき》の海が覗いた。キラキラ光が乱反射して、やはり目を細めずにはいられないのは、マルセイユ港だった。

ラ・カヌビエール通りを下りたところが、陸地がU字に抉《えぐ》られたような港の最奥にあたるベルジュ埠頭《ふとう》だ。果てのサン・ニコラ要塞に至るまで、左側に伸びる埠頭を占めるのは、海軍工廠《こうしょう》とそこから払い下げられた倉庫の列である。対岸のサン・ジャン要塞に至る右側がマルセイユ旧市街で、港町特有の雑然とした賑やかさが感じられる。桟橋にも色とりどり、大小さまざまの船が並び、その帆が畳まれた帆柱をいくらか乱雑な印象で林立させている。

右だ、とナポレオーネは自分に続く兵卒たちに告げた。折り目正しい軍服が馬上に連なり、百人に足らないくらいの数でも、市井に乗り入れれば物々しい風だ。瞠目《どうもく》されて当然と思うかたわら、それにしてもと気が塞ぐ。マルセイユの人々は、兵隊の姿をみるや走り出すのだ。

目が合うのも嫌だといわんばかりに、はじめから皆が俯き加減でもある。汚いものでも眺めるような嫌悪感さえ、ときに透ける。だから気が塞ぐ。それでも、へこたれるわけにはいかない。

ナポレオーネは先を急いだ。埠頭に兵卒を待たせながら、ひとり進んでいったのが、バロック様式のマルセイユ市役所だった。両手で押して、重たい木彫の扉を開けると、気づまりを無理にも払わんとするかの大声で中に告げた。

「イタリア方面軍のブオナパルテ大尉です。マルセイユ市におかれましては、火薬運搬用の馬車を五台用意していただきたく。将軍閣下の書状も、これに持参しております」

コルスを脱出して、フランスの地中海沿岸トゥーロンに到着したのが、一七九三年六月十三日だった。市門外の小村ラ・ヴァレットの貸家を求め、ひとまず家族を落ち着かせると、ナポレオーネは原隊復帰の手続きを急いだ。コルスに、のめりこみすぎた。フランス軍のほうは休みすぎになっていたのだ。

義勇兵大隊で中佐を務めた期間を引いてもらっても、休暇は期限を大幅に越えている。しかもコルスで一旗上げるつもりで、軍には無断の話であり、兵籍抹消の処分でも文句をいえる筋ではない。が、規則を曲げてでも復帰を認めてもらえなければ、もうナポレオーネには寄る辺もない。

少なからず焦りもしたが、トゥーロンから、属する砲兵第四連隊の駐屯地ヴァランスまで、さらに五十リュー（約二百キロ）も旅する必要はなかった。連隊のなかの五中隊がイタリア方面軍に配備されて、同じ地中海沿岸の都市ニースの駐屯に変わっていた。これはしめたと馬を飛ばせば、幸運とは続くもので、ナポレオーネを迎えた指揮官がジャン・デュ・テイユ中将だったのだ。

それは『新砲兵隊用兵』の著書で知られる才人であると同時に、ナポレオーネのオーソンヌ時代の上官で、やはり砲兵科の恩師であるジャン・ピエール・デュ・テイユ将軍の実弟でもある。兄将軍から話も聞かされていたようで、あの有望株はコルスに行ったきりどうしたろうかと、心配してくれていたとか。弟中将も君が期待のブオナパルテ君かという迎え方になって、あっさり原隊復帰がかなった。降格なしの大尉の位で、そのままイタリア方面軍所属の第十二中隊を率いることになったのだ。

とはいえ、イタリア方面軍の動きは活発でない。というより、活発に動くための準備中だ。アヴィニョン、ロリオル・デュ・コンタ、モンテリマール、ロクベール、ボーケール、アルル、そしてマルセイユと、ぐるぐる南フランスを回りながら、それぞれの工廠から大砲、砲弾、火薬と掻き集め、それを必要な部隊に送り届けるというのが、ナポレオーネと第十二中隊に与えられた今の任務だった。

なかんずく手を焼かされるのが、輸送の手配だった。必要な数だけ馬車や曳《ひ》き馬を確保しなければならないが、そのために各自治体の協力を仰がなければならない。

「用意していただきたく」

とは口上するが、つまりは軍の徴発である。御上《おかみ》の権威を笠に着ながら、国家の非常時と声も高く、必要な物品を問答無用に取り上げて、ろくろく金も払わない。歓迎されるわけがなかった。むしろ泥棒をみるような目でみられるのが順当だ。軍人だから逮捕はされないが、それなら泥棒より質が悪いと、人々の態度はかえって冷たくなってしまうのだ。ああ、馬車ね。馬車がいるわけね。

「イフ島に行けばあるかなあ」

それはマルセイユ沖に浮かぶ、監獄しかない孤島である。やはりといおうか、市役所の担当者は皮肉たっぷりの応対だった。いや、イフ島だって持ち出されたあとかなあ。山手の倉庫に行ったほうが、あるかもしれないなあ。まあ、どっちにしたって、陸軍さんが前にも持ち出してるんだ。

「どこに馬車が残っているかなんて、あんたたちのほうが詳しいんじゃないか」

覚悟していても、やはり閉口せざるをえない。指示された先でも他を当たれといわれて、盥回《たらいまわ》しにされるのは目にみえている。中隊全員で街中を駆けずり回り、なんとか日暮れまでに必要な数を確保できるかどうかというのが、この仕事の常なのだ。

「こんなことで、よいのでしょうか」

ナポレオーネは、ここぞと声を張り上げた。演説を試みていたのは、ジャコバン・クラブのマルセイユ支部だった。パリの本部がフランスの政界を席巻しているという、あのジャコバン・クラブだ。

「あなた方は莫大な富をお持ちだ。人も多くいる。けれど、過信は許されません。あなた方は自由のために輝かしい働きをした。そのことは誇らしく思い出されてよいが、しかし、かつての共和精神《レプユブリーク》をお忘れなのではないか。昨今、もうなくしたかと感じられることがありますぞ」

ナポレオーネの理屈としては、仕事をさぼっているわけではない。この間も部下は各所を回っていたが、最後は指揮官を呼べという話になる。それまでに自分を鼓舞しておかなければ、とても交渉になりやしない。あらかじめ勢いをつけないでは、土壇場で弱腰になる。なにしろ相手はあからさまな迷惑顔で、言葉という言葉には棘があり、目には怒りの炎まで覗かせる始末なのだ。

「いや、フランスは戦いの最中です。全土が団結しなければなりません。いくらか自由を犠牲にしたとしても、今はラテン語にいう『レス・プブリカ（みんなのもの）』のために、力を尽くさなければならないのです。どんなに豊かな国であっても、バラバラでは戦えない。もっともらしく『連邦主義《フエデラリスム》』

といいますが、つまるところ、フランスの団結を阻む考えのことではないですか」

ナポレオーネがいない間も、フランス革命は歩みを続けていた。あるいは八月の蜂起、共和政の樹立、王の処刑に飽き足らず、フランスを激震させ続けたというべきか。

まずパリ政局が動いた。議会でジャコバン派もしくは山岳派《モンターニュ》と呼ばれる一党と、ジロンド派と呼ばれる一党の抗争が激化して、パリの民衆を味方につけた前者による後者の追放に発展した。

これに地方が激怒した。各地で公正に選挙された議員を、パリの一存で追放してよいはずがない。それは地方軽視だ。いや、パリの独裁だ。憤慨していたところに、追放されたジロンド派が来て、これはフランスの未来を問う戦いだ、パリが専横に振る舞う中央集権主義がよいのか、各地がそれぞれの尊厳を保ちながら横並びで団結する連邦主義がよいのか、今こそ全土は選択せよと煽り立てたのだ。

当然地方は連邦主義を唱えて、パリに抗議の声を上げる。それを聞き入れるどころか、逆に議会は高圧的な態度に出た。告発、逮捕、裁判と押さえつけにかかったものだから、フランスでは各地で蜂起反乱の類が続発するようになった。

南フランスも例外でない。リヨン、アヴィニョン、トゥーロン、そしてマルセイユも蜂起したが、この港町に関していえば、カルトー将軍のフランス軍が出動して、八月二十三日に鎮圧した。再開されたジャコバン・クラブの支部にいれば、何事もなかったかのようだが、ここは例外でしかない。皆が心の底からパリと議会に平伏したわけではない。さもなくば軍服が、こうまで嫌われるはずがない。ナポレオーネが来たのは全くの別件のためでも、向けられる怒りは同じだった。だから嘆かずにはいられない。フランス人同士で争うのは嫌なものだ。コルス人同士で争うのが嫌だったのと同じだ。

――いや、もう甘えまい。

とも、ナポレオーネは思う。フランス人がフランス人だからといって、誰でも信じられるわけではない。コルス人にせよ、コルス人であれば無条件で頼みにできるわけではなかった。同胞だから信じられるのでなく、同胞だから信じたいと願う、つまりは甘えにすぎなかった。

——信じられるものがあるとすれば……。

理念であり、理想であり、信条だけだと、ナポレオーネは考えを改めていた。コルス人のなかでも、信じられるのは民主主義を奉じて、イギリスなど断固として拒める人間だけだ。フランス人でも信じられるのは、中央集権主義を唱えて、旧弊な諸王国との戦いを乗り切ろうとする人間だけだ。

十代からルソーを読んできた身にして、理念や理想や信条なら、余人に遅れない自信もある。故郷を奪われた身にして、それこそ最後の宝である。勢い、政治活動に熱が入る。

七月二十九日、任務でボーケールに赴いたときには、『ボーケールの晩餐、あるいはコンタにマルセイユ軍が到着したときの出来事について、カルトー軍の兵士とマルセイユ人とニーム人、そしてモンペリエの工場主の間で交わされた論争』という政治的論考を書いた。アヴィニョンの印刷屋に持ちこむと、余裕もないのに自費出版で十六頁の小冊子にした。だから私は誰に嫌われ、誰に誤解されようとも構いません。

「フランスを勝利に導くためなら、どんな泥でもかぶろうと思っています」

でなくとも、今は贅沢をいえなかった。仕事を選んでなどいられない。故郷を奪われた。それは家を奪われ、地所を失い、財産をなくしたという意味だ。働かなければ、すぐ家族が路頭に迷う。

——とまで、思いつめることはないか。

ナポレオーネは自分を冷やかす笑みを浮かべた。演壇から眺めても、その見栄えのする長身は、はっきりと他から見分けることができた。

「ああ、捜したぞ、ナポレオーネ」

と、ジョゼフは始めた。ジャコバン・クラブの支部から連れ出された先は、「オリアン」というカフェの一席だった。兄も一緒にフランスに渡り、「ジュゼッペ」でなくなった。生活を立て直す算段もした。コルスで懇意だった「サリチェッティ」は、今は専ら「サリセッティ」と呼ばれながら、変わらず国民公会の議員である。この有力者に同道して、ジョゼフもパリに上ったのだ。

七月十一日、サリセッティは国民公会でコルス県におけるパオリの反逆を正式に告発、それと同時に請願を行い、フランス本土にいる「亡命コルス人愛国者」のために、総額六十万リーヴルに上る臨時援助金の交付を取りつけた。

一連の仕事を助けたジョゼフは、南フランスにやってきたとき、陸軍計理総監ショーヴェの補佐として、陸軍主計官に任じられていた。年収六千フラン、もちろんサリセッティの口利きだが、それをいうなら「ルチアーノ」こと、今はリュシアンと名乗る弟も同じである。

秘書として仕えたスモンヴィル大使が、いよいよトルコに赴任する段になると、リュシアン分の随員経費が認められなかった。一時は随分腐っていたが、それも今月からサリセッティの斡旋で、サン・マクシマンの陸軍倉庫係として働けることになったのだ。こちらの年収は千二百フランだ。

「で、例によってサリセッティ議員からの話なんだ」

暑いからとパンチなど注文して、兄はみるからに上機嫌、でなければ得意顔だった。ナポレオーネは確かめる。サリセッティ議員も、こっちに来ているのか。

「ああ、国民公会に派遣委員を命じられてな」

「コルスに続いて、マルセイユか。しかし、その派遣委員ならバラスとか、フレロンとかの議員も、マルセイユに来ている。あいつら、ずいぶん威張って、なんだか評判悪いぞ」

「おいおい、滅多なことをいうな、ナポレオーネ。派遣委員に逆らえば、即断頭台だぞ」

「しかし、軍は迷惑してるんだ。市民が非協力的な態度を取るんだ」

「かもしれないが、派遣委員といっても、ただ任地で強権を発動するだけじゃない。というか、サリセッティ議員は、その軍隊のために来たんだ。派遣先は南フランス方面軍、つまりはトゥーロンさ」

明かされれば、詳しくを問うまでもなかった。南フランスに蜂起、反乱の類が相次いだといって、なかんずくトゥーロンの反乱は衝撃的だった。

蜂起に踏み出したのが七月十二日で、連邦主義者と王党派が共闘、国民衛兵隊も動員されたが、そこまでなら事件にもならない。諸都市と同じような鎮圧を待つばかりかと思いきや、追い詰められたトゥーロンは八月二十八日、自らの港を開放して、フッド提督のイギリス海軍、そしてグラビナ提督のスペイン海軍を呼びこんでしまったのだ。

トゥーロンは地中海沿岸最大の軍港都市である。それが政府に反旗を翻したのみならず、もはや外国に引き渡されたも同然だった。フランス海軍の戦艦も碇泊していたが、逃げられたのは七隻だけで、十八隻までが外国人に拿捕《だほ》された格好なのである。

顚末《てんまつ》を思い起こせば、カッと頭に血が上る。コルスから戦艦に乗ったので、ブオナパルテ家もトゥーロンに入った。これが反乱を起こしたため、家族は転々とさせられ、今はマルセイユ郊外なのだ。

「南フランス方面軍が、トゥーロン奪還作戦を始めたことは知っているな」

と、ジョゼフは続けた。九月七日にはオリウールを制圧した。包囲の前線基地になるところで、それを取れたまではよかった。が、その戦闘で砲兵指揮官ドマルタン少佐が重傷を負ってしまったんだ。

「ドマルタンなら知ってる」

ナポレオーネも答えた。少尉任官試験で同期だった。俺が四十二番で、向こうは三十五番だった。

「ああ、優秀な指揮官さ。それが戦えなくなって、かわりの砲兵指揮官が必要になったのさ」

「それで兄貴は派遣委員のサリセッティ殿に、俺の名前を思い出させてくれたというわけか。その気があるなら、推薦してやってもいいと、お墨付きを取りつけてきてくれたのか」

ジョゼフは大きな笑顔で頷いた。悪い話じゃないだろう。ナポレオーネは少し慎重な風をみせた。

「さて、どうだかな。要するに鎮圧戦だし、懲罰戦だ。恨みの念は後に尾を引く。軍人は嫌われる。母さんたちだって、軍関係者の家族だっていうので、マルセイユじゃ肩身の狭い思いをしてるんだ」

そうかと受けながら、ジョゼフの喜色満面は変わらなかった。アルプス方面軍から南フランス方面軍に転属したとき、ドマルタンも大尉だった。それが一か月で少佐になったんだ。

「ナポレオーネ、おまえだって、条件は同じさ。来月には少佐になっているかもしれない。二か月、三か月と戦い続けられれば、中佐、大佐と昇進するのも夢じゃない。そう考えたから喜び勇んでおまえを捜しにきたわけだが、そうか、断ってしまうとなると、もったいない気はするけれど……」

「やる。ジョゼフ兄は耳が悪いのか。誰が断るなんていったんだ。やるよ。革命のためだ。国民公会の軍隊が勝利を収めるためなんだ。それにトゥーロンにはイギリス人や、スペイン人だっているんだ。この怨敵を前にして、手を拱いてなんていられないさ」

2 陣容

南フランス方面軍の司令官ジャン・フランソワ・カルトーは、いかにも将軍という感じの男だった。大柄で恰幅がよく、顔つきも灰汁《あく》が強い。くっきりと太い眉、ぎょろりと大きな目、ぽんと膨らんだ頬、蛙《かえる》を思わせる横長の口、それに黒々とした髭が左右に跳ね上がっている。

いつも青い乗馬服を羽織るところも個性的だ。あれやこれやの結果でカルトー将軍は、独特の威風を醸《かも》し出す。みるからに頼もしい。ついていこうと思う兵士は多くいるだろう。場合によっては若い世代を心酔させているかもしれない。しかし、とナポレオーネは思う。

――この俺はだまされないぞ。

要するに、パオリのような男じゃないか。みかけほど立派なわけじゃない。それどころか、考えるのは保身だけだ。自分の小さなプライドを、必死に守ることだけだ。はん、大人物など、そうそういやしないのだ。これぞ大人物と思いたい輩が、勝手に大人物と思いこむだけだ。助けてほしい、守ってほしい、報いてほしいと願うからで、つまりは弱虫の甘えだ。

自覚がないまま甘えて、あげくコルスでは大きく転んだ。こっぴどく裏切られて、俺は故郷さえ失った。その轍《てつ》は二度と踏むまいと、ナポレオーネのほうは一番に身構えた。

「で、これがトゥーロンの地図だ」

と、カルトーは始めた。大きくて、よく通る声だ。危ない、危ない。これまた弱虫を虜にする武器だ。そう心で自戒しながら、ナポレオーネは平らな顔で一歩を踏み出し、大卓の紙面を覗きこんだ。

オリウールに到着したのは、九月十七日だった。トゥーロンの北西、マルセイユから通じる一本道の出口に座する小都市は、包囲戦の本営である。十三世紀のものだという城があり、中世の様式は軍事の役には立たないながら、それでも宿舎の用はなす。司令官のカルトーが接収して、面会も、会議も、ここで行っていた。ナポレオーネも着任一番に通された。

木漏れ日で、窓に斑模様が浮かんでいた。オリウールは赤屋根の家々が斜面に張りついているような坂道の街だった。見渡す四方も白茶けた岩肌の山嶺が、その三角形を折り重ねているばかりという風景だ。この切り立つ山々が開けると、いきなり海になっているのだな。

「かかる地形のゆえに、古来トゥーロンは難攻不落の軍港とされてきたのである」

カルトー将軍は続けた。改めて、痛手だった。ひとたび敵に取られれば、こんなに攻めにくい都市もない。せっかくのフランス海軍が麻痺してしまい、南側から、つまりは海側からの攻撃は覚束ないというのだから、これは痛い。といって、泣き言をいってばかりでは始まらん。

「不屈の革命精神で前進あるのみ。北側からじっくりじっくり攻めるというのが、我が軍の方針だ」

北側、つまりは陸地側から攻めるという意味である。なお山々に隠れながら、近づこうとする者を追いはらうかのポメ砦《とりで》、クロワ砦、ファロン砦、都市の周囲を守護しているルージュ砦、ブラン砦、ラルティーク砦、サント・カトリーヌ砦と、敵の防衛拠点は決して少なくない。それを全て攻略して、本丸のトゥーロンに肉薄できたとしても、そのものがヴォーバン式の星形要塞で、がっちり守備されている。それも、二重にだ。ナポレオーネも口を開いた。

「困難な作戦ですね。敵軍の二倍、いや、三倍の兵数があるというなら別ですが、向こうの一万七千に対して、こちらは一万ほどしか集められていないわけですから」

「もちろん、楽とはいわんよ。しかし……」

そこで言葉を切ると、カルトーはいかにもという豪快な風で、ガハハと笑ってみせた。おいおい、ブオナパルテ大尉、君が難しい顔をすることはあるまい。君は砲兵指揮官ではないか。戦うのは主として歩兵だ。砲兵隊には援護してもらえばよい。すでに砲台も築いている。

「どこにといって、モントーバン山だ」

いいながら、カルトー将軍はオリウールの南、トゥーロンからすると西に位置する丘陵を地図上に指さした。ここから東向きに砲撃するというのだろう。理解して、なおナポレオーネの顔は晴れない。

「どう援護するのですか」

「敵の軍艦を狙う。我らの進撃を邪魔する艦砲射撃を阻むのだ」

なるほど、モントーバン砲台の東には海がある。長方形が歪んだような形で陸地が削り取られている、トゥーロン内港である。都市の埠頭がある内港には、目下確かにイギリスとスペインの軍艦が碇泊している。しかし、援護は無理です。モントーバン砲台から海まで、地図上でも一リュー（約四キロ）以上の距離があります。二十四インチ砲でも、射程外です。細かな地形など実地に検分してみなければ断言はできませんが、それでも、まず砲弾は敵艦に届かないでしょう。

「岸辺に築かれている敵軍の拠点、このマルブスケ砦にだって届くかどうか」

ナポレオーネは歯に衣着《きぬ》せなかった。カルトーに恨みがあるではなかったが、貫禄《かんろく》ある容姿がパオリと重なり合うなら、気分は勝手に荒れてくる。あからさまに表に出すのではなくても、いいたいことを遠慮したり、そのために言葉を工夫したりと、面倒くさい手間をかける気力までは湧かない。

「将軍は北側から攻めると仰いましたが、トゥーロンを取り戻したければ、そもトゥーロンそのものを落とそうとする発想から賢明でないと考えます。ええ、狙うべきは確かに敵艦隊です。しかし、それに対する砲撃は歩兵隊の援護としてでなく、主攻撃として行われるべきだ。いいかえれば、作戦は敵艦隊を追い出すことを主眼に立てられなければなりません。敵艦隊さえ追い出せれば、トゥーロンは降伏します。白分たちだけでは戦えない。マルセイユだって降伏した通りだ。イギリス、そしてスペインの艦隊がいるから戦えると思うのであって、いなくなられたら一発で戦意を失います」

「とはいえ、ブオナパルテ大尉、あれだけの艦隊をどうやって追い出すのだね」

そう問われて、ナポレオーネは地図に身を乗り出した。トゥーロンの内港は、外海に通じるところで左右の陸地が窄《すぼ》まるような地形である。口が狭く、出入りを管理しやすいから優れた軍港なわけだが、さておき、そのうち東の岬に構えているのがグロス塔砦である。海を隔てて向き合いながら、こちらの西の岬にあるのが、北側のエギエット砦と南側のバラギエ塔砦だ。

「ええ、ここです。エギエット砦とバラギエ塔砦、この二つの要衝を奪取して、その砲台を海に向ければ、地形としては切り立つ高台ですからね、眼下の艦隊を狙い撃てます。同時に海峡の航行が阻まれますから、敵軍は市民にも海兵にも補給を入れられなくなる。籠城《ろうじょう》を続けられないどころか、内港から退去することさえできなくなりますから、敵艦隊は砲撃が始まる前に逃げ出すでしょう」

そう続けてから顔を上げると、カルトーの顔が変わっていた。弱気が覗いて、貫禄の仮面が剝《は》がれかけている。ナポレオーネの目に気づくと、再び立派な髭を笑みに歪ませたが、なお余裕を気取ろうとするほどに、やはり仮面は剝がれたと強く思わせるだけだった。

「それが戦争の作法というわけかね、ブオナパルテ大尉」

「作法というか、常識です」

「大尉、君は士官学校出だね。ということは、貴族か」

「貧乏貴族にすぎませんが」

「それでも貴族なんだな。だからか」

「なにが、だからなのでしょうか」

「君のは貴族の戦争だよ」

「はい？」

意味を確かめながら、その言葉に悪意が籠められていることは理解していた。ナポレオーネは、もちろん納得ならない。説明を求めようと口を開きかけたが、そこから声が出るより先にカルトー将軍は強引に終わりにした。考えておく。ブオナパルテ大尉、もう下がってよし。

──ったく、わけがわからない。

戦争に貴族のそれも、平民のそれもあるか。ただ可能か不可能か、上策か下策か、勝てるか負けるか、それあるのみではないか。ブツブツとやりながら、ナポレオーネは取り急ぎモントーバン砲台に向かうことにした。最初に確かめておかなければならないのは、どんな上官かだけではない。

それは白い岩肌に、ときおり灌木《かんぼく》の緑が繁る丘陵だった。踏み固められた九十九折《つづら》りの道を登り、頂まで達してみると、確かに見晴らしはよかった。鷗《かもめ》が群れ飛ぶ空の下、トゥーロンの内港がよくみえる。いびつな長方形のような湾の形から、周囲を取り巻いている山々の連なり、あるいは各砦の屋根にはためくイギリスの旗、スペインの旗も確かめられる。トゥーロン市内に鏤められた白色は、王党派アンベール男爵が上げさせたというフランス王家を象徴する旗だ。

数多の砦の位置も、きちんと目視できる。戦闘の進退とて、一目瞭然にわかるだろう。常に射程距離の計算が頭にある砲兵でないならば、なるほど砲台を置きたくなる。敵陣からも、敵艦からも十分に離れているので、安全もこの上ない。ただ役に立たない。兵士も役に立たなくなる。

――ダラけて、日々すごすことができるからな。

砲兵たちもモントーバン砲台にいた。全員が青軍服だから、間違いない。が、それとわかるだけで、きちんと整えているわけではなかった。だらしなく襟元をはだけ、不用意に剣帯を外し、軍靴を脱いで裸足《はだし》の輩までいたかと思えば、マスケット銃のかわりに酒瓶を抱く者もいる。帽子までかぶっている兵士となると、ほんの数えるほどである。砲架に座り、土嚢《どのう》に寝そべり、あるいは煮炊きの湯気を囲みながら、働いている兵士となると、ひとりもいない。ここからの攻撃など無意味だとしても、砲弾を並べ、火薬箱を持ち出しと、それくらいはやっておくべきではないか。

ナポレオーネが来たことには気づいているはずだった。山道を登ってきたのだから、丘の上にいて気づかないわけがない。さらに近づいてこられれば、肩章から上官だともわかったろう。ドマルタン少佐の負傷も承知しているのだから、かわりの指揮官だと察しもつけられたはずだ。それでも、慌てて威儀を正すような様子はない。それどころか、ひそひそ左右と囁き合い、はたまた呆けたような顔で欠伸《あくび》を繰り返し、ろくろく動き出そうともしない。

やってきたのは、ひとりだけだった。すらりと背の高い若者で、しっかりした眉に睫毛《まつげ》も長く、やや眠たげにみえる眼差《まなざし》も甘い感じの、なかなかの美男である。これで軍服など着崩しても、まるで似合わなかったろうが、実際正しく着ている少数派のひとりだった。

「ブオナパルテ大尉であられますか」

「そうだが、君は」

「オーギュスト・フレデリク・マルモン、階級は中尉です。従兄弟のル・リウールは、ラ・フェール連隊におりました」

「ル・リウールというと、俺が少尉で任官したとき中尉だった……」

「はい。その従兄弟から大尉のことは聞かされていました」

よってくるそばから、マルモンには親近感というか、初対面にしては仲間意識のようなものが感じられたが、それも理由があることだったらしい。ナポレオーネのほうも続けることができた。

「そうか。それなら、マルモン、君も貴族の出だな」

「小貴族ですが」

「士官学校も出たろう」

「シャロンの砲兵専門学校を出ました」

「それで若くして将校なのに、いや、将校だからこそ、この連中には軽んじられてきたということだな。貴族になど従うものかと、なんにつけ反抗されてしまうのは、この俺も同じことだろうな」

「のようです、残念ながら」

貴族は敵だ、というフランス軍の雰囲気は感じていた。コルスでは特に苦にならなかったが、フランス本土には根強い反感があるようだ。いや、むしろ加速度的に強くなっているというべきか。貴族でも革命に共感している、いや、もう貴族も平民もないはずだと抗弁しても通用しない。アンシャン・レジームの国々と戦っているのだから、フランス軍に復帰すれば白眼視は避けられない。いたたまれなくなって、将校将官の貴族たちは亡命する。それがフランス軍を窮地に陥《おとしい》れ、ますます貴族が憎まれる。後方の仕事でなく、命がかかる前線に出た日には、いっそう厳しく苛《さいな》まれる。わけてもトゥーロンの反乱には、王党派の貴族たちが絡んでいるというのだ。

「まずは全員を集めてくれ」

ナポレオーネはマルモン中尉に命令した。が、ただ整列するだけで、三十分もかかった。ざっとみても二百人に満たないので、まだ応じない兵士がいるのかと思ったが、これで全員集合だという。整列というには、並びが縦にも横にもデコボコで、およそ兵士の規律を感じさせるものではないが、それ自体が作為されたもの、つまりは反抗の意思表示だとするなら、咎めるだけ無駄だった。

「ナポレオーネ・ブオナパルテ大尉である。今日から諸君ら南フランス方面軍砲兵隊の指揮官を務める」

そう始めたが、返事はなかった。ざわざわ不敬な私語が湧き、また鼻から息を抜くような気配がいくつか感じられただけだ。ナポレオーネは続けた。

「まず聞かせてもらいたい。どうして、こんなところに砲台を築いたのか」

「カルトー将軍の命令であります」

声が上がった。ニヤニヤ笑いで手まで上げていた。ナポレオーネはその兵士の前へと進んだ。

「カルトー将軍を尊敬しているのか」

「無論であります。ポン・サン・テスプリ、アヴィニョン、マルセイユと、不埒な反乱の鎮圧戦を全て成功させておられます」

「全て市民相手の戦争だな」

「市民とはいえ、連邦主義者です」

「悪いとはいっていない。喜ぶべき戦勝だよ。それでカルトー将軍だが、この鎮圧戦の前は何をされていたか、誰か知っている者はいるか」

「パリにおられたそうです。国民衛兵隊司令官、かのラ・ファイエット将軍の副官であられたとか」

「やはり市民が相手か。ラ・ファイエットというのは、シャン・ドゥ・マルスの虐殺のラ・ファイエット、オーストリアに亡命したラ・ファイエットのことだろう。その副官を務めたとなれば、な」

一七九一年七月十七日、パリで起きた「シャン・ドゥ・マルスの虐殺」は、ルイ十六世の廃位を求めた人民の集会を、国民衛兵隊が弾圧したという事件である。一七九二年八月の亡命先については、王妃マリー・アントワネットの故国で、皇帝を頭に頂くアンシャン・レジームの国で、民主主義など叩き潰そうと今もフランスと戦争している国で、等々と言葉を重ねるまでもない。

ニヤニヤ顔の兵士も、今や頬を強張らせて言葉がなかった。声は他から上がった。

「八月のパリ蜂起にも参加なされたそうです」

「あれは俺も見物した。偶然パリにいたからな。あのときの相手は確かスイス傭兵だった。おお、ようやく兵士相手の戦いだな」

「敵兵に怖気づくような方ではありません。革命前は竜騎兵《りゅうきへい》だったと聞きました」

「カルトー将軍も貴族の出なのか」

「ではなかったから、将軍ともあろう方が昇進できなかったのです」

「なるほど。しかし、それは現下の問題ではない。私が問いたいのは、カルトー将軍には砲兵の経験があるのかどうかという点だ」

今度こそ答えが返らない。その沈黙は破られようがないと十分わからしめる時間を置くと、そこから飛びこんだのは、妙に明るいマルモン中尉の声だった。

「あるはずがありません。カルトー将軍は画家であられました」

本土に戻って、ナポレオーネも驚いていた。義勇兵などと名づけて、兵卒に素人を募ることは、コルスでもみられた。が、フランスでは貴族の亡命ゆえの人材不足に苦しむあまり、将校将官にまで軍隊経験のない者が採用されるようになっていたのだ。そのとき決め手になるのが革命精神ということで、民主主義を奉じる気持ちが強ければ、それで敵軍を圧倒できるという理屈である。

現に飛びこむような大急ぎの勢いで、兵士たちの怒声が続いた。それは関係ない。貴族よりマシだろうが。大切なのは、革命精神の有無だ。

「代表作が『騎馬のルイ十六世』だとしても、か」

六千フランも儲《もう》けたらしいぞと続けて、いよいよマルモンは愉快げである。ナポレオーネは笑いを堪え、あえて大真面目に改めた。いや、革命精神さえあれば関係ない。本業が画家であろうと、貴族の出であろうと、王の絵を描こうと、全く関係ない。問題は革命のために、どれだけ働くことができるかだ。その問いをこの砲台で投げかけるなら、砲兵としての仕事をどれだけ果たせるかだ。

「このモントーバン丘陵から砲撃したところで、砲弾はどこに届くわけでもない。それくらい、一端《いっぱし》の砲兵ならわからないはずがない。にもかかわらず、どうして砲台を設営してしまったのか。どうして砲兵経験のないカルトー将軍に反対しなかったのか。どうして唯々諾々《いいだくだく》と従って、こんな無駄なものを築いたのか。さあ、諸君、答えてほしい。どうしてだ」

ナポレオーネは歩き出した。ひとりひとり兵士の顔を覗きながら続けた。カルトー将軍は貫禄があるからか。声が大きいからか。反対に俺に返事もしないのは、背が低いからか。痩せて貧相だからか。

「貴様らに砲兵の誇りはないのか」

指揮官の声に打たれて、今こそ砲兵たちはシンと静まりかえった。あとのナポレオーネは、かつてコルス人として幼年学校、士官学校で心密かに念じた台詞を、ただ繰り返せばよいだけだった。貴族、貴族というが、俺はそれらしい騎兵じゃない。俺みたいな小貴族には騎兵じゃ昇進の道がないのだ。

「砲兵など平民の兵科だと馬鹿にする者はいた。が、それだから俺は逆に砲兵であることを誇りにした。砲兵には専門の知識がある。地道な研鑽《けんさん》があり、緻密な計算がある。ただ生まれに胡坐をかいている貴族には、そんな真似はできない。できるのは、日々の努力を怠らない平民だけだ。生まれの良さはないが、俺たち砲兵には力があるのだ。その誇りを忘れるなといっている。砲兵として働いてほしいといっている。そして、この俺にも砲兵指揮官として働かせてほしい」

わかったか、とナポレオーネは念を押した。気持ちのよい返事は、やはり戻らなかった。

「わかったか」

そう繰り返して、ようやく不承不承という答えがかえった。まあ、今日のところは、よしとしよう。とことん平伏させるには、その力を実地に示してみせることだ。馬鹿なカルトー将軍になど、つきあうだけ無駄だったとわからせてやるのだ。ああ、実力さえあれば、人間は生きていける。コルスでも、フランスでも、生きていける。貴族でも、平民でも、生きていける。

「では、さっそく働いてもらう」

と、ナポレオーネは宣言した。とりあえず解散が告げられるものと思ったか、ほとんどの兵士は呆気に取られたような顔だった。聞き違えだったかと、左右に確かめる者もいる。マルモン中尉からして確かめてくる。働くといって、ブオナパルテ大尉、なにを。

「モントーバン砲台を撤去する」

「し、しかし、じき日暮れですよ」

「夜だからいいんだ、マルモン」

カルトーが宿舎に引き揚げるからな。みつからずに済むからな。文句をいわれる煩《わずら》わしさがないからな。ナポレオーネが続けた間も、兵士はブツブツ苦情の言葉を重ねた。やってられるか。いくら昼は暑くても、もう九月だぞ。夜の冷えこみを知ってるのか、貴族のボンボンは。いくらカルトー将軍が砲兵のことを知らなくても、やっぱりこれは命令違反なんじゃないか。ああ、いくら砲兵指揮官だって、勝手は許されないだろう。全ての声を聞きながら、なお平然と部下に言葉を続けるのだ。

「モントーバン砲台のかわりに、新たな砲台を築く。その名を山岳派《モンターニュ》砲台という」

ナポレオーネの声が響くと、ざわと空気に波が立った。反抗の印に明後日《あさって》を向いていた者まで残さず、皆が新任の指揮官に目を注がずにはいられなくなっていた。ああ、生きていくために、もうひとつ必要なものがある。わけても今は、ただの言葉にすぎなくても、抗いがたい力を振るう。

「ああ、山岳派砲台だ。山岳派に文句がある奴は宿舎に帰れ。ああ、山岳派は嫌いらしい、共和主義には賛同できないらしいと、きちんとカルトー将軍に報告してやるぞ」

3　指揮官外し

山岳派《モンターニュ》砲台は成功だった。これまで砲台には地名をつけるか、あるいは無味乾燥な番号が振られるだけだった。具体的な意味を帯びた名前をつけるというのは、フランス軍の長い歴史のなかでも初めてだったが、それ自体はナポレオーネの思いつきにすぎなかった。

——が、なにより革命精神が問われる時世だ。

それは往々言葉に置き換えられるものなのだ。山岳派の威光のほどは驚くばかりで、ただの名前だけだというのに、不満顔の兵士たちが黙々と働くしかなくなった。それはカルトー将軍も同じだ。翌日になって発見し、モントーバン砲台の撤去と別砲台の勝手な新設に激怒したが、それも皆がみている前で山岳派、山岳派と繰り返されて、引き下がらざるをえなくなった。

「山岳派はお気に召さないのですか。山岳派を壊せと仰るのですか」

他方、ナポレオーネが新砲台に見こんだのは、モントーバン砲台から東に半リュー（約二キロ）、より海岸に近く、そこなら砲弾が艦船に届くというガレンヌ丘陵の高みだった。

二十四インチ砲二門を設置するだけで、もう徹夜の仕事になる。が、ナポレオーネは寝ないのが苦にならない質だった。さらにいえば部下の疲労困憊《こんぱい》も、そこから生じる不平不満も苦にならない。例の猪突猛進精神で、明けた九月十八日のうちに続けて土塁を築き、巻き藁を横に並べて防備を整えて、もう十九日には稼働できるようにした。

砲撃を加えたのが、そこから南東のラ・セイヌ沖に碇泊中の艦船であり、さらに湾を回りこんだ北東でイギリス兵とスペイン兵が守っているマルブスケ砦だった。

フリゲート艦一隻、平底船二隻を追いはらうことで艦砲射撃を阻止し、トゥーロンの西側にある出城まで牽制したので、歩兵隊の進撃は随分と楽になった。カルトー将軍が砲兵大尉の勝手を認めざるをえなかったのは、実効が上がっていたからでもあった。が、もとよりナポレオーネには、画家上がりの俄将軍が立てた下策を、わざわざ応援するつもりはない。

狙うは砲台の増設だった。十九日から二十日にかけての夜に築いたのが、再び名づけて「サン・キユロット（半ズボンなし）砲台」だった。山岳派砲台から南に四分の一リュー（約一キロ）、ブレガイヨン岬の先端に建つ教会の脇に砲を据えれば、もうエギエット砦を射程に入れられる。

「これで、エシェック・エ・マート（王手）」

砲撃で援護しながら、兵士を南に進軍させ、二十一日にはラ・セイヌ村まで制圧した。ナポレオーネが狙う岬のエギエット砦まで、残り半リュー（約二キロ）もない。ケール山、つまりはフランス兵たちが「小ジブラルタル」と呼んでいた丘陵を越えれば、もう眼下だ。ほんの五日でナポレオーネは、ここまで作戦を進めたのだ。

嫌々ながらに働いた兵隊たちも、これには驚かずにいられなかった。新しい砲兵指揮官は違う、と評判も急上昇した。できる奴は馬鹿にされない。貴族でも、平民でも、フランス人でも、コルス人でも、馬鹿にされない。こうなれば、下は自然とついてくる。あとは上だけだ。

「エギエット砦を攻撃してください。占領できれば、あと八日もかからずトゥーロンに入城できる」

ナポレオーネは迫った。さすがのカルトー将軍も怒り出すではなかったが、返事は前と同じだった。

「考えておこう」

「本当に考えてくださるんですね、将軍」

「くどいぞ、大尉」

九月二十二日、ナポレオーネはオリウール市内の民家にいた。軍が徴発して、将校にあてた宿舎のひとつで、着任以来寝起きしている建物である。急な勾配の四辻に建つ平屋で、丘の傾斜に合わせて床まで傾いている。お世辞にも快適とはいえなかったが、救いは食堂が割に広いこと、据えつけの食卓も大きくて、臨時の執務室になることだった。

それをよいことに何人か部下を集めて、ナポレオーネは演説でも打っているかのようだった。

「思いますに、トゥーロン市の攻撃計画は、私の立てたものしか実行可能ではありません。将軍にも提案済みですが、もう少し熱心に取り上げてくださっていれば、恐らく今頃は全軍がトゥーロン市内で遊んでいるかと」

声が聞こえたそばから、羽根ペンを走らせる男がいた。弓なりの眉をやや神経質そうにヒクヒクさせる癖がある。その男は名前をアンドッシュ・ジュノといった。

年齢は二十二歳、コート・ドール県義勇兵大隊の擲弾兵で、階級は軍曹だ。青と赤の軍服からわかるように砲兵ではない。が、サン・キュロット砲台の護衛を務めたのがきっかけで、ナポレオーネを慕うようになった。それも一通りの慕い方でなく、どこまでもついていく、ブオナパルテ大尉のためなら命を捨てても構わないと、周囲に公言して憚《はばか》らないほどの慕い方だった。

理由は知れない。これはできる上官だと、別してみこめるほどの頭がある風でもない。困ったなあと最初は閉口したが、そうこうするうちナポレオーネは手紙を書かなければならなくなった。砲台を増やすにあたって、機材が足りなくなったため、各地から取り寄せなければならなくなったのだ。

トゥーロンでは何もかもが足りない。砲兵の数から足りないので、ナポレオーネ自身が砲を操作したことがあった。部下の革手袋を借りたのだが、これが病気を持っていたらしく、介して皮癬《ひぜん》に感染してしまった。薬で治るが、ぐるぐる包帯を巻くので、治療中はうまく手が使えない。もちろん、手紙など書けない。誰か字がうまい奴はいないかと問うと、手を上げたのがジュノだった。

嘘だろう、そもそも読み書きできるのかとからかったが、試しに書かせてみると本当に達筆だった。それから砲兵大尉の秘書然と、ナポレオーネのそばにいるようになっている。

口述筆記は続く。ナポレオーネが認《したた》めている手紙は、陸軍大臣ブーショット宛である。

「ええ、ここにお送りするものは、私が立てた計画の元となった、戦況全体の概観であります。同胞市民たる大臣閣下もご存じのように、碇泊地にいる敵を追い出せ、というのは包囲攻撃の定法における最優先事項であります。この法則は現下のトゥーロンにもあてはまるのですが、そのことをいくつかの仮定において、立証していきたいと思います」

作戦音痴のカルトー将軍では埒が明かない。どう具申しても、容れてくれない。トゥーロン包囲戦の司令官なのだから、他の将軍に訴えても仕方がない。ここでは誰にとっても上官であり、命令できる立場の人間はいない。それならば外部に、どうせなら一番上にと考えたあげくの結論が、陸軍大臣に直訴することだった。

「碇泊地の支配者になりたければ、エギエット砦一点の支配者になれば足りるのです」

それを主張するために、差し込み書類ＡＢＣと添付しながら、さながら士官学校の演習解答のような手紙である。ナポレオーネは本気だった。ああ、ブーショットは軍人出身だ。読めば、必ず理解する。陸軍大臣の命令なら、カルトー将軍も従わないわけにはいかない。ああ、これで文句あるまい。

「エギエット砦が大変です、ブオナパルテ大尉」

飛びこんできたのが、マルモン中尉だった。貴族の生まれというように、普段いくらか澄ましたところがある男だが、それが血相変えて汗まで掻いて、オリウールの坂道を駆けてきた様子である。

「というのも、攻撃が始まりました。いえ、もう戦闘は終わっているんですが……」

「なんだ、マルモン。どういうことだ」

中尉の説明によれば、ナポレオーネが知らない間に容れられたようだった。

九月二十二日の早朝、カルトー将軍はエギエット攻撃を決断し、ドゥラボルド大佐に命じて出撃させたのだ。その戦闘が終わった。あっけなく終わって、つまりは失敗した。失敗するはずで、準備砲撃が行われたわけでもなければ、電光石火の奇襲が計画されたわけでもなかった。

作戦の杜撰さを論じる以前に、フランス軍の兵士は四百人だけだった。七百人の兵士を擁してイギリス軍のオハラ将軍が守る砦を落とそうというのに、たったの四百人である。少なくとも二千人は必要とする攻撃に、たったの四百人なのである。

――やられた。

ナポレオーネは呻かずにいられなかった。カルトーがエギエット攻撃を決めたのは、わざと失敗するためなのだ。ブオナパルテ大尉がしつこいから、やってみた。しかし、やっぱり駄目だった。いうほど優れた作戦ではなかったということだ。惨憺《さんたん》たる結果なのだから、若造が立てた作戦では駄目だということだ。そうやって評判を落とすことで、ナポレオーネの発言権をナポレオーネの作戦ごと、すっかり消してしまおうとしたのである。

――それだけじゃない。

ナポレオーネはオリウールを飛び出した。モントーバン山に登ったのは、役に立たない砲台跡も、見晴らしだけはよかったからだ。結果は知らされていたが、戦場を確かめないではいられなかった。

東の岬に幾筋か黒い煙が上がっていた。が、エギエット砦はビクともしていない。南のバラギエ塔砦ともども、屋根にイギリスの旗、スペインの旗を立てながら、今も変わらず健在である。フランス兵はといえば、全て引いてしまったあとだ。

――腹立たしいのは、かわりにイギリス兵の姿が目につくことだ。

ナポレオーネは睨みつける勢いで、自分の足元に目を転じた。頂についた時点で、すでに目尻にかかっていた。蛇行する坂道を踏みしめながら、モントーバン山を登ってくる者がいた。それも一人や二人じゃなく、ぞろぞろ列をなしながらだ。こちらでジュノが耳打ちした。

「カルトー将軍です」

数人の護衛に囲まれながら、確かに目印の青い乗馬服が近づいてくる。大造りな顔立ちゆえか、遠目でも髭を歪めたニヤニヤ笑いが窺える。ナポレオーネの耳に言葉を続けたのは、やはり一緒に来ていたマルモンだった。軍服じゃない者もいます。文民も何人か連れていますね。

「ひとりはサリセッティ議員だ。俺とは同郷で、つまりは砲兵指揮官に推してくれた恩人だ。この戦争の派遣委員なのさ。他の数人も国民公会から遣わされた委員だろう」

そう答える間もナポレオーネは、腹の怒りを抑えるのに必死だった。サリセッティの前だから我慢しろ。サリセッティの前だから我慢しろ。そう自分に言い聞かせて、なお指先がブルブル震えた。

とすると、わざといたぶろうということか。ああ、ブオナパルテ大尉、ここにいたのか。よく通る声を必要以上に大きく響かせて、カルトーにはわざとらしい風さえあった。

「ちょうどよかった。君を捜していたところだ。話したいことがあるのだ」

「なんでしょうか、将軍」

「他でもない、エギエット砦を攻めるという君の作戦だが……」

「よくも滅茶苦茶にしてくれたな」

ナポレオーネは破裂した。殴りつける勢いでつかんで、カルトー将軍の青い襟を強引に引き寄せた。やはり抑えられなかった。大物という手合いは、どうしていつもこうなのか。自分の損得しか考えられないあまり、どうしてわざと負けることができるのか。

モントーバン山の高みからみえたのは、無残な敗北の戦場だけではなかった。トゥーロンの海に、山に、耳障りな槌音《つちおと》が響いていた。

「あれをみろ。イギリス軍は工事を始めてしまったんだぞ」

イギリス兵が群れていたのはエギエット砦の手前、フランス兵が「小ジブラルタル」と呼ぶ丘陵の頂だった。いち早く土嚢が運ばれ、さらに巻き藁が並べられ、防備が調えられたあげくに大砲が運びこまれ、もう砲台が築かれただけではない。

取り急ぎ反撃の術を確保して、なお工事は続けられた。あちらこちらに測量機が立てられ、その計算で杭が並べられ、おおよその縄張りまで進んでいれば、わからないはずがない。少なくとも士官学校を出た者には疑えない。いや、砲兵科の専門知識があれば、下士官だって取り違えない。

「角面堡《かくめんほう》だ」

エギエット砦やバラギエ塔砦のような、中世からある石の建物に砲台だけ据えたような施設ではない。それはヴォーバン式要塞の一類――傾斜をつけた堤を三角形に連ねることで、敵軍による銃撃砲撃の効果を殺し、また突撃の歩兵に容易な接近を許さない築城術のことである。ほとんどが土盛りだが、下手な石造りより遥《はる》かに手強《てごわ》い。ナポレオーネは吠《ほ》え続けた。

「角面堡まで造られたからには、その意味はカルトー将軍、あんたにだってわかるだろう」

「な、な、なにをいっとる。落ち着け、ブオナパルテ大尉。なにがなんだか……」

「わからないのか、あんたには」

角面堡になれば、砦の防御力は格段に高くなる。敵軍において、防御の意識が一気に高くなったといってもよい。あんたのせいで、イギリス軍はエギエット砦の重要性に気づいたんだ。フランス軍に取られた時点で、もう艦隊は引き揚げざるをえないとわかったんだ。

「だから、エギエット砦の手前に、もう一枚の壁を築いたんじゃないか」

「不条理じゃないか、ブオナパルテ大尉。イギリス軍の行動まで、私のせいにされても……」

「あんたのせいというより、これがあんたの狙いだったんだろう。あんたがイギリス軍に危険を教えて、これで小ジブラルタルは容易に抜けられなくなった。ただ山を越えればいいわけじゃなくなった。

角面堡を築いて、敵は大砲も置くだろう。道だって塞ぐ。兵士だって多く入れる。要するに、エギエット砦は遠くなったんだ。フランス軍の勝利は遠くなったんだ」

襟元をつかまれながら、またカルトー将軍はニヤニヤ笑いになっていた。やれやれだというような顔まで作って、取り巻きの兵士たちに肩を竦めてみせたりもした。それから、ナポレオーネに向き直る。ブオナパルテ大尉、自分が立てた作戦が失敗して、悔しいのはわかるけれど……。

「俺の作戦だと。俺だけの問題じゃない。カルトー、貴様は利敵行為をした。つまりは共和国の首を絞めた」

殺してやる。叫んだが早いか、ナポレオーネはつかんでいた襟を強く締め上げた。ああ、おまえの首こそ絞めてやる。取り巻きの兵士たちは目を吊り上げ、暴挙の砲兵大尉を引き剝がそうと殺到した。そこにジュノが六ピエ（約二メートル）も跳ねるような勢いで飛びこんでくる。おまえら、大尉に何をする。その気なら、やってやる。喧嘩なら、やってやる。ああ、殺してやる。てめえら、脳天かちわってやる。

ジュノの殴る蹴るの動きには、欠片の躊躇もみられない。力のかぎりに振り回して、たちまち二人の兵士に鼻血を噴き上げさせる。聞けば北部方面軍で戦っていたとき、頭を軍刀で一打ちされたことがあり、それからしばしば抑えが利かない男になった。大隊の仲間には「ブチ切れジュノ《ラ・テンペート》」と呼ばれていたそうだが、してみると綽名の面目躍如というところか。

騒ぎは収まるどころか、ますます収拾がつかなくなった。ジュノが数人がかりで痛めつけられる段になれば、本来なら穏便に済ませたい性格のマルモンや、ブオナパルテ大尉の激昂《げきこう》にむしろ面喰らっていた他の兵隊たちまで、参戦しないではいられなくなったからだ。

その間もカルトー将軍は首を絞められたままである。これでは本当に殺されてしまう。

「やめろ、やめるんだ、ナポレオーネ」

背中から羽交い締めにした声が、サリセッティ議員のものだということはわかった。が、ナポレオーネの怒りは、とうに前後の見境もなくしている。なお暴れ続けたことは覚えているが、どうやって引き離され、どうやって宿舎まで戻ったのかは記憶にない。

4 幕僚会議

それからは、なんとも奇妙な話になった。

いや、しばらくは最悪だった。カルトー将軍は作戦を変えず、だらだら無益な戦闘を繰り返し、したがってフランス軍は変わらず敗戦続きだった。若い砲兵大尉を目の敵にすることも以前に倍して、無礼を働かれるどころか暴力まで振るわれた、ブオナパルテ大尉など軍法会議にかけてやると、息巻いたとか息巻かなかったとか。

ナポレオーネのほうは、予定通り手紙を陸軍大臣に送った。が、それきり、なしの礫《つぶて》だ。ブーショットの介入がなければ、もう絶望的だ。軍法会議でなくとも、あとは更迭と左遷を待つばかりだ。そこで奇妙というのは、十月十九日に届いたのが少佐昇進の辞令だったからだ。

――どういうことだ。

砲兵第二連隊、つまりは旧メッス連隊に空きがあったと説明されたが、こちらは手柄を挙げたわけではない。それどころか上官に邪魔されて、ろくろく働けないでいるのだ。これと納得できる理由がみつかるより先に、次にはカルトー将軍が南フランス方面軍の司令官を解任された。なにかの間違いというわけでなく、十一月七日にはトゥーロン包囲陣を離れてしまった。

十一月十一日、後任としてドッペ将軍が着任した。今度の司令官は本業が医者ということで、またしても門外漢である。が、性格は悪くないかもしれない。聞く耳は持っているかもしれない。ナポレオーネは一番にエギエット砦の攻略、というより、今では順番として小ジブラルタルの攻略から行わなければならなかったが、いずれにせよ、かねてからの作戦を提案しなおした。ドッペ将軍も大歓迎という様子でなく、着任間もない、まずは戦場を検分させよという返事だった。

――そのまま、はぐらかそうったって……。

かくて迎えたのが、十一月十五日の戦闘だった。オリウール城の広間で、まがりなりにも作戦会議が開かれていた。幕僚たちで地図を囲んでいるところに、急報が寄せられたのだ。

「小ジブラルタルで戦闘が行われています」

イギリス軍、そしてスペイン軍が新たに築いた角面堡、敵軍では「ミュルグラーヴ砦」と呼んでいるようだったが、その丘の上の施設でフランス軍の捕虜が、みせしめに虐待されていたという。正面に配備されていたのが、コート・ドール県の義勇兵大隊だったが、これが怒りに駆られて、勝手に始めたのだ。それにブールゴーニュ連隊が、いや、他の義勇兵大隊も続きました。

「もうほとんど師団全体が戦っています」

実をいえば、ナポレオーネの仕込みだった。コート・ドール大隊の軍曹、かの「ブチ切れジュノ」を、あらかじめけしかけておいたのだ。

「もう栓は抜かれました。開けた酒は飲まなければ」

幕僚会議の席上、ナポレオーネが交戦続行を勧めると、ドッペ将軍も頷くしかなかった。

砲弾が往復し、銃弾が飛び交う激戦になった。ナポレオーネは陣頭指揮を執った。狙撃兵をまんべんなく周囲に配置、その上で擲弾兵二中隊を小ジブラルタルに向かう山道に詰めさせて、いよいよ総攻撃というときだった。ドッペ将軍の命令が届けられた。

「戦闘中止、戦闘中止、フランス軍は撤退せよ」

勝手を働かれた意趣返しというわけではない。流れた砲弾の直撃で、副官の頭が飛ばされてしまったらしい。そこで将軍は怖気づいたのだ。

もちろん、仕方ないとは思えない。ナポレオーネは急ぎ戻り、ドッペ将軍の面前に詰めた。

「撤退だと、クソ野郎《ジャン・フートル》。貴様のせいで、トゥーロンを手に入れ損ねたんだぞ」

またやった。よしんば将軍は責められるべきだとしても、上官に向かって「クソ野郎」はない。ナポレオーネは今度こそ厳罰を覚悟した。が、更迭されたのは、またしてもドッペ将軍のほうだった。

——なんとも奇妙な……。

さすがのナポレオーネも気味が悪くなってきた。魔法とか呪いとか摩訶《まか》不思議のせいにするのでなく、冷静に何かあるとも考え始めた。ああ、俺の知らないところで、誰かが動いている。

南フランス方面軍司令官の後任は、デュゴミエ将軍だった。十一月二十五日、国民公会で改められた暦法にいう霜月《フリメール》五日、着任一番に幕僚会議が行われた。オリウール城に集められたのは、国民公会の派遣委員三人、中将三人、少将二人、そして現場の代表として少佐が三人である。砲兵隊の立場を代弁するナポレオーネも、参加した少佐のひとりだった。

窓の硝子が曇っていた。外は冬の気配も強くなっていたが、比べると屋内は温度が高いのだ。十三世紀に建てられた石の城は典型的な中世建築で、本当なら変わらず寒いはずだった。暖炉に火が入れられたわけでもないのに、場の空気は確かに熱せられていたのだ。

ジャック・フランソワ・デュゴミエ将軍は、アメリカ出身である。カリブ海のフランス領グアドループの生まれで、短気な一面もありながら、どこか南国の人間らしい陽性を感じさせる。五十五歳を数える初老の年齢にして、明るい太陽の雰囲気がある。

「では書記君、今日の会議の決定事項を読み上げてくれたまえ」

「はい」

と、ナポレオーネは答えた。そこは最年少の出席者であり、書記の役も果たさなければならなかったが、なんの苦でもない。手の皮癬も癒えたので、議事録の出来上がりも悪くない。

「ひとつ、主攻撃はケール丘陵、またの名を小ジブラルタルにイギリス軍が築いた、角面堡ミュルグラーヴ砦に加える」

石の壁に声が響いた。決定事項であれば、当然ながら誰も異議を唱えない。

「ひとつ、敵軍の注意を逸らす目的で、最初の攻撃はマルブスケ砦に加える。ひとつ、同目的において、カプ・ブラン高地を砲撃する。ひとつ、再び同目的において、ファロン山を占領する。ひとつ、国民公会砲台とマルブスケ砦の中間点に新たな砲台を築き、そこに長距離臼砲を配備、トゥーロン市内に砲撃することで都市民の恐怖を増幅させ、かつまた戦意を失わせる」

つまるところ、その日の幕僚会議はナポレオーネの作戦を、ほぼそのまま採用した。

都市を落とすのでなく、艦隊を脅かして、これを撤退させることで、都市に降伏を促す。若い少佐が提案すると、かえって白熱したのは、小ジブラルタルを効率的に制圧するために、あるいは小ジブラルタルの占領が最大限の効果を生むために、いかなる手順が踏まれるべきかと、いうなれば脇の議論のほうだったのだ。少しも嫌な暑さでなく、あとには心地よい疲労感が残るばかりだ。

「読み上げありがとう、ブオナパルテ少佐。その議事録を清書したものを、あとで私のところに届けてくれるかな。さて、以上の決定に加えることがないようなら、これで会議は終わりとするが」

デュゴミエ将軍はまとめにかかった。十六歳から戦場に暮らしてきたという、まさに叩き上げの軍人である。七年戦争、そしてアメリカ独立戦争と従軍して、その経歴は嘘をつくものではない。ああ、この将軍にならわかってもらえる。もとより、ごくごく常識の戦術眼さえ備えていれば、退けられる作戦ではない。採用は順当な運びという自負はあるが、今にいたっても同時に思わずにいられない。

——出来すぎだ。

うまくいきすぎている。というのも、エギエット砦を直接攻撃できなくなっている。まず小ジブラルタルを取らなければならない、しかも敵軍に警戒されている。当初なかった困難が幾重にも生じた今にして、ナポレオーネの作戦には異議ひとつ唱えられなかったのだ。

——やはり後押しする人がいる。

そうとしか考えられないが、それは誰なのか。デュゴミエ将軍が告げていた。

「誰も手を上げないな。それでは解散だ。一同、ご苦労であった」

会議の出席者は席を立ち始めた。卓上で書類の上下を整えていると、ナポレオーネの肩を叩いた男がいた。いや、よかったよ、戦友《カマラード》ブオナパルテ。老いてなお清潔な品格を失わない紳士は、さすがのテイユ中将だった。この砲兵畑の権威者も、デュゴミエ将軍の幕僚会議に出席したひとりだった。トゥーロン包囲の軍勢は二万五千まで増えていたが、その増員をイタリア方面軍から割いて引率しながら、もう十一月の頭には戦場に来ていたのだ。

輝かしい軍歴を誇る老将と、まだ戦場経験も数えるほどの若い少佐が、対等な「戦友」などではありえない。テイユ中将の冗談口にすぎないが、そこに籠められた親しみを読むまでもなく、かねてナポレオーネを支持してくれた人物である。ドッペ将軍が去り、デュゴミエ将軍が来るまでの数日間は、臨時の司令官を務めていたが、そのときもナポレオーネが好きなように、新たな砲台を築かせてくれた。会議に出た「国民公会砲台」なども、そのひとつだ。

——俺を推してくれている。

そのことは疑いないが、全てそのおかげだとも思われない。申し訳ない言い方になってしまうが、テイユ中将には一線を退いた感が否めない。ひどいリューマチに苦しんでいて、外を歩くとなれば、ほんの短い距離でも馬を使うほどだ。潑剌として動き回り、しかも砲兵の専門知識があって、自分の手足のように使えるからナポレオーネを重宝し、結果として好意を抱いたのだともいえる。なんの異存があるでもないが、それだけに考えは、しばし立ち止まらざるをえない。兵籍と階級を回復させ、部下と任務を与えるのとは話が違う。幕僚部で影響力を振るうとなると、テイユ中将はいまひとつだ。

よしんば作戦採用の根回しぐらいはできたとしても、司令官の更迭を二度まで強要できるとは考えられない。もとより「大物」は、そこまではしてくれない。テイユ中将が保身第一の男だとはいわないが、子飼いのために将軍仲間に敵まで作るわけがない。

「ナポレオーネ、ちょっといいかね」

続いて声をかけてきたのは、サリセッティ議員だった。後押しといえば、誰よりこの派遣委員である。コルス県の選出議員は同郷であり、故郷を追われてなおフランス革命の理想に殉じて、その意味では同志でもある。乱暴者めと呆れることなく、今も厚遇を続けてくれる。派遣委員には権力もある。国民公会の代理であれば、司令官など駒として取り替えられる。

——それはそうだが……。

サリセッティが常に一存を通せるかといえば、それには疑問符がつく。派遣委員は一人ではない。トゥーロン包囲戦にも何人か来ている。この幕僚会議にでさえ、全部で三人が出席している。だから、ナポレオーネ、是非にも紹介させてほしい、とサリセッティは続けていた。

「こちら、オーギュスタン・ロベスピエール議員」

「はじめまして」

引き合わせられた派遣委員は、気取らない挨拶だった。身だしなみこそ粉を舞わせる白毛の鬘や、蝶の形に結んだクラヴァットをはじめ、上から下まで隙がないが、もったいつける歳ではなかった。まだ若い。ナポレオーネよりは上かもしれないが、それでも三十歳には届いていないと思われた。

「ご出身はアラスで、パ・ドゥ・カレー県の選出であられる」

と、サリセッティは続けた。土地はフランスの北東の端になるが、いわれてみれば頑丈そうな顎の造りや、鼻から頬にかけて散らばるソバカスの感じが、いかにも北の人間らしかった。

「それで議員、こちらナポレオーネ・ブオナパルテ少佐、私と同じコルスの出身です」

「お初にお目にかかります、ロベスピエール議員」

応じると、向こうは握手の手を出した。笑顔になると、意外なほど人懐こい感じになる。

「少佐、あなたの『ボーケールの晩餐』を読ませていただきましたよ」

と、オーギュスタン・ロベスピエールは言葉を続けた。ナポレオーネが自腹で印刷した、十六頁の小冊子のことだ。せっかくだから多くに読まれたいと、南フランス各地のジャコバン・クラブ支部に数部ずつ、確かに無料で配付している。

「そうですか。あ、いや、なんといいますか、拙文など恥ずかしいばかりですが」

「いいえ、あなたの革命精神には感服させられました。ちょっとした言葉遣いにも、根からの民主主義者であることが窺えて、とても良い印象を持ちました。ああ、言葉遣いといえば、山岳《モンターニュ》派砲台、サン・キュロット砲台、国民公会砲台というような命名も、実に素晴らしいですね。あれは共和国の兵士の士気を大いに鼓舞します」

「ありがとうございます、議員」

「加えるに比類なき軍事的才能だ。ブオナパルテ少佐、あなたは稀有《けう》な人材ですよ。革命精神は褒められても、軍人としての技量が足らないとか、逆に名将ではあるけれど、日和見《ひよりみ》な政見しか持ちえないとか、そういう手合いが実は大半なのでしてね。二つを同時に兼ね備える軍人となると、意外に少ないものなのです。ええ、あなたこそ期待の星だ。トゥーロンに出色の男がいると、パリの兄にも手紙で知らせようと考えています」

「はあ、兄上様に」

そう応じたものの、ナポレオーネにはピンと来ていなかった。決め台詞のように使われたが、その意味がわからない。おお、すごい。それは、すごい。そうやって俄に興奮の色を示したサリセッティの態度となると、いっそう不可解なばかりである。

キョトンとなった表情をみかねたか、同郷の議員は言葉を足してくれた。

「だから、こちらはオーギュスタン・ロベスピエール議員であられるのだ。兄上はマクシミリヤン・ロベスピエール議員じゃないか」

「はあ、マクシミリヤン・ロ……」

ナポレオーネは青くなった。名前は聞いたことがあった。いや、今のフランスで、その名前を知らないものなどいない。すぐ思い当たらなかったのは、国家の頂点にいる権力者と、どこかでつながることがあるなどとは、夢にも考えたことがなかったからだ。しかし、ロベスピエールというのは本当に、あのロベスピエールのことなのか。パリのジャコバン・クラブを主導する清廉の士、マクシミリヤン・ロベスピエール。国民公会の議員で、事実上の内閣というに等しい公安委員会に席を占める、あのマクシミリヤン・ロベスピエール。

「ええ、あなたこそ兄が求める理想の人材だと思います」

実の弟として、オーギュスタン・ロベスピエールは請け合った。ナポレオーネは今こそ真相を見出した。ああ、この人だったのだ。

いつ目に留まったのか、それは知れない。が、常に自分を支持してくれたのは、この南フランス方面軍の派遣委員で間違いない。仮に一存でしかなかったとしても、司令官ぐらい簡単に取り替えられる。新米少佐の作戦を容れるべきだと意見すれば、幕僚たちも反対できない。そこまでの権力を振えるのは、オーギュスタン・ロベスピエールを措いて他には考えられないのである。

「ええ、ええ、トゥーロンでの勝利を報告するとき、ブオナパルテ少佐、あなたのことも一緒に手紙に書きたいものだと念じています」

「は、はは、励みます。あ、ああ、ありがとうございます、議員」

あまりのことに青くなったが、そのナポレオーネの顔が、もう赤々と紅潮していた。やった。フランスの最高権力が後ろ盾についた。やった。やった。それも革命の理想で結びついた後援者だ。志あるかぎり、裏切られる心配がない支援者だ。なにしろ保身の術など一顧だにすることがない、清廉の士の一派なのだ。

――ついてきた。ついてきた。

故郷をなくした悲運の贖《あがな》いか、ようやくツキが回ってきた。これで存分に働ける。誰にも邪魔されることなく、思うがままの仕事ができる。ナポレオーネは興奮せずにはいられなかった。

5　奮戦

土砂降りの夜だった。帽子の鍔《つば》も役に立たず、雨粒という雨粒が顔にかかる。それが痛い。いや、冷たい。ぼんやり痺《しび》れたようになって、打たれ続けた頬にはもう感覚がない。

全身も板のように固くなっていた。羊毛の軍服を着て、なお寒さに肩を怒らせ続けたからだ。軍靴の革にも足元の泥水が染みて、一歩ごと爪先あたりにチャプチャプと音がするが、それが温かいのか冷たいのか、足指もやはり麻痺してわからないのだ。

それでもナポレオーネは歩みを止めなかった。確かにひどい状況だが、トゥーロンが戦場で幸いだったともいえる。共和暦二年も霜月《フリメール》二十六日（一七九三年十二月十六日）、そろそろ日付が変わって二十七日だが、いずれにせよ季節は冬だ。南フランスだから雨で済んでいるのであって、北フランスなら雪に祟《たた》られても文句はいえない。

――だから進め。

マルモン中尉、ジュノ軍曹を左右に従え、ずんずんと進んでいたのはトゥーロン西方、ラ・セイヌ村を貫く一本道だった。深夜であり、明かりという明かりもなく、ところによって家々の窓から光が洩れるくらいだったが、それでも妙に明るい感じがした。あまりの雨の勢いに水煙が立ち上り、夜陰が白く煙るようになっていたのだ。

あるいは白くみえたのは、寒気に染められた呼気のほうか。同じように雨に打たれて、他にもフランス軍の兵士はいた。いたどころの話でなく、全部で七千人が村内に集められていた。それぞれの銃には銃剣を装着して、すでに戦闘準備の態勢である。

「といって、さすがに中止だろう、これは」

苛々顔で吐き出した兵士がいた。抱える銃の銃口栓を弄りながら、別な兵士が応えた。こいつを抜いたら、お終いだからな。銃身に水が入れば、もう弾は飛ばねえ。

「いや、入らなくたって、飛ばねえな。この雨じゃあ発火すらしねえ。火薬だってさらさらってわけにはいかねえんだから、どうやって火皿に詰めるんだよ」

「だよな。ああ、戦闘なんかやりようがない。わかりきった話なんだ」

「なのに、なにグズグズしてんだか、お偉いさんたちは。さっさと宿舎に引き揚げさせてくれないかなあ。雨で兵士を弱らせて、全体なにが楽しいってんだ」

仕上げにペッと唾を吐き出すと、それがナポレオーネの長靴の甲にかかった。すでに泥だらけであれば、唾くらいなんでもないようなものだが、それでも降りしきる雨の簾《すだれ》越しに睨みつけずにはおけなかった。兵士のほうでも、将校の肩章に気づいたのだろう。

「す、すいませんでした、少佐殿」

「またやってみろ。この次はブチ殺すぞ」

かたわらの「ブチ切れジュノ《ラ・テンペート》」に言葉にさせると、ナポレオーネ自身は無言で先を急いだ。向かう先には、玄関の左右に番兵が構えている民家があった。それほど立派なわけではないが、ラ・セイヌ村では一番大きな屋敷だ。フランス軍が接収して、その夜は幕僚たちの詰所だ。

「ブオナパルテ少佐、戻りました」

いいながら入室すると、背後の扉で雨音が遮られたせいなのか、やけに静かな印象だった。さすがに蠟燭に火が燃えて、明るいは明るい。暖炉には薪も燃えて、暖かくもある。詰めていたのは将官と思しき軍服が数人、派遣委員と思しきクラヴァット姿が数人で、あとは各人に仕える副官たち、秘書たちだと思われた。それが言葉も少なく、なんだか重たい空気に囚われていたのだ。

乾いた床に総身から垂れてくる雨粒の染みを広げながら、ナポレオーネは続けた。

「『おしおき砲台《シャーズ・コキン》』の設置が完了いたしました。いつでも砲撃可能です」

「ご苦労であった、少佐」

部屋の奥でデュゴミエ将軍が受けた。この将軍の、あるいは幕僚会議の支持において、ナポレオーネは砲台を増やし続けていた。山岳派《モンターニュ》砲台、サン・キュロット砲台、国民公会砲台と築いた上に、火薬庫砲台、粉屋砲台、内港砲台、恐れを知らぬ男たちの砲台、ジャコバン砲台、おしおき砲台と並べて、もはやトゥーロン湾の西方を北から南まで、ぐるりと取り囲んでいる体《てい》である。

小ジブラルタルひとつを攻略するには大袈裟なくらいの数だが、それも敵軍にこちらの狙いを悟らせないために必要だった。全砲台から連日の砲撃を行うことで、フランス軍が総攻撃を仕掛ける地点をわからなくするのだ。小ジブラルタル、そしてエギエット砦、バラギエ塔砦と押さえるのでなく、かえって主攻撃は北東のマルブスケ砦なのではないかとさえ思わせるのだ。

実際のところ、イギリス軍とスペイン軍が出撃して、フランス軍の施設の破壊を試みたのは、マルブスケ砦を睨む北の国民公会砲台のほうだった。霜月十日（十一月三十日）には激しい戦闘に発展して、このときナポレオーネはイギリス軍のオハラ将軍を捕虜に取ることに成功した。が、そのこと以上に敵軍の目が逸れたことが嬉しかったのだ。

さらに半月、準備砲撃は最終段階に入った。戦果を受けて霜月二十六日に決定されたのが、かねて決戦と目されてきた小ジブラルタルの攻略、ミュルグラーヴ砦への総攻撃だった。

「しかし、この土砂降りだ。ブオナパルテ少佐も、そんなに急がずともよかったのに」

続けたのは、ラ・ポワプ将軍だった。背が高く、白毛の鬘も上品な感じの男で、なるほど貴族の生まれであり、革命前は侯爵の位さえ有したという。

南フランス方面軍は、諸都市の蜂起鎮圧のためにイタリア方面軍やアルプス方面軍から兵員を割かせて、急遽《きゅうきょ》編成された方面軍である。総指揮官の座を占めたのがイタリア方面軍から出向の将軍たちで、アルプス方面軍を率いるラ・ポワプ将軍は見方によれば日陰に回されていた。妻子がトゥーロン市内に囚われており、私情を挟まれてはうまくないとの判断だったが、将軍としては当然不満である。

「ええ、作戦は中止ですよ。この天気では総攻撃など延期せざるをえない」

と、ラ・ポワプ将軍は続けた。オリウールに本営を置く「右翼」とは別に、トゥーロン北東のラ・ヴァレットに「左翼」の本営を設けて、これまでも半ば独立の風を醸してきた。その軍勢も当然ながら総攻撃に参加するが、今回の小ジブラルタル攻略作戦においては、これを成功させるための陽動として北部のファロン山を制圧するという、二義的な役割しか与えられていなかった。

「面白くないのはわかりますが、だからといってラ・ポワプ将軍、勝手をいってもらっては困ります。誰が作戦中止と決定したというのです」

釘を刺したのは、派遣委員のオーギュスタン・ロベスピエールだった。ええ、基本は作戦決行です。よほどの理由がなければ、中止など認められない。そう畳みかけられると、ラ・ポワプ将軍は貴族的に曖昧《あいまい》な笑みを浮かべて、それきりで口を噤んだ。

――逆らえない。

オーギュスタン・ロベスピエールには逆らえない。それはマクシミリヤン・ロベスピエールに逆らうことと同義だからだ。パリの公安委員会に背いたも同然なのだ。

そう認定されたが最後で、更迭は免れない。場合によっては国民に対する裏切り、国家に対する叛《はん》逆《ぎゃく》とみなされて、断頭台に送られる。フランス軍に復帰間もないナポレオーネは知らなかったが、そうして命を落とした将校将官は決して少なくないのだとか。

その不条理については、ナポレオーネも耳にしていた。派遣委員は無茶をいうと。天候は無視、敵情も関係なし、兵数が足りなかろうが、大砲が揃わなかろうが、とにかく先を急がせると。一刻も早く勝て、一日も早く取れ、これ以上フランスの人民を待たせるなと、その一点張りなのだと。

オーギュスタン・ロベスピエールは極端ではなかったが、例外的に柔軟というわけでもない。普段の明るい雰囲気を翳《かげ》らせながら、デュゴミエ将軍がおずおずという感じで言葉を足した。

「ラ・ポワプ将軍も単に面白くないということではありますまい。残念ながら革命精神をもってしても、雨に濡れた銃から弾を飛ばすことはできないのでありまして」

小ロベスピエールは受けた。悪いときだというのは、私も理解しています。

「ただ本当に万策尽きたのだろうかと。あきらめてしまう前に、もう一考あるべきではないかと」

現場の意見に全く耳を傾けないわけではない。なかには戦場の実際をみないまま、パリで立てられた作戦を押しつけて、ただ決行の期日だけを切る派遣委員もいるというから、この派遣委員は良心的なほうだ。実際のところ、採用した作戦は現場から吸い上げられたものだった。報われたナポレオーネとしては、自分が濡れ鼠《ねずみ》なことで気後れするわけにはいかなかった。

「それは敵軍にとっても、悪いときといえるでしょう」

人々の目が自分に集まったことは知れた。部屋の暖かみに感覚が戻ったのか、刹那は痛いような気もした。とすると、視線に籠められたのは非難の意図か。表情を明るくしたのは、オーギュスタン・ロベスピエールだけだった。おお、ブオナパルテ少佐、それは箴言《しんげん》といえましょうね。

「箴言というだけでは困るぞ、少佐。発言するなら、軍事的な話を聞きたいものだ」

「軍事的な話です、デュゴミエ将軍。この雨の夜は敵軍にとっても、というより、かえって敵軍にとってこそ、悪いときだと思うのです。連日の砲撃でイギリス兵もスペイン兵も、決戦が近いということは察しています。しかし、この雨で、さすがに今夜はないと考えているでしょう。銃を撃てない日に総攻撃はありえないと、つまり敵は常ならずも油断に傾いているのです。これは、またとない好機ですよ」

「戦場の心理を読めば、そうなるか」

「やるべきです、デュゴミエ将軍。銃を使えないというのも、我々の有利に働きます。敵軍も銃を使えないからです。小ジブラルタルに築かれてしまった角面堡、あれが歩兵に対しては無意味になります。逃げ場のない十字砲火はなくなるのです。フランス兵は撃たれる心配をせずに、砦に接近することができます。もちろん、敵も迎撃の兵を出すでしょう。フランス軍との間で白兵戦が起こるでしょう。そういう戦い方に雨は関係ありません。いや、銃剣と銃剣の戦いになれば、そのときこそ革命精神が物をいう」

すばらしい。ブオナパルテ少佐、実にすばらしい。小ロベスピエールは手を叩いて喜んだが、それもひとりというわけではなかった。小声ながら、デュゴミエ将軍も続いた。無茶苦茶な話のようで、なるほど、一理あるな。この大雨も見方によれば、千載一遇の好機といえるな。

「恐れながら、大砲の弾は飛んでまいります」

ラ・ポワプ将軍が話に戻った。穏やかな口調で、頰にも微笑が浮かんでいたが、目は笑っていなかった。これは怖い。中途半端な豪傑の一喝より、遥かに怖い。が、ここで怯《ひる》むわけにはいかない。ナポレオーネは総身の雫《しずく》を飛ばす勢いで前に出た。

「それまたフランス軍も同じです。こちらも大砲は撃てます。それは私が請け負います」

「ああ、少佐、君は砲兵指揮官だったな。なるほど、自分は大砲を撃てるか。だから、作戦決行は問題ないか。なんというか、気楽なものだね」

砲弾ふるなか、白兵戦を演じる身にもなってみろ、というのである。

「ならば、私は歩兵の列で戦いましょう」

「そういう話じゃないと思うよ、少佐」

「そういう話でしょう。ええ、私は歩兵として戦います。後方に隠れることなく、最前線で指揮を執ります。そうすることで、兵士たちの士気を鼓舞してみせます」

その笑わない目で、ラ・ポワプ将軍は睨みつけてきた。いよいよ怒らせた。さらに迂闊《うかつ》な言葉を吐けば、その瞬間に爆発するに違いない。緊迫した空気のなかに、大きな手を差し入れたのは、総指揮官のデュゴミエ将軍だった。


雨は止まない。泥が流れる丘の斜面は、すでにして川、いや、滝のようだ。自分の足を杭さながらに大地に打ちこみ、それを頼りに留まりながら、ナポレオーネは軍刀を大きく振り上げた。

「進め、進め」

続く兵士を励ましてから向きなおると、その顔にバシャンと泥水が浴びせられた。目がみえない。いや、みえないでは一秒も生きられない。

斜面を滑り落ちてきたのは、暗くて黒にしかみえないが、恐らくは赤色だろうと思われる軍服だった。敵兵だ。一瞬でもつけこまれれば命取りになるという、文字通りの白兵戦が始まっていた。

「作戦決行」

それがデュゴミエ将軍の決断だった。開始の時間も予定通り、きっかり午前一時だった。おしおき砲台が雨と夜の静寂を蹴散らす号砲を轟かせ、もって戦闘開始の合図とした。

最初は砲撃戦だった。イギリス海軍の戦艦が西から東に伸びる岬の南北の海上に展開して、小ジブラルタルの前面に十字砲火を加えてきた。地面に着弾するたび、眼前に火柱、水柱が上がる戦慄《せんりつ》の光景が繰り広げられたが、その戦艦も北から山岳派砲台、サン・キュロット砲台、南から恐れを知らぬ男たちの砲台、ジャコバン砲台、おしおき砲台と、各所からフランス軍の砲撃で応じられると、沈没を恐れて撤退せざるをえなくなった。

海上からの砲撃は止んだ。敵艦隊も反撃できるだけの数は、準備していなかったらしい。やはり今夜に限ってと油断していたのだ。

フランスの歩兵部隊は動き出した。ラ・セイヌ村を出発して音もなく東進を開始、残すところ四分の一リュー（約一キロ）を踏破して、あれよという間に小ジブラルタルの丘を見上げる位置についた。

——もう隠れている必要はない。

雨音を切り裂かんと走るのは、突撃喇叭の猛りだった。ダラランと、ダラランと太鼓の音も響き始める。それに兵士の喊声《かんせい》が合わされば、横並びの行進も駆け足にとってかわられ、いよいよ戦闘開始である。

その気配に慌てるまでもなく、小ジブラルタルあるいはミュルグラーヴ砦の守備隊兵士も出てくる。序盤の砲撃で決着がつかなかったからには、イギリス兵、スペイン兵、ともに出撃の覚悟を決めざるをえない。雨で銃が利かないからには、屋根もなく土盛りだけの角面堡には頼れない。

ナポレオーネの読み通り、それからは白兵戦に移行した。

ミュルグラーヴ砦に松明が焚かれているのか、雨の斜線が遮る彼方に、ぼんやり橙色《だいだいいろ》の気配が感じられた。多少だが、さっきより視界も通る。

それは身に着けているものは違えど、恐らくは中世の戦いも同じと思わせる肉弾戦だった。いや、弓の用意があるでなく、高みを利して石を落とし、あるいは熱湯を浴びせかける準備もなければ、中世の戦争ですらない。ただ軍刀を振り、ひたすら銃剣を突き出すだけの戦いは、ほとんど原始のそれである。

「おりゃあ、どりゃあ」

こういう戦闘に、やたらと強いのが「ブチ切れジュノ」だった。特に巨体というわけでなく、体術に優れるわけでもないながら、どんどん敵兵を倒していく。まず頭突きから入って、大柄なイギリス兵さえ鼻血もろとも仰け反らせる。踊るような手足の動きで飛びこむと、軍靴の踵《かかと》でその顔面を踏み砕き、と同時にもう次の相手に銃剣を突き出すのである。

「おりゃあ、どりゃあ、どんどん来やがれ」

おかげでナポレオーネは、臆病な兵士たちを鼓舞することに専念できた。そこ、さぼるな。おまえは下がるんじゃない。丘を登れ。下りてくる敵兵を、銃剣で迎えてやれ。じき退却命令が届くなんて思うなよ。それまで無難に行こうなんて考えるなよ。夜でも、雨でも、しっかり覚えて、臆病者の顔は決して忘れないからな。晴れた昼間に思い出して、きっと銃殺刑に処してやるからな。言葉だけでなく、実際に手を引き、背を押し、尻を蹴飛ばしてやりながら、刃物と刃物が交錯している死戦のなかに、どんどん送り出してやる。

言い訳は聞かない。どんな躊躇も許さない。士気が上がるまでなどと、気長に待つ気もない。士気など命の危険にさらされれば、いつだって上がるのだ。

土台が作戦中止など許せない。延期さえ堪えがたい。軍事的に不可能ならば、可能になるまで工夫するのみ。無為の時間をすごすことだけは、どうあっても我慢ならない。せっつくような派遣委員の行動原理は、実をいえばナポレオーネの性分に合っていた。

「進め、進め、前進あるのみ」

銃撃じゃないんだから、行儀よく並んでいる必要はない。自由に散開して戦ってかまわない。ただし味方の兵だけは斬りつけるな。そう声を張り上げるナポレオーネはといえば、少佐だからと馬上で指揮するわけではなかった。

ラ・セイヌ村を出るときに乗った馬は、流れてきた榴弾《りゅうだん》に直撃されて、泥に腸《はらわた》を零しながら死んでしまった。それからは文字通りの歩兵として、自分の足で大地を踏みしめていたが、あとは無茶だけ吠えていれば、勝手に士気が上がると考えているわけでもない。

――みせてやる。

あたりの兵士をあらかた戦闘に叩きこむと、その混乱の渦のなかにナポレオーネも飛びこんだ。眉毛が濃い。鉢合わせたのは、スペイン兵か。ぎょろりと剝《む》いた目玉が血走っている。必死だ。なるほど、生きるか死ぬかだ。

それでも怖いとは思わなかった。冷静さがフェンシングの授業を思い起こさせ、自らの身体を横にずらすことができた。もちろん同時に軍刀を押し出したので、スペイン兵の喉は破れ、ひゅうひゅうと壊れた笛のように鳴った。あとは噴き出すであろう血から、逃げるだけだ。

「よし、次」

負ける気もしなかった。生きるか死ぬかの修羅場なら、コルスでも経験していた。ひとりで数人に襲われて、術もなかった窮地を思えば、こうして皆で戦える今の戦場で、何を恐れるというのか。

巻き藁がみえてきた。土嚢が横に並べられて、じき小ジブラルタルの頂上だ。が、その頂上にこそ敵兵が、ウジャウジャと群れている。

上等だ。土嚢を越えるや、ナポレオーネは一番につかんだ泥の塊を投げつけた。顔面に浴びて目を潰された敵兵は、直後にはフランス軍の軍刀を胸に抱かざるをえない。脱力した相手の身体を蹴飛ばすことで刃を抜くと、こちらは頓着せずに駆け出さなければならない。

――さあ、どんどん来い。

コルスとの違いといえば、やりすぎだとは責められないことだった。手加減など、必要がない。力のかぎりを出し尽くせる。それでも容易に崩せないほど、敵は大きい。フランスほどの大国になれば、戦う相手も巨大だからだ。暴れたいだけ暴れても、まだ足りないと、さらに多くを求められるのだ。

――だからフランス、気に入った。

思えば、コルスは小さかった。愛すべき故郷だったが、すぐ一杯になってしまって、この俺には窮屈だった。それこそ自分の手足さえ、好きに伸ばすことができない。ぶんぶん四肢を振り回せるフランスの大きさこそ、俺には自由という言葉の意味なのだ。この戦闘ひとつとっても、こうやって……。

大きく踏み出して、ナポレオーネは足を取られた。泥に滑った。

「がっ、があぁ」

激痛に襲われていた。転んだ。そこを、やられた。右腿《みぎもも》を槍で突かれて、その折れた穂先が残っている。痛い。が、苛まれるのは泥のなかを七転八倒したいほどの激痛だけではない。ここは戦場なのだ。地べたに転んだ兵士には、ここぞと上から殺意の刃が振り落とされるのだ。

「おりゃあ、少佐に何する気だ。どりゃあ、てめえ、ブチ殺すぞ」

出鱈目なようでいて、きちんと敵兵を打ちのめすジュノの動きに見惚れているうち、ナポレオーネは後ろから両脇を抱えられた。

「ブオナパルテ少佐、ここは下がってください」

マルモンだった。いや、俺が担いでいきます。背負いながら、丘を下ります。そう続けられれば、すらりと背が高い美丈夫の背中は確かに広かった。しかし、だ。

「俺は下がらん」

いいながら、ナポレオーネは刺さったままの穂先を腿から引き抜いた。刹那の痛みはクラリと脳天が揺れて感じられたほどで、同時に傷口からは赤黒い血も湧き水さながらに溢れ出た。

マルモン、そして戻ってきたジュノと続いた。

「無理です、少佐」

「ブオ、ブオナ、ブオナパルテ少佐、これ、これじゃ……」

「うるさい。いいから、この俺を止めるな」

頼むから、今の俺を止めないでくれ。戦えることが嬉しいのだ。働けることが幸せなのだ。急ぎ外した革帯で腿を縛ると、ナポレオーネは軍刀を杖《つえ》に立ち上がった。ぶわと額に汗が噴き出すのがわかったが、強引に無視して駆け出していく。

怒号、喊声、悲鳴と聞こえて、まだまだ兵士は小ジブラルタルに群れていた。

6　初勝利

無茶をしたな、とエルナンデス軍医は吐き出した。右腿に巻かれていた包帯を、ジャキジャキ鋏《はさみ》で切り開きながら、口調は淡々としたものだったが、その直後に付き添いのマルモンのほうが、うわと大きな声を洩らした。寝台に仰向けのナポレオーネからはみえないが、結構ひどい傷口になっているのだろう。しかし、軍医、これぞ名誉の負傷というものでしょう。

「無茶をやって、ちょうどいいのが、戦争というものでしょう」

「まあ、ね。勝ったことは認めるよ」

トゥーロンの戦いは終わった。フランス軍が小ジブラルタルを奪取したのは、霜月《フリメール》二十七日（十二月十七日）の午前三時のことだった。

ほぼ同じ時刻までに、北側のマルブスケ砦も陥落した。トゥーロンを挟んで、さらに北東に位置するファロン山も、ラ・ポワプ将軍の左翼が制圧した。フランス軍の全面的勝利だったが、決定的な成功は、やはり小ジブラルタルの攻略だった。

次の狙いが岬の先端の二つの砦、最初の標的だったエギエット砦とバラギエ塔砦だった。占拠した小ジブラルタルで、ミュルグラーヴ砦の大砲の向きを直し、恐れを知らぬ男たちの砲台、ジャコバン砲台、おしおき砲台《シャーズ・コキン》と合わせて、そのまま朝から砲撃を浴びせかけた。そのうえで歩兵を送ると、エギエット砦とバラギエ塔砦も、すでに空《から》になっていた。

イギリス軍とスペイン軍の兵士は全て退却したらしい。これで岬の三つの砦は全て押さえた。大砲の向きを変えれば、いよいよ海上を封鎖できる。が、それは敵軍も承知の形勢だった。

翌日、トゥーロン湾に火の手が上がった。海軍工廠と、接収していたフランス海軍の戦艦に放火すると、それを最後にイギリス海軍、スペイン海軍の艦船は、全艦が先を争うようにして港から出ていった。

最終的に三万二千を数えたフランス軍は、二千人の死者を出した。二万二千のイギリス・スペイン連合軍は、すでに四千人を戦死させていた。さらに港に留まれば、犠牲者の数は倍々で増えるばかりだったろう。激戦を制して、勝利したのはフランス軍のほうだった。

見捨てられた市民たちには、もはや降伏する道しかない。フランス共和国の軍がトゥーロン入城を果たしたのが、今日霜月二十九日（十二月十九日）のことだった。

ナポレオーネも入城したが、勝利の美酒に酔うより先に、病院に急がなければならなかった。トゥーロン市内の適当な民家を接収して、急遽設けられた野戦病院にすぎなかったが、ろくな医療器具がなかろうと、軍医が海軍所属であろうと、駆けこまないではいられなかった。

一昨日の夜襲で受けた右腿の傷――それがズキンズキンと、まるで心臓がそこにあって、大きく脈打っているかのように、ひどく疼き始めていた。戦争が続いているうちは、さほど気にならなかったが、いざ勝利に転んでみると、急に痛み出したのだ。

発熱にも襲われたか、なんだか頭がクラクラする。それなのに気持ちは興奮状態なのである。

「ええ、代償を払う価値はありましたよ。俺にとっては、このトゥーロンが初勝利だ」

「そいつは、おめでとう、少佐。しかし、これが最初にして最後の勝利になるかもな」

軍医はゴソゴソ鞄《かばん》を探った。寝ている姿勢からも、銀色に輝く道具が取り出されたことは窺えた。

ナポレオーネは慌てて半身を起こした。おいおい、軍医さん、なんのつもりだ。

「それ、もしかして鋸《のこぎり》か」

「だから、無茶の贖いだよ。もう少し早く診せてくれれば、処置の仕様もあったんだ。こんな風に切らずにすんだかもしれないんだ」

「切るって、切断するってことか。俺の足がなくなるってことなのか」

「右足だけだ。なに、ほんの少しの我慢だよ」

我慢とか、そういう問題じゃない。ナポレオーネは大急ぎで軍靴を拾った。動かない足を物のように手で運んで、そこに爪先を滑りこませた。靴を脱いだ足は切る。靴を履いている足は切らない。それが軍隊の不文律なのだ。ああ、切断なんて、冗談じゃない。

「足を切られて、どうやって軍人をやっていくんだ」

「腿だから、膝も残らない。義足をつけても、戦場は無理だな。しかし、ブオナパルテ少佐、君は士官学校出の砲兵指揮官だろう。砲兵専門学校で教官になる道があるよ」

「確かに数学は得意だが……。ちょ、ちょっと、なにをする」

軍医はせっかく履いた靴を脱がせにかかった。ナポレオーネが抵抗すると、その腕を払いのけ、マルモンには胸を押さえてなどと命令する。大柄な男に寝台に押しつけられ、もはや身動きならないとなれば、ますます喚《わめ》かないではいられない。マルモン、おまえ、なにをする。

「やめろ、この藪医者め、やめろ」

「このまま切らずにおいたんじゃ、壊疽《えそ》の毒が全身に回る」

「毒なら薬で治るだろう。切ることはないだろう」

「この足は腐れかけているというんだ。死にたいのかね、ブオナパルテ少佐」

「おまえこそ、死にたいのか」

誰かが入室してきたことは、ナポレオーネにもわかった。頭の上あたりをひらひらと動いたのは、みえないにしても大柄に感じられる影だった。その主だろう。男にしては、なんだか妙に艶めいた声が続けた。

「このブオナパルテとマッセナは、フランス軍の期待の若手だ。だから、足なんか切るな。そして生かせ。さもないと、おまえの首が飛ぶぞ、エルナンデス軍医」

「わ、わかりました、バラス議員」

また身体を起こしながら、ナポレオーネは思う。ああ、こいつがバラスか。

国民公会の議員で、やはりといおうか、現場で生殺与奪の権を握る派遣委員である。勝ち馬に乗りに来たかと笑ったのが、ほんの十日ほど前の話だから、トゥーロン到着は霜月二十日（十二月十日）とかその翌日とかでしかない。

がっしりして、やはり大きな男だった。後ろに撫でつけた白毛の鬘が似合わないほど、眉が黒々として太い。そこに大きな目がクリクリ動いて、大きな鼻も先のほうで団子になって、顎まで丸く突き出してと、それは美男とはいいがたい男だった。が、声だけ聞いたときと同じで妙に艶っぽく、同じ男からみてもムンムンと色気があった。

そうして見上げたナポレオーネの表情を読んだのだろう。

「俺のことは知ってるようだな」

名前を知るだけでなく、顔もみたことがあった。総攻撃の前の幕僚会議で、ラ・ポワプ将軍のかたわらにいた男だ。なるほどトゥーロン包囲陣では、左翼の本営ラ・ヴァレットのほうにいた。名前を出したマッセナというのも、左翼のほうで活躍した大佐だ。

――ポール・バラス。

知っているといえば、トゥーロンに来る前から噂も聞いていた。同僚派遣委員のフレロンと一緒に、もう一年前から南フランスに出向していて、蜂起が鎮圧された後のマルセイユでは、恐怖政治まで敷いたとか。世辞にも評判は良くなかった。実際に会ってみても、斜めに顎を上げて、ひとを見下すような姿勢で、確かに偉そうな奴だ。

しかし、大物という風はない。持ち前の色気がかえって割り引いてしまうからか、パオリとか、テイユ中将とか、カルトー将軍と比べても威厳に乏しく、なんだか軽い感じだ。そのバラスは続けた。

「よかったな、作戦が成功して。この俺にしても、君を応援してきた甲斐があったよ」

「応援？　この私をですか」

自分の右の腿に組みつき、俄に処置の手を早める軍医を横目に、ナポレオーネは確かめた。バラスは冷やかすような笑みで左右に顎を振り、それから大きく肩を竦めてみせた。わざとらしいほどの仕種だ。おいおい、トゥーロン包囲陣じゃあ、ずいぶん得してるだろう。

「私が得をしたというと、無能な司令官が続けて更迭された一件ですか。あるいは一存で砲台を造り続けても、少しも咎められなかったこととか」

「まあ、そういうことだが、君が知らなかったのも、無理はないか。俺は目立つことが嫌いな質だから。ただトゥーロンの話は余所にいても聞こえてきた。ああ、ブオナパルテ、君の噂も聞こえてきた。

だから裏から手を回して、応援してやることにしたのさ。サリセッティなんか、ブオナパルテは勝手がすぎる、このままじゃあ砲兵指揮官に推薦した自分の責任問題にもなりかねないなんて、かえって解任したがったんだが、そいつはフランスのためにならんぞって、俺のほうは頑として譲らなかったもんさ」

本当なのか、とナポレオーネは疑わないでいられなかった。司令官更迭というほどの強権を発動できるのは、派遣委員のなかでも、およそオーギュスタン・ロベスピエールくらいのものじゃないのか。砲台を自由に造らせてくれたのだって、臨時の司令官を務めたテイユ中将だった。サリセッティ議員にしても、フランスでは今や少ない同郷人の俺を、あっさり放擲《ほうてき》するなんて思われない。

俄には信じられない話ばかりだった。だいいちバラスは、人知れず誰かのために働くという玉だろうか。それどころか、何かすれば少しでも恩を売ろうと、したそばから触れ回る手合いじゃないのか。

「不思議そうな顔してるな、ブオナパルテ。ああ、わかるよ。自分なんかのことを、どうして応援してくれたんだろうと、そこがわからないというわけだな」

「ええ、まあ」

「俺はな、ひとを見る目だけはあるんだよ。ああ、君は見どころがある」

「ありがとうございます。けれど、どういうところが」

「なんというかな、いうなれば、こう、どことなくだが、マラに似ている」

ジャン・ポール・マラは今夏に暗殺された革命家である。発行していた新聞に因《ちな》んで、「人民の友」とも呼ばれていた、それこそマクシミリヤン・ロベスピエールに並ぶほどの大革命家だ。過激かつ奇抜な発言でも知られ、パリの大衆を自在に煽動《せんどう》してみせるその影響力の大きさで、政敵には常に恐れられてきた。

もちろん、ナポレオーネも知っている。革命の理想に傾倒している身としては、憧れの人物でさえある。あのマラに似ているのだとすれば光栄だ。ああ、そうなんだ。小さな身体に収まりきれず、どんどん外に溢れて、ほとばしり出る力を感じさせるというか。その力が圧倒的で、しかも刃物のように鋭く、危ういくらいの凶暴性まで感じさせるというか。

「ただマラと比べると、な」

「なんですか」

「マラは無私の男で、一種の聖人だったが、君のほうはギラギラして、ははは、ずいぶん俗っぽい」

ははは、ギラギラ大いに結構。ははは、若いって証拠だ。そうやって高笑いまで響かせられれば、思わずにいられない。バラスさん、あんたにいわれたくはない。そう心に零して、ナポレオーネは笑みを浮かべていた。薄っぺらで、なんだかインチキくさいが、嫌いじゃないな、この男。

「それでは処置は終わりましたので、これで失礼いたします」

断ると、エルナンデス軍医は逃げるように退室した。それが気に入らなかったとも思えないが、バラスのほうは急に顰め面になった。なにか気に障ったのか。

「なんなんだ、この穴は」

無遠慮に指まで入れてきたのは、ナポレオーネの軍服の肘のあたりに開いた穴だった。戦闘中に軍刀が掠ったか、あるいは銃剣にひっかけられたかしたのだろう。

「感心せんなあ、ブオナパルテ」

いよいよ本気の不機嫌顔で、バラスというのは身支度にはやかましい質らしい。

「新調しろ」

「次に給金が払われたら、ええ、そうします」

「次だと。こんなんじゃあ、会食もできないじゃないか」

「しかし、こんな穴くらい、兵隊たちは少しも気にしませんよ」

「そうじゃない。これからは議員と会食することだってあるだろう。身なりくらいは、きちんとしないとな。いや、わかった、いっておくよ。陸軍計理総監のショーヴェあたりにいえばいいのか。とにかく、話を通しておくから、いいか、ブオナパルテ、備品科で新しい軍服を受け取れ」

そのショーヴェの主催で晩餐会が持たれたのは、雪月《ニヴォーズ》五日（十二月二十五日）のことだった。共和国軍が占領したトゥーロン、もはや「ポール・ラ・モンターニュ（山岳派の港）」と改名させられた都市において、軍が接収した屋敷のひとつだったが、計理総監ショーヴェが居を構えるとなったことから、陸軍の備品科も同じ建物のなかに設けられていた。

晩餐会に臨むに先立ち、ナポレオーネは新しい軍服を取りにいった。青い燕尾《えんび》の軍服に、肩に揺れる房が金モール、襟や袖の縁取りが草木模様の金刺繍で、二列に並んだ釦《ボタン》も金と、どこもかしこも眩いような飾りつけで、止《と》めが金の襟章、金の肩章に、それぞれ三ツ星が輝いているという、なんとも華やかなものだった。

備品科では黒鞘《くろざや》に金の金具があしらわれた軍刀まで渡された。仕上げにフランス共和国を象徴する赤白青の三色の帯を腰に結び、同じ三色の羽根で飾られた二角帽を脇に抱えて、ナポレオーネは会場へと歩を進めた。

臨席一同に紹介してくれたのは、オーギュスタン・ロベスピエールだった。ええ、この場を借りて、フランス共和国の新しい将軍を紹介いたしたく思います。反乱を起こした都市を降伏させるに際して証明された、その比類なき熱意、そして類稀《たぐいまれ》なる知性を高く評価され、こたび昇進なされました。

「ナポレオーネ・ブオナパルテ砲兵少将です」

会場が拍手で満ちた。雪月二日（十二月二十二日）、南フランス派遣委員一同の推挙によって、ナポレオーネは少将に、つまりは俗にいう将軍の位に上っていた。新しい軍服は将官のそれだったのだ。

拍手が引けると、いれかわりのように人が集まってきた。ナポレオーネの周りには、あれよという間に人垣ができた。

こういうときは、あえて遠巻きにして、バラスは片目だけつぶってみせる思わせぶりな仕種だった。いっそう恩着せがましいというべきか。ほら、俺は奥ゆかしい質だから、恩人面して近づこうとは思わんさ。ただ、わかってるよな、ブオナパルテ。おまえが将軍になれたのは、誰が推薦してやったからか。いや、それも大した問題じゃないが、とにかく、その新しい軍服だけは大切に着るんだぜ。と、それくらいの言葉が、あの妙に艶っぽい声で、今にも聞こえてきそうなのだ。

「ええ、ええ、新時代の将軍の誕生といってもよろしいでしょう。革命精神と軍事的才能を見事に両立させているブオナパルテ将軍こそ、あるべきフランス軍人の未来だ」

そう続けて、オーギュスタン・ロベスピエールはといえば、少し興奮気味だった。この派遣委員の推薦こそ、ナポレオーネの将軍昇進を決定づけた。それはいうまでもなかったが、自身にとってもトゥーロンの攻防は、まさに伸るか反るかの戦いだったのだろう。

「戦勝の報せに、パリも狂喜乱舞したといいます」

それは期待と重圧を背負いながらの南フランス入りだったに違いない。仕事の可否には、政治生命すら賭けられていた。それもオーギュスタン・ロベスピエールのみならず、マクシミリヤン・ロベスピエールの、いや、山岳派全体の政治生命だ。トゥーロンで負ければ、ジロンド派が勢いを取り戻す。連邦主義がフランスを席巻する。これを境に革命は逆行してしまわないともかぎらなかったのだ。

オーギュスタン・ロベスピエールは喜色満面、というより、ようやく肩の荷が下りたという心地だったか。ブオナパルテ将軍のこと、もちろん手紙に書きました。兄も喜んでいると思います。

「今頃はパリでも英雄視されていますよ」

「コルスの希望の星でもあります」

話に入るのは、クリストフ・サリセッティだった。この議員にとっても、格別の感慨があるはずだった。なにしろパオリに追われて、ともにコルスを後にせざるをえなくなって、まだ一年とたっていないのだ。よるべもないまま互いに身を寄せ、本土とはいえ異邦の感あるフランスで出直しを図ったとき、こんな未来が待ち受けていようとは、よもや想像もしていなかったのだ。

「フランスは遠からず、パオリの手からコルスを取り戻さなければなりません。ロベスピエール議員、そのときは是非このブオナパルテ将軍を司令官として」

「ええ、遠征軍を発しましょう。革命の大地を取り戻しましょう」

激情の言葉が続いただけに、おっとり落ち着いた声が耳に心地よかった。

「コルス遠征を否定はせんが、我が戦友は砲兵科の星でもあるよ」

テイユ中将も来てくれた。幕僚会議でナポレオーネの作戦が採用された後は、もう御役御免とばかりに宿舎を出なくなっていたが、今日の晴れの晩餐ばかりはリューマチに痛む膝を騙《だま》し騙しの歩き方で、それでも祝意を述べたいと出てきてくれたのだ。

「兄のところでやっていた実験も途中じゃないか。君が結果をまとめ上げて、できれば新しい砲兵理論を確立してほしいものだ」

「演習も大切だが、実戦でしか得られない経験もあろう。なあ、ブオナパルテ少将、君とは是非また一緒に戦いたいものだ」

デュゴミエ将軍も豪気に肩を叩いてきた。この人こそ南フランス方面軍の司令官だった。この俺のための司令官だった。いや、更迭されたカルトーやドッペも含めて、このトゥーロン包囲戦のことは生涯忘れることはできないと、ナポレオーネは思い知るばかりだった。

――未来が開けた。

将軍になった。僅か二十四歳にして、フランス軍の将軍になった。昇進したい、出世したい、英雄になりたいと常に念じてきた身ながら、考えもしていなかった。我が身に起こった現実こそ、まるで夢みたいなのだ。だから、忘れることができない。ナポレオーネの初勝利は、稀な大勝利でもあった。

7 クラリィ家

将軍として、ナポレオーネが最初に与えられた仕事は「ブーシュ・デュ・ローヌ県とヴァール県における監察総監」だった。

マルセイユからポール・ラ・モンターニュ、さらにニースにかけた地中海沿岸各地について、その軍事施設を査察点検し、また砲兵設備を適切に配置して、一帯の防衛を強化するというものだ。敵軍と対峙《たいじ》するでなく、要地を攻略するでなく、はっきりいって華のある仕事ではなかった。少将といえば旅団規模の指揮官だが、相当する部下を与えられるわけでもない。新任の将官に相応の、副次的かつ地味な役回りで、それこそナポレオーネがフランス軍に復帰した頃の仕事と変わらない。

――しかし、だ。

こたびは上官というものがない。方面軍を率いる司令官がいるでも、大将や中将が幅を利かせているでもない。与えられた任務においては、全てが自分の思うがままだ。これは、すこぶる気分がよい。

将軍としての本営を置いたのが、マルセイユだった。サン・ニコラ要塞に執務室を整えて、ナポレオーネは雪月《ニヴォーズ》のうちに仕事を始めた。要塞は陸地が西から東にU字に抉りこまれている港にあって、その南側に連なる栈橋の西端に位置していたが、未だフランス共和国軍への反感がなくならないなか、この施設からして問題ありといわざるをえなかった。

「同胞市民ブーショット陸軍大臣閣下、サン・ニコラ要塞が攻められたら、防戦は十五分が限界と思われます。都市側を塞ぐ三つの防壁は、全て崩れています。あらゆる方角から容易に近づくことができるのです。まったく困った要塞ですが、少なくとも敵対行動に対しては、防衛可能たらしめなければなりません。そのため、まずは防壁のひとつでも再建するべきでしょう。都市を押さえたいと思うなら、当要塞に向けられている大砲も移動させなければいけません。マルセイユ港を守るはずの砲台の数々も、なんとも奇妙な状態です。砲兵理論に対する徹底した無知しか看取されないわけで……」

ナポレオーネの声が響いた。机に組みつき、白紙に一心不乱に羽根ペンを走らせるのは、変わらずのアンドッシュ・ジュノだった。兵科も所属も別だったが、それを引き抜き、ナポレオーネは自分の副官に抜擢していた。ジュノにとっても、もちろん大出世である。

「入ります」

大股で入室するのは、こちらは歩き方から変わらず美々しいマルモンだった。士官学校出の砲兵将校が、ブオナパルテ少将の副官に任命され、こちらは順当な昇進というべきか。さすがの貴族出は押し出しも立派なので、マルモンのほうは将軍の名代として、各都市、各要塞を飛び回る日々である。

「ポール・ラ・モンターニュの沖、イエール諸島に砲台を設置する件ですが、その準備が全て整いました。来週には工事を始められます。けれど現地まで将軍に、わざわざお運びいただかなくとも」

「どうしてだ」

「来週二十三日（一月十二日）には、派遣委員バラス閣下とフレロン閣下がマルセイユにおみえになるのでしょう。将軍にはそのお相手もしていただかなければなりません。元のトゥーロンの沖の小島の砲台など、委細任せて下されば、私が適切に処理しておきますが」

「いや、いい。マルモン、君を信用しないわけではないし、君にも立ち会いを頼むが、やはり俺も向かうべきだろう。ただ移動の間は寝ておきたいから、馬車の手配だけ頼む」

「ときにブオナパルテ将軍」と、今度はジュノだ。「このサン・トロペ宛の手紙って、ニースに書いた奴と宛先を変えただけじゃないですか。だったら、俺が続きを写しておきますよ」

「いや、それもいい。写しで済まない箇所があるかもしれないから、きちんと口述しておきたい」

こんな調子で、細かい質のナポレオーネは、全て自分でやらないと気が済まない。どんな書類にも目を通し、どんな仕事も部下に任せきりにはしない。将校の頃からそうだったが、所詮は将校であり、その分には熱心と褒められるだけだった。が、それが将軍になってからも同じなのだ。

膨大な量に上る仕事を全て自分でこなそうと思うなら、大忙しにならざるをえない。文字通り寝る間も惜しむ働き方になるが、これが寝なくても平気な体質だというから、始末が悪い。

「しかし、そろそろ時間だぞ、ナポレオーネ」

苛々声で咎めたのは、兄のジョゼフ・ブオナパルテだった。ブオナパルテ家は今もマルセイユで、ラフォン通りに暮らしていた。

「ルイ、おまえ、なにやっている」

ナポレオーネも苛々声で叱りつけた。ルイジを改めたルイは兄弟の四番目で、気に入りの弟である。このたびの昇進に際しては、俄に軍曹の位を授けて、やはり将軍付にしていた。与えた任務というのが、仕事を邪魔されるのが何より嫌いという兄のために、執務室の扉の外に構えて、部外者の勝手な入室を許さないという役割だった。それを怠ったという叱責だ。

「だって、ジョゼフ兄さんが」

「兄弟は関係ないぞ、ルイ。俺のことだって、兄じゃなく上官と思えと、普段からいってあるだろう。それと同じで、ジョゼフだって俺たちの兄貴ではあるけれど……」

「ナポレオーネ、弟を責めるなよ。私のことだって、悪くはいわせないよ。そもそも、約束の時間に遅れそうになっている、おまえが悪いんじゃないか」

そういう間もジョゼフは懐中時計を取り出して、不機嫌な横顔で文字盤を確かめた。気の長い長兄が、こんな風に気が揉める風なのも珍しい。いや、せっつかせてもらうよ。

「もう七時五十分を回ってるんだからね」

「八時の約束だろ。同じマルセイユの内だ。ここから十分とかからないさ」

「十分かかったら、もう遅刻なんだよ」

「じゃあ、五分で行くから」

「適当なことをいうなよ、ナポレオーネ。くれぐれも失礼があっちゃならないんだ。クラリィ家というのは、マルセイユでも指折りの富豪なんだからな」

ナポレオーネは肩を竦めた。仕事のうちといわれても、正直いえば面倒くさい。

クラリィ家は地元マルセイユの裕福な商家である。絹織物卸しだとか、石鹼《せっけん》工場だとか、手広く商売しているかたわら、郊外には貴族まがいの地所まで求めているという、典型的なブルジョワだ。

革命前の慣習でプロヴァンスの貴族たちとも縁付いた。それが革命が起きて、仇《あだ》になった。例のマルセイユ蜂起の前後の話で、縁者の貴族が何人か「王党派」として処刑された。と思えば、昨年の九月には一家の長男エティエンヌ・クラリィまで逮捕された。革命裁判所で審理にかけられることも決まったが、そうなってクラリィ家が頼ったのが他でもない、ジョゼフ・ブオナパルテだった。

もう裁判の前日だったというから、よほど追い詰められたのだろう。コルスなどから流れてきた余所者の若輩に訴えてきたのだから、本当に頼る先がなかったのだろう。

当てこんだ理由がないではなかった。他でもない、そのコルス人だった。同じコルス人のクリストフ・サリセッティ議員が、南フランスに派遣委員として赴任してきた頃の話で、その引きで年収六千フランの陸軍主計官に奉職したジョゼフのことが、当時ちょっとした噂になっていたらしいのだ。

実際、ジョゼフの口利きでサリセッティが動き、絶大な権力を振るえる派遣委員の一声で、エティエンヌ・クラリィは自由を取り戻した。以来、つきあいが始まったのだ。平素から親しむことで、いざというとき互いに力になろうじゃないかという、つまりは社交だ。

——ジョゼフ兄は好きだなあ、こういうことが。

嘆息するにつけても、ナポレオーネは思う。愛想がいいのは、亡き父シャルル・マリー・ディ・ブオナパルテ譲りだ。背が高くて、見栄えのする容姿も瓜ふたつだが、性格もそっくりになってきた。

——俺は違う。

ナポレオーネが思うに、社交も悪くはないのだが、やはり男は仕事である。人脈だの、伝《つて》だのを否定するわけではないが、そればかりというのも、どうか。暇があるなら社交も悪くないかもしれないが、それで仕事が邪魔されるなら本末転倒ではないか。ブツブツとやりながら、馬車に乗りこんだそばから、二人の副官に残してきた仕事のことが、気になって仕方なくなる。

クラリィ家は立派だった。港のベルジュ埠頭から北に行く、フォセアン通りに面していたが、狭苦しいところに軒がひしめく旧市街にある割には敷地も広い。白壁に橙色の屋根を載せる建物も、ルネサンス様式の装飾があしらわれ、アジャクシオのブオナパルテ家のように、ただ上に高いだけではなかった。

案内された広間も大きい。その夜は他にも客が招かれていた。これじゃあ、俺が出る幕じゃない。さっさと仕事に戻ろうと思いかけるも、ナポレオーネは気がついた。注目されている。俺たちが、いや、俺が注目されている。ああ、そういうことだったか。

自分でいうのもなんだが、二十四歳で将軍になった期待の星がやってきたと、マルセイユでは、それこそ噂の的になっていた。確かに耳目を惹く話だろうし、我ながら快挙という自負もある。注目されて当然とも思うのだが、ナポレオーネが気がついたというのは、それを自分のために役立てようとしている、ジョゼフの魂胆だった。つまりは派遣委員サリセッティの縁《ゆかり》の者というのに加えて、新少将の兄として、このマルセイユの社交界に一層の幅を利かせたいというのだ。

持ち前の愛想のよさを、ここぞと発揮しながら、早速ジョゼフが引き合わせにかかった。

「ああ、ナポレオーネ。こちら、エティエンヌ・クラリィ氏、絹織物の卸しを広く手がけておられる。なんでもプロヴァンスに飽きたらず、最近はラングドックにも販路を拡大されたとか」

拡大というほどの拡大では。謙遜してみせたのは、ジョゼフより少し年上で、三十を少しすぎたくらいと思わせる紳士だった。革命裁判所から助け出されたのは、この男だ。

「はじめまして将軍閣下、あなたが噂の今《いま》ハンニバルであられましたか」

と、エティエンヌ・クラリィは始めた。ナポレオーネは聞き返す。今ハンニバル?

「トゥーロン奪還の立役者であられるのでしょう。誰も思いつかない妙策を思いつかれるとか」

「いや、それこそ妙策というほどでは。ハンニバルどころか、砲兵用兵のほんの基本にすぎません」

答えた後で、ナポレオーネは心に続けた。だいいち、俺はカルタゴが嫌いだ。負けたからだ。どうせ譬《たと》えられるなら、勝ったローマのスキピオのほうがいい。

「こちら、トマ・クラリィ氏」

「はじめまして。将軍のような方とお近づきになれて、本当に光栄です。兄のエティエンヌとは棲み分けと申しますか、私のほうは石鹼工場をやっております」

そう教えられて、またナポレオーネは心に続ける。それなら、その素晴らしい石鹼を、格安で軍に卸していただけませんか。マルセイユとポール・ラ・モンターニュとニースの各駐屯地に二箱ずつ、アンティーブ、サン・トロペ、フレジュスの駐屯地には一箱ずつで。

「父のフランソワは、あいにく体調を崩しておりまして、今夜は失礼させていただいています。かわりといってはなんですが、こちらが母のローズです」

「お近づきになれて光栄です、マダム」

そこはナポレオーネも自分から挨拶した。フランス風を弁えて、差し出された手の甲には接吻を捧げもする。当たり前のエチケットにすぎないが、そうした弟の振る舞いを望外の収穫と思ったのか、ジョゼフは何とも嬉しそうな顔になった。で、こちらデジレさんだ。

「あっ」

と、ナポレオーネは呻いた。頭のなかが白くなった——とまではいわないが、少なくとも仕事のことなど一瞬にして綺麗に消し飛んでいた。

ジョゼフは続けたようだった。それで、こちらが上のお嬢さんで、ジュリーさん。

クラリィ家には二人の娘がいた。姉娘がマリー・ジュリー・クラリィで二十二歳。妹娘がベルナルディーヌ・ウージェニー・デジレ・クラリィで十六歳。年頃の姉妹が揃うなら、こちらも二十六歳と二十四歳の兄弟であり、ときおり母親が覗きにくるとはいえ、自然と四人で話が弾むことになる。

「ナポレオーネ様ときたら、随分お若くていらっしゃいますのね。将軍だなんて、とても思われないわ。ねえ、デジレ、そうじゃない？」

姉に確かめられると、デジレは「ええ」と短く答えた。黒真珠を思わせる深い瞳で、甘えるような上目遣いだ。細かい巻きで額にこぼれる前髪の束は濃い栗色で、そうした色合いが少女の風を残すあどけなさとあいまって、その女の大人しい印象になっていた。

ジュリーは続ける。肘を張り出しての、身ぶり手ぶり付きである。将軍なんて聞くと、もっと威張っていて、髭なんかも蓄えていて、もっと、こう、なんというの、デジレ、ほら。

「オジサンみたい？」

「そうそう、ふふふ、そうね、オジサンみたい」

姉に笑われ、デジレは照れたように俯いた。頬にポッと愛らしい薔薇色が差してから、ああ、このひとは白磁さながらに色が白かったのだと、ようやく気がつく。

「いえ、デジレさん、上手な譬えだと思いますよ。実際、うちの弟を除けば、デュゴミエ将軍だって、ラ・ポワプ将軍だって、みんなオジサンでしたからね」

ジョゼフがにやけ顔で応じた。愛想がいいのは結構だが、俺の話をしているときくらいは黙れないのか。歯がゆくも思いながら、ナポレオーネも負けじと話に加わった。

「僕にいわせれば、オジサンの将軍じゃあ、その時点で駄目ですね。年をとって、ようやく昇進したところで、それじゃあ、いつ活躍するんだという話になります。僕の目標は将軍になることじゃない。将軍として働くことです。フランス人民のために力を尽くすことなんです。邪《よこしま》な外国を打ち倒し、祖国の栄光を高めることなんです」

兵士に呼びかけるときの癖で、ナポレオーネは声が大きい。いえ、今の仕事は監察総監にすぎません。このあたりの軍事施設を点検して回るだけだ。けれど、いつまでもそうじゃありません。これは内々の話、つまりは一種の軍事機密なんですが、僕は近くイタリア方面軍に転出することになりそうです。専門は砲兵科なんですが、その手腕をサルデーニャ王を向こうに回した戦争で、是非とも発揮してほしいということですね。実際のところ、砲兵指揮官ともなれば、方面軍の司令官に次いで……。

「おい、ナポレオーネ、おい」

「なんだよ、ジョゼフ、まだ途中なのに」

「それは悪かったが、ジョゼフ、ときに軍事機密とやらを、そんな大きな声で話していいのか」

「ほほほ、ほほ」

ジュリーは声を上げて笑った。デジレも笑ったが、戸惑うように小さな手を口に運び、小動物が怯えるような目を何度も上にしたり下にしたりで、笑い方にも困るかのようだった。そのぎこちなさが、可愛らしい。

ジョゼフのほうは、いよいよ得意顔だ。ははは、おかしいでしょう、こいつ。

「一口に仕事人間といいますが、うちの弟の場合は、ちょっと熱中しすぎる嫌いがありまして、しかも異様に細かい。先日なんかも……」

また笑いを誘いたい魂胆がみえみえだったが、それをナポレオーネは許さなかった。

「なにも、おかしなことはないぞ。男は仕事さ。生まれだとか、財産だとか、そういう親から受け継ぐもので決まる時代は、この革命で終わったんだ。これからの男は、何をするか、どういう働きをするか、それじゃないのか」

「かもしれないが……」

「仕事だけという殿方も、どうかと思いますけどね」

またジュリーである。はきはき受け答えするが、それが嫌みにはならない。

「うちなんか代々の商家でしょう。革命の前から仕事人間なんか珍しくありませんでしたの。父など、今日も商売、明日も商売で、家にいた例がないほどでしたわ。それは仕方ないとして、そのうち家族に関心がなくなってしまうというのかしら。娘がいることなんかも綺麗に忘れてしまって、私、とうとう行き遅れてしまいましたわ」

「はははは」

と、ナポレオーネは笑ったが、そこで俄に表情を曇らせるジョゼフは、さすがに如才ないものだった。何を仰いますか、ジュリーさん。

「あなたほどの女性なら、嫁の貰い手は、いくらでもいますよ。家庭的であられるところなんかも、男の目には魅力的に映るのじゃないですか。私も仕事ばかりという男は、常々どうかと思っておりましてね。人生の楽しみというのは、もっと、こう……」

思いの外《ほか》楽しい夜になった。馬車に揺られる帰り道で、ジョゼフはこう切り出した。

「で、ナポレオーネ、どう思う」

「なにが」

「デジレのことさ。実は求婚しようと思っている」

と、ジョゼフは打ち明けた。ドキリと心臓が一打ちしたが、それをナポレオーネは隠した。

「へえ、そうなんだ」

「デジレの父上、それに兄上たちなんかにも、それとなく話は通してあったりするんだけど」

深夜の車室は暗かったが、恐らくジョゼフは臆病に探るような目になっているはずだった。察しながら、ナポレオーネはすぐには答えてやらなかった。言葉をぶつけてやるのは、向こうが我慢できずにしゃべり始めたときだ。うちの家族にも話して……。

「兄貴はジュリーのほうだろ」

「えっ、なに？　ジュリーが、どうした？」

「兄貴は長男なんだから、結婚は商売だろう。ジュリーのほうが持参金が多い。長女だし、それに行き遅れの嫌いが否めないだけ、金額に色がつく」

「かもしれないが、デジレのほうが美人じゃないか」

「ジュリーだって美人だろう」

「醜女《しこめ》とはいわないが、やはりデジレと比べてしまうと」

「ご婦人を物みたいに比べるなんて、少し失礼じゃないか、兄貴」

「そ、そういうつもりじゃなかったんだが……」

「いいかい。うまくいく夫婦ってのは、二人のうち必ず一人が譲るって組み合わせになってるんだ。ジョゼフ兄は優柔不断な性格だろ。デジレも同じだ。けれど、ジュリーと俺は自分が欲しいものを知っている。ということは、だ。兄貴はジュリーのほうが合う。ジュリーと結婚したほうがいい」

「デジレのほうは」

「俺が妻にする」

　そう宣言して、ナポレオーネは馬車を下りた。マルセイユではひとり別に下宿を求めて、ベルジュ埠頭から南に下がる、パラディ通り三十四番地のル・ジャン家に暮らしていた。フォセアン通りのクラリィ家からは、ジョゼフが家族と暮らすラフォン通りより、ずっと近い計算になる。

8　誘い

太鼓の音が鳴り響く。共和暦二年花月《フロレアル》十二日（一七九四年五月一日）、鼓笛隊を先頭にニースに入城したのは、フランス共和国のイタリア方面軍だった。

三歩兵旅団の行進で、軍靴の音が幾重にも刻まれた。それ以上に耳につくのは、パカパカ響く蹄の音とガラガラ鳴る車輪の音で、それが容易に途絶えないというのは、大小合わせて三十門にも上る大砲が、曳き馬の力に委ねられて、陸続と運搬されていたからである。

圧倒的な火力で方面軍が制してきたのは、サルデーニャ王が領する北イタリア、ピエモンテ地方の都市オネーリアだった。指揮官は颯爽と白馬に跨《またが》るブオナパルテ少将で、まだ二十四歳という若さには、沿道のニース市民も感嘆の声を禁じえないようだった。

雨月《プリュビオーズ》二十八日（二月十六日）付の辞令で、ナポレオーネはイタリア方面軍に転出していた。司令官デュメルビオン将軍下における砲兵指揮官の任であり、いわば本業復帰である。

風月《ヴァントーズ》二十一日（三月十一日）の幕僚会議で、ナポレオーネが提案したのがオネーリア遠征だった。ピエモンテで阻むべきは、サルデーニャ軍とオーストリア軍の合同である。集結が予想されるのが、首都トリノに通じる地中海沿岸の都市サヴォーナだ。が、それを攻めるときに背後を取られないよう、前もってリヴィエラ海岸を制圧しておかなければならない。なかんずく別ルートでトリノに通じるオネーリアは、その北方の要衝ともども占拠する必要がある。

かかる主張が容れられた。前哨《ぜんしょう》戦の位置づけだけに、遠征の指揮もブオナパルテ少将に任された。準備に一月《ひとつき》ほどかかり、遠征が始まったのが芽月《ジェルミナール》十六日（四月五日）だった。

アルプスのタンド峠を越えると、ブオナパルテ分隊がボルディゲーラに、マッセナ分隊がヴァンティミーリアに進軍する両面攻撃を成功させ、これらを拠点に芽月十八日（四月七日）まではオネーリア北方の高地を制圧、その翌日には見事オネーリア入城となった。

ポンテ・ディ・ナヴァ、オルメア、ガレッシオ、ピエーヴェ・ディ・テコと周辺拠点の安定に努め、それから再びオネーリアに向かい、サン・レモ、サオルジュと経由して、ニースに帰還したのが今日、花月十二日なのである。

ブオナパルテ将軍は戦勝をひっさげて、いうなれば凱旋だった。その雄姿は持て囃されるものだとしても、なおニースの空気は微妙だった。

元々がサルデーニャ領の「ニッツァ」で、フランス領になったのは一七九二年に軍が侵攻してからである。自分たちでは「ニッサ」と呼んでいるように、喋る言葉はプロヴァンス語で、イタリアというほどイタリアではないながら、フランスというほどフランスでもない。サルデーニャ領のオネーリアを攻略したと聞かされても、そこは微妙なのである。

コルス生まれのナポレオーネは敏感だった。戦勝将軍なんだと、しつこく練り歩こうとは思わないし、凱旋の式典も望まない。夜に内輪の祝宴を設けることにして、さっさと家に帰ってしまう。

イタリア方面軍の本営が置かれている都市であり、ここではナポレオーネも仮住まいではない。市内ヴィルフランシュ通り一番地の、ジョゼフ・ローランティという裕福な商家の屋敷に下宿を決めて、そこで日々を暮らしていた。それは部屋に戻り、イタリア的に緑に塗られた鎧戸を開け、その窓からアルバン山の白い岩肌を眺めながら、ようやく軍靴を脱いだばかりというときだった。

「市民オーギュスタン・ロベスピエールがおみえになりました」

と、家人に伝えられた。派遣委員はオネーリア遠征にも同行していた。サリセッティ、リコール、バラスやフレロンもいるが、最大の後援者といえば、このオーギュスタン・ロベスピエールである。ナポレオーネは軍服にサンダル履きという、なんだか妙な格好だったが、うるさい質のバラスというわけでなし、また待たせるのも気が引けるので、すぐ部屋に上がってもらうことにした。

オーギュスタン・ロベスピエールも特に咎めるでなく、それどころか変わらずの喜色を浮かべて、まずは戦勝を言祝《ことほ》いでくれた。ええ、おめでとうございます、ブオナパルテ将軍。

「こたびのオネーリア遠征でも、あなたの実力が遺憾なく発揮されましたね」

「ありがとうございます、議員。しかし……」

と受けて、ナポレオーネも気にならないではなかった。ただ祝いの言葉を述べたいなら、わざわざ訪ねてきたりすまい。夜の祝宴を待たずに面会を求めたからには、何かある。

実際、オーギュスタン・ロベスピエールは少し様子がおかしかった。そう思うことで、あるいは不安げな表情が浮かんでしまったのだろうか。ああ、ブオナパルテ将軍、急にすいませんでした。

「驚かせてしまったかもしれませんね。率直に申し上げますと、内々にお話ししたいことがあります」

「内々に、ですか」

受けながら、ナポレオーネは相手に椅子を勧めた。自分は寝台に腰かけることにすると、オーギュスタン・ロベスピエールは始めた。実はパリに戻らなければならなくなりました。

「あっ、パリですか」

大変なことになっている、とはナポレオーネも聞いていた。対外戦争では善戦、国内でも数々の蜂起反乱を鎮めて、ジロンド派が再起する芽を潰し、いよいよ不動の安定感を示すかと思われた政局が、以前に増した激震に見舞われていた。

あるいは山岳《モンターニュ》派の内紛が起きたというべきか。芽月四日（三月二十四日）にはエベール派が、そして芽月十六日（四月五日）にはダントン派さえもが、それぞれ処刑されてしまったのだ。

報道が南フランスに届くまでは時間差があり、しかもナポレオーネはオネーリア遠征に出ていたので、聞かされたのはごくごく最近のことである。正直なところ、ピンと来ていなかったが、それもオーギュスタン・ロベスピエールから俄にパリに帰ると明かされると、それほどまでの難局なのかと、いきなり青ざめる思いに襲われてしまう。

「いえ、ブオナパルテ将軍、そんな心配するような話ではないのです。山岳派の政権運営が危うくなったわけではありません。それどころか、過激に左に揺れすぎたり、安易に右に戻りすぎたりした面々を排除して、ますます安定しています。ただ政争が続いたために、議員が少なくなりました」

多くが断頭台の露と消えたという意味である。

「ことに私は『最高存在の祭典』の準備を手伝わなくてはなりません。来月に予定されている政治的祭典で、兄のマクシミリヤンが目下最も力を入れているものです」

「それで議員の皆さんはパリに……。バラス議員やフレロン議員は？」

「あの者たちも、また別件でパリに呼び戻されるでしょうね」

ナポレオーネとしては、暗く俯かざるをえなかった。自分の戦略眼、戦術眼には自信がある。が、正しいものが常に通る世の中でないことも学んでいる。デュメルビオン将軍、それにデュゴミエ将軍と格上の将軍たちが幕僚会議に並びながら、オネーリア遠征などという意見がすんなり通ったのも、オーギュスタン・ロベスピエールという無敵の後ろ盾がいてくれればこそだったのだ。

——それがパリに戻る。

南フランスから、いなくなる。かわりを当てにしようにも、バラスやフレロンまで近くパリに呼び戻される。オーギュスタン・ロベスピエールは続けた。ただサリセッティ議員は残ります。

「リコール議員も派遣のままです。もとより私にしても、パリに帰ったからといって、もうあなたのことは知らないというつもりはありません。ええ、ブオナパルテ将軍、あなたについては絶対の信を置いています。あなたが考える戦争こそ、フランスが行うべき戦争なのだと、皆に断言できるほどです。あなたにはパリから手紙も書きますし、幕僚部には指令も出します。あなたのほうからも、なんなりと私に問い合わせてほしい。ええ、ええ、この有益な信頼関係を損なうつもりなど、私には毛頭ないのです。ただ、どのみち良い関係を続けるつもりならばと、ひとつ思いついたことがありまして」

そこでオーギュスタン・ロベスピエールは一拍置いた。それからナポレオーネに向き直り、まっすぐ目を向けてきた。ブオナパルテ将軍、私と一緒にパリに行きませんか。

「パリに？　しかし、私は軍人です。戦場でもないパリで、なにをするというのですか」

「国民衛兵隊の司令官です」

そう腹を明かして、オーギュスタン・ロベスピエールは迷いもなかった。

「今の司令官がフランソワ・アンリオという男で、一途な革命家ではあるのですが、いまひとつ頼りない感じが否めないのです。パリの民衆こそ山岳派の力の源、パリの国民衛兵隊こそ山岳派の守り手ですからね。このポストには我々としても、人材を選びたいところでして」

いわれてみて、ナポレオーネも思い出した。共和暦一年牧月《プレリアル》十四日（一七九三年六月二日）、議会がジロンド派を追放したときも、圧力をかけたのはパリの国民衛兵隊だった。

オーギュスタン・ロベスピエールは続けた。この件については、兄の内諾も得ております。

「兄上というと、公安委員会のマクシミリヤン・ロベスピエール議員」

「ええ。ですから、ブオナパルテ将軍、あなたが不安に思うことは、ひとつもないのです。ぜひ考えてみてください。もちろん急な話ですから、返事は今でなくて結構ですが、数日内には私もパリに発ちますので……」

声を張り上げたのは、弟のリュシアンだった。

「どうして断っちまったんだよ」

松の木々に遊んでいた鳥たちが、その声の激しさに一斉に飛びたった。仰天して一緒に逃げ出さないまでも、ナポレオーネは顔を顰めないではいられなかった。

アンティーブはニースから紺碧海岸を西に進む。小さいが港を有して、その北側の高台にはサレ城という軍事施設がある。やはり小さいが、星形の稜堡を備える要塞で、フランス陸軍の管轄になっていた。その目下の管理者がブオナパルテ少将だった。

管理というが、実際には家族を住まわせているだけだ。ゆったりしているので、わけても下の妹たち、弟たちは大喜びなのだ。ブオナパルテ家の兄たちは、もちろん普段は余所で働いているのだが、それでもたまには集まろうじゃないかとなったのが、その花月二十日（五月九日）だった。

サレ城は松林に囲まれている。プロヴァンスの燦々たる陽光も、加減のよい木漏れ日になる。食卓を出して、椅子を運んで、のんびり家族で昼食を楽しんでいた折であれば、二人で多少は離れていたとはいえ、リュシアンの大声は弁えないものだった。

ナポレオーネは耳を澄ました。今も幼い笑い声は、きちんと届いて聞こえてきた。家族は気にしなかったらしい。それほど驚かなかったらしい。だからというわけではないが、リュシアンは気にする素ぶりもなかった。もったいない。なんて、もったいない。

「だって、兄さん、パリの国民衛兵隊だぞ。その司令官だぞ。なあ、どうして断っちまったんだよ」

ナポレオーネは辞退していた。今回は見送らせてほしいというのが、オーギュスタン・ロベスピエールへの返事だった。

「だって、おまえ、ラ・ファイエット侯爵が就いていたポストだぞ」

「だから、なんだよ。貴族のポストってわけじゃないぞ」

「そうじゃなくて、あの男は市民に銃を向けただろう」

「シャン・ドゥ・マルスの虐殺事件だな」

「パリ国民衛兵隊の司令官てな、そういう仕事なんだ」

「しかし、兄さんだって軍人なんだから、暴動の鎮圧くらいしたことがあるはずだ」

「あるよ。フランスでもある。コルスでもある。得意なくらいさ。パリに行っても、俺なら役に立つこと請け合いなんだが……」

「なんだが、なんだよ」

「面白くないんだ。思い切りは戦えないからな。戦争は、やっぱり敵国とやるのがいい。うん、今の仕事も面白くなってきたところだし、うん、うん、うまくいけば年末までには、ピエモンテくらい占領できちまうかもしれないぜ」

「それはそれで凄い話だが……。いや、やっぱりパリだぞ。政治の都なんだぞ」

「俺は軍人だしな」

「そういうことじゃない。山岳派のそばにいられるということだ」

リュシアンは声をまた大きく張り上げた。思えば政治志向の強い弟だった。筋金入りのジャコバン派で、熱心な山岳派なのだ。コルスのアジャクシオでも「グロボ愛国者の会」の書記を引き受けていたし、今も陸軍倉庫係の職を得ているサン・マクシマンで、人民協会の会長と革命監視委員会の会長を務めている。

そのサン・マクシマンの呼称を、古代ギリシャで有名な戦いが行われた「マラトン」に直させたり、自分の名前も古代ローマで共和政を始めたとされる政治家に因んで、ブリュテュ（ブルータス）に改めたりと、政治志向も過激に走りがちな嫌いさえある。

だからリュシアン改めブリュテュ・ブオナパルテは、声を大きくしないでいられない。

「兄さんを誘ったのは、オーギュスタン・ロベスピエールなんだぞ。仕えるべき人物だろう。いや、パリに行けば、マクシミリヤン・ロベスピエールにも仕えることになったんだ。マクシミリヤン・ロベスピエールだぞ。かの有名な『清廉の士』なんだぞ」

「仕えるさ。これからも仕える、それは変わらないんだ。パリに戻ってからも、オーギュスタン・ロベスピエールは指令をよこしてきた。イタリア方面軍の動かし方だけじゃない。国民公会の外交委員会に提出する報告書の作成も頼まれた。ここだけの話だが、ジェノヴァ探索の依頼まで来た」

ナポレオーネは声を潜めながら続けた。ひとつには駐留フランス大使の腹を確かめなければならない。つまり、どこまで山岳派なのかだ。もうひとつが、ジェノヴァ共和国の真意だ。今の戦争には中立を宣言しているが、果たして本当にそうか。ついでにフランスが開戦したときのため、軍事施設の状態から、カディボーナ峠、モンテノッテ高地というような進軍予定先の地勢まで、じっくりみてきてほしいというんだ。

「それは、うん、大した重用だと思うが……。ううん、それにしたって、パリだぞ」

こだわるリュシアンは、そういえばパリに行ったことがなかった。ナポレオーネは何度も上京しているし、なにより士官学校時代には暮らしていた。ジョゼフにしても、議会に向かうサリセッティ議員についていったことがある。下の弟二人と一緒に片づけられるより、上の二人の兄と張り合いたい三男としては、意外なほど悔しく感じていたようだ。

なるほど、兄弟は張り合う。どんな小さなことでも、張り合う。ナポレオーネは受けた。

「南フランスも悪くはないさ。家族も落ち着いたことだし。それに家族も増えたことだし」

「兄さん……。そのことだけど、黙っていて悪かったとは思ってるんだ」

「いや、そんなことはいい。おめでとうといわせてくれ」

いいながら近づくと、ナポレオーネは自分より背が高い弟を抱擁した。身長を越されても、おかしくはない。リュシアンは十九歳だ。もう大人なのだ。

「ああ、結婚おめでとう」

張り合い、羨み、焦り、その結果として常に先走る。いかにもリュシアンらしい話で、この弟は兄弟のなかで一番早く結婚に漕ぎ着けていた。つい先だっての花月十五日（五月四日）の話で、新婦のカトリーヌ・ボワイエはサン・マクシマンの旅籠の娘だという。

アンティーブにも夫婦で来ていて、たまには家族で集まろうとなったのも、お祝いくらいしたいということなのだ。カトリーヌはブオナパルテ家の輪の中にいて、母や妹たち、兄弟たちに囲まれながら、今もぎこちない会話をしているはずだった。

ナポレオーネはハッと気づいたような調子で持ちかけた。そろそろ戻るか、みんなのところに。

「カトリーヌさんだって心細いだろう」

「なに、向こうには気遣い上手のジョゼフ兄がいるから大丈夫さ。そうそう、ジョゼフ兄といえば、この夏にはやっぱり結婚するんだろう。俺みたいに、ただ嫁に貰うってなわけにもいかなくて、正式な婚約も整えたとか」

「らしいな。持参金、なんと十五万フランだ」

リュシアンは、ひゅうと口笛を吹いた。

「ナポレオーネ兄さんに勧められたといってたが」

「ああ、勧めた。花嫁の名前はマリー・ジュリー・クラリィというんだ」

そういってから、ナポレオーネは小声で続けた。いや、まったく、驚いた。ジョゼフ兄ときたら、弟のいうことを真に受けたんだな。本当にジュリーのほうにしたんだな。

「なに、なんていったんだ、兄さん」
「いや、なんでもない。ただジョゼフは南フランスの女と結婚する。リュシアン、おまえの上《かみ》さんだって南フランスの女だ。この調子で行くと、この俺まで南フランスの女と結ばれるかもしれないなと、そんなことを思ったのさ」

9　急展開

ニースに戻れたのは、共和暦二年熱月《テルミドール》九日（一七九四年七月二十七日）だった。収穫月《メシドール》二十三日（七月十一日）から約二週間、ナポレオーネはジェノヴァ視察の旅に出ていた。

駐留フランス大使ティイイを訪ね、その仲介でジェノヴァ当局と面談する。フランス軍が進駐している前線での国境問題を話し合いながら、それとなく相手の腹の内を探る。放たれていた密偵から情報を集め、さらに自分の目でも要地要衝の様子をつぶさに確かめる。

ひとりの人間に委ねられるには、非常に多岐にわたる任務だった。骨が折れると零しかけるが、これぞ信頼の証《あかし》でないかと思えば張り合いが感じられて、疲れた身体にまた力が満ちていく。

オーギュスタン・ロベスピエールとの紐帯《ちゅうたい》は保たれていた。

「攻撃を分散させるのでなくて、集中させなければならない。それゆえスペイン国境では守備態勢を、ピエモンテ国境では攻撃態勢を取るべきである」

南フランスの用兵についてナポレオーネがなした具申も、かつての派遣委員を通じて国民公会、わけても公安委員会で取り上げられ、近く承認される模様だという。通れば、ピレネ方面軍は活動休止状態に入る。他方、アルプス方面軍との合同において、イタリア方面軍の活動は活発化する。その砲兵指揮官の役割も、当然ながら大きくなる。ああ、これからは忙しくなる。張りきるばかりのナポレオーネだったが、そうなる前に片づけなければならない案件も少なくなかった。

事実、休みはない。熱月九日にニースに戻るや、リコール議員、ガッサンディ将軍と関係各所に報告を済ませ、さらに留守の間に溜まった事務処理を片づけがてらに、南フランス各地の駐屯部隊に命令を飛ばしてしまうと、熱月十四日（八月一日）にはもうキュージュ・レ・パンに到着していた。

ニースからは三十リュー（約百二十キロ）と、ややある。ポール・ラ・モンターニュから発しても、マルセイユから発しても七リュー半（約三十キロ）と、こちらでは等距離の位置にあって、キュージュ・レ・パンは両市を隔てる山々の襞のひとつに、ひっそりと隠れるような小都市だった。

中世からの城があり、その周囲に家々が立ち並び、それらも十分も歩けば尽きて、さらに北に進めば山、南に進めば畑というような、つまりは何もない田舎町である。

「だから少し歩きませんか」

そう誘うと、ベルナルディーヌ・ウージェニー・デジレ・クラリィは後ろをついてきた。

地名に偽りなく、少し歩けば松の木《レ・パン》の林である。いかにも夏の盛りといった南フランスの太陽も、その小道では涼しげな木漏れ日になる。長閑な午後の風に当てられ、ときおり葉がこすれたり、小動物が走り去ったりするほかは、これといった音もない。

二人きりだが、デジレに警戒する様子はなかった。それくらいには打ち解けていた。ナポレオーネが忙しい身であれば、ほんの数えるほどの回数でしかなかったが、あれからも会っていた。いうまでもないことながら、親しくなるだけの理由も与えられていた。

「いい結婚式でしたね」

と、ナポレオーネは続けた。ああ、また結婚式だ。熱月十四日、キュージュ・レ・パンで挙げられたのは、こちらの兄ジョゼフとデジレの姉ジュリーの結婚式だった。ええ、こういうのも悪くないものですね。

「田舎でやれば身内だけでのんびりできますし、気忙《きぜわ》しい日常からも離れられる。とはいえ自分が結婚式を挙げるなら、やっぱり街のほうがいいかな」

「大聖堂でお挙げになりたいのですか」

「今日《きょう》び聖堂では挙げませんよ。カトリック教会なんか、もう廃止も同然ですからね。それどころか、派手な式なんか挙げた日には、革命裁判所に連行されてしまいます」

答えながら、ナポレオーネは思う。女というのは、どうして教会が好きなのか。キュージュ・レ・パンなどという田舎に来たのも、それだった。花嫁のジュリーが式はどうしても教会で挙げたいといったのだ。マルセイユでは挙げられないので、たまたまクラリィ家が持っていたジューランという地所に、昔ながらの聖職者ともども、ひっそり置かれたままになっていた教区教会を頼ったのだ。

結婚の聖餐式を挙げたのは、午前のうちだった。それからキュージュ・レ・パンに戻って、昼の馳走を平らげて、だから午後になっている。デジレは臆病な目をして続けた。

「そうすると、結婚式はどこでお挙げになるのですか」

「役所ですよ。兄たちも、さっき挙げたじゃないですか」

「モンフレイ市長さんのところで？　あれが式？　永遠の愛を誓うわけでもないのに？」

「役所に届けて、互いに文書を取り交わすというのが、革命の世の結婚式なのです」

「それでも結婚は結婚なんですね」

確かめられて、デジレに頷きを返しながら、ナポレオーネは思う。やはり結婚には魔力がある。教会で式が挙げられなくとも、その言葉自体が霊験を振るう。兄や姉のものであっても、みせられれば特別な気分になる。

　少し会話が途絶えた。足音だけが重なったが、そうすると沈黙が怖い質なのか、デジレのほうから再開した。

「相変わらず、お忙しくていらっしゃるのですか」

「どうして急に、そんなことを」

「なんだか苛々しておられるようだから」

「そうですか。いえ、そんなことはありませんよ。本当に」

　そう答えてから、ナポレオーネは心に続けた。苛々しているわけではない。そうみえたとすれば、むしろ緊張しているからだ。そのことを隠そうとする意識が働いたか、少し早口になってしまった。

いや、忙しいは忙しいですよ。これで将軍ですからね。外交官の役割なんかも任せられるようになって、先日もジェノヴァに行ってきました。本業のほうが暇という話でもなくて、それどころかイタリア方面軍は本格的に始動しますよ。前に話したオネーリア遠征どころじゃない。もっと大がかりな遠征です。しかも作戦は砲兵隊が中心的な役割を果たすものになりそうです。僕の責任も大きくなります。デュメルビオン将軍が御高齢であられるため、今だって僕が司令官のようなものですからね。

「活躍の機会も増えます。この分だと来年くらいには中将に、もしかすると大将になっているかも」

　ナポレオーネは大きく出た。我ながら打ち上げすぎと思わないでなかったが、ここは嘘でも大きく出なければならない。が、がんばったのに、デジレのほうはキョトンとした表情なのだ。

　通じていない。オネーリア遠征の話をしたときにも思ったが、仕事の話を聞かせても、あまり興味を示さない。正直がっかりしたが、ナポレオーネはすぐに気を取り直した。まあ、女というのは、そういうものなのかもしれない。差し出がましく仕事に意見などされたら、それはそれで腹が立つ。

なにより、仕事は本題ではない。そうだったのだと、ナポレオーネは唾を呑んだ。が、喉がカラカラに渇いて、うまくいかない。ちょっと痛いくらいだ。これでは無理か。今日はやめておくべきか。

――いや、負けるな、ナポレオーネ。

先延ばしにすれば、次の機会が待てなくて、それこそ苛々するだけだ。肝心の仕事さえ手につかなくなってしまう。片づけるべき用事は、やはり片づけなければならないのだ。

ナポレオーネは素早く左右を確認した。変わらず松林が続いて、栗鼠《りす》が走り回るだけだ。近くに人がいないことを確かめて、口を開いた。ときにベルナルディーヌ・ウージェニー・デジレ。

「はい、なんでしょう」

「あ、いや、なんというか、ウージェニーと呼んでいいでしょうか」

それは後回しでもよかったが、自分だけの呼び方を作りたいと考えていたことは事実だった。そのほうが親しみも湧く。ジョゼフが呼んでいたままの「デジレ」では、なんだかお下がりのようだ。

「デジレと呼ばれることのほうが多いのですが、ええ、ウージェニーでも構いません」

「よかった。では、ウージェニー、ひとつ聞いていいだろうか」

「はい」

「まだ処女だろうね」

我ながら、あまりな質し方だった。クラリィ家はきちんとした家であり、十七歳の末娘デジレ、いや、ウージェニーについても、悪い噂が聞こえてくるわけではない。だから聞くまでもない。あえて聞くなら失礼に、いや、侮辱にさえ当たる。控えるべきだと考えないではなかったが、やはりとナポレオーネは思うのだ。万が一ということもある。あとでわかって悔やんでも、それこそ取り返しがつかない。というのも、これだけは譲れない。俺ほどの男が譲れるわけがない。

ウージェニーは真っ赤になっていた。深く俯き、目も上げられず、とはいえ、それは恥ずかしさからの赤面で、怒りからではないようだった。それが証拠に小さくだが、すぐ頷いた。

「ええ、まだです」

「だったら、僕と結婚してください」


忙しい日々は続いた。熱月十八日（八月五日）、戻ったニースのジグ兵営でも、ナポレオーネは手紙を書いていた。が、自ら机に組みついて、いつも秘書役を務める副官ジュノはいない。

「心優しく、見目麗《みめうるわ》しく、恋する者は知らず知らずのうちに心を奪われてしまうはずです。それとも、あなたは私の心を、すっかり読んでいたのですか。あなたは友情を約束してくださいました。けれど、その友達からあまりに慌《あわただ》しくお離れになったのではありますまいか。いえ、私のほうでも仕事のために、あなたから遠ざかることになっていますね。こうして心のうちを吐露することで、隔たることの埋め合わせをしたいと思っても、それは自然な感情でしょう。ウージェニー、ウージェニー、ウージェニーと、そればかり頭にあります。けれど、その女性というのが移り気な年頃で、それに元から気持ちが変わりやすい性《せい》ですからね。私の孤独であるとか、私の苦しみ、私の恋情といったものを、どこまで分かち持ってくれるでしょうか。人の心なんて顔を合わせていないと、あっけなく揺らいでしまいますからね。ウージェニーという女性は、恋する者に全てを与えてくれるひとですか」

と、こんな調子で、ひとり酩酊《めいてい》気味の手紙を書き綴《つづ》る。ナポレオーネの求婚は容れられていた。造作もないというのは、ジレを妻に迎えたい旨は、クラリィ家のほうにも日を置かずに伝えられた。デすでに夫婦になっている兄のジョゼフと姉のジュリーを頼ることができたからだ。

「家にいるなら、あなたは音楽を習うことができますね。よいピアノを買って、よい教師を雇うといい。音楽は愛の魂であり、生きることの甘やかさであり、苦しみを和らげたり、清らかさを守ったりするものです。あなたの声はより美しくなるでしょうし、そうした新しい才能によって、あなたの友達を喜ばせることもできるでしょう。ああ、ウージェニー、それでは身体に気をつけて。常に明るく振る舞うことができるような、幸せな日々をすごされますよう。それから少しでも、あなたの友達のことを考えてください。この手紙を読んで、ほんの僅かでも嬉しいと思ったなら、いくつか言葉をいただきたいというのです。私にとっての何よりの幸福ですから、どうか、どうか」

そう手紙を結ぶほどに、安堵感に満たされる。俺は人生を取り戻した。ナポレオーネの胸に去来するのは、そうした言葉だった。ああ、コルスで奪われたものを、この南フランスで取り戻した。

なにしろ兵籍さえ危うかった。その陸軍大尉がトゥーロンの戦功に恵まれて、あれよあれよという間に少将なのだ。パオリに嫌われ、命を危うくされた同じ人間が、今やオーギュスタン・ロベスピエールの信頼まで勝ち得ている。

——南フランスで運が開けた。

だから、この土地で妻を娶《めと》りたい。新たな故郷と腰を据え、幸福な家庭を築きたい。恵まれた未来が覗きみえた気がしたからこそ、ナポレオーネは人生を取り戻したと思うのである。

「ブオナパルテ将軍、入りますよ」

と、外から求められた。この声はジュノか。どう応じてやろうかと思う間に、もう扉が押し開けられた。慌てて手紙を畳むナポレオーネは、顔も上げずに叱りつけた。ルイ、誰も入れるなといったろう。その日も扉の前に立たせていたが、この気弱な弟ときたら誰も追い返せないのだ。

「いや、でも、ジュノさんは……」

「誰も特別じゃない。ああ、ジュノ、おまえもおまえだ。用事があるときは、こちらから呼ぶ。いや、書いているのは大した手紙ではない。おまえに口述筆記を頼むほどではない」

もはや怒鳴り声に近かったが、これだけナポレオーネに浴びせられながら、ジュノも、従順なルイにしてみたところで、戸口からいなくなろうとはしなかった。ああ、ちょっと様子がおかしいか。

「こ、これ、これをみてください、ブオナパルテ将軍」

ジュノが差し出したのは、丁寧に折り畳まれた紙片だった。これは新聞なのか。

「はい、熱月十一日（七月二十九日）の新聞です」

「熱月十一日だと。もう一週間も前じゃないか。今さら、なんだ」

「今さらというけど、兄さん、パリの新聞で、この南フランスには届いたばかりだ」

今度はルイである。よくよくみれば、顔面蒼白だ。どこか神経質なジュノの場合は、いつも白々と青ざめているが、弟のほうは普段は血色よい質なのだ。ナポレオーネにも、ようやく胸騒ぎが湧いた。

「パリでなにかあったのか」

「ク、クク、クー・デタが起こりました」

と、ジュノが答えた。恐怖政治は終わりだ、独裁者は断罪されたと、そんな記事なんですが、どういうわけだか、この新聞には山岳派《モンターニュ》が倒されたとも書いてあるんです。

「つまり、もうロベスピエールはこの世にいないということです」

ナポレオーネは愕然《がくぜん》となった。もういない。オーギュスタンのみならず、マクシミリヤンを含めた兄弟とも、すでに死んでしまっている。さらにパリでは、サン・ジュスト、ルバ、クートンというような山岳派の議員たちも断頭台に送られて……。

熱月九日（七月二十七日）、クー・デタは国民公会で始まった。午後一時、サン・ジュストが演説を始めると、それをタリアン、そしてビヨー・ヴァレンヌが妨害し、議場には「暴君を倒せ」の大合兄弟、サン・ジュスト、ルバ、クートンの五議員の身柄が拘束されたというのだ。

ロベスピエールのことで、記事は間違いなかった。午後四時半には逮捕が決議され、ロベスピエール

唱が起きた。暴君、つまりは恐怖政治を敷く独裁者というのは、山岳派、わけてもマクシミリヤン・

――なんてことだ。

世の正義が曲げられた。革命の理想が失われた。その尊さを理解できず、独裁者、恐怖政治と責める声を前にして、パリはジャコバン派または山岳《モンターニュ》派を守ることができなかった。

いや、守ろうとはしたらしい。パリ市長レスコ・フルーリオは動いた。監獄という監獄を管轄する権限を逆手に取ると、五議員の収監を断固として受け入れなかった。そのまま身柄を奪い、深夜には五議員とも、パリ市政庁に保護したのだ。

前庭にはパリ国民衛兵隊も集結して、何人《なんぴと》にも手を出させない構えを示した。が、そうして参集した国民衛兵たちも、雨が激しく降り始め、司令官アンリオも持ち場を離れているというので、三三五五帰宅してしまった。

日付が熱月十日（七月二十八日）に変わった午前二時、憲兵隊がパリ市政庁を襲撃した。あのポール・バラスを俄に指揮官に仕立てながら、国民公会は起死回生の攻撃をしかけた。

建物に踏み込まれると、オーギュスタン・ロベスピエールは上階の窓から飛び降りて、この時点で大怪我を負ったという。マクシミリヤン・ロベスピエールにせよ、顎に銃創を刻まれた。憲兵のひとりに撃ち抜かれたとか、自殺を図ろうとして失敗したとか、いずれにせよ五議員は再び国民公会の手に落ちた。そのまま夜の八時には革命広場に運ばれて、五議員のみならず全部で二十二人が、断頭台の窓に頭を入れさせられた。次から次と即日の処刑だった。

――この俺も殺されていたかもしれない。

ナポレオーネは一番に寒さに襲われた。国民衛兵隊司令官のアンリオも、殺されたひとりだったからだ。あのときオーギュスタン・ロベスピエールに誘われるまま、一緒にパリに上っていたら、今頃は俺の首も胴体から離れてしまい……。

――しかし、この俺なら。

とも、直後には思い返した。顛末を知れば知るほど、口惜《くちお》しい。オーギュスタン・ロベスピエールも案じていた。やはりアンリオでは駄目だった。やはり俺がパリに上るべきだった。司令官としてパリ国民衛兵隊を率いていれば、クー・デタの成功は食い止められた。持ち場を離れることなどなかったし、国民衛兵にも雨ごときで解散させたりしなかった。それどころか、俺なら待機の間に演習を繰り返して、かえって国民公会を威嚇した。もちろん市政庁の建物には、ただの一歩も踏みこませなかった。バラスごときが率いる憲兵など、簡単に蹴散らした。この俺なら……。

繰り言を重ねても始まらない。南フランスで後悔する頃には、もうパリで全ての片がついていた。いや、パリが決着したからこそ、そろそろ南フランスという理屈もある。

ナポレオーネは直後には不安に駆られた。ロベスピエールの一派といえば、オーギュスタン・ロベスピエールに後押しされて、この俺も一派といえなくはない。カルトー将軍とか、ドッペ将軍とか、俺のために更迭された人間もいて、恨みを残していないともかぎらない。今こそ復讐のときと、俺を告発しようとするかもしれない。してみると、俺は『ボーケールの晩餐』も書いている。山岳派擁護の政治的パンフレットだが、これが知る人ぞ知るという感じで、南フランスでは密かに読まれている。

――まさかとは思うが、念のため……。

国民公会に宛てて、弁明の手紙を書いた二日後、熱月二十二日（八月九日）のことだった。ニースの下宿、ローランティ屋敷で休んでいたナポレオーネは、憲兵隊に逮捕された。

「イタリア方面軍司令官デュメルビオン将軍の命令です。ひとつ、マルセイユのサン・ジャン要塞ならびにサン・ニコラ要塞の再建にあたっては、民衆蜂起に対して火薬庫を安全ならしめる防衛計画しか策定しなかった。ひとつ、トゥーロンから敵なる亡命貴族を民間船を用いて逃亡させた。ひとつ、小ロベスピエールと親密な関係を築いた。以上の嫌疑において……」

「誰だ、俺を告発したのは。やはりカルトーか。それともドッペか」

「サリセッティ議員です」

10 暗転

最初に収監されたのが、ニース市内のモンボロン通りにある一軒家だった。そこから熱月《テルミドール》二十三日（八月十日）、さらにアンティーブのサレ城に移送された。ナポレオーネ自身が城塞の管理者となり、数か月も家族を住まわせてきた場所だが、そこに罪人として収監されたのだ。

サリセッティの告発は事実だった。コルスの同郷で、革命の同志で、南フランスに来てからは、ずっと共闘してきたクリストフ・サリセッティが、なぜ——とは、もうナポレオーネも問わなかった。

簡単な話だ。要するに保身だ。サリセッティもオーギュスタン・ロベスピエールと一緒に働いた。一派とみなされ、告発されたくないと思えば、行動しなければならないのだ。

——全ての罪を俺に着せる。

テロリストはブオナパルテ将軍だと。ロベスピエール一派の手足として働いていたのは、専らブオナパルテ将軍なのだと。この方法を選べば、サリセッティは南フランスにいながらにして、山岳《モンターニュ》派の敵になれる。企みには同様に告発を恐れる他の派遣委員も、他の将軍たち、他の将校たちまで引き入れられる。多数で声を合わせれば、嘘の告発も俄に真実味を帯びる。要するに、人身御供《ひとみごくう》だ。驚くような話でもない。大人物と、サリセッティに甘えてきたつもりはなかった。大人物などいない。いると思い、甘える己の愚かさには、パスカル・パオリの一件で懲りた。

――にしても、またか。

南フランスで人生を取り戻した、今度こそうまくいくと思いかけた矢先に、またか。

ナポレオーネは思う。俺は才能には自信がある。努力だって惜しまない。理想も高い。実際、いいところまで行ける。それなのに、すぐ転落してしまう。

コルスでは選挙を制して、義勇兵の中佐になれた。それなのにパオリの徒党に殺されかけて、最後は島から追い出された。フランスでは将軍にまでなれた。それが自分に落ち度があったわけでもないのに、予期せぬクー・デタの煽りで、今や逮捕監禁される身なのだ。

「ついてない」

と、ナポレオーネは孤独の牢に吐き出した。いつも上がったり下がったりだ。こんな風にしか生きられないのか。乱高下に弄《もてあそ》ばれるような人生あるのみなのか。これが俺の運命なのか。

――いや、まだツキは残っていたのか。

実月《フリユクチドール》三日（八月二十日）、ナポレオーネは十日間の監禁を解かれて、釈放された。山岳派を断罪せよ。ロベスピエール派は皆殺しだ。かかる激昂の声も鎮まり、パリが、そしてフランス全土が落ち着きを取り戻すにつれて、告発者サリセッティが掌返しに弁護にかかったのだ。

「ブオナパルテ少将の釈放を要求します。いずれの嫌疑も証拠不十分でした。いえ、もはや無罪といって差し支えないでしょう。となれば、将軍はイタリア方面軍になくてはならない人材なのです」

サリセッティに感謝する気はなかった。といって、特段に腹を立てるつもりもない。無駄に臍《へそ》を曲げようとも思わない。ああ、人間なんて、そんなものだ。

イタリア方面軍になくてはならない人材――ではあるようだった。ナポレオーネは仕事に復帰したが、ピエモンテでの戦争は長くはなかった。かねてオーギュスタン・ロベスピエールが具申した戦争であり、「自由を破壊する」のみならず、「フランスのためにならない」と、公安委員会の大物ラザール・カルノが綺麗に反故《ほご》にしてしまった。

かわりに持ち上がったのが、コルス遠征だった。

向こうではパオリの計画が実行に移されていた。一七九三年九月、イギリス艦隊がバスティア、カルヴィ、サン・フロランを急襲して、それらフランス人が押さえる最後の三都市まで奪取した。そのうえで一七九四年六月に宣言されたのが、イギリス・コルシカ王国の設立だった。一定の自治を認めてもらう条件で、コルスはイギリス王国の一部になった。

フランス共和国としては、断固として認められない。かくてコルス遠征が計画された。派遣委員サリセッティは、今こそ自分の出番と大いに張り切ったが、ナポレオーネはといえば特に意欲的ではなかった。消極的でも、ましてや反対というのでもなく、ただ淡々と命じられた仕事を果たした。

海軍が主体の遠征であり、コルスに行けとも命じられなかった。ナポレオーネが命じられたのは、砲兵機材一式を調えて船積みし、名前を「ポール・ラ・モンターニュ」から元に戻した軍港トゥーロンより送り出してやる仕事だった。

そのコルス遠征も春までに失敗した。フランス艦隊は共和暦三年風月《ヴァントーズ》十二日（一七九五年三月二日）にトゥーロンを出港するも、風月二十三日（三月十三日）にジェノヴァ湾でイギリス・ナポリ連合艦隊と遭遇、そのまま海戦に突入して、軍艦二隻を沈没させられる大敗を喫したのだ。

――まあ、いいさ。

結果については流せたが、やはりナポレオーネは失望を禁じえなかった。ピエモンテ戦争は取り消され、コルス遠征も失敗に終わり、南フランスに仕事がなくなっていたからだ。命じられれば、余所に移らなければならない。

「しかし、軍人というのは、そんなものだよ」

と、ナポレオーネは明るく声に出した。なるほど、思いつめた言葉など似合わない春の日だった。共和暦三年は、南フランスでも凍えるほどの、ことさら厳しい冬だったが、それもすぎてしまえば、またこうして暖かな陽光に包まれるのだ。

帆柱や船体の色を水面に映して、また港の波も穏やかだった。マルセイユ港に面するサン・ニコラ要塞の門にあって、ナポレオーネは旅立ちのときを迎えていた。

南フランスに来て、かれこれ二年になろうとしていた。最初はコルスから逃れてきただけだったが、復帰した陸軍の所属部隊が駐屯地を置いていて、そうするうちに次から次と任務を与えられ、思いの外に長くいることになった。

無駄に長かったわけでない。その旅立ちには、わざわざ足を運んでくれた者もいた。マルセイユに戻った家族は当然として、そのうち兄のジョゼフなど新妻ジュリー・クラリィまで連れてきた。またデジレ・クラリィも見送りに来てくれた。ああ、そんな泣き出しそうな顔をしないで、ウージェニー。

「遠からず軍人の妻になるんだから、今から馴れておかなくちゃ」

そう続けたナポレオーネは、ベルナルディーヌ・ウージェニー・デジレ・クラリィとの婚約に漕ぎつけていた。当人の気持ちとして求婚を容れたというのみならず、正式な婚約としてブオナパルテ家とクラリィ家の間で話がまとまったのは、花月《フロレアル》二日（四月二十一日）のことだった。それなのに、もう南フランスには仕事がないのだ。

花月十八日（五月七日）、陸軍省から辞令が届いた。ナポレオーネの新たな配属先は西部方面軍だった。王党派とカトリック擁護派が一体化して、革命政府に反乱を起こしていたのがヴァンデ地方である。それを鎮める戦争の梃入《てこい》れに、ブオナパルテ少将も投入されることになったのだ。

が、ヴァンデ地方はブルターニュ半島の根元である。西部といえば西部だが、北部といえば北部で、南フランス、わけても東部のマルセイユからすれば、フランスを斜めに走る対角線上の対極だ。

「手紙を書くよ、ウージェニー。遠いが、外国じゃないんだから、手紙が届かないなんてことはない」

「はい」

「そんなにかかる仕事でもない。叛徒制圧の戦いは、もう最終段階を迎えているんだ」

「はい」

「すぐ南フランスに戻ってくるよ」

「はい」

婚約者の頷きを得て、ナポレオーネは出発した。将軍の転属といいながら、特に護衛があるわけではなかった。随員は三人の副官、マルモン、ジュノ、そして新たに取り立てた弟のルイだけである。四頭の馬の轡《くつわ》を並べて進む、本当に四人だけの旅なのである。

白茶けた大地を縫うような一本道に、重なり合う蹄の音だけが木霊した。静けさを破ったのは、ジュノだった。

「聞いていいですか、ブオナパルテ将軍。

「将軍は南フランスに戻るんですか。さっき、そういってたみたいですけど」

「ああ、戻るよ」

ナポレオーネが答えると、ジュノは不可解という顔をした。どうして、ですか、将軍。

「どうして、とはどういうことだ」

「いや、そこは私も引っかかりました」

と、マルモンも続いた。ナポレオーネも察しないではなかった。というのも、二人とも北フランスの出身だ。南フランスには任務で来ていただけなのだ。ブオナパルテ将軍ならと見込んで、行動を共にしている副官たちとしては、そのへん不服といわないまでも、きちんと確かめておきたいのだろう。

「将軍はコルスの生まれなわけでしょう。南フランスに先祖伝来の領地があるでなし」

「それでも南フランスには家族がいるのさ」

「パリでもどこでも呼び寄せればいいじゃないですか」

「そうだが、マルモン、さっきみた通りで、マルセイユには婚約者がいるんだよ」

「デジレさんだって、呼び寄せれば済みますよ」

「まあ、そうなんだが……」

「も、もしかデジレさん、マルセイユを離れたくないっていうんですか。パリなんか嫌だと」

「いや、ジュノ、そういうわけじゃない。デジレが行きたい行きたくないじゃなくて、俺が南フランスに戻りたいんだよ。もうじき二十六だし、なんていうか、そろそろ落ち着きたくなってな。田舎で家庭を築いて、子供なんかも拵えて、悠々自適に静かに暮らしていくって人生も、それはそれで悪くないかと考えるようになってて」

マルモンがしんみりと受けた。ひどい目に遭いましたからね、今回は。ジュノも続いた。

「こんな目に遭わされるなら、出世なんかしなくていいってことですか」

「まあ、そうだ。上がったり下がったりは、もう沢山なのさ」

手に入れたかと思えば、全て失う。そんな人生の繰り返しを、意地の悪い運命のせいにするのでなければ、ナポレオーネとしてもひとつ思い当たらないではなかった。

「簡単にいえば、俺は欲張りすぎだったんだな。欲張りすぎが悪いというのは、それがために、やりすぎてしまうからさ」

ナポレオーネは思う。コルスでも、フランスでも、やりすぎた。やりすぎなければ、割を食うこともなかった。目立つことも、秀でることも、大きく認められることもなくて、ほどほどでも静かに暮らせるならいい。俺はついていないと呻くが、高望みすることなく、そのために無茶したり、無理を通したりしないでいれば、幸運だって逃げていかないはずなのだ。

実際のところ、生きて牢から出られたナポレオーネは、幸せを感じることができた。特に降格もされず、そのままの少将として軍に戻れるのだから、どうして悪い境涯でもない。暮らしに困るわけではない。周りも一定の敬意をもって遇してくれる。求婚を容れてくれた女とて心変わりすることなく、涙ながらの歓喜で釈放を迎えてくれた。ならば、この小さな幸せを守るべきではないか。

「それでは、ひとまずは北に急ぎますか。なるたけ早く南に戻るためにも」

と、マルモンが話をまとめた。うんと頷き、ジュノが受けた。

「まずはナントだな」

ヴァンデの北に位置するロワール河口の大都市は、合流を指定された西部方面軍の集合地点である。間違いはないはずなのに、ナポレオーネは正した。

「いや、パリだ」

二人の副官は互いの顔を見合わせた。いや、二人とも聞き違えじゃない。俺たちはパリに行くんだ。

「パリに暮らしたいというのじゃなくて、用事を済ませようというのさ。ああ、陸軍省に寄る。どうも手違いがあったらしくてな。芽月《ジェルミナール》九日（三月二十九日）付の西部方面軍への転属命令に、砲兵隊でなく歩兵隊の旅団を指揮するようにと書いてあったんだ」

「兄さんが歩兵隊だなんて、馬鹿な話だ」

少し後ろで、ルイが口を開けた。ジュノ、そしてマルモンは頷きを連ねた。

「そうだな。今のフランスで砲兵指揮官といえば、ナポレオーネ・ブオナパルテだもんな」

「取り違えは明らかですから、直接ナントに行っても正してもらえるのでは」

それでもパリだと、ナポレオーネは譲らなかった。ついでだから、任地替えも掛け合ってみる。

「閑職でもいいから、南フランスに何かないかと」

北フランスへの旅は続いた。花月二十九日（五月十八日）に到着したのがシャティヨン・シュール・セーヌで、郊外のシャトロにはマルモンの実家が有している城館があった。

もてなされることになって、数日逗留したが、そこでパリの様子を聞いた。大臣制は廃止されているから、陸軍省に行っても仕方がない。事実上の陸軍大臣は、国民公会の公安委員会で軍事担当委員を務めている議員だ。例のカルノだったが、それが辞めてデュボワ・クランセに引き継がれ、それも辞めたので、今はフランソワ・オーブリが軍事担当委員になっているということだった。

喜んだのは、名前に聞き覚えがあったからだった。フランソワ・オーブリ議員は軍人出身だ。しかも砲兵科で、ナポレオーネが新任の少尉で着任したとき、同じラ・フェール連隊で大尉を務めていた。いってみれば、同じ釜の飯を食った仲だ。しめた。

ナポレオーネは牧月《プレリアル》六日（五月二十五日）にパリに進んだ。フォゼ・モンマルトル通りの安宿ラ・リベルテ館に荷物を置くと、もう翌七日（五月二十六日）にはテュイルリ宮を訪ねた。公安委員会室に向かうと、軍事担当委員オーブリはやはり面談に応じてくれた。

皺の多い男だった。顔中を深い溝が縦横に走って、丁寧に整えられた白毛の鬘が違和感を醸してしまうほどだ。ずいぶん老けた気もしたが、オーブリに会うのは数年ぶりだ。もともと冴《さ》えなかった記憶もあり、相応に加齢もあれば、これくらいの枯れ方は逆に自然なのかもしれない。

「それでも、だ、ブオナパルテ。この歩兵旅団の指揮というのは、間違いではないよ」

オーブリは座したまま、卓上に肘をつき、両手を組み合わせる格好で答えた。ナポレオーネは立ったまま、表情だけ怪訝な風に拵えた。間違いでないとは、どういうことでしょう。

「ラ・フェール砲兵連隊で一緒だったあなたが間違えるわけはないし、だとすれば他に誰が……」

「私だよ」

「えっ」

「だから、私が君を歩兵旅団の指揮に回したのだ。砲兵科の将軍が増えすぎてね。今は規定の人数を超過している状態なのだよ」

「特に私が外れなければならない理由は？」

「ブオナパルテ、君は若い。なかでも最年少なのだ。ここは年長者に譲りたまえよ」

「戦場では誰もが早く歳をとります。私もすぐ年寄りになります」

オーブリの老け顔を皮肉ったつもりだったが、相手には通じなかった。はは、面白いことをいうね。

「笑い事ではありません。ただ若いというだけでは、どうにも納得いきません」

「まだ二十五だろう。君の場合は、そもそも少将までの昇進が早すぎたんだよ」

「それは革命の事情です。貴族出身者が次から次と国外に亡命して、将官や将校が不足してしまったからです。オーブリ議員、あなただって革命の間に中将まで昇進しているじゃありませんか」

「私はもう四十八だよ」

それは、と返しかけて言葉が続かなかったのは、少し驚いたからである。意外に若い。少なくとも五十はすぎていると考えていた。こちらの唖然たる顔に、なにを読み取ったものか、オーブリは少し不機嫌な顔になった。いや。わかるよ。君が十代で少尉任官したとき、私は三十をすぎていた。

「それで大尉でしかなかったからね。出世の遅い奴だと、さぞや馬鹿にしていたのだろうが……」

「そんなことはありません。ええ、それは本当に」

「私のことなど眼中にもなかったか」

「…………」

「私は、なあ、ブオナパルテ、君のことが嫌いだったんだ。この際だから、はっきりいうよ。ああ、気に入らなかった。ろくろく兵営にいないくせに、上官には妙に贔屓されていたからな。あげくが随分と偉そうな顔をして、演習なんか仕切ってな」

「いや、オーブリ議員、なにか誤解されているようですが、その誤解が生じることも含めて、なんというか、つまりは昔馴染みじゃないですか」

「昔馴染みだから、どうしろと」

「考えなおしてください。超過した将軍のうち、誰が砲兵科に残り、誰が転科するべきか、せめて砲兵指揮官としての実績を考査して決めてください」

「君の実績というと」

「例えば、トゥーロンです。砲兵戦術を駆使して、あの軍港都市の攻略に貢献したと自負しています。それにオネーリアでも……」

「トゥーロンのことは聞いている」

「あ、はい。ええ、ありがとうございます。我ながら会心の戦いで……」

「そのトゥーロンなんだよ、なかんずく腹が立つのは」

遮られて口を噤んだものの、ナポレオーネは言葉の意味が取れなかった。首を傾げていると、オーブリはいきなり椅子から立ち上がった。今の私は議員だが、議員になったんじゃなくて、ようやく議員に戻れたんだ。それまで一年も、ずっとラ・フォルス監獄だった。

「ジロンド派だったんだよ、私は」

ナポレオーネは言葉がなかった。ブリソ、ロラン、ヴェルニョーらに率いられたジロンド派は、山岳派の政敵だった。告発、逮捕、収監の憂き目をみたのは、パリ国民衛兵隊の砲兵隊に脅された国民公会が、それを決議したからである。

オーブリがパリのラ・フォルス監獄にいた一年というのは、恐怖政治の嵐が吹き荒れた一年のことになる。いつ名前を呼ばれるか、いつ革命広場に連行され、いつ断頭台に寝かせられるかと、それは死の恐怖に怯え続けた一年でもある。

かかる処断をパリの横暴として許さず、地方に逃れたジロンド派が奉じたのが、連邦主義だった。その連邦主義に煽られた蜂起都市のひとつがトゥーロンで、王党派、さらにイギリスやスペインまで巻きこんだ争いの最大の焦点として、その攻防には山岳派とジロンド派の代理戦争の意味もあった。

「はん、トゥーロンが落ちなかったら、山岳派なんてもっと早く失脚したんだ。私だって、もっと早く出獄できた。それをブオナパルテ、貴様が張りきったために」

ロベスピエールどもの政権を支えて。そこで大きく息を吸うと、オーブリは椅子に戻った。

「といって、ブオナパルテ、おまえだけじゃない。トゥーロンに出ていた奴は、デュゴミエも、ラ・ポワプも、マッセナも、みんな左遷してやった。ああ、もう七十人ほども飛ばしてやったかな」

ナポレオーネは今度は絶句した。真相が明らかになっていた。歩兵隊に回されたのは手違いでなく、なにか事情があったというわけでもなく、はっきり悪意が働いてのことなのだ。

ナポレオーネは頭が混乱したのかもしれない。我ながらおかしいと思いながら、もう口走っていた。

「南フランスに戻ります。オーブリ議員のお怒りが鎮まるまで、私は甘んじて閑職に退きます」

「ふざけるな。だから、おまえの行き先は西部方面軍なんだよ。ヴァンデなんだよ」

「そのような活躍の場は……」

「活躍の場と来たか。いい気なものだな、常勝将軍は。いいか、ブオナパルテ、いっておくが、ロベスピエールどもが死んで復活したのは、ジロンド派だけじゃないぞ。王党派だって復活した。ついに帰国を認められたんだ。ヴァンデ戦争が鎮まりつつあるのも、そのためだ。あのカトリックで王党派という連中とも、共和国は今や和議を進めているのだ」

雨月《プリュビオーズ》二十四日（二月十二日）のラ・ジョネの和、花月一日（四月二十日）のラ・プレヴァレの和と、事態の収拾についてはナポレオーネも聞いていた。ということは、だ。

「まだヴァンデ戦争を続けているのは、その王党派のなかでも、山岳派なんて何十回殺しても飽き足りないっていうような、怨念の塊になっているような連中だ。そいつらと戦うんだよ、おまえは」

ナポレオーネは青ざめた。全て、わかった。これは事実上の死刑だ。王党派と戦えと背中を押され、出た先の戦場には後方支援などないだろう。当然だ。和解を進める政府に、反乱軍を本気で掃討する気はない。和解を果たすためには、王党派に怒りを収めてもらわなければならない。

——腹いせのための供物が……。

西部方面軍である。つまりは俺なのである。軍事委員オーブリは、吸血鬼の顔で繰り返した。

「ヴァンデに行け、ブオナパルテ。大人しくヴァンデに、な」

第4章　パリ

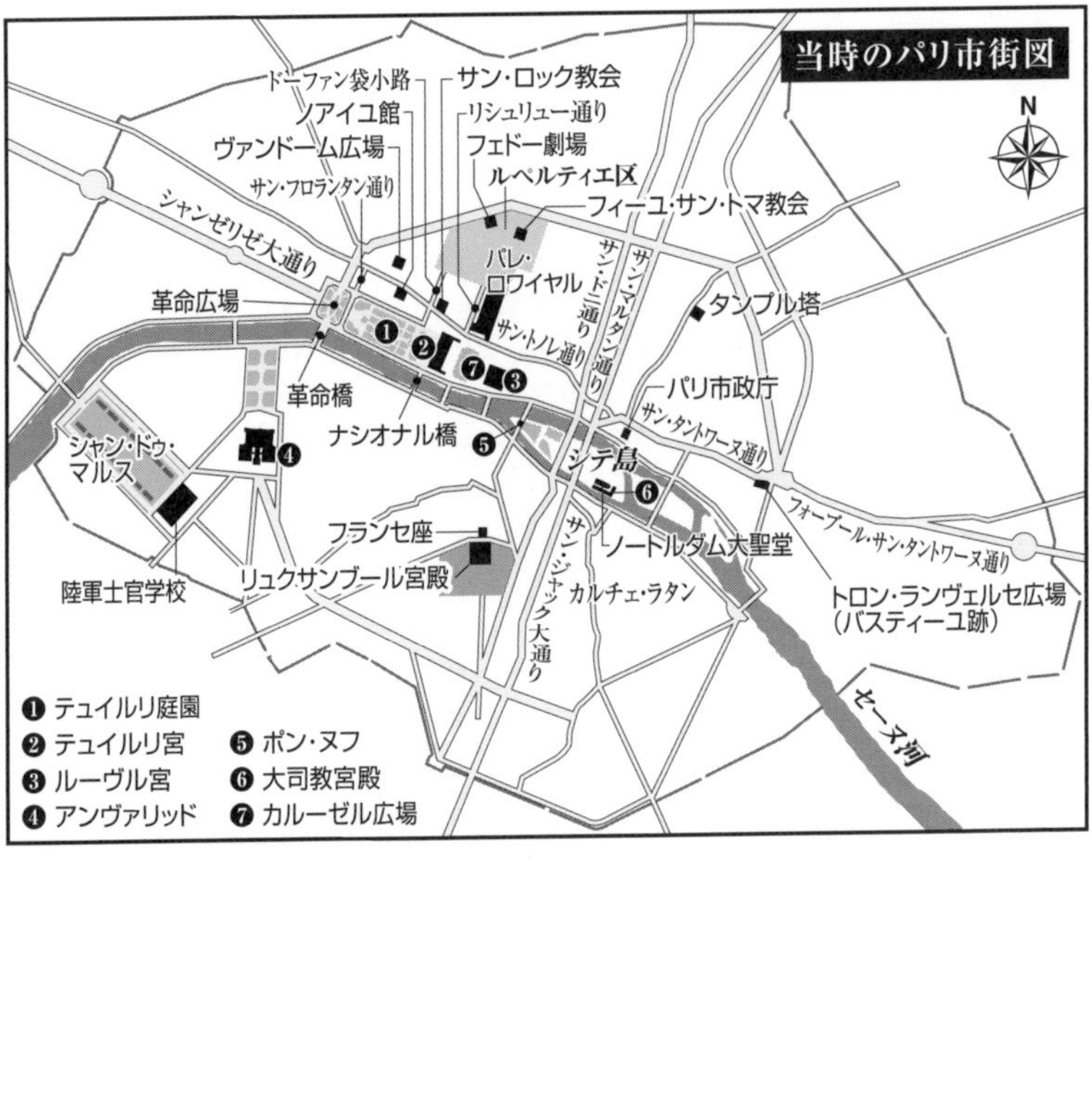
当時のパリ市街図
N
ドーファン袋小路
サン・ロック教会
ノアイユ館
リシュリュー通り
ヴァンドーム広場
フェドー劇場
サン・フロランタン通り
ルペルティエ区
フィーユ・サン・トマ教会
シャンゼリゼ大通り
パレ・ロワイヤル
サン・ドニ通り
サン・マルタン通り
タンプル塔
革命広場
サン・トノレ通り
革命橋
パリ市政庁
ナシオナル橋
サン・タントワーヌ通り
シャン・ドゥ・マルス
シテ島
フォーブール・サン・タントワーヌ通り
フランセ座
ノートルダム大聖堂
陸軍士官学校
リュクサンブール宮殿
カルチェ・ラタン
トロン・ランヴェルセ広場
（バスティーユ跡）
サン・ジャック大通り
セーヌ河
❶ テュイルリ庭園
❷ テュイルリ宮
❸ ルーヴル宮
❹ アンヴァリッド
❺ ポン・ヌフ
❻ 大司教宮殿
❼ カルーゼル広場

1　どん底

「もう終わりかもしれない」

情けなく嘆きながら、ナポレオーネは葡萄酒の杯を干した。あげくハアアと長い溜め息を吐かれれば、たとえ慰めたくなくても慰めざるをえなくなる。いや、そんなことないよ。

「だって、ナポレオーネ、君は会うたび偉くなっている。前に会ったときは大尉だったのに、今は少将じゃないか。君は僕ら同窓の期待の星さ。これまでも、これからも、常に輝ける明星なんだよ」

そう言葉をかけたのは、ブーリエンヌだった。シャンパーニュのブリエンヌ陸軍幼年学校で一緒だった、あの名前の紛らわしいルイ・アントワーヌ・フォーヴレ・ドゥ・ブーリエンヌである。

パリにいるので、フォーヴレ商会に来ていた。応接室の長椅子を勧められると、そこで十分もしないうちに、ナポレオーネは頭を抱える体《てい》になった。感情が乱れるまま、伸ばし放題の長い髪を滅茶苦茶に掻き乱し、あげく怒鳴り声で一喝する真似までする。

「無責任な物言いはよしてくれ」

臆病なブーリエンヌは、本当なら首くらい竦めるところだ。それが怖くないというのは、ナポレオーネの手がほぼ同時にビスケットの皿に伸びたからだ。その物欲しそうな仕種に、やや間が抜けた感じがあったのだ。ブーリエンヌは微笑で続けた。

「ビスケット、もう少し、お出しして」

告げられて部屋を出るのは、金髪が華やかな女性だった。後ろ姿を見送りながら、ナポレオーネが頬に浮かべた微笑は力なく、またも間が抜けた感じだった。ああ、ブーリエンヌ、素敵な奥方だな。

「そんなことは……。フランス語がなかなか上達しなくてね」

前に会ったのが一七九二年だが、それからブーリエンヌは数年ドイツに行っていたという。幼年学校時代から得意だったドイツ語を活かしながら、家具の仕入れなどに励んでいたらしいのだが、そのライプツィヒで縁に恵まれ、旧友はめでたく結婚していたのだ。

「いや、本当に羨ましい。おまえこそ輝いているよ、ブーリエンヌ」

「おいおい、ナポレオーネ、結婚なんて誰だってするだろう」

「いや、そうとは限らないぞ」

どんよりした顔に戻ると、ナポレオーネは再びの嘆き節である。ああ、やっぱり俺は終わりだ。

「ウージェニーにも見限られた」

「だから、そうと決まったわけじゃないよ」

「決まったさ。決まったさ。どうしてって、手紙ひとつよこさないんだぞ。心が離れた証拠だ。俺は手紙を書いているんだから、返事くらいあってもよさそうなものじゃないか」

「いつから来ていないんだい。君が手紙を出したのは、いつ？」

「熱月《テルミドール》二十三日（八月十日）だ」

「そんなにたってないじゃないか。マルセイユのひとなんだろ。君の手紙は届いたろうが、すぐ返事を書いたとしても、まだパリには配達されないよ」

「しかし、その前にも書いたんだ。牧月《プレリアル》十四日（六月二日）、十六日、十九日、それに収穫月《メシドール》六日（六月二十四日）にも書いた。本当になしの礫なんだ。ウージェニーに返事がほしいと伝えてくれと、兄のジョゼフにも書いた。兄貴にとっても義理の妹だし、近くに住んでいるからな。ええと、牧月二十五日と、収穫月は四日と七日。それに二十二日、二十四日、熱月は一日、七日、それから八日、十四日と書いてるな」

ナポレオーネは、ポッシュから取り出した手帳を確かめながらそう続けた。ブーリエンヌのほうは呆れ顔である。几帳面《きちょうめん》というか、昔から細かい質だったけど、それにしてもナポレオーネ、君ときたら、まるで手紙魔じゃないか。冗談でなく、そんなに書いているのかい。

「それじゃあ、ウージェニーさんのほうは読むのに手一杯で、書く暇も与えられないことになるよ」

「そうかな。一通くらいは来てよさそうなものじゃないか」

「ううん、まあ、一通くらいは、確かにね」

「二通来て、それっきりだ」

「来たんじゃないか」

「問題は中身だ。ウージェニーは兄夫婦や自分の母親と一緒に、今ジェノヴァにいるっていうんだ」

「それで来なかったんだよ。外国なら、なおのこと手紙のやりとりは捗々《はかばか》しくいかない」

「手紙のやりとり以前の問題さ。俺がいいたいのは、普通は遠くにいかないだろうってことなんだ。だって、正式な婚約者なんだぜ。遠ざかるどころか、本当なら少しでも近くにいたいと思うものじゃないか。いてもたってもいられなくて、逆にパリに出てくるくらいじゃないのか」

「君のことを心配して、かい。そこまで求めるのは、ナポレオーネ、どんなものかと思うけどね」

「女の一人旅なんて、まず家族が止めるでしょうしね」

ブーリエンヌの新妻が戻ってきて、いうわりには綺麗なフランス語でつけたした。

「それでも来てくれたら、嬉しいことには違いないかもしれないが、いざ本当にパリに出てこられたら、それはそれで君も困るんじゃないのかい」

旧友に駄目を押されて、ナポレオーネは答えに窮した。確かに、そうだ。認めて口を噤んだ日には、卓上に出された新しい皿に、手を伸ばさずにはいられない。

――ビスケットなりとも……。

食べられることが、今は嬉しい。大袈裟でなく、食うや食わずの日々だった。

共和暦三年も、実月《フリュクチドール》二日（一七九五年八月二十日）になっていた。ナポレオーネはまだパリにいた。あるいはパリで粘っていたというべきか。

西部方面軍への赴任は拒否した。歩兵科転属の件を含め、公安委員会の軍事担当委員、ジャコバン嫌いのオーブリ議員の悪意に他ならないからで、行けば終わりと抵抗したのだ。

牧月二十七日（六月十五日）に出したのが、体調不良、病気療養を口実にした休暇願で、将校時代からの得意技だが、休暇を取れば減俸は避けられない。ユシェット通りの安下宿にいるが、それでもパリだ。逗留費はかかる。まがりなりにも将軍とは思われない貧乏生活で、食事はカフェで一日一食、あとはこうして知人や旧友の好意に甘えて、なんとか飢えを凌《しの》ぐ毎日なのである。

――ついていない。

やはり、俺はついていない。ナポレオーネは落ちこまずにいられなかった。大それた望みを持つわけではない。普通に妻を得て、普通に家庭を築き、普通に生きていきたいというだけなのに、それが手に入らない。幼年学校で優秀な成績を収め、進んだ士官学校も飛び級で少尉任官を果たし、とんとん拍子に出世して、今や「将軍」と呼ばれる地位にいるというのに、差をつけたはずの旧友と再会してみれば、相手のほうが遥かに幸せそうなのだ。

そのブーリエンヌが猿に似た愛嬌顔で、なにやら分別くさい口調だった。つまるところが、仕事さ。

「みんな仕事がうまくいかないせいだよ。裏を返せば、仕事さえうまくいけば、全て解決する。仕事さえうまくいけば、それこそウージェニーさんだってパリに呼び寄せることができる」

「おまえみたいに、うまくいけば、な。いかなければ、たちまちにして見限られる」

「また、そんなことをいう。ナポレオーネ、悪いほうに悪いほうに考えては駄目だよ」

「というが、逆はないのか、ブーリエンヌ。つまり、おまえの仕事が順調なのだって、奥さんが助けてくれるからじゃないのか」

「もちろん助けられているけど、それはあくまでも僕の仕事なわけで、僕が頑張らないことには、妻だって助けようがないし」

「やっぱり初めに仕事ありき、という理屈か。しかし、だ、おまえの奥さんこそは幸運の女神であって、おまえに羽振りのいい仕事をもたらしてくれているとはいえないか」

「はは、まあ、うちの店ではドイツ家具が好評だから、それも違うとはいわないけど……」

「ぶん殴るぞ、ブーリエンヌ」

立ち上がると、ナポレオーネは本当に拳骨を構えた。いや、すまん。あんまり幸せそうなんで、つい。すとんと長椅子に腰を落とすと、ブーリエンヌはおずおずという感じで再開した。あ、いや、君こそというか、ナポレオーネ、幸運の女神というなら、ウージェニーさんじゃないのか。

「だって君の仕事にも、もう光明はみえているわけだからね」

「ウージェニーの力かどうかはわからんが、オーブリがいなくなったのは事実だ」

悪意の張本人は、公安委員会を退いていた。もう二度と独裁者が生まれないようにと、委員の任期が設けられていたからで、ジャコバン派に連なる者を憎んでやまないジロンド派は、それゆえに権力の座を降りざるをえなかったのだ。幸運に恵まれたというより、ナポレオーネの粘り勝ちだ。

「しかし、公安委員会の新しい軍事担当委員ポンテクーランが、特別に懇意というわけじゃない。俺のためにどれだけ尽くしてくれるかなんて知れやしない」

「公平に扱ってくれるなら、それでいいじゃないか」

「これだけツキに見放されて、これだけ転落してしまう前だったらな。ああ、実力には自信がある。が、こうなってしまうと、その実力を発揮できる地位に戻ることが、もう並大抵の話じゃないんだ」

「少しずつ、少しずつ、取り戻していくしかないかな。時間はかかるかもしれないけど」

「時間をかけたら、ポンテクーランだって交替する。というか、公安委員会だって、霧月《ブリュメール》の初め（十月末）にはなくなってしまうんだ。それどころか、国民公会まで」

「新しい憲法が制定されたからね。議会は解散されるからね」

国民公会の正式な議決も、数日内とみこまれている。前年熱月《テルミドール》九日（七月二十七日）のクー・デタでジャコバン派を倒した一派、世にいう「熱月派《テルミドリアン》」は、ロベスピエールらが棚上げにしていた共和暦一年の憲法でなく、新たに共和暦三年の憲法を発布することにした。単なる政権交替でなく国制から刷新することに決めたのだ。ブーリエンヌは続けた。

「確かに全く別になってしまうなあ。これまでは立法府の国民公会が、公安委員会、保安委員会、外交委員会等々に執行権を行使させてきたわけだけど、新しい憲法では、総裁政府だっけ、五人の総裁が置かれて、これが執行権を握るようになるからね」

「浮かんでいたなら、新しい体制のなかで地位を与えられるだろうが、俺の場合、このときっていう今まさに沈んでいるわけだからな。埋没したまま、忘れさられる公算が大きい」

「フランスが別物になるわけじゃないよ。やはり議員はいるんだから、口利きを頼めばいい」

総裁政府にも議会はある。上院としての元老会と、下院としての五百人議会で、二院制になりさえする。元老会が二百五十人なので、全部で七百五十人もいる。

「議員の選挙も新しく行われるけど、三分の二法があるわけだしね」

憲法制定に先立つ実月一日（八月十八日）に可決された選挙法で、新しい議会の議員の三分の二は、今の国民公会の議員から選ばれなければならないという定めである。ナポレオーネは受けた。

「その三分の二法が、えらく不評だ。取り消しにされかねない」

現に今も騒がしさが耳に届く。フォーヴレ商会は議会が置かれるテュイルリ宮から目と鼻の先なので、議員たちに届けたい声があると不平不満の市民たちが集まるのは、すぐそこだ。

「はは、ブーリエンヌ、おまえと会うと、いつもこうだな」

これも奇縁か、前の再会が一七九二年のことで、六月二十日のテュイルリ宮襲撃事件、そして八月十日の蜂起を目撃したときも、不思議とブーリエンヌと一緒だった。

「パリで会うからだよ。パリがいつもこうなんだよ」

「かもしれない。すると、またひっくりかえるかもしれない」

そう返すと、ブーリエンヌは気まずそうな顔になった。気持ちはわからないではない。八つ当たりに自分が責められることになるまいかと、俄に不安になったのだろう。

ブーリエンヌがドイツにいたのは、実は「亡命貴族」としてだった。たまたまドイツ語が得意で、たまたま商用でドイツにいて、たまたまシュトゥットガルトで臨時外交官の辞令まで受けたところ、フランスでジャコバン派とジロンド派の抗争が激化した。革命は一気に恐怖政治に傾斜、この旧友はそんなつもりもないのに「亡命貴族」の一覧に載せられて、そのまま帰国できなくなったのだ。

パリに戻れたのは、芽《ジエルミナール》月二十二日（四月十一日）の法令で、亡命貴族の帰国が認められたからだった。ブーリエンヌのみならず続々と帰ってきたが、当然なかには王党派も含まれている。これが盛り上がりをみせていたのだ。

牧月二十日（六月八日）、国民公会は「ルイ十七世」の死を公式に発表した。タンプル塔に囚われていた、フランス王ルイ十六世と王妃マリー・アントワネットの王子のことだ。もってルイ十六世の弟、やはり亡命していたプロヴァンス伯ルイは、「ルイ十八世」たることを宣言した。この囚われの少年ならぬ、もう四十にならんとする壮年の君主を担げば、念願の王政復古を遂げられるかもしれないと、王党派は俄に騒ぎ出したのである。

「民主主義だからな。どんな主義主張を持とうが、それは自由だ」

と、ナポレオーネは続けた。ブーリエンヌは救われたような顔になった。王党派だって、ひとつの政治信条を体現しているわけだからね。かつてのミラボーやラ・ファイエットのように立憲王政を志向するにせよ、それどころか、昔の絶対王政に戻りたいと考えていたとしてもね。

「それだ。きちんと手続きを踏まれたら、文句はいえない。選挙で議会の多数派になり、憲法を改正し、あるいは憲法を廃止しても、多数決で王政復古を決められたら、それは認めざるをえない」

「それだけは阻止したいと、だから三分の二法を作ったんだけどね」

それは議員の危機感の表れでもあった。単に自分の議席を守りたいだけではない。今の議員の大半が、かつてルイ十六世の死刑に賛成票を投じた「王殺し」である。王党派が権力を握れば、報復の挙に出るのは必定だ。今の議員にとっては、破滅への一本道なのだ。

ナポレオーネにとっても他人事でなかった。「王殺し」の最たる首謀者であるロベスピエール一派に連なるという以前に、生粋の軍人である。王政復古となれば、戦争は一気に終息に向かう。それが諸国というより、諸君主を敵に回した戦争だからだ。フランスの民主主義と、それを潰そうとする遅れた専制君主たちとの戦いが、すなわち革命戦争なのだ。フランスが王政に戻れば、もう争う理由がない。

軍人は手柄を挙げる機会がなくなる。転落したのに、ナポレオーネからは挽回の術まで奪われる。あとは戦争犯罪人として、わけても王党派も関わっていたトゥーロン蜂起の弾圧者として、断罪される運命が待つのみだ。だから、ついてない。まったく、ついていない。

――こんなことは認められない。

王党派の台頭など、断じて許せない。議員たちもそう考えて、三分の二法を可決させた。三分の一しか改選されなければ、王党派が多数決において優位に立つ事態は避けられる、少なくとも一気に逆転されることは避けられる。ブーリエンヌは続けた。

「王政復古はないよ。ああ、とりあえずは大丈夫だろう」

「いや、その三分の二法が危なくなってるんじゃないか。これだけ反感が高まってるんだ。王政を倒したパリなんだから、王政に戻すことだって、やりかねんぞ」

投げやりな笑いを浮かべると、それを最後にナポレオーネは立ち上がった。ああ、奥さん、葡萄酒とビスケット、ごちそうさまでした。それじゃあ、ブーリエンヌ、またな。

「とにかくテュイルリには行ってみるよ。ポンテクーランがいるうちにかけあって、引き出せるだけのものは引き出すさ」

2　藁葺き屋根の館

軍事担当委員ポンテクーランのはからいで、ナポレオーネは実月《フリユクチドール》三日（八月二十日）、公安委員会の測量課に配属された。その仕事を通じて各方面軍の、わけても去年まで勤めていたイタリア方面軍の作戦立案に関与することなどもできたので、多少の張り合いも感じていた。

　実月十三日（八月三十日）には、ウージェニーから手紙も来た。

「私が幸せだなどとは思わないでください。あなたから遠く離れているのに、平気でいられるはずがないでしょう。楽しかった散歩のことを、いつも思い出しています。けれど、あの森の不吉な暗さも覚えていて……。こんなにも長く離れ離れになることも、あのときからの定めだというのでしょうか。いつの日かきっと結ばれるよう、祈らなければ。愛を確かめ続けて、希望を持ち続けなければ」

　早速翌日に返事を出して一安心、ナポレオーネは気を良くしたまま、ポンテクーランにトルコ行きの願書を出した。フランスに軍事顧問団派遣の要請が来ていたからだ。イギリスとロシアの拡張主義が中東で露《あら》わになってきていて、これと対抗するために軍を強化したい、わけても砲兵隊と工兵隊を充実させたいと、トルコはさかんに申し入れるようになっていたのだ。

　それなら専門技術のある自分が適任だ、とナポレオーネは志願した。砲兵科に返り咲けるというのが動機のひとつ、フランスから一時避難したほうがよい、外国に出ている間に国情も落ち着くだろうというのが、もうひとつだった。当然ながら、ジェノヴァにいる婚約者を一緒に連れて行く腹もある。

　ところが、そのポンテクーランは実月十五日（九月一日）をもって、公安委員会を後にした。希望を遂げるためにも、後任に接触しなければならないとテュイルリ宮に向かったところ、渡されたのが実月二十八日（九月十四日）の出頭命令だったのだ。ああ、やはり、ついていない。

その日、ナポレオーネは呼ばれた宮殿の大時計棟、東側玄関から出てきたところだった。夕ともなると、もう秋の風情だ。日暮れも早い。風も冷たい。まったく、もうやりきれない。どんより暗い顔をして、ふと目を上げると、四頭立ての豪奢《ごうしゃ》な馬車が車寄せに滑りこんでくるところだった。不況に食糧不足、憲法改悪まで叫ばれるフランスにも、羽振りのよい人間はいる。

馬車はナポレオーネの正面で停車した。たまたま玄関にいたからで、もちろんナポレオーネを迎えにきたわけではない。実際のところ、背中から話し声が近づいてきた。重なる足音の感じからも、取り巻きを引き連れる大物議員が、議会からお帰りというところだ。

――それにしても……。

ひときわ大きな声、恐らくは当の大物議員のものだと思われる放言が、やけに耳についた。独特の色気がある声は、しかも聞き覚えがある。ナポレオーネは振り返った。丸い鼻と丸い目も大作りな相貌で、身体つきまで大柄な男だった。みていると、目が合った。その相手は、

「あっ」

というような顔をした。それ自体は驚きの表情だったのだろうが、直後に浮かんだのは気まずさを誤魔化そうとするような笑みだった。ナポレオーネはといえば、つきあいにも笑みなど浮かべなかった。どんより顔のまま、目つきは恨めしそうにして、それでも責める言葉を吐くでなく、むっつり無言を通してやる。大物を気取る男には下手《したて》に出てやるより、かえって効果的だろう。

「よう、ブオナパルテじゃないか」

馴れ馴れしく肩を組んでくるのは、いわずと知れたポール・バラスだった。国民公会の議員で、南フランス方面軍、つまりはトゥーロン戦に派遣委員として来ていた男だ。軍服を新調してくれたりし

て、あのときは後見を気取るような口ぶりでもあった。いや、なんだよ、パリに来てたのかよ。

「それだったら、一番に俺のところを訪ねて来い。ったく、ブオナパルテ、おまえ、水臭いんだよ」

俺のことなど今の今まで綺麗さっぱり忘れていたくせに、とは口に出さずに我慢して、ナポレオーネは平らに答えた。訪ねました。シャイヨ通りのお宅を私は訪ねました。

「お留守ということでしたので、それならばと手紙も置いてきたのですが」

「そ、そうか。さて、どういうことかな。手紙となると、どこかに紛れちまったのかなあ」

「三度訪ねて、三度手紙を置いてきました。パリでの滞在先も書き置きました。それなのに……」

「シャルルだ。あの馬鹿秘書が、いい加減に扱ったんだ。まあ、俺には手紙も多く来るんでな」

「そうでしょうね、バラスさん。あなたは今や議会の中心人物のひとりだ」

「俺を中心に回ってるってほどじゃないが、そう思いたいってことは、なんだ、ブオナパルテ、俺に口利きでも頼みたかったのか。陸軍省にか。それとも公安委員会にか」

「そんなところです。けれど、今さっき出頭してきて、もう終わりました。公安委員会の裁定が出て、カンバセレス議員に宣告されました。『ブオナパルテ少将は命じられた職務に着任することを拒否した科《とが》により、現任将官一覧より抹消の処分となす』と。つまりは予備役扱いです」

「ブオナパルテ、おまえ、なにやったんだ」

声が大きいと思わないではなかったが、せっかくの機会なのだから、簡単に話を切り上げたくもない。ナポレオーネは答えた。西部方面軍への派遣を拒否しただけです。

「だけって、おまえ、服従は軍人の美徳だろうが。それじゃあ、軍をクビになったって仕方ないぜ」

「クビになったわけでもないから、困惑しているんです。公安委員会から寄れといわれて、軍事担当委員に会ってみると、そこではトルコに行く軍事顧問団の団長を命じられました。将校九人と下士官二人もつけると説明されましたが、さすがの私も困りました。さっき公安委員会で将官一覧から抹消されましたというと、そんな話は聞いていないと、軍事担当委員も困惑顔で」

「ははは、そりゃ、おまえ、国民公会も末期状態なのさ。じき解散なんで、誰も真面目に仕事する気なんかない。この冬にも議員を続けられるかって、自分の再選のことしか頭になくなっているのさ」

ははは、はははは、とバラスは笑い声を響かせたが、もちろんナポレオーネは笑わない。ただ大柄な男の中央で割れている顎を、下から恨めしそうに見上げているだけである。

が、大笑いのバラスこそ俄に不機嫌顔になった。おいおい、またかよ、いただけねえな。

「ブオナパルテ、おまえの軍服、また肘のところに穴が開いてるじゃないか」

「そうですか。まあ、そうかもしれませんね。冷や飯を食わされていますから」

「それにしたって、髪だってボサボサに伸ばして、おまえ、なんだか、耳の長い犬みたいだぞ。それも捨て犬だ。みすぼらしい痩せ犬だ」

「当たらずといえども遠からずですね」

「なんだよ、拗ねるなよ、ブオナパルテ。おまえ、もしかして困ってんのか」

だから、そういっているじゃないか。喉まで言葉が出かけたが、やはりナポレオーネは堪えた。このバラスに半給の処分まで下されたと知られるのは、なんだか癪に感じられた。

「まあ、いいや。とりあえず、なんか食わせてやる。一緒に来い」

バラスに背中を押されて、ナポレオーネは結局その豪華な馬車に乗ることになった。

テュイルリ宮の東面の四角い車寄せを出ると、カルーゼル広場である。そこから北にサン・ニケーズ通りが伸びる。サン・トノレ通りにぶつかり、食事を奢《おご》ってくれるというからには、パレ・ロワイヤル改めパレ・エガリテのあたりかと思うも、馬車は四辻を右折するではなかった。サン・トノレ通りを左に曲がれば、西に向かうことになる。

――どこに連れていかれるやら。

あれこれ思案する間もなく、ナポレオーネは車窓の向こうに注意を引かれた。沿道で振り回されていたのは、大人の腕ほどもある棍棒だった。風体の派手な、大きな襟巻きをした若者たちが数人、得物を叩きつけていたのは道路に這いつくばる男だった。

馬車が横をすぎるときには、プンとムスクの香に鼻腔《びこう》が襲われたような気がした。行われていたのは、「ムスク野郎《ミュスカダン》」と呼ばれる金満ブルジョワの放蕩《ほうとう》息子たちによる「ジャコバン狩り」だった。ジャコバン派は失脚、ジャコバン・クラブも閉鎖されたが、連なる輩はまだパリに潜伏している。それを祖国のために捜し出しているのだと称するが、要するに捻《ひね》くれ者の気晴らし、ただの苛めである。

ひどいな、とナポレオーネは思う。ひとつ間違えば、今頃は自分があぁして殴られていたかもしれないと思えば、ムカムカ腹も立ってくる。実際、一度は逮捕監禁された。やはり熱心なジャコバン派だった弟のリュシアンも、南フランスの白色テロに虐げられて、サン・マクシマンを逃げなければならなくなった。今はパリに来ているが、その就職の世話までしなければいけなくなった兄としては、「ムスク野郎」たちの暴挙はなおのこと腹立たしい。

――それなのに、だ。

自分を馬車に同乗させたバラスこそプンプンと香水を匂わせ、その親玉というべき男だった。なにしろ「熱月《テルミドール》九日（七月二十七日）のクー・デタ」を決行した、首謀者のひとりなのだ。羽振りがよいはずで、ロベスピエールの独裁を倒したとされる、いうところの「熱月派」なのだ。

――こいつのせいで……。

やはり怒りを覚えたが、ナポレオーネには割り切りもあった。今さら取り沙汰しても仕方ない。いや、はじめから意味がない。革命の理想など論じても甲斐がない。大人物など革命家のなかにもいない。誰がジャコバン派で、誰が熱月派で、誰が王党派であっても、なんの関係もない。

それよりも気にするべきは、バラスの馬車の行き先だった。不愉快な騒ぎもなくなったが、一緒にパリの街並みは絶えた。建物も疎《まば》らになり、一本道の左右には草原だの畑だのが広がり始める。どんどん都心を外れていく馬車は、もう本当にエリゼ《シャンゼリゼ》が原に進んでいるのだ。

ナポレオーネは聞いてみた。バラスさん、私たちはどこに向かっているんですか。

「後家通りの『藁葺き屋根の館《ラ・ショーミエール》』だ」

「後家通り？　そんな通りありましたっけ。ましてやパリで藁葺き屋根だなんて」

「ブオナパルテ、おまえ、そんなことも知らないのか」

割れた顎を上げて、少し得意げな顔だった。それは本当に藁葺き屋根だった。しゃれたところがあるでなく、構えばかりが大きい豪農の家といった感じである。が、バラスの得意顔を裏づけるかのように、馬車が多く駐車していた。それこそ広々とした界隈を幸いに、何十台と停まっている。扉を開ければ、たちまち馬糞の臭いに鼻を襲われるほど、えんえん連なっていたのである。

――建物のなかに進めば二度びっくりだ。

垢抜《あかぬ》けない外観からは想像できないくらいに輝いていた。古代ギリシャやローマの神殿、宮殿を模したような内装で、いたるところが白亜で、それに金縁の飾りが施されていたのである。

なんなんですか、ここは。ナポレオーネに丸い目を向けられると、バラスの余裕を気取る笑みは、いよいよ小馬鹿にするようでもあった。

「タリアン夫人のサロンじゃないか」

その名前はナポレオーネの耳にも届いていた。聞こえてきたのは夫人の前に、亭主のタリアンのほうで、共和暦二年熱月九日（一七九四年七月二十七日）に国民公会でロベスピエールに対する弾劾演説を打ち、クー・デタの口火を切った男である。よくぞ踏み出せたものだと感心しないではなかったが、それも後で聞けば、革命犯罪人として囚われていた愛人を救いたい一心からだったという。ジャコバン派の恐怖政治を倒さなければ、もう翌日にも断頭台に送られる予定だったのだ。

　その愛人というのがテレジア・カバリュス――昨冬に結婚して、今はタリアン夫人で通る女だった。

「タリアン夫人のところには、パリの一流どころばかりくる。政治家に軍人に、銀行家に地主に、学者から役者まで。女だって、レカミエ夫人、アムラン夫人、ナヴァイユ夫人、スタール夫人、ああ、こんばんは、タリアン夫人、今日は新顔を連れてきたよ」

　そう告げたバラスを出迎えた女主人が、噂の女のようだった。女だよなとナポレオーネが目を凝らしたのは、それにしては髪が短かったからである。縮れた金髪を肩のあたりで切り落とし、これでは今の自分のほうが長髪なくらいだ。もちろん無精でも無粋でもなく、それこそ流行ということで、他にも短髪にしている女は少なくなかった。もっとも皆が似合うわけでなく、美しいとも思えない。

　タリアン夫人は、さすがの美貌だった。いかにもスペイン人という感じの華やかな顔立ちで、短髪が似合うというのも、すらりと背が高いうえに、頭が小さいからだった。これも古代ギリシャ・ローマ風なのか、ガーゼのような薄手の一枚布を身体に巻いて、それきりだった。うっすら桃色が透けているところをみると、下着もつけていないとみえる。この装いで豊満なのである。

　――ほとんど裸じゃないか。

　そう心に吐いたナポレオーネには、好ましいものではなかった。バラスなどはこれぞ礼儀なんだといわんばかりに、ぐいと上から身を乗り出しては、胸の谷間をじろじろ覗きこんでいたが、一緒になって悪乗りする気にはなれない。いや、そんな鼻の下を伸ばすほどじゃないだろ。ああ、俺はしない。

故郷のコルスは、美人の島で知られていた。美人なら見馴れている。俺の目には珍しいものじゃない。

少し落ち着くと、タリアン夫人もいうほど美人とは思えなくなった。いや、美人ではあるだろうが、なんだか老けている。まだ二十二歳と聞いていたが、これじゃあ、俺より年上にみえるくらいだ。この肌荒れは遊びすぎだな。まったく、感心しない女だな。

「ああ、はあ、どうも、ナポレオーネ・ブオナパルテです」

と、挨拶も自然ぶっきらぼうになった。ニヤニヤ笑いのバラスが後を受けた。

「ほんと、笑っちゃうんだけど、こいつ、これでも少将なんだぜ」

「将軍にしては軍服がヨレヨレなんじゃないの」

「軍人としての才覚とは別って話だ」

「そうはいかないでしょ。いいわ、任せて。ちょうど仕立屋さんがいるから、新しいの頼んだげる」

「感謝いたします」

とはいったものの、ナポレオーネは心から嬉しいわけではなかった。こうして餌を撒《ま》いておけば、いざというとき家来に使えるという理屈だろうが、それにしてもタリアン夫人は如才ない、あまりに如才なさすぎて、なんだか馬鹿にされた気がする。バラスにも手厚くされたことがあるが、それが若い女となると、なぜだか腹に据えかねる。

いや、男を馬鹿にして、それでいい気になっている女はいる。というより、美人というのは大抵が高慢ちきで、男を見下している。藁葺き屋根の館に集うのは一見して、その手の見目麗しい女ばかりなのだ。流行とはいえ、それも柔らかげなモスリンだの、タフタだの、薄手の布きれ一枚身体に巻いて、くどいくらいに女の色香を売りにして。

――好きになれないな。

ナポレオーネの印象は好転しなかった。美人はいいが、偉そうな女は嫌いだ。ふしだらな女は、もっと嫌いだ。だって、どうなんだ、おまえら。なにか努力してるのか。なにか勉強してきたのか。なにか世の役に立てるのか。えっ、どうなんだ、おまえら。その皮一枚ひっぺがしたら、どれだけの中身があるというんだ。俺は違うぞ。みてくれは悪くとも、中身がある。確かな中身だ。濃い中身だ。本当なら、おまえら全員、この俺さまにひれふさないといけないくらいの中身だ。

今にみていろ——と思うも、今はバラスに「将軍」と紹介されて回るのも辛かった。中身で勝負といったところで、粗末な身なりに包んだ中身の身体からして、今は貧相に痩せてしまっているからだ。好きになれる場所じゃないが、だから飯だけは食わせてもらおう。

3　食卓

バラスのところにも、タリアン夫人のところにも、次から次と人は来た。じき冴えない予備役将官などが一言たりとも挟める雰囲気でなくなったが、それこそナポレオーネには幸いだった。仮に高尚で、あるいは利益の大きな話であったとしても、差し迫る空腹を満たしてはくれないからだ。相変わらずの貧乏生活で、今は軍服よりもパンなのだ。

食事は出るようだった。食卓の空いているところを探して、ナポレオーネは席についた。隣に座っていたのも、他と似たような女だった。

黒髪で、色が白い。確かに美人だが、歳は少し食っているか。タリアン夫人より、さらに上にみえる。こうなると、偉そうな高慢ちきじゃなくたって、ちょっと腰が引けてしまうかな。冷やかし加減の言葉を心に並べるも、そうするうちに目があって、ナポレオーネは挨拶くらいはすることにした。

「こんばんは」

「ええ、こんばんは。でも、あなた、はじめまして、かしら」

会ったことがあるのかないのか、そんなこともわからないのか。連日連夜のサロンとなると、人と人とのつきあいも軽薄きわまりなくなるのか。だからこういう場所は嫌いだと思いながら、香ばしい匂いと一緒にパン籠が運ばれてきて、唾が出てくるのと同時に頬も弛んできたことだし、とりあえずナポレオーネは笑顔で答えた。ええ、たぶん初めてお会いいたします。

「ナポレオーネ・ブオナパルテと申します」

「軍人さんね」

軍服を着ているのだから、そこまでは誰でもわかる。さらに目敏《めざと》くしてほしい先は、肩章の飾りのあたりだ。斜めに座りなおす動作で、気持ち押し出すようにしながら、ナポレオーネは受けた。ええ、軍人です。若いので、まだ少将ですが。

「まあ、すごい。だって、少将も将官なんでしょう。お若くてらっしゃるのに、もう将軍だなんて。えっ、ブオナパルトさん、おいくつになられたの」

「ブオナパルテですが、この八月で二十六になりました。少将になったのは二十四歳のときでしたが」

「二十四歳の将軍なんて、ねえ、あなた、聞いたことあられます」

女は反対側の並びに聞いた。もはや大時代な感じの白鬘だったが、その紳士は馬鈴薯《ばれいしょ》の冷製スープを一啜りしてから、ゆっくり落ち着いた口調で答えた。

「将官のなかでは最年少の部類でしょうな」

「ほら、ほら、すごい。最年少だなんて、やっぱり、すごい」

はしゃぐように続けられたが、こいつ、俺を馬鹿にしているのかとは思わなかった。不思議と悪意が感じられなかった。かえって無邪気に思えたほどだ。少しも嫌味がなかったからだ。あるいは俺のほうが調子を狂わされているのか。口のなかのパン片をスープと一緒に飲み下し、とにかくナポレオーネは聞いてみることにした。マダム、お名前、よろしいですか。

「ああ、名前ね。ここではローズと呼ばれてますの。もちろん、もっと長くも名乗れますけれど」

「いえ、ローズさんで結構です」

返してしまってから、きちんと聞いておけばよかったかなと後悔がよぎる。いや、どうして俺が後悔するんだ。なんなのだ、この口惜しさは。またパンを千切り、ナポレオーネは我ながら首を傾げた。年上の女に下心を抱くなんて、ありえない。年上も年下も関係なく、俺にはウージェニーという歴とした婚約者がいる。が、色恋でないならば、どんな後悔がある。社交の必要ということか。名家の出だとか、有力者の奥方だとか、でなくとも愛人だとかであるならば、通じて人脈を広げることになると期待したのか。

白葡萄酒に少し口をつけてから、ローズは続けた。ブオナパルタさん、少将と仰ると、今はどちらに。

「ブオナパルテですが、公安委員会付の測量課にいます」

「測量課というと、地図なんか作られているの」

「それもやりますが、その地図を基に作戦を立案するほうが主です」

「作戦の立案？」

「北部方面軍はこの都市を落とせ、イタリア方面軍はこの峠を押さえよと、地図から割り出して、各地に指示を飛ばすわけです」

「それじゃあ、フランスというより、あなたが戦争をしているようなものね。並いる諸国を相手に一歩も引かずに。あらあら、ボンヌパルテさん、あなた、大変な才能がおありになるのね」

「ブオナパルテですが、才能というほどでは……」

「いえ、才能よ。だから、あなた、ほら、最年少の将軍になれたのよ」

すごい、すごい、とローズは続けた。才能は否定しないが、俺は地道な研鑽も積み重ねてきた。この女には努力向上という発想がないのだろうか。チラと思わないではなかったが、それで不機嫌になるでもない。新たに運ばれてきたササミ肉のオレンジ果汁がけに手を出す気になれないほど、ナポレオーネが面白くなかったのはその後だ。

ローズが目を逸らした。あら、ラザール、お久しぶりね。そう声をかけられて、近づいてくる男がいた。それも軍服だ。

「パリに戻られていたのね」

「戦場から着いたばかりです。それも一時休暇にすぎません」

差し出した手に接吻を受けてから、ローズはこちらに目を戻した。

「こちら、ラザール・オッシュ将軍、息子を副官にしていただいているの」

紹介されて、ナポレオーネは思う。聞いたことがある名前だ。それとして、ローズさんには息子がいるのか。副官になるほどだから、どんなに若くても十代半ば、そんなに大きい息子が……。いや、それくらいの息子がいても、おかしくない歳ではあるな。

「それで、こちらボンパルト……」

自分が紹介されているのだと、ナポレオーネはハッとした。

「ブオナパルテ少将です」

「最年少の将軍なのよ」

「そうなのですか」

「二十四歳で昇進しました」

「私が少将になったのも、二十四のときだったな。二十五で中将に昇進して、そのまま二十七を数えてしまいましたがね」

「あら、ラザール、あなたも凄い人だったのね」

「いえ、いえ、マダム、私など……」

嫌な奴だ、とナポレオーネは思う。はん、ただ昇進が早いというだけで、全体なんの自慢になる。革命のドサクサで成り上がった軍人は少なくない。問題は中身だ。将軍としての実力だ。

「とにかく、あなたたち、二人とも最年少の『部類』なのね。あら、もしかして、わたしが紹介するまでもなかった？　軍人同士だもの、とうにお知り合い？」

「そういえば……」

ラザール・オッシュのほうも確かめてきた。ナポレオーネ・ブオナパルテ少将と仰いましたな。

「確か歩兵科の」

「いいえ、私は砲兵科です」

「だったら違うか。いや、もしや西部方面軍への赴任を拒否されておられませんか」

しまった、とナポレオーネは思い出した。聞いたことがあるはずで、ラザール・オッシュ中将こそ西部方面軍の司令官、つまりはヴァンデに着任していたなら、上官になっていたはずの男だった。まずい。体調不良による休暇を申請して、赴任拒否の口実にしている。それが、こんなサロンで遊んでいるとなると、まずい。

中将は嫌味な薄笑いだった。気づいたか気づいていないか、相変わらずの明るさでローズは続けた。

「ときにラザール、あなた得意でしょ。ボンパルトさんの手相をみてあげてくださらない」

「構いませんよ」

答えを聞くと、ローズが目を向けてきた。年上のはずだが、クリッとして、思いの外に可愛らしい瞳だった。あたるのよ、みてもらって、ボンパルタさん。意固地に断る気にもなれず、ナポレオーネは掌を差し出した。手首を取ると、オッシュは真剣な、というか真剣そうな顔になった。

「ああ、将軍、あなたは寝台の上で死ねますね」

そう予言されて、ナポレオーネは思わずムッとした。戦場に出てこない臆病者と、暗に罵られた気がした。しかし、ローズに続けられると、怒る気が失せてしまう。

「それって、戦死しないってことでしょう」

「ええ、マダム、そういうことになりますか」

「ほら、ボンパルトさん、やっぱり才能おありなのよ。昔のギリシャの征服王アレクサンドロスだって、才能ある将軍で、しかも寝台の上で死んだでしょ」

オッシュはいなくなった。また別の男たち女たちに挨拶をして回るようだった。二人に戻ると、ナポレオーネは隣の女に確かめた。

「不躾《ぶしつけ》ながら、オッシュ将軍とはどういう」

口に運ぼうとしていた白葡萄酒の杯を止めて、ローズは答えた。ああ、仲良くなった理由ね。

「あのひとは牢屋仲間だったの」

「牢屋、ですか」

「ええ、カルム監獄。今はタリアン夫人のテレジア・カバリュスもそう。ほら、わたしたち、髪が短いでしょ。これってね、死刑囚の印なの。断頭台に上げられると、刃が髪にひっかかるからって、どうせ項《うなじ》のところで切られてしまうでしょう。ジャキジャキやられて、案山子《かかし》みたいにされるならって、牢屋の女たちが自分たちで短くしたのが、この流行の始まりなのよ」

「それって、つまり……」

「わたしもジャコバン派の時代は革命犯罪人だったわけ」

あはははは、とローズは明るく笑ってみせた。ナポレオーネは表情に困った。というのも、自分が小ロベスピエールに引き立てられて、南フランスに、イタリアに、絶好調の転戦を続けていたとき、この人は牢獄にいたことになるからだ。反対に釈放されたのは、こちらがニースで逮捕されたのと入れ替わりくらいだろう。

あはははは、と声を合わせて、一緒に笑うわけにもいかない。全体どんな顔をして、どんな言葉を継ぐべきか。困惑していると、膝の手に柔らかなものが重ねられた。ナポレオーネはドキッとしたが、手を握るローズのほうは、こちらの顔を悪戯めいた瞳で覗きこんでくる。

「ボナパルトさん、わたしのこと、変わってるって思ったでしょ」

「い、いいえ、マダム、そんなことは」

「いいの。わかるの。わたし、実はマルティニーク島の生まれなのよ。アメリカの。カリブ海の。ご存じ？　とにかくフランスとはね、ちょっと感覚が違うみたいなの」

腑に落ちるものがあった。フランス人と感覚が違うかは措くとして、喋り方にはサロンに出入りする上流の女らしくない訛《なま》りがあった。「シュ」とか「ショ」とかの発音が濁る、これまで聞いたことがない独特の訛りで、明かされてみればアメリカにある海外植民地の発音なのだろう。

「わかってもらえないわね、こんなこと、フランス生まれの人にいっても」

「いいえ、わかります。私もコルス島の生まれですから」

「コルス島って」

「地中海にあります。ジェノヴァ沖に浮かんでいる島です」

「ああ、ジェノヴァ。それで、あなたも変なのね、なんだかイタリア人みたいで。あらあら、気を悪くしたら、ごめんなさいね」

「イタリア人みたいとは、よくいわれます。気にしてません。事実、イタリア貴族の末です。革命このかた、『ドゥ』も『ディ』もつけなくなりましたが」

「そうね。わたしも、そう。気にしても始まらないわね。それに、わたしたち、変わり種のフランス人同士だもの。なあんだ。お互いさまで、構えなくてよかったわけね」

構えていたのか。こんなに砕けているのに。ナポレオーネとしては呆気に取られる気分もあったが、ローズとは食事を進めた二時間ほど、そのまま話し続けてしまった。構えなくていいといわれる以前に、不思議と気が楽だった覚えもある。

「楽しんだか、ブオナパルテ」

帰りがけにバラスに問われ、いつもは斜に構えるナポレオーネも、まっすぐ答えることができた。

「ええ、とても。今夜は素晴らしい女性と会いました」

「素晴らしい女性なんて、いるか、こんなところに。まあ、素晴らしい美人ならいるだろうが」

「そうではなくて、人間的にユニークな」

「ほう、そんなに。誰のことだろ」

「ローズと仰っていました」

「ローズ？　マリー・ジョゼフ・ローズのことか」

「そういう名前なんですか」

「けっこう年増《としま》のローズだろ」

「私よりは上のようでした」

「なら間違いない。へええ、ローズね」

へええ、へええ、と何度か繰り返してから、バラスはいきなり肩を組んできた。あの妙に色っぽい声で聞いてきたことには、

「ブオナパルテ、おまえ、独身か」

と。きつすぎる香水の匂いに閉口しながら、ナポレオーネは答えた。はい、まだ独身です。

「そうか、そうか。いや、独り身はいいよな。ああ、また連れてきてやる。ああ、人生は楽しまなきゃ。なあ、そうだろ、ブオナパルテ」

4　呼び出し

いっそ軍人などやめてしまうか。そう思うくらい、なんの好転もなかった。

なにか思いつけば、なにか始めなければいられない、性急な質である。ナポレオーネはユシェット通りの安宿でペンを手にした。軍人をやめるなら、あとは作家になるくらいしかなかった。元手がいるわけでなく、すぐに始めることができたし、もともと文章を書くことは嫌いでなかった。独特の陶酔感があって、むしろ大好きなのだ。

最近は手紙しか書いていないが、かつては『コルシカ史』の執筆なども試みた。革命が起き、コルスに戻り、フランスも戦争を始めたから、軍人の道を外れなかったが、あるいは何も起こらず、あの

ままアンシャン・レジームが続いていたら、今頃は作家になっていたかもしれない。この道でアルノーやルメルシエ、レティフやラクロのように成功を収めていたかもしれない。

――ああ、俺は作家になるべきだった。

進むべき道を間違えた。ついていないというのも、天職につかなかった報いということかもしれない。そう思いを強くするまま、どんどん筆を走らせて、九月のうちに『クリソンとウージェニー』という小説まで書き上げた。

クリソンは軍人だ。たまたま出かけた湯治場で、アメリーとウージェニーの姉妹に出会う。姉のほうが美人だったが、クリソンは気立てのよい妹のほうと恋に落ちる。結婚し、子供も生まれ、幸せを手に入れたが、クリソンは軍人なのである。

戦場に出た。そこで負傷してしまった。その不幸を妻に知らせるべく、クリソンは副官ベルヴィルを遣わす。が、ウージェニーはそのベルヴィルと不倫の関係になる。

「私の死を楽しみなさい。私の思い出を呪いなさい。そして幸せになるがいい」

ウージェニーに手紙を送ると、クリソンは再び戦場に立つ。騎兵隊の先陣をきる突撃で、戦場の露と消える。まだ二十六歳だった――というのが『クリソンとウージェニー』のあらすじだ。

作中人物は、いうまでもなく自分とベルナルディーヌ・ウージェニー・デジレ・クラリィを投影したものである。婚約者からは、また手紙が来なくなった。もう駄目なのかもしれない。結婚などできないのかもしれない。ウージェニー本人には心変わりがないとしても、あんな出来星将軍に未来はないからと、家族に反対されているのかもしれない。捨て鉢な気分も、ナポレオーネのペンに力を与えた。自分の悲劇に酔っていられる間は、いくらか気分も救われた。が、なにか解決になるではない。

バラスは、たまに声をかけてくる。仕事の待遇に関しては口約束の空手形だが、サロンだの、劇場だのには、頻々《ひんぴん》と連れていってくれる。

おかげで劇作家だの、演出家だの、俳優だのとは親しくなれた。上出来だ。『クリソンとウージェニー』が絶賛され、すぐさま芝居にかけられとはいかなかったが、関係者と伝《つて》ができれば、もう劇作家まで半歩なのだ。

切符などももらえるので、数日は劇場に入り浸りになっていた。その葡萄月《ヴァンデミエール》十二日（十月四日）の夜も、ナポレオーネはロドイスカ座の招待で、フェドー劇場に来ていた。

観劇を楽しみにしていたわけではない。注目の劇作家でなく、贔屓の演出家でなく、好きな俳優が出演しているでもない。幕が上がるや惹きこまれたわけでもなく、ナポレオーネは実際ぼんやり虚《うつ》ろな目をして、ただ暗がりの客席から舞台を眺めているだけだった。

明るみのなかにあって、確かに女優は綺麗だった。演じているのは健気《けなげ》な若妻の役だったが、やはりどこかツンとして冷たい風がある。眼差は生来の勝気を隠しているようで、軽々しい言葉を投げる男など、ただの一睨みで撃退してしまいそうだ。

――おしなべて美人は、こうだ。

俺は好きじゃないな、とナポレオーネは思う。美人が悪いとはいわないが、やはり大人しい女がいい。少なくとも結婚するなら、従順で、内気で、控え目で、ウージェニーなんかは、まさしく理想の女といえる。必死に婚約まで進めた所以だが、それでも、ちょっと陰気な憾みはある。この点、もう少し朗らかでもいい。

――ローズさんみたいな……。

タリアン夫人のサロンで会った、あの女がよいというわけではない。年上だし、大きな子供もいるからには誰かの妻だ。ああいう世界の女であれば、同時に誰かの愛人になっているのかもしれないが、それを含めて詳しいところを確かめたいと、切なる気持ちは湧かなかった。

自分の相手ではない。あのひと自身は違うのだ。ただ、ああいう女もいるのだなあと、そこは強く心に残った。ああ、ああいう女も悪くない。自分と似たところはなく、それどころか正反対な気もするが、意外や意外で一緒にいると心が軽くなってくる。あるいは浮き立つ。話が弾んで、そのうち自信が湧いてくる。ああ、そうだ、自信だ。ナポレオーネは新たな自覚さえ強いられていた。

これまでの俺は自信がなかった。馬鹿にされたくない、笑われたくない、つまらない男だと思われたくないと、わけても女の前では常に身構えていた。それこそ強い自負心の裏返しなのだろうが、臆病で、弱気で、腰が引けていたからこそ、ウージェニーのように従順で、内気で、控え目な女しか望めなかったのかもしれない。しかし、ローズさんみたいな女と出会っていれば……。

足音が響いた。乱暴な勢いを感じさせ、しかも一人や二人ではない。ナポレオーネは顔を顰めた。芝居の上演中なのだから、不躾にも程がある。もしや酔漢でも踏みこんだのか。あるいは、もっと質が悪い輩が来たというのか。

「中止だ、中止、いったん幕にしろ」

客席の後ろから現れたのは、数人の憲兵だった。軍関係者で、いわば身内だ。ナポレオーネ自身はホッと息を吐いたが、劇場は騒然となった。入りが七分ほどの客席は、ただ難を避けようというだけだったが、ロドイスカ座の面々は収まらなかった。

わけても演出家だの、大道具だの、背景の絵描きだの、普段は裏方という連中が、ここぞと飛び出してきた。なにが中止だ。なにが悪い。検閲されるような芝居はやっていないぞ。いや、こっちだって伝はあるんだ。そんなにいうなら、議員に泣きつくことだってできるんだ。

「ああ、バラス議員を呼ぶからな。おまえたち、覚悟して……」

「そのバラス議員の命令で来ているんだ」

「えっ」

「そうなんだ。懇意にしてるから、フェドー劇場に行けといわれたんだ」

一座が引き下がったところで、その憲兵は続けた。ブオナパルテ将軍はおられませんか。切符を配られたはずなのですが、ブオナパルテ将軍はおられませんか。

「バラス議員がお捜しです。ブオナパルテ将軍は……」

ナポレオーネは客席の暗がりから立ち上がった。

憲兵に連れられて行った先は、やはりテュイルリ宮だった。夜だが、騒々しい気配があり、あちらこちらに灯火が掲げられて、いつもより兵隊も多かった。そこに並んで、バラスは玄関まで迎えに出ていた。

――只事《ただごと》ではないな。

と、ナポレオーネは覚悟した。憲兵隊を捜しによこして、芝居まで中断させたのだから、その時点で只事ではないのだが、それも考えていた以上の問題が起きているとみるべきなのだ。

テュイルリ宮のなかに招き入れられると、もう階段を上りがてら、バラスは説明にかかった。

「実はな、ブオナパルテ。今日付で俺は『パリ武装兵力と国内方面軍司令官バラス中将』になった」

「軍人に転職ですか。いや、もともと軍人であられましたから、晴れて復職ということですか」

「茶化しやがると、ぶん殴るぞ」

「すみません」

「パリで起きていることは知っているな」

「王党派の集会のことですか」

確かめると、バラスは頷いた。それならナポレオーネも知らないではなかった。いや、パリにいれば知らないでは済まされない。わけてもフェドー劇場はルペルティエ区の内であり、すでに観劇に向かう道々で目撃しないではいられなかった。

葡萄月十二日は雨の一日だったが、それでも大変な人出だった。フェドー劇場から東に三百メートルほどにあるのが、フィーユ・サン・トマ教会だが、そこに白帽子の市民や国民衛兵隊が集結して、大いに気勢を上げていたのだ。

覗きにいったナポレオーネも仲間と思われ、武器を取れとの叫びで銃を渡された。自分で持っていると断ったが、すでに蜂起の体であることは疑いなかった。フェドー劇場に憲兵が来たときも、もしや暴徒が来襲したかと一瞬戦慄したくらいだ。

かねて不満は高まっていた。選挙法の改悪に他ならないと、わけても三分の二法が手ひどく攻撃された。その急先鋒が、帰国を果たした亡命貴族や、かつてのヴァンデ軍の闘士たち、聖務再開を認められた宣誓拒否派の聖職者らに率いられる、いわゆる王党派だった。

根城となったのがセーヌ右岸のルペルティエ区で、葡萄月十日（十月二日）に中央委員会が設立されると、テュイルリ区、ブット・デ・ムーラン区、シャンゼリゼ区、ヴァンドーム広場区、モン・ブラン区、ブリュトゥ区、ボンヌ・ヌーヴェル区、祖国の友区、人権区、アルスナル区、フォンテーヌ・ドゥ・グルネル区、統一区、テアトル・フランセ区、リュクサンブール区と、パリの幅広い街区から代表が派遣された。

葡萄月十二日、それが遂《つい》に動き出した。近隣の都市ドルーから蜂起の報せが届くと、パリでも王党派を意味する白旗が掲げられた。結集したのがルペルティエ区のフィーユ・サン・トマ教会で、蜂起軍はヴァンデ戦争の闘士ダニカン将軍が率いることになった。

当然ながら、国民公会も手を拱いてはいなかった。中央委員会に集会解散を勧告すべく、ムヌー将軍が派遣されたが、フィーユ・サン・トマ教会に向かう途上のヴィヴィエンヌ通りで前後を囲まれてしまうと、立ち往生するまま勝手に和解を取り結んで、さっさと引き揚げてきてしまった。

午後七時の話である。バラスは続けた。ムヌー将軍は土台が貴族出身で、王党派の動きに共感する部分もないではなかったらしい。バラスは続けた。もちろん、ムヌー将軍はクビにされた。てえか、背反行為で逮捕だ。

「かわりの指揮官が必要だってことになって、国民公会は俺に白羽の矢を立てた」

「熱月《テルミドール》九日（七月二十七日）のクー・デタのときと同じですね。あのときも閣下は憲兵隊を率いて、パリ市政庁を襲撃なされたんでしたね」

「まったく、やるもんじゃないよ。こうして当てにされちまうからな。しかし、まあ、引き受けちまったものは仕方ない。今回もやるしかない。それはそれとして、ブオナパルテ、おまえを捜したのは他でもない。せっかくだから、俺の副官にしてやろうと思ってな」

恩着せがましくも余裕の口ぶりだったが、ナポレオーネとて素直に真に受けてはやらなかった。

バラスも貴族出身だけに、若い頃には軍人の経験も積んだ。が、それも茶化すなというだけあって、退役してから随分になるはずだった。まだ現役でやれるなら、あのトゥーロンにも派遣委員としてでなく、指揮官として来ていたはずだ。なにしろ画家だの、医者だのが、大威張りで将軍になっていたほどなのだ。きちんと身のほどを弁えて、そこがバラスの偉いところといえるかもしれないが、いずれにせよ軍人としての力量は推して知るべしである。

――自分で指揮を執る自信はないのだな。

ナポレオーネは看破したが、だからといって、こちらに余裕があるではなかった。いわば仕事を干されている身であり、方面軍司令官の副官というポストなら、喉から手が出るほど欲しい。

「しかし、どうしたものかな」

　思わず声に出してしまうと、バラスは急に立ち止まった。ちょうど前後の方向が入れ替わる、階段の踊り場だった。

「三分やる。考えて、返事しろ」

「わかりました」

　バラスが俄に真顔になった理由は、わかる。自分も迷うのだから、わかる。手放しで喜べる仕事ではない。問題は「パリ武装兵力と国内方面軍」の指揮官だという点で、蜂起の鎮圧が仕事の中身になるからだ。外国の敵と戦えというのなら躊躇しないが、これが国内の敵となると、ただ銃口を向けるにも逡巡《しゅんじゅん》してしまうのだ。

　ナポレオーネにはアジャクシオの蜂起を弾圧して、せっかくの地位を失いかけた苦い思い出もある。小さな島での話で、この大きなフランスでは、やりすぎを咎められることはあるまいが、なお気が進むような話ではない。

　否応《いやおう》なく政治に巻き込まれる仕事でもある。それは戦争以上に危うい世界だ。ジロンド派が倒されたようにジャコバン派が倒され、ジャコバン派が倒されたように熱月派が倒されれと転ぶなら、新しい政権下では王党派を弾圧した将軍も只では済まされない。それが破滅への一本道なら、お人好しにもバラスに同道してやる謂れはない。しかし、だ。

　――王党派の勝利は、いただけないな。

　仮に政治的な文脈では難を逃れられたとしても、失脚しかけた軍人として、これから戦争がなくなるというのは困る。復活したフランス王が、諸国の王侯と和を結べば、それきり挽回の機会は与えられないことになる。

「さあ、どうする」

バラスが答えを求めた。もうひとついうならば、王党派が勝つか、負けるかではない。戦いは王党派に勝つか、負けるかでもある。ジャコバン派が倒されたというが、それも自分がパリで戦えば守ることができたかもしれないのだ。

――この俺が、この腕で……。

ナポレオーネは答えた。

「やります」

「よし。ブオナパルテ、なかに入れ」

5　男たち

その部屋は平服が半分、軍服が半分だった。国民公会から流れてきた議員たちと、それに呼ばれた軍人たちということだろう。二十人ほどで囲んでいる大卓には、パリを描いた一枚の地図が広げられ、これから取るべき作戦を立てようというのだろう。

議員は知らない。もとよりバラスを除けば、後はフレロンとサリセッティくらいしか知らなかった。総裁政府が樹立されるに先立ち、国民公会にはバラスを含め事実上の五総裁がいるといわれていたが、残りのドーヌー、ルトゥルヌール、メルラン・ドゥ・ドゥエイ、コロンベルくらいは欠けずに詰めていただろう。

軍人の列には知っている顔がいたが、それも喜ばしいわけではなかった。自分の他にバラスの副官になっていたのは、ブリュヌ将軍、ベリュイエ将軍、ガルダンヌ将軍、ヴァショ将軍、そしてトゥーロン戦でナポレオーネと反目した、あのカルトー将軍だった。

バラスは始めた。待たせた、諸君、これが話していたブオナパルテ少将だ。

「砲兵科で、南フランス方面軍、イタリア方面軍で手腕を発揮してきた。ここからはブオナパルテ少将にも会議に参加してもらう。それで、だ」

バラスは戦況の説明にかかった。まず蜂起軍のほうだが、ダニカン将軍の指揮下に今現在で二万五千。ムヌー将軍は四万といっていたが、それは臆病者の言い訳として、だ。

「朝が来れば三万、あるいは本当に四万と膨れ上がることも予想される」

「しかし、所詮は武装市民だろう。烏合《うごう》の衆にすぎん。蹴散らせるよ、簡単に」

そうやって偉そうな髭を笑みに歪ませるのは、カルトー将軍だった。なるほど、南フランスで鎮圧戦の経験がある。弱い者が相手なら、自信があるというのだろう。バラスは苦笑いである。

「そう願いたいものだが、カルトー将軍、まずは最後まで聞いてほしい。続けて、こちらの兵力なんだが、たったの五千だ。その正規軍にパリの警察隊を加えたところで、六千に届くか届かないか」

今度は、さすがに誰の声も上がらなかった。バラスの艶声が、やけに大きく響いて聞こえた。

「蜂起軍の作戦もみえてきた。テュイルリ包囲だ。フィーユ・サン・トマ教会からヴィヴィエンヌ通りを南下して、王党派はすでに二点でサン・トノレ通りに達している。東ではサン・ロック教会前を、西ではピーク広場を押さえているのだ。この雨が止み次第、この二点から兵士を出して、恐らくはサン・トノレ通りを埋め尽くすつもりだろう。つまりはテュイルリの北側を封鎖する。セーヌ右岸だけじゃない。左岸にも同じような封鎖の動きがある。フランセ座の前に、王党派の市民が集結しつつある」

「だったら、囲まれてやろうじゃないか」

息を吹き返したかのように、カルトーは再び打ち上げた。籠城戦だよ。このテュイルリ、それにルーヴルに立て籠もればいいのさ。

「石の建物に守られながらであれば、少ない兵数でも戦えるだろう」

兵法の鉄則ではありますな。急ぎ水と食糧を運びこみ、それからバリケードを築かなければならないでしょうが、それくらいなら一両日中に遂げられます。数日堪えられれば、パリの外から援軍を呼ぶこともできる。一番近くというと、大西洋沿岸方面軍になりますか。ブリュヌ、ベリュイエ、ガルダンヌ、ヴァショと四将軍が続けていた。聞きながら、ナポレオーネは下腹のあたりにグッと力を入れた。さあ、仕事だ。やると決めたからには、全力でかからなければならない。

「籠城戦は無理です」

「なに？　また君か、ブオナパルテ大尉」

「ブオナパルテ少将です。またといえば、あなたもまたですか、カルトー将軍。また馬鹿な作戦を唱えておられる。トゥーロンのときに増して、馬鹿な作戦だ」

「なんだと」

「トゥーロンは私の作戦で陥落しました。私の作戦が正しかったのです」

「それは、わからんぞ。あのままトゥーロンに残っていれば、わしの作戦でも……」

「まあ、ブオナパルテの話も聞いてみようじゃないか」

と、バラスが仲裁した。かつての派遣委員のいうことだけに、黙して従う癖がついていたか、不服顔のカルトーもひとまず引き下がった。ナポレオーネは続けた。繰り返しますが、籠城戦は無理です。

「確かに兵法の鉄則で、籠城すれば兵数が少なくて済みますが、それも三対一の割合までだ。六倍も多い敵に対することはできません。さらにいえば、テュイルリも、ルーヴルも、宮殿であって要塞ではありません。硝子窓が多すぎて、銃撃を防ぎきれない」

「籠城となれば、もちろん窓は塞ぎますよ。内側から窓枠に板を張りつければいい」

「それだけの木材があったとしても、です、ベリュイエ将軍。三万もの兵団が銃を撃つなら、文字通り木端微塵《こっぱみじん》になりますよ。いや、銃を撃つまでもない」

「それは？」

「斧《おの》ひとつで足りるという意味です、ブリュヌ将軍」

「建物まで近づかれてしまえば、確かに」

「近づけないように、銃で迎撃すればよいのでは」

「できますか、ガルダンヌ将軍、たった五千で三万を相手にして」

「やはり無理か」

「ええ、無理です。たまたま私は一七九二年の夏にパリにいました。六月二十日の事件も、八月十日の蜂起も、間近で目撃しています」

六月二十日の事件というのは、蜂起の人民がテュイルリ宮に乱入して、ルイ十六世の部屋まで踏みこんだ顛末である。八月十日の蜂起では、人民が前庭での戦闘を制してテュイルリ宮を占拠、国王一家の身柄拘束、議会の解散と進めて、フランスを共和政の樹立に導いている。

「いずれの場合も、庭園だの前庭だのまで押し入られると、それで終わりでした。すぐ窓や扉を破られて、宮殿内に突入されてしまいました。つまり、近づかれては駄目なのです。籠城しても一日と持たないのです」

「ならば、どうすればよいというのだ、少将」

「そこです、ヴァショ将軍。逆に外に出ていく、蜂起軍の包囲を破る、これしかありません」

「たった五千でか。馬鹿をいうな、ブオナパルテ。そんなこと、できるわけがない」

「できますよ、カルトー将軍」

「どうやって」

と聞いたのは、バラスだった。ナポレオーネは迷わず答えた。

「大砲を使えばいい」

返事はなかった。議員たちは無論のこと、軍人たちまで言葉がなく、それどころか息を呑んで静まり返った。大砲を撃つ……。市民に向かって……。

「簡単です。パリの街の要所要所に、ただ砲兵隊を置くだけでいい。左右の建物に阻まれて、逃げ場がない蜂起軍は格好の的になります。テュイルリ包囲なんて、すぐ破れます」

「それは、わかるが……」

バラスが先をいいよどむと、出てきたのは青ざめた顔の平服たちだった。フランス人だぞ。暴徒といい、王党派というが、それでも外国の兵士じゃない。まがりなりにも政治的な主張をしているわけだし、それを問答無用の暴力で押し潰しては、我々も独裁者ということになる。ああ、ジャコバン派と同じになるわけにはいかない。恐怖で支配する者の末路は、あのロベスピエールにみる通りだ。

──面倒くさい連中だな。

と、ナポレオーネは思う。戦う気がないのなら、軍など集めなければいいじゃないか。いやはや、国民公会に味方したのは失敗だったか。いっそ蜂起軍につくべきだったか。テュイルリを落とすことで、この俺さえ再浮上を果たせれば、あとは戦争が終わっても構いやしないか。

寝返りまで頭をよぎったが、今さら遅いという理もあった。やれやれと思いながらも、ナポレオーネは切り返した。死にたいんですか、議員の皆さん。というのも、王党派は銃を持っているんですよ。

「要求が容れられなければ、容赦なく撃ちます。撃ち殺されても、国民公会は良い子でいたいと？　だから大砲など撃てないと？　ははは、それなら、いっそ暴徒たちの要求を容れたらどうです。三分の二法を廃止して、王党派の議会にして、王政復古を認めたらどうなんです」

また部屋は静かになった。反論はない。もう議論は尽きた。あとは決断するだけだとなると、皆の視線が自ずと集まる先があった。たとえ名前だけであれ、そこは「パリ武装兵力と国内方面軍司令官」なのだ。

「ブオナパルテの作戦で行こう」

と、バラスは告げた。緊張で喉がカラカラに渇いているのだろう。さすがの艶っぽい声も掠れ加減で、大分聞きにくくなっていた。

「本当にいいのか、バラス」

「大砲を使うなんて、国民公会は依頼も、指示も、命令もしていないぞ。それは、あくまで方面軍の決断ということだからな」

「別な言い方をすれば、司令官である君の責任だ」

とたんバラスの目が泳いだ。大物も気取るし、押し出しも立派なのだが、その割に気が小さい憾みがある。あ、いや、大砲を使うとはいっていない。ああ、俺だって暴力は好きじゃない。

「本当に使わなくても、あるだけで大砲は威嚇になるというんだ。ただ並べておくだけで、その恐怖に蜂起軍は引き下がらざるをえなくなるんだ」

ざわざわと部屋の空気が波立った。威嚇ということなら、大砲は悪くないな。ええ、戦闘を制するのは、殺傷力の高低というより、恐怖の多寡なのでしょうから。ああ、うまい手かもしれない。火薬を煙にさえしなければ、後で責められるようなことにもならない。聞き流しながら、またナポレオーネは思う。まったく面倒くさい連中だ。

「先を急ぎましょう」

そう促したのは、撃つにせよ、みせるだけにせよ、まだ大砲は一門も手元になかったからだ。大砲はどこにでもあるわけではない。南フランスで設備の管理や移送に携わっていたからわかるが、国境地帯でもなければ普通にある代物ではない。

「書類を」

と、ナポレオーネは声を飛ばした。面倒くさい連中につきあっても、小心者に任せておいても、時間の無駄になるだけだ。こうと決まれば、もう議員も将軍も用なしなのだ。

会議に参加している将校たちが動き出す番だった。大砲を探さなければならない。最寄りの大砲を急ぎ確保しなければならない。それを書類の山からみつけ出さなければならないのだが、他の将軍は見方もわからず、まごついてしまうばかりだった。普段の書類仕事をさぼるから、そうなる。横着して部下に押しつけるから、ますますわからなくなる。俺は違う。

自負の通りで、みつけるのはナポレオーネが一番早かった。

「サブロン平原の兵営に四十門ある。練兵場に野ざらしにされている設備だが、仕方がない。今回はそれを使うしかない。最寄りは最寄りで間違いなさそうだしな」

それはヌイイーに近い、パリの西北西の郊外である。受けたのは、バラスだった。サブロン平原？

「その地名はムヌー将軍も出したな。サブロン兵営の設備なら、蜂起軍のほうも確保したがってると」

やはり王党派は、やる気だ。こちらの国民公会が、何を、どんな風に逡巡してみたところで、蜂起軍の攻勢は間違いなく容赦ないものになる。ナポレオーネは書類運びの将校をひとり捕まえた。

「今の時刻は」

「午前零時になります」

「出遅れたな」

急がなければならないな。しかし、蜂起軍から運搬のための兵士が出されたとしても、恐らくは歩兵でしかないだろう。いや、歩兵であってもらわなければ困る。さもなくば、国民公会の兵士は追いつけない。ブツブツ続けた最後に、ナポレオーネは大きな声で問いかけた。

「騎兵はいるか」

それが頼みの綱だった。騎兵はいるか。みすぼらしい我が軍に騎兵はいるのか。矢のように走る騎兵だ。行く手を阻む者など蹴散らす騎兵だ。

「敵陣を突破して、なお涼しい顔ができる、クソ度胸が自慢の騎兵はいないのか」

「呼びました？　俺のこと」

鼻にかかった気取り声が返ってきた。みると、頭ひとつ抜けた大男だった。黒いから自毛だろうが、長く伸ばした髪を整髪料で逆立てているので、さらに二割増で大きくみえる。いや、ただ大きいというだけではない。騎兵の軍服に虎の毛皮まで巻いて、実に派手派手しい男でもある。わざときつめのズボンをはいて、筋肉質な大尻を必要以上に目立たせているところなど、まさに自己顕示欲の塊だ。

こういう男も悪くない。いや、こういう男こそ目立ちたい一心で、困難な仕事にも果敢に挑んでいくだろう。よしと、ナポレオーネは迷わなかった。よし、氏名、所属、階級をいえ。

「ジョアシム・ミュラ、第二十一猟騎兵隊、大尉です」

「部下は」

「二百六十人」

「二時間でサブロン兵営に行き、大砲四十門を引いて、二時間でテュイルリに戻れるか」

「だから、騎兵なんですよ、俺は」

そう答えた不敵な笑みが、いよいよもってナポレオーネの気に入った。

6　葡萄月《ヴァンデミエール》十三日

ミュラは期待に応えた。予想の通り蜂起軍からもルペルティエ区の国民衛兵隊中隊が出て、もうサブロン兵営から帰ってくるところだったが、その隊列を路上で急襲、運搬していた大砲を強奪してきたのだ。いや、だから、そんなの大した仕事じゃありません。

「パリの外は駆け放題の平原で、しかも騎兵なんですよ、こっちは」

得意顔のミュラがテュイルリ宮に到着したのが、午前四時半だった。

「予定より三十分の遅れだ」

ナポレオーネは意地悪く答えた。実際のところ、待つ間は息詰まる思いだったが、まずは許容の範囲だった。朝一番に兵と砲の配置にかかることができたからだ。

命令権者は司令官のバラスで、他にも副官がいたが、夜が明ける前にはナポレオーネの独擅場《どくせんじょう》になっていた。土台が自分の作戦であり、余人の進言を容れる質でもないのだが、それに不満な者がいても、寝ないで平気な男には張り合えるはずもなかった。

ナポレオーネは国民公会の防衛線を東西に、セーヌ右岸ではポン・ヌフからシャンゼリゼまで、左岸ではやはりポン・ヌフから革命橋までと決めた。革命橋は革命広場からセーヌ左岸に渡る橋だ。

この防衛線上の要所、すなわちポン・ヌフを起点として、右岸ではローアン通り、ドーファン袋小路、そしてサン・トノレ通り、サン・フロランタン通り、左岸ではナシオナル橋、革命橋、回転橋に、全部で四十門の大砲と、「八九年の愛国者たち」と呼ばれる釈放されたジャコバン派千五百人を加えて、ようやく六千余を数えることになった兵士を、適当に分配していったのだ。

ナポレオーネの読みでは、事実上の前線はサン・トノレ通りだった。

テュイルリ宮は右岸の河べりにある。セーヌ河を水堀にみたてるなら、右岸に渡る橋さえ押さえていれば、左岸からの進撃は阻めることになる。ぶつからざるをえないのが陸続きの右岸で、北にある蜂起軍の本営、ルペルティエ区のフィーユ・サン・トマ教会から南下する兵団と、南にあるテュイルリ宮から北上するこちら側の兵団が衝突するとみられるのが、東西に走るサン・トノレ通りなのである。

この要の前線をナポレオーネは自ら指揮することにした。サン・トノレ通りでは、どこかに楔《くさび》を打ちこんで、往来を遮断しなければならない。これと目した地点がサン・ロック教会前で、教会西側を通るドーファン袋小路との十字路には、周到に砲列を組んで敵を待つことにした。

ベリュイエ将軍はピーク広場に直面する庭園の北西部に、ブリュヌ将軍は宮殿の東面にあたるカルーゼル広場に、ガルダンヌ将軍、ヴァショ将軍は庭園の西面にあたる革命広場に派遣され、それぞれの兵団とともにテュイルリの守りを固めた。カルトー将軍はポン・ヌフにあって、防衛線の一翼を担うことになった。よし、これで万全なはずだ。

葡萄月十三日(十月五日)は朝が来ても、雨は続いた。ときおり土砂降りになって、これでは銃など撃てないと判断したのだろう。ダニカン将軍の王党派蜂起軍は、九時になっても十時になっても、動かなかった。とうとう正午を迎えても、やはり動き出す気配はなかった。

この小康状態に落ち着きを取り戻すと、俄に活気づいたのが議員という輩だった。パリ蜂起の事態にもかかわらず、国民公会を開会させた。兵士が配置についたこの期《ご》に及んで、まだ議論するというのだ。いや、なにも戦いにすることはない。我々は武器を置こうではないか。

「この議会に蜂起した民衆を受け入れればよい。古代ローマの元老院議員たちが、荒ぶるガリア人たちを受け入れたように、我々も厳かなる威風をもって」

「いや、テュイルリに入れるのは拙い。進入を許しては、もう我らの負けになる。先んじてパリ四十八の全街区に議会の特使を送り、こちらから和解の条件を提示しようではないか」

「馬鹿な、馬鹿な。ローマ人はガリア人と話ができたのか。折り合いなどつくはずがない。相手は王党派だ。ガリア人以上に話のわからない、アンシャン・レジームの亡霊のような連中なのだ」

「だから、サン・クルーに移ろう。向こうで議会を開けばいい。そうすれば危険を避けても、蜂起に屈したことにはならない。我々の憲法も、我々の法令も、同じく無事だ」

「向こうでなら、大西洋沿岸方面軍との合流も容易だしな」

面倒くさい連中だな、とナポレオーネは再びの嘆息だった。戦いが動かないので、バラスに呼ばれて一緒に傍聴していたが、聞くほどに苛々した。なにしろ何ひとつ決まらない。

だらだら続くだけの議会に急報が飛びこんだのは、午後二時を回る頃だった。もう外では雨が上がったということだ。満を持して、蜂起軍が動き出したのだ。

「ルペルティエ区から南下の部隊がポン・ヌフを襲いました」

「左岸フランセ座の方面から来て、ドーフィーヌ広場に兵士が集結中とのことです」

「カルトー将軍が退却しました。ポン・ヌフを離れて、ルーヴルに逃れたとのことです」

相変わらず馬鹿な奴だ。ナポレオーネが心で毒づく間にも、まだまだ急報は飛びこんでくる。

「ピーク広場から進撃の部隊に、ノアイユ館が占拠された模様」

「蜂起軍、ドーファン袋小路にも現れました」

「サン・ロック教会近くまで南下、こちらの砲列まで十数歩を残すのみ」

「空に帽子が舞っています。白い帽子です。王党派の印です。蜂起の兵が投げたものです。すでに凱歌を揚げているような大騒ぎになっています」

議員どもと一緒に油を売っている場合ではない。現場に戻らなければならない。ナポレオーネは走りかけたが、多少の猶予はあるようだった。午後三時、ダニカン将軍の手紙が届けられた。

「人民を脅かしている部隊を下がらせろ。直ちにテロリストどもの武装を解け」

もたらされたのは降伏勧告だった。あるいは、そうした強気を装う休戦申し込みだったか。いずれにせよ、国民公会が返答するまでは、蜂起軍は今の位置から動かない。総攻撃が始まるのは、拒否の返事が届けられたとき、ないしは返事が遅すぎると、痺れを切らしたときということだ。

「議員諸氏よ、どう答えるべきだろうか」

「ですから、古代ローマ人のように……」

「いや、今こそサン・クルーに逃れて……」

また議論が始まった。いうまでもなく、つきあう意味も暇もない。ナポレオーネは二人の副官を呼びつけた。マルモン、ジュノ、例の物を運んでこい。いったん建物を出た二人が、再び議場に戻ったときには、ぞろぞろと兵団を引き連れていた。その物々しい雰囲気に、臆病な議員たちは一瞬ざわめきを高めたが、それが悲鳴に変わる寸前に味方の兵士なのだと気づくと、今度は困惑の色を濃くした。

兵士たちは二人一組で木箱を運びこんでいた。縦二メートル、横一メートル、高さ一メートルという、かなり大きな木箱である。テュイルリ宮の廊下にえんえんと列をなしながら、それも何十箱とだ。

議員一同の疑問を代表する格好で、バラスが聞いた。なんなんだ、これは。木箱の蓋を自ら釘抜きで外しながら、ナポレオーネは当たり前のように答えた。銃です。全部で七百丁あります。

「七百丁の銃だと。いったい、なんのために」

そう問うた鼻先に一丁を押しつけながら、またも当たり前のように答えてやる。

「議員の皆さんに渡すためです。七百人ほどいるでしょう。だから七百丁あるのです」

他の木箱も開けられて、ジュノやマルモンの指図で銃が配られ始めた。ええと、議員の皆さん、よろしいですか。銃を受け取られたら、そう、その向こうの箱の前に並んでください。弾薬入れと実包も配りますから、各自で受け取ってくださいい。銃だけじゃあ、なんの役にも立ちませんからね。ただ重いだけですからね。実包ですが、これ、弾丸と火薬を紙で包んだものです。

「端を歯で嚙みきって、さらさらと銃口から入れるわけですね。そこ、いいですか。よく聞いておかないと、いざというとき暴発するかもしれませんよ」

呆然《ぼうぜん》として、しばしマルモンの説明に聞き入る体だったバラスも、途中でハッと向きなおった。どういうことだ。だから、どういうことなんだ、ブオナパルテ。

「決まっています。いざとなったら、議員の皆さんにも戦ってもらいます」

せめて自分の身くらいは、自分で守ってほしいということです。そう答える間も、詰め寄る影がある。不平顔の議員は少なくない。どうしてって、まだ議論は尽くされていない。結論は出ていない。戦うと決めたわけじゃない。ああ、勧告に対する答えは今も審議中であるにもかかわらず、だ。

「銃なんか構えていたら、まるで交戦意欲まんまんみたいじゃないか」

そうみせるために銃を配った。というよりナポレオーネは、いい加減に覚悟を決めてもらいたかった。銃など構えていなくても、とうに敵だと思われているのだ。気に入らない憲法と三分の二法を決めた議員たちこそ許せないと、銃を持とうが持つまいが、向こうは端《はな》から狙っているのだ。

それが証拠にパンと破裂音が鳴った。あとにガチャン、ガチャ、ガチャと耳障りな音も続く。議場の床で砕けていたのは硝子だった。窓が割られた。外側から叩かれて、内側に砕け落ちた。

「蜂起軍の銃撃です」

と、ナポレオーネは断言した。議場の柱時計をみれば、午後四時だ。返事が遅いと、王党派は痺れを切らした。ああ、こんな調子でグズグズしてるんだから、奴らだって痺れを切らすさ。

「占拠されたノアイユ館からだな」

「あそこからなら銃弾が届く。およそ二百メートル、ああ、銃の射程内だ」

マルモンとジュノまで続けると、ざわめきの波が一気に高くなった。いや、今度の議場は、はっきりと悲鳴を上げた。ナポレオーネは大きく手を振りながら呼びかけた。大丈夫です、大丈夫です。

「銃弾は届きますが、とうに失速しています。大した威力はありません。せいぜいが硝子を割ったり、仮に人に命中しても、二センチほどの穴を開けるのが関の山です。死にゃしませんから、ご安心を」

「本当ですな、将軍。本当に命は落とさないんですな」

「これ以上テュイルリに近づけなければ、ね」

「近づけないでください。追いはらってください」

「まあ、できないことはありませんが……」

「助かるんですな。奴らを追いはらえるんですな」

「ええ、助かりますし、追いはらえますよ」

議員たちに取り囲まれながら思う。本当に面倒くさい連中だ。いい歳した親爺のくせして、保護者に縋《すが》るような目を向けてくるな。なんの責任も取りたくない卑怯者が、自分が窮したときだけ他人に頼ろうとするな。ああ、うざったい。ああ、暑苦しい。ああ、ムカムカする。いい加減に勘弁してくれ。さっさと結論だけ出してくれ。ナポレオーネは最後に確かめにかかった。

「ただ我々は、もう行きます。暴徒どもと戦います。それで、いいですね」

戦ってくださるのですな。暴徒を追いはらってくださるのですな。我々を守ってくださるのですな。

ああ、ブオナパルテ将軍こそ守り手だ。議会と民主主義と共和政の守護神だ。口々に吐き出したが、少なくとも引き止める言葉はなかった。新たに急報が届けられれば、なおのことだ。

「ダニカン将軍がリシュリュー通りに現れました」

「左岸でも蜂起軍がバック通りを抜けて、ナシオナル橋を急襲」

「だから俺たちも行くぞ」

いうや、ナポレオーネは駆け出した。マルモン、ジュノ、それに銃を配っていた兵士たちも抜からずに続いたが、肝心の男が議場に立ち尽くすままだった。まったく、もう。

「司令官、あなたも行くんですよ」

駆け戻ったナポレオーネにいわれて、ようようバラスもついてきた。

7　撃て

テュイルリ宮からは東面の玄関を出た。車寄せの外がカルーゼル広場で、ブリュヌ将軍が守備の兵団と控えていた。緊張顔で、左に折れるサン・ニケーズ通りは通れるが、サン・トノレ通りに合流した先はわからない、リシュリュー通りを抜けた蜂起軍が溢れているかもしれないと告げた。

確かに太鼓の音がする。微《かす》かな地鳴りも、王党派の進軍が起こしているものだろう。なにより群衆が吐き出している声、声、声が、北の空に渦巻いて、圧倒的な物々しさになっていた。それに今にも呑みこまれんとしているのが、サン・トノレ通りの十字路に置かれた国民公会の砲兵隊なのだ。

「サン・ニケーズ通りが通れるうちに、砲列の指揮官たちに命令を……」

マルモンとジュノに指示を出そうとしたところ、バラスが割りこんできた。待て、ブオナパルテ。

「ここは俺に任せろ」

「任せろって、なにを任せるんですか」

「話してみる。戦わずに済む道はないのか、もう本当にないのか、共和派も王党派も祖国フランスの民に変わりないではないかと、そういうことを訴えてみようと思う」

確かに、まだ銃声は聞こえてこない。戦闘は始まっていない。しかし……。ナポレオーネは返した。

「バラス閣下は意外と真面目なんですね」

「茶化しやがると、ぶん殴るぞ、ブオナパルテ」

そう凄んだ声が震えた。真面目というより、やはり小心だ。まだ戦闘を避けようとしている。まだ流血沙汰を恐れている。少しでも落ち度があれば、司令官の自分の責任にされる。あの卑怯な議員どもなら、風向きが変わり次第、全ておっかぶせてくる。いずれの心配であるにせよ、頭のなかには保身しか詰まっていない。

「では、閣下、どうぞ」

バラスはひとり進んでいった。サン・ニケーズ通りを進み、サン・トノレ通りの入口に築かれた砲列と、それを守るバリケードを擦り抜けると、やや右に進んで、すぐ左に折れた先がリシュリュー通りである。が、蜂起軍はその出口まで達していた。ほんの十メートルも離れていないので、バリケードの奥からも斜めの角度で様子を窺うことができた。

言葉通りに王党派を捕まえて、バラスは話し始めていた。こちらからみえるのは背中であり、向こうが騒がしいこともあって、話の内容までは聞き取れない。が、何か訴えている。大きな身ぶり手ぶりからも、必死な風が窺える。王党派も耳を傾けるのか。働きかけられた最前列の数人が、急ぎ幹部に取り次ぐくらいのことをしてくれれば、あるいは最後の談判が実らないともかぎらない。

――いや……。

白いものが閃いた。軍刀を高く翳《かざ》した輩が、リシュリュー通りから飛び出した。うわあ、うわあ。上がった悲鳴は、たぶんバラスだ。自分の頭上に刃物が落とされんとしている、その恐怖に思わず声が洩れたのだ。

案の定で、くるりと身体を反転させた司令官は逃げにかかった。こちらに懸命に駆け戻ってくるが、その背中を軍刀が追いかける。しかも、三人だ。最初の短気者に続いて、さらに二人も腰のものを解放したのだ。ナポレオーネはバリケードで声を張り上げた。

「ミュラ」

すぐに蹄の音が響いた。

「呼びました、俺のこと」

「呼んだ。バラス司令官を連れ戻せ」

「ウィ、ムッシュー」

歌うような調子で了解すると、直後に馬が飛んだ。その腹を唖然と見上げるうちにバリケードを踏み越えて、カッカカッと蹄を鳴らす着地に要した数歩で、もう司令官のそばだった。

ミュラは馬上から軍刀を一打ち、今にもバラスに切りつけんとしていた一人をサン・トノレ通りに這わせると、残りの左手で司令官の襟首をつかまえた。なんたる怪力か、そのまま片手で鞍上まで引き上げる。もとが大柄で、最近は肥満の嫌いもないではないバラスの巨体を、軽々とである。後は悠々たる手綱捌《さば》きで、難なくバリケードに戻ってくる。

「ミュラ、よくやった」

　バラスは馬から降ろされると、へなへな腰が抜けたように座りこんだ。その顔を覗きこむようにして、ナポレオーネは働きかけた。ええ、もう十分でしょう。司令官、決断してください。

「砲撃していいですね」

「………………」

「大した事件にはなりません。私も気を遣いまして、通常の弾丸は持ってきていないのです。ええ、装塡してあるのは、榴散弾《りゅうさんだん》か葡萄弾だけだ」

　榴散弾というのは、缶に詰めたマスケット弾のことである。葡萄弾と呼ばれているのは、こちらは帆布《はんぷ》を合わせた袋に、やはりマスケット弾を詰めたものである。いずれも一抱えもある鉄球が飛んでいくわけではない。ひとつひとつは砲弾でなく銃弾で、それが散弾になって飛んでいくだけである。

「頭がふっとんだり、手足が千切れたりとはなりません。ただ身体中に細かい穴が開くだけです。怪我人は多く出ますし、傷も相当痛みますが、そんなに多くは死にません」

「それなら、まあ、仕方がない。それも威嚇が通用しなかったらって話だが、まあ、最後は仕方ない。ただ向こうが話し合いを望んできたら、こっちも……」

「いいですね。撃ちますよ」

「わかった」

　承諾の言葉をもらうや、ナポレオーネは走り出した。一緒に再びの名前を呼んだ。

「ミュラ」

「いますよ、ここに」

「左岸へいけ、各所の砲兵隊に砲撃命令を伝えろ」

騎兵の背を横目だけで見送ると、あとは打楽器のような馬の蹄の音だけ聞いて、ナポレオーネは前を睨んだ。もう振り返る必要はない。やることは決まっている。マルモン、おまえはここに残れ。ジュノ、おまえはピーク広場の前だ。

「俺はサン・ロック教会に向かう」

いったんテュイルリ宮に戻り、建物を素通りして西面玄関を出た先が、テュイルリ庭園である。が、大きく飛び出したりはしない。ノアイユ館から狙い撃ちにされるだけだ。

建物の際を舐《な》めるように北に進み、鉄柵の門を出ていったん小路を左に抜け、もう一度門を抜けていくと、そこがサン・ヴァンサン通りだった。すぐサン・トノレ通りに合流するが、その四辻から先はドーファン通りと名前を変える。テュイルリ宮の壁で行き止まるから、サン・ヴァンサン通りを含めた総称として、ドーファン袋小路なのである。

サン・ロック教会は、サン・トノレ通りを渡った右の角地にある。

もちろん、今は渡れない。バリケードが築かれて、大砲が八門も並んでいる。向こう側のドーファン通りには、すでに蜂起軍が到着していたが、先頭が顔を覗かせたきりで、まだ動き出してはいない。

――ふう、なんとか間に合った。

砲声は聞こえなかった。ジュノも、マルモンも、号令はかけていない。とっくにミュラに伝えられたはずなのに、左岸からも聞こえてこない。なるほど、ためらう。他に手はないとわかっていても、ためらう。ナポレオーネにせよ、最初に命じたのは銃撃だった。

パラパラと銃声が響いたが、直後に数倍の厚みで音が返った。襲い来る銃弾の数も数倍で、兵士は皆が地面に伏せたし、伏せられない大砲は鉄の砲身に銃弾が当たって、カンカン鳴き通しだった。バリケードの板や巻き藁も激しく軋《きし》んで、あたり一面の白煙に紛れながら、頭上に細かい破片が落ちてきた。蜂起軍は銃撃にも引き下がらない。逆に銃撃で応じてくる。

――次は太鼓を打ち鳴らし、ザッザザッザッと足音を刻み始める。

前進だ。ドーファン通りから押し出て、サン・ロック教会前に群がり始める。建物の柱飾りが、もうみえない。さらに進んで、左右のサン・トノレ通りに大きく展開されてしまえば、たちまち旗色が悪くなる。ここに楔を打ちこまなければ、テュイルリ宮が包囲される。食い止めなければならない。大砲を撃たなければならない。やはり撃たなければならない。しかし撃てるか。フランス人がフランス人に撃てるか。

――撃てる。

ナポレオーネは胸に決意を確かめた。ああ、撃てる。少なくとも、俺は撃てる。フランス人じゃないからだ。いや、ことさらコルス人という気もない。俺は俺でしかないというのだ。その俺が俺でいられるために戦う。俺は俺のためだけに戦う。貴様らだって、そうだろう。自分たちのために俺を殺しに来るんだろう。それが戦いだ。いつだって、お互い様ということだ。

ナポレオーネは手を大きく差し上げた。

「撃て」

声が走った直後に、ドオンと音が轟いた。それが合図となって、さらなる轟音が連なり出す。ドオン、ドオン。サン・ロック教会前が硝煙で白くなり、そよいで消えたあとの道に赤いものが弾けて覗く。ドオン、ドオン。左岸のほうでも砲声が轟き始めて、恐らくはナシオナル橋のあたりにも、王党派の輩が転げ始めたことだろう。

ドオン、ドオン。夕の六時頃までには、王党派の蜂起軍は潰走《かいそう》した。

ドオン、ドオン。夜会の時刻を迎える頃には、ナポレオーネは「葡萄月将軍《ヴァンデミエール》」の名前で囃されていた。

ドオン、ドオン。まさに一夜にして英雄だった。

8　父の形見

「それで軍刀を返してほしいと」

と、ナポレオーネは確かめた。椅子に座り、書几《しょき》に左右の肘をつき、組んだ両手で顎先を支えながら、見据える先で直立していたのは、まだ十代と思しき少年だった。

名乗りはウジェーヌ・ボーアルネ。青ざめた顔で頷かれたところに、さらに言葉を重ねなければならないとなると、さすがに気が咎めるものがある。

「国内方面軍司令部の布告は知っているね」

「はい」

「市民の家に武器があってはならない理由も承知しているね」

「はい、僕もパリにいましたから、王党派の蜂起は間近でみています」

葡萄月《ヴァンデミエール》十八日（十月十日）になっていた。蜂起騒擾の再発を防ぐため、国内方面軍はパリ全戸の家宅捜査を実施して、銃、短銃、槍、剣、棍棒に至るあらゆる武器の没収を決めていた。作業は速やかに進められ、ピーク広場に面するラ・コロナード館の司令部では、今や倉庫に山と積まれる体である。

そのなかに自分の家から持ち去られた軍刀もあるはずだ。武器として所持していたのでなく、亡き父の形見だ。是非にも返してほしいというのが、その少年の来意だった。

「父のアレクサンドル・ボーアルネは共和国の将軍だったのです。王政時代は確かに子爵の位を持つ貴族でしたが、それでも革命に身を投じて、つまりは王党派ではありませんでした」

少年に名前を出されてみれば、確かに聞いた覚えがある。将軍でなく議員だった気もするが、まあ、貴族の出ということなら有名なラ・ファイエットやラメットのように、議員になったり、将軍になったりということがあったのだろう。が、そういう問題ではないのだ。

「国内方面軍の決定は決定、司令官の命令は命令だ」

「ですから、特別な計らいをお願いしたいと、お縋り申し上げています」

「法は曲げられないよ、ウジェーヌ君。例外を認めるなら、法は法でなくなってしまう。この国から秩序というものが失われる。まさしく先日の蜂起にみた通りだ。あんな混沌《こんとん》たる暴力沙汰を避けたいと思うなら、法は誰に曲げられてよいものではないのだよ」

「しかし、ブオナパルテ将軍なら曲げられるのではないですか」

「どうして、だね。私は国内軍の副司令官にすぎないよ」

謙《へりくだ》りの口ぶりながら、副司令官にはなっていた。副官を務めた将軍は他に何人もいたが、実質的な指揮官であり、最大の功労者であるナポレオーネだけが、葡萄月十六日（十月八日）付で司令官バラスに次ぐ地位を与えられたのだ。

バラスが名前だけの将軍ならば、副司令官には国内方面軍の全てを一存で動かす権力もある。が、それこそ、そういう問題ではないといわんばかりに、ウジェーヌは激しく首を左右に振ってみせた。

「いいえ、あなたは天下の葡萄月将軍であられます」

葡萄月の蜂起を鎮めた功績により、ナポレオーネはそう呼ばれるようになっていた。議会筋の押しもあって、パリの新聞では葡萄月将軍、葡萄月将軍、葡萄月将軍と連日の大見出しだったし、それ以上に平和を取り戻してくれたと、パリの人々が熱狂を隠さなかったのだ。

「あなたほどの方にわかっていただければ、父の軍刀も戻ると思ったのです」

そうも続けられたが、ナポレオーネは苦笑せざるをえなかった。葡萄月将軍などと、いくらか持て囃されたからといって、法を曲げる権限が与えられているわけじゃないよ。

「与えられていると思います。法が曲げられ、秩序が乱れ、また蜂起が起きたとしても、葡萄月将軍ならそれを鮮やかな手際で鎮めて、元の平和に戻すことができるからです」

「確かに」

ボソッと洩らしたのは、書几の左わきに立つジュノだった。変わらずの副官も、こたび少佐に昇進したが、思ったことがすぐ口に出る性分は直らなかった。黙れとナポレオーネが睨みつけると、慌てて弁解にかかるのだが、それまた大きな声になる。だって、議員なんか口ばっかりだ。いくら法律を作っても、蜂起ひとつ鎮められるわけじゃねえ。そんな奴らに勝手をやられた日には、俺だってムカッときちまいますが、きちんと後始末できるブオナパルテ将軍なら……。

「ジュノ、黙れ」

かたわらで少年の顔が明るくなるほど、ナポレオーネは一喝しないでいられなかった。下手に期待させて、どうする。かえって気の毒ではないかと思うのに、書几の反対側からも続いたのだ。

「ブオナパルテ将軍には誰も文句なんかいえませんよ、ちょっとくらい法を曲げたとしても」

気に入って新たに副官にした騎兵大尉、こちらも少佐に昇進したミュラだった。見上げるような巨漢は、その日も丁寧に鏝《こて》をあてた長髪に特別誂えの派手な軍服で、悪目立ちするほどだった。否が応でも大きく聞こえる言葉が届いて、少年の顔はますます明るくなる。

止《とど》めが、最も沈着冷静にみえるマルモン、同じく少佐だった。実際、罰しようがない。

「議会がブオナパルテ将軍を立てるのでなく、ブオナパルテ将軍が議会を守っているわけですから」

嘘というわけではないが、ナポレオーネのほうは困る。むっつり不機嫌顔を通さなければと思うのだが、こうまで持ち上げられては頬が弛むからである。いや、弛めている場合じゃないと懸命に言い聞かせるが、意固地に建前にこだわるのも、なんだか狭量な感じだなと、大人物を気取りたい衝動も疼き始める。取り急ぎ立ち上がり、少年に近づいていく。

「ウジェーヌ、歳はいくつだね」

「十四歳です」

「まだ十四か。そうすると、父上を亡くされたときは」

「十二歳でした」

「そうか。私は十五だった」

「そう仰るのは、もしや将軍も……」

「ああ、私も早くに父を亡くしている。しかし、胸の内では今も生きているよ。ああ、父の教えも忘れていない。こうして身に余る名誉を与えられたのも、思えば亡き父のおかげなのかもしれないな」

単なる方便というのでもなかった。なんだか調子がいいばかりの父親で、ろくろく一緒にいなかったので、実は何を教えられたわけでもない。が、フランス人のパトロンに取り入って、息子がフランスで勉強できるよう、手筈を整えてくれたことは確かだ。コルシカ独立に寄せる情熱も、革命の大義に尽くす熱意も、全て空振りに終わってみれば、身を助けてくれたのは専らその勉強で得た知識だけなのだ。今あるのは父のおかげと、なるほど、誰より恩義を感じるべきかもしれない。

「父のことを僕も忘れたくありません」

と、ウジェーヌは続けた。頷きながら、ナポレオーネの内心では、いくらか揺り返しもあった。それにしても、自分勝手な父親だったな。子供のために苦労したのは、むしろ母親のほうだったな。

「これだけ気高い精神を息子に持たせて、また母上も素晴らしい方なのだろうな」

そうまとめたナポレオーネが少年の肩に手を置いた時点で、もう話は決まっていた。

「マルモン少佐、この子と一緒に倉庫で軍刀を探してやれ」

「ありがとうございます」

ありがとうございます、ありがとうございますと、ウジェーヌは部屋を出るまで涙ながらに繰り返した。マルモンは書類片手に部屋を出たが、書几の周りに残る者もいた。

「かっちょいい、いや、ブオナパルテ将軍、本当にかっちょいい」

騒いだのは、やはりのジュノだった。椅子に座りなおしながら、ナポレオーネは溜め息である。おまえ、なあ、そういう騒ぎ方、そろそろやめにしないか。

「またひとり信奉者を増やしといて、そりゃないんじゃないですか、将軍」

「ミュラまで、なんだ。下手な世辞をいっても、簡単には昇進させんぞ」

「照れなくたっていいんじゃないか、ナポレオーネ」

ブーリエンヌまで加わった。ビスケットの恩返しでないながら、副司令官付の秘書官に採用して、この旧友にも給料を出すことにしていたのだ。

「いえ、皆さん、こんな風だから子供の頃から誤解されていましたけど、このナポレオーネ・ブオナパルテという男は、意外に心が優しいんですよ」

「そうなんです、ブーリエンヌさん。俺もよくしてもらってます。前は『ブチ切れジュノ《ラ・テンペート》』なんて嫌がる上官ばっかりだったのに、ブオナパルテ将軍は、おまえは命知らずの怖いもの知らずで、本当の馬鹿だけど、その割には字もうまいなんて褒めてくれて」

「ど、どういう褒め方かわからないけど、とにかく、ジュノ君、この僕も幼年学校時代には助けられた口でね。苛められていたんだが、そんな僕をナポレオーネときたら、いつも守ってくれたものさ」

「強くて、賢くて、おまけに優しい。つまりは現代の英雄ってわけですね、ブオナパルテ将軍は」

ミュラが台詞を決めたかと思いきや、ますます止まらなくなる。英雄だ。偉人だ。天才だ。天下の葡萄月将軍には誰も逆らえない。ブオナパルテ将軍なしじゃあ、新しい議会の選挙もできやしない。総裁政府が無事に樹立できたなら、それはブオナパルテ将軍のおかげだ。聞きながら、ナポレオーネは再びの苦笑になるどころか、いよいよ重たい溜め息だった。

とてつもない大物のように囃されて、嬉しくないわけではない。みえすいた世辞であろうと、自尊心は他愛なくくすぐられてしまう。実際に大物なんだと自負があるだけ、有頂天にもなりかける。が、そのまま自分も大口を叩く一歩手前で、ナポレオーネは屈託に囚われてしまうのだ。

——また上がった。

上がってしまったと思う。それが問題だというのは、また下がるかもしれないからだった。

高く上がるほど、ドンと下まで落とされる。猛烈な勢いで上がるほど、急反転して落とされる。それが怖い。ほとんど強迫観念になるくらいに、ナポレオーネは辛酸を嘗《な》めさせられてきたのだ。

実際のところ、また転落する可能性もないではなかった。議会や政府には支持されている。その筆頭が来たるべき政府の総裁ともいわれるバラスだったが、この男からして底まで信じられる人間ではなかった。とことん守るだの、どこまでも支えるだの、それこそ心優しいだのといった美質を求めるつもりは端からないが、それにしても覚束ない。いわんや他の政治家たちをやであり、あっという間に寄ってきた連中であれば、あっという間に離れていく。

守るだの、支えるだのいうならば、議会を守り、政府を支えているのは、ナポレオーネのほうだという図式もある。それだけに権力の亡者たちには、煙たがられるかもしれない。いつ目障りと思われて、いつ引きずり落とされるともしれない。

——もとより危うい地位だ。

葡萄月将軍というからには、同じく葡萄月を冠された蜂起の鎮圧者である。見方を変えれば、弾圧者だ。何をやっても拍手喝采されたジャコバン派さえ、失脚すれば「暴君」と罵られ、問答無用に排《はい》斥《せき》された。その教訓を思うなら、地位があること自体が危うい気がしてくる。

——なにせ副司令官にして、この騒がれ方だ。

作戦を立案指揮して、実質的な司令官であったとしても、なお司令官ではありえない。俺が俺がと前に出るほど、おまえなどは下がっていろと、普通は当の司令官が許さない。葡萄月将軍と呼ばれるべきは、むしろバラスだ。そうでなくても、司令官なのだから、新聞に誇大広告でもなんでも載せて、もっと前に出ることはできたのだ。それをしない。あくまで手柄は、ブオナパルテ、おまえのものだと鷹揚《おうよう》に譲ってくれる。ナポレオーネとて素直に感謝したいのは山々なのだが、風向きが変わったら俺ひとりに全ての責任を押しつけるつもりではないかと、深読みしないでいられない。

だからナポレオーネは素直に喜べない。今を信じる気にはなれない。今のままで行けるわけがない。これほどまでの絶好調が長く続くわけがない。

——幸運の星でも俺を訪れないかぎり……。

それは亡父の軍刀を求めた少年、ウジェーヌ・ボーアルネに訪ねられた翌日だった。

「ブオナパルテ将軍、また面会希望の方がみえました。今日はご婦人ですよ」

と、マルモンに告げられた。入室を許しながら、ナポレオーネは首を傾げた。女となると、心当たりはそれほど多いわけではない。というより思いつくのは、ひとりきりだ。もしかウージェニーか。昨日のウジェーヌにかけるわけではないが、あのベルナルディーヌ・ウージェニー・デジレ・クラリィが、遠国で「葡萄月将軍」の噂を聞いて、もう堪らず遥々パリまで訪ねてきたということなのか。

——いや、ありえないな。

葡萄月十三日（十月五日）の顚末は手紙で知らせていたが、それがジェノヴァとなると、今日でようやく届いたか届かないかだ。ウージェニーではない。それでもウージェニーの他には考えられない。だから解せないと首を傾げながら、思い出されるのはバラスの言葉だった。こちらの不安を見透かしたか、つい先日熱心に勧められた。

「このまま駆け足で行きたいか。それなら方法はひとつ、結婚することだぜ、ブオナパルテ。アンシャン・レジームじゃあ、みんなそうやってたんだ。革命じゃあ、人間の権利だの、個人の自由だのばっかりで、いっとき忘れられてたんだが、結局それに尽きるよ」

バラスは頼りにならない男だが、それなりの処世術は心得ている。傾聴に値する言葉も吐く。それはナポレオーネ自身の考えでもある。やはり結婚か。やはりウージェニーか。南フランスの駐屯地勤務でも斡旋してもらって、向こうで慎ましくも幸せな所帯を持つか。

「えっ、ローズさん」

ナポレオーネは驚いた。国内方面軍司令部の副司令官室に現れたのは、タリアン夫人のサロンで話したことがある、「ローズ」とだけ名前を聞いてきた、あの女だった。顔を合わせたのは、その一度きりだったが、忘れてしまったわけではない。ええ、ええ、あなたのことは覚えています。

「しかし、どうして国内方面軍などに……」

「うちの息子に親切にしてくださったと聞いたもので」

「息子さん？」

「ウジェーヌ・ボーアルネといいます。父親の軍刀を返していただいたと、それは喜んで戻りました」

「…………」

「そんなに驚くこと？　あら、わたし、ボーアルネの未亡人と名乗りませんでしたっけ」

そうは名乗らなかった。最後まで「ローズ」で通して、きちんと名前を聞いてくればよかったなと、こちらは微かな後悔を胸に留めている。それなのに、この女ときたら、自分が名乗ったか名乗らなかったかさえ、きちんと覚えていないのか。

いい加減といおうか、相変わらず力が抜けた感じのひとだが、さておきである。

「まずは、こちらへ」

ナポレオーネは応接室のほうに案内した。ドキ、ドキと心臓の打ち方が大きくなっていた。寝椅子に横並びに腰を下ろすと、ボーアルネ夫人は続けた。ええと、ジャコバン派の頃、カルム監獄に囚われていた話はしましたっけ。わたしは助かりましたけど、夫は処刑されてしまいましてね。

「えっ、ああ、ご主人は亡くなられたんですか」

「息子も形見の軍刀と申しましたでしょう」

「ああ、そうでした。確かに、そう……」

「どうなさったの、ブオナパルテさん。ははは、おかしい」

ははは、ははは。嫌だわ。嫌だわ。朗らかに笑いながら、こちらの肩を叩く、叩く。痛いとは思いながらも、名前は覚えてくれたんだと嬉しく思う気持ちは、ちょっとした感動に近かった。それと一緒にナポレオーネは自覚した。

――この女だ。

ボーアルネ夫人に会ってから、なんだか気持ちが明るくなった。いや、明るいひとだったなあと、ぼんやり考えているうちに、バラスから呼び出された。王党派の蜂起を平らげて、「葡萄月将軍」と持て囃されると、亡き父の軍刀を返してほしいと少年が訪ねてきた。その母親なのだといって、ほら、来た。またボーアルネ夫人だ。ということは、そうなのか。

「やっぱり、あなたなのですか」

幸運の星を運んできたのは。続けかけたところで、女は笑いを切り上げた。ああ、あのことね。

「けれど、わたし、あなたがそんな真剣な顔をなさるほどのことはしてませんのよ」

「それは……」

「だから、バラスさんにいったことでしょう。若い将軍で、とても才能がある方がおられますのよって、確かに耳には入れました。でも、わたしがいうまでもなかったみたい。ブオナパルテの奴なら俺も知ってる、確かにできる男だなんて話になりましてね。それだけのことなんですけれど、たまたま王党派の反乱が起こる前の日でしてね」

「ああ、そういうことでしたか。それで私に声がかかって……」

ありがとうございましたと礼を述べながら、ナポレオーネは思う。やはり幸運の女神かもしれない。それでも、このひとはベルナルディーヌ・ウージェニー・デジレ・クラリィではない。ボーアルネ夫人は俺の相手ではない。あんなに大きな子供がいるし、多分かなり年上だ。けれどご亭主とは死別して……。独身ということなら、相手にならないわけでなく……。それどころか……。

「あらあら、お礼をいわれるなんて、おかしい。わたしがお礼に来たのでしたわ。息子の望みを聞き入れていただいて……」

「それこそ、なんでもありませんよ、マダム」

「そうはいきませんわ。決まりを曲げていただいたのですもの」

「本当に曲げたというほどの話では……」

「そうですか。お礼にお食事でもと考えていたのですけれど」

「食事？」

「ええ、よろしければ拙宅で」

喜んで、とナポレオーネは答えた。別に深い意味があるではない。恩を着せたいとも思わない。ただ食事に呼ばれるくらいなら……。

9　未亡人

「朝の七時です。君への思いではちきれそうになりながら目覚めました。君の肖像画、そして昨夜の心とろける記憶が、私の五感を捕らえて放してくれません。甘やかにして誰とも比べられないジョゼフィーヌ、あなたは私の心になんと奇妙な手形を残したことか。あなたは怒っているのでしょうか。私が目にすることになるのは、あなたの悲しみですか。それとも、なにか心配事がおありなのですか。思うほどに苦しくて、私の魂は粉々に砕けてしまいそうです。あなたの友人には、少しも心休まるときがないのです。それなのに、私を虜にしている深い感情にまたあなたも身を委ね、そして私があなたの唇から、いえ、あなたの心から、我が身を焼くかの炎を吸い取っている刹那となると、なおさら心が休まらないというのです」

ふと筆を止め、ナポレオーネは考えてみた。果たして今日で何日になるのだろうか。初めて会ったときから数えれば、もう二か月になる。しかし食事に呼ばれてからだと、ほんの二週間ほどでしかない。やはり真剣に問わないではいられない。こんなことって、あるんだろうかと。

「ああ、昨夜、はっきりとわかりました。あなたの肖像画など、あなた自身の素晴らしさを前にすれば、物の数ではないのだと」

無理にもらった掌大の肖像画を、優しく握り締めながら、また繰り返し考えてみる。ほんの二週間ほどなのに、もうこんな関係になるなんて、こんなことってあるんだろうかと。

ナポレオーネの常識では、ちょっと考えられなかった。生まれ故郷のコルシカでは、ありえない。尋常な家の女なら、それこそ結婚する前にはなりえない。もちろん間違いを起こす女も、稀にはいた。九歳からフランスにいるが、この国にはもっといた。が、それにしたって、こんな簡単には許さない。ありえるのは商売女くらいのものだが、いうまでもなくボーアルネ夫人は違う。未亡人であれば、当たり前に嫁入り前でも処女でもないが、だからといって、たったの二週間ほどでそうなることに説明をつけられるわけではない。こんなことってあるんだろうかと、自問を繰り返してしまう所以だが、実際あってしまったからには、もう他の言葉はみつからない。

「やはり運命か」

ナポレオーネは小さく声に出した。これは運命の恋なのか。ボーアルネ夫人が幸運の女神だとするならば、もとより運命の働きなくして巡り会えるはずがないのか。

運命に導かれたのだとすれば、たったの二週間ほどでこうなるのも納得できた。出会うべくして出会ったことになるからだ。ナポレオーネはもう二十六歳、きちんと判明したところ、向こうは三十二歳である。お互い随分な回り道をしてきたわけで、すでに遅れに遅れたからには、それを一刻も早く取り返さなければならないという理屈から、たったの二週間でも十分納得できるのだ。

実際のところ、悔しい。もっと早く出会えていればと呻くほど、身悶えするほどに悔しい。それはボーアルネ夫人にしても、全く同じに違いない。というのも、一緒にいて楽しい。それを心安いといえば、身構える必要がない。

思えばナポレオーネは、どんな女にも肩を怒らせていた。ウージェニーのときだって、そうだ。馬鹿にされたくない、よくみられたい、格好悪いところはみせられないと思うのだ。

あげく手に入れられるのは、なんとか体面を守ることができたという安堵感だけだった。さほど楽しいわけではない。あとはこの女を自分のものにしたのだという、ある種の征服欲が満たされるくらいのものだ。が、そうした満足感とて、どれほどのものだったというのか。

ボーアルネ夫人は、その意味でも格別だった。なんといっても、フランスで最高の女のひとりだ。王政時代には子爵夫人で、その頃ならまさしく高嶺《たかね》の花だったろうし、革命が起き、その身が未亡人となった今でも、あの藁葺き屋根の館の常連、タリアン夫人のサロンに華を与えている大ぶりの一輪なのである。

暮らしぶりも何から何まで豪奢だった。ショッセ・ダンタン通りの屋敷に初めて招かれたときなど、白亜の内装から、金塗りで揃えられた家具調度、磨き抜かれた銀食器にお仕着せの使用人にいたるまで、みるもの全てが輝いてみえたほどだ。

はっきりいって苦手だと、それまでのナポレオーネなら一瞥《いちべつ》するなり嫌悪したかもしれない。現に通じていないことを馬鹿にされるよりはと、奢侈《しゃし》贅沢の価値そのものを端から否定して、近づくことさえしないできた。が、ボーアルネ夫人は気が置けないのだ。惹かれるままに入りこむと、その世界はやはり光り輝いていたのだ。

ボーアルネ夫人を手に入れることは、その眩い世界を手に入れることと同義だった。その身体を抱き寄せることができたとき、ナポレオーネは自分は本当に出世したのだと思えた。将軍と呼ばれる境涯になっても、人間なんて中身まで変わるものではないと斜に構えていたところ、それこそ別人に生まれ変われた気さえした。

それが証拠に自信が漲《みなぎ》る。女に臆病などころか、不断に勇ましく蘇生して、またぞろ挑みかからんとする。さもなくば力が破裂してしまいそうで、大袈裟でなくジッとしていられない。

「ですから、マダム」

「まだ寝かせてくださいな」

「しかし、私は七時に仕事に出なければならないのです」

「お出になって。ええ、あなたがいなくては、仕事に大きな穴が開きますでしょう」

やはり俺は大物なのだと思えればこそ、ひとまずは取り下げることができる。

「けれど、マダム、ひとつだけ。あなたのことを、どう呼んだらいいのですか」

「ローズじゃ駄目なの」

「私だけの呼び方が欲しいのです。本当の名前はローズ、なにと？」

「マリー・ジョゼフ・ローズよ」

「それでは二番目の名前でジョゼフと、いや、ジョゼフィーヌと呼ぶのは」

「いいわ」

「では、ジョゼフィーヌ、そう呼びかけて私は行きます」

「ちょっと待って」

いいながら半身を起こし、癖のついた髪を撫でつける仕種まで、ジョゼフィーヌという女は本当に魅力的だ。だから、あなたも名前を変えて。ナポレオーネ・ブオナパルテなんて、呼びにくいわ。

「フランス人の名前らしく、そうね、ナポレオン・ボナパルトになさいな」

「わかりました。これからはナポレオン・ボナパルトで行きます」

「よかったわ、ナポレオン」

甘い匂いと一緒に唇を当てられて、いってらっしゃいと送り出されて、愛しさがこみあげないわけがない。狂おしくこみあげて、たちまち漲るばかりの力になる。ですからマダムと再び迫る頃には、もうジョゼフィーヌは心地よさげな寝息を立てている。だから、行かねば。やはり仕事に行かねば。俺は頑張らなければ。

ピーク広場の仕事場までは、歩いて行ける。朝の七時には本当に仕事にかかれた。が、その前に熱ばかりは冷まさなければと、ナポレオーネ改めナポレオンは手紙を書いたのだった。

「君は正午に出るのですね。それから三時間のうちには会えるということですね。そのときを待ちながら、ミオ・ドルチェ・アモール（私の甘やかな愛よ）、千の接吻を受けてください。けれど、私には接吻を返さないで。また血がたぎってしまうから」

ナポレオンは立ち上がった。まだ八時にもなっていないが、若い副官くらいは、司令部に詰めているはずだった。ル・マロワ、ジャン・ル・マロワはいるか。

「仕事だ。まずは手紙を出してこい」

部下に私信を出させる公私混同は措くとして、書几は書類が山積みになっていた。

仕事が忙しくなったのは、本当だった。仕事場は国内方面軍の司令部で変わりないが、ナポレオンは葡萄月《ヴァンデミエール》二十四日（十月十六日）、まず中将に昇進し、さらに霧月《ブリユメール》四日（十月二十六日）、副司令官から司令官に格上げになったのだ。

収入も増えた。日々の食事にも困るようだったナポレオンは、つい先日もマルセイユにいる母レテイツィアに、現金で五万フランを送ることができた。

伝《つて》も広がる。それらを通じてナポレオンは、三男リュシアンを北部方面軍付の陸軍主計官に就職させ、副官にしていた四男ルイを第四砲兵隊の中尉に昇進させた。さらに、上京するイタリア方面軍のオージュロー将軍にパリまで連れてきてもらって、五男ジローラモ改めジェロームをサン・ジェルマンの寄宿学校に入学させた。叔父のフェシュは自分の秘書官に任じ、兄のジョゼフについても駐ジェノヴァ領事に任命してほしいと運動中だ。ブオナパルテ改めボナパルトの男たちは、まさに一族まるごと浮上する勢いなのだ。

もっとも自身の国内軍司令官への昇格は、前任者バラスの辞任を受けた話だった。霧月四日は、国民公会が解散した日付なのだ。

議員の改選は済んでいて、すぐさま下院としての五百人議会、上院としての元老会が発足した。まず五百人議会が五十人の名簿を作成し、そのなかから元老会は五人の総裁を選出した。

霧月九日（十月三十一日）に選ばれたのが、バラス、ラ・レヴェリエール・レポ、ルーベル、シェイエス、ルトゥルヌールの五人だった。うちシェイエスが辞退し、かわりに霧月十四日（十一月五日）にカルノが選ばれた。霧月十二日（十一月三日）には、司法メルラン・ドゥ・ドゥエイ、内務ベネゼク、外務ドラクロワ、陸軍オーベール・デュベイエ、海軍トリュゲ、霧月十七日（十一月八日）に財務フェプールと各省の大臣も任命され、ここに総裁政府は正式に発足したのである。

さておき、その議員は兼職が認められない。総裁就任まで視野に入れていたバラスは、国内方面軍司令官の職を早々に辞してしまった。副司令官のナポレオンが昇格になった所以だが、国内方面軍というのは治安の維持が第一の任務である。新政府の発足にあたっては、政庁の警備から総裁や議員の護衛まで、全てが職責となる。警察まで指揮下に置きながら、ナポレオン・ボナパルト中将の仕事は、まさに激務を極めたのである。

その日もリュクサンブール宮殿に呼ばれていた。総裁が政務を執るのがパリ左岸の宮殿、少し前まで監獄として使われていたリュクサンブール宮殿だった。

とはいえ、その夜にかぎっては仕事ではない。護衛や警備を指図するわけでなく、ナポレオンは晩餐会に招待されていた。共和暦四年雨月《プリュビオーズ》一日、グレゴリオ暦にいう一七九六年一月二十一日で、それはフランス王ルイ十六世を処刑した記念日、つまりは三周年のお祝いだった。

招いたのは、総裁バラスである。政府における後ろ盾だが、別して喋りたいわけではない。逆に自分こそ政府の守り手と自負がある。高慢なナポレオンが招待に応じたのは、十二歳になる娘のオルタンス嬢と一緒に、ジョゼフィーヌも呼ばれると聞いたからだった。

その時間に屋敷を訪ねても、会えない。会いたければ、リュクサンブール宮に行くしかない。

「シャントレーヌ街に越したと聞いたが」

バラスが始めていた。大卓のすぐ隣がジョゼフィーヌ、さらにオルタンスと腰を下ろして、その外側にナポレオンという席順だった。

ジョゼフィーヌは答えた。ショッセ・ダンタン通りの家は、少し手狭になったもので。

「新宅は女優のジュリー・カローが独身時代に住んでいたところです」

と、ナポレオンは飛びこんだ。挟まれた格好のオルタンスは、スープを口に運びかけたところで、身を反らさなければならなくなった。が、構わずに先を続ける。名優タルマの奥さんになったひとです。つまりは美しい女性が住んでいた屋敷なのです。

「なるほど、美しいひとが住むに相応《ふさわ》しい、それは瀟洒《しようしや》なお屋敷です」

「そうか、ブオナパルテ、そんなにか」

「私はボナパルトと名乗りを改めましたが、シャントレーヌ街の屋敷は、ええ、とっても趣味が洗練されていて、一歩でも踏み入れれば、もう離れたくないようなところです」

「俺も一度お邪魔してみたいものだな」

それは是非にと、ジョゼフィーヌが答えたあとには、またもナポレオンが前に出た。私がご案内いたします。どのみち私は護衛かたがた、閣下にお供することになります。

「総裁に来ていただけるのなら、シャントレーヌ街のボーアルネ屋敷も、格が上がるというものです」

「もう上がってるんじゃないの、葡萄月将軍に頻々と訪ねられて」

いいながら、白い手袋で口元の笑みを隠す。テレジア・カバリュスは、バラスの反対側の隣席だった。身を乗り出す方向はずれながら、やはりナポレオンの声が響く。やめてください、タリアン夫人。

「私なんか問題じゃない。それに、もしパリの噂になってしまったら、全体どうしてくれるんです」

迷惑げな顔を拵えるほど気分は上々、食は進むし、酒も美味い。それで飲みすぎたか、ナポレオンは小便に行きたくなった。晩餐の席を辞し、便所までリュクサンブール宮を抜けていくと、追いかけてきたのがバラスだった。いや、俺も小便だが、それにしても、やったな。

「大した色男だぜ、ブオナパルテ、じゃなくて、ボナパルト」

「タリアン夫人に続いて総裁まで、からかわないでくださいよ」

「からかうもなにも、ボーアルネ夫人と関係あるのは事実だろう」

「関係だなんて、ちょっと声が大きいですよ」

なお抗いながら、頬が弛んで仕方がない。酔いもあるのか、だらしないニヤニヤ顔も容易に引き締まらない。バラスのほうが俄に真面目な顔になった。とにかく、よかった。

「祝福させてもらうぜ、ボナパルト」

「ありがとうございます、総裁」

「いや、おまえのことも、夫人のことも、前々から知っているからな。それで、本当に嬉しく思うんだが、ときに……。いや、やめておくか」

「なんです、総裁」

「なんでもねえ、忘れてくれ、ボナパルト」

「ジョゼフィーヌのことですか」

「ジョゼフィーヌ？」

「ボーアルネ夫人のことですよ」

「そ、そうなのか。まあ、うん、そのジョゼフィーヌの話には違いないんだが……」

「総裁、はっきりいってください」

「コランクール侯爵ってのがいるだろう」

ナポレオンは頷いた。確かに、いる。革命前の大貴族で、長く外国に亡命していたが、ジャコバン派が失脚してから帰国した。かなりの高齢だが、まだまだ元気で政界筋にも上手に食いこみ、その夜のリュクサンブール宮にも呼ばれていた。バラスは続けた。あいつも狙ってるぞ。

「おまえのジョゼフィーヌだよ」

「あんな年寄りが、ですか」

バラスは頷いてみせた。ナポレオンは眉間に皺を寄せた。そういえばコランクール侯爵は、シャントレーヌ街にも来ていた。サロンであれば、ジョゼフィーヌに客があって不自然な話ではないが、それにしても下心のある輩まで来ていたとは……。

「いいよられて、ジョゼフィーヌも強くは断れないみたいでな」

「好きなんですか、あのひとはコランクール侯爵のことを」

「そんなわけあるか。ただな、侯爵には金を借りたらしいんだよ」

「ジョゼフィーヌが金に困っているようにはみえませんが」

「困ってるってわけじゃないが、ほら、引っ越したろう。さすがに物入りだったらしくて、ほんの些《さ》少《しょう》な額だがな、侯爵に融通してもらったようだ」

そうなんですか。引き取りながら、ナポレオンの腹に不愉快な熱が籠もる。ジョゼフィーヌも入り用なら、俺にいってくれればいいじゃないか。そこは年上ということで、いいにくかったのかもしれないが、高齢をよいことに貸した侯爵も侯爵だ。ジョゼフィーヌが好きなら好きで仕方ないが、その気持ちが真面目なものなら、かえって金は貸すべきじゃなかった。

「金を貸したことを理由に、女性にいいよるなんて、それは卑劣な振る舞いだ」

「そうだが、んな理屈がスケベ爺《じじい》に通用するかよ。さっきだって、ジョゼフィーヌの尻を撫でてたぜ。そこは年寄りだけに、手つきにも年季が入って、まったくもって見事なもんさ」

その夜も女たちは流行の薄衣《うすぎぬ》である。その柔らかな感触は我が手も覚えているだけに、ナポレオンは今度は頭にカッと血が上るのを感じた。バラスは続けた。いずれにせよ、男女のことさ。

「ジョゼフィーヌが我慢するなら仕方ない。亭主というわけじゃなし、コランクールを懲らしめる権利は誰にも与えられていない」

晩餐の席では、楽しい会話が続いていた。ナポレオンからは正面の席なので、コランクール侯爵をきつく睨み続けたが、やはり何がいえるわけではない。ジョゼフィーヌに下心を抱いても、貸した金にかこつけて身体をさわりにかかったり、愛人関係を結ぶことを求めたりしていても、やはり責めることはできない。俺も愛人にすぎないからだ。どんなに執着したところで、ジョゼフィーヌは自分のものではないからだ。が、やはり我慢ならない。どう言葉を尽くしても、納得できない。

——だから……。

ナポレオンは立ち上がった。

「結婚します」

「なんだ。急にどうした、ボナパルト」

「バラスさん、ですから私は結婚したい。今すぐにでも、ジョゼフィーヌと結婚したいと思います」

10　心配

司令部は強盗にでも入られたようだった。元から山積みの書類は、分類整理を試みるほど散乱するばかりになったし、備品に埋もれた私物を持ち出しにかかるなら、それまた新たな山になって、部屋を足の踏み場もなくするだけなのだ。呆然と立ち尽くしたいところだが、それでも男たちは格闘した。

「さあ、やっつけるぞ。もう明後日には、ここを出なければならないんだ」

そうやってナポレオンが副官たちを鼓舞したからだ。

司令部を出るといって、司令官をクビになったわけではない。ナポレオンは国内方面軍から転出して、イタリア方面軍の司令官を務めることになっていた。

国内の治安を守る。政府や議会の安全を図る。国内方面軍司令官の仕事も意味がないわけではないが、王党派の蜂起はもう鎮圧してしまい、さらに手柄を挙げられるとも思われなかった。

ナポレオンは転属の希望を出した。手柄を挙げられる戦線に行きたい。外国の軍隊と存分に戦える前線がいい。それもライン・モーゼル方面軍、サンブル・ムーズ方面軍、イタリア方面軍という主要三方面軍のいずれかに、司令官として派遣されたい。

受けた総裁政府の打診が、イタリア方面軍司令官だった。他と比べれば重要度が低い戦線だったが、ナポレオンにすれば、かつて所属した方面軍である。作戦を立案したことも、遠征を指揮したこともある。古巣で力を振るえるならばと乗り気になって、あとは関係各所の間で調整を図るだけになった。

本決まりになったのが、風月《ヴァントーズ》六日（二月二十五日）である。出発は二週間後の風月二十一日（三月十一日）とされたが、まだ先と思ううち、もう十九日（三月九日）も夜なのだ。

国内方面軍司令部で、最後の仕事に励まなければならない。マルモン、ジュノ、ミュラ、ル・マロワ、そして弟のルイという五人の副官、それに秘書官のブーリエンヌと叔父のフェシュまで総動員して、未決事案の決裁から引き継ぎ書類の整理から、今夜も大わらわだという所以である。

「しかし、これじゃあ、とても八時には間に合わないな」

「なにか約束でも、ボナパルト将軍」

と、ミュラが聞いた。派手好きの大男は書類仕事が苦手で、司令部にいるにはいるが、さっきから自分の長靴を磨いているばかりだ。しょうがない男だと苦笑しながら、ナポレオンは答えた。

「結婚式だ」

「どなたのですか」

「だから、俺のだよ」

「えっ」

さすがのミュラも長靴を磨く鹿革の動きを止めた。他の面々も熱心に進めていた仕事の手を、一斉に止めた。それだったら、将軍、いいんですか、こんなことしていて。

「ははは、ミュラ、今は民事婚の時代だ。その昔に教会でやったみたいな準備はいらないのさ」

「それでも、待たせるわけにはいかないでしょう、相手の方を」

「なに、大して忙しいひとじゃない。気が急《せ》くほうでもないから、待ってくれるだろう」

「新婦だけでもないんだろう。民事婚なら、立会人も呼んでいるんじゃないか」

今度はブーリエンヌだった。書類の下欄に署名を走らせながら、ナポレオンは答える。ああ、バラス閣下を含めて何人かはな。また皆の手が止まった。フランスの国権を代表する、五総裁のひとりまで待たせている。いくら私事に属する話であるとはいえ、とんでもない暴挙である。しかし、だ。

ゆっくりと席を立ち、こちらに向きなおるマルモンは、悲しげにもみえる顔だった。いや、本当なら急いで支度してくださいというところですが、ボナパルト将軍、今回は私も咎めません。

「ええ、このまま司令部にいてください」

「なにがいいたい、マルモン」

「このまま結婚されないほうがよいというのです。というのも、ボーアルネ夫人は……」

「ジョゼフィーヌだ」

「そのジョゼフィーヌさんは、将軍が結婚するべき女性なのでしょうか」

「どういう意味だ」

「嫌な噂を聞きました。ジョゼフィーヌさんはバラス閣下の愛人なのだ……」

皆までいわせず、ナポレオンは手を差し出して止めた。その噂なら俺も聞いた。ああ、きちんと俺の耳にも届いている。それでも取り合うつもりはない。ただの悪意の中傷にすぎないからだ。

「いちいち本気にしていたら、とてもじゃないが、身が持たない」

「本当に、ただの悪意の中傷にすぎないでしょうか。どこのサロンでもいっていますよ」

「そこだ、マルモン。サロンこそ無責任かつ悪意に満ちた中傷の出所なのだ。諸悪の根源といいかえてもいい。なんとも醜い感情さ。つまるところ、嫉妬のなせる業《わざ》なのさ」

ナポレオンは肩を竦めて、おどけたような表情を作ってみせた。なんてったってジョゼフィーヌは、この俺さまと結婚するんだからな。世の女どもだって、そりゃあ意地悪したくもなるよ。自分でいうのもなんだが、天下の葡萄月《ヴァンデミエール》将軍なわけじゃないか。フランス軍でも屈指の有望株として、一気に躍り出たわけじゃないか。それが独身だっていうんだ。

「夫に持ちたいって女が、このパリだけで全体どれくらいいることか。まんまと攫《さら》われてしまったと、ジョゼフィーヌにはそれこそタリアン夫人だって、嫉妬を禁じえないんじゃないか」

「そのタリアン夫人がバラス閣下の愛人なのだとも聞きました」

今度の真顔は弟のルイである。ナポレオンは腹を抱えて大笑いだった。亭主のタリアンも、俺の結婚式には来るんだぜ。バラスと、つまりは自分の女房の愛人と仲良く並んで、一緒に立会人を務めるっていうのか。ははは、ありえない、ありえない。だから、全部デマなんだよ。いくらか名前が売れているってだけで、おもしろおかしくいわれてしまうものなんだよ。

「だって矛盾だらけじゃないか。タリアン夫人とジョゼフィーヌ、どっちがバラス閣下の愛人なんだ」

「今はタリアン夫人です。ジョゼフィーヌさんは前の愛人で、バラス閣下はそれを厄介払いするために、兄さんに押しつけたんだといわれているんです」

芳《かんば》しからぬ噂は僕も聞いているよ、とブーリエンヌまで加わった。

「ボーアルネ夫人というのは、暮らしにも困ったあげくの愛人商売で、オッシュ将軍、コランクール侯爵、セギュール侯爵と、渡り歩いているんだとも」

「おいおい、ジョゼフィーヌにはどれだけの数の男がいるんだ」

そう冗談めかしてから、ナポレオンは再び笑い声を響かせたが、他の面々は静かなままで、付き合いにも笑わなかった。悲愴顔のままで、マルモンがまとめた。

「貴族社会の女なんです。アンシャン・レジーム的なんです」

「貴婦人は何人も愛人を拵え続けるっていうのか。えっ、マルモン、そうなのか」

「はい」

「えっ？」

「結婚は結婚、恋愛は恋愛という時代でしたから。しかし今はブルジョワ的な道徳観が幅を利かせる世のなかです。恋愛が結婚に結びつく。その結びつきにおいては、市民的な貞節が重んじられる。ジョゼフィーヌさんが大金持ちだとか、政界の有力者の血縁だとかいうのなら、この現代でも曲げて結婚する意味があろうかと思いますが、それほどでもないというなら……」

実際、それほどでもなかった。昨日風月十八日（三月八日）には結婚契約書を作成した。仕切りがラギドーという公証人で、「こんなケープと剣しか持たない男と結婚するものじゃありませんぞ」と失礼な口まで叩いたあげくに、ジョゼフィーヌに夫婦別財産制を勧めた。

どれだけの財産家なんだと、ムッとすると同時に興味津々になったが、書面に記されたのはマルティニーク島の農園収入二万五千フランと、あとは若干の銀食器、家具、リネン類だけだった。あの豪奢なシャントレーヌ街の屋敷も賃貸で、そういうことが目当てじゃないと思うナポレオンにしても、正直がっかりさせられないではなかった。

政界の有力者に血縁があるとも聞かないから、ジョゼフィーヌの手を求めることには、アンシャン・レジーム的な結婚としても、あまり意味がないことになる。

返す理屈に窮してしまえば、もうナポレオンには他に手がない。ああ、まったく、散々ないわれようだな。ほんと、クソミソにいってくれるな。しかし、おまえら、いいたい放題も大概にしろよ。

「怒らないでくれ、ナポレオーネ」

「ナポレオンだ、ブーリエンヌ」

「ああ、そうだ、君はナポレオンだ。ナポレオンでいいから、これだけはわかってくれ。みんな、君のためを思っていっているんだ。できることならいいたくないし、もとより君の怒りを好んで買いたいわけがない。けど、みんな、君のことが好きなんだ。だから、心配してしまうんだ。悪い女に騙されてほしくないんだ。ああいう女と結婚することで、君が世間の笑いものになるなんて、とても我慢できないんだ」

「もういい、もういい。誰がなんといおうと、俺はジョゼフィーヌを愛している。だから、ジョゼフィーヌと結婚する。ほら、しごく現代的な理由じゃないか。全体、それの何が悪いというんだ」

ナポレオンは自分の言葉に気分が高揚してきた。舌は滑らかに回るばかりで、もう容易に止められなくなる。俺が笑いものになるだって。はん、笑うどころか、そのうち俺を羨む羽目になるさ。なにしろジョゼフィーヌは幸運の女神だからな。ああ、この俺に幸運の星を運んでくるのさ。

「どんどん出世させてくれるのさ。現に葡萄月将軍になったじゃないか。少将から中将に昇進したし、国内方面軍の副司令官から司令官に格上げになった。イタリア方面軍の司令官にも抜擢された」

誰も一言も返さなかった。が、納得した風がないのは、ナポレオンにもわかった。沈黙を通していたジュノくらいは、たちまち同調してくれるに違いないと期待したが、かえって駄目を押してきた。

「結婚する前に、ボナパルト将軍、これだけは読んだほうがいいです」

目の前の卓上に置かれたのは、紐で括《くく》られた紙片の束だった。手紙だ。それも封さえ切られていない。宛名には自分の名前があり、差出人を確かめる以前に、ウージェニーの筆跡だとわかる。

さすがのナポレオンも青ざめながら固まった。この婚約者、いや、元の婚約者といいたいが、とにかくウージェニーには悪いと思わないわけではない。封を切れなかったのも、気が咎めて仕方なかったからである。それでも、なのだ。

「俺は行く」

そう宣言して踵を返すと、ミュラが背中に聞いてきた。馬を出しますか。

「いや、アンタン通りだ。近いから歩く。おまえたちは、ここで仕事に励んでくれ」

ル・マロワ、おまえだけついてこい。同道させたのは、弟のルイを除けば最も若い副官だった。

11　結婚式

パリ第二管区役所は、アンタン通り三番地にあった。元がジャン・ジャック・ドゥ・ガレ・ドゥ・モンドラゴン侯爵の屋敷で、革命で政府に没収された貴族屋敷が、区役所に転用されたものだ。「区役所」という言葉の響きに思うより、遥かに立派な建物なのだが、それでもカトリック教会というわけではない。

穹窿《きゆうりゆう》の高天井があるでなく、焼き硝子の薔薇窓から七色の光が射しこんで、薄闇に灯明の火が揺れているわけでもない。どんな豪奢な建物でも教会と比べれば無味乾燥であり、葬式を挙げるにも物足りないくらいなのだが、これがナポレオンとジョゼフィーヌの結婚式場で間違いなかった。

新郎新婦が特に簡素を好んだというのでなく、第四年を数える共和国では、これが普通だ。戸籍の移動は今や聖職者が与える神の秘蹟《ひせき》によるのでなく、役人に届け出る手続きにすぎなくなったのだ。

下士官用の鼠色の外套《がいとう》に、降られた雨染みを黒くしながら、ナポレオンはその建物に駆けこんだ。結局二時間以上も遅れてしまった。雨のなかを走ったわけだが、そうしてみてから我ながらひどいかなと思いなおした。いくら仕事が忙しいといっても、これは結婚式なのだ。手続きにすぎないといっても、人生の重大事なのだ。

いや、とナポレオンは思い返した。いや、まあ、問題ないかと、あるいは安堵できたというべきか。扉を閉じ、外の雨音を遮ると、一番に聞こえてきたのが笑い声だった。きちんと聞き分けられたところ、笑っていたのは、ジョゼフィーヌだった。やはり朗らかな風が似合う女だ。やはり大らかで、細かいことを気にしない女だ。

賑やかさに導かれて進むと、女の話し相手になっていたのは、全部で四人だった。肘掛け椅子の三人はバラス、タリアン、そして恐らくはカルムレという、ジョゼフィーヌが懇意にしている法曹で、つまりは予定の立会人である。部屋の隅に立っていた小太り男は、クラヴァットを結んで律儀ながらも地味な風体から、役所の人間なのだと思われた。

こちらの入室に気づいて、部屋の笑いがスッと引けた。一番に声をかけてきたのは、バラスだった。

「何時だと思っている、ブオナパルテ」

「ボナパルトですが、すいません。仕事が長引いてしまいました。つまりはフランスのためです。我慢してください」

「おまえな……」

バラスのことは傲岸にあしらえても、さすがに謝らなければならない相手はいる。怒らないとわかっていても、そこは頭を下げなければならない。

「待たせて済まなかったね、ジョゼフィーヌ」

「いいえ」

そう答えた表情が、少し陰りを帯びていた。もしや俺と結婚することが不服なのか。目までチラと横に動かし、もしや後ろのバラスをみたのか。やはり愛人なのか。やはり体よく厄介払いされては、納得いかないということか。先刻までの司令部での話を思い出し、ナポレオンは腹の奥が熱くなったが、ほんの一瞬だけだった。

流行の柔らかな薄衣も、その夜は朱色のローブを羽織り、艶々した黒髪には長いレースまで泳がせながら、花嫁衣装のジョゼフィーヌは美しかった。ナポレオンは理解した。陰りを帯びたのではない。そのときを迎えて、花嫁は神妙な顔になったのだ。同時に思いを新たにする。やはりジョゼフィーヌでなければならない。正式な妻にしておかなければ、おちおち出征なんかできやしない。

「さあ、早く結婚させてくれ」

ナポレオンが急かしたのは、役人と思しき小太り男だった。

「いえ、私はラコンブといいまして、ただの建物の管理人です。十二時まで待ってこなかったら、皆さん引き揚げるということで、ただ鍵をかけるため……」

「まだ十二時前だ」

「ですから、戸籍係のルクレルクさんは待ちくたびれて、もう帰ってしまったのです」

「おまえでいい。公僕に変わりはないだろう」

「しかし、ですな」

「いいですね、バラスさん」

ナポレオンに確かめられると、すぐ「ああ」と答えた向こうは、もう面倒くさそうだった。

「フランス政府の総裁が許可した。ラコンブ君、これで問題ないだろう」

「そうですか。ううん、まあ、書類は作成してあるようですし、あと立会人は、ええと、確かに全部で四人おられますが、あなたのお連れ様は、ずいぶん若くていらっしゃるようですが」

ラコンブが指したのは、後ろにいるル・マロワだった。ナポレオンは答えてやった。

「これでも陸軍大尉だ。司令官の副官だ。向こうの総裁だの、議員だのに比べれば、いくらか見劣りするかもしれないが、立会人として不足があるわけではないだろう」

「お仕事ではありません。問題は年齢です」

「ル・マロワ、おまえ何歳だ」

「十九歳です」

「ああ、残念。立会人になれるのは、二十歳からです」

「それも特別に許可する」

やはり面倒くさそうなバラスに片づけられれば、小太り男も動かざるをえない。わかりました。それでは、こちらへ。

ラコンブが案内した隣室が、結婚式場のようだった。燭台に火が灯《とも》されてみると、控えの間と変わらない、いや、かえって狭くて、内装も簡素な場所だった。

ろくろく家具も置かれず、中央に小卓がひとつきりである。が、そこに確かに紙片が重ねられている。結婚に必要な書類である。一枚を手に取りながらラコンブは部屋を一瞥し、列席するべき全員が入室したことを確かめてから始めた。それでは書類を読み上げます。

「共和国の第四年、風月《ヴァントーズ》十九日（一七九六年三月九日）、パリ第二管区役所は次のように婚姻の手続きをとる。夫ナポレオーネ・ブオナパルテ……」

「ナポレオン・ボナパルトだ」

「書類にはナポレオーネ・ブオナパルテと……」

「読み上げだけでも、ナポレオン・ボナパルトにしろ」

もう判子も押されていて、正式な書類なんだけどなあ。ブツブツ口許で零すも、ラコンブは従った。

「夫ナポレオン・ボナパルト、国内軍司令官、二十八歳、コルス県アジャクシオに出生、パリのアンタン通り在住、地代生活者シャルル・ボナパルトとレティツィア・ラモリーノの息子。妻マリー・ジョゼフ・ローズ・ドゥ・タシェ、二十八歳、ヴァン諸島のマルティニーク島に出生、パリのシャントレーヌ街在住、竜騎兵隊大尉ジョゼフ・ガスパール・ドゥ・タシェとその妻ローズ・クレール・デ・ヴェルジェール・デザノワの娘。私こと、パリ第二管区役所戸籍係シャルル・フランソワ・ルクレルク……じゃないですけど、いいんですよね。はい、ええと、ルクレルクは夫妻双方と立会人諸氏出席のもと、以下の書類の読み上げを行った。第一、ナポレオン・ボナパルトの出生証明書、夫は一七六九年二月五日、シャルル・ボナパルトとレティツィア・ラモリーノの正式な結婚で生まれた」

日付は嘘である。すでに誕生日が来たことにしたいからだが、それでも年齢は二十七歳で、申告の二十八歳には届かない。実年齢をいえば、ナポレオンはまだ二十六歳でしかないのだが、ルクレルクが事前に問題にした形跡もなく、今いるラコンブも他の誰も取り沙汰したりしなかった。

「第二、マリー・ジョゼフ・ローズ・ドゥ・タシェの出生証明書、妻は一七六三年六月二十三日、ジョゼフ・ガスパール・ドゥ・タシェとローズ・クレール・デ・ヴェルジェール・デザノワの正式な結婚で生まれる」

となれば、こちらは三十二歳ということになる。結婚する男女ともに二十八歳という申告は、添付書類ですでに嘘が明らかなのだが、やはり誰も騒がない。

ただジョゼフィーヌだけは、小さな溜め息を吐いた。あるいは一種の侮辱だと、いくらか不快に思うのか。ともに二十八歳、同い年の男女の結婚にしたいと持ちかけたのは、実のところ新婦でなく新郎のほうだった。気にするなら、別して年上の女を選ばなければよいようなものだが、こんな風に姑息《こそく》に辻褄を合わせたがる一面が、ナポレオン・ボナパルトにはある。

「第三、マリー・ジョゼフ・ローズ・ドゥ・タシェの前夫、アレクサンドル・フランソワ・マリー・ボーアルネの死亡証明書、共和国第二年熱月《テルミドール》五日（一七九四年七月二十三日）……」

ラコンブは読み上げを続けた。新婦の前夫アレクサンドル・ボーアルネの死亡証明、雨月《プリュビオーズ》十八日（二月七日）に張り出された結婚公示に一件の異議もなかったことの証明と続けられたが、全部を余さず読み上げても時間は五分とかからなかった。

「それでは、最後の手続きです。市民ナポレオン・ボナパルトに尋ねます。あなたは女市民マリー・ジョゼフ・ローズ・ドゥ・タシェを結婚相手といたしますか」

「はい、いたします」

「女市民マリー・ジョゼフ・ローズ・ドゥ・タシェ、あなたは市民ナポレオン・ボナパルトを結婚相手といたしますか」

「ええと、ええ、まあ」

「ここに市民ナポレオン・ボナパルトと女市民マリー・ジョゼフ・ローズ・ドゥ・タシェは、婚姻の手続きにより正式に結ばれました。立会人の皆さん、書類に署名をお願いします」

バラス、タリアン、カルムレ、ル・マロワとペンを走らせれば、もう法律上の不備はない。めでたく結婚成立である。ああ、おめでとう。あなたの幸せを祈ってますよ、ローズ。おめでとうございます。本当におめでとうございます。署名を終えるや、新郎新婦のそばに来て、かわるがわる抱擁していく。立会人は祝福を捧げ続けているのに、管理人のラコンブはといえば早くも片づけを始めた。祭壇ならざる小卓も部屋の壁に寄せられかけたが、それを見咎めたのがナポレオンだった。

「ちょ、ちょっと待て」

「ご心配なさらず。書類は私のほうで、ルクレルクさんに提出しておきます」

「そうじゃなくて、指輪の交換は」

「法律が求める手続きにはありません」

「しかし、普通はやるだろう」

「お望みなら、カトリック教会のほうへ」

「せっかく用意したんだぞ」

いいながら、ナポレオンは軍服のポッシュから一組の小箱を取り出した。鼻先に突き出され、嫌な顔はしたものの、もう夜も遅いし、すっかり疲れ果ててもいるラコンブは、抵抗する気力が湧かないようだった。わかりました。ええ、わかりました。

「それでは、新郎新婦は指輪の交換を」

言葉は投げ遣りだったが、ナポレオンは満足げに頷いた。小箱を開けて、摘まみ出したのが、七宝焼をほどこされた金の指輪である。輪の内側には、こだわりの文字まで刻まれている。

「運命《オ・デスタン》により」

これをジョゼフィーヌの指に嵌めたかった。揃いの指輪を、また自分の指にも嵌めたかった。ナポレオンは思う。これで、もう何も疑わなくて済む。これで、もう立ち止まらなくて済む。これで、もう何も失わなくて済む。

12　イタリア方面軍

風月《ヴァントーズ》二十一日（三月十一日）、ナポレオンは予定通りにパリを出発した。
風月三十日（三月二十日）に到着したマルセイユでは、在住の家族と再会した。母親には自身の結婚を報告し、ジョゼフィーヌからの手紙も渡した。嫁としての挨拶ということだが、実のところ文面はナポレオンが考えた。それを頼みこんで、妻に清書させたのだ。

察したということではあるまいが、母親は嘘にも嬉しい顔をしなかった。嫁に手紙を書いてくれとも頼んだが、それには返事もしなかった。無理もない。ウージェニーのことがある。

思い出のマルセイユ滞在は、ナポレオンとしても辛かった。同市に勤務していたトゥーロン包囲戦のときの部下、気に入りのルクレール将軍を引き抜けば、あとはイタリア方面軍の本営ニースに向かうだけだった。

なおトゥーロンに一泊、アンティーブに一泊しなければならなかったが、芽月《ジェルミナール》五日（三月二十五日）、そのアンティーブまで出向いてきたのが、ベルティエ参謀長だった。

ルイ・アレクサンドル・ベルティエ——中将だが、もう歳は四十を超えている。短い癖毛の髪を整髪料でテカテカさせている洒落男だが、その頭が滑稽なくらいに大きい。というのも体格をいえば見事な小男で、ナポレオンも決して大きいほうではないが、比べても明らかに小さいのである。

——ひねくれた性格でないといいが。

公安委員会にいたオーブリのことを思い出しながら、ナポレオンは旅籠の部屋に迎え入れた。新しい司令官の着任を歓迎しにきた、などと楽観する気持ちは、当然ながら皆無である。

「ニースからわざわざ出向いてきたからには、なにか特別な用があるとか」

ナポレオンが単刀直入に切り出すと、ベルティエは悪びれもせず「はい」と答えた。私もアルプス方面軍から転属してきたばかりですが、来てみて仰天させられました。

「イタリア方面軍は崩壊寸前であります」

「そう述べる理由は」

「粗衣粗食の兵たちは、ほとんど乞食同然です。給料は支払われず、補給品も届いていません。考えられる理由は、将官将校が不当に天引きしているか、あるいは納入業者が横領を働いているかです」

「それで関係者の出入りが多いニースの本営でなく、先んじてアンティーブで話しておきたいと」

ベルティエは頷きながら、ドンと机に大きな革の鞄を置いた。鍵を開けて蓋を開くと、なかには三十センチほどの幅で、びっしり紙片が詰められていた。一枚を取り出すと、早速始める。例えば給料ですが、この陸軍省が出した支払い命令によれば……。

「それは説明には及ばない。どのみちパリからは金が来ないからだ。将官将校が天引きする以前に、総裁政府からして破産寸前なのだ」

ナポレオンは笑い飛ばした。とても笑えない話だが、事実なのだから仕方がない。経済不況にアッシニャ紙幣の暴落で、うまくいっていないのは前々からの話だが、加えるに総裁政府は原理原則で立つ政権ではないだけに、選挙民に向けた人気取りもやらなければならなかった。つまりは減税だ。

不可避的に国家財政は破綻、政府は銀行家や投機家からの借り入れで、なんとか回している有様である。軍隊まで手が回るわけがない。重要度が低いイタリア方面軍となれば、なおさらだ。もう笑うしかないのだが、ベルティエには通じない。パリにいて、政府の近くにいなければ、ピンとこない。

「ですから、聞いていただきます。もはや天引きの域には留まりません。支払われないというのは、本当に支払われないのです。例えばマッセナ中将の前衛軍ですが、総額で五万七千八百七十……」

「ベルティエ参謀長、金の話はよいのだ」

「そう仰いますが、これが給与の高い騎兵師団になりますと、いっそう由々しき事態が浮かび上がるわけで、例えばキルメーヌ大佐の半旅団でみますと……」

ベルティエは止めなかった。取り合わない素ぶりをみせるほど、次から次へと新しい書類を出してくる。総裁政府の窮状を詳しく説明するしかないかと、本気で話を改めかけたが、それは止めた。ははあ、とナポレオンにも相手の魂胆がみえてきたからである。だから、こう切り返す。

「金の話でなく、ベルティエ参謀長、私が知りたいのは補給品の流れのほうだ。例えば、軍靴の支給はどうなっている」

「はいはい、軍靴もひどい有様です。爪先がパクパク口を開けている靴を、ぐるぐる布で巻いて履いているような有様です。文字通り裸足という兵士も少なくありません」

「ではなくて、具体的な数字が知りたい」

「もちろん、あります。例えば共和暦三年の霧月《ブリュメール》十八日（一七九四年十一月八日）、イタリア方面軍はマルセイユ市民の協力で、ええと、全部で五百八十二足の供出を得ているのですが、これがサヴォーナ、ヴィトリの駐屯地に配られると、ええと、三百六十二足にまで減るわけです」

「なくなった二百二十足は？　新品同然ならば、横流しされたということだ。ボロ靴だったなら、単に捨てられたのだ。マルセイユ市民は形ばかりの協力しかしなかったのだろう」

「それは、そういうことに……」

「軍靴の件は急ぎ調査してもらいたい。それで実包の在庫はどうなっている」

「もちろん把握しております。はい、ええと、この書類です。駐屯地の倉庫、十か所に分けて保管してありますが、総数が七百二十万発分です。兵士ひとりに八十として、九万人分の実包が用意されているることになります。イタリア方面軍が定数四万二千ですから、現時点で二回の出撃が可能です」

「だろうか。問題は、その七百二十万発の中身だ。イタリア方面軍に配給してある銃は、前装式マスケット銃の一七七七年型で間違いないな」

「ええ、そうですな、多分」

「多分では困る。それも確かめておいてほしい。さておき、一七七七年型は射程が三百メートルだ。しかし、私が三年前に実験してみたところ、二百発撃てば百発は二百メートルも飛ばなかった。実包の火薬の量が減らされているということだ。業者はその分だけ不正に儲けているのだ。今の在庫も同じ粗悪品だとなると、半分の三百六十万発にしかならんが、どうなのだ、そこのところは」

「私も着任間もないもので、まだ調べておりませんが……」

「急ぎ調べて、それも報告書を出してくれたまえ、ベルティエ参謀長」

「はい、司令官殿」

「蒸留酒の配給は、どうなっている。水で薄められたものを飲まされたんじゃ、強行軍はやれないぞ」

「少々お待ちください。蒸留酒ですね、蒸留酒」

「ついでにビスケットと堅《かた》パンの書類も出してくれ。砲兵機材については、私のほうで調べてきた。こちらの書類になるが、ベルティエ参謀長も目を通して……」

自分の紙挟みから取り出して、ナポレオンは言葉を止めた。ベルティエ参謀長が声を失い、のみか目を丸くしていたからだった。どうしたね、参謀長。

「司令官は書類がお嫌いではないのですか」

「別に嫌いではない」

「細かな数字も」

「むしろ好きだ」

「ケレルマン将軍はお嫌いでした」

アルプス方面軍の司令官である。大貴族の出身で、革命前からの将軍だ。ベルティエはいう。ええ、歴戦の英雄でいらっしゃいますが、あの方に私は嫌われました。書類と一緒に嫌われてしまいました。

「イタリア方面軍に転属希望を出したのも、それゆえのことです」

「なるほど、苦手な軍人は多いだろうな。君が面白くない気持ちもわかるよ。若い司令官なら書類の山で圧倒できると考えて、イタリア方面軍に来たのだろうが……」

「い、いや、そういうわけではありませんが」

「よいのだ。しかし、ベルティエ参謀長、ひとつ考えてみてほしい。仮に書類の山で司令官を圧倒できたとしても、書類の山で司令官が務まるわけではあるまい」

沈黙が続いた。ややあってから、ベルティエは口を開いた。わかっております。不肖ルイ・アレクサンドル・ベルティエ、四十三歳、革命前から軍務につき、アメリカ独立戦争から戦ってまいりました。ラ・ファイエット将軍、ロシャンボー将軍、ケレルマン将軍と、名だたる英雄に仕えてもまいりました。あの方たちのようにはなれない。二番手の器なのは自覚しておるのです。

「しかし、あの方たちには、ことごとく嫌われてしまい……」

「それならば、ついているぞ、ベルティエ参謀長」

ナポレオンはバンバンと相手の肩を叩いた。俺についてこい。俺は書類を嫌わん。細かい数字も好きだ。俺についていてくれれば、二番手も報われる。

「それこそ、世界一の二番手になれるぞ」

「そ、そうですか。私は何をすればよろしいのですか」

「明日にはニースに向かう。さしあたりは中将級の指揮官たちを集めてくれ」

ベルティエの態度は、むしろ穏健というべきだった。他の将軍たちとなれば、新しい司令官は役立たずの若造にすぎないと、もっと侮り、もっと軽んじ、もっと自分が優位に立とうとしてくるだろう。

――敵意すら向けてくる。

ただ若いというだけではない。ナポレオンはパリから遣わされた司令官でもあった。政府の有力者にうまく取り入り、まんまと司令官の位を手に入れた、いわばインチキな政治屋の類にすぎない。そう決めつける現場の反感は、火をみるより明らかなのだ。

理解できない感情でもない。かつてはナポレオン自身が画家のカルトーや医者のドッペに反抗した。共和暦二年（一七九三年）、トゥーロン包囲戦での話だが、その目つきが鋭い男も同じ包囲軍にいた。

「マッセナであります」

三十七歳の中将は褐色の肌、褐色の髪、さほど身体が大きくないところも、フランス人らしくなかった。ここが地元というマッセナは、生まれたときはイタリア人だった。フランスに併合されながら、今なおお前線としてイタリア方面軍の本営が置かれる、ニースの街のことである。

芽月六日（三月二十六日）に到着すると、すぐベルティエ参謀長に召集の手紙を出させ、翌日には中将級の将官を、市内サン・フランソワ・ドゥ・ポール通りの県庁に集合させた。数室をイタリア方面軍が間借りし、本営としていた建物である。整列させると、一番に名乗りを上げたのが、マッセナ中将だったのだ。

トゥーロンで出色の働きをしたのは、ひとりナポレオン・ボナパルトだけではない。またアンドレ・マッセナも傑出した力を示して、今の総裁バラスに見出された男だった。

オネーリア遠征を試みた前のイタリア方面軍でも同僚だったが、ともに働いた実感としても、非常に有能な軍人だった。ベルティエの告発ではないが、金と女に汚い男で、戦場では略奪横領が際限なく、男装させた愛人を連れ歩くことでも知られていたが、なお実力は折り紙つきなのだ。

少将昇進は同じ頃だが、中将昇進はマッセナのほうが先だった。国民公会の軍事委員オーブリに冷遇されたのも同じだが、より早くイタリア方面軍に復帰したのだ。前の司令官シェレールの下では、前衛軍の指揮を委ねられていた。方面軍の三分の一までを任せられ、まさに右腕という格だった。我こそ次の司令官とも考えていたところ、ナポレオンに先を越されたのだから、面白かろうはずもない。

「オージュローといいやす」

パリの下町訛りで続いたのが、ピエール・オージュロー中将だった。筋骨隆々たる長身の偉丈夫で、いかにもフランス人という金髪の甘い顔立ちをしているが、その実は腕自慢で鳴らした剣客だ。それだけに三十八歳を数えた今も、体力任せでよく働く。イタリア方面軍では主力軍を委ねられ、マッセナと二人で方面軍の両翼をなしている。

「セリュリエと申します」

やはり大男だが、こちらは恰幅がよい感じだ。顔つきが厳《いか》めしいのは、五十三歳の年齢というより、名乗らないながら伯爵の肩書がつく貴族だからだろう。どこか周囲を見下している風がある。

「ラ・アルプです」

四十一歳の中将は、フランス革命に共鳴したスイス人という変わり種だ。当時はアルプス方面軍からの出向で、やはりトゥーロン包囲陣にいた。そこでナポレオンと気が合い、それからも懇意にしているので、中将級のなかでは唯一気安い部下といえる。

「もうひとり、騎兵師団を率いるシュテンゲル中将がおりますが、本日は間に合いませんでした」

ベルティエ参謀長が付け足して、一通りの自己紹介が終わった。

「イタリア方面軍の新しい司令官、ナポレオン・ボナパルトである」

そうやって胸を張るほど、反感の空気に跳ね返される思いがした。が、ナポレオンは思う。ここで、よろけるわけにはいかない。ただパリから寄こされただけの奴だなどとはいわせない。ああ、二年前には俺だって、このイタリア方面軍にいたのだ。

「ロアノの戦いのことは聞いている」

昨秋フランス軍が勝利した会戦で、ジェノヴァから西のロアノは地中海岸の拠点である。

二年前にナポレオンが進めた戦略が、御破算にされたわけではなかった。ピエモンテ、さらにロンバルディアの北イタリアを窺うのに、まずリヴィエラ海岸を制圧する。かかる基本線は踏襲され、ふたたびナポレオンが着任した時点でも、フランス軍はマッセナの前衛軍がサヴォーナ、フィナーレ、ヴォルトリ他に、オージュローの主力軍がロアノ、アルベンガ、タナーロ他に駐屯して、二年前に制したオネーリアを拠点に前進を果たしていた。東へ進んで、その決定的な戦いが昨秋のロアノだった。

「誇らしい勝利だ。が、それからのイタリア方面軍は何をしたか」

と、ナポレオンは問うた。返事を期待するわけでなく、さっさと自分で答えて続ける。何もしていない。ゆえに前の司令官シェレールは更迭された。後任の私がやるべき仕事も、はっきりしている。

「消極策から積極策へ、守勢から攻勢へ転じることだ」

窓辺の大卓に向かいながら、ナポレオンは続けた。これから私の作戦を説明する。まずは皆で地図を囲んでほしい。つまりは、いきなり作戦会議だった。ああ、挨拶など手短に済ませればいい。懇親の宴など設けても仕方がない。思い通りに部下を動かすためには、ガツンと最初に喰らわせてやることだ。俺のほうがイタリアに詳しいのだと、俺の作戦のほうが優れているのだと、おまえたちでは到底かなわないのだと、一番にわからせてやるのだ。

「まず司令部をアルベンガに動かす」

と、ナポレオンは宣言した。アルベンガはニースとジェノヴァの中間にある。いいかえれば、方面軍の本営を戦場の只中に据えようというのだ。いっそう軍を前がかりに動かすという、果敢な意思表示でもある。

とはいえ、留守中にニースを奪われては堪らない。補給線を切られるわけにもいかない。西のタンド峠と東のタナーロ渓谷には防備の軍を置くが、これは作戦の眼目ではない。

「ああ、アルベンガから侵攻の軍を発する。が、アルベンガから北西にはサルデーニャ軍がいて、北東にはオーストリア軍がいる。したがって、フランス軍が進出するのはサヴォーナの西、アルプス山脈とアペニン山脈の境目、ジャコモ山麓で窪地になっているカディボーナ峠だ」

ナポレオンは地図上に指を置いた。他の五将軍も覗きこむ。ここからカルカレに進み、フランス軍は海岸から陸地深く、さらにケラスコ、アックイ、ノーヴィと北上していく。

「いいかえれば中央を捕らえて、縦に鋭く楔を打ちこみ、サルデーニャ軍とオーストリア軍を分断する」

「両軍を分断するといいますが、かえって左右から挟撃されることになるのでは」

気安さからか、ラ・アルプが口を開いた。ナポレオンも構えずに答える。それはない。

「サルデーニャ軍の補給線も西に伸びる。行きつく果てがトリノで、そこを最終的には守りたい。オーストリア軍の補給線は、いうまでもなく東だ。こちらはミラノを守りたい。フランス軍に補給線の背後を取られたくない、あまつさえ都を襲われたくないと思えば、どちらも前には出てこない。フランス軍に押されて下がるほどに、それぞれが東西に遠ざかり、決して合流することはない」

「いうところの内線作戦ですか」

さすがのセリュリエが、士官学校の言葉でまとめた。これは異論というわけではなかったが、後に続いたマッセナとなると、鼻から息を抜いて小馬鹿にする風さえあった。

「よしんば合流を阻めたとしても、フランス軍は立ち向かえませんよ」

「あったりめえだぜ、フランス軍は多くて四万だ」

オージュローも飛びこんできた。敵さんはってえと、サルデーニャ軍が四万五千、オーストリア軍が三万七千、全部で八万二千もいやがんだ、ちくしょうめ。ナポレオンはといえば、静かに返した。

「どうして合算するのだ。両軍は分断するといったろう」

「同じです。フランス軍は一軍で二軍を相手にしなければならない。我々は軍を二分しなければならないのです。二万で四万五千と戦い、もう二万で三万七千と戦う計算になるのです」

「どうして、そうなるのだ、マッセナ。フランス軍は全軍を挙げてサルデーニャ軍に当たればいい。オーストリア軍にも、やはり全軍で当たればいい。つまりは各個撃破だ。サルデーニャ軍と戦うときは四万対四万五千、オーストリア軍と戦うときは四万対三万七千、ほら、互角の勝負だ」

「常に全軍で行軍するわけにはいきません」

「戦場はアルプス山麓だぜ。通ってんのは、小道ばっかだ、ちくしょうめ。北上するったって、小さく分かれて、別々の道を進むことにならあな」

「その通りだ。だから、別々にいてもいい。ただ俺が呼んだら、すぐに来い。余所にいても、戦いが始まったら、飛んでこい。どんなに離れていても、その戦いが終わるまでには到着しろ」

「サルデーニャ軍と戦うときは左に急ぎ、オーストリア軍と戦うときは右に走れと」

「さすがはマッセナだ。呑みこみが早いな」

「んな滅茶苦茶な行軍、あってたまるか、こんちくしょうめ」

「できないか、オージュロー。おまえほどの将軍にも兵士はついてこないのか。えっ、マッセナ、おまえはどうなんだ。他の諸将も、できないのなら、今この場で申し出てくれ。かわりの将軍を大急ぎで手配しなければならないからな」

悔しがる歯ぎしりを別にすれば、何も聞こえてこなかった。無神経とも思える声を響かせるのは、ベルティエ参謀長だった。ボナパルト司令官、補給はいかがいたします。

「北上の進軍先に補給が届かなければ、フランス軍は全滅です」

「海岸の駐屯地にいても、遠からず全滅だろう。いった通り、パリから金は来ない。フランスから物資が供出されるわけではない。言い忘れたが、占領地税でやってくれというのが、総裁政府の方針だ」

「…………」

「ベルティエ参謀長、次は兵士を集めてくれ。演説する」

ニースの共和国広場に兵士を集めた演説は、芽月十一日（三月三十一日）のことだった。

「兵士諸君、諸君らは裸同然で、ろくろく食べる物もない。政府は諸君ら頼みだというのに、なにひとつ与えることができない。諸君らの我慢強さは素晴らしい。諸君らが山々でみせてくれるであろう勇気にも感服する。それだからといって諸君らは名誉を与えられるわけでないし、栄光を手に入れられるわけでもない。しかし、だ。私は諸君らを世界一豊かな田園に連れていく。富裕な土地、そして都会が、諸君らの手に落ちるのだ」

食いたければ進軍しろ。つまるところ、それがイタリア方面軍司令官ナポレオン・ボナパルトの演説だった。

第5章　イタリア

第一次イタリア遠征関連図
ウィーン
レオーベン
ユーデンブルク
チロル地方
オーストリア
タルヴィズィオ峠
アルプス山脈
ロンバルディア地方
バッサーノ
カンポ・フォルミオ
タリアメント渓谷
ガルダ湖
バルド山
ピアーヴェ渓谷
アッダ河
サロー
リヴォリ
ミラノ
ブレシア
ヴェローナ
モンベッロ城
アルコレ
ヴェネツィア
クレマ
ロディ
アディジェ河
ピエモンテ地方
ピッツィゲートーネ
ミンチオ河
クレモナ
レニャーゴ
トリノ
ヴァレンツァ
ロヴィーゴ
アレッサンドリア
トルトーナ
ピアチェンツァ
マントヴァ
ポー河
アルバ
ノーヴィ
フェッラーラ
フランス
ケラスコ
アックイ
モンテノッテ
タナーロ渓谷
デーゴ
ボローニャ
ヴォルトリ
カリュ
ジェノヴァ
モンドヴィ
イタリア
サン・ミケーレ
カルカレ
サヴォーナ
ミレシモ
カディボーナ峠
タンド峠
フィナーレ
アペニン山脈
ロアノ
アルベンガ
ニース
オネーリア
アンコーナ
アンティーブ
トレンティーノ
トゥーロン
リグリア海
アドリア海
N

1　戦闘開始

共和暦四年花月《フロレアル》四日（一七九六年四月二十三日）、ナポレオンは北イタリア、ピエモンテ地方の城塞カリュにいた。転戦するフランス軍と一緒に入城したが、休まない司令官は夜も自室で手紙の口述筆記をしていた。

かたわらの書几でペン先を忙しくしていたのは、変わらずのジュノだ。副官や秘書官も増えて、今や古株の感さえあるが、この男より字を綺麗に書ける人材は、今もっていないのだ。

その達筆で仕上げられた手紙も、卓上に山と積まれていた。一番上の一枚に手を伸ばし、文面を確かめたのは、これまた昔ながらの顔である兄のジョゼフだった。半ば呆れたような表情になりながら、ふううと長く嘆息するのも昔からの癖である。というのも、ナポレオン、せっかちな猪突猛進も、それに無理にも周りを巻きこんでしまうのも、おまえ、子供の頃から変わらない話だけど、それも今度という今度は明らかに尋常な様子じゃないね。だって、こうだよ。

「私がパリを出たのは、風月《ヴァントーズ》二十一日（三月十一日）でした。進軍を開始したのが、芽月《ジェルミナール》二十二日（四月十一日）です。今日まで敵と六度戦い、十日の間に一万二千を捕虜に取りました。殺した敵兵は六千、奪った軍旗は二十一棹《さお》、押さえた大砲は四十門を数えます。私が時間を無駄にしなかったこと、そしてあなたの信頼に応えたことが、おわかりになるかと思います」

それはパリの総裁バラスに宛てられた手紙だった。フランス政府に上げる報告書でもある。

快進撃が続いていた。フランスのイタリア方面軍は、芽月十三日（四月二日）にニースを出発した。二日の行軍で到着したのがアルベンガで、翌日ナポレオンは予定通り市内ロランデ・リッチ宮殿に本営を移した。

アペニン山脈とアルプス山脈の境目カディボーナ峠から北上し、コッリ将軍率いる西のサルデーニャ軍と、ボーリュー将軍率いる東のオーストリア軍を分断するという作戦も変更なかった。

フランス軍の動きをつかむと、先手を取ろうとしたのがオーストリア軍だった。ベルギー生まれのボーリュー男爵は、もう七十二歳の高齢ながら、熟慮や慎重という言葉とは無縁の将軍で、直情的かつ好戦的な采配で知られていた。いきなり兵一万を進軍させ、まず芽月二十日、二十一日（四月九日、十日）とサヴォーナ近郊でラ・アルプ師団を攻めた。師団は全部で六千、多勢に無勢と緒戦は無理をせずに兵を引いたが、ナポレオンは同時に伝令を走らせた。

「来い、マッセナ」

人間としては曲者《くせもの》だが、将軍としては確かな、いや、臨機応変の行動で不測の事態にも巧みに帳尻を合わせるので、確か以上の男である。

芽月二十二日（四月十一日）、冷たい雨に戦闘が中断した間に移動を完了させて、翌二十三日（四月十二日）、サヴォーナの北二十キロの地点で臨んだのが、モンテノッテの戦いだった。南下のオーストリア軍を撃破、三千の死傷者を強いる大勝を収めるも、それは始まりにすぎなかった。

「オージュロー、次はおまえだ」

西に走らせ、二十四日（四月十三日）に挑んだのがミレシモの戦いだった。剣客で鳴らすオージュローは、目も覚める一閃《いっせん》の突きさながらに早朝の総攻撃を敢行して、今度はサルデーニャ軍を破った。

「休むな、マッセナ」

同じ二十四日、こちらを回らせたのがモンテノッテの北デーゴで、翌二十五日（四月十四日）にオーストリア軍と戦ったが、勝敗がつかなかった。

「オージュロー、兵を急がせろ」

合流させて二十六日（四月十五日）に再戦、ナポレオン自らが全軍の指揮を執り、今度こそデーゴでオーストリア軍を撃破したのだ。

敵の二軍は完全に分断された。合体する意欲も失い、そも危険を冒したがらないコッリ将軍の考え方で、サルデーニャ軍はピエモンテの奥に下がるばかりになる。それをナポレオンはセリュリエ師団に、モンテツェモーロ、チェヴァ、レセーニョと追い上げさせる。

サン・ミケーレの野戦はシュテンゲル中将の戦死で落としたが、だからこそと花月二日（四月二十一日）のモンドヴィには、背後でオーストリア軍を牽制していた兵団まで呼んだ。

「マッセナ、オージュロー、二人とも来い」

ピエモンテ屈指の城塞都市モンドヴィまで陥落させた。これでナポレオンのイタリア方面軍は四勝になった。勢いのまま、花月四日（四月二十三日）の今日、進駐したのがカリュなのである。

「この一か月、まさに破竹の勢いだったよ。ジェノヴァでも大騒ぎだと聞くよ」

と、ジョゼフは続けた。ジェノヴァにいた兄は、もう芽月十八日（四月七日）にはアルベンガに会いにきた。ジェノヴァ共和国の代表カコールを同道させ、外交の橋渡しのような役割をしたのだが、フランス公使就任のために運動中ということもあり、以来ずっとナポレオンの下にいる。

「これまでが静かすぎただけさ。こんなの、まだ何もしていないのと同じだ。実際のところ、パリには何も伝わっていないんだ」

と、ナポレオンは答えた。ところが、である。その間に表情が今にも泣き出しそうになった。

「だから、兄貴が頼りだというんだ」

「おいおい、連戦連勝の司令官が、なんて顔だ」

そう叱咤する間も与えない勢いで、ナポレオンは兄の肩に縋りつくような真似をする。

「手紙だけじゃあ伝わらないんだ。直に説いてもらわなきゃならないんだ」

「わかった、わかった。とにかく、ナポレオーネ、いや、今はナポレオンだな。まあ、いずれにせよ、手紙をパリに届ければいいんだな。おまえがイタリアで何をしているか、それをつぶさに伝えればいいんだな。しかし、軍旗だのなんだのは運べないぞ」

「軍旗？　ああ、それならジュノが運んでくれる。ジュノも兄貴と一緒に行く。ジュノも俺の気持ちをわかってくれるひとりなんだ」

「それは、そうだろうな。南フランスにいた頃からの副官で、私も知っているくらいだからな」

うんと頷くと、ナポレオンは書几に向きなおった。じゃあ、ジュノ、先を続けようか。

「君の手紙を十六日と二十一日に受け取った。僕に書かなくても、君は日々を心安くすごせるんだね。けれど、それなら君は日がな一日、何をしているんだい。いや、僕の良きひと、良き女友達よ、嫉妬しているわけじゃないんだ。そうじゃなくて、ときどき心配で仕方なくなるというんだよ。早く、こちらに来てほしい。いっておいたと思うが、こんなに遅れてしまっては、君が会うのはすっかり病んでしまった僕ということになるよ。とても疲れているのに、君までいない。ふたつの苦しみが一度に来ると、本当に耐えがたい……」

言葉を詰まらせ、と思うや床に膝を落として、今度のナポレオンは泣き崩れる体《てい》である。

「ナポレオン、本当に、どうしたっていうんだ。様子がおかしいとは思っていたが、もしかして、これなのか。落ちこんでいるのは、奥方に会えないからなのか」

「他にどんな理由がある」

「どんなって……」

いったん絶句を強いられたが、そこは兄であり、ジョゼフは分別らしく続けた。ああ、わからないわけじゃない。そりゃあ新婚なんだから、おまえの淋しい気持ちは、むしろ当然さ。

「けれど、奥方と離れて、まだ一か月じゃないか。二か月、三か月と続くのかもしれないが、それだって仕方ないと今から割り切らないと。だって、おまえは軍人だろう。戦地に出るのが仕事だろう。戦地では戦争に勝つことが第一で……」

「違う。第一はジョゼフィーヌだ。妻にもパリを発つ前に約束してきた」

「約束？　なんて？」

「我慢だよ、ジョゼフィーヌ。とことん君と愛し合うために、まずは勝利してくるよって」

「新妻に勝利を捧げたいって気持ちはわかるが……」

「それもあるが、それだけじゃない。勝たなければ、イタリア戦線が安全にならないというんだ。安全にならなければ、妻を呼べない。呼べなければ、戦争を急いだ意味がない」

「妻を呼ぶって、おまえ、そんなつもりで出征したのか」

「でなけりゃ、出征するもんか。結婚して、たった二日だったんだぜ。すぐ会えると思ったから、俺は戦場に出たのさ。新婚だからって着任を遅らせるのも、一か月か二か月が限界だろう。それなら先に勝っておいて、安全が確保されたイタリアに呼び寄せて、フランス軍が進軍するにつれて、あっちこっち景勝地を巡れたら、そのほうが何倍も素敵じゃないかと」

「麗しのイタリアで、新婚旅行がてらというわけか」

ジョゼフは嫌味たっぷりだったが、ナポレオンは悪びれることもなく頷いた。ああ、なかなかの思いつきだろ。俺は妻に報いてやる質の男なんだ。

ジョゼフは今度は腕組みである。それじゃあ、この激戦の一か月は、なんだ。ただ新婚旅行の宿を取るためだったのか。それで急げ急げとやられて、サルデーニャのコッリ将軍も、オーストリアのボーリュー将軍も、ついつい後手に回らされてしまったというのか。いや、まったく、ナポレオン……。

そこで言葉が続かなくなれば、やはり最後は呆れ顔ながらの嘆息で受けるしかないようだった。

「それで勝つなら、フランス政府も文句はないか。わかったよ、ナポレオン。おまえの奥方への手紙も、ついでに私が届けてやろう」

「ついで？　なにいってんだ、ジョゼフ。それこそ兄貴に頼む仕事の本題じゃないか」

「えっ、政府への遣いじゃなく……」

「そんなのは、ついでで構わない。なにより、ジョゼフィーヌを連れてきてほしい。不安がったら、もうイタリアは安全だからと、兄貴の口で請け合ってほしい。それでも嫌がったら、まあ、俺のそばに来たくないということはないだろうが、楽しいパリ暮らしは離れがたいという理由はあるかもしれないから、そのときはイタリアも悪くないって、ジュノと一緒に説得してほしいんだ」

いうと、ナポレオンは部屋の隅に置いた行李《こうり》に向かった。何かを取り出して戻ってくると、卓上に置いたのは革袋だった。それもゴトと重い音が聞こえたからには金袋だ。

「これも一緒に届けてほしい。ちょっと金遣いの荒いところがある女でね。まあ、唯一の欠点といえるだろうが、うん、俺だって薄々は気づいていて、それくらいは仕方ないかと結婚を決めたんだから、今になってケチるわけにはいかないよね」

かわりに趣味はよくってね。家から、家具から、食器から、すごく心地よくしてくれるから、妻に金を使わせるっていうのは、本当の意味での男の贅沢だよね。いや、まいった、まいった。そうやって変わらずの長髪をガリガリと掻きながら、ナポレオンは傍目《はため》にも恥ずかしくなってくるような笑顔だった。いや、ジュノ、それじゃあ仕事を続けようか。

「お金が足りているかどうか、僕はわからないでいる。というのも、そういうことを話してくれないからね。もし入り用があるんだったら、兄にいうといい。僕から二百ルイを預かっているから」

ジョゼフ・ボナパルトとアンドッシュ・ジュノの二人は、日付が花月五日（四月二十四日）にかわった深夜に発った。今もって兵士が貴重なイタリア方面軍だったが、そこから小隊ほどの人数を護衛と運搬に割いて同道させた。やはり貴重な馬車も三台つけたわけで、その車中で寝ていけばよいと、ナポレオンが兄と副官に押しつけたのだった。

司令官がこうなので、もとよりフランスのイタリア方面軍には夜も昼もない。その深夜もジョゼフとジュノが出るのと入れ替わるように、ベルティエ参謀長がやってきた。神妙顔で告げたことには、

「サルデーニャ王が食いついてきました」

と。早くも戦意喪失で、サルデーニャ軍のコッリ将軍から休戦の受け入れがあったのは、昨日のことだった。

ナポレオンはニース公領のフランス帰属を承認すること、トルトーナ、アレッサンドリア、コニという口ンバルディアへの入口に睨みを利かせる三要塞を引き渡すこと、賠償金を支払うこと、補給品を提供すること、等々の条件を呑むなら応じると答えた。

こちらが申し出たのは休戦というより停戦、和平の締結だったが、その手紙をミュラに届けさせると、サルデーニャの老王ヴィットーリオ・アメデオ三世は、是非にも交渉したいといってきたのだ。

サルデーニャ王の全権代表、ソッマリーヴァ、サリエル・ドゥ・ラ・トゥール、コスタの三者が、フランス軍が現下の本営とするケラスコを訪ねてきたのは、花月八日（四月二十七日）だった。サラマトリス伯爵という土地の有力者の館を借り受け、夜の十時を回った深夜に始めたのは、当然ながらオーストリア軍の密偵に見咎められないためである。

交渉は簡単ではなかった。始まりの時刻が時刻であり、勢い翌日にずれこんだ。ナポレオンがコニ総攻撃の企てに言及したのは、午前一時のことだった。

「さて、諸君、フランス軍の総攻撃が午前二時に予定されていることを、お知らせしなくてはなりません。それは戦闘ですから、私が敗れることもないとはかぎりません。しかし、思い上がりや怠慢で時間を無駄にするというようなことは、たとえ数分でも従前あった例がありません」

休戦協定が署名されたのは、ちょうど午前二時だった。和平の条件も提示したものとほぼ同じ、引き渡される要塞がコニのかわりに、ヴァレンツァとなっただけである。

ナポレオンはサルデーニャ王の全権代表を見送りがてらに、総攻撃中止の伝令をコニに発たせた。もちろん現場のフランス兵は、まだ戦ってはいない。

「しかし、よろしかったのですか」

生来の真面目さが形になったような四角顔で、ベルティエが聞いてきた。ジュノがいないので、ペンを執っていた秘書官ブーリエンヌはじめ、皆で後片づけにかかっていた深夜、というより早朝のことだ。

「やはり和平は時期尚早ということか」

「いえ、和平そのものに異論はございません。たった一か月で敵の戦意を挫いたのですから、むしろ快挙とされるべきかと。ええ、ここから逆襲される危惧もないではないですから、サルデーニャ王と和平を結べたことは大きな収穫です」

「向後《こうご》はオーストリア軍との戦いに専念できるしな。サルデーニャ王には金も出させる。ピエモンテで補給も調達できる。ロンバルディア進出だって楽になる」

ナポレオンは胸を張って続けたが、ベルティエは再び暗い顔になった。なにが不満だ、参謀長。

「総裁政府の承諾を得ておりません。外交の権は政府のものです。方面軍の派遣委員が行うというのなら、わかりますが……」

その制度はジャコバン派の時代から変わっていなかった。

「しかし、派遣委員というと、サリセッティじゃないか」

コルス出身の議員、あのクリストフ・サリセッティのことである。ナポレオンは馬鹿にするように鼻から息を抜いた。あの男は信用ならん。前に裏切られたことがある。

「それでも政府が任命した派遣委員です」

「大丈夫だ。サリセッティは俺に借りがある。立場が逆転して、今は俺の情に縋る格好でもある。なに、俺がやることには、ひとつも逆らえないよ」

「しかし、なお我々は一介の軍人にすぎないわけで。全権が与えられているのなら別ですが」

「なんだ、政府が怒るとでも思っているのか」

そうやって参謀長の懸念を斟酌《しんしやく》すると、ナポレオンは内心がっかりさえした。下らない。事後承諾を得ればよいだけの話だ。というのも、俺こそ総裁政府の保護者だ。サリセッティだけではない。俺に逆らえる人間などいない。俺より偉い人間などいない。

「だいいち、そんな悠長な真似はしていられない。いちいちお伺いを立てていたら、どれだけの時間がかかるかしれやしないだろう」

「確かに戦場ですからね。片道の旅でパリまで二十日、往復で四十日、政府の決裁に要する日数を加えれば、二か月にもなりかねない」

「ほんの形式上の問題だ。それだけのことに、貴重な時間を無駄にはできない。もっとも、サルデーニャ王との和平がなって、これからはトリノを通れる。パリまでの旅も、片道十五日より短くなるな」

ナポレオンは顎に手を置き考えた。が、それも一分かからずに答えを出して、すぐさま行動開始だった。ああ、ベルティエ、ここには騎兵隊大尉のミュラも来ていたな。

「昇進して少佐のミュラならば、はい、いるはずです」

急ぎ呼ぶよう部屋の外に申しつけてから、ベルティエは確かめた。

「ミュラ少佐を呼んで、なにを」

「確かな男だ。パリに遣わす。急ぎ手紙を届けさせる」

「おお、手紙を。そうしてくださいますか、司令官閣下」

ナポレオンは強く頷き、直後には同じ部屋に控えていた秘書官に命令した。

「ブーリエンヌ、ペンとインクの用意はいいか」

竹馬の友だけに、相手の短気は重々承知である。片づけた文房具だが、一分とかからずに出しなおして、ブーリエンヌは答えた。はい、用意できました。

「よし、口述筆記だ。この手紙を君に届けるミュラが説明すると思うが、僕の崇拝する女友達よ、やった、僕はやったよ、僕の思い通りになったんだよ。サルデーニャ王と休戦協定を結んだ。兄と一緒にジュノを発たせて四日になるが、到着はミュラの後になるだろう。ミュラはトリノを通れるからだ。ジュノに託した手紙ではジュノと一緒に僕のもとに来てくれと書いたが、今はミュラと一緒に来てくれとお願いすることにする。もうトリノを通れる。旅は十五日より短くなる。つまりは十五日かからずに、僕はここで君に会えるということなんだ」

　聞いていたベルティエは、俄に慌てた顔になった。ちょ、ちょっと待ってください。

「ボナパルト司令官。手紙というのは、総裁政府に書くものでは」

「総裁政府に？」

「ええ、こたびサルデーニャ王と和平を結んだ一件について」

「事後承諾を求めろということか。どれだけ急いでも、事後は事前にならないのだから、それほど急ぐ必要も感じないが、まあ、よかろう。あとで総裁政府にも書いて、ついでにミュラにもたせよう」

　ナポレオンは口述筆記に戻った。ああ、待たせたな、ブーリエンヌ、こう続けてくれ。君が来ると思うだけで、うきうきしてくる。君が住むところもモンドヴィとトルトーナに用意してある。モンドヴィからはニースにもジェノヴァにもいける。イタリアが気に入ったなら、この国のどこへだって。

　やはり溜め息を吐くしかなくなりながら、ベルティエは最後にひとつだけ確かめた。司令官閣下、もしやサルデーニャ王との和平を急いだのは、早くトリノを通れるようにするためですか。

「つまりは早くパリから……」

「皆までいうな。ベルティエ参謀長、それは野暮というものだぞ」

　上官のあまりな笑顔に当てられて、普段は粘り腰のベルティエも退室するしかなくなった。ああ、もうこれは、さっさと寝てしまうのに限る。

2　ロディ

ジョゼフィーヌは来ない。イタリアに来ない。来られないという手紙が、パリから届けられている。

だからナポレオンは手紙を書かずにいられなかった。

「君が妊娠したなんて……。僕の甘やかな女友達、そう思うだけで僕の心は喜びで一杯になる。しかし、妊娠二か月だなんて、どうして教えてくれなかったんだ。知らせくらいはあってもよかったんじゃないか。君に会えなければ、君の小さなお腹もみられないから、僕は想像することさえできなかった。とにかく、そのことで加減を悪くしないよう、くれぐれも身体に気をつけて……」

そうまで口述を続けて、ナポレオンは虚空《こくう》を見上げた。花月《フロレアル》二十日（五月九日）、いたのはパルマの都市ピアチェンツァである。接収した屋敷であれば、みえるのは天井に塗られた漆喰《しっくい》だけだったが、その不愛想な白さえ今は薔薇色になって目に映る。

「ああ、君のところも生まれたんだな」

そう聞いたとき、ナポレオンは口述の口調を切り上げていた。筆記に忙しくしていたブーリエンヌも、秘書官でなく旧友の顔で受けた。うん、この三月にね。

「生まれて間もなく俺に呼ばれて、イタリアに来たわけか。会いたいだろう」

「そりゃあね。まあ、子供のほうは、正直ピンと来ていないところもあるんだけど、妻のほうは、ね。僕の子供を産んでくれたひとなわけだから、ああ、とりわけて会いたいね」

「そうだな。会いたいな。猛烈に会いたいな。俺もジョゼフィーヌに会いたい。会いたくて、たまらない。ブーリエンヌ、おまえ、よく平気な顔していられるな」

「平気なわけじゃないけど、僕の場合は会おうと思えば会えるからね。君の許しさえあれば、いつでも休暇でフランスに帰れるというわけさ」

「なるほど、それは俺には難しいな。司令官がイタリア方面軍をほっぽりだして、ひとりフランスってわけにはいかないからな。やっぱりジョゼフィーヌに来てもらうしかない。が、そうであるかぎり、会えないのかな。妊娠したからには、旅なんか無理なのかな」

「絶対に駄目というわけじゃないんだろうけど」

「本当か」

言葉と一緒に、ナポレオンは跳んだ。机にかぶさるように迫られれば、昔馴染みのブーリエンヌも身体を反らせる。あ、ああ、嘘じゃないよ。ほら、よくいうじゃないか。

「妊娠は病気というわけじゃないって。少なくとも安定期に入れば、多少の旅なら大丈夫じゃないかな。かえって生まれてからのほうが大変だよ。妻が手紙でいってくるんだけど、おっぱいをあげたり、オムツを替えたりの毎日で今は大変だって。お腹のなかにいる分には、泣かれるでも、暴れられるでもなかったから、あの頃が懐かしいって」

「そうか。ああ、そうだな。うん、うん、俺の母親なんか、俺が腹にいるとき、野山を駆け回っていたわけだからな。ちょうどコルスが独立戦争をしていて、父親が運動の闘士だったから、一緒にフランス軍から逃げていたんだ。河に流され、溺れかけたことまであったそうだが、それでも俺のことで苦労したとは聞かない。大変だったのはジョゼフだったと、それはよく零していた。なるほど兄貴は、まだ二歳にもならない歳だった」

「そ、そりゃ、また凄い話だな」

「ああ、凄い。それでも俺の母親は、俺を無事に産んだんだ。コルスの山々を逃げ回ることに比べれば、馬車でイタリアに来るくらいの旅は、なんでもないことになるな」

「まさか、また奥方を呼び寄せようというんじゃ」

ブーリエンヌは今さらという感じで慌てた。ナポレオンは平然と返す。

「まさかじゃないだろ。呼び寄せるなら、今のうちなんだろ」

「よしんば旅は大丈夫として、こっちは戦場なんだよ」

「もちろん前線までついてこいとはいわないよ」

「田舎町に進駐するごと、そこを転々というような生活だって、妊婦さんには勧められたものじゃないけどな」

「後方の都会ならいいわけだろ。銃声ひとつ聞こえてこなくて、それどころか快適な住まいから栄養豊富な食生活、それに気鬱《きうつ》にならないための娯楽まで、きちんと確保できるような都会なら。だったら、決めた」

「決めたって、なにを」

「ミラノに進む」

「しかし、ミラノはオーストリア軍が進駐して……」

「それを追いはらうのさ。ロンバルディアの地から全て掃討すればいいのさ」

ナポレオンは本気だった。それだけに悩まないわけではない。

サルデーニャ王と休戦してピエモンテを中立化すれば、北イタリアも残すはミラノを擁するロンバルディアだけだ。が、オーストリア軍を率いるボーリュー将軍は、交戦の意志を持ち続けている。これを攻略するには、どのように動くべきか。

ナポレオンはケラスコから東に動いた。クラヴァンツァーナ、アルバ、アックイと経ながら、サルデーニャ王に明け渡させたトルトーナに達すると、働きかけたのがパルマ公だった。

やはり和平を結び、フランス軍の領内通過を認めさせることで、ロンバルディアに肉薄していく。かくてパルマ公国の都市ピアチェンツァまで進んできたが、さて、ここからどうするべきか。

ピアチェンツァはポー河の南岸にある都市である。渡ればロンバルディアで、その北にあるのがミラノであれば、オーストリア軍の猛反撃は必至である。実際のところ、一度は渡河してピッツィゲートーネ要塞を攻めたが、銃弾砲弾を雨と浴びせられて退却している。

ならば、東進を続けるか。「ロンバルディアの閂《かんぬき》」と呼ばれる要衝、マントヴァの包囲から始めるか。ピアチェンツァにはモデナ公国の使者も和平を結びたいと来ている。パルマ公国と同じ群小国家の君主で、そうなればマントヴァまでの行軍路を領土とするのも同じである。となると、マントヴァ進軍が無難か。まして利口な選択か。

「いや、やはりミラノだな。マントヴァ包囲となると、時間がかかる」

マントヴァは、北と東西の三方を湖に囲まれた天然の要塞である。この現代においてなお、難攻不落の評判をほしいままにしている。

「ミラノならオーストリア軍を撃破するだけで、向こうから門を開くだろう。なにより比べられない都会だしな」

「でも、ナポレオン、いいのか、そんな都合で……」

「そんな都合というのは、都会だということか」

「奥さんを呼び寄せるのに都合がいいからってことさ」

「なにが悪い。男子たるもの、妻のためという都合に勝る都合なんか、あるわけがないだろう」

「男子には、ね。しかし、君はフランス軍の司令官じゃないか」

「その司令官が決めたんだ。誰に文句をいわれる筋もない。うん、フランス軍は北に進む」

決めれば、もうナポレオンは何も待たない。フランス軍がピアチェンツァを出発したのは、翌花月二十一日（五月十日）の午前一時だった。

全軍ではない。いたのはダルマーニュ師団だけだったが、この時点で戦闘を決断して、マッセナ師団、オージュロー師団にも即時の進発と合流を命令した。マッセナは四十キロ、オージュローは百五十キロの彼方だ。

「我らはポー河の北岸を北西に進んでいる」

両将軍に告げながら、ナポレオン自身その道々で情報を集めた。オーストリア軍のボーリュー将軍はロディでアッダ河を北に渡り、クレマ方面に移動していた。フランス軍の追撃を阻むために、ロディはセボテンドルフ将軍に預けて、歩兵一万、騎兵二千を残したとも聞こえてきた。

ナポレオンはロディに向かうことにした。到着が午後三時だったが、先遣部隊は午前のうちに到達していて、のみならず正午にはロディの街を攻略していた。

功労者がジャン・ランヌ少将で、デーゴの戦いで見出し、大佐から昇進させたばかりの逸材だった。勇敢という言葉を形にしたような男、銃剣ひとつで敵城塞に一番乗りし、苛烈《かれつ》な白兵戦を率いた男が、またやったのだ。

ロディはコモ湖から流れ下るアッダ河の南岸に接して建ち、渡河に目を光らせている城塞都市だった。その中世からの古い城壁を、ランヌはたった五人の擲弾兵を連れただけで攀じ登った。なかから城門の扉を開けて、残りの数個中隊を呼びこむという、単純きわまりない奇襲が成功して、城内駐留のオーストリア兵は逃走を余儀なくされたのだ。

かわりにフランス軍がロディに進駐した。が、それで終わりではなかった。

オーストリア軍はアッダ河の北岸にも布陣していた。というより、これが主力だ。ロディ城内にいたオーストリア兵など、ほんの分隊にすぎなかった。はじめからセボテンドルフ将軍は、北岸に構えてフランス軍の追撃を阻む算段だったのだ。

諸々の報告を受けるや、ナポレオンは自ら戦場を視察することにした。

「お止めください」

ダルマーニュ将軍、スーニー将軍、自身の副官マルモン少佐までが自重を求めた。危険きわまりないということだったが、ナポレオンは聞かなかった。

――俺は死なんよ。

怪我もしない。かえって弾丸が避けて通るくらいだ。そうやって笑いながら、ひとつの根拠もない話であるにもかかわらず、ナポレオンには揺るがない自信があった。だって、そうだろう。俺はジョゼフィーヌを妊娠させた男なんだぞ。これから父親になろうって男なんだぞ。

「だから、さあ、開けてくれ」

司令官の命令で、兵士が動いた。扉がゆっくり分かれると、光の塊が左右に大きくなっていった。ロディの城門を出ると、すぐが橋だった。その袂、もう橋板に踏みこもうという手前の岸辺に、ひとつ石像が建っていた。台座のうえにスッと立つのは、十字架を抱いている祭服の聖職者だ。

――聖ヤン・ネポムツキー。

ゲルマン人の守護聖人だ、オーストリア人が建てたものだと教えてくれたとき、イタリア人であるロディ市民は、当然ながら苦々しい口調だった。オーストリア治下というが、住んでいるのはイタリア人だ。フランス治下のコルスと同じだ。外国から来た支配者は嫌われる。よほど善政を敷かないかぎり、蛇蝎《だかつ》のごとく嫌がられる。

――オーストリアの奴らも嫌われているな。

ロンバルディアの戦いはピエモンテの戦いよりフランス軍に有利かなと、そこまで考えて終わりだった。ナポレオンは素早い動きで、聖ヤン・ネポムツキーの背中に隠れた。正確には台座の陰だが、いずれにせよ刹那の直感で、とっさに動いた。

同時に左右の耳を両手でしっかり押さえたのは、正解だった。鼓膜を守って、なお物凄い轟音だった。堪えられなくて目も閉じたが、音が止んでから開けてみると、全身が白い粉塗《まみ》れになっていた。

アッダ河対岸からの、オーストリア軍による一斉射撃だった。なるほどロディの守備兵に、まんまと逃げられてしまうはずだ。橋の袂まで追えても、ここでフランス兵はあきらめざるをえなかったのだ。というのも、今や聖ヤン・ネポムツキーは顔形も判然としない石の塊ではないか。同じように穴だらけ、血まみれの肉塊に落とされたくないと思えば、誰が突き進めるというのか。

——しかし、自分の守護聖人を撃つとは……。

運に見放されるぞ、オーストリア人。ナポレオンはニヤニヤしながら、なお台座に隠れ続けた。銃声と硝煙が吹き流されたあとの静寂に、自分を呼ぶ声があった。

「司令官、司令官」

マルモンの声だ。みるとロディの城門が少し開いていた。弾除《よ》けに閉じられたはずだが、それが少し開いて、そこから手招きする手がみえて、もっと大きく開けるから逃げてこいということだろう。うん、わかった。そう呟《つぶや》くや、ナポレオンは悠々と歩き出した。

「はやく、司令官、はやく」

はやく、はやく。マルモンの声に別な声が、恐らくはダルマーニュやスーニー、のみか他の将官将校の声まで重なっていたが、いずれも悲鳴に近かった。

それを滑稽にも感じながら、白い顔のナポレオンは歩調なお悠然たるものだった。いや、大丈夫だ。オーストリア軍は銃弾を装填しなおしていない。それくらいの時間はあったが、今のうちに装填しなおそうとは誰も考えなかったはずだ。目で確かめたわけではないが、多分そうだ。

——今さら気づいて、慌てて実包を嚙みきっている頃じゃないか。

慌てて自分の舌なんか嚙みながら……。くくく、と笑い声まで刻みながら、ナポレオンは城門のなかに戻った。結局のところ、それでも銃声は続かなかったのだ。

「いやあ、さっきのは確かに凄《すさ》まじい銃撃だったな」

パンパンと軍服の石粉を払いながら、ナポレオンは昔話のように片づけた。心のなかでは、どうだと胸を張るほどの勢いだった。どうだ。ついている男というのは、こうだ。何者であれ、指一本ふれることができない。いや、仮にこの胸を弾丸が貫いて、この弾む心臓さえ遂に脈動を止めたとしても、なに、そのときは子供がいる。フランス一の美人が、この俺の血を受け継いだ子供を産んでくれる。だから、自信が漲る。だから、誰も撃てない。だから、俺を殺すことなんてできない。

3 橋

さりとて、ナポレオンにも分別はある。俺は殺されないとして、フランス軍の全員が同じく殺されないわけではない。いや、諸君、なんともはや気の毒だな。君たちも結婚したまえ、早く子供を作りたまえというしかないが、それはそれとしてオーストリア軍の攻略は別に考えなければならない。この門から突撃しても、敵陣まで行きつけるのは、たぶん俺ひとりなのだから。

「敵陣をみたい」

所望すると、ロディ市内にある聖キアラ教会の鐘楼が高いので、そこから見渡せるということだった。なるほど登れば鳥の目線で、全体を把握するのに都合がよい。

赤茶の屋根瓦の街並みは城壁で横に区切られ、その向こうに木々がやはり横に連なっていた。左右方向にアッダ河が流れているからで、河岸は緑が鬱蒼と繁るのだ。

河水はところどころ白い泡を筋にしていた。轟々たる水音が今にも聞こえてきそうな気がするのは、アルプスの雪解け水で今の季節は嵩が増しているかららしかった。

——渡るには橋が一本きりか。

土地の者によれば長さ百九十五メートルだったが、砲兵の目で確かめても、二百メートルに僅かに欠けるくらいで間違いない。幅は馬車が二台ようやく並べるほどだというから、四メートル足らずか。この橋を対岸に渡る出口に、オーストリア軍は大砲を二門も並べていた。

もちろん大砲だけでなく、銃も構えられている。橋の出口だけでなく、兵団は左右の岸辺にも並んでいる。オーストリアの伝統で軍服が白なので、白壁の城塞さえ思わせる。実際に大砲は全部で十四門、セボテンドルフ将軍が率いるクロアチア部隊が中核ということだが、その兵数も歩兵一万、騎兵二千ほどに上るだろうか。

これに応戦されては、堪らない。ロディを守備していたオーストリア兵に逃げられても、なるほど追いかけることができない。フランス軍の通過が易々《やすやす》と許されるはずもないが、このあたりではアッダ河に架かる橋は一本きりで、逃せば上流にも下流にも十キロ以上行かないと橋がない。

——さて、どうしたものか。

もっとよくみたいと、ナポレオンは望遠鏡に目を凝らした。

対岸のオーストリア軍は、なかでも歩兵が二段構えの布陣だった。一万は大隊にすれば八大隊を数えるが、そのうち三大隊は橋の出口から左右に並び、同じ線上に置かれる大砲と大砲の間を埋めながら、つまりは河岸ぎりぎりまで前に詰めていた。が、残りの五大隊、そしてその左右に待機する騎兵隊は、やや間を置いた後方に並んでいたのだ。

橋の出口を中央突破できれば、そこから左右に分かれて、フランス軍は敵前列の背後に回ることができる。仲間を撃つことを恐れて、オーストリア軍の後列が応戦を躊躇している間に、白兵戦に持ちこむことは容易だ。前列を、なかんずく大砲を無力化できれば、どんどん兵を押し出せる。後列に襲いかからせれば、それでもう勝負は決まる。

しかし、そのためには始めに橋を渡らなければならない。いや、始めに橋さえ渡ることができれば、もうフランス軍の勝ちだというべきか。

ナポレオンは鐘楼を下りるや、将官と将校を集めた。

「ここで戦う」

まず決意を明らかにしてから、自らの作戦を開陳していく。いや、作戦というほどのものもない。

「マッセナ師団は四時にはロディに到着する。強行軍の後だ。少し休ませてから作戦開始になるが、それまでに我々は、こちらの河岸に砲台を築かなければならない。やはり四時には作業を始めなければならない」

「砲台と仰るのは」

確かめてきた上下とも青の軍服は、砲兵科のスーニー少将だった。

「対岸に援護の砲弾を撃ちこんでやるため、こちらも二十四門を全て稼働させるのだ」

「援護と仰いますのは、司令官殿」

質した時点で声は震え、なるほどベルティエ参謀長はすでに青ざめていた。

「マッセナ師団は突撃する。ロディの一本橋を渡る」

「無茶です」

「無茶ではない、ベルティエ。だから、フランス軍は此方《こちら》の岸から援護する。砲撃もするし、ロディ城塞から銃撃だって加えることができる。騎兵隊には敵側面を奇襲させる。偵察中の師団が戻り次第、キルメーヌを南に、ボーモンを北に送る。双方でアッダ河の浅瀬を探させ、向こう岸に渡河させるのだ」

「そんなにうまくいきますか」

ベルティエにいわれて、ナポレオンは懐中時計を取り出した。いいか、私の計算は、こうだ。

「騎兵師団が戻るのが三時半、四時に出発させて、五時には渡河、六時にはアッダ河の対岸で、オーストリア軍の左右を撃つ。五時に突撃のマッセナ師団が対岸に到達し、オーストリア軍の前列を破るのも六時だ。オージュロー師団が到着するのも六時だな。敵軍の大砲が稼働できなくなっているから、今度は楽に橋を渡れる。これで、ほら、一気に勝負を決められる」

「ほら、って……。オージュロー師団はおろか、マッセナ師団だって、まだ到着していないんですよ。騎兵だって、ちゃんと戻ってきてくれるか。恐れながら司令官、計算は計算でしかありません」

「机上の空論に終わると？　はは、それが大丈夫なんだ、私の場合だけは」

そんな風に請け合われても、ベルティエは絶句することしかできなかった。その力ない肩をポンポンと叩きながら、ナポレオンはなおも続けた。

「心配するな、ベルティエ。今の私は無敵だよ」

なにしろフランス一の美女を孕《はら》ませたんだ。そう心に続けながら、あとに高笑いするナポレオンは常軌を逸しているようにさえみえた。さあ、砲台を築くぞ。砲兵、工兵は急いだ、急いだ。我らが動けば、対岸のオーストリア軍も黙っちゃいない。敷設作業だって、砲撃、銃撃で阻みにかかる。渡河の目論見《もくろみ》を看破して、橋を壊すかもしれない。それをフランス軍は許すわけにはいかない。

「他の兵士は援護射撃だ。ロディ城壁で配置につけ。発砲はもう二十分後に迫っているぞ」

実際、全てナポレオンの言葉通りになった。

午後四時、砲声、銃声が鳴り始めると、ほどなくマッセナ師団四千人が到着した。知らされるや、すでに戦列にある兵団は不思議な空気に囚われた。本当なのか。ピタリといいあてるなら、まさに預言者じゃないか。いや、司令官は全部わかっておられる。そして、なにひとつ間違わない。これは勝てると、たちまち皆が確信したのだ。

士気が上がった。それは到着したばかりの兵団にも、伝染しないわけがなかった。

ナポレオンはロディ市内で、マッセナ師団の兵士に演説を打った。ああ、オーストリア軍は、みての通りの凄まじい応戦だ。我がフランス軍が援護を整えられたとしても、なお危険がないとはいわない。が、アッダ河の向こうにいるのは、二週間前に諸君が打ち負かした兵団なのだ。河を挟んで布陣するのは、諸君を恐れているからなのだ。

「そんな臆病な敵兵どもを、諸君らは恐れるのか。ポー河は渡れたが、アッダ河は渡れず、岸辺で怖気づいたと笑われるのか。忘るるなかれ、兵士諸君。フランスは諸君をみているのだ。そしてイタリアは諸君らのものになりたがっている」

特に印象的な言葉もなく、声の調子も淡々として、演説は平板なものだった。たまにフランス語を間違い、それというのもイタリアにいる油断で、コルス生まれのナポレオンにとっては広い意味でのイタリア語が母語だったからだが、その聞きづらさを合わせるならば、下手な演説でさえあった。

が、それに疑問を抱くような素ぶりもない。淡々と言葉を続ける司令官の姿を見上げて、マッセナ師団の兵士たちも徐々に興奮に囚われた。朝六時に命令が届けられてから、ほぼ丸一日をかけた強行軍の直後だというのに、みるみる士気を高めたのだ。

「突撃隊を率いる名誉は私がいただきたい」

突き出されたのは赤毛の髪だった。第二大隊を率いるデュバス少佐は、聞きしに勝る巨漢である。

赤毛の髭面まで、むくつけき山男然としているが、なるほど到着した四千人の半分は、アルプス山麓サヴォワ地方の出身だった。

「よろしい。デュバス、そしてサヴォワの六中隊に先陣を切る名誉を与えよう」

ナポレオンが答えれば、勇ましい雄叫《おたけ》びが返される。死地を嘆く声とてあったかもしれないが、掻き消されて誰の耳にも届かない。

突撃開始を告げるのは、いつだって喇叭と太鼓の音だった。「前へ突撃《パ・ドウ・シャージュ》」の音律を聞くなり、オーストリア軍は迎撃の引き金に、フランス軍は援護の引き金に、それぞれの指をかけた。ロディ城内でも人が動き、金具で補強された門扉を左右に開け放しにかかった。

「突撃！　共和国ばんざい」

足音が鳴り響いた。青軍服が走り出した。第一陣を任された六中隊は、我先と競うような勢いだ。三色の旗も風に靡《なび》く。キラリキラリと銃剣の刃が夕陽を弾く。その様をナポレオンはロディ城塞の歩廊でみていた。

一緒に銃声も聞こえたが、もくもくと硝煙が上がるのは、こちらのフランス軍だけだった。目を凝らしても、オーストリア軍の上空は澄んでいる。

――まだ撃たない。

敵兵は待っている。フランス兵が間近に来るまで我慢している。そうしている間に突撃の兵は、二十メートル、三十メートル、五十メートルと橋を進む。あと百五十メートル。そのときだった。

火薬の爆発で空気が震えた。オーストリア軍は砲弾銃弾が失速しない、つまりは殺傷力を高く保てる位置までフランス兵を十分に引きつけてから、一気に砲門、銃口を開放した。

硝煙の白に重なり、バッと赤い花が咲いた。血煙だと、ナポレオンも覚悟せざるをえなかった。

風が全てを吹き流せば、あとの橋上に確かめられるのは、横たわる赤黒さだけである。血まみれの肉塊だ。呻き声さえ聞こえてこない。先陣の六中隊は全滅か。いや、違う。呻き声は小さすぎて、届かなかっただけだ。

「共和国ばんざい」

声と一緒に立ち上がる影があった。大きな影だ。デュバスだ。袂の石像ではないが、さながらゲルマン神話の半神とでもいった体で、足を踏ん張り、手に旗を握りなおし、それを高く差し上げると、髭を激しく震わせながらの怒号なのだ。

「よし、デュバス、生きて帰れば、おまえは大佐だ。二階級特進で報いてやる」

ナポレオンは思わず叫んだ。歩廊の高みからであれば、その声を聞いたわけではあるまいが、こちらのロディ城門に新たな動きがあった。

「共和国ばんざい、共和国ばんざい」

突撃の第二陣が動き出した。第一陣の殺戮《さつりく》を目撃したはずなのに、怖気づかずに門を出た。

「共和国ばんざい、共和国ばんざい」

さすがのナポレオンも我が目を疑った。マッセナだ。ダルマーニュだ。セルヴォニ、いや、ベルティエまでが突撃している。ここで流れを止められては終わりだと、四将軍が自ら死地に飛びこんだのだ。それぞれの副官まで引き連れて、上官という上官に走られては、どんなに臆病な兵士だって続かないではいられない。

もちろん、オーストリア軍も傍観しない。また砲声、銃声を鳴らし始める。が、悲鳴も混じる。水飛沫が上がって、前列の敵兵が続々と河に転落している。

水から現れるのはフランス兵、それも第一陣として突撃したサヴォワ兵のようだった。橋上では撃ち殺されると、とっさに河に飛びこんだらしい。

——いや、はじめから、そのつもりだったのか。

轟々と雪解け水を流している恐ろしげなアッダ河も、アルプスの麓《ふもと》に育ち、渓谷の河を見馴れた男たちには、なにほどのものでもなかったのだろう。それが証拠に顔まで水に浸かりながら、銃だけは頭の上に翳している。濡れずに済んだ火薬で一発喰らわせれば、あとは突き出す銃剣もろとも、岸に躍り上がればよいということなのだ。

「よし、よし」

ナポレオンは拳を握った。オーストリア軍に動揺が生じた。橋を狙うか、岸辺に向かうか、迷うほどに慌ててしまい、新しい弾籠めさえ覚束ない。

「共和国ばんざい」

橋に目を戻せば、二個中隊ほどが対岸に達していた。もう大砲の口を胸に抱くような位置だ。ここで砲弾が飛び出せば、上半身が消えてなくなること請け合いだ。しかし、二門の大砲が幅を取る分、兵士となると手薄だった。砲台を守る係も、これだけ狭くては思うように前に出ることができない。

——だから、行け。

続いた悲鳴がオーストリア兵のものであることを、ナポレオンは疑わなかった。フランス兵の銃剣が穴を開けた。砲台守備の兵士を倒せば、なおのこと砲兵は敵でない。砲撃を専らにして、銃を構えるわけでなければ、剣を抜いているわけでもない。

「突破した」

と、ナポレオンは声に出した。フランス軍の突撃がオーストリア軍の第一列を抜いて、その裏に出た。となれば僅か三大隊とみて襲いかかり、今度は敵陣に血煙を上げさせる。それを後列のオーストリア軍はただ眺めているしかない。五大隊もありながら、仲間を傷つけることを恐れて、手を拱いていることしかできない。

——全て目論見通りだ。

ナポレオンは時計をみた。五時五十分——全て目論見通りにいくなら、そろそろだと思う間もなかった。背後のロディ市内に動きがあった。

「来たか、オージュロー」

ナポレオンは歩廊の上で踵を返した。市内を南北に貫く通りに、砂埃が上がっていた。行軍太鼓の拍子も遅いといわんばかりの勢いで、あっという間に城門の内側まで来ると、オージュローのほうでも高みの司令官に気がついた。

「マッセナの奴は、どうしてます」

「戦闘に入った。マッセナも、ダルマーニュも、セルヴォニも、ベルティエまでが兵卒たちと一緒に突撃している」

「なんてこった。自慢話ができねえどころか、これじゃあ皆の手柄の聞き役じゃねえか、ちくしょうめ」

俺らばっか遅れちまうわけにゃいかねえや、べらぼうめ。そう指揮官に吠え立てられれば、埃塗れの兵士たちも立ち止まれるはずがない。死ぬ思いの強行軍でやってきたのに、ただ無意味な無駄骨で終わらせられるわけがない。オージュロー師団は市内を縦走し、城門を飛び出した。そのまま橋に歩を進めて、一目散の突進だった。

後続が進む段になれば、オーストリア軍の迎撃も、もう橋には加えられない。自陣に乗りこんできたフランス兵を、どうやって撃退するかに手一杯で、そこまでの余裕はない。

オージュロー師団は造作もなく橋を渡った。フランス軍の攻勢は勢いづくばかりかと思われたが、敵将セボテンドルフもさるものだった。

橋の左右に土煙が上がった。重たい振動が鳴り響き、動いたのはオーストリア軍の両翼にいた二千の騎兵隊だった。味方を撃つ危険があるから、銃は使えない。銃は使えないから、歩兵は手を拱いているしかない。銃剣を構えて突進すればよいだけだが、それも続々と自陣に乗りこまれる守勢にあっては、なかなか前に出られない。が、騎兵は話が別だったのだ。

フランス兵を馬体の大きさで圧倒できる。なかんずく、オーストリア軍が自慢とする今どき古風な槍騎兵は、柄の長さまで利して、銃剣の突き出しをあしらえる。しかし、だ。

——もう六時ぴったりだ。

チラと時計にやった目を戻すと、対岸に新たな土煙が上がっていた。まず左、そして右。キルメーヌだ。そしてボーモンだ。ナポレオンが浅瀬を探させ渡河させた、つまりはフランス軍の騎兵隊だ。これがオーストリア軍の騎兵の背中に、問答無用の急襲をかけたのだ。

対岸から河を渡って、馬の嘶《いなな》きが耳に届いた。あるいは悲鳴というべきか。転倒が続いているのは、もちろんオーストリア軍の騎兵隊である。

砲兵隊、そして騎兵隊と無力化すれば、もはやフランス歩兵の銃剣は、誰にも阻むことができない。オーストリア歩兵は総崩れになるしかない。

——だから冴えてるぞ、俺。

ナポレオンは自信の言葉を繰り返した。なにしろ女を孕ませたからな。じき父親になるからな。

事実、フランス軍は勝った。前面、そして左右から攻撃されて、セボテンドルフ将軍にはもはや退却しか残されていなかった。ボーリュー将軍がいるクレマに撤退を決めたのは、夕闇が濃くなり始めた午後七時のことだった。

ロディの戦いは両軍ともに死者二千、とはいえフランス軍は捕虜も二千の数で取り、大砲も全部で十四門を押収した。損害甚大なオーストリア軍は、もはやクレマにも留まらず、はるか東、ミンチオ河の彼方まで退却した。

ボーリュー将軍はあれだけ守りを厚くしていたピッツィゲートーネ要塞さえ放棄した。フランス軍からは堅実なセリュリエの師団が出されて、クレモナに駐留した。オーストリア軍の再南下を監視するためだった。

4　ミラノ

花月《フロレアル》二十五日（五月十四日）、マッセナとその師団はミラノに入城した。市門の鍵を受け取る一番乗りの名誉は、ロディ橋の突撃を敢行した褒美として与えたものだ。もちろん制圧の意図も兼ねるが、そうまでしなくてもロンバルディアの都は安全だったかもしれない。

翌花月二十六日（五月十五日）、ナポレオンはロマーナ門で美しい自慢の白馬ビジューに乗り換え、いよいよミラノに入城した。派手派手しくも五百の騎兵に取り囲まれ、さらにオーストリア兵の捕虜千人に先導させたことを含めて、それは一種の祝祭だった。

沿道も人で溢れた。皆が帽子という帽子に赤白青の三色の徽章《きしょう》をつけていた。司令官ナポレオン・ボナパルトとフランス軍を惜しみない歓声で包みながら、まさに諸手を挙げての大歓迎だ。ボーリュー将軍の退却を伝えられ、先んじてミラノを後にした軍団があったからだ。

「よくぞオーストリア軍を追いはらってくれました」

「さんざ威張りちらしおったくせに、ぺっ、なんて情けない連中だ」

「いや、フランス軍でなければ、オーストリア軍には立ち向かえなかった。ボナパルト将軍でなければ、勝つことなど覚束なかった」

「ボナパルト将軍は解放者だ。ボナパルト将軍ばんざいだ」

「ああ、ロンバルディアに春が来た。もうミラノは自由なんだ」

それが人々の声だった。同じイタリアでも、ピエモンテとは事情が違う。ピエモンテを治めるサルデーニャ王は、歴としたイタリア人だ。それと戦うフランス軍は外敵ということになる。が、ミラノを擁するロンバルディアを統治していたのは、そもオーストリア人だったのだ。

皇帝フランツ二世により総督が遣わされて、つまりは長らく外国人の支配に虐げられてきた。仇敵を敗走に追いやる者がいれば、それは解放者であり、救世主であり、強きを挫き弱きを助ける、ありがたい正義の味方ということになる。

ミラノが狂喜しないはずがなかった。オーストリア軍がいなくなる――ほんの一か月も前には想像もできなかった。一世紀になんなんとしていた外国人の支配が、あれよという間に崩壊したのだ。ナポレオン・ボナパルトの登場はイタリアにとっても衝撃であり、フランスのそれに劣らぬ革命の事態だった。

市内を練り歩いて、ミラノ大司教宮殿で下馬、夕からはレアーレ宮で夜会となった。そばから離れないのがミラノの有力者で、セルベローニ公爵という名のイタリア貴族だった。ええ、ボナパルト将軍に仕えたいと、ロンバルディア中から人が集まっております。

「作家、学者、芸術家、そして政治家までもが」

「政治家？　なんのために？」

ナポレオンに質されて、セルベローニ公爵は迷いもない。ええ、閣下、いうまでもありません。

「ロンバルディアに共和国を打ち建てようとする政治家です」

かねて打診がないではなかった。オーストリア軍がいなくなるや、ミラノが自主的ともいえる態度で開城したのも、その宿願あるためだった。セルベローニ公爵は続ける。

「暫定的なものでも構いませんから、ボナパルト将軍の力で、さしあたり愛国者によるミラノ市政評議会のようなものを」

「それは悪くありませんね」

これまたナポレオンなりに本気だった。

フランスにこだわる理由はない。コルスに夢破れて、もはや国は最上の価値ではない。裏を返せば同じく二義的なものとして、イタリアとて余所に劣らない。自分の栄光に資するなら、ナポレオンはフランスのために働くように、イタリアのために働くこともできる。だから、悪くない。この俺はイタリアにも、ドイツにも、スペインにも、イギリスにも出ていける。コルスで祖国をなくした俺ならば、かわりに世界を手に入れることさえ宿命なのかもしれない。

妄想が広がるほど、さしあたりの思いつきも大きくなる。ああ、ロンバルディアを救った英雄、共和国建設の立役者として、この国の歴史にナポレオン・ボナパルトの名前を残すというのは悪くない。

「検討しましょう。だが、私が共和国を支持するに際しては、ひとつ条件があります」

「どのようなものでしょうか、将軍」

「民主主義的な憲法の採択です」

英雄には正義も必要だ。それまた心を捧げる価値はないが、やはりナポレオン・ボナパルトの栄光に資するなら、革命の精神だってどんどん広げてやる。

旧時代であれ、新時代であれ、夜会が催されれば、ミラノにも花は咲く。ただ咲くどころか、百花繚乱《りょうらん》の体である。セルベローニ公爵は紹介の労も執る。

「ミラノ歌劇界の星、スカラ座のプリマドンナ、ジュゼッピーナ・グラッシーニ嬢にあられます」

差し出された手の甲に接吻を捧げながら、ナポレオンは達者なイタリア語で答える。

「素晴らしい音楽でした。歌姫《ディーヴァ》とは、あなたのことだ」

機嫌が悪いわけではないが、それだけだった。

「こちら、ヴィスコンティ夫人」

「ヴィスコンティというと、古《いにしえ》のミラノ公につながるお血筋ですか。名門のご婦人とお近づきになれて、光栄です」

手に接吻を捧げたきりで、やはりナポレオンは素気ない。その手の紹介が続けば、だんだん逃げ腰になり、のみか早足になって、用意された自室にさっさと籠もってしまう。

あとはペン先が紙のうえを走る微かな音がするだけだ。

「ここでは僕のために盛大な祝宴が催される。美しく、優雅な向きも五百人、六百人と訪れて、皆が僕の歓心を買おうとする。でも、駄目だ。だって、誰ひとりとして君に似ていないんだ。君の甘やかで、うっとりするような姿となると、どこの誰とて真似さえできないというのに、それこそが僕の心に刻みこまれてしまっているんだからね。やっぱり僕には君しかみえない。君のことしか考えられない。だから、とっても辛いんだ。寝台に潜りこんで半時ばかり、悲しみに包まれながら横になって、僕は呟いている。ああ、ここが空いている。けれど、ここは愛らしくも小さな僕の妻の場所なんだと」

ひとり寝の翌朝にも、思いつくまま手紙を書かずにいられない。

「なぜだかわからないけれど、朝からとても満たされている。こちらに向けて、君が出発したようなながら、もう僕は喜びで一杯になる。当然ながら、君はピエモンテを通るよね。道はずいぶん整っているし、それに短い。そうしてミラノに来れば、もう文句ないだろうというのは、とても美しい土地だからなんだ。ああ、本当に君が来てくれたら、僕は幸せすぎて、どうにかなってしまいそうだ。君のお腹で赤ちゃんがどうなっているか、みたくてみたくて、もう死にそうなくらいなんだ。命を宿しているということは、君に厳かで冒しがたい雰囲気を与えているに違いないし、それは僕の目にも魅力的に映るだろうね」

全ての準備は整っていた。サルデーニャ王とは和平を結んだ。トリノを通れるようになった。ピエモンテの道も安全だ。東に抜けた先のロンバルディアでも、ミラノまでの道に敵はいない。この都はパリに勝るとも劣らぬほど壮麗だ。しかも、ここでは王侯さながらに傅《かしず》かれるのだ。

――それなのに、ジョゼフィーヌは来ない。

噂ばかりは聞こえてくる。妻はパリで満たされているようだった。

ドイツ方面の二軍が振るわないため、イタリア方面軍の連戦連勝は、またフランスをも狂喜させていた。嬉しいのは戦勝の報だけではない。掻き集められた戦利品、差し出させた美術品、なかんずく取り立てた賠償金が、陸続と運びこまれていることも、大いに喜ばれていた。

貨幣の量が増えて、アッシニャ紙幣で混乱させられた経済まで、俄に持ち直してきた。革命で亡命したとき、金貨銀貨を大量に持ち出した貴族たちが、大挙帰国している事情もあるが、王党派を恐れる政府がそうとは喧伝しないため、全てがイタリア方面軍司令官の手柄に帰せられたのだ。

ボナパルト人気が沸騰した。かねて「葡萄月《ヴァンデミエール》将軍」と呼ばれていた男は、輪をかけて持て囃される身分になった。が、その当人は遠くイタリアにいる。パリにいて、フランス人の感謝感激を一身に注がれていたのが、ボナパルト将軍夫人ジョゼフィーヌだった。昨今では、

「勝利の聖母」

とも、呼ばれているという。「熱月《テルミドール》の聖母」と呼ばれたタリアン夫人にとってかわり、パリで連日開かれている夜会では、主賓の地位に上り詰めたという意味でもある。

それは賑やかな席だ。華やかな毎日だ。人、人、人が群がる。夫に話しておきますと一言いえば、軍需品や補給品の卸し業者は、目玉が飛び出るような金額のコミッションを、こともなげに払いこむ。金を使うのが好きな女には嬉しいばかりだ。いや、寄ってくるのは業者の類ばかりでなく、美男の愛人までできた様子だ。享楽志向の女には、いよいよ楽しいばかりなのだ。

等々、等々と噂は絶えない。

――新婚だぞ。

ナポレオンは一笑に付した。結婚二か月だぞ。愛人なんか作るわけがない。いや、十年たとうが、二十年たとうが、ジョゼフィーヌは愛人なんか作らない。この俺の妻だからだ。今や英雄と呼ばれるほどの男が夫だからだ。贅沢好きは噂話に確かめるまでもないが、それだって業者から上前を撥ねることができるのは、この俺が常勝将軍だからではないか。

――呼ばれて、イタリアに来ないわけがない。

それなのに、ジョゼフィーヌは来なかったのだ。ナポレオンは以前に増して手紙を書いた。

「ジョゼフィーヌ、君は牧月《プレリアル》五日（五月二十四日）にはパリを発っているはずだった。遅くとも十一日には発っていなければならないはずだ。しかし、十二日になっても出発してはいないんだね。僕の魂は喜びを待ち受けて全開になっているというのに、悲しみで満たされるばかりだ」

なにゆえか、ジョゼフィーヌからは手紙まで来なくなった。もとから筆無精の嫌いがあったが、ようやく書いて来たかと思えば、今度は具合が悪いといってくる。いや、単に悪いというのでなく、もはや病で深刻な容態なのだとさえ……。

「君の病気が長引くようなら、僕のために政府の許可を取ってほしい。一時間でも、君に会いにいきたいから。僕は五日でパリに着く。十二日目には軍隊に戻れるだろう。君を失ったら、ああ、君を失ってしまったら、こんなところにいたって役に立ちようなんかないんだからね」

牧月二十六日（六月十四日）の手紙には、こう書いた。翌日の手紙でも繰り返した。

「危険な状態だというのなら、前にもいった通り、僕はすぐにもパリに向かう。僕が到着すれば、病気なんてすぐによくなる」

イタリア方面軍の戦争は続いていた。オーストリア軍がいなくなったわけではない。ボーリュー将軍の軍勢はロディから北へ、そして東へと引き続けて、マントヴァ籠城を決めていた。マントヴァは三方を湖に囲まれた難攻不落の要塞であり、これを根城にロンバルディアを奪回する腹なのだ。

フランス軍の都合としても、まだ戦争は終われない。そもイタリア方面軍の役割というのは、北のライン・モーゼル方面軍、サンブル・ムーズ方面軍の戦いを援護するべく、南から牽制するというものである。向こうが停戦になる前には終われない。ナポレオンの腹としても、ロンバルディアで足場を固めた後は、北上してオーストリア領チロルに侵攻するつもりである。

総裁政府としては、北上より東進、さらに南下、つまり強敵オーストリアより先に、ローマ、ナポリを屈服させたい意図があり、それをイタリア方面軍にも命じていた。ナポレオンは戦うかわりに、ボローニャ、リヴォルノと教皇領に赴きながら、その使節と和平交渉を開始した。じき合意が成立するという正念場になってもいたが、かまうものか。

――パリに帰る。

独断外交の当人が、それを投げ捨て帰国する。とんでもない。もとより方面軍の司令官ともあろう者が、軽々しく任地を離れられるわけがない。周囲は懸命に諭したが、今のナポレオンは仕事どころではない。ジョゼフィーヌのことが心配で心配で、イタリアに居続けても仕事に身が入らない。

それならいっそと、それはパリ出立を決意しかけた矢先だった。

「ジョゼフィーヌが来た」

とうとうやってきた。収穫月《メシドール》二十一日（七月九日）のことである。ナポレオンはヴェローナにいたが、大急ぎで仕事を片づけ、収穫月二十五日（七月十三日）にはミラノに戻った。セルベローニ宮殿に到着すると、花の香を蹴散らしながら廊下を駆けた。

端正な石造りの建物は、ミラノにいる間は使ってほしいと、セルベローニ公爵が自分の住まいを提供してくれたものだ。花の香というのは、イタリアに咲く花という花を宮殿いっぱいに敷き詰めておくようにと、ナポレオンが別して命令していたからだ。いうまでもなく、ジョゼフィーヌを迎えるためだ。愛する妻を迎えることができるなら、今さらどんな苦労を惜しむというのか。

「ああ、ジョゼフィーヌ」

妻はいた。パリ流行の薄衣で、たおやかな肢体を窺わせながら、ああ、これは古臭いイタリアの女ではありえない。艶々した黒髪もいくらか伸びて、けれど白磁のように滑らかな肌は少しも変わらず、黒真珠のように輝く瞳の深さも、すっと伸びやかな鼻梁の細い稜線も、きゅっと窄《すぼ》めたような小さな口の愛らしさまでジョゼフィーヌだ。夢にまでみた、僕のジョゼフィーヌで間違いない。ナポレオンは飛びつくように抱きしめた。

「元気そうだね、ジョゼフィーヌ。具合はよくなったのだね、本当に」

「でも、脇腹が少し痛くて」

「脇腹だって」

聞き返したナポレオンは、刹那に蒼白になった。それは、まさかお腹の……。

「いえ、いえいえ、それとは関係なくて。嫌だわ、ナポレオン、だって脇のほうだもの」

「そうか。よかった。ああ、救われた思いだ。なによりの宝物だからな。いや、それなら痛いのは、馬車に乗り続けたからだ。横になれば、すぐに治る」

「ええ、さすがに長旅だったでしょう。疲れも大分溜まっちゃって」

「癒す時間は、たっぷりあるさ。もう君はイタリアにいるんだ。どこに行く必要もなくなったんだ。本当にイタリアに……。ようやくイタリアに……」

「あら、ナポレオン、どうしたの。あらあら、あなた、泣いちゃったの」

「泣いているわけではない」

「だって、泣いてるじゃないの。なんなの、なんなの、ははは、あなた、お子ちゃまみたいよ。ははは、おかしい。だって、ナポレオン、あなた、フランス中を喜ばせている常勝将軍なのよ。イタリアは戦々恐々、オーストリアは驚愕《きようがく》震撼、イギリスにまで神経を尖らさせてるあなたが、ただ自分の妻に会えただけで……」

「君を征服するのは、諸国を征服することより、ずっと大変だということだよ、ジョゼフィーヌ」

そう台詞を決めたものの、なお決まり悪さは残る。ナポレオンは照れ隠しのように妻から離れた。うまく流れを変えられたのは、他にも居合わせた者がいたからだった。

それは一台の馬車に同乗して、ジョゼフィーヌの長旅に付き添ってくれた面々でもある。

「ああ、ジュノ、ご苦労だった」

声をかけると、副官は決まり悪そうな顔だった。理由は察せられないではない。なんでも噂に聞くところ、妻の侍女であるルイーズ・コンポワンという女といい仲になり、現《うつつ》を抜かして与えられた使命を忘れがちになっていたとか。

いや、責める気はないと、ナポレオンは笑みを作った。ああ、おまえのことも責めない。

「よくやってくれた、ミュラ」

こちらの副官も中途半端な笑みで応える。ナポレオンは言葉を加えてやることにした。

「速さ自慢の騎兵にして、いくらか遅れた嫌いは否めないが、まあ、それもよしとしよう」

ナポレオンは、あくまでも笑顔である。

「ありがとう、ジョゼフ」

と続けて、今度は強く抱擁する。結局のところ、この兄が最大の功労者か。

手紙魔のナポレオンであれば、当然ジョゼフにも書いた。パリにやっている間も頻繁に書いた。妻の病気が心配で、仕事が手につかないとも訴えた。イタリア方面軍をうっちゃって、帰国したいとも嘆いた。その文面に慌てて、兄は総裁政府に駆けこんだようだった。

「カルノから手紙が来たよ」

と、ナポレオンは続けた。総裁のひとり、わけても軍事を担当するひとりだが、今になって明かしたところ、政府がジョゼフィーヌをパリに引き止めていたと。魅力的にすぎる愛妻をイタリアにやってしまっては、まだ歳若い司令官のこと、たちまち仕事に集中できなくなると危惧したからだと。

謎が解けるとともに、謎を解いたジョゼフはやっぱり兄だ、頼れる男だと、感謝の気持ちは強くなるばかりだった。ああ、よかった。とにかく、よかった。これで一件落着だ。

「そうそう、ナポレオン」

自分を忘れては困るとばかりに、ジョゼフィーヌが割りこんだ。忘れるはずも、忘れられるはずもなく、ナポレオンはすぐ応じた。

「こちらイッポリート・シャルル中尉、パリから付き添ってくださったの」

目を戻すと、妻の背後に確かにもうひとりいた。知らない顔だ。が、騎兵隊の軍服を着ているからには、無関係というわけでもなさそうだった。

「ルクレール将軍の副官でらしてね」

「ああ、ルクレールの……」

ルクレールは弟分ともみこんでいる男だが、その副官にしては、なんだか冴えない男だった。黒髪に格好よい口髭を蓄えて、顔をみれば確かに美男の部類ながら、世辞にも見栄えがするとはいえない。ナポレオンがいうのもなんだが、軍人にしては背が低く、自分と同じか、僅かに低いくらいなのだ。

「ボナパルト将軍、お初にお目にかかります。将軍さまがイタリアにいったりゃあ、おいらもミラノをみらにゃあと、南フランスはロマン生まれの田舎者が馳《は》せ参じましてございます」

イッポリート・シャルルは、いきなりの言葉遊びだった。プッと噴き出し、ジョゼフィーヌは笑い声を続けた。身体を折り曲げるくらいの笑い方に、騎兵中尉は満足げにニヤニヤ顔だった。

ナポレオンは笑わなかった。別に面白いとも思わなかったし、それどころか唾を吐きたいくらいに不愉快だった。下らない。なんの意味がある。しかも司令官に向かって、おふざけなど無礼千万。

――馬鹿か、こいつは。

出世しない見本だなとも吐き捨てたかったが、こういう軽薄な手合いこそ気が利いて、うまく座を取り持つときもある。ああ、それでルクレールも重宝しているのだろうと察しをつけたが、ただ依然として自分は好きではない。イッポリート・シャルルのような輩を、好んでそばにおきたいとは思わない。ナポレオンは表情のないまま口を開いた。

「ルクレールならトルトーナだ。急ぎ着任するがよい」

そう告げると、ジョゼフィーヌが笑いを切り上げた。

「えっ、でも、ナポレオン、シャルル中尉も随分な長旅でらして」

「ははは、中尉は軍人だぞ。ご婦人方とは違って、パリからミラノに来るなど屁でもない。これくらいで音を上げるようなら、もとよりイタリア方面軍では務まらん。ロディの戦いについては聞いているね。そうなのだよ、ジョゼフィーヌ、あの記念碑的な大勝でも兵の迅速な行軍が……」

今度は妻が曇り顔になった。そんな話をされても困るといわんばかりだ。ああ、そうか、わかった。ああ、それは俺が悪かった。ああ、それは無粋というものだったな。うんと頷くと、ナポレオンは手を伸ばした。ジョゼフィーヌの手を奪うと、そのまま引いて踵を返した。

「それでは、諸君」

どこへと聞くほど、皆も野暮ではないようだった。なにしろ、こちらは新婚なのだ。結婚して二日で離れて、それから四か月も会えなかったのだ。

それでも、やはり二日だった。ナポレオンは収穫月二十七日（七月十五日）、もうミラノを出発した。途中で仕事を抜け出してきた。いつまでも休んでいるわけにもいかなかった。さしあたりマルミローロに入ったが、妻が一番であることに変わりはない。

まずはジョゼフィーヌに宛てて次のような手紙を送った。

「何日か前までも、君のことを愛していると思っていた。けれど、君に会うことができてみると、前より千倍も愛しているように感じられた。君を知ってからというもの、日に日に愛おしさは募っていく。愛は突然やってくる、なんてラ・ブリュイエールの箴言が、いかに下らない間違いかわかるよ」

ミラノに走る伝令に託したのが、午後の二時すぎのことだった。夏季であれば、まだまだ陽が高い。たっぷりと仕事ができる。いや、働いてもらわないと困る。そう思う内心を隠すためか、ベルティエ参謀長は努めて平らな声で尋ねた。それで司令官閣下、肝心の諸将へ送る手紙は、どういたします。「今後の方針を教えてほしいと、かねて催促されておりますが」

「マントヴァだ」

と、ナポレオンは面倒くさげに答えた。決まっている。いよいよマントヴァを攻める。オーストリア軍の最後の拠点といってよいが、あそこを落とさないうちは、フランス軍もロンバルディアを征服したことにはならないのだ。

5　アルコレ

共和暦にいう収穫月《メシドール》、外国の話であればグレゴリオ暦で七月半ばというべきか、オーストリア軍はボーリュー将軍に替わる、新しい司令官を送りこんできた。ヴュルムザー将軍がそれで、六万の軍勢を率いながら、オーストリア領からガルダ湖畔を進軍してきた。

三方に分かれて南下して、向かう先はフランス軍が包囲するマントヴァで疑いなかった。経験豊富な七十二歳の老将は、間違いのない戦争をする。でなくても圧倒的な大軍の襲来であり、明らかに危機的な事態である。

ナポレオンは熱月《テルミドール》十二日（七月三十日）、これに自ら包囲を解くという大胆策で応えた。全兵力を投入して、熱月十六日（八月三日）にロナートの戦い、十八日（八月五日）にカスティリオーネの戦い、実月《フリュクチドール》二十二日（九月八日）のバッサーノの戦いと、相次ぐ野戦に勝利を重ねていったのだ。

ヴュルムザー将軍はマントヴァに逃げるしかなくなった。フランス軍は包囲陣を敷き直し、再びの優位を確保した。しかし、だ。

——ジョゼフィーヌは……。

会いに来てくれなかった。イタリアにいるのに会えない。ナポレオンが再会二日で戦場に戻ったのは、またすぐ会えると踏んでのことだったが、その見通しがまたしても外れていた。

いや、熱月七日（七月二十五日）には会えた。ブレシア、カステルヌオーヴォと一緒に移動したりもした。ところが熱月十一日（七月二十九日）に妻だけヴェローナに向かわせたところ、途中でオーストリア軍に襲われそうになるという事件が起きてしまったのだ。

率いたのがヴュルムザー将軍で、ナポレオンは並々ならない戦意で報復した。見事に撃退、予定外の戦果になったが、この一件からジョゼフィーヌは戦場を怖がるようになった。あんな恐ろしい思いは二度と御免だからと、ミラノから出てこようとはしなくなった。

——まあ、よしとするか。

ジョゼフィーヌがパリに戻ったわけではない。自分のほうが、まめにミラノに戻ればいいだけの話だ。ナポレオンはそう思い直そうとしたのだが、交戦中の軍を率いる司令官が、まめにミラノに戻るというのは、そう簡単なことではなかった。

さりとて、ジョゼフィーヌを忘れられるわけでもない。ナポレオンは手紙を書いた。また手紙を書くしかなくなったが、ジョゼフィーヌの筆が捗々しくないのも前と同じだった。イタリアにいるのだから、それで十分だろうといわんばかりで、こちらは二通、三通と書いているのに、ほとんど返信がないという有様だ。

「僕は、ねえ、僕の良き女友達、こんなにも始終書いている。けれど君は、滅多なことでは手紙をくれない。君は意地悪な女だ。醜い女だ。ああ、本当に醜い。軽薄な女でもある。君には今しかないんだ。哀れな亭主、優しき良人《おっと》は、その今このときに君から離れていて、仕事に忙しく、疲れ、苦痛に耐えているからといって、その権利をなくさなければならないのかい。自分のものであるはずのジョゼフィーヌをなくしたら、その愛が保証されないのだったら、全体なにが残るというんだ。なにをすればいいいというんだ」

文句をいいたくもなる。責めたくもなる。が、そうしているうちナポレオンは、戦場で負けが込むようになった。まるで勝運に見放されたかのような連敗だった。

霧月《ブリュメール》あるいは十一月、オーストリア軍は第三の司令官、不撓不屈《ふとうふくつ》の戦いぶりで知られるマジャール人、ヨーゼフ・アルヴィンツィを送りこんだ。

アルヴィンツィ将軍はトリエステから、二万八千の主力を進めた。配下のダヴィドヴィッチ将軍も、一万八千を率いてチロルから南下してきた。この二軍を合流させてはならない。アディジェ河を南に渡られてはならない。そのときは背後のマントヴァからも出撃、フランス軍は挟み撃ちで殲滅されてしまうかもしれない。

フランス軍は攻勢に出た。が、トレント、カリアーノ、カルディエロと撃破され、アディジェ河を渡って逃げるしかなくなった。

——が、そこまでだ。

ナポレオンは退却を止めた。霧月二十四日（十一月十四日）、アディジェ南岸を東に逃げるとみせかけながら、ロンコで再び北に渡河した。アルヴィンツィ将軍は追撃してくる。その背後に回りこむ作戦だ。ああ、やってやる。ここで勝ってやる。勝てば、ジョゼフィーヌは戻る。栄光をつかみとれば、こんなに凄い男だったのかと夫を見直し、すぐさま愛情と敬意に溢れる手紙を書くだろうし、のみか戦場の危険も顧みずに訪ねてくる。幸運の女神が戻るそのときこそ、もう俺には何も怖いものはない。

ナポレオンがアルコレに到着したのは、翌霧月二十五日（十一月十五日）の夕刻四時だった。

アルコレはロンコから北東に四キロ、アルポネ川を東に越えたところに、ほんの百軒ほどの家屋を連ねる村落だった。アルポネ川は北から南に下って、ほどなくアディジェ河に合わさる流れだ。

アルヴィンツィ将軍のオーストリア軍も、フランス軍の動きに気づいて出撃していた。布陣したのがアルコレで、アルポネ川に架かる橋を押さえていた。出口に大砲を二門据えつけ、そこから左右の川縁に歩兵隊をびっしり並ばせている。ナポレオンが到着したのはその対岸、川の西側の湿地帯に築かれた土手だった。

ロディに続いて、また橋の戦いになりそうだった。しかし、アルポネ川は幅が五メートルほど。雪解け水の季節でもなければ、水嵩も大したことがない。アルコレ橋からして、土手から土手までの全長が十五メートルほどしかない。

——これしきの橋くらい……。

とは、誰でも思う。現に先着のオージュロー師団は突破を試みていた。が、なかなか渡ることができない。デーゴ、そしてロディの勇者ランヌが、またも五人の擲弾兵を率いて突撃したが、その並外れた勇気も此度《こたび》は容易に奏功しなかった。二度突撃を試みたが、二度とも銃撃に退けられて、今は後方幕舎に設けられた病院に横たわる身なのだ。

オージュロー自ら旗を振り、師団を挙げての総攻撃も試みたが、それも思うに任せなかった。橋が駄目なら、これしきの川なのだからと、流れに足を踏みこんだ兵士もいたが、対岸に連なるオーストリア軍の戦列は、土手の高みを利した銃撃で、その頭上もやはり狙い放題だった。

兵士たちは「恐怖堰《テリブル・ショーゼ》」と呼ぶようになっていた。これしきの橋、これしきの川とは思うが、こんな小さな一点に、万を超える兵士が照準を定めているのだ。全部で二十門の大砲が、その砲身を向けているのだ。なるほど、恐るべしである。

――それでも、これしきの橋ではないか。

ナポレオンが到着したとき、すでに暗くなりかけていた。その陽も戦場を観察している間に、徐々に暮れた。なるほど、陽が長い夏季はすぎた。霧月の五時なのだ。両軍ともに篝火《かがりび》を焚いているので、全く視界が通らないわけではないが、それでも昼と比べれば暗い。多少の動きであれば、見落とされるのではないかと思うほどには暗い。

橋の戦いの定石として、まずナポレオンは騎兵隊を出発させた。南進した下流の浅瀬でアルポネ川を渡り、対岸を大きく迂回して戻り、オーストリア軍の側面を討てと、ギユー大尉に一中隊を委ねた。南進するのに一時間、渡河して北進するのに一時間、午後七時には暗闇に乗じた奇襲で、敵軍を混乱の渦に叩きこむだろう。

橋の袂に残る兵団は、それまでに突撃を敢行していなければならない。突破ならないまでも、オーストリア軍の注意を引きつけておかなければならない。しかし、これしきの橋を攻略するのに、そこまで算段しなければならないのか。

午後六時、ナポレオンは戦闘を開始した。始めたときは、いくらか早い気もしたが、独力で突破できれば、それに越したことはない。事後に到着したなら、ギユーの騎兵隊は逃走するオーストリア軍の追撃に使ってもよい。

楽観に反して、戦闘は難渋した。部下が報告したところによれば、やはり「恐怖堰」であり、ただの一兵も対岸には辿り着けない。というより、ほとんど走り出すことさえできない。橋の袂に飛び出すや、銃撃が始まるので、ほんの数歩も続けられない。

馬で土手に並行する坂の畦道《あぜみち》を上がり、ナポレオンは自分で目を凝らすことにした。小さな橋だけに、入口ではもう死体が山と重なっていた。それでも夕闇の時刻であり、どんどん広がる血溜まりも赤くはみえない。目に痛いような鉄の臭いが漂うだけで、それも川風と湿地に生える草の匂いに掻き消される。

これしきの橋、とナポレオンは再び思わずにいられなかった。ロディの橋とは違う。二百メートルも走らなければならないわけではない。全力で走れば、五秒もかからないほどだろう。喇叭も太鼓も鳴らさずに、不意の突撃をしかけるなら、オーストリア兵は果たして応戦できるだろうか。

夕闇に紛れた動き出しは気づかれず、まず一秒。指揮官の指示を仰ぎみて二秒経過。指揮棒が下ろされて三秒経過。銃の照準を定めて、引き金を絞るのに一秒。シュウウと火薬が燃えるのに一秒。これで、もう五秒は終わりだ。うまくいけば銃弾が銃口から飛び出す前に、敵陣に到達できるかもしれない。いや、こんな風にグズグズ思案していなければ、敵兵は新しい銃弾さえ装塡できず……。

ナポレオンの腰が浮いた。ああ、そうだ。これしきの橋なのだ。ロディの橋でデュバスがやったことに比べて、なんだ。いや、死地に飛びこめない男が、なにほどのものだ。このままではデュバスや、でなくてもランヌあたりが英雄になってしまう。真に勇敢な男として、フランス軍の伝説になってしまう。俺は、どうだ。ただ頭が切れる奴でいいのか。熱心な勉強家で、あげくが出色の戦略家になったけれど、実は臆病者なのだと笑われても平気なのか。

――もしかするとジョゼフィーヌは……。

そうやって俺に愛想を尽かしたのか。常勝将軍だのと騒がれているけれど、戦場では手紙を書いているじゃないかと。自分では戦っていないじゃないかと。勇敢な男じゃなかったのかと。

鞍から鐙《あぶみ》に移された体重は、なお元には戻されなかった。やってやる。俺がやってやる。そうして勝つ。俺の力をみせてやる。ナポレオンは片足を撥ね上げて、ついに馬の鞍から降りた。土手に伏せるフランス兵の間を抜けると、草むらに投げ出されていた三色の軍旗を拾い、気づいた周囲のざわめきが大きくならないうちに、そのまま橋に駆けこんでいく。

「ああ、ロディの征服者たち、この私に続くのだ」

「司令官！」

一瞬だけ顔がみえた。叫んだのは、副官のミュイロンだった。トゥーロン以来の部下で、やはり気に入りだ。

すぐに背後から足音が感じられた。後を追いかけてきたということだ。そうだ、続け。ミュイロンだけでなく、どんどん続け。フランスの旗に続け。このナポレオン・ボナパルトに続け。というのも、ほんの五秒だ。

「いち《アン》」

やはり、近い。灯火に照らされたオーストリア兵の顔が、ひとりひとり見分けられる。皆が慌てた表情だ。フランス軍には突撃を鼓舞する太鼓も喇叭もなかったからだ。真実思いがけなかったのだ。

「に《ドゥー》」

それでも素早く銃を構える者がいる。モグモグ噛めそうなくらいに、たっぷりの髭を蓄えたハンガリー人で、土台ドイツ語がわからないからか、指揮官の声を待つ様子もない。

「さん《トロワ》」

シュウウと火薬の煙が上がる。髭男だけでなく、他からも上がっている。まだ五、六丁にすぎないが、当たれば終わりだ。

「よん《キャトル》」

パンという爆発音にヒュッと鋭い音が続いて、弾丸が弾き出された。早い。誤算だ。こんなに早く応戦されてしまうとは。

「ご《サンク》」

数えたが、そこでナポレオンは目をつぶった。やられた、と思うも痛みはなかった。恐る恐る目を開けると、前が暗かった。覚えのない感覚ではない。大抵のフランス兵は自分より大柄だ。守るように前に飛び出した軍服からは、一筋の煙が上がっていた。

「ミュイロン」

崩れ落ちる身体を、ナポレオンは抱き留めた。が、その軍服に再びの銃弾が撃ちこまれる。脱力した肉塊が何度か跳ねる。

あとは、わからなかった。鼓膜が馬鹿になるほどの銃声、跪いた身体に殺到する無数の足音、熱風になって感じられるほどの怒号の渦。強い力に押し出されたと思うや、次の瞬間に世界が消えた。もう何もない。そう感じられたのは、橋から虚空に投げ出されたからだった。

霧月あるいは十一月の冷たい泥川に落下するのは、避けられない。見上げれば、橙色に黒い霧が流れている。自分が率いた突撃も、血まみれの惨劇に終わった。副官のミュイロン、それに死地の橋上から突き飛ばしてくれた、誰とも知れない部下をはじめ、司令官の命だけは救わなければと奮闘した兵士たちを、無為に死なせてしまっただけだ。

その愚かしさの報いとして、俺も死ぬのか。このまま消えていなくなるのか。ジョゼフィーヌに会えないまま、あっけなく……。

ナポレオンは覚醒した。そんなのは嫌だ。

「ぶはっ」

泥まじりの水ばかりは吐き出したが、それで助かるわけではなかった。河水が波立てば、敵兵はそこに銃口を向けてくる。潜れ。しかし、水は冷たい。軍服が重い。身体が自由に動かない。それでも俺は死にたくない。

「ぶはっ、げほっ」

溺れかけたところで、腕をつかまれた。アルポネ川の泥から引き出し、元の土手まで連れ戻してくれたのは、父親ほども歳が上のベリアール大佐だった。

――なんとか助かった。

ナポレオンはロンコに下がった。ほどなくオージュロー、マッセナの両将軍も撤退してきた。もちろん、アルコレの橋の突撃は失敗した。

――自棄《やけ》になるものじゃない。

自棄になっても仕方がない。ナポレオンは肩を落とした。俺が間違っていた。ジョゼフィーヌを見返そうだなんて、思い上がりだ。幸運の女神なくして、俺に何ができるというのだ。

午後七時には渡河したギユーが、アルコレに奇襲をかけた。オーストリア軍の追討にも成功したが、いるはずのフランス軍がいないために撤退した。そのまま村落を占拠しても、孤立してしまう恐れがあるので仕方なかった。

霧月二十六日（十一月十六日）、改めてアルコレの橋を攻めたが、やはり渡ることはかなわなかった。翌二十七日（十一月十七日）、オージュローの進言を容れて、ナポレオンは挟撃策を取ることにした。マッセナ師団は引き続き橋の突破を試みるが、これは陽動にすぎず、その間にオージュロー師団を下流で渡河させ、対岸からオーストリア軍を攻めさせる。

ここで、ようやく接戦になった。一進一退の攻防が繰り返されるなか、勝負を決めたのは作戦ともいえない作戦、それを命じたナポレオンにしてみても、ほんの揺さぶり程度の思惑でしかなかった作戦だった。戦闘の小康状態を利して、二十五人ばかりを敵陣近くに潜行させ、そこで喇叭を吹き鳴らさせると同時に、「援軍到着」と叫ばせたのだ。

オーストリア軍は疑心暗鬼に囚われた。呆気に取られるフランス軍を残して、あれよという間にいなくなった。

――アルコレの戦いも勝った。

なんとか勝つことができた。そのときナポレオンが抱いた願いは、ただひとつだけだった。ジョゼフィーヌに会いたい。死にかけたのは、この妻を見返そうなどという、とんだ思い上がりをしたからだ。それでも勝利できたのは、途中で心を入れ替えたからなのだ。

やはり俺にはジョゼフィーヌしかいない。幸運の女神がいなくては、始まらない。

ミラノに戻ることができたのは、霜月《フリメール》七日（十一月二十七日）のことだった。セルベローニ宮殿に到着するや、ナポレオンは階段を二段飛ばしする勢いで、妻が待つはずの上階に急いだ。中庭に面して窓が取られた、見晴らしのよい明るい部屋――扉さえ破らんばかりに飛びこんだのに、がらんとして、そこには晩秋の風が吹き抜けるばかりだった。

ジョゼフィーヌはいなかった。そろそろミラノにも飽きてしまって、ジェノヴァに出かけたということだった。ナポレオンは愛する妻も、同じく愛する栄光も、まだまだ追いかけなければならないようだった。

6 戦略

その密使が捕らえられたのは、雪月《ニヴォーズ》四日（十二月二十四日）のことだった。

病気療養中のセリュリエ将軍の代理として、マントヴァ包囲軍を率いるデュマ将軍が、宿営地のロヴェルベッラで不審者を逮捕した。過酷な尋問の末に吐き出したのが、スペイン蜜蠟の塊だった。被膜を施し、胃酸にも溶けないようにしたもので、なかに守られていたのが二通の手紙だった。

一通が神聖ローマ帝国皇帝フランツ二世の手紙、一通がオーストリア軍のアルヴィンツィ将軍の手紙で、どちらも宛先はマントヴァ籠城中のヴュルムザー将軍になっていた。

フランツ二世の手紙は籠城の継続を励ましていた。が、食糧が尽きた場合は、フランス軍に利用されないように全ての施設を破壊してから、二万四千の兵士を連れて、速やかにマントヴァを撤退せよとも命じていた。

その際の行き先がフェッラーラかボローニャ、またはローマと指定されていた。ヴュルムザー将軍は、新たにローマ教皇軍の指揮を執るというのだ。オーストリアだけでなく、フランスと休戦協定を結んだはずのローマ教皇庁の、隠された本音までが窺える文章だ。

他方でアルヴィンツィ将軍の手紙は、マントヴァの救援を約束していた。百十キロほど北のトレントに軍を集結させており、あと三週間から四週間で到着すると告げていた。

「三万の軍勢を引き連れて、リヴォリ高原に進軍しようと考えています。ときを同じくして、プロヴェラ将軍のほうは一万の軍勢とともにアディジェ河沿いを進み、レニャーゴに大量の食糧を運びこむ予定です。大砲の合図が聞こえましたら、貴殿は進軍を援護するため、マントヴァから出撃なさってください」

手紙はすぐミラノに届けられた。それはマントヴァ包囲作戦ひとつでなく、イタリア方面軍全体の戦略にとっても、有益な情報だった。ほとんど決定的とさえいえたが、司令官ナポレオン・ボナパルトはセルベローニ宮殿に留まり、すぐには行動しなかった。

疑う気持ちが拭えなかった。本当に本当なのか。わざと偽の情報をつかませたのではないか。そう勘繰らずにはおけないほど、出来すぎな話だった。

現下最大の焦点は、確かにマントヴァ攻防戦である。マントヴァさえ落とせば、もう北イタリア全土がフランス軍のものになる。が、それだけ攻勢を進めているということは、裏返せば押さえるべき土地が増えたということでもある。

フランス軍は各地に守備隊を分散させなければならない。一方ではガルダ湖の西端サローからブレシア、他方ではアディジェ河下流のロヴィーゴまで広く配置して、いうところの戦線が伸びた状態になっている。ローマが叛意を隠しているとなれば、さらにポー河の南岸にまで目を光らせていなければならない。

同時に二軍を動かすオーストリアの戦略は、この窮状に巧みにつけこむものだった。フランス軍は分散しており、戦闘のたび兵力を結集させるといっても、アルヴィンツィ将軍が進む北のリヴォリはガルダ湖の東岸、プロヴェラ将軍が渡る南のレニャーゴはロヴィーゴの北西であり、戦線のほぼ端と端という位置なのだ。

距離にして、七十四キロの隔たりがある。これだけ離れていては、いちいち兵力を集めるのは至難の業だ。不可能でないとしても、戦況の判断はひとつとして間違えられない。加えて悠長に思案できるわけではなく、一瞬の躊躇も許されない。

南北いずれかでも突破されれば、オーストリア軍はマントヴァ救援に向かうことができてしまう。包囲のフランス軍は一万きりである。駆けつけるのがプロヴェラ将軍の一万ひとつであっても、すでに兵数的な優位はない。籠城のオーストリア軍が出撃することを考えれば、一気に劣勢になる。

マントヴァが解放されれば、九か月の戦争は振り出しに戻る。フランス軍と結んだ諸勢力も、次から次へと掌を返すだろう。

オーストリア軍の狙いは正鵠《せいこく》を射るものだった。が、もっともらしいだけにナポレオンには、かえって机上の空論に思われたのだ。ああ、現実には簡単にできることではない。

アルヴィンツィ将軍の三万、プロヴェラ将軍の一万、合わせて四万の軍勢を送りこむ。あっさり言葉にしてしまうが、四万といえば大軍である。それを新たに動員する。アルコレの戦いに大敗した直後なのに、そんなことができるのか。

この九か月でオーストリア軍は、実に五度目の動員になる。いくら諸国に聞こえた大帝国でも、そんなに兵士がいるものだろうかと、ナポレオンとしては首を傾げざるをえなかったのだ。

季節も悪い。まだ雪月も初旬だ。冬はこれから厳しさを増すばかりになる。それなのにオーストリアから北イタリアへは、アルプスを越えて来なければならない。フランスやスイスから抜ける峠道ほど険しくはないものの、やはり冬のアルプスなのだ。

皇帝フランツ二世にせよ、アルヴィンツィ将軍にせよ、雪山行軍を強行してまで、マントヴァ救援軍を送るだろうか。すでに食糧が尽き、軍馬を潰して日々を凌ぐ籠城の危機的状況を考慮すれば、春を待つなどという悠長な話はできないにせよ……。

取り急ぎナポレオンは、大砲の信号網だけ整えた。各駐屯地、各野営地で敵軍を確認次第に撃ち放ち、その音を聞いた隣の駐屯地が発砲、それを聞いた隣の野営地が再び発砲と、次々連絡していくことで、全軍に周知を図ろうというシステムである。

そのうえでミラノを出た。雪月十八日（一月七日）、ボローニャに向かったのは、ローマ侵攻作戦を整える、あるいは整えるとみせながら、教皇庁と交渉するためだった。

オーストリア軍の密使の手紙を引くまでもなく、ローマは怪しかった。進軍せよという総裁政府の意向に反して、ナポレオンは前年収穫月《メシドール》五日（六月二十三日）、教皇庁と休戦協定を結んでいた。そのとき二千百万リラの賠償金を定め、そのうち千五百五十万リラは現金で支払われるとの約束を得ていたが、ここに来て出し渋る素ぶりがみられたのだ。

葡萄月《ヴァンデミエール》二十五日（十月十六日）、ナポレオンはモデナ公国とレッジョ・ネレミーリア、フェッラーラ、ラヴェンナなど教皇領の一部を合わせて、チスパダナ連邦を設立、それを霜月《フリメール》（十二月）にはチスパダナ共和国に発展させた。

例の国造りだ。愛国者の意志であり、民主的な結論だからと押しつけたが、当然ローマは気に入らない。オーストリアと結んで、反攻の意思を隠していても不思議ではない。次なる戦争が、いつ、どこで、どう起こることになるにせよ、早めに押さえておいて間違いはない。

が、そうして赴いたボローニャに雪月十九日（一月八日）、急報が寄せられた。オーストリア軍に、やはり南進の動きがみられるというのだ。

ナポレオンは急ぎ北上、翌雪月二十日（一月九日）にマントヴァに立ち寄って、包囲軍に指示を与えた。そのまた翌日には前線基地にしているヴェローナに入った。

さらなる情報を集めたところ、アルヴィンツィ将軍はヴェローナの北百キロ、アルプス山中のトレントから南下して、やはりガルダ湖畔を進んでくるようだった。

同じトレントから東に逸れて、ブレンタ渓谷を下ったプロヴェラ将軍にいたっては、パドヴァを経由しながら、もうレニャーゴ近辺に出現していた。ヴェローナにも、マントヴァにも、あと一日という距離だ。

プロヴェラ将軍が引き連れる兵の数は九千、ほぼ事前の情報通りである。バヤリッチ将軍まで六千を率いてヴェローナに進軍中だというから、まったく驚かされる。

――しかし……。

なおナポレオンは慌てなかった。オージュロー将軍にはレニャーゴ、さらにアディジェ河の渡河点ロンコ、バディアの防備を固めて、東からの脅威に当たれと、ランヌ将軍には南のボローニャを引き揚げて、オージュローに加勢せよと、最も西のブレシアにいて、合流に時間がかかるレイ将軍には、今から出撃の支度を始めよと、それぞれ必要な命令を飛ばすと、自らは再びボローニャに向かった。

まだ多少の時間はある。オーストリア軍南下の報は、まだ広まっていない。フランス軍のように大砲の信号網を整備していないからには、少なくともローマは確証を得てはいない。逆に慌てた素ぶりをみせれば、それこそ友軍到来の証拠とみて、教皇庁はすぐにも牙を剝くだろう。

雪月二十二日（二月十一日）、ナポレオンはマンフレディーニ枢機卿を迎えると、教皇庁の脅威になっているリヴォルノ駐留のフランス軍を引き揚げると約束して、さしあたりの休戦協定を確認した。平然と握手して別れ、それから血相を変えて馬を飛ばした。ロヴェルベッラを経由して、急ぎヴェローナに戻ったのだ。

翌日、翌々日と、なおナポレオンは情報を集めた。四方八方に手紙を飛ばし、各将に問い合わせることまでした。もう待ったなしで、迫られていたのは決断だった。

すなわち、軍勢を集めるべきは北のリヴォリか、それとも南のレニャーゴか。オーストリア軍の主攻撃はアルヴィンツィ将軍の南下か。それともプロヴェラ将軍の西進なのか。

それを中間地点のヴェローナで正しく見極めなければならなかった。陽動や牽制に惑わされることなく、正しい判断を下さなければならない。

焦点はアルヴィンツィ将軍が率いている兵数だった。密使の手紙の通りに三万なら、すぐにも北のリヴォリに向かわなければならない。が、南でプロヴェラ将軍に九千、バヤリッチ将軍に六千と割いたうえに、さらに三万という動員はありえるのか。

いや、ありえない。一万さえ疑わしい。アルヴィンツィ将軍の進軍など、ただのみせかけ、フランス軍を振り回すための巧みな流言にすぎないのではないか。そんな気持ちさえ強くなる。

フランス兵一万の師団を率いてリヴォリを守るのは、ジュベール将軍だった。

バルテルミィ・カトリーヌ・ジュベールは、オージュローの師団で頭角を現した二十七歳の新鋭だ。中将に昇進させてやったばかりなので、今は戦意に満ち満ちている。砲兵科の出身なので、戦い方が理知的でもある。あてにできる男だ。そのジュベールに雪月二十四日（一月十三日）の朝九時、ナポレオンは手紙を送った。

「なるだけ早く教えてくれ。君が目の前にしている敵軍は九千の数を超えているか。私はどうしても知らなければならない。その攻撃が現実のもので、君の兵力と同じ、もしくは上回るものなのか。それとも副次的な攻撃にすぎなくて、ただ陽動を狙っているのか」

返事は来ない。いや、待つまでもなく、午後にはヴェローナに急報が殺到した。

リヴォリのジュベール師団は、すでに戦闘に入っていた。リヴォリから北八キロの前線ラ・コロナを奪われ、後退を余儀なくされたというのも、交戦した三縦隊だけで兵数一万二千と見積もられたからである。それと同じ、もしくは上回る数が後衛に控えていて、やはりアルヴィンツィ将軍は二万五千から三万を率いているとも……。

ナポレオンは絶句した。いや、絶句している間もなかった。決戦だ。少なくともオーストリア軍は決戦と考えて、今このときと総力を挙げてきた。

でなければ、南に新たに一万五千を展開させたうえで、北に三万の動員はありえない。ああ、最後の決戦だ。後はないとの決意で臨まなければ、これだけの兵力は投入できない。

「リヴォリだ」

ぶるると身震いに襲われながら、ナポレオンは決断した。リヴォリに兵力を集める。オーストリア軍が本当に三万だったからには、もう躊躇は許されない。フランス軍も全力で迎え撃たなければならない。

とはいえ、デュマ将軍のマントヴァ包囲軍一万は動かせない。オージュロー師団一万は、東から来るプロヴェラ将軍とバヤリッチ将軍に当たらせなければならない。動員できるのは、マッセナ師団一万とレイ師団四千しかない。ジュベール師団一万を合わせた全部で二万四千で、オーストリア軍の三万と戦うしかない。

「だから、リヴォリにしがみついていろ」

ジュベールに手紙を出して、まず早馬を出発させた。すでに支度を命じていたガルダ湖西のレイ将軍にも、リヴォリ進軍の伝令を出す。

「で、俺たちも行くぞ、マッセナ」

マッセナ将軍は、ちょうどヴェローナにいた。ああ、リヴォリに行く。おまえは軍勢を連れてこい。俺は一足先に着いて、向こうで待っている。そう告げて僅かの手勢だけを連れ、ナポレオンが馬で飛び出したのが、雪月二十四日の午後十一時だった。

7 リヴォリ

幸い天気は悪くなかった。

冬枯れの平原を駆け続け、急に寒くなってきた、雪がちらついてきた、道幅が狭くなって、くねくね曲がるようになって、ああ、山道に入ったのかと思うや、もうリヴォリに到着だった。ナポレオンがジュベールとその師団に合流したのは、雪月《ニヴォーズ》二十五日（一月十四日）午前二時のことだった。

戦場となるべきリヴォリは、幻想的な風景をなしていた。

――まさに白銀の世界……。

その深夜に雪は止んでいたが、かわりに青いばかりの月光が天空から注がれ落ちて、折り重なる山嶺を白く輝かせていたのだ。

北に聳えているのが、そのバルド山だった。キラキラ反射が弾ける連なりが、地表に下りた先に広がるのが、今度は鏡を思わせる一面の白さである。南のリヴォリはアルプスが北イタリアの平原に行き着く、その際にある高原なのだ。

その境目となるのが、トロンバローレの丘だった。北から西にかけて半円の外郭をなして盛り上がり、その外側に流れているのがタッソ河である。

東で大地を切りとるのがアディジェ河で、西に食いこむように蛇行している岸辺は平地のままだが、さらに南は再びピポロ山と呼ばれる盛り上がりになる。

「まるで円形劇場だな」

と、ナポレオンは評した。それがジュベールら師団の将官将校を伴いながら、まずは戦場を視察しての第一声だった。

ジュベール師団は「しがみついて」いた。北端でトロンバローレの丘を登られながら、オーストリア軍のさらなる前進を許すことなく、なんとか台地を死守していた。

なるほど、なんとかなるはずで、フランス軍には有利な地形だった。うまくしたもので、リヴォリは攻めるに難く、守るに易い地形なのだ。

戦場を「円形劇場」と形容しては、あるいは呑気にすぎたかもしれない。思わず言葉が出たのは、台地を取り囲むような山の斜面が、観客席のように感じられたからだった。居合わせる全員が、ほぼ例外なく武装して臨むからには、「円形闘技場」というほうが正しいのかもしれないが、それがミラノのスカラ座よろしく目に映るのは、桟敷席の燭台ならぬ野営の篝火が、その橙色を点々とさせていたからだったかもしれない。

篝火の連なり方から推すならば、今宵お越しの「団体客」は、五組ということになるか。

正面に構えるのがオーストリア軍の三縦隊、ジュベールの情報によれば西から順にリプタイ将軍、ケブレス将軍、オクスカイ将軍がそれぞれ率いている、全部で一万二千の兵力だった。

その後方、バルド山の裾を洗うタッソ河の辺りには、一際大きな野営地が築かれていた。恐らくは司令官のアルヴィンツィ将軍が自率している、こちらも一万二千ほどの兵力である。

「で、嫌な客も来たものだな」

と、ナポレオンは続けた。二十七歳の若さには似合わない、顔を埋め尽くすような髭面で、ジュベールも大きく頷きながら受けた。

「東の二つの塊ですね。ええ、アディジェ河の此方にいるのがカスダノヴィッチ将軍の縦隊、やや南に下がって、アディジェ河の彼方にいるのが、ヴカソヴィッチ将軍の縦隊です。もともとが一軍で、オーストリアからはロイス公が率いてきたとか」

戦前の情報にはなかった、それは思わぬ客でもあった。

「兵数は？」

「それぞれ五千ほどで、合わせて一万になります。アルヴィンツィ将軍の二万四千に、ロイス公の援軍一万が追いついた格好です」

「全部で三万四千か」

ナポレオンは、ぶるると二度目の身震いに襲われた。オーストリア軍は全部で六縦隊、兵数にして三万四千を数える。決戦は覚悟していたが、さらに四千も増えているとは……。

「入場制限をかけないとな」

「嫌な客くらい、断りたいのは山々なのですが……」

ジュベールは言葉を尻つぼみにした。いいたいことは、わかる。手持ちの師団は一万だけだ。東の敵一万に対してばかり、備えを厚くすることはできない。そうすれば他が寡兵になって、正面の敵軍に押し潰される。後列に控える司令官アルヴィンツィ直属の兵を除き、前に出ている三縦隊だけ数えても、すでに一万二千なのである。

「とはいえ、これを放っておいては、正面の敵と戦うフランス軍が前がかりになっている間に、背後に回られる恐れすらあるぞ。対岸のヴカソヴィッチは措くとしても、カスダノヴィッチは止めなければならない」

「できますか」

ジュベールがそう聞いたとき、吐き出した白い息が、小刻みに震えていた。が、ナポレオンのほうは落ち着いていた。自分でも不思議だったが、心が少しも切迫しなかった。

「幸いにして、ここは山地だ」

そう声に出してから、理由に思い当たった。故郷のコルスも山また山の島だった。そのせいか、どこまでも平野が続く風景にこそ、ナポレオンは心細さを覚えてしまう。切り立つ斜面に囲まれていたほうが、心が落ち着く。のみか身体の奥底から山の感覚が蘇り、ここなら全てが手に取るようにわかるはずだと、さほど根拠もないのに妙な自信が湧いてくる。

「あれは」

北東の方角を指さしながら、ナポレオンは問いを続けた。

「マニョーネ山と呼ばれています」

それはバルド山の東にあって、南の方角に突出し、そのため縦に鋭く楔を打ちこんでいるようにみえる山嶺だった。アディジェ河の西岸は、その絶壁に割りこまれる格好で狭くなっている。広いところでも幅百メートル、リヴォリの「円形劇場」に入るところで、ちょうど河が蛇行するので、そこは五十メートルほどもない。

大軍が自由に動き回れる広さはない。五千が通過し、その先で攻勢をかけるには、ほとんど隘路といっていい。ひるがえって、それを遮断するだけなら、さほどの兵力は必要ない。

「マニョーネ山の裾野、すぐ南から河岸まで防衛陣地を築こう。そのうえで半旅団九百人を配置する」

「それっぽっちで守りきれますか」

「しばらくは、な」

「しばらく……」

「じきマッセナ師団が到着する。強行軍のあとだから、少し休憩させて、それから戦列に投入するが、それまでは持つだろう。いや、その後も持つかもしれない。しかし、レイ師団の到着までは堪えられない」

「マッセナ師団一万と私の師団一万、合わせて二万で三万四千の敵と戦うことを、考えなければならないわけですか」

「一度に、じゃない。マニョーネ山麓の封鎖線が持ち堪《こた》えている間に、二万で正面の敵一万二千を壊滅させてしまえばいいのだ。次がカスダノヴィッチ、次がヴカソヴィッチ、次がアルヴィンツィと、そのたびごと兵力を集中させて、順に片づけていけばいいだけだ」

爆音が轟いた。直後には叩きつけるような衝撃に、焦げ茶色の泥が塊で飛びちった。いったん高く上がってから、大粒の雨さながらにボタボタと降り落ちる。

でなくても、すでに空は薄暗い。濛々たる黒灰色の硝煙が、絶え間なく風に流されてくるからである。周囲が盛り上がる「円形劇場」では、その曇りが余所に逃げず、いつまでも頭上に留まり続けるのである。

月下にあれほど美しかった白銀の風景は、もう汚れて久しかった。北側の山々は別として、おりたところの南側の平地では、とうに雪など踏み荒らされ、泥と一緒に掘り返されている。歩兵が軍靴で草を削り、騎兵が馬の蹄で土くれを撥ね上げれば、止《とど》めに砲兵が砲弾の破壊力で滅茶苦茶に混ぜ返したのである。

朝を迎えたリヴォリでは、ドオン、ドオンと爆音が際限なく響いていた。フランス軍が撃ち放つ。オーストリア軍も撃ち返す。わけても砲兵隊を中核に編成されていたのが、アディジェ東岸にいるヴカソヴィッチ将軍の縦隊だった。

これが猛攻撃だった。河の水を汲んでは浴びせ、汲んでは浴びせで、焼けつく砲身を無理にも冷し続けながら、十数門を並べての砲撃は一分と途絶えることがないのだ。

いや、途絶えるはずがない。対岸にいるだけに、フランス軍に攻撃されることがない。というより、フランス軍は攻撃を試みることもしない。どれだけ勢いづかれても、それを邪魔せず、司令官ナポレオンは許してきたのだ。

「いいから、捨て置け」

さほど大きな損害はなかった。いや、仮に甚大な損害があっても、かかずらってはいられない。急がなければならない戦いは、他にあったからだ。

ナポレオンは午前四時、冬の遅い日の出を待たず、マッセナ師団の到着さえ待たずして、戦闘を開始した。ジュベール師団の右翼、ヴィアル将軍の旅団を北に押し出して、襲わせたのがサン・マルコ教会だった。

教会はリヴォリ高原の北東の角、マニョーネ山に連なる頂に鎮座している。前日の戦闘で進出して、盤踞《ばんきょ》していたのがオーストリア軍の左翼、オクスカイ将軍のクロアチア兵だった。これを蹴散らさないうちは、「円形劇場」の入口、アディジェ河岸の隘路に封鎖陣地を築こうとも、頭上から狙われ放題になってしまうのだ。

サン・マルコ教会だけは、いち早く確保しなければならなかった。不意を衝いた早朝の攻勢で見事に奪還、それからフランス軍は封鎖陣地の設営に着手した。

それが間に合った。急拵えながらも木の柵と巻き藁の陣地が完成して、これでカスダノヴィッチ将軍は止められる。いきなりの危機的事態は免れられる。喇叭が吹かれ、太鼓が叩かれ、足音が響き、銃声が弾け、それら音という音が山肌に木霊しながら、フランス軍を空から包みこむように拡散したのは、そのあと午前七時のことだった。

オーストリア軍は朝日とともに行動を開始した。リプタイ、ケブレス、オクスカイの三将は、右翼、中央、左翼の三縦隊をそれぞれ南に押し進め、それは敵ながら威風堂々たる総攻撃だった。

オーストリア軍の軍服は白である。まさに白い壁として迫りくる三塊の戦列に、フランス軍も左翼ルブレイ、中央ジュベール、右翼ヴィアルの三将でぶつかった。青軍服を躍動させて、こちらとて一歩も譲るつもりはない。

激戦が続いた。トロンバローレの丘を前線に、その高みを取ったり取られたり。フランス軍の右翼が深く攻め上がったと思えば、かたわらで左翼が総崩れになってしまったり。

早朝に到着していたマッセナ師団が、強行軍の消耗から回復して、いよいよ投入される段になると、その左翼が一気にタッソ河の岸まで押しこんだり。そう思っていれば、今度は右翼が逆襲に見舞われて、大きく下がることになったり。

ジュベールは馬を撃たれ、徒立《かちだち》で指揮を執った。自ら銃剣突撃を率いて、オーストリア軍に奪われた大砲を取り返したりもした。

またマッセナも勇敢だった。味方の救援のために独行して、待ち受けた敵兵に一度は取り囲まれながら、そこに捨て身で飛びこんだ部下たちの働きで、危機一髪助け出される場面さえあった。

ナポレオン自身、二度も乗馬を撃ち殺された。注意はしていたが、しきれなかった。僅かな手勢に囲まれながら、半径二キロの円をなすリヴォリ高原を縦横に移動し、副官に書きとらせた命令書を、伝令に預けて各将軍に届けさせるということを、不断に続けていたからだ。

一進一退の攻防だった。大きく崩れない分には不要と思うのか、それとも何か秘策を隠しているのか。後方の司令官アルヴィンツィは、自らの縦隊一万二千を投入しなかった。

いや、何か考えているにせよ、それに訴えられる前に、勝負を決めてしまえばよい。数的優位があるうちに、二万で一万二千を壊滅させてしまえばよい。そう考えたナポレオンが、いっそうの攻勢を命令しようとしたとき、懐中時計の表示にすれば、十時をすぎて、じき半を回るという頃だった。

ナポレオンは異変を感じた。間違いではない。東の空に、ひときわ黒い煙が舞い上がっていた。その怪物さながらの心象《イマージュ》が、耳に幻聴までもたらした。メリメリと苦しげに木材が軋む。ガラガラと大きなものが崩れ落ちる。下敷きにされた者たちの悲鳴まで、今にも聞こえてくるようだ。

――やられた、のか。

主戦場は大過ないはずで、ヴカソヴィッチ軍が砲撃を加えていたのは、専らマニョーネ山の南端、つまりは「円形劇場」の北東の端にあって、アディジェ河岸からの入口に設けられた、フランス軍の封鎖陣地だった。

フランス兵はフランス兵で、ここから大砲を撃ち放し、押し寄せるカスダノヴィッチ軍を止めていた。いや、止めさせないと援護砲撃をしたのがヴカソヴィッチ軍なのであり、それが奏功したということなのか。

8　決戦

ナポレオンは「円形劇場」の北西の端にいた。この位置から望遠鏡で地表近くに目を凝らすと、白銀の山肌が数十メートルも横に伸びたようにみえた。そう思わせたのは、マニョーネ山の南端を回りこんで、白軍服の列が「円形劇場」に押し出してきたからだった。

――やはり、やられた。

隘路の封鎖陣地が、オーストリア軍に突破された。ロイス公に従う二縦隊の連携で、とうとう攻略されてしまった。

想定の事態だったし、よくぞこれだけ持ち堪えてくれたものだと感心もする。それでもナポレオンは、不機嫌な舌打ちを禁じることができなかった。

押し返そうにも、フランス軍の右翼、ヴィアルの兵団は、オーストリア軍の左翼オクスカイの兵団と交戦中で、動きが取れない。中央にいるジュベールも、オーストリア軍の中央にいるケブレスと、激しく激突している最中である。

これでは、いけない。主戦場の激突では、とうに敵を圧倒していなければならない。隘路の封鎖が突破されてしまうまでに、勝負を決めていなければならない。

封鎖を突破したカスダノヴィッチの軍団が襲来してくるからだ。互角を保ってきた均衡が、大きく崩れてしまうのは、もはや時間の問題なのだ。

——フランス軍はやられる。

やられるに決まっている。青の戦列が流れ始めた。南へ、南へ押し流されて、ひるがえっていた軍旗まで、あちらこちらでバタバタと倒れ出す。白の戦列と交錯している前のほうでは、薄《うっす》ら血煙までそよぎ始めた。

カスダノヴィッチの兵団は元気だ。今こそと「円形劇場」に飛び出して、まだほとんど疲れていない。それに勇気づけられて、疲労困憊していた他のオーストリア兵までが、勢いを取り戻す。

フランス兵だけが疲労の淵《ふち》から這い上がれなかった。腕に力が入らないのか、もう銃さえ撃ち放てない。あるいは撃ち放とうにも、弾倉が空になってしまっているのか。配付された五十発の実包は、ほとんど使いきったのか。

「どうします、ボナパルト司令官」

副官のジュノが震える声で聞いてきた。馬首を返して、ナポレオンは北をみた。

残る左翼はといえば、さすがはマッセナだった。オーストリア軍の右翼を押しまくり、敵を大きく後退させたはいいが、それを追いかけて、もう「円形劇場」の外だ。新たな危機からは遠ざかるばかりなのだ。

「ジュベールに、いや、それよりもベルティエに手紙だ。男も四十すぎると、すぐ守りに入りたがるからな。退却はなしだといえ。絶対に下がるなと伝えるんだ。それから……」

続けかけて、ナポレオンは首を竦めた。刹那に銃声が鋭く響いたからだった。斉射の分厚い音でもあったが、それ自体は戦場であり、戦闘中であるからには、かえって聞こえないほうが不思議なくらいだ。虚を衝かれたというのは、あらぬ方向から届いた気がしたからだった。

――背中からだと。

南側に敵はいないはずだった。ああ、そうか。待ちに待ったレイ将軍が、師団を率いてやってきたか。そのことを確かめようと、ナポレオンは馬上で再び望遠鏡を目に当てたが、硝子を通じて大写しになったのは、いよいよ絶望的ともいえる白い色だった。

――オーストリア軍が背後に回っている。

ナポレオンは密偵が吐いた密書を思い出した。アルヴィンツィの軍勢は確かに三万といわれていた。三将軍の三縦隊が一万二千、司令官が直率《じきそつ》する後列も一万二千、合わせて二万四千であれば、六千たりない。

抜かった。その六千が背後に現れたオーストリア軍なのだ。手紙の数が本当だった。アルヴィンツィはリヴォリ西方の山嶺を大きく迂回させながら、密かに伏兵を仕込んでいたのだ。

「どうします、ボナパルト司令官」

ジュノの問いかけは、悲鳴に近くなっていた。なるほど、北に二万四千、東に一万、南に六千、もはやフランス軍は三方を囲まれている。ああ、そうか。アルヴィンツィ直率の一万二千が、三将の後方から移動して、リヴォリ高原の西に展開したならば、もう全方位からの包囲になる。押し寄せられて、フランス軍は殲滅される。逃げ場なく、兵士という兵士が嬲り殺されてしまう。

――これを隠していたか。

ナポレオンは戦慄した。かつて経験したことがないほど危機的な状況だとも、考えざるをえなかった。が、まだ心は追い詰められていなかった。

なぜかしら、余裕がある。アルヴィンツィの作戦は確かに見事と思うのだが、ここまでやられると出来すぎ、いや、凝りすぎで、なんだか頭でっかちな印象もないではなかった。

　本当の戦争というのは、そんなに利口なものじゃないとも思ってしまう。それに包囲殲滅だなんて、まるでハンニバル気取りじゃないか。こんな戦術を実地に試そうなんて、おまえ、なにか勘違いしていないかと、鼻で笑いたくなる気分もある。

「全軍に伝えろ。後方に響いたのは、味方の銃声だと。ああ、そう思った者は多いはずだ。レイ将軍がガルダ湖西から駆けつけてくれたのだと」

「しかし、ボナパルト司令官、そんな、すぐバレるような嘘を……」

「いいから、伝えろ。一時間もてばいいんだ。その間に逆転する」

「どうやって」

　命令書を書き書き、なお質すジュノから目を外すと、ナポレオンは別な副官を呼びつけた。どうして軍人になったのかと思うほど体力はないのだが、そのかわりといおうか記憶力が抜群だった。ベルティエのような分析能力、管理能力はないが、字面のことなら隅から隅まで間違えることがない。

「ラヴァレット、騎兵は」

「ベルティエ参謀長の指揮下に竜騎兵が二百、ジュベール師団長の……」

「それで、いい。ベルティエのところで騎兵を率いる将軍は？」

「ルクレール将軍です」

「よし、ルクレールなら間違いない。ジュノ、今度はおまえだ。諸将に命令を飛ばせ」

　砲声銃声、喇叭に太鼓、怒号と悲鳴に負けない大声を張り上げて、ナポレオンは口述を筆記させた。全軍でカスダノヴィッチの縦隊を叩く。とりあえず、他は捨て置け。第一にベルティエは後方から援護砲撃を加えよ。そうしてオーストリア兵の銃撃砲撃を掣肘《せいちゅう》しながら、第二にルクレールは二百を率いて騎馬突撃を敢行する。敵軍が動揺、混乱を来したなら、その渦中にジュベールは全歩兵を投入せよ。

伝令が散った。ほどなくして、緑色の小さな塊が「円形劇場」を西から東に横切った。それは猛々しさで知られる竜騎兵の軍服だ。馬の蹄が地面を叩く荒々しい気配も感じられないではなかったが、これだけ広い戦場で、たったの二百騎である。

ともすると、見落とされるほどの数だ。全体どれだけ役に立つのか。ナポレオン自身、すんでに自問に駆られかけたが、それも敵陣に到達するまでだった。ああ、そうだ。ルクレールは好男子だ。男らしく、まっすぐな性格が、実に清々《すがすが》しい。

現に上官の命令にも、疑念ひとつ差し挟まない。突撃せよといわれれば、飛ぶような勢いで突撃する。そうして攻めこんだ先というのは、どうなったか。

カスダノヴィッチ将軍の縦隊は、まだ大半がマニョーネ山の断崖絶壁とアディジェ河に挟まれた谷あいの隘路にいた。当たり前だ。ほんの五十メートル幅を、五千人の大柄な男たちが、完全装備で通り抜けようというのだ。捗々しく通り抜けられるわけがない。平野のようには自由な往来がかなわない。ああ、山道は狭い。山の感覚さえあれば、それくらい当たり前にわかる。

その兵士同士の肩がぶつかるような場所に、二百の騎馬が飛びこんでいったなら、全体どういうことになるか。

幅五十メートルの隘路に突入すれば、たったの二百ではなくなる。実に二百もの騎兵ということになる。横に並べば、絶壁と河水に挟まれた横一線を、いっぱいに埋めることができるからだ。その獣の全てが、見開いた目を血走らせ、恐ろしげに高く嘶き、長く尾を引く涎《よだれ》を振り回しながら、岩のように固く大きな身体で圧《の》しかかってくるのだ。その背中には軍刀を振り回す兵隊まで、洩れなく運んできているのだ。

一気に殺到されたからといって、幅五十メートルにひしめく兵隊に逃げ場があるわけではない。逃げ惑い、泣き叫び、それ以前に巨大な馬の胸板に撥ね飛ばされ、あるいは杭のような蹄に頭を踏み潰されてしまう。

嫌だと後ろに逃げても、そこには後続の兵士が詰まっている。早く下がれと急かしても、そのまた後ろにも兵は続き、逃げろ、下がれと慌てるほどに、全体は動きが取れなくなってしまう。

カスダノヴィッチの兵士たちは、他愛ないほど簡単に狼狽した。あれよという間に混乱の渦に叩きこまれた。なにをどうしてよいか分からず、仲間の兵士にまで発砲するような恐慌を来したところに、またぞろ飛びこんできたのが、ジュベールの歩兵隊だった。

もはや銃弾は必要ない。必死に逃げる背中に、ただ銃剣を突き出せばよい。望遠鏡を覗いてみると、ナポレオンの位置からはオーストリア兵の列が低く、小さく、下に潰れていくようにみえた。白軍服にも赤染みが広がるばかりだ。それから泥に塗れて黒くなる。踏み荒らされた雪と同じだ。

壊滅は、もはや時間の問題だった。ああ、これで東の始末はついた。ナポレオンは最後まで見届けなかった。上首尾に悦に入るような余裕はない。まだ戦闘は終わりではない。他のオーストリア兵に対処しなければならない。

「ジュノ、次はマッセナに命令を届けるぞ。左翼はトロンバローレの丘まで戻れと伝えろ」

フランス軍の左翼が戻ってきたところにいたのが、ここぞと南進しようとしていた正面の二縦隊、ケブレス軍とオクスカイ軍だった。

その背中を急襲されて、もはやマッセナの好餌《こうじ》でしかなかった。右翼の危険が除かれて、ベルティエ、ジュベール、ヴィアルの兵団まで向きを変えれば、そのとき包囲されているのはオーストリア軍のほうである。
「ジュノ、もうひとつ命令だ。左翼はブリュヌ将軍の旅団を出発させろ。南に進ませ、迂回してきた背後のオーストリア軍に当たらせよ」

伏兵を率いたのはリュジニャン将軍という、フランスからの亡命貴族だった。ヴェローナ街道を封鎖する位置にいたが、フランス軍のブリュヌ、そして切り返したジュベール、ようやく到着したレイにまで取り囲まれて、これも壊滅的な打撃を受けざるをえなくなった。

味方の総崩れに、後方のアルヴィンツィも出撃した。西に展開するどころでなく、まっすぐ南進するしかなくなっていたが、その頃にはフランス軍がトロンバローレの丘に砲列を敷いていた。

激しい砲撃に意気を挫かれ、最後はやはり二百ばかりを率いたラサール将軍の騎馬突撃に追われて、オーストリア軍の司令官はそのまま退却するしかなくなった。午後二時には帰趨《きすう》が明らかになり、フランス軍は勝利を不動のものにした。

それは敗残軍が戦場に捨て置いた、泥だらけの軍旗を集めていた夕のことである。ナポレオンの下に南から急報が寄せられた。プロヴェラ将軍のオーストリア軍が、こちらのオージュロー将軍が敷いていたレニャーゴの封鎖を突破した、アンギアーリでアディジェ河を渡り、マントヴァに進軍中とのことだった。

「ならば、俺は行かねばならない。アルヴィンツィ将軍の追撃は、ジュベール、おまえに任せる。マッセナ、おまえには、また俺と一緒に来てもらうぞ」

結局のところ、マッセナ師団はその前後四日の間に、およそ百キロを踏破することになった。まさに記録的な行軍だった。

9　レオーベン

リヴォリの戦いも、翌雪月《ニヴォーズ》二十六日（一月十五日）は後始末にすぎなかった。不屈のアルヴィンツィ将軍はラ・コロンナに残余の兵を集結させて、巻き返しを図る構えだったが、オーストリア兵たちはといえば、とうに士気が下がっていた。フランス軍のジュベール将軍が、朝一番の掃討作戦に乗り出すと、もはや抗う気力もなかった。

前日の大勝で、こちらは士気が上がる一方だった。なかんずく将官に昇進したばかりのミュラは張り切り、その旅団を大きく北に回りこませたものだから、オーストリア軍は故国に帰る退路も絶たれる格好になった。

前日に引き続き、自軍のほうが包囲殲滅に持ちこまれ、アルヴィンツィは逆襲を頼んだ兵団の七割までを失った。前日の損害を上回る死傷率だった。

死傷者一万五千、捕虜二万二千、押収された大砲三十門、奪われた軍旗二十四本と、それが雪月二十五日、二十六日の両日に行われたリヴォリの戦いにおける、オーストリア軍の決算だった。対するにフランス軍は、二千の死傷者を出しただけだ。

南のプロヴェラ将軍も振るわなかった。雪月二十六日にマントヴァ進軍は果たしたが、フランス軍の包囲陣を攻めあぐねている間に、オージュロー師団に追いつかれた。リヴォリからマッセナ師団まで到着すると、翌日には投降を決めた。

マントヴァ籠城軍も万策尽きた。雪月二十八日（一月十七日）から開城が話し合われ、オーストリア兵が退出、あとの城塞にフランス兵が進駐して、マントヴァ占領が完了したのが、雨《プリユビオーズ》月十四日

（二月二日）のことだった。

風月《ヴァントーズ》一日（二月十九日）、ナポレオンはローマにもけりをつけた。トレンティーノで正式な講和条約を結び、教皇庁にフランス国内の飛び地であるアヴィニョン伯領、ヴナスク伯領の割譲、チスパダナ共和国の独立承認、そしてボローニャ休戦協定で定められた二千百万リラとは別に、さらに千五百万リラの賠償金支払い、加えるところの絵画、彫刻といった大量の美術品の譲渡を認めさせた。

風月十九日（三月九日）、ナポレオンは方面軍の本営を、バッサーノに移した。バッサーノは水の都ヴェネツィアの北西にある都市で、つまりは厄介なヴェネツィア共和国を押さえがてらの移動だった。

その翌日には全軍の兵士に向けて、次のような演説を行った。

「兵士諸君、マントヴァの奪取はイタリア戦争を終わらせた。それは諸君らに、未来永劫祖国に感謝されるべき資格を与えたものだ。諸君らは十四の会戦、七十の戦闘に勝利した。諸君らは十万の捕虜を取り、五百門の野戦砲と二千門の大砲と四式の橋架設備を押収した。諸君らが征服した土地で集められた税は軍を養い、維持し、給与を払い、さらに国庫を潤す三千万の金を財務大臣に送った。諸君らはパリの美術館を新旧イタリアの三百もの傑作で豊かにした。創作に三十世紀を要したものだ。また諸君らはヨーロッパの最も美しい一角を征服した。諸君らのおかげで、トランスパダナ共和国とチスパダナ共和国は自由を得た。しかしながら、さらに大きな運命が待ち受けている。諸君らは、それに値する。生まれたばかりの共和国の息の根を止めようと、多くの敵が結集したが、まだ皇帝だけは我々の前に立っているのだ」

それを打倒する。バッサーノで三縦隊を編成、ジュベールの二万がチロルを、マッセナの二万がピアーヴェ渓谷を、ナポレオン自ら率いる二万がタリアメント渓谷を、それぞれ北上することで、フランス軍が次に目指した進軍先が、オーストリアの都ウィーンだった。

もちろん、オーストリア軍が行く手を阻む。今度の司令官は皇族のカール大公である。が、なす術もないのは、同じだった。

勢いづくばかりのフランス軍は、立ちはだかるもの全てを蹴散らし驀進《ばくしん》していく。三縦隊とも無敵だ。敵軍の抗戦より、かえって未だ雪残るアルプスに手を焼かされたくらいなのだ。

ナポレオン自身の北上も順調だった。バッサーノを発ち、アルプスの山道を登り、タルヴィズィオ峠を越えてオーストリア領に入れば、下りの山道はいよいよ造作もない。実に四百キロという道程を、僅か一月《ひとつき》足らずで踏破してしまう。

ユーデンブルク到着が、芽月《ジェルミナール》十七日（四月六日）のことだった。ウィーンまで残すは二百キロ、もはやゼメリンク高地ひとつを越えるだけだ。

そこにオーストリア軍から使者が送られてきた。翌日、とりあえず五日の休戦を約定したときだった。

——暇ができた。

おかしな言い方になるが、ナポレオンは唖然とした。働き詰めだった一年で、真実初めてなのではないかと思う暇だ。なんの予定も入らない時間が、不意に与えられたのだ。

峠を越えて、やや進んでいるとはいえ、ユーデンブルクは未だアルプスの風情が色濃い。宿舎にしている旅籠の窓からみえる景色も、遠くには雪を残した青灰色の山々、近くには所々で淡い色の花を咲かせる薄緑の草原と、静かな山間そのものだった。

聞こえてくるのは小鳥たちの騒ぎと、あとは牛だの、山羊だの、家畜たちの間延びした鳴き声だけである。長閑だ。のんびりしすぎて、かえって居心地が悪いくらいだ。元来がナポレオンは、何もせず、のんびりするということが苦手なのだ。

せかせか忙しくしているほうが、心地よい。何かしなければと考え、それならばと思いついたのが、手紙を書くことだった。ああ、そうだ、手紙を書かなければならない。誰より先にジョゼフィーヌに書かなければならない。

「…………」

ナポレオンは気がついた。ジョゼフィーヌに書いていない。最近全然書いてない。意図して書かなかったわけではなかった。喧嘩をしたわけでもなければ、愛想を尽かしたわけでもない。会っていないわけでもなかった。

アルコレの戦いから帰ったときは留守だったが、そのジョゼフィーヌも霜月《フリメール》十一日（十二月一日）にはミラノに帰ってきた。それから一月ほどは、一緒にすごすこともできた。雪月十八日（一月七日）にボローニャに発ってからは、間もなくリヴォリの戦いになって忙殺されたが、それでも雨月十三日（二月一日）には再会した。妻はボローニャまで来たのだ。

ローマ教皇庁との交渉が始まって、アンコーナ、トレンティーノと出向かなければならなくなったが、風月六日（二月二十四日）にボローニャに戻ると、そのままジョゼフィーヌは待っていた。

もちろん手紙も書いた。ジョゼフィーヌがジェノヴァにいたときも書いたし、リヴォリの戦いの直前、立ち寄ったロヴェルベッラでも書いた覚えがある。リヴォリの戦いが終わってからも、すぐ書いた。ボローニャで会ったあと、アンコーナでも書いた。トレンティーノに移動して、あそこでも書いた。またボローニャで数日すごして、それからは……。

——書いていない。

トレンティーノで書いたものが、ジョゼフィーヌに宛てた最後の手紙だった。それも忙しいときだったので、短い手紙だった記憶がある。いや、今にして思い出せば、短いだけではない。中身も随分素気なくて、燃えるような執心はおろか、温かな思いやりすら感じられない文面だった気がする。

もとより、忙しさは理由にならない。少し前ならどんなに多忙を極めても、ジョゼフィーヌには熱情のかぎりを籠めて手紙を書いた。いや、そのほとばしりが尽きないあまり、ついつい長くなってしまった。それが短くなって……。素気ないどころか、すっかり書かなくなって……。書かなくなったことにさえ、気がつかなくて……。

「終わりなのか」

ナポレオンは窓辺の椅子で小さく声に出した。ジョゼフィーヌとの関係、そのものが終わったとは思わない。終わったのだとしても、結婚の書類を届け出て、もう正式な夫婦になっている。簡単には別れられないし、離婚の意思があるでもなかった。

ジョゼフィーヌを嫌いになったわけではない。あの女のことは今も好きだし、自分の妻だと愛しくも思っている。それでも、何かが変わってしまった。あの身を焦がすようだった激情は、この胸のどこにも暴れなくなった。

「ああ、恋が終わりなのだ」

いつ終わったのか。アルコレの戦いの後だったか。それから少しずつ冷めて、気づいたときには終わっていたのか。ナポレオンには、やはり確《しか》とはわからなかった。けれど、終わったことは間違いない。

前後の見境もなくしてしまうほどの恋。ほんの淡い想いを別にすれば、生まれて初めてといってよい恋。いや、これほど激する感情は生涯一度きりではないかと思うほどの恋。それが終わった。終わってしまった。少し淋しいけれど、やはり終わってしまったのだ。

実際、こたびのオーストリア遠征には、ジョゼフィーヌの同道を求めなかった。望みはしたがあきらめたというのでなく、はじめから望まなかった。というより、ウィーンに連れていきたいなどと、端から思いつきもしなかった。

我ながら不思議だ。イタリアへの進攻では、ジョゼフィーヌを迎えるためにと、大都会ミラノに急いだくらいなのに……。今度はいっそう壮麗な皇都に入城させてやれるかもしれないのに……。絵空事のように晴れやかな想像など、もう膨らむ余地もないのだとすれば、やはり俺の恋は終わったのだ。

――麗しのイタリアを離れて……。

また俺の青春も終わったということだろうな。そう苦笑ながらに心に続けて、ナポレオンは再びハッとした。

終わりなのか。戦争も終わりなのか、とナポレオンは自問した。いや、それはそれ、これはこれと一度は自嘲しかけるも、表情はそのまま冷やかすような笑みには流れなかった。冷静になれ。ひとつ真面目に考えてみろ。

イタリア方面軍は当初から、オーストリア領チロル進軍を視野に入れていた。アルプスを越えてすぐであれば、北イタリアとの連絡も容易い。戦闘が起こるたび兵力を集結させることもできるので、進駐する兵団は一万もあれば足りる。が、これがウィーンとなると、どうか。

ナポレオンは三縦隊、総勢六万を率いて乗りこんでいた。ウィーンで戦うのなら、そのときだけ兵団をミラノから、ヴェローナから、マントヴァから、大急ぎで呼び寄せるというわけにはいかないからだ。

常に六万を擁するなら、常に六万を食わせなければならない。オーストリアは敵地であり、後方から補給を運んでこなければならないが、これだけ北イタリアから離れてしまうと、いわゆる兵站《へいたん》線が伸びた状態にならざるをえない。

ひとつ間違えれば、補給が止まる。電撃作戦ひとつで終わらせられるなら別だが、首都ウィーンを死守せんとするオーストリア軍の反攻は、今度こそ鬼気迫るものがあるだろう。

戦いの長期化は覚悟しなければならない。北イタリアも長く留守にしなければならない。となると、ローマは変わらず和平に忠実でいてくれるか。ヴェネツィアは、どうだ。あの腹黒い商都がフランス軍の誠実な友であり続けてくれるのか。

「危ういな」

と、またナポレオンは声に出した。

「そろそろ潮時かな」

とも、独り言を続けた。ああ、今この状態でウィーン進軍など無茶だ。勢いに乗じてしまえ、トリノ、ミラノ、マントヴァと来れば、駄目押しでウィーンだろうと、ここまで来てしまったが、そんな出来すぎた話があるわけがない。

——あるわけがないといえば……。

ナポレオンは短く噛むようにして、くっく、くっくと笑い出した。ジョゼフィーヌの妊娠だって、あるわけがない。フランス一の美女と恋をして、熱烈に愛し愛され、その当然の果実として子供にまで恵まれる。くっく、くっく、そんな出来すぎた話があるわけがない。ああ、そうか、あれは間違いだったのか。

「というか、たぶんジョゼフィーヌの嘘だ」

お腹が大きくならないので、おかしいと思わないではなかったが、ナポレオンは今日の今日まで真面目に向き合わなかった。考えないようにしていたし、考えたくなかった、まだまだ夢をみていたかったということだろうが、ひとたび目が覚めてみれば、わからないわけがない。いくらなんでも妊娠しているわけがない。ああ、経験不足の若い男でも、わかる。世のなかの常識というものはある。本当だったら、もう生まれている頃なのだ。

ナポレオンは笑い続けた。くっく、くっく、そんな嘘までつくなんて、ジョゼフィーヌの奴、よっぽどパリを離れたくなかったんだな。そうか、そうか、パリがいいか。それなら、そろそろパリに帰ってやることにしようか。

――ああ、やっぱり潮時だ。

思えば引き際を間違えることで、いつも大転びしてきた。コルスでも、南フランスでも、せっかく手に入れた地位を、そうして失いかけたじゃないか。そう心をまとめると、ナポレオンは清々しい表情で空をみた。

今にして振り返れば、イタリアでも無茶苦茶をやった。渦中にあるときは考えもしなかったが、まさに綱渡りの連続だった。よく勝つことができたものだ。いや、よく死なずにすんだものだ。なにしろ、この俺ときた日には、恋と戦争を一緒くたにして、まったく支離滅裂だった。有頂天の無我夢中で東西南北を縦横無尽にひた走り、のみかフランス軍の将兵をともにひた走らせたのだ。

――楽しかった。

と、ナポレオンは結ぶことができた。あげくに俺は、本当の英雄になった。兵学校の優等生じゃない。小さなコルスの闘士じゃない。トゥーロン戦の有望株じゃない。葡萄月《ヴァンデミエール》将軍でさえなくなった。北イタリアを制した本当の英雄だ。フランスを立ち直らせた真正の救世主だ。このナポレオン・ボナパルトは本物の栄光を手にしたのだ。

「ひとまずは十分だ」

そう呟いた直後に、ナポレオンの声は再び勢いづいた。ブーリエンヌ、ブーリエンヌはいるか。

旧友でもある秘書官が現れるや、ナポレオンは前置きもなく切り出した。

「ブーリエンヌ、おまえ、ドイツ語が得意だったな。オーストリア人とも喋れるか」

「まあ、喋れると思うよ。Sの発音が濁らない、ちょっと気取りが強い訛りだけど、まあ、ドイツ語には変わりないからね。ああ、僕に通訳しろっていうことかい。なんだい、ナポレオン、そのへんで買いたいものでもあるのかい」

「いや、買い物じゃない。ただ、しっかり値切ることはする。俺はオーストリアと和平を結ぼうと思うんだ」

「和平、といったかい。ナポレオン、君は和平と……」

ブーリエンヌは大袈裟でなく瞠目の表情だった。ナポレオンとしては少し不服だ。

「悪いか」

「いや、悪いというわけじゃあ……。しかし、和平には反対していたんじゃないか」

「あれは霜月（十二月）の話だ」

アンリ・クラルクという二十四歳の若い将軍が、政府委員としてミラノに派遣されてきた。総裁政府に命じられていた任務が、オーストリアとの和平交渉だった。これにナポレオンは反対した。というより、傲岸に無視して捨てた。

「まだマントヴァが落ちていなかったからだ。あそこで和平など結んでみろ。すぐさまマントヴァに補給が運びこまれたに違いない。オーストリアに『ロンバルディアの門』を握られているかぎり、北イタリアはいつまでたっても我々のものにはならない」

「そのマントヴァが陥落した今なら、和平を結ぶことができると。うん、理屈は通っている。うん、うん、英断なんじゃないか。ウィーンを目前に不満を抱く将兵はいるかもしれないけど、それだからこそ英断とされるべきだよ。泥沼の戦いに突入しないともかぎらないんだから、和平は賢い選択だよ。ただ……」

「なんだ。ああ、政府委員のことだったら、気にするな。クラルクはトリノあたりを、まだウロウロしているらしい。それが来るのを待ってなんかいられない」

「しかし、サルデーニャ王との和平に続く越権行為を働くのでは……」

「だから、サルデーニャ王のときと同じだ。戦場は悠長な外交を待たないのだ」

「しかし、ナポレオン、すでに休戦にはなっているわけだし」

「自分の都合だけで動くわけにはいかないだろ」

「……？」

「戦っているのは、我々イタリア方面軍だけじゃない。北の戦線ではライン・モーゼル方面軍、それにサンブル・ムーズ方面軍が、今このときもオーストリア軍と戦っているのだ」

「そ、そそ、それって……」

「答えるまでもない。当たり前の話だ。このイタリア戦線だけじゃない。オーストリアとは全面講和の交渉にかかりたいというのだ。ああ、俺は平和の使者になる。だから、ブーリエンヌ、おまえも力を貸してくれ。交渉の通訳をやってくれ」

芽月二十一日（四月十日）にブルックに到着し、グラーツを経由してナポレオンがレオーベンに入ったのは、芽月二十四日（四月十三日）の朝九時のことだった。逗留先の司教宮殿を、オーストリア全権ボールガール将軍ならびにメルヴェルツ将軍が訪ねたのが夕の五時で、取り急ぎ休戦が花月《フロレアル》一日（四月二十日）まで延長されることになった。

司令官付秘書官ブーリエンヌの通訳で、数日の交渉が重ねられ、芽月二十九日（四月十八日）の午前二時、近郊エッゲンヴァルト城で遂に調印なったのが、レオーベン仮講和条約である。

この条約でナポレオンは、オーストリアにベルギーとロンバルディアの領有を放棄させた。かわりに秘密条項で約束したのが、ヴェネツィアの領有だった。共和国の領土のうち、イオニア諸島はフランスが取るし、ブレシア、ベルガモはロンバルディアと合わせるが、残りはオーストリアが取ってよいとしたのだ。

これでオーストリア全権も納得し、異例なほど早期の調印になった。

「オーストリアと和平なれり、オーストリアと和平なれり」

ナポレオンはパリに知らせる伝令に、道々そう大声で叫ばせた。戦争に辟易していたフランス国民は、その朗報に狂喜しながら、誰もがボナパルト将軍に感謝したという。

10　モンベッロ

ナポレオンが動けば、一緒に世界も移動する。その後ろをぞろぞろとついて歩く。少なくとも、このモンベッロ城ではそうだった。

ミラノの北郊外にクリヴェリという土地がある。夏の木漏れ日が揺れる緑豊かな田園だが、ここにバロック様式とロココ様式を混淆《こんこう》させた壮麗な姿で建つ城館が、モンベッロである。都会の喧騒《けんそう》を逃れて憩うため、ナポレオンが別して求めた私邸だったが、さりとて、このイタリア方面軍司令官ともなると、独り静かにいられるわけではなかった。

来客は絶えない。というより、多くがモンベッロ城に逗留して帰らない。北イタリア各地から作家、学者、音楽家、芸術家、さらに政治家、商人、銀行家と足を運んで、ナポレオンを取り巻かない日はないくらいなのだ。

庭園の木々に鳴く蟬《せみ》たちに負けじと賑やかになるのみならず、各人が奥方、令嬢と連れてくるなら、白亜金縁の建物は極彩色の花まで咲いたかのような華やかさになる。パリに対するヴェルサイユでないながら、わざわざミラノを離れたそれは、ちょっとした宮廷のようになっていた。

ミラノ市内にいるときは、今もセルベローニ宮を使う。快適な住まいを提供してくれたミラノ貴族、ジャン・ガレアッツォ・セルベローニ公爵と、仲違《なかたが》いしたわけでもなかった。それどころか、公爵は今もそばにいる。片時も離れないほどである。ナポレオンも親しく声をかける。

「ときに総裁政府議長殿、立法府の人選は？」

「進めております。かたよりないよう、慎重に選んでおります」

「是非そのように頼みたいものです。議員というのは、共和国の要ですからね」

ミラノの宿願がなっていた。収穫月《メシドール》十一日（六月二十九日）、晴れて建国が宣言されたのが、チサルピナ共和国だった。オーストリアが放棄したロンバルディアに、昨年建国したチスパダナ共和国とトランスパダナ共和国、そしてヴェネツィアに割譲させたベルガモ、ブレシアと合わせて版図をなし、フランスの共和暦三年の憲法を手本に立憲して、民主的な共和国としたものだ。

いうまでもなく、ナポレオンが後ろ盾になった。執政府があり、立法府があり、とはいえ、共和国を指導する人間は選挙でなく、さしあたりは任命で決められる。実務に当たるセルベローニ公爵はじめ、全てナポレオンの息がかからざるをえない。

民主的な共和国であれば、フランス同様に国民衛兵隊も組織される。自ら日々の安寧を守り、ときには暴政に抵抗する民兵組織だが、これとは別に正規の軍隊も編成された。率いる将官団は、その三分の一までがフランス人だ。フランス軍と常に連携して、チサルピナ共和国は当然ながら、フランスの同盟国ということでもある。

「ええ、理想の共和国として、我らもフランスに続きたいと考えております」

と、セルベローニ公爵は答えた。フランスの同盟国、というより衛星国の感もあったが、それでもチサルピナ共和国は喜んでいた。

フランス政府が前面に出るのでなく、今回もほぼナポレオンの独断だったが、そのことがイタリア人の抵抗感を逆に薄くしたのかもしれない。従うのはフランスでなく、ひとりの特異な個性にすぎないのであり、それもコルシカ生まれの半ばイタリア人なのだと思えば、納得しやすかったのだ。

ナポレオンはジェノヴァにも新しい国を建てた。もともと共和国だったが、それも中身は有力者の寡頭政治だった。これを変えようとする地元の「ジャコバン派」を中心に、牧月《プレリアル》二十六日（六月十四日）に刷新されたリグリア共和国も、やはりチサルピナ共和国と同じ性格を持つ。

「ときに兄さん、今夜はどうなさいます」

脇から聞いてきたのは、ジェローム・ボナパルトだった。副官になっているルイがモンベッロにいるのは当然として、ナポレオンは牧月に、十二歳の末弟も呼んでいた。

「ミラノに戻って、スカラ座に行く予定だ」

「グラッシーニ嬢が出る歌劇、『ジュリエッタとロメーオ』ですね」

「わたし、またコモ湖に遊びに行きたいわ」

「ははは、また舟遊びか、カロリーヌ」

と、今度はマリア・ヌンツィアータから改名した末の妹に声をかける。マリア・アンナを改めたエリザ、マリア・パオレッタを改めたポーリーヌと、上の妹たちも来ている。いや、義理の弟たちまでいる。

見上げるほどの長身に、鮮やかな緑の生地で仕立てられた軍服がよく似合う。堂々たる押し出しが少しも嫌味にならないのは、二十五歳の若々しい顔立ちが、加えるに上品だったからである。資産家の息子で、パリ大学にも通っていたという素性の良さを、それとなく窺わせる男でもある。身内にできた喜びを声の弾みに託しながら、ナポレオンは名前を呼んだ。

「やあ、ルクレール、今日も元気そうじゃないか」

「はい、午前は部隊の調練で、部下たちと一緒に馬を攻めてまいりました」

「ねえ、兄さん、このひとったら、最近ちょっと太ったのよ。このままじゃ、軍馬になんか乗れなくなるぞって、兄さんからも注意してくれません」

そうポーリーヌが割りこむからには、かねて弟分と目してきたルクレール将軍、リヴォリの戦いで起死回生の騎馬突撃を率いた、あのヴィクトル・エマニュエル・ルクレール少将こそ、ナポレオンの仲立ちでその妹と結婚し、ナポレオンの義弟になった人物だった。

「ああ、バッチョキ殿もおられたか」

と、ナポレオンは続けた。抱擁の挨拶を交わしたのはエリザの夫、フェリックス・バッチョキである。癖毛の黒髪が冴えない感じの三十五歳は、やはり軍人で、一応は大尉だ。才気煥発《かんぱつ》たるルクレールとは比べないまでも、義弟にするには物足りなさが否めない。

実際、それはナポレオンが知らない間に進められた縁談だった。今さら反対もできないからには、せめて兄として形を整えてやるしかない。

二組とも結婚式は牧月二十六日（六月十四日）、モンベッロ城の近くでオラトリオ会が営んでいる、サン・フランチェスコ教会で挙げさせた。少将に嫁ぐポーリーヌには、このとき四万リーヴルの持参金を持たせた。仕方がないので、エリザにも三万五千リーヴルを用意したが、ただの大尉に嫁ぐのでは、やりすぎというくらいの金額だ。

「それでナポレオン兄さま、あの話は……」

「あれか。ああ、エリザ、決まったよ。バッチョキ殿、晴れてアジャクシオ総督だ」

と、ナポレオンは答えた。久しぶりの地名が音になったもので、アジャクシオというのは、あのアジャクシオ、コルス島のアジャクシオ、故郷のアジャクシオのことである。

コルスは再びフランスになっていた。パスカル・パオリは共和暦二年（一七九四年）、フランスから独立し、かわりにイギリスと結ぶことで「イギリス・コルシカ王国」を建国した。ロンドンからは副王ギルバート・エリオットが派遣されたが、これとパオリは折り合いが悪くなった。共和暦四年（一七九五年）には、島を出ざるをえなくなるほどだった。

──ほら、いわないことじゃない。

あとのコルスに残されたのは自治でなく、イギリス人の支配だった。当然ながら、不満は高まる。フランスだった頃のほうがよかったと、節操なくも声が上がる。

共和暦五年葡萄月《ヴァンデミエール》（一七九六年十月）、つまりは昨秋のこと、ナポレオンは多少の兵団をつけて、イタリア方面軍の政府委員になっていたコルス人、クリストフ・サリセッティを送りこんだ。それを歓喜して迎え入れ、イギリス人を追い出すと、葡萄月二十八日（十月十九日）、コルスはフランス共和国の一県に正式に復帰したのだ。

立役者のナポレオンが、人事に影響力を振るうくらいは造作もない。アジャクシオ総督にした義弟バッチョキも、実をいえばコルス貴族の生まれだった。マルセイユまで流れてきたところ、同郷だということで俄にボナパルト家と親しくなり、それでエリザと縁づいたということだ。

もったいないとはいいながら、妹二人で差をつけるのも可哀想なので、エリザとバッチョキには、コルスで取り戻した不動産、五千リーヴル相当も譲ることにしていた。

「それじゃあ、いよいよ帰れるんだね」

話に加わったのは、レティツィア・ボナパルトだった。母親は思いがけずもかなえられることになった帰郷を、誰より喜んでいた。根からのコルス女、であるからにはコルシカ女と呼ばれるべきかもしれないが、とにかく今さらイタリア人にもフランス人にもなれない四十六歳の未亡人としては、それこそ無上の幸せなのだ。

慮《おもんぱか》れない心情ではない。ナポレオンは母のために、マレルバ通りの家も取り戻していた。パオリ派に荒らされ、その後はイギリス軍の兵舎に使われていたとも聞く。すっかり元通りとはいかなくとも、とりあえず綺麗に掃除しておくように手配はしていた。あとはレティツィアが自分の好みで、また家族の住まいらしくするだろう。

「ああ、なんだか夢みたいだね。生きている間に、コルスに帰れる日が来るなんてね。それも娘夫婦と一緒だなんてね。リュシアンなんか、もう向こうにいるっていうんだからね」

すでに母親は、ほとんど有頂天である。陸軍主計官にしていた弟も、コルス勤務に変えていた。リュシアン本人が希望した異動で、こちらは何か考えがあるようだった。

ナポレオン自身はといえば、少しも帰る気にならなかった。あれほど執着したコルスだが、今となっては別段戻りたいとは思わない。懐かしき故郷といえば故郷だが、それだけだ。

でなくとも、戻れない。戻れるわけがない。コルスのような冴えない田舎に行ってしまえば、いよいよ妻がついてこない。

「ああ、ジョゼフィーヌ、ここにいたのか」

いいながら、ナポレオンは芝生と化粧砂利の庭園に歩を進めた。東屋《あずまや》の庇の陰に逃れながら、妻はこちらも賑やかな取り巻き連中に囲まれていた。

「どうしたね」

そうナポレオンが質したのは、ジョゼフィーヌが少し浮かない顔になっていたからである。

「いえ、別になんでもありませんわ。ただ夏の陽射しが厳しくって」

いつもの朗らかで快活な口も、いまひとつ調子が出ない。なるほど、ナポレオンの背中にも、ぞろぞろ取り巻きが続いている。家族も一緒についてくる。母といい、妹といい、弟といいながら、ジョゼフィーヌには姑《しゅうとめ》であり、小姑、小舅《こじゅうと》ということになる。

――残念ながら、しっくりとはいっていない。

ちょっと冷静に考えれば、想像できない事態ではなかった。かたや陽気で享楽的、かたや真面目で几帳面。かたや遊ぶことしか考えない、かたや働くことしかない。金に困れば、かたや借金、かたや倹約。ジョゼフィーヌとボナパルト家は、とにかく反りが合わないのだ。ナポレオンも少し気を遣う。

「いや、家族はじきコルスに発つから」

「ああ、それなら、お土産かなにか、用意したほうがいいんじゃないの」

「頼めるかい、女王さま」

妻の頷きを得て、またナポレオンは歩き出した。またミラノで買い物だ。苦笑しながら、それを咎めようとも思わない。派手な散財も含めて、それもジョゼフィーヌの美点と認めざるをえないからだ。奢侈贅沢が大好きで、まわりにも鷹揚に分け与える。それでいて高飛車なわけでなく、むしろ無邪気に誰彼となく話しかける。人好きがして、人あしらいもうまい。一緒にいて楽しいし、飽きさせることもない。これも才覚といおうか、無駄に社交界にいたわけでないというか、ジョゼフィーヌは意外や理想の女主人だった。

モンベッロのような場所で暮らすと、そのことがよくわかる。ことによると夫を凌ぐ人気者で、だからこそ劣らず取り巻きを引き連れながら、女王さながらの体なのだ。うん、これは嫌じゃない。うん、俺はきつい性格だからな。冷静にみなおしても、うまい妻をもらったのかもしれないな。

「で、王さま役は終わりですかい、司令官殿」

棘のある言葉だった。権勢並ぶ者もないイタリア方面軍司令官に面と向かって、これだけ露骨に吐ける人間となると、自ずと限られてくる。ナポレオンがひとり進んだ執務室に、呼び出されて控えていたのは、フランス軍の中将ピエール・オージュローだった。

剣客と名高い将軍は、筋骨隆々たる大男だ。それが背筋をピンと伸ばして、いやが上にも高く聳える。不服そうな表情から、書几の椅子に座るこちらを、意図して見下ろしている感もないではない。が、ナポレオンは取り合わず、といって悪びれもせず、ただ平然と返した。

「王さまの、何が悪い」

「何も。王役どころか皇帝役だってできたってえのに、もったいねえと思ってるだけのこって」

「まだいうか」

オージュローが皮肉にしたのは、レオーベン仮講和条約を結ぶと、あっさりオーストリアから引き返した、この芽月《ジェルミナール》下旬（四月中旬）の顛末だった。あと百六十キロという地点まで迫りながら、ウィーンに攻めこまない法はない。そうやって無念を隠さない将兵は少なくなかった。直情径行のオージュローはその最右翼だ。自身はマントヴァの戦勝報告でパリに行き、総裁政府に敵から奪った軍旗を届けて、遠征には不参加だった。その鬱憤もあり、ミラノに帰るや、いきなり食ってかかってきたほどだ。

「あれはあれで必要だった」

「そうでしょうかね。こんな風にモンベッロで遊んでんなら、あのまま戦争を続けてたって、よかったんじゃねえですかい」

「遊んでいるわけではない。俺はイタリアにいなければならない。ヴェネツィアのウディネで、じきオーストリアとの本交渉が始まるからな」

「仮講和を本講和にするときも、ボナパルト司令官ってわけですかい。ベルティエの旦那が、また頭かかえんじゃありませんか」

「ベルティエ参謀長はできる男だが、どうも小心でいかん。とはいえ、本講和がまとまれば、いよいよパリに帰らなければならなくなるのは、確かだがな」

「待ってましたと、総裁政府が文句いいますぜ」

「怖いのは総裁たちじゃない。そもそも今の政府は、この俺に借りがある」

「じゃあ、誰が厄介だってんですかい」

「議会だ。俺たちがイタリアでやってきたことを、やれ越権行為だ、やれ国際法違反だ、やれ非道な侵略だと、声高に非難している議員がいる。ピシュグリュ将軍だ。この芽月の選挙で当選して五百人会の議員、いや、担ぎ上げられて、今や議長になっているのさ」

そこでナポレオンは一拍置いた。再び始めたときには、話を別に変えていた。ときにオージュロー、アントレーグ伯爵のことは聞いてるな。

「王党派の密偵だってこたあ」

元の憲法制定国民議会の議員で、ジャコバン派の時代に亡命してからは、諸国を渡り歩いて諜報《ちょうほう》工作、暗躍をたくましくしてきた。今や自身が密偵というのみならず、その元締めのような立場で、諸国に逃れた王党派のために働いている。そのアントレーグ伯爵が滞在中のヴェネツィア共和国で逮捕された。トリエステで身柄を拘束されたのが、牧月二日（五月二十一日）のことだ。

ナポレオンは話を進めた。それで牧月十三日（六月一日）だ。ミラノに伯爵を連行させて、俺は自分で取り調べた。朱色の紙挟みなんか持っていてな。よくよく検《あらた》めてみると、表紙が二重で、なかに秘密の手紙が隠されていた。それを調べて、厳しく尋問したところ、とうとう吐いた。

「アントレーグ伯爵はピシュグリュ将軍とつながっていた」

「……！」

「ピシュグリュ将軍は王党派だ。いや、驚くには値しない。芽月の選挙では王党派が大幅に議席を増やしている。クリシー・クラブとかに集まりながら、その影響力も大きくなる一方だ。裏で通じるピシュグリュを、まんまと議長に担ぎ上げたというわけさ」

「このままじゃあ、ブルボン王家が復活するってことですかい」

「少なくとも、連中はその気でいる。ルイ十八世と名乗る男がいるが、もう王に即位したも同然と思うのか、この俺にまで声をかけてきたよ。自分の味方になるなら、コルス副王にしてやるなんてな」

「ふざけやがって……」

オージュローは左の掌に、パンと鋭く右の拳を叩きこんだ。パリの下町生まれは、俺たちが革命をやったんだという自負が強い。今さらブルボン王家の復活など、断じて認められないのだろう。

ナポレオンは続けた。政治信条として許せないだけじゃない。

「こういう輩をのさばらせては、俺たちが帰る場所さえなくなってしまう」

「はは あ、司令官、わかりましたぜ。またやるわけですね、葡萄月将軍《ヴァンデミエール》を」

共和暦四年葡萄月（一七九五年十月）、パリで王党派の蜂起を鎮めたときの綽名である。あれが運命の変わり目だった。あれから俺は勢いづいた。が、今となっては懐かしい呼ばれ方だ。古ぼけた感すらある。ナポレオンは徒に感傷に浸ろうとは思わなかった。おかしな験《げん》を担いで、同じ真似を繰り返そうとも思わない。それでも、オージュローには答えた。ああ、やる。

「パリじゃあ、また反乱が起きてんですね」

「いや、それは起きてない。これからも起きないだろう。俺が司令官でパリにいたとき、武器はすっかり没収したから、反乱なんか起こしようがない。もとより王党派は議会を握りつつあるわけだからな。総裁を解任することも、憲法を変えることだって、全て合法的に進められる」

「けど、それじゃあ、手の出しようがねえ」

「そうだな。先んじて逮捕に踏み出すくらいしか手はないな」

「相手は議員ですぜ。なにかやらかしたってんなら、別だけど……」

「だから、これは一種のクー・デタということになるな」

オージュローの喉仏が、一度ゆっくり上下した。唾を呑み下し、それから確かめた声は、恐る恐るという感じだった。やるんですか、ボナパルト司令官。

「ああ、やる。オージュロー、おまえが、な」

「なに？　えっ、俺が？」

ナポレオンは頷いた。ああ、すでに副官のラヴァレットをパリに発たせた。手紙は拙いから、俺の言葉を丸暗記させた。そのラヴァレットを通じて、バラス、ルーベル、ラ・レヴェリエール・レポの三総裁とは話をつけてある。なに、クー・デタといっても、体制クー・デタだから心配いらん。

「つまりは先制攻撃だよ、オージュロー。ピシュグリュ以下の王党派を逮捕する。アントレーグ伯爵と共謀して、ルイ十八世を呼びこむつもりだったんだと、秘密の手紙を公表する。奴らこそ先にクー・デタを企てていたんだと、きちんと告発の手続きを取る」

「それでフランスに、俺たちの居場所が確保されると」

「それくらいやっておけば、総裁たちだって、俺たちなしじゃあ立ち行かない、やっぱり立ち行かないんだって、ほとほと身に染みるだろう」

そう結んだナポレオンは、上がったり下がったりを繰り返すつもりはなかった。ジョゼフィーヌと結婚して、もう幸運の女神がいるから大丈夫だなんて、ぼんやりしているつもりもない。幸運というならば、この一年で俺は大きく成長した。またとない機会を与えられ、他では望めない経験を積み重ね、生き方を学んだし、戦い方も身につけた。が、それは同じと、向こうのオージュローもさるものだった。

「でもって、ボナパルト司令官、俺っちが矢面に立つ見返りは」

「方面軍の司令官で、どうだ」

熱月《テルミドール》九日（七月二十七日）、ピエール・オージュロー中将はミラノを出発した。熱月二十日（八月七日）にはパリに到着、翌日には首都に駐留している第十七歩兵師団の指揮に就いた。共和政転覆の企てがあるとして、未明にパリの市門ならびに橋を封鎖、テュイルリ宮とブルボン宮を占拠したのは、実月《フリュクチドール》十八日（九月四日）のことだった。

オージュロー将軍の兵団は、五百人会議長ピシュグリュ、そして王党派の総裁バルテルミを逮捕した。元老会議員と五百人会議員は、逃亡したカルノを合わせた二総裁と、ピシュグリュを含めた五十四議員のギアナ流刑を決議、また四十九県における前回選挙の無効を宣言した。

いわゆる「実月十八日のクー・デタ」である。葡萄月二日（九月二十三日）、オージュロー将軍は前任オッシュ将軍の急死を受けて、ドイツ方面軍の司令官に就任した。


（『ナポレオン　2　野望篇』に続く）

【ナポレオン関連年表】

―― 1 台頭篇 ――

1768年5月15日　ヴェルサイユ条約締結。フランスがジェノヴァ共和国からコルシカ島を購入。

1769年8月15日　ナポレオン・ボナパルト、コルシカ島に誕生。

1774年5月10日　ルイ16世即位。

1779年5月15日　ナポレオン、ブリエンヌ陸軍幼年学校に入学。

1784年10月22日　ナポレオン、パリ陸軍士官学校に進学。

1785年9月1日　ナポレオン、士官学校を卒業後、砲兵少尉に任官。

1788年8月16日　「国家の破産」が宣言される。

1789年5月5日　ヴェルサイユで全国三部会開幕。

6月20日　球戯場の誓い。

7月14日　パリの民衆によりバスティーユ要塞陥落。

8月4日　議会で封建制の廃止が宣言される。

8月26日　議会で「人間と市民の権利に関する宣言」（人権宣言）が採択される。

10月5～6日　パリの女たちによるヴェルサイユ行進。国王一家、パリへ連行される。

11月頭　ジャコバン・クラブ発足。

1790年7月12日　聖職者民事基本法成立。

8月4日　ナポレオン、コルシカの英雄・パオリに対面。親衛隊となる。

1791年6月1日　コルシカ島北部の都市バシュチーヤが蜂起。

6月20～21日　国王一家逃亡、ヴァレンヌで捕らえられる（ヴァレンヌ事件）。

7月17日　シャン・ドゥ・マルスの虐殺。

9月3日	91年憲法制定。
1792年4月1日	ナポレオン、選挙で選ばれコルシカ義勇兵大隊の中佐に。
4月8〜12日	コルシカ島南西部の都市アヤーチュが蜂起。ナポレオン、義勇兵大隊を率いて鎮圧。
4月20日	フランスがオーストリアに宣戦布告。
8月10日	パリの民衆が蜂起、テュイルリ宮を占拠。王権停止。
9月21日	国民公会開幕、王政廃止を決議。
9月22日	共和政樹立（フランス共和暦元年元日）。
1793年1月21日	ルイ16世処刑。
	――第一次対フランス大同盟成立――
4月6日	公安委員会設置。
6月3日	ナポレオン、パオリ派に追われコルシカ島を脱出。
6月24日	共和暦1年の憲法制定。
8月28日	トゥーロンの王党派が蜂起、イギリス・スペイン連合軍に港を開放。
9月5日	国民公会が恐怖政治（テルール）の設置を決議。
10月5日	共和暦採用。
10月16日	マリー・アントワネット処刑。
12月19日	ナポレオンの功績で、イギリス・スペイン連合軍からトゥーロンを奪回。
12月22日	ナポレオン、砲兵少将に昇進。弱冠24歳の将軍誕生。
1794年6月17日	イギリス・コルシカ王国設立。
7月27日	テルミドール9日のクー・デタでロベスピエール失脚。
8月9日	ナポレオン、逮捕される。11日後に釈放。
1795年4月21日	ナポレオン、デジレ・クラリィと婚約。
8月22日	共和暦3年の憲法制定。
10月5日	王党派によるヴァンデミエールの蜂起。ナポレオンが鎮圧。
10月26日	国民公会解散。ナポレオン、国内方面軍司令官に就任。

1795年11月8日　総裁政府発足。
1796年2月25日　ナポレオン、イタリア方面軍司令官に就任。
3月9日　ナポレオン、ジョゼフィーヌと結婚。

第一次イタリア遠征

1796年4月12日　モンテノッテの戦いでオーストリア軍に勝利。
4月13日　ミレシモの戦いでサルデーニャ軍に勝利。
4月14〜15日　デーゴの戦いでオーストリア軍に勝利。
4月21日　モンドヴィの戦いでオーストリア軍に勝利。
5月10日　ロディの戦いでオーストリア軍に勝利。
5月15日　ナポレオン、ミラノ入城。
8月3日　ロナートの戦いでオーストリア軍に勝利。
8月5日　カスティリオーネの戦いでオーストリア軍に勝利。
9月8日　バッサーノの戦いでオーストリア軍に勝利。
11月15〜17日　アルコレの戦いでオーストリア軍に勝利。
1797年1月14〜15日　リヴォリの戦いでオーストリア軍に勝利。
4月18日　レオーベン仮講和条約をオーストリアと締結。
9月4日　フリュクチドール18日のクー・デタで王党派のピシュグリュ将軍、総裁バルテルミが逮捕される。

―― 2　野望篇 ――

1797年10月17日　カンポ・フォルミオ条約をオーストリアと締結。
12月5日　ナポレオン、パリに凱旋。

エジプト遠征

1798年5月19日　フランス艦隊、エジプトへ向けトゥーロンから出航。

7月2日　フランス軍、エジプトに上陸。
7月21日　ピラミッドの戦いでマムルークに勝利。
8月1日　フランス艦隊、アブキールの海戦でネルソン提督率いるイギリス艦隊に大敗。
8月22日　エジプト学士院を設立。
10月21～22日　カイロで反乱。フランス軍が鎮圧。

——第二次対フランス大同盟成立——

1799年3月7日　フランス軍、ヤッファを占領。その後、フランス軍にペストが蔓延。
3月19日～5月20日　アッコン包囲戦。フランス軍、アッコン攻略に失敗。
7月25日　アブキールの戦いでトルコ軍に勝利。
10月9日　ナポレオン、エジプトから帰国。
11月9～10日　ナポレオン、ブリュメール18日のクー・デタで共和国執政に就任。
12月13日　共和暦8年の憲法制定。ナポレオン、第一執政に就任。
12月24日　執政政府発足。

第二次イタリア遠征

1800年5月20日　大サン・ベルナール峠越え。
6月14日　マレンゴの戦いでオーストリア軍に勝利。
7月2日　ナポレオン、パリに帰還。
12月24日　パリのサン・ニケーズ通りでナポレオン暗殺未遂事件。
1801年2月9日　リュネヴィル条約をオーストリアと締結。フランスの版図大幅拡大。
7月15日　コンコルダ（政教協約）に調印。
1802年1月21日　ナポレオン、イタリア共和国の大統領に選出。
3月25日　アミアン条約をイギリスと締結。
5月1日　公教育法成立。国立高等中学校（リセ）が全ての県に置かれる。
5月19日　レジオン・ドヌール勲章を制定。
8月2日　ナポレオン、終身執政となる。

1803年4月30日　ルイジアナ植民地をアメリカ合衆国に売却。
5月23日　イギリスがフランスに宣戦布告。
1804年3月21日　アンギャン公を処刑。フランス民法典（ナポレオン法典）発布。
5月18日　共和暦12年の憲法発布。帝政を宣言。ナポレオン、フランス皇帝となる。
12月2日　ナポレオン、ノートルダム大聖堂で戴冠式。
1805年3月17日　ナポレオン、イタリア王となる。
5月26日　ナポレオン、ミラノで二度目の戴冠式。
——**第三次対フランス大同盟成立**——

ドイツ遠征

1805年10月19日　ウルムの戦いでオーストリア軍に勝利。
10月21日　フランス海軍、トラファルガー岬沖でネルソン提督率いるイギリス海軍と対戦し敗北。
この戦いでネルソン戦死。
11月14日　ナポレオン、ウィーン入城。
12月2日　アウステルリッツの三帝会戦。フランス軍がオーストリア、ロシアの二帝同盟軍に勝利。
12月26日　プレスブルク条約をオーストリアと締結。
1806年1月1日　共和暦廃止。
3月30日　ナポレオンの兄、ジョゼフ・ボナパルト、ナポリ王に即位。
6月5日　ナポレオンの弟、ルイ・ボナパルト、オランダ王に即位。
7月12日　南ドイツ16か国を糾合したライン連邦を建国。

—— 3　転落篇 ——

プロイセン遠征

1806年　——**第四次対フランス大同盟成立**——
10月14日　イエナの戦い、アウエルシュテットの戦いでプロイセン軍に勝利。
10月27日　ナポレオン、ベルリン入城。

11月21日	ベルリン勅令（大陸封鎖令）発布。
12月26日	プウトゥスクの戦いでロシア軍に勝利。
1807年2月8日	アイラウの戦いでロシア軍に勝利。
6月14日	フリートラントの戦いでロシア軍に勝利。
7月7日	ナポレオン、ロシア皇帝アレクサンドル1世とティルジット和平条約締結。
7月22日	ワルシャワ大公国成立。
1808年3月18日	スペインでアランフェス暴動勃発。
5月2日	マドリッドが蜂起。
6月6日	ジョゼフ・ボナパルト、スペイン王に即位。
11月30日	ソモシエラの戦いでスペイン軍に勝利。
12月4日	ナポレオン、マドリッド入城。ジョゼフ、スペイン王に復位。

オーストリア遠征

1809年	――第五次対フランス大同盟成立――
4月22日	エクミュールの戦いでオーストリア軍に勝利。
5月13日	ナポレオン、ウィーン入城。
5月22日	エスリンクの戦いでオーストリア軍に敗北。
7月6日	ワグラムの戦いでオーストリア軍に勝利。
10月14日	ウィーン和平条約をオーストリアと締結。
12月15日	ナポレオン、ジョゼフィーヌと離婚。
1810年4月1日	ナポレオン、オーストリア皇女マリー・ルイーズと結婚。
1811年3月20日	皇太子誕生、ローマ王の称号を与えられる。

ロシア遠征

1812年8月17日	スモレンスクを占領。
9月7日	ボロディノの戦いでロシア軍に勝利。
9月15日	ナポレオン、モスクワ入城。ロシア軍の焦土作戦によりモスクワ中が火の海に。

1812年10月23日　パリでクー・デタ未遂（マレ事件）。
11月26～29日　ストゥディアンカでベレジナ河渡河、ロシア軍に襲撃され損害甚大。
1813年　――**第六次対フランス大同盟成立**――
3月30日　皇后マリー・ルイーズが摂政に。

ドイツ遠征

1813年5月2日　リュッツェンの戦いでプロイセン、ロシアら同盟軍に勝利。
5月20日　バウツェンの戦いでプロイセン、ロシアら同盟軍に勝利。
8月26～27日　ドレスデンの戦いでプロイセン、ロシア、オーストリアら同盟軍に勝利。
10月16～19日　ライプツィヒの戦いでプロイセン、ロシア、オーストリア、スウェーデンら同盟軍に敗北。
10月30日　ハーナウの戦いでバイエルン軍に勝利。
12月11日　ヴァランセ条約をスペインと締結。スペインにブルボン王朝復活。

フランス戦役

1814年1月29日　ブリエンヌの戦いでシレジア軍に勝利。
2月10日　シャンポーベールの戦いでシレジア軍に勝利。
2月11日　モンミライユの戦いでシレジア軍に勝利。
2月12日　シャトー・ティエリの戦いでシレジア軍に勝利。
2月14日　ヴォーシャンの戦いでシレジア軍に勝利。
2月17日　モルマンの戦いでボヘミア軍に勝利。
2月18日　モントローの戦いでボヘミア軍に勝利。
3月1日　同盟軍各国がショーモン条約を締結し、対仏姿勢を強化。
3月12日　ボルドーにイギリス軍上陸。ルイ16世の弟、ルイ18世が王政復古を宣言。
3月13日　ランスの戦いでプロイセン、ロシアら同盟軍に勝利。
3月31日　パリ陥落。
4月1日　タレイランを首班とするフランス臨時政府樹立。
4月6日　ナポレオン、フォンテーヌブロー宮で退位宣言。

1814年9月〜 | ウィーン会議開催。

百日天下

1815年2月26日 | ナポレオン、エルバ島を脱出。

4月8日 | マリー・ルイーズ、摂政退任。
4月11日 | ナポレオンのエルバ島への追放が決定。
4月14日 | ナポレオン、服毒自殺に失敗。
5月3日 | ナポレオン、エルバ島到着。ルイ18世、パリ入城。

1815年6月

3月1日 | ナポレオン、南フランスのジュアン湾に上陸。
3月7日 | ナポレオン、グルノーブル入城。
3月10日 | ナポレオン、リヨン入城。
3月20日 | ナポレオン、フォンテーヌブロー宮に入る。同日、パリに入城し、復位。

——第七次対フランス大同盟成立——

6月18日 | ワーテルローの戦いでイギリス、プロイセンら同盟軍に敗北。
6月22日 | ナポレオン、再びの退位宣言。
7月3日 | パリ陥落。
 | ナポレオン、イギリスに亡命を求めるも、セント・ヘレナ島への追放が決定。
10月15日 | ナポレオン、セント・ヘレナ島到着。
1821年5月5日 | ナポレオン、セント・ヘレナ島で死去。
1830年7月27〜29日 | 七月革命。王政復古で復活したブルボン王朝が崩壊。オルレアン公ルイ・フィリップが「フランス人民の王」に即位、立憲王政開始。
1840年12月15日 | ナポレオンの遺骸がパリに帰還。柩は廃兵院（アンヴァリッド）に安置。

初出　集英社WEB文芸RENZABURO
2015年1月～2016年7月
（「小説ナポレオン」改題）
単行本化にあたり改稿しました

参考資料は最終巻に掲載します

装幀／泉沢光雄
年表、地図、人物表デザイン／今井秀之

cover
Gros, Baron Antoine Jean（1771-1835）
General Bonaparte（1769-1821）on the Bridge at Arcole, 17th November 1796
©Bridgeman Images / UNIPHOTO PRESS

佐藤賢一（さとう・けんいち）

1968年山形県鶴岡市生まれ。93年『ジャガーになった男』で第6回小説すばる新人賞を受賞しデビュー。99年『王妃の離婚』で第121回直木賞を受賞。2014年『小説フランス革命』（単行本全12巻）で第68回毎日出版文化賞特別賞を受賞。小説に『ラ・ミッション　軍事顧問ブリュネ』『ハンニバル戦争』『遺訓』など、新書に『英仏百年戦争』『テンプル騎士団』『フランス王朝史』（全3巻）など。著書多数。

ナポレオン　1　台頭篇《たいとうへん》

2019年 8 月10日　第1刷発行

著　者　佐藤賢一《さとうけんいち》

発行者　徳永 真

発行所　株式会社 集英社

〒101-8050　東京都千代田区一ツ橋 2-5-10

電話　03-3230-6100（編集部）

03-3230-6080（読者係）

03-3230-6393（販売部）書店専用

印刷所　凸版印刷株式会社

製本所　加藤製本株式会社

©2019 Kenichi Sato, Printed in Japan

ISBN978-4-08-771197-4 C0093

定価はカバーに表示してあります。

造本には十分注意しておりますが、乱丁・落丁（本のページ順序の間違いや抜け落ち）の場合はお取り替え致します。購入された書店名を明記して小社読者係宛にお送り下さい。送料は小社負担でお取り替え致します。但し、古書店で購入したものについてはお取り替え出来ません。
本書の一部あるいは全部を無断で複写・複製することは、法律で認められた場合を除き、著作権の侵害となります。また、業者など、読者本人以外による本書のデジタル化は、いかなる場合でも一切認められませんのでご注意下さい。

佐藤賢一の集英社好評既刊

小説フランス革命

1789年。破産の危機に瀕したフランス王国で、苦しむ民衆が
国王と貴族相手に立ち上がった。男たちの理想が、野望が、執念が、
歴史を大きく動かしてゆく。毎日出版文化賞特別賞受賞の歴史巨編。
〈四六判単行本　全12巻〉
〈文庫　全18巻〉

王妃の離婚

1498年フランス。国王が王妃に対して離婚裁判を起こした。
田舎弁護士のフランソワは、その不正な裁判に義憤にかられ、
孤立無援の王妃の弁護を引き受ける。直木賞受賞の傑作長編。
〈文庫〉

テンプル騎士団

12世紀初頭に誕生した「テンプル騎士団」は、軍事力、政治力、
経済力すべてを持ち合わせた超国家組織に変貌を遂げた。
その成立過程から悲劇的結末までの200年にわたる興亡を
鮮やかに描き出す。
〈新書〉